WILLIAM LASHNER

# Kopf und Kragen

*Buch*

Schon in »Die Kanzlei« stand Victor Carl nicht unbedingt auf der Seite der Sieger und bekam eine Ahnung davon, daß unverhältnismäßiger Reichtum meist auf einem Verbrechen beruht. Das kann ihn nicht davon abhalten, seinem eigenen Vermögen hinterherzujagen – einem Drittel von 1 Million Dollar. Doch weit weniger schwierig, als das Geld zu finden, ist es, lange genug zu leben, um die Scheine ausgeben zu können.

Als Caroline Shaw Victor Carl bittet, den Tod ihrer Schwester aufzuklären, ahnt er nicht, daß er sich mit seinen Nachforschungen in die finstersten Geheimnisse einer der angesehensten Familien Philadelphias begibt. Betrug, Ehebruch und Anstiftung zum Mord sind nur einige der kleineren Vergehen, die in den Räumen des Herrenhauses »Veritas« bereits vor hundert Jahren ihren Anfang nahmen. Doch was damals vertuscht werden konnte, kommt heute ans Licht – nicht zuletzt, weil Carls sonstige Unterwelt-Klientel ihre gierigen Finger im Spiel hat. Und Carl, der mit seiner Tätigkeit als Mob-Anwalt eigentlich abschließen wollte, muß leider zum zweitenmal hinnehmen, daß unverhältnismäßiger Reichtum meist auf einem Verbrechen beruht…

*Autor*

Mit seinem ersten Roman »Die Kanzlei« gelang William Lashner auf Anhieb der Sprung auf die »New York Times«-Bestsellerliste. Lashner bringt ideale Voraussetzungen für das Schreiben spannender Gerichts-Thriller mit: Er absolvierte ein Literaturstudium und hat einen Jura-Abschluß von der New York University. Darüber hinaus arbeitete er im amerikanischen Justizministerium in der Strafverfolgung. Lashner lebt heute mit seiner Frau und seinen drei Kindern in Philadelphia und arbeitet an dem dritten Buch mit dem Helden Victor Carl.

Von William Lashner außerdem bei Goldmann lieferbar:

Die Kanzlei. Roman (44109)

# William Lashner

# Kopf und Kragen

Roman

Aus dem Amerikanischen
von Elke vom Scheidt

GOLDMANN

Die Originalausgabe erschien 1997
unter dem Titel »Veritas«
bei Regan Books/Harper Collins, New York

*Umwelthinweis:*
Alle bedruckten Materialien dieses Taschenbuches
sind chlorfrei und umweltschonend.

Taschenbuchausgabe März 2001

Umschlaggestaltung: Design Team München
Umschlagfoto: Photonica/Bobbe
Satz: Uhl + Massopust, Aalen
Druck: Elsnerdruck, Berlin
Verlagsnummer: 44893
Redaktion: Jochen Stremmel
RM · Herstellung: Sebastian Strohmaier
Made in Germany
ISBN 3-442-44893-x

1 3 5 7 9 10 8 6 4 2

*Zur Erinnerung an meinen Vater und Partner,*
*Melvin Lashner,*
*der Recht von Unrecht unterscheiden konnte*
*und jeden Tag so lebte, als ob das wichtig sei.*

Ein Geschmack an der Wahrheit um jeden Preis
ist eine Leidenschaft, die nichts verschont.

ALBERT CAMUS

# TEIL 1

# Katzenphobie

Ich kenne nichts Verächtlicheres und
Erbärmlicheres als einen Mann, der alle
Stunden seines wachen Tages damit verbringt,
Geld um des Geldes willen zu verdienen.

John D. Rockefeller

# 1

## Unterwegs nach Belize City, Belize

Ich nehme an, daß hundert Millionen Dollar immer ihre eigene, unerquickliche Geschichte haben. Bei den hundert Millionen Dollar, denen ich nachjage, ist das nicht anders.

Ich befinde mich auf einem TACA-International-Flug nach Belize und bin auf der Suche nach meinem Vermögen. Unter dem Sitz vor mir liegt meine Aktentasche, und in meiner Aktentasche liegt alles, was ich offiziell brauche, um mein Vermögen abzuholen und mit nach Hause zu nehmen. Ich hebe die Aktenmappe auf meinen Schoß und öffne sie, nehme vorsichtig den Aktendeckel heraus und aus diesem Aktendeckel noch vorsichtiger das Dokument, das er enthält. Ich mag das Gefühl des glatten Kopierpapiers in meinen Händen. Ich lese es gierig und halte es so, daß die Nonne, die neben mir sitzt, keinen Blick darauf werfen kann. Der Text ist so kurz und vielsagend wie das vollkommenste Haiku. »**Der Beklagte wird zu Schadensersatz in Höhe von einhundert Millionen Dollar verurteilt.**« Das Dokument ist vom Richter unterschrieben, mit roter Farbe gestempelt und vom Justizbeamten des Court of Common Pleas der Stadt Philadelphia beglaubigt. Seine Gültigkeit erstreckt sich auf alle amerikanischen Bundesstaaten sowie jene Länder, die entsprechende Verträge mit den Vereinigten Staaten haben, wozu glücklicherweise auch Belize gehört. Einhundert Millionen Dollar, der Strafe einschließende Schadensersatz für zwei Menschenleben. Ich führe das Papier an meine Nase und rieche daran. Ich atme den süßen Duft eines druckfrischen amtlichen Dokuments. Einhundert Millionen Dollar, von denen meine Gebühren als Anwalt ein Drittel ausmachen.

Denken Sie darüber nur einen Moment aufmerksam nach, was ich unablässig tue. Wenn ich das finde, wonach ich jage, dann wäre das, als würde man ein Jahr lang jeden Monat im Lotto gewinnen. Es wäre, als wenn Ed McMahon mit seinem großen Preisscheck zur Tür hereinkäme, nicht einmal, nicht zweimal, sondern dreimal. Und ich würde alles auf einmal kriegen statt im Lauf von dreißig Jahren. Es wäre genug Geld, um mich um die Präsidentschaft zu bewerben, wenn ich so verrückt wäre. Na ja, vielleicht doch nicht so viel, aber immerhin verteufelt viel Geld. Und ich will es, verzweifelt, leidenschaftlich, von ganzem Herzen und aus ganzer Seele. Diejenigen, die jammern, das Leben in Amerika hätte keinen Sinngehalt mehr, sind blind, denn es gibt Ruhm, und es gibt Reichtum; den Ruhm können Sie sich von mir aus sonstwohin stecken. Was mich betrifft: Ich nehme das Geld.

Fast ein Jahr lang bin ich den Vermögenswerten nachgelaufen, aus denen mein Schadensersatzurteil bezahlt werden wird. Ich habe sie über die Cayman-Inseln zu einer Bank in Luxemburg, von da zu einer Bank in der Schweiz, dann über Liberia und Beirut und wieder zurück zu den Cayman-Inseln verfolgt, von wo wiederholt telegrafisch Beträge auf ein Konto bei einer Bank in Belize überwiesen wurden. Bei der Bank in Belize wurden diese Beträge jeweils sofort in bar abgehoben. Im Unterschied zu allen anderen Überweisungen von Geldmitteln wurden die Überweisungen nach Belize weder im Gewirr größerer Transaktionen versteckt noch sonstwie verschleiert. Entweder ist der Besitzer des Geldes in seinem übergroßen Selbstvertrauen bequem geworden, oder er schickt mir förmlich eine Einladung. Wie auch immer, ich bin jedenfalls unterwegs nach Belize. Ich fliege da hinunter, um diesem Geld so lange nachzuspüren, bis es mich direkt zu ihm führt. Er ist ein lasterhafter Mensch, gewalttätig, betrügerisch, unvorstellbar gierig. Er hat ohne das geringste Zögern und aus den niedrigsten Beweggründen getötet. Seine Hände triefen von Blut, und ich habe keinen Grund zu der Annahme, daß er nicht wieder töten wird. Wenn ich an seine Verbrechen denke, finde ich es erstaunlich, daß die Aussicht auf so viel Geld einen dazu bringen kann, jede Vernunft fahren zu lassen. Ich fliege nach Belize hinunter, um diesen Mann in seinem tropischen Asyl aufzuspüren. Ich will ihm das Urteil persönlich aushändigen und dann mit dem Eintreiben des Geldes beginnen, das mich endlich reich machen wird.

Eine Stimme, die in englisch genauso teilnahmslos klingt wie in spanisch, sagt uns, daß wir uns im Anflug auf Belize City befinden. Ich lege das Dokument in die Aktenmappe zurück, drehe das Schloß, verstaue die Mappe wieder unter dem Sitz vor mir. Draußen vor dem Fenster sehe ich das tiefe Blau der Karibik und dann eine zerrissene Linie von schuppigen Landstreifen, die das Wasser sprenkeln wie ranziges Öl. Dann den Dschungel, grün und dicht und fremd. Gruppen von Baumwipfeln, teilweise von Wolken verdeckt. Nicht zum ersten Mal steigen Zweifel an meiner Mission in mir auf. Wenn ich nach Pittsburgh oder Bern oder Luxemburg fliegen würde, wäre ich zuversichtlicher. Belize aber ist ein wildes, ungezähmtes Land, ein Land mit Hurrikans und Regenwäldern und großen Maya-Ruinen. In Belize kann alles passieren.

Die Nonne neben mir, in einem weißen Kleid mit schwarzem Schleier und Leinenschuhen, legt ihren Roman von Danielle Steel weg und lächelt tröstlich.

»Waren Sie schon einmal in unserem Land?« fragt sie mit britischem Akzent.

»Nein«, sage ich.

»Es ist sehr schön«, sagt sie. »Die Menschen sind wundervoll.« Sie zwinkert. »Aber geben Sie in Belize City auf Ihre Brieftasche acht, ja? Trotzdem, es wird Ihnen gefallen, da bin ich sicher. Geschäft oder Vergnügen?«

»Geschäft.«

»Natürlich, ich hätte es an Ihrem Anzug sehen können. Für den ist es ein bißchen zu warm. Sie werden auch das Barrier Reef besuchen, nehme ich an, das machen nämlich alle, aber Belize hat mehr als Fische zu bieten. Wenn Sie hier sind, müssen Sie sich unsere Regenwälder ansehen. Die sind hinreißend. Und die Flüsse auch. Ich denke doch, daß Sie ein Mittel gegen Insekten mitgebracht haben?«

»Nein, eigentlich nicht. Sind die Insekten so schlimm?«

»Oh, meine Güte, ja. Der Moskito, nun ja, ich bin sicher, den kennen Sie. Die Malariapillen, die es jetzt gibt, wirken Wunder. Und die Stiche der Bremsen halten sich tagelang, sind aber nicht wirklich gefährlich. Zecken natürlich und Skorpione, aber am schlimmsten ist der Rinderwurm. Die Larve wird vom Moskito übertragen. Er kommt mit dem Stich und lebt in Ihrem Fleisch, während er wächst – er krallt sich in Ihrer Haut fest und gräbt sich ein. Das ist ein scheußlicher kleiner Parasit. Die ganze Stelle schwillt an und tut ziemlich weh, ein brennendes Gefühl, aber Sie dürfen ihn nicht ziehen, o nein. Dann bekommen Sie mit Sicherheit eine Infektion. Sie müssen die Stelle mit Leim und Klebepflaster abdecken und den Parasiten so ersticken. Der Wurm windet sich noch eine Weile, bevor er stirbt, und manche finden das schmerzhaft, aber am nächsten Morgen können Sie seinen Kadaver einfach herausdrücken wie Zahnpasta aus der Tube.«

Ich grübele noch über diese Möglichkeiten nach, als das Flugzeug sich neigt, in geringer Höhe über einem breiten Dschungelfluß schwebt und auf der Landebahn aufsetzt. »Willkommen auf dem Phillip Goldson International Airport«, sagt die Stimme über die Sprechanlage. »Die Temperatur auf dem Flughafen beträgt dreiunddreißig Grad, die Luftfeuchtigkeit achtzig Prozent. Wir wünschen Ihnen einen angenehmen Aufenthalt in Belize.«

Wir gehen über die Rollbahn. Es ist drückend heiß, die Sonne ist brutal. Ich fühle ihren Druck am ganzen Körper. Die Luft ist tropisch schwül, und aufgrund ihrer Feuchtigkeit ist meine Anzugjacke sofort schweißnaß. Etwas berührt mein Gesicht. Ich bin einen Augenblick verwirrt, bis ich erkenne, daß es ein Insekt ist, und es hektisch wegwische. In einer Reihe marschieren wir auf den Zoll zu. Links von uns ist das Flughafengebäude, braun wie Rost, ein Relikt aus den fünfziger Jahren, und rechts von uns steht ein getarnter Militärtransporter, der mit etwas Großem beladen wird, das ich nicht identifizieren kann. Ein schwarzer Hubschrauber kreist über uns. Soldaten fahren hastig in einem Jeep vorbei. Schweiß tropft von meinen Schläfen und läuft mir am Hals hinunter. Ich werfe meine Jacke ab, aber auch mein Hemd ist schon triefnaß. Ich streife einen Moskito von meinem Handgelenk, aber vorher hat er mich gestochen. Ich kann beinahe fühlen, wie etwas unter der Haut kribbelt.

Nachdem wir unsere Pässe vorgezeigt und unser Gepäck abgeholt haben, werden wir in eine neue Schlange gestellt und müssen auf den Spürhund warten. Ich sitze auf meinem Koffer und bohre an dem amöbenhaften Knubbel herum, der an meinem Handgelenk schwillt. Ein deutscher Schäferhund erscheint, räudig und wild. Er zerrt an seiner Leine. Er beschnüffelt erst einen Koffer, dann einen anderen, dann einen Rucksack. Der Hund kommt zu mir und steckt seine Schnauze zwischen meine Beine. Zwei Polizisten lachen.

Selbst drinnen im Terminal ist es heiß, und das Sonnenlicht, das durch die Fenster fällt, brennt. In dem Gewimmel ringsum spüre ich etwas Gefährliches, und das sind nicht nur die Moskitos. Ich frage mich, was zum Teufel ich eigentlich in Belize mache. Aber dann fühle ich das Gewicht der Aktentasche in meiner Hand und erinnere mich an die hundert Millionen Dollar und ihre Geschichte, eine Geschichte über Betrug und Rache, über Intrigen und Sex und Enthüllungen, eine Geschichte über Mord und Erlösung und vor allem eine Geschichte über Geld. Und auf einmal weiß ich wieder ganz genau, was ich hier mache und warum.

## 2

Angefangen hat die Sache für mich mit einem Routinejob im trostlosesten kleinen Zimmer von ganz Philadelphia. Voll mit Polizisten und hemdsärmeligen Anwälten und Gerichtsdienern und Aktenschränken, einem staubigen Kleiderständer, einem Computermonitor mit einem Gehäuse aus Plastik, das wie Holz gemasert war, und mit Vakuumröhren wie etwas aus einem populären Mechanikkatalog von ungefähr 1954, strahlte der Raum die Bedrückung einer erschöpften Bürokratie aus. Ich saß allein auf der Anwaltsbank in diesem Raum und wartete darauf, daß sie meinen Mandanten aus der Haftzelle im Keller brachten. Mein Job an diesem Morgen bestand darin, ihn gegen eine vernünftige Kaution freizukriegen, und bei dem, was man ihm vorwarf, würde das nicht leicht sein.

Ich befand mich im Roundhouse, dem Hauptquartier der Polizei in Philadelphia, einem runden Gebäude aus den sechziger Jahren mit fließenden Linien, in dem sozusagen jedes Büro ein Eckzimmer war, einem architektonischen Wunder, das so etwas wie die Verheißung der Gleichheit aller Menschen ausstrahlte. Doch das Roundhouse war vor der Zeit gealtert, verschlissen von zuviel Elend, zuviel Verbrechen. Vor dem Haupteingang in der Race Street stand die Statue eines Polizisten, der einen jungen Knaben mit den Armen hochhielt, ein Versprechen all der guten Werke, die durch diese Türen strömen sollten, bloß war der Eingang in der Race Street nun verbarrikadiert, und Besucher mußten durch den Hintereingang eintreten. Durch den Hintereingang, dann nach rechts, am Waffenkontrollfenster vorbei, am Kautionsbüro vorbei, durch die verschrammten braunen Türen und die Treppe hoch zu den Bänken, wo eine müde Öffentlichkeit durch eine dicke Plexiglaswand die Vorgänge im hauseigenen Kommunalgericht beobachten konnte.

»Setzen Sie sich hin, Ma'am«, rief der Justizwachtmeister einer jungen Frau zu, die durch diese Türen gekommen war und nun zwischen den Bänken hinter der Plexiglaswand stand. Sie war jung, schlank, eine Art Streunerin mit gelb gebleichten Haaren und einer schwarzen Lederjacke. Sie war entweder eine Angehörige oder die Freundin eines der Angeklagten; vielleicht vertrieb sie sich so auch bloß die Zeit und war auf der Suche nach einem unterhaltsamen Vormittag. In diesem Fall mußte es ein bißchen öde sein. »Sie können da hinten nicht stehen«, rief der Justizwachtmeister, »Sie müssen sich hinsetzen.« Also setzte sie sich.

Die Angeklagten wurden in Schüben von jeweils zwanzig in den Raum gebracht, mit stählernen Handschellen aneinandergefesselt, und in eine Verwahrzelle getrieben, die ein eigenes Sichtfenster aus Plexiglas hatte. Man konnte sie durch das Plexiglas sehen, wie sie da drinnen mürrisch auf ihren kurzen Auftritt vor dem Richter warteten.

»Setzen Sie sich hin, Sir«, rief der Justizwachtmeister schon wieder. Es war wie ein Refrain. »Sie können da hinten nicht stehen.« Noch ein Zuschauer ließ sich auf eine der Bänke fallen.

»Hakeem Trell«, verkündete der Gerichtsdiener, und ein junger Mann schlenderte ein paar Schritte zu dem großen Tisch vor der Bank, die den Raum dominierte.

»Hakeem Trell«, sagte der für Kautionen zuständige Commissioner Pauling und las aus seiner Akte, »auch bekannt unter den Namen Roger Pettibone und Skip Dong.« Bei diesem letzten Aliasnamen schaute Commissioner Pauling über den Rand seiner Lesebrille auf den jungen Mann, der arrogant vor ihm stand. Dieser Hakeem Trell alias Roger Pettibone alias Skip Dong gab sich so herausfordernd gelangweilt wie der Schüler einer High School, der nichts Ernsteres zu erwarten hat als einen Nachmittag Nachsitzen. Wo war die Angst, da ihm nun womöglich Gefängnis blühte, die zitternde Furcht vor dem Riß in seiner Zukunft? Was hatten wir diesen Kindern getan? Mein Mandant war nicht bei der Gruppe, die sie gerade gebracht hatten, also war ich gezwungen, ungeduldig dabeizusitzen, während Commissioner Pauling die vorläufigen Anklagen gegen Hakeem Trell und dann Luis Rodriguez und dann Anthony O'Neill und dann Jason Lawton und so weiter und so weiter verlas, einer nach dem anderen, fast alle noch junge Burschen, die meisten Angehörige einer Minderheit, im wesentlichen arm oder zumindest so gekleidet, und alle nahmen es mit geübter Feindseligkeit hin. Verbringen Sie genug Zeit vor dem Bezirksgericht im Roundhouse, und Sie bekommen ein Gefühl dafür, was es heißt, eine Besatzungsmacht zu sein.

»Meine Herren, bitte setzen Sie sich, Sie können da hinten nicht stehen«, rief der Justizwachtmeister, und zwei Männer im Zuschauerraum ließen sich auf einer der vorderen Bänke nieder, direkt vor der jungen blonden Frau, die daraufhin auf eine andere Bank rutschte, um weiter einen Blick auf die Vorgänge zu haben.

Ich erkannte beide Männer. Ich hatte damit gerechnet, daß sie auftauchen würden, zumindest, daß jemand von ihrer Art auftauchen würde. Einer war riesig, trug einen glänzenden Trainingsanzug, und sein Gesicht hatte ständig diesen etwas müden Ausdruck eines Gewichthebers, der eine schwierig zu stemmende Last betrachtet. Ich hatte ihn schon früher gesehen, und einmal hatte er mich angeknurrt. Der andere war klein, dünn und sah aus, als hätte er eine Begabung zum Leichenbestatter. Er hatte das Gesicht und das ölige graue Haar eines Leichenbestatters, und er trug auch einen schwarzen Anzug wie ein Leichenbestatter. Auf seinem Schoß umklammerte er eine ordentliche kleine Aktentasche. Der Name dieses glatten Typen lautete Earl Dante, und er war eine kleine Figur des organisierten Verbrechens, der ich ein- oder zweimal begegnet war. Seine Operationsbasis war eine Pfandleihe mit dem treffenden Namen Seventh Circle Pawn in der Two Street südlich der Washington, gleich hinter dem Mummers-Museum, wo er wie ein Piranha Kredite zu drei Prozent pro Woche vergab und seine zahnlückigen Eintreiber ausschickte, um seinen Forderungen Nachdruck zu verleihen. Dante nickte mir zu, und ich zog die Mundwinkel zu etwas wie einem Lächeln hoch und hoffte dabei, daß es keiner sah, bevor ich mich wieder den Vorgängen vor Gericht zuwandte.

Commissioner Pauling starrte mich an. Dann schweifte sein Blick zu Earl Dantes Leichenbestattergesicht, bevor er wieder zu mir zurückkehrte. Ich zuckte leicht mit den Achseln. Der Gerichtsdiener rief den nächsten Namen auf seiner Liste auf.

In der Pause zwischen zwei Schüben schlenderte Commissioner Pauling zu dem, was im Roundhouse sein Amtszimmer darstellte, natürlich ohne Schreibtisch und ohne Regale voller juristischer Werke, sondern bloß mit einem Haken für seine Robe und einem Waschbecken und einer extragroßen Papierrolle, um seine Räumlichkeiten sauber zu halten. Ich trat zu dem makellos gekleideten Gerichtsdiener, der noch bei der Richterbank stand.

»Schöne Krawatte, Henry«, sagte ich.

»Was man von Ihrer nicht behaupten kann, Mr. Carl«, sagte Henry, kramte in seinen Papieren und würdigte mich nicht einmal eines prüfenden Blickes auf meinen Anzug. »Aber vermutlich hat man auch keine große Auswahl, wenn man seine Krawatten bei Woolworth kauft.«

»Sie wären überrascht«, sagte ich. »Ich bin wegen Cressi hier. Peter Cressi. Hat irgendein Waffenproblem.«

Henry sah sich seine Papiere an und begann zu nicken. »Ja, ich nehme an, den Versuch, von einem verdeckt arbeitenden Polizisten hundertneunundsiebzig illegal umgebaute automatische Sturmgewehre, drei Granatwerfer und einen Flammenwerfer zu kaufen, könnte man schon als Waffenproblem bezeichnen.«

»Er ist Sammler.«

»Was Sie nicht sagen«, sagte Henry gedehnt und betont ungläubig.

»Nein, wirklich.«

»Mich brauchen Sie nicht anzulügen, Mr. Carl. Trage ich vielleicht 'ne Robe? Ihr Cressi ist beim nächsten Schub. Ich weiß, was Sie wollen, hm-mh. Ich werde Sie hier rauslassen, so schnell ich kann.«

»Sie sind ein guter Mensch, Henry.«

»Sagen Sie das nicht mir, sagen Sie das meiner Frau.«

Sie brachten den nächsten Schub Gefangene, zwanzig Mann, Handgelenk an Handgelenk gefesselt, und führten sie in die kleine Verwahrzelle hinter der Bank, auf der ich unbehaglich saß. In der Mitte der Gruppe befand sich Peter Cressi – groß, lockiges

Haar, das ihm lang und schwarz bis hinter die Ohren hing, breite Schultern, unglaublich hübsch. Sein blaues Seidenhemd, die schwarze Hose und die spitzen, blankpolierten Stiefel bildeten einen grellen Kontrast zu den weiten, ausgebeulten Jeans und den hohen, geschnürten Turnschuhen seiner neuen Kollegen. Als er durch den Raum schlenderte, lächelte er mich beiläufig an, so beiläufig wie einen Nachbarn auf der anderen Straßenseite, und ich lächelte zurück. Cressis Blick wanderte zu den Bänken im Zuschauerraum hinter dem Plexiglas. Als er auf Dantes strenges Gesicht fiel, drückten Cressis Züge eine Art ängstlicher Ehrfurcht aus.

Ich mochte Cressi eigentlich nicht. Er hatte etwas Häßliches, Arrogantes an sich, etwas Unbequemes. Er war einer von den Burschen, die eine Art Tanz aufführen, wenn sie reden, als sei seine Blase immer zum Platzen voll, aber man spürte, es lag nicht an der Blase, es war ein anderes, übles kleines Organ, das ihn drängte, hinzugehen und Böses zu tun. Ich mochte Cressi nicht, aber solche Typen wie Peter Cressi aus den Schwierigkeiten herauszuholen, in die sie dieses kleine, üble Organ geraten ließ, war die Art, wie ich jetzt meinen Lebensunterhalt verdiente.

Ich hatte nie vorgehabt, Strafverteidiger zu werden; eine Menge Dinge, die in meinem Leben passierten, hatte ich nie so geplant, genauso wie die Sowjets niemals geplant hatten, daß Tschernobyl durch die lange ukrainische Nacht glühen sollte, aber Strafrecht war eben das, was ich jetzt praktizierte. Ich vertrat im amerikanischen Gesetzessystem eine Gruppe von Männern, die nicht Gott oder ihrem Land verbunden waren, sondern der Familie, nicht ihrer natürlichen Familie, sondern einer, deren Bande so eng waren, daß sie einem ins Fleisch schnitten. Es war eine Familie, die fett und reich geworden war durch den Verkauf von Drogen, das Verkuppeln von Frauen, durch das Infiltrieren von Gewerkschaften und das Erpressen hoher Summen von der legalen Industrie, vom Abschöpfen dessen, was sich abschöpfen ließ, vom Geldverleih, von blankem Diebstahl, von Gewalt und schwerer Körperverletzung und Mord. Es war die kriminelle Familie, der Enrico Raffaello vorstand. Ich mochte die Arbeit nicht, ich mochte die Mandanten nicht, und mich selbst mochte ich auch nicht, während ich für diese Mandanten arbeitete. Ich wollte da raus, aber Enrico Raffaello hatte mir einmal den Gefallen getan, mir das Leben zu retten, und so hatte ich keine große Wahl mehr.

»Also gut«, sagte Pauling, der nach dem Besuch in seinem Amtszimmer wieder auf der Bank Platz genommen hatte. »Fangen wir an.«

In der Sitzreihe neben der Bank, auf der ich saß, waren drei Männer, bereit, vor den Richter gerufen zu werden, und der Commissioner musterte bereits den ersten, einen Jungen mit grinsendem Gesicht, als Henry Peter Cressis Namen aufrief.

»Kommen Sie her, junger Mann«, sagte Pauling zu dem Jungen. Henry flüsterte dem Commissioner etwas ins Ohr. Pauling schloß verärgert die Augen. »Also bringen Sie Mr. Cressi her«, sagte er.

Ich stand auf und glitt an den Tisch.

»Ich nehme an, Sie sind hier, um diesen Schurken zu vertreten, Mr. Carl«, sagte Pauling, als sie Cressi aus der Verwahrzelle brachten.

»Diesen angeblichen Schurken, jawohl, Sir.«

Als Cressi neben mir stand, warf ich ihm einen strengen, vorwurfsvollen Blick zu. Er erwiderte ihn mit einem Kichern und führte seinen kleinen Tanz auf.

»Mr. Cressi«, sagte Commissioner Pauling und unterbrach unseren reizenden kleinen Moment, »Sie werden hiermit des einhundertdreiundachtzigfachen versuchten illegalen Erwerbs von Feuerwaffen beschuldigt, was gegen das Strafgesetz von Pennsylvania verstößt. Sie werden ferner der Verschwörung zur Begehung dieser Straftaten angeschuldigt. Jetzt werde ich Ihnen die faktischen Grundlagen für diese Anklagepunkte vorlesen, also hören Sie zu.« Der Commissioner nahm den Polizeibericht zur Hand und begann zu lesen. Ich wußte, was passiert war, ich hatte die ganze Geschichte am selben Morgen gehört, als mich ein Anruf in meiner Wohnung über Cressis Verhaftung informierte. Die Verhaftung mußte eine tolle Nummer gewesen sein, Cressi mit einem Ryder-Lastwagen, der zu einem Lagerhaus im Nordosten fuhr und dort nicht die Kisten mit Gewehren und anderen Waffen vorfand, die er erwartet hatte, sondern statt dessen eine Schwadron von SWAT-Cops, deren Waffen direkt auf sein hübsches Gesicht gerichtet waren. Die Polizisten hatten eine ganze Armee erwartet, nehme ich an, nicht bloß einen kleinen Mafioso mit einem gemieteten Laster.

»Euer Ehren, was die Kaution betrifft«, sagte ich, »Mr. Cressi war zeit seines Lebens Einwohner dieser Stadt und lebt bei seiner betagten Mutter, die von seiner Pflege abhängig ist.« Das war eine von diesen Anwaltslügen. Ich kannte Cressis Mutter, eine muntere Fünfzigerin, die gern Bingo spielte, aber Peter sorgte immerhin dafür, daß sie jeden Morgen ihre Pillen gegen Bluthochdruck einnahm. »Mr. Cressi hat nicht die Absicht zu fliehen, und da es sich hier um kein Gewaltverbrechen handelt, ist er auch keine Bedrohung für die Allgemeinheit. Wir beantragen, daß er Kaution stellen darf.«

»Was wollte er mit diesen Kanonen machen, Herr Rechtsanwalt? Seinen Rasen durchlüften?«

»Mr. Cressi ist Sammler«, sagte ich. Ich sah Henry auf seinem Stuhl vor unterdrücktem Lachen zittern.

»Und was ist mit dem Flammenwerfer?«

»Würden Sie glauben, daß Mr. Cressi ein Problem mit Kakerlaken hatte?«

Der Commissioner lächelte nicht mal, was ein schlechtes Zeichen war. »Diese Waffen sind illegales Schmuggelgut, das niemand besitzen darf, auch kein sogenannter Sammler.«

»In diesem Punkt möchten wir uns auf die Verfassung berufen, Euer Ehren.«

»Bitte, ersparen Sie mir den zweiten Zusatzartikel, Herr

Rechtsanwalt. Ihr Mandant wollte genügend Waffen kaufen, um einen Krieg zu führen. Dreihundertsechsundsechzigtausend, zehn Prozent in bar«, sagte der Commissioner mit einem schnellen Hammerschlag.

»Euer Ehren, ich glaube, das ist äußerst übertrieben.«

»Zweitausend pro Waffe erscheint mir fair. Ich denke, daß Mr. Cressi einige Zeit im Gefängnis verbringen sollte. Das ist alles. Der nächste Fall.«

»Danke, Euer Ehren«, sagte ich und bemühte mich, jeden Sarkasmus aus meiner Stimme herauszuhalten. Ich wandte mich nach Earl Dante um, der geduldig auf der Zuschauerbank hinter dem Plexiglas saß, und nickte ihm zu.

Dante warf mir einen Blick resignierter Erbitterung zu, wie er einen Mechaniker ansehen würde, der ihm gerade erklärt hat, daß sein Auto eine kostspielige neue Wasserpumpe benötigt. Dann erhob sich der Kredithai, gefolgt von dem Dicken in seinem Trainingsanzug, und ging aus der Tür des Zuschauerraums zu dem wartenden Kautionsbeamten. Während ich ihnen mit den Blicken folgte, bemerkte ich, daß die dünne blonde Frau in der Lederjacke Cressi und mich mit etwas mehr als müßiger Neugier anstarrte.

Ich drehte mich um und gab Cressi eine Reihe komplizierter Anweisungen. »Halten Sie Ihren Mund, bis Sie auf Kaution draußen sind, Peter. Haben Sie das kapiert?«

»Für wen halten Sie mich, für 'nen Idioten?«

»Ich bin nicht derjenige, der von Polizisten Waffen kaufen wollte. Tun Sie einfach, was ich sage, und kommen Sie dann morgen früh in mein Büro, damit wir besprechen können, wie wir weiter vorgehen. Und sorgen Sie dafür, daß Sie meinen üblichen Vorschuß mitbringen.«

»Das mach ich doch immer.«

»Das muß man Ihnen lassen, Peter.« Ich sah die blonde Frau an, die uns noch immer beobachtete. »Kennen Sie die?« fragte ich mit einem Nicken in Richtung Zuschauerraum.

Er blickte auf. »Nein, die Knochigen sind nicht mein Fall.«

»Wenn Sie sie nicht kennen und ich sie nicht kenne, warum starrt sie uns dann so an?«

Er lächelte. »Ach, wissen Sie, wenn man so aussieht und sich so anzieht wie ich, dann gewöhnt man sich dran.«

»Das muß es sein«, sagte ich. »Ich wette, in Ihrem orangefarbenen Spielanzug sehen Sie noch hinreißender aus.«

In diesem Augenblick packte ein Justizwachtmeister Cressis Arm und wollte ihn in die Verwahrzelle zurückbringen.

»Sehen Sie zu, daß Sie sich bis morgen früh aus Schwierigkeiten raushalten«, sagte ich zu ihm, während der Commissioner einen weiteren von seiner endlosen Namensliste verlas.

Doch was das Interesse der Blonden betraf, hatte Cressi sich geirrt. Sie wartete draußen vor dem Roundhouse auf mich. »Mr. Carl?«

»Richtig.«

»Ihr Büro hat gesagt, ich könnte Sie hier finden.«

»Und da bin ich«, sagte ich mit einem knappen Lächeln. Es war kein sehr verheißungsvoller Moment, wie sie da so vor mir stand. Sie war Mitte Zwanzig, klein, und ihr gebleichtes Haar war wie mit einem Hackmesser schnurgerade in Ohrlänge abgeschnitten. Schwarzer Lippenstift, schwarzer Nagellack, die Augen mit Maskara verschmiert, der reinste Hilfeschrei. Unter ihrer schwarzen Lederjacke trug sie ein blaues Arbeitshemd, ursprünglich Eigentum eines Malochers namens Lenny, und einen Faltenrock, der aussah wie aus einem Billigladen. Sie hatte fünf Ohrringe im rechten Ohr und einen Knopf im linken Nasenflügel, und sie sah aus wie eine dieser verarmten Kunststudentinnen, die vor dem chinesischen Imbißladen in der Chestnut Street herumlungern. Eine kleine schwarze Handtasche hing ihr an einem langen Riemen von der Schulter. Auf dem bloßen Knöchel über einem ihrer schwarzen Schuhe mit Plateausohlen trug sie eine tätowierte Rose, und daß ich sie da bemerkte, bedeutete, daß ich sie so taxierte, wie Männer unweigerlich immer alle Frauen taxieren, denen sie begegnen. Nicht übel, in der Tat. Cressi hatte recht, sie war mager, und ihr Gesicht war irgendwie ängstlich verkniffen, aber da war etwas, vielleicht bloß ihre Jugend – etwas war da jedenfalls.

»Was kann ich für Sie tun?« fragte ich.

Sie sah sich um. »Könnten wir, äh, vielleicht irgendwo reden?«

»Sie können mich zur U-Bahn begleiten«, sagte ich und ging in südlicher Richtung auf die Market Street zu. Ich war nicht sonderlich daran interessiert, was sie zu sagen hatte. Ihr Äußeres verriet mir genug. Sie hatte meinen Namen in den Gelben Seiten gefunden und festgestellt, daß ich Strafverteidiger war, und jetzt wollte sie, daß ich mithalf, ihren Freund aus irgendeinem Schlamassel herauszuholen. Natürlich war er unschuldig und zu Unrecht verurteilt, und der Prozeß war natürlich eine Farce gewesen, und sie konnte mich natürlich nicht gleich bezahlen, aber wenn ich ihr aus lauter Herzensgüte helfen würde, würde sie versprechen, mich später zu bezahlen. Ungefähr einmal in der Woche bekam ich solche Anfragen von verzweifelten Angehörigen oder Freundinnen, die sich aus dem Telefonbuch einen Anwalt gesucht hatten. Und was ich denen immer sagte, würde ich am Ende auch dieser hier sagen: daß kein Mensch etwas aus Herzensgüte tut und ich da keine Ausnahme bilde.

Sie sah mir nach und rannte dann, um mich einzuholen, wobei sie komische Hüpfschritte mit ihren Plateausohlen machte, um mein Tempo mitzuhalten. »Ich brauche Ihre Hilfe, Mr. Carl.«

»Mein Terminkalender ist im Augenblick voll.«

»Ich bin in ernsthaften Schwierigkeiten.«

»Alle meine Mandanten sind in ernsthaften Schwierigkeiten.«

»Aber ich bin nicht wie alle Ihre Mandanten.«

»Das ist richtig, meine Mandanten haben mir alle einen Vorschuß für meine Dienste bezahlt. Sie haben mit ihrem Bargeld meine Loyalität und Aufmerksamkeit gekauft. Sind Sie in der Lage, mir einen Vorschuß zu zahlen, Miss...«

»Shaw. Caroline Shaw. Wieviel?«

»Fünftausend für einen strafrechtlichen Routinefall.«

»Dies ist kein Routinefall, da bin ich sicher.«

»Nun, wenn das so ist, dann könnte es mehr kosten.«

»Ich kann bezahlen«, sagte sie. »Das ist kein Problem.«

Das ließ mich innehalten. Ich hatte eine Ausflucht, ein Versprechen, eine Bitte erwartet, aber daß die Bezahlung kein Problem war, hatte ich nicht zu hören erwartet. Ich blieb stehen, drehte mich um und sah sie mir genauer an. Obwohl sie sich anzog wie eine Streunerin, hielt sie sich königlich, die Schultern zurück, den Kopf hoch, was auf diesen lächerlichen Plateausohlen wirklich nicht einfach war. Die Augen in den waschbärhaften Maskararingen waren blau und scharf, die Augen einer Jurastudentin oder einer vollendeten Lügnerin. Und sie sprach gewählter, als ich nach ihrer Aufmachung erwartet hatte. »Was soll ich für Sie tun, Miss Shaw?«

»Ich möchte, daß Sie herausfinden, wer meine Schwester umgebracht hat.«

Das war neu. Ich legte den Kopf schräg. »Ich dachte, Sie hätten gesagt, *Sie* wären in Schwierigkeiten?«

»Ich glaube, ich könnte die nächste sein.«

»Nun, das ist in der Tat ein Problem, und ich wünsche Ihnen alles Gute. Aber Sie sollten zur Polizei gehen. Es ist deren Job, Morde zu untersuchen und Bürger zu beschützen; mein Job ist, die Mörder freizukriegen. Guten Tag, Miss Shaw«, sagte ich, drehte mich um und ging weiter in Richtung U-Bahn.

»Ich habe Ihnen doch gesagt, ich bin bereit zu zahlen«, sagte sie und hüpfte wieder, um mit mir Schritt zu halten, wobei ihre Schuhe auf dem Asphalt klapperten. »Spielt das denn keine Rolle?«

»Das spielt eine große Rolle«, sagte ich im Weitergehen, »aber einen Scheck auszustellen, ist eine Sache; ob er gedeckt ist, eine ganz andere.«

»Aber er wird gedeckt sein«, sagte sie. »Und ich brauche Ihre Hilfe. Ich habe Angst.«

»Gehen Sie zur Polizei.«

»Sie wollen mir also nicht helfen?« Ihre Stimme klang jetzt erbarmungswürdig, und nachdem sie gesprochen hatte, blieb sie stehen. Es war nicht schwer, weiterzugehen, nicht schwerer, als an einer obdachlosen Bettlerin vorbeizugehen, ohne ihr einen Vierteldollar in den Napf zu werfen. Wir lernen, in der Stadt einfach weiterzugehen, aber während ich weiterging, konnte ich sie noch immer hören. »Ich weiß nicht, was ich machen soll, wenn Sie mir nicht helfen. Ich glaube, wer immer sie umgebracht hat, wird mich als nächste umbringen. Ich bin verzweifelt, Mr. Carl. Ich habe das hier bei mir, aber ich habe trotzdem die ganze Zeit Angst.«

Ich blieb wieder stehen und sah mich mit einem Gefühl der Bedrohung um. Sie hielt eine Pistole auf mein Herz gerichtet.

»Wollen Sie mir nicht helfen, Mr. Carl? Sie ahnen nicht, wie verzweifelt ich bin.«

Die Waffe war mattschwarz poliert und hatte eine schnittige Form; es war ein kleines Kaliber, gewiß, aber das reichte noch immer aus, um im Ballsaal eines Hotels die besten Hoffnungen einer Generation umzubringen, ganz zu schweigen von einem kleinen Strafverteidiger, der niemandes beste Hoffnung auf irgendwas war.

Ich muß ihr zugestehen, sie verstand es, meine Aufmerksamkeit zu erregen.

## 3

»Stecken Sie die Waffe weg«, sagte ich mit meiner schärfsten Stimme.

»Ich wollte nicht, o Gott, nein, ich...«, sagte sie, während ihre Hand schwankte und der Lauf sich nach unten richtete, als ob die Waffe schlaff geworden wäre.

»Stecken Sie die Waffe weg«, sagte ich, und das war nicht so tapfer, wie es sich anhört, weil die einzigen anderen Alternativen darin bestanden, wegzulaufen und dabei meinen Rücken der .22er auszusetzen, oder aber mir in die Hosen zu machen, was immer eine schreckliche Schweinerei ist, so groß die unmittelbare Erleichterung auch sein mag. Und nachdem ich ihr gesagt hatte, sie solle die Waffe wegstecken, des Nachdrucks wegen gleich zweimal, tat sie, was ich gesagt hatte, und steckte sie wieder in ihre Handtasche. Auf eine gewisse heldenhafte Weise war das für mich unglaublich befriedigend.

Bis sie anfing zu weinen.

»Oh, nein, tun Sie das nicht«, sagte ich. »Tun Sie das nicht.«

Ich trat auf sie zu, als sie auf dem Bürgersteig zu einer sitzenden Haltung zusammenklappte, weinend, während ihr das dicke Maskara in Bahnen über die Wangen rann und ihre Nase sich rötete. Sie wischte sich mit dem schwarzen Lederärmel das Gesicht ab und verschmierte dabei alles.

»Bitte, weinen Sie nicht, es kommt schon in Ordnung. Wir werden irgendwo hingehen, wir werden reden, bloß hören Sie auf zu weinen, bitte, hören Sie auf.«

Danach konnte ich sie nicht einfach da auf dem Boden sitzen lassen, schwarze Tränen auf den Asphalt vergießend. In einer anderen Ära hätte ich ihr angeboten, ihr einen guten steifen Drink auszugeben, aber dies war eben keine andere Ära, und so bot ich ihr statt dessen an, einen Cappuccino zu spendieren. Sie ließ sich von mir zu einem Café ein paar Blocks weiter östlich schleppen. Es war ein ziemlich heruntergekommenes kleines Café mit alten Polstersofas und Polstersesseln, ein paar gebrechlichen Tischen, und an den hinteren Wänden standen Bücherregale mit modrigen alten Taschenbüchern. Ich trank einen schwarzen Kaffee, koffeinfrei allerdings, da der Anblick ihrer auf mein Herz gerichteten Knarre mir für den Morgen schon genug Erregung verschafft hatte. Caroline saß mir gegenüber an einem der Tische, die Arme verschränkt, vor sich den Cappuccino, hell, schaumig, mit Zimt bestreut und völlig unberührt. Jetzt waren ihre Augen rot und verschmiert und traurig. Es gab noch ein paar andere Leute in dem Café, jung und schäbig in lose sitzenden Klamotten, mit fettigen Haaren, Flanellhemden und Sandalen. Caroline sah richtig zu Hause aus in dieser Umgebung. In meinem blauen Anzug kam ich mir wie ein Cop vor.

»Haben Sie einen Waffenschein für die Pistole?« fragte ich.

»Ich nehme an, ich brauche einen, oder?«

Ich nickte und trank einen Schluck aus meinem Becher. »Nehmen Sie einen guten juristischen Rat an und schmeißen Sie das Ding weg. Ich sollte Sie eigentlich anzeigen, zu Ihrem eigenen Besten, obwohl ich das nicht tun werde. Es verstößt gegen meinen…«

»Es stört Sie doch nicht, wenn ich rauche, oder?« fragte sie, mich mitten im Satz unterbrechend, und bevor ich antworten konnte, kramte sie schon wieder in dieser kleinen schwarzen Handtasche herum. Ich muß zugeben, es gefiel mir nicht, ihre Hand wieder in dieser Tasche zu sehen, aber diesmal nahm sie nichts weiter heraus als eine Schachtel Camel light. Sie schaffte es, sich mit noch immer verschränkten Armen eine Zigarette anzuzünden.

Ich musterte sie erneut und tippte innerlich, daß sie Verkäuferin in einem Videoladen oder Teilzeitstudentin am Philadelphia Community College oder vielleicht beides war. »Was machen Sie eigentlich, Caroline?«

»Im Augenblick bin ich zwischen zwei Sachen«, sagte sie, beugte sich vor und suchte auf dem Tisch nach etwas. Als sie nichts fand, warf sie ihr abgebranntes Streichholz in den braun gesprenkelten Schaum auf ihrem Cappuccino. Ich hatte gerade zweieinhalb Dollar für ihren flüssigen Aschenbecher bezahlt. Ich vermute, sie hätte den Drink vorgezogen. »Vorigen Monat war ich Fotografin. Nächsten Monat werde ich vielleicht mit dem Steptanzen anfangen.«

»Eine unerschütterliche Hingabe an Ihre Launen, wie ich sehe.«

Sie lachte ein so verbittertes Lachen, daß ich das Gefühl hatte, Betty Davis den Kopf zurückwerfen und ihren weißen Hals recken zu sehen. »Genau. Ich strebe danach, mein Leben zu leben wie jemand in einer Fernsehserie, jede Woche ein neues und munteres Abenteuer.«

»Wie lautet der Titel dieser Episode?«

»›In der Mangel‹ oder vielleicht ›Ins Gedrängel‹, weil ich nachher in der Gallery ein paar Tampons kaufen muß. Warum waren Sie heute morgen in diesem blöden kleinen Gerichtssaal?«

Ich trank noch einen Schluck Kaffee. »Einer meiner Mandanten hat versucht, von einem verdeckten Ermittler einhundertneunundsiebzig automatische Gewehre, drei Granatwerfer und einen Flammenwerfer zu kaufen.«

»Ist er bei der Mafia, dieser Mandant von Ihnen?«

»Es gibt keine Mafia. Das ist bloß eine Erfindung der Presse.«

»Und was will er dann mit all diesen Gewehren?«

»Tja, das ist die Frage, nicht wahr?«

»Ich hatte gehört, daß Sie ein Anwalt der Mafia sind. Das stimmt doch, oder?«

Ich bemühte mich, sie anzustarren, ohne zu blinzeln, während ich diese Bemerkung wie Rotz an mir abgleiten ließ.

Ja, eine Mehrheit meiner Mandanten waren zufällig Juniorpartner von Mr. Raffaello, wie ich schon sagte, aber ich war kein Mafiaanwalt. Zumindest technisch gesehen nicht. Ich bearbeitete nur ihre Fälle, nachdem sie angeblich ihre angeblichen Verbrechen begangen hatten, weiter nichts. Und obwohl meine Mandanten niemals ausflippten, niemals die Organisation verpfiffen, die sie ernährte, seit sie junge Spunde waren, die sie erhielt, die sich um ihre Familien und ihre Zukunft kümmerte, obwohl meine Mandanten nie die Familie verrieten, war die Entscheidung, das nicht zu tun, längst gefallen, bevor sie jemals mein Büro betraten. Und vertrat ich diese Männer wirklich, oder setzte ich bloß die Versprechungen durch, die allen Bürgern in der Verfassung der Vereinigten Staaten gegeben worden waren?

Gehörte ich nicht zu den edelsten Verteidigern dieser geheiligten Rechte, für die unsere Vorväter kämpften und starben? Wer von uns tat mehr, um die Freiheit zu schützen, um Gerechtigkeit zu gewährleisten? Wer von uns tat mehr, um den American Way of Life zu bewahren?

Höre ich mich defensiv an?

Ich war im Begriff, ihr das alles zu erklären, aber inzwischen langweilte es sogar mich, und deshalb sagte ich bloß: »Ich befasse mich mit Strafrecht. Ich lasse mich nicht auf…«

»Was ist das?« rief sie, sprang auf und kniete sich auf ihren Stuhl. »Was ist das, was?«

Ich starrte einen Augenblick in ihr ängstliches Gesicht, das wirklich entsetzt dreinschaute, bevor ich unter den Tisch sah, wo noch vor einem Moment ihre Beine gewesen waren. Eine Katze, braun und zerzaust, rieb sich den Rücken an den Stuhlbeinen. Sie sah dabei ganz zufrieden aus.

»Es ist bloß eine Katze«, sagte ich.

»Verscheuchen Sie sie. Ich kann diese Tiere nicht ausstehen. Verscheuchen Sie sie, bitte, bitte, bitte.«

»Es ist doch bloß eine Katze«, wiederholte ich.

»Ich hasse sie, diese elenden, undankbaren kleinen Manipulatoren mit ihren Krallen und Zähnen und ihren pelzleckenden Zungen. Sie fressen Menschenfleisch, wissen Sie das nicht? Das fressen sie fast am liebsten. Werden Sie neben einer Katze ohnmächtig, und sie frißt Ihnen das Gesicht weg.«

»Das glaube ich nicht.«

»Verscheuchen Sie sie, bitte, bitte, bitte.«

Ich griff unter den Tisch, und die Katze entwischte mir knapp. Ich stand auf und ging ihr nach, scheuchte sie in den Hintergrund des Cafés, wo sich hinter den Bücherregalen eine offene Toilettentür befand. Als die Katze in die Toilette schlüpfte, machte ich die Tür hinter ihr zu.

»Was hatte das zu bedeuten?« fragte ich Caroline, als ich an den Tisch zurückkam.

»Ich mag keine Katzen«, sagte sie, während sie mit ihrer Zigarette herumfummelte.

»Ich mag Katzen auch nicht besonders, aber ich springe nicht vom Stuhl und drehe durch, wenn ich eine sehe.«

»Ich hab ein kleines Problem mit ihnen, das ist alles.«

»Mit Katzen?«

»Ich habe Angst vor Katzen. Ich bin nicht die einzige. Das hat einen Namen. Katzenphobie. Was soll's? Jeder fürchtet sich vor irgendwas.«

Darüber dachte ich einen Moment nach. Sie hatte natürlich recht, jeder von uns fürchtet sich vor irgendwas, und im großen ganzen ist die Angst vor Katzen nicht die schlimmste aller Ängste. Meine große Angst in diesem Leben hatte keinen Namen. Ich hatte Angst davor, genau der zu bleiben, der ich war, und diese Phobie jagte mir täglich Schauer über den Rücken. Etwas so Einfaches wie die Angst vor Katzen wäre dagegen ein Segen gewesen.

»Also gut, Caroline«, sagte ich, »erzählen Sie mir von Ihrer Schwester.«

Sie nahm einen Zug aus ihrer Zigarette und stieß eine langgezogene weiße Rauchwolke aus. »Also, erstens wurde sie ermordet.«

»Hat die Polizei den Mörder gefunden?«

Sie griff nach ihrem Päckchen Camel light, obwohl ihre erste Zigarette noch brannte. »Jackie hing in ihrem Apartment an einem Strick. Sie sind zu dem Ergebnis gekommen, daß sie sich selbst aufgehängt hat.«

»Hat die Polizei das gesagt?«

»Genau. Der Coroner und irgend so ein Höhlenbewohner von einem Detective namens McDeiss. Sie haben den Fall beide abgeschlossen und gesagt, es wäre Selbstmord gewesen. Aber es war keiner.«

»Sie meinen, sie hat sich nicht selbst aufgehängt?«

»Das hätte sie nie getan.«

»Dieser Detective McDeiss hat es als Selbstmord eingestuft?«

Sie seufzte. »Sie glauben mir nicht.«

»Nein, wenn ich ehrlich bin«, sagte ich. »Ich hatte mit McDeiss ein paarmal Ärger, aber er ist ein ziemlich guter Polizist. Wenn er gesagt hat, es wäre Selbstmord, dann stehen die Chancen nicht schlecht, daß Ihre Schwester sich umgebracht hat. Sie haben vielleicht gedacht, sie wäre nicht der Typ, das ist völlig normal, aber...«

»Natürlich war sie der Typ«, sagte sie und unterbrach mich erneut. »Jackie hat Sylvia Plath gelesen, als wenn ihre Lyrik eine Art Straßenkarte durch die Pubertät wäre. Eine ihrer Lieblingszeilen stammte aus einem Gedicht mit dem Titel *Lady Lazarus*. ›Sterben ist eine Kunst wie alles andere auch. Ich kann es außerordentlich gut.‹«

»Dann verstehe ich Ihr Problem nicht.«

»Jackie redete so natürlich über Selbstmord wie andere Leute über das Wetter, aber sie hat gesagt, sie würde sich niemals erhängen. Der Gedanke widerte sie an, da zu baumeln, Schmerzen zu spüren, sich zu drehen, während das Seil sich spannt und ächzt, den Druck am Hals und im Rückgrat zu spüren und da zu hängen, bis jemand einen abschneidet.«

»Was wäre denn ihre Art gewesen?«

»Tabletten. Darvon. Zweitausend Milligramm sind tödlich. Sie hatte immer sechstausend in Reserve. Jackie scherzte oft, sie wolle für einen wirklich tollen Selbstmordanfall immer alles parat haben. Außerdem hat sie in den letzten paar Jahren fast glücklich gewirkt. Es war so, als hätte sie wirklich den Frieden gefunden, den sie früher nur im Tod finden zu können glaubte, wegen dieser New-Age-Kirche, der sie sich angeschlossen hatte. Sie hatte ihn durch Meditation gefunden. Sie hat sich sogar verlobt.«

»Also gut, nehmen wir an, sie wurde ermordet. Was soll ich dabei tun?«

»Herausfinden, wer es getan hat.«

»Ich bin bloß ein Anwalt«, sagte ich. »Was Sie suchen, ist ein Privatdetektiv. Ich beschäftige immer einen, der fabelhaft ist.

Sein Name ist Morris Kapustin, und er ist ein bißchen unorthodox, aber wenn einem irgend jemand helfen kann, dann er. Ich könnte einen Termin…«

»Ich will ihn nicht, ich will Sie.«

»Warum mich?«

»Was genau machen Mafiaanwälte eigentlich, in italienischen Restaurants essen und Ränke schmieden?«

»Warum mich, Caroline?« Ich starrte sie an und wartete.

Sie zündete sich die neue Zigarette an der noch brennenden Kippe der alten an und drückte diese dann am Rand des Bechers aus. »Finden Sie, daß ich zuviel rauche? Alle finden, daß ich zuviel rauche. Früher war ich cool, heute bin ich so gut wie aussätzig. Alte Damen sprechen mich auf der Straße an und halten mir Vorträge.«

Ich starrte sie bloß an und wartete noch ein bißchen länger, und nachdem ich lange gewartet hatte, nahm sie einen tiefen Zug aus ihrer Zigarette, stieß den Rauch aus und sagte: »Ich glaube, daß ein Buchmacher namens Jimmy Vigs sie umgebracht hat.«

Das war es also, warum sie mich, mich unbedeutenden Menschen, auf der Straße verfolgt und dann eine Waffe gezogen hatte und dann zu einem Häufchen heulendem Elend mit schwarzen Tränen zusammengesunken war; alles perfekt dazu angetan, meine Aufmerksamkeit, wenn nicht mein Mitgefühl zu wecken. Ich kannte Jimmy Vigs Levine, natürlich kannte ich ihn. Ich hatte ihn bei seiner letzten Anklage wegen Buchmacherei vertreten, und ich hatte einen Freispruch erreicht, als ich abstritt, daß er ein Spieler sei, abstritt, daß es sein Kontobuch sei, das die Polizisten gefunden hatten, abstritt, daß es seine Handschrift in dem Kontobuch sei, trotz der Aussage der Experten, denn, Augenzwinkern, was wissen die schon, abstritt, daß die Einträge in dem Kontobuch sich auf Footballspiele und die Zahlen sich auf Dollarbeträge bezögen, und nach all diesen hübschen Verneinungen hatte ich die Arme ausgebreitet und mit meiner besten Jungs-bleiben-eben-

Jungs-Stimme gesagt: »Und welchen Schaden hat er angerichtet?« Es half, daß die Jury nur aus Männern bestand, nachdem ich alle Frauen abgelehnt hatte, und der Prozeß im Frühling stattfand, mitten im Märzrausch, und jeder einzelne dieser Männer hatte Geld in einem NCAA-Pool. Also, ja, ich kannte Jimmy Vigs Levine, in der Tat.

»Er war mal mein Mandant, wie Sie offenbar wissen«, sagte ich, »also möchte ich wirklich nicht mehr hören. Aber eins kann ich Ihnen über Jimmy Levine sagen, er ist kein Killer. Ich kenne ihn seit…«

»Dann können Sie den Verdacht gegen ihn ausräumen.«

»Würden Sie aufhören, mich dauernd zu unterbrechen. Das ist unhöflich und ärgerlich.«

Sie legte den Kopf schräg und lächelte mich an, als wäre es ihre Absicht, mich zu provozieren.

»Ich brauche keinen Verdacht gegen Jimmy auszuräumen«, sagte ich. »Er wird nicht verdächtigt, weil die Polizei den Tod Ihrer Schwester als Selbstmord eingestuft hat.«

»Ich verdächtige ihn, und ich habe eine Kanone.«

Ich schürzte die Lippen. »Und Sie bringen ihn um, wenn ich den Fall nicht übernehme, meinen Sie das?«

»Ich bin eine verzweifelte Frau, Mr. Carl«, sagte sie, und ihre Stimme enthielt genau den heiseren Beiklang von Angst, als hätte sie den Satz im voraus eingeübt, ihn immer wieder vor dem Spiegel geprobt, bis sie ihn exakt richtig hinkriegte.

»Lassen Sie mich raten, nur eine wilde Ahnung von mir, aber bevor Sie anfingen, in Dunkelkammern mit Vergrößerungsapparaten herumzuspielen, haben Sie da zufällig Schauspielunterricht gehabt?«

Sie lächelte. »Ein paar Jahre lang, ja. Ich war sogar Star in einem Film, bis der Produktion das Geld ausging.«

»Und daß Sie die Waffe gezogen haben und auf dem Bürgersteig zusammengesunken sind wie ein Häufchen Elend, das war einfach ein Teil der Vorstellung?«

Ihr Lächeln wurde breiter und bekam etwas Durchtriebenes und Einladendes. »Ich brauche Ihre Hilfe.«

»Sie haben die richtige Entscheidung getroffen, als Sie die Schauspielerei aufgegeben haben.« Einen Augenblick lang dachte ich, es könnte unterhaltsam sein, sie mit ihrer Kinderpistole auf Jimmy Vigs losgehen zu sehen, aber dann überlegte ich es mir anders. Und ihr Lächeln gefiel mir, jedenfalls genug, um ihr zuzuhören. »Also gut, Caroline, erzählen Sie mir, warum Sie denken, mein Freund Jimmy hätte Ihre Schwester umgebracht.«

Sie seufzte und sog an der Zigarette, inhalierte und blies eine Rauchwolke in die Luft über meinem Gesicht. »Es ist mein Bruder Eddie«, sagte sie. »Er ist ein Spieler. Er wettet zu hoch und verliert zu oft. Soweit ich weiß, schuldete er diesem Jimmy Vigs eine Menge Geld, zuviel Geld. Es gab Drohanrufe, Besuche spät in der Nacht, und Eddies Auto fiel Vandalen zum Opfer. Eddie hatte plötzlich einen gebrochenen Arm, von einem Sturz, wie er sagte, aber keiner hat ihm geglaubt. Dann ist Jackie gestorben, scheinbar durch Selbstmord, aber ich weiß, daß es keiner war, und plötzlich hörten die Drohungen auf, die Besuche hörten ebenfalls auf, und Eddies repariertes und neu lackiertes Auto behielt seinen jungfräulichen Zustand. Er muß bezahlt haben. Wenn dieser Jimmy Vigs Eddie umgebracht hätte, hätte er alles verloren, aber er hat Jackie umgebracht, und das muß Eddie solche Angst gemacht haben, daß er das Geld auftrieb und bezahlte. Aber ich habe gehört, daß er wieder wettet und seine Schulden noch vergrößert. Und wenn Ihr Jimmy Vigs Eddie wieder mal angst machen muß, bin ich diejenige, die er sich als nächste vorknöpft.«

Ich hörte zu, nickte andauernd und glaubte ihr kein Wort. Wenn Jimmy betrogen wurde, würde er drohen, sicher, wer würde das nicht, und vielleicht jemandem ein oder zwei Beine brechen, was ziemlich schmerzhaft sein kann, wenn man es richtig macht, aber weiter würde er nicht gehen. Es sei denn, vielleicht, wir sprächen von sehr, sehr viel Geld, aber es war unwahrscheinlich, daß Jimmy bei jemandem wie dem Bruder dieses Mädchens soviel auflaufen lassen würde.

»Ich möchte also«, sagte sie, »daß Sie herausfinden, wer sie umgebracht hat, und dafür sorgen, daß sie sich von mir fernhalten. Ich dachte, bei Ihren Beziehungen zu diesem Jimmy Vigs und der Mafia würde das für Sie einfach sein.«

»Kann ich mir vorstellen, daß Sie das gedacht haben«, sagte ich. »Aber was ist, wenn es nicht Jimmy Vigs war?«

»Er war es.«

»Die meisten Opfer werden von jemandem umgebracht, den sie kennen. Wenn sie ermordet worden ist, dann vielleicht von einem Liebhaber oder einem Familienmitglied.«

»Meine Familie hatte nichts damit zu tun«, sagte sie scharf.

»Jimmy Levine ist kein Mörder. Die bloße Tatsache, daß Ihr Bruder ihm Geld schuldete, ist…«

»Und was ist dann hiermit?« fragte sie und griff dabei wieder in ihre Handtasche.

»Sie haben es schon wieder getan, verdammt. Und ich wünschte, Sie würden nicht dauernd in diese Tasche greifen.«

»Erschrocken?« Sie lächelte, als sie einen Sandwichbeutel aus Plastik aus der Tasche nahm und mir vor die Nase hielt.

Ich nahm ihn ihr ab und untersuchte ihn. Er enthielt ein Stück Zellophan, ein Bonbonpapier, an einer Seite zusammengedreht, an der anderen offen, und auf diese Seite war das Wort »Tosca« gedruckt. Als ich den Aufdruck sah, wurde mir die Kehle eng.

»Das habe ich in ihrem Badezimmer auf dem Boden gefunden, hinter der Toilette, als ich ihr Apartment saubergemacht habe«, sagte sie.

»Also war sie im Tosca's. Na und?«

»Jackie war ein Putzteufel. Sie hätte das nicht einfach herumliegen lassen. Die Polizei hat es nicht bemerkt, ich denke, die geben sich nicht mit Toiletten ab, aber Jackie wäre es mit Sicherheit nicht entgangen. Und Tomatensauce war für ihren Magen zu säurehaltig. Sie hat nie italienisch gegessen.«

»Also vielleicht jemand anderer.«

»Genau. Ich habe herumgefragt, und das Tosca's scheint eine Art Mafialokal zu sein.«

»Das sagt man.«

»Ich glaube, daß sie ermordet worden ist, Mr. Carl, und daß der Mörder im Tosca's war und dies zurückgelassen hat, und ich glaube, daß Sie derjenige sind, der das für mich herausfinden kann.«

Ich sah das Papier an und dann Caroline und dann wieder das Papier. Vielleicht hatte ich die Bösartigkeit von Jimmy Vigs Levine unterschätzt, und vielleicht hatte einer meiner Mandanten, der für einen anderen meiner Mandanten Geld eintrieb, diese kleine Visitenkarte aus dem Tosca's am Schauplatz des Mordes hinterlassen.

»Und wenn ich herausfinden würde, wer es getan hat«, sagte ich, »was dann?«

»Ich will bloß, daß sie mich in Ruhe lassen. Wenn Sie herausfinden, wer es getan hat, könnten Sie dann dafür sorgen, daß man mich in Ruhe läßt?«

»Vielleicht«, sagte ich. »Was ist mit der Polizei?«

»Das liegt in Ihrem Ermessen«, sagte sie.

Mir gefiel die Vorstellung nicht, daß dieses verwahrloste Kind sich im Tosca's herumtrieb und Schwierigkeiten suchte, und ich stellte mir vor, daß sie Enrico Raffaello auch nicht sonderlich gefallen würde. Wenn ich den Anwaltsvorschuß nahm und ihr irgendwie bewies, daß ihre Schwester sich tatsächlich selbst das Leben genommen hatte, dann würde ich allen, vor allem Caroline, eine Menge Scherereien ersparen. Ich warf noch einen Blick auf das Einwickelpapier in dieser Plastiktüte, fragte mich, welche Fingerabdrücke darauf wohl noch zu finden sein mochten, und steckte es dann in meine Jackentasche, wo es keinen Schaden anrichten konnte.

»Ich brauche einen Vorschuß von zehntausend Dollar«, sagte ich.

Sie lächelte, nicht dankbar, sondern triumphierend, als hätte sie die ganze Zeit gewußt, daß ich den Fall übernehmen würde.

»Ich dachte, es wären fünftausend.«

»Ich verlange hundertfünfundachtzig Dollar die Stunde plus Spesen.«

»Das erscheint mir ziemlich viel.«

»Das ist mein Preis. Und Sie müssen mir versprechen, daß Sie diese Pistole wegwerfen.«

Sie preßte die Lippen aufeinander und dachte einen Moment nach. »Aber ich möchte die Waffe behalten«, sagte sie mit leisem Trotz in der Stimme. »Sie hält mich warm.«

»Kaufen Sie einen Hund.«

Sie dachte noch ein bißchen länger nach, griff dann wieder in ihre Handtasche, und was sie diesmal herausholte, war ein Scheckbuch. Sie schlug es mit der Übung auf, die man bei gutgekleideten Frauen in Feinkostläden sieht. »Auf wen soll ich ihn ausstellen?«

»Derringer und Carl«, sagte ich. »Zehntausend Dollar.«

»Den Betrag weiß ich noch«, sagte sie mit einem Lachen, während sie schrieb.

»Wird der eingelöst?«

»Ich hoffe doch«, sagte sie, als sie ihn mir reichte.

»Mit Hoffnungen habe ich meine Miete noch nie bezahlen können. Wenn er eingelöst ist, fange ich mit der Arbeit an.« Ich sah mir den Scheck an. Er war auf die First Mercantile Bank of the Main Line ausgestellt. »Nette Bank«, sagte ich.

»Sie haben mir einen Toaster geschenkt.«

»Und Sie werfen die Waffe weg?«

»Ich werfe die Waffe weg.«

Damit war das also erledigt. Ich schrieb mir ihre Telefonnummer auf und stopfte den Scheck in meine Tasche und ließ sie dort mit einer zwischen ihren Fingern verqualmenden Zigarette sitzen. Ich hatte einen Vorschuß bekommen – angenommen, der Scheck war gedeckt –, um den mysteriösen Tod von Jacqueline Shaw zu untersuchen. Ich hatte erwartet, es wäre eine einfache Sache, ich würde einfach in den Akten nachsehen und einen Selbstmord finden. Damals wußte ich nicht, konnte ich nicht wissen, zu welchen Verbrechen und durch welche Höllen diese Ermittlungen führen würden. Aber in diesem Augenblick, mit dem Scheck in der Hand, dachte ich nicht so sehr an die arme Jacqueline Shaw, die da mit dem Hals an einem Seil hing, sondern an Caroline, ihre Schwester, und ihr durchtriebenes Lächeln.

Ich nahm die U-Bahn zurück zur Sixteenth Street und ging den Rest des Weges bis zu meinem Büro in der Twentyfirst zu Fuß. Die Treppe hinauf, an den Klingelschildern vorbei, durch den Gang mit all den anderen Büros, mit denen wir das Haus teilten, zu den drei Türen ganz hinten.

»Irgendwelche Nachrichten, Ellie?« fragte ich meine Sekretärin. Sie war eine junge Blondine mit Sommersprossen, unsere loyalste – und einzige – Angestellte.

Sie reichte mir ein Päckchen Zettel. »Nichts Aufregendes.«

»Ist das je der Fall?« sagte ich, während ich traurig nickte und in mein schäbiges Büro ging. Nicht mehr ganz saubere weiße Wände, zu Türmen gestapelte Akten, verwelkte Blumen, die wie vertrocknete Leichen aus einer Glasvase auf meinem braunen Aktenschrank hingen. Durch das einzige Fenster hatte man einen traurigen Blick auf die trostlose Gasse unten. Ich schloß den Aktenschrank auf und nahm die Plastiktüte mit dem Bonbonpapier von Tosca's aus der Tasche und stopfte sie in einen Aktenordner mit der Aufschrift »Neueste Gerichtsentscheidungen«. Dann machte ich die Schublade wieder zu, verschloß den Schrank und setzte mich an meinen Schreibtisch. Ich starrte auf all die Arbeit, die ich zu tun hatte, Abschriften, die durchgesehen, Zusammenfassungen, die geschrieben, Entdeckungen, die gemacht werden mußten. Statt mich in die Arbeit zu vergraben, nahm ich den Scheck aus der Tasche. Zehntausend Dollar. Caroline Shaw. First Mercantile Bank of the Main Line. Das war eine ziemlich feine Bankadresse für eine Punkerin mit einem Knopf in der Nase. Ich stand auf und schlenderte in das Büro meiner Partnerin.

Sie saß an ihrem Schreibtisch, kauend, in der einen Hand einen Stift, in der anderen eine rohe Karotte. Grau und weiß gestreifte Kopien von Gutachten, mit fluoreszierendem pinkfarbenem Marker angestrichen, waren über die Tischplatte verstreut. Sie starrte mich an, als fühle sie sich grob gestört.

»Was gibt's, Doc?« sagte Beth Derringer.

»Hast du Lust auf eine Spazierfahrt?«

»Klar«, sagte sie und biß ein weiteres Stück von ihrer Karotte ab. »Wozu?«

»Um einen Scheck einzulösen.«

## 4

»Wohin fahren wir?« fragte Beth vom Beifahrersitz meines kleinen Mazda, während ich die Wildnis des Schuylkill Expressway zu bewältigen suchte.

Elizabeth Derringer, klein, mit scharfen Zügen und glänzendem schwarzem Haar, das gleichmäßig gerade geschnitten war, war meine Partnerin, seit wir beide die juristische Fakultät verlassen hatten, mit Ausnahme einer kurzen Frist vor ein paar Jahren, als ich bei einem Fall vom rechten Wege abkam und mich für Geld statt Ehre entschied und sie sich gezwungen fühlte zu kündigen. Das war typisch Beth, so zu tun, als sei Integrität wichtiger als Bares, und von allen Leuten, die ich je im Leben getroffen habe und die vorgaben, genauso zu denken – was viel zu viele waren –, brachte Beth die Nummer am besten. Beth war schlauer als ich, weiser als ich und einfach eine bessere Anwältin, aber sie hatte eine ärgerliche Tendenz, sich mehr um Fälle zu kümmern als um Geld, Krüppel zu vertreten, denen die Invalidenrente verweigert wurde, Sekretärinnen, denen irgendwelche Neandertaler von Vorgesetzten in die Brustwarzen gekniffen hatten, Versager, denen im Zuge einer Vollstreckung die Zwangsräumung ihrer

Wohnung drohte. Es waren meine Strafverteidigungen, die für unsere Liquidität sorgten, aber ich dachte gern, daß Beths unprofitable gute Taten meinen profitablen Abstieg in die Niederungen meiner schlimmen Mandanten rechtfertigten. Bei der heutigen räuberischen Verfassung der Juristerei wäre ich gut beraten gewesen, mich ihrer zu entledigen, weil sie nichts zu unserem Einkommen beitrug, aber das hätte ich niemals getan. Ich wußte, daß ich Beth mehr vertrauen konnte als irgend jemandem sonst auf dieser Welt, was für eine Partnerin nicht schlecht ist und was erklärt, warum ich mich mit ihr zusammentat, aber nicht, warum sie sich mit mir zusammentat. Dahinter war ich noch immer nicht gekommen.

»Ich habe eine neue Mandantin für uns«, sagte ich. »Ich will sehen, ob der Scheck für den Anwaltsvorschuß gedeckt ist.«

»Du riechst wie ein Schornstein.«

»Diese neue Mandantin ist ein bißchen nervös.«

»Warum läßt du sie nicht einfach Morris überprüfen?« sagte sie. Sie sprach von Morris Kapustin, unserem üblichen Privatdetektiv.

»Die Sache ist noch nicht groß genug, um Morris hinzuzuziehen.«

Eine braune Chevette schnitt mich auf dem Expressway, und ich drückte auf die Hupe. Der Typ in der Chevette ordnete sich in eine andere Fahrspur ein und verlangsamte, um mir den Finger zu zeigen. Ich erwiderte die Geste. Er rief etwas, und ich rief etwas, und ein paar Augenblicke lang blafften wir uns gegenseitig an, ohne daß einer ein Wort von dem hören konnte, was der andere sagte, bis er davonbrauste.

»Erzähl mir von der neuen Mandantin. Wer ist sie?«

»Sie heißt Caroline Shaw. Ihre Schwester, eine gewisse Jacqueline Shaw, hat sich anscheinend umgebracht. Caroline glaubt nicht, daß es ein Selbstmord war. Sie verdächtigt einen meiner Mandanten und will, daß ich die Sache untersuche. Ich bin sicher, daß nicht mehr dran ist, als es den Anschein hat, aber ich denke, ich kann ihr Schwierigkeiten ersparen, wenn ich sie davon überzeuge. Meine Mandanten mögen es nicht, wenn man sie des Mordes beschuldigt.«

»Das ist aber edel von dir.«

»Sie hat uns zehntausend Dollar Vorschuß gegeben.«

»Das hätte ich mir denken können.«

»Selbst Edelmut hat einen Preis. Weißt du, was heutzutage ein Ritterschlag wert ist?«

Ein brauner Lieferwagen geriet aus der Spur und kam der Seite meines Mazdas immer näher. Ich drückte auf die Hupe und gab Gas, um ihm zu entkommen, bremste dann gerade noch rechtzeitig, um einem Cadillac auszuweichen, und fädelte mich in die mittlere Spur ein.

»Das ist nicht die Art von Fall, die du gewöhnlich übernimmst, Victor. Ich wußte nicht, daß du eine Lizenz als Privatdetektiv hast.«

»Sie hat uns zehntausend Dollar Vorschuß bezahlt, Beth. Wenn der Scheck eingelöst wird, kaufe ich mir einen Regenmantel mit Gürtel und verwandle mich in Philip Marlowe.«

Die First Mercantile Bank of the Main Line war eine überraschende Wahl für Caroline Shaws Konto. Es war eine stattliche Bank für bessere Herrschaften mit drei diskreten Filialen und einer riesigen Immobilienabteilung, die sich um die besonderen Belange der vermögenden Toten kümmerte. Die Hypothekenraten für ihre riesigen Kredite waren überraschend niedrig, denn die Reichen wachten mit erstaunlicher Gier über jeden Penny, aber die Kreditwürdigkeitsprüfungen der Bank waren bösartig und lehnten jeden ab bis auf die Leute, die ihr Geld ohnehin nicht brauchten. Sie kümmerte sich um die sehr reichen Vorortbewohner, die sich nicht mit Krethi und Plethi abgeben wollten, wenn sie ihre Klauen lachend in ihre Goldhaufen gruben. Die Bank diskriminierte natürlich niemanden, der nicht sehr reich war, aber wenn man bloß ein paar hundert Dollar auf einem Girokonto bei der First Mercantile stehen hatte, fraßen die Spesen sie in atemberaubend kurzer Zeit auf. Wenn man allerdings ein paar Hunderttausend hatte, wurden die Schecks an die Designerboutique von Yves Saint Laurent gratis eingelöst. Holzgetäfelte Büros, Kassierer in Anzügen von Brooks Brothers, persönliche Kontoführung, Annoncen im Wall Street Journal, die die guten Ratschläge des Hauses für die Anlage von Portfolios über eine Million Dollar oder mehr anpriesen. Verzeihung, nein, Wohlfahrtsschecks wurden bei der First Mercantile leider nicht eingelöst, und die Glastüren waren immer verschlossen, so daß sie dir den Eintritt verwehren konnten, bis sie dich in Augenschein genommen hatten, als würden sie diamantene Diademe verkaufen.

Obwohl ich einen Anzug trug und Beth ein hübsches bedrucktes Kleid, mußten wir zweimal klingeln und mutig lächeln, bis wir den Türöffner summen hörten.

»Ja, kann ich Ihnen helfen?« sagte ein düster gekleideter junger Mann mit dünnem Lächeln, der uns sofort beim Eintreten in Empfang nahm. Ich nahm an, daß es sich um eine Art Concierge handelte, der dazu da war, reichen alten Damen die Mäntel abzunehmen und sie zu den Gobelinsesseln zu führen, die vor dienstbeflissenen und unterwürfigen persönlichen Kontoführern standen.

»Wir müssen einen Scheck einlösen«, sagte ich.

»Hat einer von Ihnen ein Konto bei uns?«

Ich sah mich um und betrachtete die Porträts alter Bankiers, die am dunklen Walnußholz der Wände hingen, grauhaarige Herren in Gehröcken, die feierlich und mißbilligend auf mich niederstarrten. Selbst wenn ich ein Rothschild gewesen wäre, hätte ich mich in dieser Bank vermutlich nicht wohl gefühlt, und Sie können mir glauben, ich war kein Rothschild.

»Nein«, sagte ich. »Kein Konto.«

»Tut mir leid, Sir, aber wir geben kein Bargeld gegen Schecks an Personen, die hier kein Konto haben«, flüsterte er, als wolle er uns nicht in Verlegenheit bringen, was, wenn man es recht überlegt, sehr rücksichtsvoll von ihm war. »Ein Stückchen die Straße hinunter gibt es eine Filiale der Core States Bank, ich bin sicher, daß man Ihnen da helfen kann.«

»Er will uns loswerden«, sagte Beth.

»Das ist Firmenpolitik, Ma'am«, sagte der Concierge. »Es tut mir sehr leid.«

»Man wollte mich schon an schlimmeren Orten als diesem loswerden«, sagte ich. »Aber trotzdem…«

Der Concierge ging an uns vorbei und öffnete uns höflich die Tür, damit wir gingen. »Ich hoffe, wir können Ihnen ein andermal zu Diensten sein.«

»Aber der Scheck, den ich einlösen wollte«, sagte ich mit lauter Stimme, »trägt den Namen dieser Bank.« Und dann sprach ich noch lauter weiter, nicht zornig, sondern in freundlichem Ton, aber doch mit so erhobener und deutlich artikulierender Stimme, daß man mich noch hinten in der Loge gehört hätte, wenn es eine gegeben hätte. »Sie wollen doch wohl nicht sagen, daß Sie einen Scheck, der auf diese Bank lautet, nicht einlösen?«

Köpfe drehten sich, ein persönlicher Kontoführer erhob sich, eine alte Dame wandte sich langsam um, um mich anzusehen, und umklammerte dabei fest ihre Handtasche. Der Concierge legte eine Hand auf meinen Unterarm, und sein Gesicht wirkte so schockiert, als hätte ich in diesem vergoldeten Grabmal von einem Bankgebäude plötzlich angefangen, auf jiddisch zu plappern. Bevor er noch ein weiteres Wort sagen konnte, erschien ein wundervoll gekleideter älterer Mann mit nervösen Händen und kurzgeschorenem grauem Haar an seiner Seite.

»Vielen Dank, James«, sagte der ältere Mann, und seine blaßblauen Augen fixierten meine braunen. »Ich übernehme das.« Der junge Concierge verbeugte sich und trat zurück. »Sie sagten, Sie möchten einen Scheck auf ein Konto dieser Bank einlösen?«

»Ja«, sagte ich.

»Wenn Sie mir bitte folgen würden…«

Wir gingen hintereinander zu einem Schreibtisch in der Mitte des mit dunklem Teppichboden ausgelegten Hauptraums der Bank und wurden zu Gobelinsesseln mit Löwenfüßen geführt. Auf dem Schreibtisch stand ein Bronzeschild, auf dem zu lesen war: »Mr. Jeffries«. »Nun«, sagte der makellos gekleidete Jeffries mit einem makellos falschen Lächeln, »Sie sagten, Sie möchten einen Scheck einlösen?«

Ich griff in meine Jackentasche, und Jeffries zuckte ganz leicht zusammen. Nicht der erste Mann in dieser Bank, nahm ich an, wenn er vor einer so minimalen eingebildeten Bedrohung zusammenzuckte. Aus der Jackentasche zog ich Caroline Shaws Scheck, faltete ihn auseinander, las ihn noch einmal und reichte ihn Mr. Jeffries.

Jeffries' Augenbrauen hoben sich überrascht, als er den Scheck prüfte. »Und Sie sind Mr. Carl?«

»Eben der. Ist der Scheck in Ordnung?«

Auf seinem Schreibtisch stand ein Computer, und ich erwartete, daß er schnell den Kontostand prüfte, wobei ich einen Blick auf das Ergebnis zu erhaschen hoffte, aber das tat er nicht. Er sagte schlicht: »Sie müßten sich ausweisen.«

Ich kramte nach meiner Brieftasche und nahm meinen Führerschein heraus.

»Und eine Kreditkarte.«

Ich nahm auch die heraus. »Der Scheck ist also gedeckt?«

Er prüfte meinen Führerschein und meine MasterCard. »Wenn Sie den Scheck bitte gegenzeichnen würden, Mr. Carl.«

Ich unterschrieb auf der Rückseite. Er verglich meine Unterschrift mit Führerschein und Kreditkarte und notierte sich etwas unter meiner Unterschrift auf dem Scheck.

»Und wie hätten Sie den Betrag gern, Mr. Carl, in bar oder als Barscheck?«

»In bar.«

»Wären Ihnen Hunderter recht?«

»Vollkommen.«

»Einen Augenblick, bitte.« Dann stand er mit meinem Führerschein, meiner Kreditkarte und meinem Scheck auf und ging aus dem Raum irgendwo in den hinteren Teil des Gebäudes. Er kam für eine Weile nicht wieder.

»Deine Miss Shaw scheint bei dieser Bank bekannt zu sein«, sagte Beth.

»Ja, entweder hat sie ein dickes Konto, oder sie ist eine bekannte Fälscherin, und die Polizei wird prompt erscheinen.«

»Was erwartest du?«

»Oh, die Polizei«, sagte ich. »Ich habe festgestellt, daß es immer am sichersten ist, mit dem Schlimmsten zu rechnen. Alles andere ist purer Zufall.«

Es dauerte lange, bei weitem zu lange. Ich wartete, zuerst geduldig, dann ungeduldig, dann wütend. Ich wollte schon aufstehen und eine weitere Szene machen, als Jeffries endlich zurückkam. Hinter ihm kam ein anderer Mann, etwa in meinem Alter, ziemlich gutaussehend, ziemlich groß und ziemlich blond, so daß er genauso zur Bank zu gehören schien wie die holzgetäfelten Wände und die Porträts in ihren vergoldeten Rahmen. Ich fragte mich, welchem Speiseclub in Princeton er angehört haben mochte.

Als Jeffries sich wieder an den Schreibtisch setzte und den Papierkram erledigte, stand der blonde Mann hinter ihm und sah ihm über die Schulter. Jeffries nahm einen Umschlag aus der Tasche und entnahm diesem ein dickes Bündel Scheine, Hundert-Dollar-Scheine. Langsam begann er zu zählen.

»Ich wußte nicht, daß es solche Umstände macht, einen Scheck einzulösen«, sagte ich.

Der blonde Mann hob den Kopf und lächelte mich an. Es war ein herzliches, großzügiges Lächeln und vollkommen unecht. »Wir werden das für Sie in einem Augenblick erledigt haben, Mr. Carl«, sagte er. »Ach, in welcher Branche sind Sie tätig?«

»Hier und da«, sagte ich. »Warum fragen Sie?«

»Unsere Kreditabteilung ist immer auf der Suche nach Kunden. Wir führen die Konten vieler Rechtsanwälte. Ich hatte einfach gehofft, unsere Kreditabteilung könne Ihrer Firma vielleicht von Nutzen sein.«

Deshalb also waren sie so lange ausgeblieben, sie hatten mich überprüft, und er wollte, daß ich das wußte. »Ich glaube, unsere Kreditlinie ist im Augenblick ausreichend«, sagte ich. »Miss Derringer ist die Partnerin, die für die Finanzen zuständig ist. Wie stehen wir mit unseren Krediten, Beth?«

»Ich bin noch immer unter meinem Limit für die MasterCard«, sagte Beth.

»Jetzt gibst du an«, sagte ich.

»Es hilft, wenn du monatlich mehr als das Minimum bezahlst, Victor.«

»Nun, da Beth unter ihrem Limit ist, kommen wir zumindest für den nächsten Monat bestens zurecht.«

»Wie schön für Sie«, sagte der blonde Mann.

Jeffries war mit dem Zählen der Scheine fertig. Er klopfte das Häufchen sauber zusammen, zuerst von der einen, dann von der anderen Seite, und schickte sich an, es erneut zu zählen. Wie er das tat, den blonden Mann hinter sich, hatte er die angespannte Miene eines Kartengebers beim Blackjack, dem der Pitboss über die Schulter schaut. Die beiden wandten erhebliche Sorgfalt auf für zehntausend Dollar, einen lächerlichen Betrag für eine Bank, der alles unter einer Million als Kleingeld galt.

»Welche Art von Juristerei betreiben Sie beide?« fragte der blonde Mann.

»Ach, dies und das«, sagte ich.

»Kein Spezialgebiet?«

»Eigentlich nicht. Wir nehmen so ziemlich alles, was zur Tür reinkommt.«

»Arbeiten Sie für irgendwelche Banken? Manche Fälle kann unser Hausanwalt nicht übernehmen, weil Interessenkonflikte bestehen.«

»Tatsächlich? Und wer genau ist Ihr Hausanwalt?«

»Die Firma Talbott, Kittredge & Chase.«

»Natürlich«, sagte ich. Talbott, Kittredge & Chase war die reichste, angesehenste und mächtigste Kanzlei der Stadt.

»Ach, dann sind Sie mit ihnen bekannt?«

»Ja«, sagte ich. »Sehr gut.«

»Dann kommen wir vielleicht doch noch ins Geschäft.«

»Das glaube ich nicht«, sagte ich. Sie hatten mich also tatsächlich überprüft, und daß sie solches Interesse zeigten, war hochinteressant, aber das Ergebnis ihrer Nachforschungen war überholt. Früher einmal hätte ich angebissen und viel dafür gegeben, die Angelegenheiten eines alten und hochangesehenen Klienten wie der First Mercantile Bank of the Main Line zu vertreten, aber jetzt nicht mehr. »Wissen Sie, wir haben Talbott, Kittredge und Chase einmal verklagt und einen lukrativen Vergleich zu unseren Bedingungen geschlossen. Sie hassen mich und haben sogar ein Memo herausgegeben, in dem ihre Anwälte angewiesen werden, mir bei jeder Gelegenheit das Leben schwer zu machen, also glaube ich nicht, daß sie damit einverstanden wären, mir irgendwelche Fälle zu überlassen.«

»Nun ja«, sagte der blonde Mann, »eigentlich ist das unsere Entscheidung.«

»Danke für das Angebot«, sagte ich, »aber lieber nicht. Wir vertreten eigentlich keine Banken.«

»Das ist so eine Art moralische Marotte von uns«, sagte Beth. »Sie sind so groß und reich und unfreundlich.«

»Wir verklagen sie natürlich«, sagte ich. »Das ist immer gut für einen Lacher oder zwei, aber wir vertreten sie nicht. Manchmal vertreten wir Mörder und Steuerhinterzieher und Mütter, die Sozialhilfe kassieren und ihre Babys im Stich gelassen haben, aber tiefer sinken wir nicht. Sind Sie jetzt mit dem Zählen fertig, Jeffries, oder glauben Sie, daß Ben Franklin anfangen wird zu lächeln, wenn Sie ihn weiter so kitzeln?«

»Geben Sie Mr. Carl sein Geld«, sagte der blonde Mann.

Jeffries schob die Scheine wieder in den Umschlag und reichte ihn mir. »Danke, daß Sie zu uns gekommen sind, Sir.«

»War mir ein Vergnügen«, sagte ich und tippte mir salutierend mit dem Umschlag an die Schläfe. »Ich bin ein bißchen überrascht, welch großes Interesse Sie an den Angelegenheiten von Miss Shaw zu haben scheinen. Sie muß eine ganz besondere Kundin sein.«

»Wir sind außerordentlich interessiert an den Angelegenheiten all unserer Kunden«, sagte der blonde Mann.

»Das ist ja wundervoll, George Orwell läßt grüßen. Gibt es irgend etwas an Miss Shaws Situation, das wir wissen müßten?«

Der blonde Mann starrte mich einen Moment lang an. »Nein. Überhaupt nichts. Ich hoffe, wir können Ihnen wieder einmal behilflich sein, Mr. Carl.«

»Aber sicher«, sagte ich in der Gewißheit, daß er am liebsten nie wieder von mir hören würde.

James, der junge Concierge, wartete an der Tür auf uns, nachdem wir den Schreibtisch verlassen hatten. Sobald wir uns näherten, riß er die Glastür auf. »Guten Tag«, sagte er mit einem Nicken und einem Lächeln.

Beth war schon durch, als ich im Türrahmen noch einmal stehenblieb. Ohne mich umzudrehen, sagte ich: »Danke, James. Übrigens, dieser Mann, der hinter Mr. Jeffries steht und mich genau in diesem Moment mit besonderem Widerwillen ansieht – wer ist das?«

»Oh, das ist Mr. Harrington. Er ist in der Abteilung für Treuhandvermögen und Nachlässe«, sagte James.

»Bei seinem Gesicht möchte ich wetten, daß er einen Haufen alter Damen als Kundinnen hat.«

»Nein, Sir, er hat mit einer einzigen alle Hände voll zu tun.«

»Mit einer einzigen?« Unwillkürlich drehte ich mich um. Wie ich erwartet hatte, starrte Harrington mir noch immer giftig nach.

»Die Reddmans, Sir. Er verwaltet das gesamte Reddman-Vermögen.«

»Die Reddmans von Reddman Pickles?«

»Ganz recht, Sir«, sagte James, während er mich aus der Tür scheuchte.

»Die Reddmans«, sagte ich. »Man stelle sich das vor.«

»Danke für Ihren Besuch bei der First Mercantile«, sagte James gerade noch, bevor ich mit einem Klicken das Schloß der Glastür hinter mir einrasten hörte.

## 5

Als ich auf dem Schuylkill Expressway in die Stadt zurückfuhr, kämpfte ich mir nicht auf den linken Fahrspuren den Weg frei. Statt dessen blieb ich langsam und sicher auf der rechten und ließ das Brummen des aggressiven Verkehrs an mir vorbeirauschen. Als ein weißes Kabriolett sich in meine Fahrspur drängte, eine knappe Handbreit von meiner Stoßstange entfernt, um einen Laster in der mittleren Spur zu überholen, drückte ich nicht mal auf die Hupe. Ich war zu sehr mit Denken beschäftigt. Eine Frau war tot, durch Selbstmord oder Mord, ich war noch nicht sicher, worum es sich handelte, eine andere bezahlte mir zehntausend Dollar, um das herauszufinden, und nun schienen sie überraschenderweise beide Reddmans zu sein.

Reddman Foods kennen wir alle. Wir haben seit Kindertagen ihre vakuumverpackten eingelegten Gemüse gegessen, süße Pickles, saure Pickles, koschere Dillpickles, feine eingelegte Cornichons. Das grün-rote Etikett auf den Gläsern mit dem strengen Bildnis des Gründers über dem Namen ist eine Ikone, und Reddman Pickles hat seinen Platz im Pantheon der amerikanischen Produkte, genau wie Ketchup von Heinz und Cerealien von Kellog's und Autos von Ford und Suppen von Campbell's. Die Markennamen werden zum Namen des Produkts, und darum vergessen wir, daß hinter den Namen Familien stehen, Familien, deren Reichtum jedesmal unanständiger wird, wenn wir Ketchup auf unseren Burger kippen, eine Schüssel Corn-flakes essen oder uns ein duftendes neues Auto kaufen. Oder ein mit Knoblauch eingelegtes Gemüse kauen. Wie Henry Ford und Henry John Heinz und Andrew Carnegie war Claudius Reddman einer der großen Männer aus Amerikas industrieller Vergangenheit, der sein Vermögen durch Geschäfte und seinen Ruf durch Philanthropie erwarb. Die Reddman Library an der University of Pennsylvania. Der Reddman-Flügel im Philadelphia Art Museum. Die Reddman Foundation mit ihren hochangesehenen und lukrativen Claudius-Reddman-Stipendien für die hervorragendsten Künstler, Schriftsteller und Gelehrten.

Es war also eine Reddman, die eine Waffe auf mich gerichtet und mich dann um Hilfe angefleht hatte, eine Erbin des großen Pickle-Vermögens. Warum hatte sie mir das nicht gesagt? Na ja, vielleicht war sie eine kleine Lügnerin, aber eine Lügnerin mit Geld war wieder etwas anderes. Und ihr Lächeln gefiel mir nun mal.

»Was würdest du machen, wenn du auf einmal stinkreich wärst?« fragte ich Beth.

»Keine Ahnung, das ist mir noch nie in den Sinn gekommen.«

»Lügnerin«, sagte ich. »Natürlich ist dir das in den Sinn gekommen. Es kommt jedem Amerikaner in den Sinn. Das ist unsere gemeinsame nationale Phantasie, der allgemeine amerikanische Wunsch nach einem Vermögen, der die eigentliche Triebkraft unseres wirtschaftlichen Wachstums ist.«

»Nun, ich gebe zu, als bei der Lotterie sechsundsechzig Millionen im Topf waren, habe ich ein Los gekauft.«

»Nur eins?«

»Also gut, zehn.«

»Und was hättest du mit all dem Geld gemacht?«

»Ich hatte so eine Art Phantasie, eine Stiftung zu gründen, um juristischen Organisationen zu helfen, die im Interesse der Öffentlichkeit arbeiten.«

»Das ist gleichzeitig edel und erbärmlich.«

»Und ich fand, ein Porsche wäre nett.«

»Schon besser«, sagte ich. »Ein Porsche würde dir gut stehen.«

»Ja, glaube ich auch. Was ist mit dir, Victor? Ich nehme doch an, du hast auch darüber nachgedacht.«

»Ein bißchen.« Eine radikale Untertreibung. Ganze Nachmittage hatte ich damit zugebracht, in glühenden Phantasien von großem Reichtum zu schwelgen, den ich erwarb und ausgab.

»Also, was würdest du tun?«

»Das erste, was ich tun würde«, sagte ich, »ist kündigen.«

»Du würdest die Firma verlassen?«

»Ich würde die Juristerei verlassen, ich würde die Stadt verlassen, ich würde mein Leben verlassen. Ich würde mich irgendwo einnisten, wo es heiß ist, wo es jede Menge Kokosnüsse gibt, und ich würde als ein ganz anderer Mensch zurückkommen. Ich habe immer gedacht, daß ich gern malen würde.«

»Ich wußte ja gar nicht, daß du Talent hast!«

»Ich habe nicht die Spur Talent«, sagte ich fröhlich. »Aber ist das nicht das Entscheidende? Wenn ich Talent hätte, dann wäre ich sein Sklave, wäre überaus besorgt, mein ach so bedeutendes Werk zu schaffen. Gott sei Dank bin ich völlig unbegabt. Vielleicht würde ich nach Long Island gehen und GAP-Khaki tragen und Farben auf die Leinwand schmeißen wie Jackson Pollock und jeden Nachmittag trinken wie ein Fisch.«

»Im Trinken bist du nicht gut.«

»Da hast du recht, und ich war nie in Long Island, aber die Vorstellung ist nett. Und habe ich den Ferrari erwähnt? Mir würde ein F355 Spider in Knallrot gefallen. Ach, zum Teufel, wer weiß, wahrscheinlich würde ich mich trotzdem elend fühlen, aber wenigstens wäre ich kein Rechtsanwalt.«

»Haßt du es wirklich so sehr?«

»Du betrachtest das Gesetz als ein edles Unterfangen, als ein Mittel, Unrecht gutzumachen. Ich sehe es als ziemlich abscheulichen Beruf, zu dem mich meine monatlichen Kreditkartenrechnungen zwingen. Und wenn ich mich nicht davonmache, und zwar bald«, sagte ich ohne eine Spur Humor in der Stimme, »dann wird er mich umbringen.«

Der Wagen vor mir ließ seine roten Rücklichter aufleuchten, und der Wagen neben mir wurde langsamer; ich bremste, bis ich stand, und bald saßen wir nur noch da, wir alle, Hunderte und Aberhunderte von uns, geparkt auf dem größten Parkplatz der City. Das passierte auf dem Schuylkill ab und zu, daß man einfach stand, ohne ersichtlichen Grund, als habe der König der Pendler in seinem königlich-preußischen Hauptquartier auf einmal einen Schalter bedient und den Highway ausgeschaltet. Wir saßen ein paar Minuten still da, bis das Hupen begann. Gibt es in einem Stau etwas Überflüssigeres als eine Hupe? *Oh, tut mir leid, ich wußte nicht, daß Sie es so eilig haben, in dem Fall ramme ich vielleicht einfach das Auto vor mir.*

»Ich würde gern reisen«, sagte Beth. »Das würde ich tun, wenn ich plötzlich zuviel Geld hätte.«

Sie hatte die ganze Zeit darüber nachgedacht, während wir standen, und das überraschte mich. Für mich war es so natürlich wie das Atmen, darüber nachzugrübeln, was ich mit all dem Geld anfangen würde, das ich mir wünschte, aber das galt nicht für Beth. Im allgemeinen war sie mit ihrem Leben so, wie es war, durchaus zufrieden. Dies war der erste Hinweis für mich, daß ihre Zufriedenheit schwand.

»Ich habe nie den Sinn von Reisen eingesehen«, sagte ich. »Es gibt nur eine bestimmte Anzahl von Museen, durch die man laufen kann, und alte Kirchen, bis man genug davon hat.«

»Ich rede nicht nur von einer Woche, um ein paar Museen anzuschauen«, sagte Beth. »Ich rede davon, ein paar Jahre frei zu haben und die Welt zu sehen.« Ich drehte mich zur Seite und sah sie an. Sie starrte nach vorn, als stünde sie am Bug eines schnellen Ozeankreuzers und säße nicht hinter der Windschutzscheibe eines im Stau feststeckenden Autos. »Als Mädchen dachte ich immer, da draußen würde etwas auf mich warten, und es sei der Sinn meines Lebens, hinauszugehen und es zu finden. Wenn es in meinem Leben eine Enttäuschung gibt, dann die, daß ich nicht mal richtig gesucht habe. Ich fühle mich, als würde ich bloß deshalb in Philadelphia herumtappen und danach Ausschau halten, weil dort das Licht besser ist, obwohl ich die ganze Zeit weiß, daß es woanders ist.«

»Wo?«

»Das weiß ich nicht.«

»Was?«

»Weiß ich nicht. Es ist dumm, aber das ist es, was ich gern tun würde. Und selbst wenn es am Ende doch hier in Philadelphia ist, ich brauche vielleicht eine Zeit anderswo, um meine alten Gewohnheiten und Sichtweisen abzuschütteln und zu lernen, alles mit neuen Augen zu sehen, damit ich es finden kann. Angeblich schärft es ja den Blick, wenn man ein paar Jahre im Ausland verbringt.«

»Beim Optiker kannst du das in weniger als einer Stunde haben.«

»Eine Safari in Afrika. Eine Dschungelkreuzfahrt den Amazonas hinauf. Ein Monat auf einem Hausboot in Indien. Nepal. Manchmal schaue ich mir eine Karte von Nepal an und kriege eine Gänsehaut. Katmandu.«

»Welche Art von Toiletten haben sie in Katmandu? Ich halte nichts davon, mich hinzuhocken.«

»Wenn wir also plötzlich reich wären, Victor, würde ich, glaube ich, nach Katmandu gehen.«

Der Verkehr begann wieder vorwärts zu kriechen. Zuerst einen Meter, dann mehrere, und dann fingen wir an, mit zwanzig Meilen in der Stunde ins Herz der City zu eilen. Beth dachte an Katmandu, nehme ich an, während ich an meinen Khakianzug und meinen Ferrari dachte. Und an Caroline Shaw.

Als wir wieder im Büro waren, setzte ich mich in aller Ruhe an den Schreibtisch und ignorierte die Zettel mit den Nachrichten, die Ellie mir gegeben hatte. Ich dachte an Verschiedenes, an meine Bedürftigkeit und meine Entbehrungen und daran, wie sehr ich mir wünschte, da rauszukommen. Ich wollte so verzweifelt raus, daß es schmerzte wie eine verlorene Liebe. Ich mußte raus, aus Gründen, die die Hälfte der Anwälte im Land verfolgten, und aus dunkleren, unheilvolleren Gründen, von denen Beth nichts wissen konnte. Alles sprach natürlich dagegen, daß ich jemals herauskommen würde, alles, bis auf mein wildes Verlangen danach. Ich saß da und erging mich in Tagträumen darüber, in der Lotterie zu gewinnen, in den Hamptons mit einem Gin Tonic in der Hand Farbe auf eine Leinwand tropfen zu lassen, und dann hörte ich mit den Tagträumen auf und dachte über die Reddmans nach.

Leute wie ich haben selten Kontakt mit so viel Geld, und zufällig darauf zu stoßen, wie es mir in dieser Bank passiert war, läßt etwas Häßliches mit einem geschehen. Es ist, als sähe man die schönste Frau der Welt vorbeigehen, eine Frau, deren bloßer Anblick schon weh tut, und wüßte dabei, daß sie einen niemals auch nur anschauen würde, was den Schmerz noch verstärkt. Ich dachte über die Reddmans nach und alles, womit sie geboren waren, und es tat weh. Mehr als alles andere auf der Welt wünschte ich mir, reich geboren zu sein. Das hätte alles andere aufgewogen. Klar, ich wäre noch immer häßlich, aber ich wäre häßlich und reich. Ich wäre noch immer schwach und beschränkt und Frauen gegenüber gehemmt, aber ich wäre so reich, daß ihnen das nichts ausmachen würde. Ich wäre kein sozialer Außenseiter mehr, sondern exzentrisch. Und vor allem wäre ich nicht mehr das, was ich bin, sondern etwas anderes. An all das dachte ich und badete in diesem Schmerz, und dann fing ich an zu telefonieren.

»Ich habe keine Zeit zum Plaudern«, sagte Detective McDeiss am Telefon, nachdem ich ihn im Gerichtsgebäude aufgespürt hatte. »Wenn Sie was von mir brauchen, können Sie es über den Bezirksstaatsanwalt versuchen.«

»Es geht nicht um eine aktuelle Strafverfolgung«, sagte ich.

»Der Fall, über den ich reden möchte, ist alt und abgeschlossen. Jacqueline Shaw.«

Pause. Ich hörte ihn tief atmen. »Die Erbin.«

»Ich liebe dieses Wort. Sie nicht?«

»Tja, also diese hat sich erhängt. Was gibt es darüber noch zu reden?«

»Ich weiß nicht. Ich möchte bloß ein paar Hintergrundinformationen. Ich vertrete die Schwester.«

»Gut für Sie, Carl. Verglichen mit Ihrer üblichen Klientel von Schmalzlocken ist das sicher ein Fortschritt. Wie sind Sie an die rangekommen?«

»Sie hat mich auf der Straße mit einer Kanone verfolgt.«

»Das müssen Sie mir erzählen, Sie Schleimer.«

»Sind Sie morgen zum Lunch frei?«

»Um über Jacqueline Shaw zu reden?«

»Genau. Ich lade Sie ein.«

»Sie laden mich ein?« Es gab eine Pause, während McDeiss seine Pläne für den nächsten Tag neu ordnete. »Essen Sie gern chinesisch, Carl?«

»Ich bin ein Jude, oder etwa nicht?« sagte ich.

»Gut, dann um eins.« Bevor er auflegte, nannte er noch rasch eine Adresse. Ich wußte, daß McDeiss nichts mit mir zu tun haben wollte, seine Stimme troff nur so vor Verachtung, aber in den letzten paar Jahren hatte ich einiges über Cops gelernt, unter anderem auch, daß es keinen Cop gab, der einen kostenlosen Lunch ablehnen würde, selbst wenn es nur das Sonderangebot für 4,25 Dollar in irgendeiner Imbißstube in Chinatown mit gebratenem Reis und einer in Fett schwimmenden Frühlingsrolle war.

Bloß daß es sich bei der Adresse, die er mir genannt hatte, nicht um irgendeinen Imbiß in Chinatown handelte, sondern um Susanna Foo, das schickste und teuerste chinesische Restaurant der Stadt.

# 6

Peter Cressi hatte einen dunklen Elvis-Look, bei dem die Frauen förmlich dahinschmolzen. Ich wußte das, weil er es mir auf seine bescheidene Art mitgeteilt hatte, aber es stimmte tatsächlich. Das merkte ich daran, wie Ellie, unsere Sekretärin, auf ihn reagierte, wenn er vorbeikam. Sie starrte ihn an, wenn er zur Tür hereinschlenderte, und sperrte Augen und Mund auf, und wenn die Tür wieder zu war, stieß sie eine Art hilfloses Kichern aus. Cressi war natürlich in jeder Hinsicht ein kleines Licht, und nachdem ich mit ihm zu tun gehabt hatte, wußte ich, daß er ziemlich beschränkt war. Allerdings weniger beschränkt, als er aussah, aber das war schließlich auch nötig.

»Na, Vic, wie geht's, wie steht's?« fragte er, nachdem er sich auf den Stuhl vor meinem Schreibtisch gefläzt hatte. »Mies, was?« Seine dunklen Augen blickten gleichzeitig mürrisch und ausdruckslos, als wäre er wütend wegen irgendwas, an das er sich nicht recht erinnern konnte. Seine zitronengelbe Krawatte, elegant und leuchtend auf seinem schwarzen Hemd, war mit allzu großer Sorgfalt gebunden.

»Nicht so toll, Pete«, sagte ich kopfschüttelnd. »Wenn Sie das nächste Mal ein Waffenarsenal kaufen, dann möglichst nicht bei einem verdeckten Ermittler.«

Peter zwinkerte mir zu, blickte zur Seite, nickte mit dem Kopf und kicherte wegen irgendeines privaten Spaßes vor sich hin. Cressi kicherte häufig, stieß mit seinen Elvis-Lippen kleine Hi-hi-his aus. »Konnte doch keiner wissen.«

»Gute Antwort. Genau das werden wir den Geschworenen sagen.«

Wieder das Kichern. »Sagen Sie einfach, ich wäre Sammler.«

Ich schlug die Akte auf und überflog den Polizeibericht. »Einhundertneunundsiebzig halbautomatische Ruger Mini-14 mit einklappbaren Fiberglaskolben und zweihundert Bausätze, um besagte Feuerwaffen illegal auf Vollautomatik umzurüsten.«

»Deshalb sollen Sie denen ja sagen, ich wäre Sammler.«

»Außerdem drei Granatwerfer und ein Flammenwerfer. Ein Flammenwerfer, Peter. Meine Güte. Wozu in aller Welt haben Sie einen Flammenwerfer gebraucht?«

»Zum Würstchenbraten?«

»Das wird Ihr Prozeß für Sie bedeuten, es sei denn, Sie reißen sich zusammen und lassen die Späße. Sie haben außerdem versucht, zwanzigtausend Schuß Munition zu kaufen.«

»Ich und die Jungs, wir machen manchmal gern Schießübungen im Wald.«

»Von welchem Wald reden wir hier, Peter? Gibt es irgendeinen Wald in Südphiladelphia, den ich nicht kenne? Etwa ein unbebautes Grundstück südlich der Washington, auf das sie vergessen haben, mickrige Reihenhäuser zu stellen, weil sie es einfach vergessen haben?«

»Jetzt machen Sie Witze, Vic.« Kopfnickend stieß er seine Hi-hi-his aus wie ein spuckender Rasenmäher. »Im Norden, meine ich. Sie wissen schon, Flaschen und Büchsen. Wollen Sie nächstes Mal vielleicht mitkommen? Ist gut, um in Übung zu bleiben, wenn Sie wissen, was ich meine. Ab und zu läßt sich auch irgendein verirrter Vogel auf dem Ziel nieder, und dann bumm, eh Sie sich versehen, fliegen die Federn durch die Luft.«

»Im Ernst, Peter. Wozu die Waffen?«

Seine Augen verdunkelten sich. »Ich bin so ernst wie ein verdammter Herzinfarkt.«

Er sah mich an, ich sah ihn an, und ich wußte, sein Blick war wilder als meiner, deshalb schaute ich wieder in die Akte. Die Burschen, die ich vertrat, waren im allgemeinen nette Burschen, respektvoll, lustig, Burschen, mit denen man herumhängen und ein Bier trinken konnte, wirklich nette Burschen, bis auf die Tatsache, daß sie im großen und ganzen Killer waren. Ich muß zugeben, daß nicht viel dazu gehörte, wilder zu sein als ich, aber meine

Mandanten flößten mir noch immer Angst ein. Was meine gegenwärtige Lage noch prekärer und zweifelhafter machte. Aber ich hatte einen Job zu erledigen.

»Hier steht«, sagte ich, die Akte durchsehend, »daß der verdeckte Ermittler, von dem Sie die Waffen kaufen wollten, dieser Detective Scarpatti, einige Ihrer Gespräche auf Tonband aufgenommen hat.« Ich blickte wieder zu Cressi auf und hoffte, etwas zu sehen. »Gibt es da was, worüber wir uns Sorgen machen müssen?«

»Wollen Sie mich verscheißern? Natürlich müssen wir uns Sorgen machen. Wahrscheinlich haben sie meinen ganzen Deal mit diesem dreckfressenden Arsch auf Band.«

»Das hab ich mir gedacht. Was ich meine, sind irgendwelche Überraschungen, irgendein Hinweis darauf, was Sie mit den Waffen machen wollten. Irgendwelche Pläne, ein Regierungsgebäude in Oklahoma hochgehen zu lassen, oder spezifische Verbrechen, die Sie geplant haben und die uns zusätzliche Probleme bereiten könnten? Wir sind doch nicht gerade scharf auf eine zusätzliche Anklage wegen Verschwörung, oder?«

»Nein, gar nichts. Bloß der Deal.«

»Von wieviel Geld reden wir hier?«

»Meinen Sie ganz allgemein oder genau?«

»Seien Sie genau, Pete.«

»Fünfundneunzigtausendachthundertzehn. Scarpatti hat das mit seinem Taschenrechner ausklamüsert, dieser fette Mistkerl. Ich hatte mehr als das bei mir, als sie mich geschnappt haben, wissen Sie, für alle Fälle. Er wollte bloß Bargeld.«

»Daß er keine Visa-Karte wollte, kann ich mir denken.«

»Ich bin schon über meinem Limit.«

»Bei Typen wie Ihnen und mir, Pete, ist das ein Geburtsfehler.«

Er kicherte und nickte und sagte: »Soll das ein dreckiger Witz sein oder was?«

Ich nahm ein anderes Blatt Papier aus der Akte. Es war bloß die Kopie einer Vorladung unter Strafandrohung, aber ich wollte etwas haben, was ich ansehen konnte, damit die Frage beiläufig wirkte. »Woher hatten Sie das Bargeld?«

»Ach, wissen Sie, das lag einfach so rum.« Hi-hi-hi.

Ich legte die Vorladung wieder hin, schaute hoch und setzte meinen ärgerlichsten Blick auf. Ich kniff die Augen zusammen und verzog die Lippen und tat so, als hätte ich gerade in eine Zitrone gebissen. Dann wartete ich ein bißchen, daß sein Gekicher verstummte, was überraschenderweise auch geschah. »Vielleicht sind Sie verwirrt«, sagte ich. »Vielleicht sind Sie farbenblind. Der Typ in dem blauen Anzug mit schwarzen Schuhen und roter Krawatte, das ist der Ankläger. Er will Ihren Arsch für zehn Jahre in den Knast bringen. Mein Anzug ist blau, und meine Schuhe sind schwarz, aber sehen Sie sich meine Krawatte an. Die ist grün.«

»Wo haben Sie die her? Von Woolworth?«

»Warum nicht?«

»Wissen Sie, Vic, Sie haben überhaupt keinen Sinn für Stil. Wie kommt es, daß Ihre Anzüge immer so glänzen? Und dann diese Schuhe! Sie sollten sich von mir neu ausstaffieren lassen. Ich kenne 'nen Typ, der hat 'n paar scharfe Anzüge, damit würden Sie ganz anders aussehen. Vielleicht kriegen Sie sogar einen weggesteckt, tät Ihnen mal gut! Die Anzüge sind 'n bißchen heiß, aber Sie sind schließlich Anwalt, da ist Ihnen das egal, nicht?«

»Stimmt was nicht mit meinen Schuhen?«

Ausgedehntes, verächtliches Kichern.

»Ich versuche Ihnen zu sagen, daß ich hier nicht der Ankläger bin. Ich bin Ihr Anwalt. Ich bin dazu da, Ihnen zu helfen. Alles, was in diesem Raum gesprochen wird, ist vertraulich, das wissen Sie, es steht unter besonderem Schutz, und keine Strafandrohung der Welt kann es aus mir herausholen. Aber ich kann Sie nicht richtig verteidigen, wenn ich die Wahrheit nicht kenne.«

»Ich bin nicht sicher, was Sie hier von mir hören wollen, Vic. Ich dachte, ihr Anwälte wolltet die Wahrheit nicht wissen, weil euch das in eurer Handlungsfreiheit beeinträchtigt, weil ihr dann nicht wie Muhammad Ali herumtänzeln könnt, sondern Prügel bezieht wie dieser Chuckie Wepper da oben aus Bayonne, der so viel einstecken mußte, daß er nach der zweiten Runde aussah wie eine blutige Scheibe Wurst. Ich dachte, der Trick ist der, daß Sie von mir die Wahrheit zu hören kriegen, die Sie für die beste halten.«

Er hatte natürlich recht, was alles ein bißchen schwieriger machte. Cressi war wirklich ein Idiot, nur nicht in den drei Dingen, in denen er die meiste Erfahrung hatte: Vögeln, Schießen und Strafjustiz. »Die Sache liegt anders«, sagte ich, »wenn es einen verdeckten Ermittler mit Tonbändern gibt. Bei einem verdeckten Fahnder mit Tonbändern muß ich alles wissen, sonst gehen wir beim Prozeß wahrscheinlich baden. Also frage ich Sie noch mal, und ich möchte, daß Sie es mir sagen. Woher hatten Sie das Geld?«

Cressi sah mich eine Weile mit schräggelegtem Kopf an wie ein Hund, der herauszufinden versucht, was genau er da vor sich sieht. Dann zuckte er mit den Achseln. »Ich hab sechs Mercedes von 'nem Händler geklaut. Bin einfach mit 'nem Transporter, den ich von 'nem Kumpel geborgt hatte, der nichts davon wußte, auf dem seinen Parkplatz gefahren, hab 'n paar Papiere in der Luft rumgeschwenkt und die Autos einfach mitgehn lassen. Und gleich nach Delaware gebracht. Irgendein Araberscheich und seine Söhne fahren jetzt wahrscheinlich in der Wüste im Kreis rum und amüsieren sich wie blöd.«

»Hatte Raffaello mit diesem Deal irgendwas zu tun?«

»Arbeiten Sie für ihn, oder arbeiten Sie für mich?«

»Ich arbeite für Sie«, sagte ich schnell, »aber wenn Sie ihm auf die Füße treten, muß ich das wissen. Ich werde keine Verteidigung für Sie planen, mit der Sie einen Freispruch kriegen, aber tot sind, sobald Sie auf die Straße gehen. Ich versuche, Sie nach vorn und hinten abzusichern, aber Sie müssen mir schon reinen Wein einschenken.«

Cressi drehte den Kopf und begann zu nicken, doch diesmal blieb das Kichern aus. »Wir haben Raffaello natürlich seine fünfzehn Prozent gegeben, sobald die Sache gegessen war. Das lief über Dante, seine neue Nummer zwei.«

»Ich dachte, Calvi wäre die Nummer zwei.«

»Nein, nicht mehr. Es gab 'ne Umorganisation. Calvi ist in Florida. Endgültig. Die Dinge ändern sich. Jetzt ist es Dante.«

»Dante? Ich wußte nicht mal, daß er zu euch gehört.«

»Klar tut er das, seit Little Nicky«, sagte Cressi, womit er den Boß vor dem Boß vor Enrico Raffaello meinte.

»Dante«, wiederholte ich kopfschüttelnd. Dante war der Kredithai, der gestern morgen Cressis Kaution bezahlt hatte. Ich hatte gedacht, er wäre ein ganz kleiner Fisch, einer von den Straßengaunern, der an die Mafia bezahlte, weil er sich nicht darauf verlassen konnte, daß die Polizei seine illegalen Kreditgeschäfte beschützte, weiter nichts. Er war schnell aufgestiegen, dieser Dante. Nun ja, es sind zwei verschiedene Dinge, ob man aufsteigt oder oben bleibt. Ich hatte Calvi gemocht, einen cholerischen alten Burschen mit Sinn für Humor, boshaftem Lächeln und einer Vorliebe für dicke, stinkende Zigarren, die nach brennenden Reifen und ranzigem Rum rochen. Ich hatte Calvi gemocht, aber er war nicht oben geblieben, und ich rechnete auch nicht damit, daß Dante oben bleiben würde.

»Was ist mit den Waffen?« fragte ich. »Hatte er auch da seine Finger drin?«

»Nein, das war 'ne Zeitlang einfach so 'ne Art Spiel. Ich hab nicht geglaubt, daß der Typ liefern könnte, also wollte ich abwarten. Ich hatte 'nen Käufer, aber ich war mir nicht sicher, ob ich 'nen Verkäufer hatte.«

»Wer war der Käufer?«

»Diese Gruppe von Spinnern oben in Allentown. Nazi-Blödsinn, rasierte Schädel und verkommene Wohnmobile und Schießübungen, Typen, die sich auf den heiligen Rassenkrieg vorbereiten.«

»Wer hat das eingefädelt?«

»Ich.«

»Wer sonst noch?«

»Niemand, das war allein meine Kiste. Ich hatte da diese Braut kennengelernt, die mich zu einem der Treffen mitnahm. Titten wie Melonen, wissen Sie, reife, wie man sie in der Ninth Street kriegt. Sie redete von irgendeiner Unterkunft auf dem Land, und ich dachte, das würde 'ne Orgie werden oder so. Stellte sich aber raus, daß es um diesen paramilitärischen Nazischeiß ging. Ich hab sie trotzdem gebumst. Und dann fing dieser große, seltsam aussehende Clown an, von Kanonen zu reden, und wir haben das Geschäft besprochen.«

»Sie allein? Sie haben das solo durchgezogen?«

»Sag ich doch.«

Er sah weg und nickte, und sein Adamsapfel hüpfte auf und nieder.

»In Ordnung«, sagte ich. »Das wäre einstweilen alles. Nächste Woche ist Ihre vorläufige Anhörung. Sie sind für zehn Uhr bestellt, also kommen Sie um halb zehn zu mir, und wir gehen zusammen rüber.«

»Sie wollen mich nicht vorbereiten oder so?«

»Sie werden neben mir sitzen und kein Wort sagen, und wenn ich fertig bin, gehen Sie mit mir wieder weg. Glauben Sie, daß wir mehr Vorbereitung brauchen?«

»Ich denke, das schaff ich schon.«

»Das denke ich auch. Sagen Sie mir eins, Pete. Kennen Sie Jimmy Vigs Levine?«

»Den Buchmacher? Klar. Ich hab ihm ein paarmal 'nen Gefallen getan.«

»Ist Ihnen je zu Ohren gekommen, daß er jemanden kaltgemacht hat, der ihn nicht bezahlt hatte?«

»Wer, Jimmy? Nein, der ist 'n lieber Kerl. Er gibt ihnen bloß keinen Kredit mehr, das ist alles. Außerdem, wissen Sie, Sie können ohne Zustimmung vom Boß keinen ausknipsen. Darauf läuft es hinaus.«

»Und er gibt seine Zustimmung nicht oft.«

»Machen Sie Witze? Heutzutage muß man nach New York, wenn man was erleben will. Da oben geht's noch rund.«

»Danke, das dachte ich mir«, sagte ich, während ich ihn aus meinem Büro auf den Flur begleitete. Beth stand zufällig an Ellies Schreibtisch und redete über irgend etwas Hochwichtiges, als Peter vorbeiging. Sie waren beide höflich genug, mit dem Kichern zu warten, bis er außer Hörweite war.

»Du auch, Beth, hm?« sagte ich und sah einen Stapel Post auf Ellies Schreibtisch durch. »Also, den könnt ihr vergessen, Ladies. Er mag Frauen mit Melonenbrüsten und leerem Kopf.«

»Tut ihr das nicht alle?« sagte Beth.

»Wenn ich so drüber nachdenke«, antwortete ich. »Ich gehe einen Kaffee trinken. Bin gleich zurück. Soll ich jemandem was mitbringen?«

»Cola light«, sagte Beth. Ich nickte.

Den Flur hinunter, am Büro des Buchhalters und dem des Architekten und dem der Designerfirma vorbei, mit denen wir uns die Büroräume teilten, die Treppe hinunter, hinaus auf die Twentyfirst Street. Ich ging ein paar Blocks bis zum Wawa-Supermarkt, kaufte mir Kaffee in einem blauen Pappbecher und für Beth eine Dose Cola light, die ich in die Tasche steckte. Draußen auf der Straße, den Kaffee in der Hand, schaute ich nach beiden Seiten. Nichts. Ich ging ein paar Blocks weiter und drehte mich um. Nichts. Dann fand ich eine Telefonzelle und stellte den Kaffee auf die metallene Ablage. Ich warf einen Vierteldollar ein und wählte und wartete darauf, daß das Klingeln aufhörte.

»Tosca's«, sagte eine Stimme.

»Ich möchte mit Tisch neun reden«, sagte ich.

»Einen Augenblick. Ich werde nachsehen.«

Ungefähr eine Minute später hörte ich eine vertraute Stimme, älter und weicher, europäischer Akzent. »Tisch neun«, sagte die Stimme.

»Er hat das Geld daher, daß er sechs Wagen von einem Mercedeshändler gestohlen hat. Er sagt, Sie hätten über Dante Ihren Anteil bekommen.«

»Weiter.«

»Er sagt, er wollte die Kanonen an irgendeine rassistische weiße Gruppe in Allentown verhökern, mit großem Profit.«

»Glauben Sie ihm?«

»Er sagt, er hätte das allein gemacht. Ich glaube nicht, daß er sich allein einen runterholt.«

»Ich auch nicht. Wenn er jemals eine schlaue Idee hat, wäre das reines Anfängerglück. Finden Sie raus, wer mit drinsteckte.«

»Und dann sind wir quitt, und ich bin frei, richtig?«

»Es ist schwer, menschliche Beziehungen zu quantifizieren, finden Sie nicht?«

»Ich hasse das.«

»Das Leben ist hart.«

Ich hörte ein entschlossenes Klicken. Ich stand in der Telefonzelle und versuchte, einen Schluck Kaffee zu trinken, aber meine Hand zitterte so, daß ich ihn mir auf die Hose schüttete. Ich fluchte laut und schüttelte mein Hosenbein und fragte mich, wie ich in einen solchen Schlamassel geraten war.

# 7

»Es ist der asiatische Rettich, der dieses Gericht wirklich denkwürdig macht«, sagte Detective McDeiss, während er mit seinen dicken Fingern geschickt die Bambusstäbchen handhabte. Auf dem kleinen Teller vor ihm lagen, geschmackvoll garniert, zwei winzige, leicht gebratene Küchlein. *Hundert-Ecken-Krabbenküchlein mit Daikon-Rettich und Tomaten-Ananas-Sauce ($ 10).* »Der asiatische Rettich ist zarter als unser amerikanischer, und gekocht hat er einen süßlich-milden Geschmack wie junge Rüben. Die Ananassauce ist eine nette Idee, wenn auch für meinen Geschmack ein bißchen aufdringlich, aber der Rettich gibt den Krabben dieses aufregende Aroma. Ich schmecke auch eine Spur Ingwer, was sehr gut dazu paßt.«

»Freut mich, daß es Ihnen schmeckt«, sagte ich.

»Oh, das tut es. Ich esse nicht oft in so feinen Lokalen. Noch Wein?«

»Nein, danke«, sagte ich. »Aber bitte, bedienen Sie sich.« Letzteres war eigentlich überflüssig, denn der Detective war bereits dabei, sich aus der Flasche ein weiteres Glas einzuschenken. *Pouilly Fuissé 1983 ($ 48).*

»Normalerweise würde ich ja mittags nicht trinken, aber da der Prozeß für heute ausgesetzt ist und ich nicht im Dienst bin, dachte ich, warum nicht?«

»Warum eigentlich nicht?«

McDeiss war ein großer Mann, hochgewachsen, breitschultrig und mit dem Bauch eines Footballspielers, der seit zehn Jahren nicht mehr aktiv ist. Er zog sich ziemlich schlecht an, grelles Jackett über kurzärmligem Hemd; eine breite Krawatte mit irgendwelchen Streifen schnürte seinen dicken Hals ein. Sein rundliches Gesicht trug einen verschlossenen, arroganten Ausdruck, der jede Möglichkeit eines Innenlebens auszuschließen schien, aber die tiefen Falten auf seiner Stirn zogen sich mit kultivierter Freude in die Höhe, als er seine Krabben kostete; seine Schultern schienen vor Wonne zu beben. Reines Glück, dachte ich, daß ich den einzigen Fünf-Sterne-Feinschmecker der Polizei zum Lunch eingeladen hatte. Das Susanna Foo war elegant mit frischen Blumen und Spiegeln und goldbedruckten Tapeten ausgestattet. Keine Resopaltische, keine billigen Plastikstäbchen, alles erster Klasse, einschließlich der Preise, die mich zusammenzucken ließen, als ich den Wein in dem beachtlichen Hals verschwinden sah. Ich hatte zwar vor, Caroline das Essen auf die Spesenrechnung zu setzen, aber trotzdem mußte ich es vorstrecken.

»Wir sprachen von Jacqueline Shaw«, sagte ich. »Ihren Ermittlungen.«

Er verzehrte das letzte Krabbentörtchen, schloß anerkennend die Augen und griff erneut nach seinem Weinglas. »Sehr gut. Sehr, sehr gut. Nächstes Mal versuchen wir's vielleicht zusammen im *Le Bec Fin.* Da gibt es ein exzellentes Mittagsmenü zu Festpreisen. Mögen Sie die Oper, Carl?«

»Zählen Sie *Tommy* dazu?«

»Tut mir leid, nein. Das ist zu schlecht. Wir könnten uns so einen netten Abend machen, nur Sie und ich. Dinner im Striped Bass und dann Orchestersitze für Rigoletto.«

»Sie übertreiben, McDeiss.«

»Finden Sie? Jacqueline Shaw. Hat sich im Wohnzimmer ihres Apartments am südlichen Ende des Rittenhouse Square erhängt. Tolle Bude, wenn auch für meinen Geschmack ein bißchen zu barock. Alles schien in Ordnung. Es war sehr ordentlich, keine Kleider lagen herum, als erwartete sie Gäste zu ihrer Strangulierung. Sie war depressiv und hatte es früher schon versucht.«

»Wie?«

»Einmal hat sie zu viele Pillen genommen. Und als Teenager hat sie sich in der Badewanne die Pulsadern aufgeschnitten. Sie war ein Posten in der Statistik, der darauf wartete, an die Reihe zu kommen, das ist alles. Ah, da kommt mein Salat.« *Frische Wasserkastanien und Baby-Arugula-Salat in einer Vinaigrette mit getrockneten Shrimps ($ 8).* »Ach du liebe Güte, Carl, dieses Dressing ist köstlich. Möchten Sie probieren?«

Er hielt mir eine Gabel voller vinaigrettetriefenden Grünzeugs hin.

Ich schüttelte den Kopf. »Glauben Sie, daß die Arugula-Mutter sauer ist, wenn der Farmer ihr ihre Babys wegnimmt?«

McDeiss antwortete nicht, sondern schob die Gabel einfach in seinen eigenen Mund. Während er kaute, zogen sich die Falten auf seiner Stirn wieder in die Höhe.

»Wer hat sie gefunden?« fragte ich.

»Ihr Freund«, sagte McDeiss. »Sie lebten zusammen, waren anscheinend verlobt. Er kam von der Arbeit nach Hause und fand sie am Kronleuchter hängend. Er ließ sie dort und rief uns an. Häufig schneiden sie sie ab, bevor sie anrufen. Er hat sie einfach hängen lassen.«

»Gab es da einen Portier? Eine Besucherliste?«

»Wir haben alle Namen überprüft, die an diesem Tag ein- und ausgegangen waren. Alles Routine. Ihr Nachbar, ein seltsamer Typ namens Peckworth, sagte, er habe an dem Tag einen Boten von UPS in ihrem Flur gesehen, was uns verwunderte, weil sich keiner eingetragen hatte, aber dann kam er noch mal und sagte, er hätte sich im Tag geirrt. Wir haben das nachgeprüft. Sie hatte zwei Tage vorher ein Päckchen bekommen. Dieser Peckworth wäre aber als Zeuge ohnehin nicht brauchbar gewesen. Der Bursche ist echt sehenswert. Nachdem geklärt war, daß es keine ungewöhnlichen Vorkommnisse gegeben hatte, bestand keinerlei Verdacht mehr.«

»Hat sie einen Abschiedsbrief hinterlassen?«

Er schüttelte den Kopf. »Das tun sie oft nicht.«

»Haben Sie im Apartment irgend etwas Verdächtiges gefunden?«

»Rein gar nichts.«

»Bonbonpapier oder Abfall, der da nicht hingehörte?«

»Nichts. Warum? Haben Sie etwas?«

»Nein.«

»Dachte ich mir. Die Lady hatte eine einschlägige Vergangenheit, Depressionen, Drogen- und Alkoholmißbrauch, jahrelange, erfolglose Therapien, und war gerade in eine Hippie-New-Age-Gemeinde draußen in Mount Airy eingetreten.«

»Das ist der richtige Ort dafür«, sagte ich.

»Alles paßt zusammen.«

»Und was ist mit dem Motiv?« Ich senkte die Stimme. »Sie war eine Reddman, nicht?«

»Ganz recht«, sagte McDeiss. »Tatsächlich eine unmittelbare Erbin. Ihr Urgroßvater war der Pickle-König, wie hieß er noch, Claudius Reddman? Der Typ, der auf all den Gläsern abgebildet ist. Also, die Tochter von diesem Reddman hat einen Shaw geheiratet, von den Kaufhäusern der Shaw Brothers, und ihr Sohn ist der einzige Erbe des gesamten Vermögens. Diese Jacqueline war seine Tochter. Es gibt noch drei weitere Geschwister. Das ganze Geld wird zwischen denen geteilt.«

Ich beugte mich vor. Ich versuchte, unbekümmert zu klingen, schaffte es aber nicht ganz. »Wie groß ist das Vermögen?«

»Ich konnte keine genaue Zahl erfahren, nur Schätzungen«, sagte McDeiss. »Nicht viel nach all diesen Jahren. Nur ungefähr eine halbe Milliarde Dollar.«

Drei noch lebende Erben und eine halbe Milliarde Dollar. Damit war Caroline Shaw in Zukunft so ungefähr hundertsechsundsechzig Millionen schwer. Ich griff nach meinem Wasserglas und wollte trinken, aber meine Hand zitterte so, daß das Wasser über den Rand des Glases schwappte und ich es wieder hinstellen mußte. »Wenn es also kein Selbstmord war«, sagte ich, »könnte Geld ein Motiv gewesen sein.«

»Bei so viel Geld ist das das erste, woran wir denken.«

»Wer hat von ihrem Tod profitiert?«

»Darüber kann ich nicht reden.«

»Ach, kommen Sie schon, McDeiss.«

»Das sind vertrauliche Informationen, wie man mir sehr deutlich gemacht hat. Es gab eine hohe Versicherungspolice, und ihre Erbschaft war in einem Treuhandfonds fest angelegt. Beide wurden von irgendeiner Vorortbank kontrolliert.«

»First Mercantile of the Main Line, möchte ich wetten.«

»Sie sagen es.«

»Ein Rotzlöffel namens Harrington, nicht?«

»Genau. Aber die Informationen, die er mir über die Versicherung und den Fonds gab, sind vertraulich, also werden Sie sich an ihn wenden müssen.« Er beugte sich vor und sprach nun leiser. »Hören Sie, ich möchte Sie warnen, bei diesen Ermittlungen gab es politischen Druck. Druck, die Sache schnell zu erledigen. Ich war immer jemand, der seine Fälle schnell erledigt; ich hake sie ab und mache weiter mit dem nächsten. Es ist ja nicht so, als gäbe es nicht genug Arbeit. Aber trotzdem bekam ich Druck von den Burschen in der Innenstadt. Deshalb reichte es mir, als der Coroner wiederkam und erklärte, es sei Selbstmord gewesen. Fall abgeschlossen.«

»Aber trotz all des Drucks reden Sie mit mir.«

»Eine gute Mahlzeit, Carl, ist jede Peinlichkeit wert.« Doch nach seinem kleinen Scherz behielt er mich weiter im Auge, und die fleischigen Gesichtszüge bekamen etwas Scharfes.

»Und Sie denken, daß da was stinkt, nicht?« sagte ich. »Deswegen sind Sie hier, oder? Nicht wegen der Baby-Arugula. Woher kam der Druck? Wer hat Sie gedrängt, den Fall abzuschließen?«

Er zuckte mit den Schultern, aß seinen Salat auf, goß sich noch ein Glas Wein ein, trank daraus und hielt den Stiel des Glases geziert in den dicken Wurstfingern. »Von den Reddmans heißt es«, sagte er ziemlich geheimnisvoll, »daß sie eine Familie mit vielen dunklen Geheimnissen sind.«

»Die oberen Zehntausend?«

»Ganz und gar nicht. Soviel ich weiß, werden sie total geschnitten, wie Aussätzige. All dieses Geld, und sie stehen nicht mal im Social Register. Soweit ich feststellen konnte, wären Sie und ich in bestimmten gesellschaftlichen Kreisen willkommener als die Reddmans.«

»Ein Jude und ein Afroamerikaner?«

»Na ja, Sie vielleicht nicht.« Darüber lachte er breit, und dann beugte er sich vor und dämpfte seine Stimme zu einem Flüstern. »Das Haus der Reddmans ist ein seltsamer Ort, Carl, mehr ein riesiges steinernes Grabmal als irgend etwas anderes, mit Türmchen und wilden, überwucherten Gärten. Es heißt Veritas. Finden Sie es nicht auch herrlich, wenn die Leute ihren Häusern Namen geben?«

»Ein bißchen pompös als Name, meinen Sie nicht? Veritas?«

»Und sie sprechen es falsch aus. Sie sprechen das ›V‹ hart aus, wie in Vater, als hielten sie Tacitus für den Namen eines japanischen Luxusautos.«

»Sie sprechen Latein?«

Seine breiten Schultern zuckten. »Meine Mutter hatte es mit der klassischen Bildung.«

»Meine Mutter hält es für klassisch, wenn sie eine Olive in ihren Gin tut.«

»Nun, dieses Veritas war so kalt wie die Hölle der Eskimos«, sagte McDeiss. »Kaum war ich da und fing an, Fragen zu stellen, konnte ich spüren, wie sich die Eiseskälte herabsenkte. Der Vater des toten Mädchens, der Enkel des Pickle-Königs, soll angeblich schwachsinnig sein. Sie sperren ihn irgendwo oben in dieser Burg ein. Ich hatte ein paar Fragen an ihn, aber sie wollten mich nicht zu ihm lassen, sie hinderten mich physisch daran, die Treppe raufzugehen, können Sie sich das vorstellen? Dann, gerade als ich mir den Weg zu seinem Zimmer erzwingen wollte, kam ein Anruf aus dem Roundhouse. Die Familie, durch unseren Freund Harrington, hatte zu verstehen gegeben, sie wünsche, daß der Fall abgeschlossen werde, und dann kam auf einmal der Druck vom Stadtrat. Sehen Sie, Carl, Geld dieser Größenordnung hat seine eigene Macht, verstehen Sie? Wenn Geld dieser Größenordnung etwas will, dann bekommt es das. Ich hatte keine Chance, den alten Herrn zu sehen. Mein Lieutenant hat mich angewiesen, den Fall abzuschließen und mich anderen Dingen zuzuwenden.«

»Und das haben Sie getan.«

»Es war ein klassischer Selbstmord. Wir hatten das alles schon hundertmal gesehen. Ich konnte nicht viel machen.«

»Egal, wie sehr es stank. Ich brauche die Akte von Ihnen.«

»Nein. Kommt nicht in Frage.«

»Ich werde eine gerichtliche Verfügung beantragen.«

»Daran kann ich Sie nicht hindern.«

»Was ist mit der Besucherliste des Hauses für den Todestag?«

Er schaute auf seinen Teller und spießte eine einsame Wasserkastanie auf. »Da ist nichts, aber okay. Und reden Sie unbedingt mit dem Freund, Grimes heißt er.«

»Sie denken, daß er vielleicht...«

»Ich denke nur, daß Sie ihn interessant finden werden. Er lebt in diesem Luxushochhaus an der Walnut, westlich vom Rittenhouse. Kennen Sie das?«

Ich nickte. »Übrigens, haben Sie in ihrem Medizinschrank Darvon gefunden?«

Er blickte von seinem Salat auf. »Genug, um ein ganzes Footballteam milde zu stimmen.«

»Haben Sie sich je gefragt, warum sie nicht einfach die Pillen genommen hat?«

Ehe McDeiss antworten konnte, kam der Kellner und trug seinen Teller ab, auf dem nur noch Überreste der Vinaigrette mit den getrockneten Shrimps zu sehen waren. Vor mich stellte er den Teller mit der billigsten Vorspeise, *Hühnchen Kung Pao – Sehr scharf ($ 10)*, dick von gerösteten Erdnüssen. Vor McDeiss plazierte er eine der Spezialitäten des Hauses, *Rehfleisch ›Süßer als Honig‹ mit karamelisierter Birne, sonnengetrockneten Tomaten und scharfem Paprika ($ 20)*. McDeiss nahm ein Stück Rehfleisch mit den Stäbchen auf, wendete es in der Sauce und steckte es in den Mund. Er kaute langsam und sorgfältig. Entschlossen zermalmte er das Fleisch, und dabei zitterten seine Schultern vor Freude. Während McDeiss kaute und zitterte, dachte ich nach. Unter dieser Patina des sicheren Selbstmords hatte ich etwas völlig Unerwartetes entdeckt: Zweifel. Zum erstenmal fragte ich mich ernstlich, ob Caroline Shaw vielleicht hinsichtlich des Todes ihrer Schwester recht hatte, und es waren nicht nur McDeiss' Zweifel, die mich nachdenklich machten. Hier ging es um Geld, riesige Mengen von Geld, genug, um die Seele eines jeden zu verbiegen, der ihm zu nahe kam. Geld hat seine eigene Schwerkraft, deren Anziehung stärker ist als alles, was Newton sich vorstellte, und was es anzieht, neben schnellen Autos und Frauen mit schlanken Hüften, ist das Schlimmste in jedem Menschen, der diesem Geld zu nahe kommt. Die bloße Menge dieses Geldes reichte, mich ins Grübeln zu bringen, und worüber ich auf einmal nachgrübelte, das war Caroline Shaw mit ihrem kleinen, manipulativen Lächeln. Und da war noch etwas, etwas, das sich seinen Weg durch die

Schärfe des Kung Pao bahnte und in die tieferen Ebenen meines Bewußtseins drang. Genau in diesem Augenblick konnte ich die eigenartige Vermutung nicht abschütteln, daß auf irgendeine Weise ein Teil des ganzen Reddman-Geldes vielleicht rechtmäßig mir gehören könnte.

McDeiss hatte mir gesagt, ich solle mit dem Freund reden, diesem Grimes, und das würde ich tun. Ich konnte ihn mir förmlich vorstellen, hübsch, verbindlich, ein Gauner und Mitgiftjäger nach bester Tradition, der sich Jacqueline herausgepickt hatte und entschlossen war, sich seinen Anteil an ihrem Erbe zu holen. Er mußte jetzt ein verbitterter Knabe sein, dieser Grimes, verbittert, weil die Chance auf den Reichtum, den er praktisch schon in der Tasche hatte, verschwunden war. Ich mochte die verbitterten Knaben, ich wußte, wie sie tickten, bewunderte ihre Antriebskraft, ihre Leidenschaften. Ich war selbst mal so ein verbitterter Knabe gewesen, bevor meine eigenen verhängnisvollen Fehlschläge meine Bitterkeit in etwas Schwächeres und Erbärmlicheres verwandelten, in tiefsitzenden Zynismus und einen verzweifelten Wunsch zu fliehen. Aber obwohl ich nicht länger verbittert war, kannte ich den Text dieser Rolle noch immer und war in der Lage, sie zu spielen. Ich nahm an, daß ich keine Schwierigkeiten haben würde, Grimes zu veranlassen, mir sein Herz auszuschütten, von einem verbitterten Knaben zum anderen.

## 8

Ich setzte mich müde seufzend an die Bar des Irish Pub und bestellte ein Bier. Während der Barkeeper ein Glas aus dem Faß zapfte, griff ich in meine Brieftasche und legte zwei Zwanziger auf die Theke. Ich trank das Bier, während der Barmann noch an der Kasse war und mein Wechselgeld herausnahm, trank es, als litte ich unter brennendem Durst. Dann knallte ich das Glas auf den

Tresen und gab dem Barkeeper ein Zeichen, mir noch eins zu zapfen. Im allgemeinen trank ich nicht mehr viel, wegen meines Alkoholproblems. Das Problem bestand darin, daß ich mich übergeben mußte, wenn ich zuviel trank. Aber an diesem Abend hatte ich schon eine Menge Zeit damit verbracht, zu suchen, Fragen zu stellen und mir dies und das anzusehen, und jetzt, da ich gefunden hatte, was ich suchte, war ich entschlossen, ein bißchen zu trinken.

»Fühlen Sie sich manchmal, als hätte sich die ganze Welt gegen Sie verschworen?« sagte ich zu dem Barmann, als er mir mein zweites Bier brachte.

Es war ein geschäftiger Abend im Irish Pub, und der Barmann hatte keine Zeit, mir zuzuhören. Er lachte ein bißchen und machte weiter.

»Mir brauchen Sie das nicht zu sagen«, sagte der Mann, der neben mir saß, den Rest eines Scotch in der Hand.

»Jedesmal, wenn ich in die Nähe komme«, sagte ich, »ziehen die Bastarde es weg, genau wie bei diesen Dollarscheinen, die an einer Schnur hängen.«

»Mir brauchen Sie das nicht zu sagen«, sagte der Mann. Mit einer raschen Drehung des Handgelenks trank er seinen Scotch aus. Er war ein großer, dunkler Mann in grellbuntem Hemd mit kurzen Ärmeln und braunen Hosen. Sein Gesicht hatte alle Qualitäten eines Filmstars, seine Nase war gerade und schmal, sein Kinn sprang vor, die Augen waren tief und schwarz, aber all das war gepaart mit einer eigenartigen Schwäche. Er hätte der bestaussehende Mann der Welt sein sollen, war es aber nicht. Und der Barmann füllte sein Glas nach, ohne auch nur zu fragen. Das Irish Pub war eine junge Bar, Frauen in Jeans und hochhackigen Schuhen, Männer in Polohemden, Mädchen und Jungs zusammen, die sich trafen und sich gegenseitig Lügen in die Ohren schrien. An Wochenenden stand draußen eine Schlange, aber dies war kein Wochenende, und ich war nicht da, um eine Frau kennenzulernen, und der Mann neben mir auch nicht, das konnte ich sehen.

»Was machen Sie beruflich?« fragte ich, ohne ihn anzusehen, wie eben Fremde in einer Bar miteinander reden.

»Ich bin Zahnarzt«, sagte er.

Ich wandte mich ihm zu, musterte ihn von oben bis unten und wandte mich wieder ab. »Ich dachte, man müßte mehr Haare auf den Unterarmen haben, um Zahnarzt zu sein.«

Er lachte nicht, sondern nahm nur einen weiteren Schluck von seinem Scotch und ließ ihn im Mund kreisen.

»Heute war ich so nah dran, verdammt«, sagte ich. »Und dann ging es, wie es immer geht. Es war ein Autounfall, verstehen Sie? Ein ziemlich häßlicher noch dazu, irgendeine alte Dame fährt mit ihrem Beemer einfach bei Rot durch, und, rumms, kracht sie mit dem Lieferwagen von meinem Mandanten zusammen. Schnittwunden von den Glassplittern, mehrfache Prellungen, Schleudertrauma, Sie wissen schon, das volle Programm. Ich schicke ihn zu meinem Arzt, und alles wird gerichtet, er kann nicht arbeiten, er kann nicht gehen und sich nicht bewegen, er sitzt auf einem Stuhl auf seiner Veranda fest, hat schreckliche Schmerzen, und sein Leben ist tragisch ruiniert. Wundervoll, was?«

»Sie sind Anwalt«, sagte der Mann so tonlos, als würde er mir mitteilen, mein Reißverschluß sei offen.

»Und es ließ sich so schön an«, sagte ich. »Krankengeld vom Arbeitgeber und dann, peng, Schadensersatz von der alten Dame und ihrer Versicherung. Die Höchstsumme der Versicherung belief sich auf dreihunderttausend, aber wir wollten mehr, viel mehr, einen Strafe einschließenden Schadensersatz, weil die alte Dame halb blind war und niemals hätte frei rumfahren dürfen, ein Zusammenstoß geradezu vorprogrammiert. Sie ist Witwe, Wayne oder so heißt sie, reich wie die Sünde, also ist die Beitreibung ein Kinderspiel. Und ich habe eine Honorarvereinbarung über ein Drittel der Gesamtsumme in meinem Bankschließfach, wenn Sie verstehen, was ich meine. Ich hatte mir meinen Mercedes schon ausgesucht, braun mit hellbraunen Ledersitzen. SL-Klasse.«

»Das Kabrio«, sagte der Mann nickend.

»Natürlich. Ach, so ein schönes Auto, wenn ich bloß dran denke, kriege ich einen Ständer.«

Ich trank mein Bier aus, schob das Glas an den Rand der Theke und ließ den Kopf sinken. Als der Barmann kam, bestellte ich mir einen Schnaps zu dem Bier. Ich wartete, bis die Drinks kamen, trank den Schaum von meinem Bier und wartete noch ein bißchen.

»Was ist denn passiert?« fragte der Mann endlich.

Ich saß einen Moment still da, kippte dann mit einer raschen Bewegung den Schnaps und stellte das Glas ab. »Wir erscheinen vor einem obligatorischen Schiedsgericht und legen unseren Fall dar. Die Schuldfrage ist überhaupt kein Thema. Mein Mandant sitzt da, zitternd in seinem Rollstuhl, sein Hals wundgerieben von der Manschette, der jämmerlichste Anblick, den Sie je gesehen haben. Ich dachte, die würden mindestens eine Million bieten, bevor wir unsere Geschichte auch nur erzählt hätten. Und dann rückt der feine Anwalt der alten Dame mit dem Videoband an.«

Ich nahm einen weiteren Schluck Bier und schüttelte den Kopf.

»Mein Mandant beim Golfspielen drüben in Valley Forge, mit Halsmanschette und allem. Dieser Schmock konnte es nicht lassen. Er hat aufgehört zu arbeiten, keinen Sex mehr mit seiner Frau, spielt nicht mehr mit den Kindern, alles, aber das Golfspielen konnte er nicht lassen. Sie hatten sogar seine Scorekarte aufgetrieben. Unter neunzig, trotz Halsmanschette und allem. Ich nahm vierzigtausend und rannte. So nah dran am großen Geld, und dann, so schnell, wie ein Putt aus zwei Fuß Entfernung, war es weg.«

»Mir brauchen Sie das nicht zu sagen«, sagte mein Nachbar.

»Was wollen Sie denn? Was wissen Sie davon, Sie als Zahnarzt? Sie sind doch ein gemachter Mann. Zähne hat jeder.«

Er trank einen großen Schluck von seinem Scotch und dann noch einen, leerte das Glas. »Sie sind so ein Verlierer, Sie haben ja keine Ahnung.«

»Erzählen Sie's mir.«

»Wollen Sie was hören? Wollen Sie die traurigste Geschichte der Welt hören?«

»Eigentlich nicht«, sagte ich. »Ich hab meine eigenen Probleme.«

»Halten Sie den Mund und spendieren Sie mir einen Drink, und ich erzähle Ihnen was, wovon Sie 'ne Gänsehaut kriegen.«

Ich drehte mich zu ihm um und sah ihn an, und er starrte mit einer Wildheit zurück, die erschreckend war. Ich zuckte mit den Schultern und winkte dem Barmann und bestellte zwei Scotch on the rocks für ihn und zwei Bier für mich. Und dann ließ ich mir von Grimes seine Geschichte erzählen.

## 9

Das erstemal sah er sie in einem Lokal an der Sixteenth Street, einer dunklen, auf aggressive Weise modischen Bar mit depressiver Musikbox und ernsthaften Trinkern. Sie saß allein und war schwarz gekleidet, nicht wie eine Künstlerin, sondern eher wie jemand in Trauer. Sie war ganz hübsch, aber eigentlich nicht schlank genug, eigentlich nicht jung genug, und er hätte nicht zweimal hingeschaut, wenn diese Frau in Schwarz nicht eine Aura von Traurigkeit ausgestrahlt hätte, die Bedürftigkeit verriet. Bedürftigkeit war ganz gut, dachte er sich, denn er suchte eine mühelose Eroberung, und Bedürftigkeit resultierte oft in willigem Nachgeben. Er setzte sich neben sie und spendierte ihr einen Drink. Sie sagte, sie heiße Jacqueline Shaw.

»Sie trank Martinis«, sagte Grimes, »was mir irgendwie auf lasterhafte Weise sexy vorkam.«

»Wird das bloß so eine Geschichte von einem verlorenen Mädchen?« fragte ich. »Denn wenn das alles ist...«

»Halten Sie die Klappe und hören Sie zu«, sagte Grimes. »Sie könnten vielleicht was lernen.«

Nach dem zweiten Drink fing sie an, von ihrer spirituellen Suche zu reden, davon, daß sie ein breiteres Verständnis des Lebens anstrebte als nur das mit den fünf gewöhnlichen Sinnen. Er lächelte über ihre Enthüllungen, nicht aus irgendeinem echten Interesse, sondern nur, weil er wußte, daß spirituelle Sehnsucht und sexuelle Freiheit oft angenehm miteinander verwoben sind. Sie sprach von den Stimmen der Seele und der Geister, die in jedem von uns sprechen, und davon, daß wir wieder wie ein Kind hören lernen müssen, um zu erkennen, was die Stimmen uns über das Unbeschreibliche zuflüstern. Sie sprach von der Verbundenheit aller Dinge und davon, wie jeder von uns in unseren zahllosen Verkleidungen nur eine Manifestation des Ganzen ist. Sie sagte, sie habe ihre spirituelle Führerin gefunden, eine Frau namens Oleanna. Zwei weitere Drinks, und sie und Grimes gingen nebeneinander nach Westen, in Richtung Rittenhouse Square. Sie hatte eine Wohnung in einem dieser alten Apartmenthäuser auf der Südseite des Parks und nahm ihn dorthin mit, um ihm ihre Sammlung spiritueller Artefakte zu zeigen, für die er Interesse geheuchelt hatte.

»Ba-da-bum, ba-da-bing«, sagte ich.

»War auch nicht schlecht«, sagte Grimes, »aber das ist nicht das, was wirklich mein Interesse erregte.«

»Nein?«

»Es war diese Wohnung, Mann, die Wohnung.«

Ihre Wohnung war unglaublich geräumig, fürstlich in Größe und Ausstattung, alles war überlebensgroß, dicke, riesige Sofas, riesige Schaukelstühle, ein großer Flügel. Überall gab es Gobelins, an den Wänden, über Tische drapiert, Kronleuchter mit gläsernen Prismen und dicke Teppiche, die übereinander lagen. Pflanzen in aus Stein gehauenen Kübeln standen herum, Pflanzen mit dicken, geäderten Blättern, Pflanzen mit leuchtenden, winzigen Blüten und haarige, phallische Pflanzen voller Dornen. Die Wohnung war wie von einer anderen Welt. Sie stellte diese Musik an, die von irgendwo hinter den Möbeln ertönte, eine magische weiße

Mischung aus Windharfen und Fischflöten, dröhnenden Blasinstrumenten, Mondlauten und Wasserglocken. Und dann, mitten im Wohnraum, auf handgeknüpften persischen Teppichen in tiefem Blau, neben einem Kaminfeuer, zeigte sie ihm ihre Kristalle und heiligen Perlen und aus Afrika importierten Fetische, einen Mann mit Löwenkopf, eine schwangere Frau mit Hufen und Bart, ein Kind mit dem Grinsen einer Hyäne. Sie zündete ein Räucherstäbchen und dann eine Kerze und noch eine Kerze und dann zwanzig weitere Kerzen an, und am Feuer und zwischen den sie umgebenden Totems liebten sie sich, und es war, als ob die Macht dieser winzigen Statuen und der Perlen und der Kristalle konzentriert würde durch die Musik, den Weihrauch, die Flammen und ihren Körper durchdringen würde, und wieder und wieder kam sie da unter ihm auf dem Teppich. Er fühlte die Macht auch, aber die Macht, die er fühlte, war nicht die des Feuers oder der Steine oder der Fetische, es war die Macht des ganzen Reichtums in diesem magischen Raum, die extreme Macht des Geldes.

»Auf einmal«, sagte Grimes, »glaubte ich zutiefst an die heilende Kraft von Kristallen.«

In der folgenden Woche ging er mit ihr zu einem Treffen ihrer spirituellen Gruppe. Sie trafen sich an dem Ort, den sie den Hafen nannten und der in Wirklichkeit der Keller irgendeiner Bruchbude in Mount Airy war. Alle trugen Gewänder, orangefarben oder grün, und saßen auf dem Fußboden. Man hatte genügend getrocknete Duftblüten verstreut, um Martha Stewart zu ersticken, und sie sangen und meditierten und erzählten sich gegenseitig von schmerzhaften Momenten in ihrem Leben und ihren Bemühungen, ihr physisches Selbst zu transzendieren. Ihm fiel auf, daß die Kirchenmitglieder sich um Jackie scharten, als sei sie so etwas wie eine Quelle. Man widmete ihr besonders viel Zeit und gab sich besonders viel Mühe, es ihr bequem zu machen. »Brauchst du ein Kissen, Jackie?« »Können wir dir etwas zu trinken holen, Jackie?« »Möchtest du eine Extraportion Kristalltherapie, Jackie?« Am Ende des Treffens kam eine Frau und setzte sich auf einen Thronsessel mit hoher Rückenlehne, eine schöne Frau in fließenden weißen Gewändern. Jacqueline wurde direkt zu ihren Füßen Platz gemacht. Diese Frau war Oleanna, und als sie auf diesem Stuhl saß, fiel sie in Trance, und seltsame Geräusche kamen aus ihrer Kehle, Laute, bei denen Jackie in Verzückung geriet. Grimes verstand das nicht, hielt es teilweise für Schwindel, teilweise für verrückt, aber er konnte nicht übersehen, daß die Mitglieder Jacqueline alle umschwärmten wie Bienen ihre Königin. Am nächsten Morgen heuerte er einen Privatdetektiv an, der sie diskret ausforschen sollte.

Drei Monate später, bei einer privaten Zeremonie in ihrer Wohnung, mit der Musik und den Fetischen und den Kerzen, mit einem Stapel Kristalle zwischen ihren knienden, nackten Körpern, bat er sie, ihn zu heiraten, und sie willigte ein. Inzwischen hatte ihm der Privatdetektiv gesagt, wer ihr Urgroßvater war, und ihm die annähernde Höhe des Vermögens genannt, das sie erben sollte.

»Ich werde Ihnen nicht sagen, welchen Konzern sie gegründet haben oder so«, sagte Grimes.

»Würde ich ihn kennen?« fragte ich.

»Natürlich, den kennt jeder. Sie haben das Zeug Ihr Leben lang gegessen. Und allein ihr Anteil an dem Vermögen betrug über hundert Millionen. Wissen Sie, wie viele Nullen das sind? Acht Nullen. Das reicht, um ein Baseballteam zu kaufen, es reicht, um die Eagles zu kaufen. Und sie hat eingewilligt.«

»Herrgott, da haben Sie ja das große Los gezogen.«

»Ein größeres, als Sie jemals sehen werden, Mann, das steht fest.«

Nachdem ihre Zukunft geregelt war, nahm Jackie ihn eines Nachmittags mit, damit er auf ihrem Familiensitz tief in der Main Line ihre Angehörigen kennenlernte, in einem Haus, das sie Veritas nannten. Das Haus war ein seltsames gotisches Kastell, hoch auf einem grasbewachsenen Hügel, umgeben von vielen Morgen Wald und seltsamen, verlassenen Gärten. Innen war es ein feuchtes, kaltes Mausoleum, etwa so eingerichtet wie Jacquelines Wohnung, nur in größerem, altersschwachem Maßstab. Ein Bruder stand überhaupt nicht aus seinem Sessel auf, er trug eine komische Smokingjacke und war zu betrunken, um zu sprechen. Seine Frau flatterte um ihn herum wie ein hyperaktiver Falter, erneuerte seinen Drink, schüttelte ihm das Kissen auf. Ein weiterer Bruder, dünn und nervös, saß in einem anderen Zimmer und klebte an seinem Computerbildschirm, beobachtete, wie an den nationalen Börsen die Preise der umfangreichen Holding der Familie stiegen und fielen und wieder stiegen. Die Schwester war eine sarkastische kleine Hexe in schwarzem Leder, die Grimes mit einer Reihe messerscharfer Kommentare bedachte. Die Mutter war irgendwo in Übersee, machte allein Urlaub, und der Vater blieb in seinem Privatzimmer irgendwo oben und kam nicht einmal herunter, um den Verlobten seiner Tochter kennenzulernen.

»Ich hatte das Gefühl, bei den Munsters zu Besuch zu sein«, sagte Grimes. »Und das war noch, bevor Jacqueline mich mitnahm, um ihre Oma kennenzulernen, die Tochter des Mannes, der das Familienvermögen begründet hat.«

Großmutter Shaw saß gebückt in einem Sessel, das faltige Gesicht schiefgelegt, als sei eine Hälfte aus Wachs und zu nahe an eine Flamme geraten. Ihre Hände waren knochig und lang, und ihr rasselnder Atem durchbrach die Stille im Raum. Das Auge der geschmolzenen Gesichtshälfte war geschlossen; aus der anderen spähte ein blasses, vom grauen Star gekennzeichnetes Blau. Sie starrte ihn an, als sei er eine Krankheit, als Jacqueline ihn vorstellte. Dann, mit zittrigem Lächeln, bestand die Großmutter darauf, mit Grimes einen kleinen Spaziergang durch die Gärten zu machen.

Sie waren zu zweit allein bis auf den alten Gärtner, der sie beim Gehen stützte. Es war jetzt Hochsommer, und die Gärten waren eine Fülle von Farben und Düften. Sie zeigte ihm ihre Rhododendren, ihre Hyazinthen mit den roten Blüten, ihre blutroten Chrysanthemen. Dicke gelbe Bienen sammelten den Blütenstaub ein, rieben ihre borstigen Körper in stiller Ekstase an den offenen Blüten. Sie führte ihn durch einen Bogen, der in eine hohe Mauer aus stacheligen Hecken geschnitten war. Hier waren die Hecken zu einer Art Irrgarten gestutzt, Blüten vor hohen Mauern aus Berberitzen mit zahllosen Dornen, Berberitzen, die Wege mit Primeln und blauen Lobelien verbargen, kreisförmig angepflanzt, und die zu noch mehr Berberitzen führten. Während sie einherspazierten, stellte sie ihm Fragen zu seiner Person und hörte ihm ohne Kommentar zu. Ihr Gehstock war knotig. Der alte Gärtner, der ihren Arm hielt, während er neben ihr ging, schwieg unter seinem breitrandigen Strohhut. Langsam gingen sie an Büschen aus Phlox und violettem Salbei vorbei, an Sträuchern mit glockenförmigen Digitalisblüten, an dornigen Reihen von purpurnen Disteln.

»Sind Sie so eine Art Gärtner?« fragte ich Grimes.

»Jeder braucht ein Hobby, warum?«

»Ich hab nur gefragt.«

Sie gingen scheinbar ziellos durch diesen Irrgarten, bis sie sich im Mittelpunkt eines sehr formellen Platzes befanden, der von hohen, runden Hecken umgeben war, gesäumt von Astilben und Scharten und grellen roten Stockrosen an hohen, dünnen Sträuchern. In der Mitte dieses Raumes befand sich ein Oval aus reicher, dunkler Erde, aus der Büsche von herrlicher violetter Iris über einem Meer aus blaßgelbem Pedilanthus blühten. An einem Ende des Ovals stand eine Statue einer nackten Frau, die die Arme zum Himmel reckte; ihre zarten, bloßen Füße ruhten auf einer riesigen Marmorplattform, die Säulen trugen, mit Messingmedaillons besetzt war und das Wort »SHAW« tief in den Stein eingraviert hatte. Gegenüber dem ovalen Garten mit der Statue stand eine Marmorbank unter einem weißen Holzbogen mit riesigen orangefarbenen Trompetenblüten, deren Staubgefäße rot wie Zungen waren. Der Gärtner setzte die alte Frau auf die Bank, und sie bat Grimes mit zweimaligem Klopfen auf die Marmorbank an ihre Seite. Als sie dort zusammen saßen, nahm der Gärtner eine Schere aus der Tasche und fing an, das Blattwerk hinter ihnen mit zittrigem Klappern der Klingen zu beschneiden.

»Das ist uns der liebste Platz auf der ganzen Welt«, sagte Großmutter Shaw mit rauher Stimme.

»Er ist schön«, sagte Grimes.

»Wir kommen jeden Tag her, ganz gleich, wie das Wetter ist. An diesem Ort spüren wir die Macht des Landes. Wir sind schon als Kinder hergekommen, aber seit wir älter und tattriger sind, hat er für uns an Bedeutung gewonnen. Mr. Shaws Asche befindet sich in einer Urne unter der Statue von Aphrodite. Weitere Schätze liegen in dieser Erde begraben, Erinnerungsstücke, Mementos einer besseren Zeit. Alles, was wertvoll ist, legen wir hierher. Wir kommen jeden Tag und denken an ihn und an sie und füllen uns wieder mit aller Macht dieser dunklen, reichen Erde auf.«

»Ihr Gatte muß ein besonderer Mann gewesen sein«, sagte er.

»Ja, das war er«, sagte sie. »In den letzten Tagen seines Lebens war er sehr spirituell geworden, wie es nur Menschen können, die gelitten haben. Sie haben die Absicht, unsere Jacqueline zu heiraten.«

»Ja, Ma'am.«

»In unserer Familie nehmen wir die Ehegelöbnisse sehr ernst. Wenn wir versprechen zu heiraten, dann ist es für immer.«

»Ich liebe Jacqueline sehr. Für immer ist eine zu kurze Zeit, um mit ihr zusammen zu sein.«

»Wir sind sicher, daß Sie das auch für Ihre jetzige Frau empfunden haben«, sagte sie.

Sie meinte natürlich die Frau, mit der Grimes seit sieben Jahren verheiratet war, die Mutter seiner beiden Kinder, die Hüterin seines Hauses, die ihn an die Geburtstage und Jahrestage seiner Familie erinnerte, die Ferien plante, seine Frau, von der er Jacqueline noch immer nichts erzählt hatte. Sie waren Jugendfreunde gewesen, er und seine Frau, hatten sich während der ganzen High-School-Zeit getroffen, und ihre Eltern hatten ihm das Studium der Zahnmedizin ermöglicht, indem sie eine Hypothek auf ihr

Haus aufgenommen hatten. Es war der Schock ihres Lebens gewesen, als er ausgezogen war, um mit Jacqueline Shaw zusammenzuleben.

»Diese Ehe war ein Fehler. Ich wußte nicht, was Liebe ist, bevor ich Jacqueline kennenlernte.«

»Ja, großer Reichtum hat diese Wirkung auf Leute. Ihr Privatdetektiv hat Ihnen den Wert der Holdings unserer Familie mitgeteilt, ja?«

»Ich liebe Jacqueline«, sagte er, offensichtlich empört von der Bank aufstehend. »Und wenn Sie andeuten möchten, daß meine Motive…«

»Setzen Sie sich wieder hin, Mr. Grimes«, sagte sie und starrte mit dem halb durchsichtigen blauen Auge zu ihm auf. »Wir brauchen uns nichts vorzumachen. Wir waren sehr beeindruckt, als Sie diesen Privatdetektiv engagiert haben. Das zeigt einen Unternehmungsgeist, der in dieser Familie allzu selten geworden ist. Setzen Sie sich und tun Sie nicht so, als würden Sie unsere Absichten hier verstehen.«

Er starrte sie einen Augenblick an, aber ihr halbes Gesicht lächelte ihn an, während sie wieder auf die Bank neben sich klopfte. Also setzte er sich hin. Der Gärtner grunzte hinter ihnen, als er auf Händen und Knien nach den winzigsten Unkräutern suchte, die aus der reichen schwarzen Erde sprossen.

»Diese purpurnen Stacheln da drüben sind unsere Lieblingspflanzen in diesem Garten. Dictamnus albus. Die Gaspflanze. An Sommerabenden, wenn kein Wind geht, kann man ein Streichholz an die Blüten halten, und ihr Dunst verbrennt ganz schwach, als würden die in dieser Erde begrabenen Geister in ihren duftenden Blüten brennen. Jacqueline war immer ein mürrisches kleines Mädchen, sie war melancholisch von Anfang an. Ob Sie sie wegen ihrer Traurigkeit oder ihres Geldes heiraten, interessiert uns nicht.«

Er wollte Einwände erheben, doch sie hob eine Hand und brachte ihn zum Schweigen.

»Wir sind einfach dankbar, daß sie jemanden gefunden hat, der sich um sie kümmert, ganz gleich, welche Tragödien ihr zwangsläufig zustoßen werden. Aber wir möchten, daß Sie verstehen, was es bedeutet, ein Mitglied unserer Familie zu sein, ehe es für Sie zu spät ist.«

»Ich kann es mir vorstellen«, sagte er.

»Nein, das glaube ich nicht. Es geht über Ihre Vorstellungskraft hinaus.«

Der Gärtner grunzte, als er wieder aufstand und erneut mit der Heckenschere zu arbeiten begann.

»Unser Blut ist schlecht, Mr. Grimes, schwach, es ist verdorben. Wo mein Vater noch Kraft hatte, gibt es jetzt nur noch Verfall. Meine Schwester ist an schlechtem Blut gestorben, meinen Sohn hat es ruiniert. Das Ergebnis ist die Schwäche, die Sie bei meinen Enkeln sehen. Wenn Sie Jacqueline heiraten, dürfen Sie niemals Kinder haben. Damit würden Sie Katastrophen nämlich geradezu einladen. Sie müssen mit uns daran arbeiten, daß die Schwächen im Genpool unserer Familie nicht überleben. Sollen sie sterben, sollen sie vergehen. Wir sind anders als diese erbärmlichen Leute, die so müßig versuchen, um jeden Preis eine bösartige genetische Linie zu erhalten. Alles, was von unseren physischen Körpern übrig ist, ist verfault. Alles, was Wert hatte, ist schon in den Reichtum eingegangen.«

Die alte Dame seufzte und wandte den Kopf ab.

»Unser Reichtum war schwer verdient, Mr. Grimes, verdient mit Blut und Knochen und mehr Schmerz, als Sie sich je vorstellen können. Aber was immer von meinem Vater und seinen Nachkommen bleibt und auch von meinem Mann, das lebt noch im Vermögen unserer Familie, ihre Herzen schlagen noch, ihre Seelen blühen noch in den Tentakeln unseres Reichtums. Alles, was wir in dem getan haben, was von unserem Leben noch übrig war, diente dazu, ihr Opfer zu ehren und den Kern ihrer Existenz zu drei höheren Zwecken zu erhalten. Versöhnung, Sühne, Erlösung.«

Jedes der letzten drei Worte wurde mit der Kraft und Klarheit einer großen eisernen Glocke gesprochen. Grimes war zu erschrocken, um zu antworten. Das Klappern der Gartenschere wurde lauter, das Tempo der Schnitte erhöhte sich.

»Unsere drei höheren Ziele sind fast ganz erreicht worden, und wir werden niemals einem Außenseiter gestatten, das zu vernichten, wozu unsere Familie Generationen gebraucht hat. Sie werden unser Geld nicht verschleudern, Mr. Grimes. Sie werden es nicht verspielen wie Edward oder schlecht investieren wie Robert. Ihre einzige Pflicht wird darin bestehen, das Familienvermögen zu bewahren, zu pflegen und wachsen zu lassen, es mit all der Sorgfalt zu behandeln, die die zarteste Orchidee braucht, um diesem Ziel zu dienen. Und wir wollen eines vollkommen klarstellen. Sie werden die arme Jacqueline niemals verlassen und auch nur einen Penny ihres Geldes mitnehmen. Das wird nicht erlaubt. Unser Reichtum ist mit Blut hart errungen und mit Blut verteidigt worden. Zweifeln Sie keinen Augenblick daran. Unser Vater war ein großer und mächtiger Mann, und er hat uns gut unterrichtet.«

Das silbrige Klappern der Gartenschere kam näher und näher, bis sich die Härchen auf Grimes' Ohren aufrichteten. Mit jedem Schnitt glitt etwas kalt seinen Nacken hinunter. Die alte Dame sah ihn mit ihrem einen Auge fast so an, als verhänge sie einen Bann über ihn.

»Nun, genug von den Familiengeschäften«, sagte sie, und augenblicklich verstummte die Schere des Gärtners. »Erzählen Sie uns von ihren Ideen für die Hochzeit, Mr. Grimes. Wir sind alle so aufgeregt, so sicher, daß Sie unsere Jacqueline schrecklich glücklich machen werden.«

Während er ein paar Worte über ihre Pläne stammelte und daß sie so schnell wie möglich heiraten wollten, erhob sich die alte Dame, und der Gärtner war rasch an ihrer Seite und half ihr dabei. Sie ließ ihren Stock auf der Bank liegen und packte mit der freien Hand fest nach Grimes' Arm. Ihr Griff war kalt und heftig, während sie mit ihm und dem Gärtner zum Haus zurückging.

»Es besteht keine Notwendigkeit, sich blindlings in etwas so Todernstes wie eine Ehe zu stürzen, nicht wahr?« fragte sie im Gehen. »Nehmen Sie sich Zeit, Mr. Grimes, warten Sie, seien Sie sicher. Das ist unser Ratschlag«, sagte sie und plauderte dann fast fröhlich über die Blumen, das Gras und die hohe Luftfeuchtigkeit, die ihr Asthma verschlimmerte.

Kurz nach diesem Besuch starb Großmutter Shaw in ihrem neunundneunzigsten Lebensjahr. Sie hatte ausdrückliche Anordnungen gegeben, sie wolle verbrannt werden, und man solle ihre Asche mit der ihres Mannes vermischen und wieder zu Füßen der Aphrodite begraben. Die Beerdigung war eine öde und spärlich besuchte Angelegenheit. Kurz nach der Beerdigung begann Jacqueline, um ihr Leben zu fürchten. Sie behauptete, Männer verfolgten sie, und sie behauptete, in ihren Meditationen dunkle Visionen zu sehen. Wenn sie miteinander durch die Straßen der Stadt gingen, drehte sie sich dauernd um und suchte nach etwas. Grimes erblickte niemals etwas hinter ihnen, aber er ging auf ihre Ängste ein. Als er sie fragte, was sie so erschrecke, gestand sie, sie fürchte, einer ihrer Brüder versuche sie umzubringen. Sie sagte, Mord komme in ihrer Familie öfter vor, und erzählte etwas über ihren Großvater und ihren Vater. Sie wäre nicht überrascht, wenn ihre Großmutter nicht an einem Asthmaanfall gestorben, sondern von einem ihrer Brüder mit einem Kissen erstickt worden sei. Die einzigen Familienmitglieder, von denen sie jemals freundlich sprach, waren ihre Schwester und ihre liebe, verstorbene Großmama. Grimes erzählte ihr nie von seinem brutalen Gespräch mit Großmutter Shaw. Sie hätten sofort geheiratet, wenn es bei Grimes' Scheidungsverfahren nicht zu einer Verzögerung gekommen wäre. Er bot seiner Frau alles an, es war ihm egal, denn alles, was er besaß, war nichts im Vergleich zu dem, was er besitzen würde, doch der Fall zog sich trotzdem in die Länge. Und Jacquelines Ängste nahmen immer weiter zu.

Dann, an einem Winterabend, als sie Konzertkarten für die Familienloge an der Academy of Music hatten, kam er aus seiner

Zahnarztpraxis in die Wohnung zurück, um sie abzuholen. Sie war den ganzen Morgen im »Hafen« gewesen und hatte meditiert, wollte aber fertig sein, wenn er kam. Er rief sie und hörte nichts. Er schaute ins Schlafzimmer, ins Badezimmer, rief wieder ihren Namen. Er suchte so intensiv nach ihr, daß er beinahe an ihr vorbeigelaufen wäre, wie sie in ihrem orangefarbenen Hausmantel von dem protzigen Kronleuchter hing, eine schwere, gedrehte Kordel um den Hals. Die Fenster waren mit dicken Samtvorhängen verschlossen, und das einzige Licht im Raum kam von dem Kronleuchter mit seinen in allen Regenbogenfarben schimmernden Prismen. Unter ihren dicken Beinen lag ein umgekippter Stuhl. Ihre Füße waren nackt, ihre Augen offen und scheinbar voller Erleichterung. Als Grimes sie da so hängen sah, hätte er fast gedacht, sie sei glücklich und friedlich, wenn nicht die graue Zunge dick und geschwollen wie ein Flecken auf der blassen Haut ihres Kinns gehangen hätte. Er warf einen Blick auf sie und wußte, wieviel er verloren hatte. Er machte auf dem Absatz kehrt, nahm den Aufzug nach unten und benutzte das Telefon des Portiers, um die Polizei zu rufen.

Zusammen mit der Polizei kam ein Mann, groß und blond. Er reservierte für diese Nacht ein Hotelzimmer für Grimes im Four Seasons und gleich am nächsten Tag ein Apartment in einem modernen Hochhaus in der Walnut Street. Ohne daß Grimes etwas dazu tun mußte, wurden seine Habseligkeiten in das neue Apartment gebracht, zusammen mit einer brandneuen Gruppe moderner Möbel. Die Miete war für zwei Jahre im voraus bezahlt. Auf seinem neuen, riesigen Fernseher lag ein Umschlag mit zwanzigtausend Dollar in bar. Das war das letzte, was er von Jackie und ihrer Familie sah. Das letzte, was er von seinen hundert Millionen sah.

»Sie haben recht«, sagte ich zu ihm, während wir nebeneinander im Irish Pub saßen, gegenüber seinem neuen und voll bezahlten Luxusapartment in der Walnut Street 2020. »Das ist eine absolute Tragödie.«

»Und deswegen will ich nichts davon hören, wenn Sie darüber reden, daß Sie fast irgendeinen lächerlichen Anteil an irgendeiner miesen Klage bekommen hätten«, sagte Grimes.

»Warum hat sie sich umgebracht?«

»Wer weiß? Es gab keinen Brief. Sie war immer so traurig, vielleicht war es ihr einfach zuviel geworden. Oder vielleicht war ihre Paranoia auch gerechtfertigt, und jemand aus dieser gräßlichen Familie hat sie umgebracht. Ich wäre auch nicht überrascht, wenn es diese Punkerin von Schwester getan hätte. Aber für mich macht das keinen Unterschied, nicht?«

»Vermutlich nicht. Wer war dieser blonde Bursche, der Sie am Ende ausbezahlt hat?«

»Der Familienbankier.«

Ich nickte. »Waren Sie je in einem Lokal namens Tosca's?«

»Nein. Warum.«

»War nur eine Frage.«

»Was ist das, ein Restaurant?«

»Es ist ein italienisches Lokal oben in der Wolf Street. Tolles Essen. Ich dachte, vielleicht könnten Sie mal mit Ihrer Frau hingehen und sie für alles entschädigen.«

»Keine Chance. Ich hab versucht, zu ihr zurückzugehen, aber sie hat sich trotzdem von mir scheiden lassen. Eigentlich kann ich es ihr nicht verübeln. Sie hat wieder geheiratet, einen Urologen, und es geht ihnen gut. Er kriegt seine Kohle, indem er irgendeinem alten Knacker den Finger in den Hintern steckt, darin herumfährt und mit einer Fünfhundert-Dollar-Note wieder rauskommt. Sie sagt, sie sei glücklicher denn je. Sagt mir, daß der Sex mit dem Urologen zehnmal besser sei, ist das zu glauben?«

»Das macht der gebildete Finger.«

»Wissen Sie, ich bin sogar froh. Sie verdient ein bißchen Glück. Und soll ich Ihnen noch was sagen?«

»Ja.«

»Ich hatte sie irgendwie gern. Jackie, meine ich. Sie war tatsächlich eine Spinnerin und über alle Maßen traurig, aber ich mochte sie. Selbst mit all diesem Geld war sie ein Unschuldsengel. Wir hätten es miteinander gut gehabt. Mit ihr und hundert Millionen Dollar wäre ich vielleicht endlich ein bißchen glücklich gewesen.«

Er wandte sich wieder seinem Drink zu und kippte den Scotch herunter, und ich sah ihm zu und dachte, daß ich mit hundert Millionen vielleicht auch ein bißchen glücklich wäre. Ich nahm noch einen Schluck Bier und spürte eine dünne Übelkeit in meinem Magen aufsteigen. Und zusammen mit der Übelkeit kam es wieder in mir hoch, derselbe Verdacht, den ich vorher gehabt hatte, daß irgendwo in dieser sich entfaltenden Geschichte mein eigener Weg zum Reddman-Vermögen lag. Ich sah den Weg noch nicht recht vor mir, aber diesmal war das Gefühl klar und faszinierend; da lag sie vor mir, meine Straße zu den Reichtümern von jemand anderem, und wartete geduldig, und ich mußte nur rausfinden, wo der Pfad begann, und den ersten Schritt tun.

»Was nun?« fragte ich mich und war mir gar nicht bewußt, daß ich das laut gesagt hatte, bis Grimes auf meine Frage antwortete.

»Nun?« sagte er. »Nun werde ich den Rest meines Lebens damit verbringen, anderen Leuten Finger in den Mund zu stecken.«

## 10

Ich stellte meinen Mazda in der Seitenstraße vor dem Häuserkomplex mit der Ziegelfassade ab. Ich ließ die Diebstahlsicherung ums Lenkrad zuschnappen, was lächerlich war, denn mein Wagen war mehr als zehn Jahre alt und für Diebe ungefähr so begehrenswert wie ein ostdeutscher Trabant, aber es war nun mal diese Art Gegend. Bei dreißig Minuten pro Vierteldollar nahm ich an, daß drei Münzen in der Parkuhr mehr als genug sein würden. Ich nahm meine Aktenmappe heraus, schloß den Wagen ab und ging die Stufen zum Albert Einstein Medical Center hinauf.

In der Halle schlich ich schuldbewußt an den Reihen von Porträts vorbei, toten Ärzten, die streng von den Wänden starrten, und ohne am Empfang haltzumachen, trug ich meine Mappe zum Aufzug und in den vierten Stock, zur Kardiologie. Das Krankenhaus roch nach zu lange gekochten Bohnen und verschüttetem Apfelsaft, und nach einem nur kurzen Schnüffeln wußte ich, daß Jimmy Vigs Levine in Zimmer 5036 kein glücklicher Mann war.

»Mir ist andauernd übel«, sagte Jimmy Vigs mit schwacher, freundlicher Stimme, als ich das Zimmer betrat. Er redete nicht mit mir. »Ich habe mich heute früh schon übergeben. Ist das in Ordnung?«

»Ich werde es dem Arzt sagen«, sagte eine Krankenschwester in einem Hawaiihemd, während sie sich bückte, um seinen Urinbeutel zu leeren. »Sie bekommen Atenolol, und das bewirkt manchmal Übelkeit.«

»Und wie pinkle ich?«

»Wie ein Pferd.«

»Wenigstens etwas, das funktioniert.« Jimmy war ein riesiger, runder Mann, füllig, mit dicken Beinen und einem Bauch, der zitterte, wenn er lachte, nur daß er jetzt nicht lachte. Sein Gesicht war birnenförmig, mit dicken Wangen, einer breiten Nase und einem dünnen kleinen Schnurrbart. Er lag ohne Zudecke auf dem Bett, und das Krankenhaushemd bedeckte kaum seinen Bauch. In seinem Arm steckte ein Infusionsschlauch, und neben seinem Bett stand ein Galgen mit drei Plastikbeuteln daran, die ihn mit Flüssigkeiten und Medikamenten füllten. Das Blinken auf dem Monitor war seltsam unregelmäßig; sein Puls betrug 86, dann 83, dann 87, dann 90. Ich fragte mich, ob Jimmy eine Wette darauf abschließen würde, welche Pulsrate als nächste erscheinen würde, und dann dachte ich mir, daß er das sicher bereits getan hatte.

»Hallo, Victor«, sagte er, als er mich im Zimmer bemerkte. Seine Stimme hatte einen leichten New Yorker Akzent, aber nicht dessen Schärfe, als sei er vor langer Zeit von Queens nach Des Moines umgezogen. »Nett von Ihnen, daß Sie mich besuchen.«

»Wie geht es Ihnen, Jim?«

»Nicht so gut. Mir ist übel.« Er schloß die Augen, als sei es zu anstrengend, wach zu bleiben. »Helen, dies ist Victor Carl, mein Anwalt. Wenn ein Anwalt einen im Krankenhaus besucht, bedeutet das schlechte Nachrichten für irgend jemanden. Ich denke, wir müssen unter vier Augen reden.«

Sie lächelte mir zu, während sie sich mit seinem Urin zu schaffen machte. »Ich bin in einer Minute weg.«

»Bei dem, was er berechnet, wird das die teuerste Pinkelei der Geschichte.«

»Okay, okay«, sagte sie, während sie den Katheterbeutel fertig ausleerte, aber noch immer lächelnd. »Nur noch einen Augenblick.«

»Sie ist toll. Sie sind alle toll. Sie behandeln mich wie einen Fürsten.«

»Und wann reinigen sie Ihre Arterien?« fragte ich. Jim trug ein Nitro-Pflaster und behielt die Medizin die ganze Zeit an seiner Seite; wenn es spannend wurde, warf er oft Pillen ein wie Tic-Tac-Pastillen. Er hatte seit ungefähr zehn Jahren einen Bypass; da hatte ich ihn noch nicht gekannt, doch seither hatte ich ihn nie ohne Schmerzen erlebt, und schließlich, als die Angina pectoris unerträglich geworden war, hatte er eingewilligt, sich unters Messer bzw. wenigstens unter den Draht zu begeben, um seine Arterien durchputzen zu lassen, indem man die Kalkablagerungen durchbohrte, die sein Herz aushungerten.

»Morgen früh«, sagte er. »Morgen abend bin ich ein neuer Mensch.«

Die Krankenschwester fummelte an den Infusionen herum, machte sich ein paar Notizen und verließ dann das Zimmer. Die Tür schloß sie hinter sich. Kaum war sie geschlossen, sagte Jim mit einer Stimme, der man die New Yorker Schärfe auf einmal wieder anhörte: »Haben Sie es dabei?«

»Ich hab kein gutes Gefühl bei der Sache«, sagte ich. »Mir ist richtig unbehaglich.«

»Geben Sie es mir«, sagte er.

»Sind Sie sicher?«

»Geben Sie es mir«, sagte er.

Ich griff gerade in meine Aktenmappe, als ein Pfleger mit einem Tablett erschien. Ich klappte die Mappe wieder zu, bevor er hineinsehen konnte.

»Hier ist Ihr Lunch, Mr. Levine«, sagte der Pfleger, ein großer Mann in blauem Overall. »Das hat der Diätarzt Ihnen verschrieben.«

»Ich kann nichts essen, mir ist zu übel, Kelvin«, sagte Jimmy, nun wieder schwach und freundlich. »Aber trotzdem vielen Dank.«

»Aber Sie sollten Ihren Lunch essen, Mr. Levine. Ihr Eingriff wird morgen früh vorgenommen, also bekommen Sie heute kein Abendessen.«

»Ich werd's versuchen. Vielleicht ein Stückchen Karotte. Danke, Kelvin.«

»Recht so, versuchen Sie's, Mr. Levine. Geben Sie sich Mühe.«

Als der Pfleger gegangen war, befahl Jimmy mir, die Tür zu schließen, und sagte dann: »Geben Sie es mir.«

Ich ging hinüber zu dem Tablett, das der Pfleger gerade gebracht hatte. Ich hob den Deckel ab. Karottenstäbchen, Sellerie, kleingeschnittene Rettiche. Etwas Romagna-Salat. Ein Apfel. Ein Plastikbecher mit Traubensaft. Zur Garnitur eine Orangenscheibe. »Sieht lecker aus.«

»Geben Sie es mir«, sagte er.

»Mir ist nicht wohl dabei«, sagte ich, während ich meine Aktenmappe wieder öffnete und den Beutel herausnahm. White Castle. Auf dem Boden ein Fettfleck, geformt wie ein Kaninchen, und drinnen vier Hamburger mit Käse und zwei Schachteln Pommes frites.

Er schaute in die Tüte. »Nur vier? Ich kaufe normalerweise einen Zehnerbeutel.«

»Um zehn zu bekommen, brauchen Sie eine Erlaubnis von Ihrem Kardiologen.«

Er nahm einen der Hamburger, und noch immer flach auf dem Rücken liegend, stopfte er ihn sich so mühelos in den Mund wie ein Pfefferminzbonbon. Er atmete tief durch die Nase, während er kaute, und lächelte das Lächeln der Rechtschaffenen.

»Was ist mit Ihrer Übelkeit?«

»Zu viele verdammte Karotten«, sagte er zwischen zwei Hamburgern. »Karotinvergiftung. Deswegen müssen Karnickel dauernd kotzen.«

»Ich habe noch nie ein Karnickel kotzen sehen.«

»Sie haben nie drauf geachtet.«

Während er sich den dritten Hamburger in den Mund schob und dabei aufmerksam die Tür im Auge behielt, läutete das Telefon. Er nickte mit dem Kopf in Richtung Apparat, und ich nahm den Hörer ab. »Was ist mit Atlanta?« fragte die Flüsterstimme am anderen Ende.

Ich gab die Frage an Jimmy weiter, und er hörte lange genug zu schlucken auf, um zu sagen: »Sechs und acht über Houston.«

»Sechs und acht über Houston«, sagte ich in den Hörer.

»Hier ist Rocketman«, sagte die Stimme. »Dreißig Stück auf Houston.«

Ich sagte es Jim, und er nickte. »Sagen Sie ihm, er ist dabei«, sagte Jimmy Vigs, und ich tat es.

»Das ist das Problem bei diesem Geschäft«, sagte Jim. »Es hört nie auf. Morgen soll ich operiert werden, und sie rufen noch immer an. Ich brauche mal Urlaub. Möchten Sie eine Fritte?«

»Nein, danke.«

»Gut«, sagte er, während er sich eine Handvoll in den Mund stopfte. »Sie sind ohnehin nicht knusprig genug, man muß sie direkt aus der Friteuse kriegen.« Er steckte sich noch eine Handvoll in den Mund.

»Wissen Sie, Victor«, sagte er, als er mit allem fertig war und die Tüte und die leeren Schachteln sicher wieder in meiner Aktenmappe waren und nur der Fettgeruch noch an sein verstohlenes Mahl erinnerte, der im Raum hing wie eine bleiche

Wolke schlechter Gesundheit, »das war der erste anständige Bissen, den ich bekommen habe, seit ich hier eingeliefert wurde. Von morgen an werde ich alles anders machen, das schwöre ich. Ich werde mich zum mageren Hering runterhungern, das schwöre ich. Aber vor der großen Dürre mußte ich einfach ein letztes Mal einen guten Geschmack im Mund haben. Sie sind ein Kumpel.«

»Ich hab mich gefühlt, als würde ich Ihnen Gift geben.«

»Ach, zum Teufel, morgen kratzen sie ohnehin alles raus, also was kann das schon schaden. Aber Sie sind wirklich ein Kumpel. Ich schulde Ihnen was.«

»Dann tun Sie mir einen Gefallen«, sagte ich, »und erzählen Sie mir von einem Ihrer Kunden, einem Burschen namens Edward Shaw.«

Jimmy saß für eine Weile still, als hätte er mich nicht gehört, aber dann zogen sich seine dicken Wangen in die Breite, und unter seinem winzigen Schnurrbart erschien ein Lächeln. »Wozu wollen Sie was über Eddie Shaw hören?«

»Ich möchte es einfach wissen.«

»Anwaltsgeheimnis?«

»Anwaltsgeheimnis.«

»Tja, Kumpel, wissen Sie, was Eddie Shaw ist? Der schlechteste Spieler auf Gottes schöner Erde.«

»Nicht sehr geschickt, nehme ich an.«

»Das sage ich ihm nicht. Er ist der schlaueste, bestinformierte und kenntnisreichste Mann, für den ich je Einsätze angenommen habe, das sage ich ihm. Und er ist so ein hochnäsiger kleiner Hurensohn, daß er mir jedes Wort glaubt. Aber unter uns, nur zwischen Ihnen und mir, er ist der absolut größte Trottel, den ich je gesehen habe. Es ist unheimlich. Er ist so degeneriert, er könnte nicht mehr Geld verlieren, wenn er's darauf anlegte. Er ist der einzige Typ auf der Welt, der beim Wetten auch dann verliert, wenn er mal Glück hat. Wettet er auf ein Pferd, dann kommt es garantiert so spät an, daß der Jockey schon im Schlafanzug ist. Von dem, was er verliert, könnte ich in Rente gehen, nach Brasilien auswandern, den ganzen Tag am Strand liegen, gebratene Kochbananen essen und Coladas trinken, ohne mir jemals Sorgen zu machen, bloß in der Sonne braten und seine Verlierer buchen.«

»Warum tun Sie's nicht?«

»Na, Sie wissen ja, wie es manchmal ist. Das Eintreiben kann ein Problem sein.«

»Ist er nicht gut für das Geld?« fragte ich und überlegte, wieviel Jimmy wohl über die Familie wußte.

Jimmy stieß geräuschvoll den Atem aus. »Kennen Sie Reddman Pickles? Also, dieser Verlierer ist ein Reddman, und davon gibt es nicht allzu viele. Der Bursche ist so viel wert wie zwei kleine Länder, das kann ich Ihnen sagen, aber es steckt alles in einer Art Treuhandfonds. Er wettet nach dem, was er netto wert ist, aber er kann nur nach dem bezahlen, was er regelmäßig an Geld bekommt, was weniger ist, als man bei so einem Typ annehmen würde. Wenn sein Alter stirbt, kann er den Mond kaufen, aber bis dahin bekommt er nur einen Anteil an einem Prozentsatz von dem, was die Treuhänder als Einkommen verteilen.«

»Hatten Sie je richtige Schwierigkeiten, ihn zum Zahlen zu bewegen?«

Jimmy veränderte seine Lage im Bett ein wenig, und die Kurve auf seinem Monitor wurde einen Moment flach, seine Pulsrate fiel auf Null, ehe die Linie wieder an Rhythmus gewann und die Pulswerte auf 93, 96, 90, 88 stiegen. »Was ist los, Victor? Wieso dieses Interesse an Shaw?«

»Ich frage bloß.«

»Anwälte fragen nicht bloß.«

»Ich habe gehört, daß er ziemlich weit im Rückstand war und daß Sie hart wurden, ein bißchen zu hart.«

Er wandte den Kopf von mir weg. »Tja, das ist ein hartes Geschäft.«

»Wieviel Schulden hatte er?«

»Ach, Sie kennen mich doch, Victor, ich würde keiner Miezekatze was zuleide tun.«

»Wieviel?«

»Anwaltsgeheimnis, richtig?«

»Klar.«

»Über eine halbe Million. Normalerweise höre ich auf, bevor die Summe so hoch wird, ich werfe die Leute einfach raus und stelle einen Zahlungsplan auf, aber er hat so viel Geld zu erwarten und verliert so regelmäßig, daß ich es einfach nicht ertragen konnte, daß ein anderer Buchmacher mein Geld kriegt. Ich ließ die Schulden zu hoch steigen, und ich war bereit, geduldig zu sein; bei den Zinsen, die ich ihm berechnete, wäre es meine Rente, wenn sein alter Herr abkratzt. Aber im Januar vor einem Jahr hab ich mehr Wetten auf das Super Bowl angenommen, als ich hätte sollen, und zuviel an die falschen Typen abgegeben. Die Schiedsrichter pfeifen das Foul an Sanders nicht, und dabei war die Sache klar, sonnenklar, aber sie pfeifen nicht, und ich muß viel mehr Geld abdrücken, als ich habe. Als nächstes fingen diese Mistkerle dann an, Druck zu machen. Ich stand bei ihnen in der Kreide, Shaw stand bei mir in der Kreide, also mußte ich auch Druck machen. Das war ein reines Geschäft, Victor, nichts...«

Das Telefon unterbrach ihn. Ich nahm den Hörer ab. »Wie ist die Quote für die Knicks morgen abend?« sagte eine Stimme.

»Hallo, Al?« sagte ich in den Hörer und schüttelte ihn, als sei die Verbindung schlecht. »Al? Sind Sie das, Al? Ich glaube, wir haben eine schlechte Verbindung. Al? Al? Können Sie mich verstehen, Al?«

»Ach, hören Sie auf«, sagte Jimmy und griff nach dem Hörer.

»Ich verstehe das nicht«, sagte ich. »Er hat aufgelegt.«

»Sie bringen mich hier noch um.«

»Sie haben gesagt, Sie bräuchten Urlaub. Sagen Sie mir, was Sie wegen Shaw unternommen haben.«

»Ich bin zu Calvi gegangen.«

»Was, Calvi?« sagte ich. »Ich habe gehört, daß er nach Florida gegangen ist. Haben Sie eine Ahnung, warum es ihn plötzlich in den Süden zog?«

»Ich weiß nicht, vielleicht hatte der Boß den Gestank dieser verdammten Zigarren satt.«

»Das würde ich ihm nicht verdenken.«

»Ich hab auch ein paar Gerüchte gehört, er sei mit seinem Anteil nicht mehr zufrieden gewesen, was ich aber nie geglaubt habe. Aber ich habe sagen hören, Earl Dante stünde hinter den Gerüchten und seiner Entlassung.«

»Dante steigt schnell auf.«

»Dante ist ein furchterregender Mann, Victor, mehr will ich dazu nicht sagen.«

Genau in diesem Augenblick öffnete sich die Tür, und ein dünner junger Mann in schwarzem Ledermantel und schwarzem Fedora kam ins Zimmer. Manche Typen hätten der Ledermantel und der Hut hart aussehen lassen, hart wie Rocky, aber nicht diesen Burschen mit seinem langen Gesicht und der gebogenen Nase und den großen, kindlichen Ohren. Er trug eine dicke, runde Brille, und zwischen den geschürzten Lippen sah ich schadhafte Zähne. Als er mich erblickte, blieb er stehen und starrte.

»He, Victor«, sagte Jimmy, »kennen Sie Anton Schmidt?«

Ich schüttelte den Kopf.

»Nach Ihnen, Victor, ist er der schlaueste Bursche, den ich kenne.«

»Das heißt nicht viel bei Ihnen«, sagte ich.

»Nein, wirklich. Anton ist ein richtiges As, er hat einen Kopf für Zahlen wie ein Computer. Und wetten Sie nie auf ein Schachspiel gegen ihn, er ist ein Wunderkind oder so was. Er hat eine Punktzahl. Ich wußte nicht, daß sie Punkte vergeben, aber er hat welche.«

»Wie hoch?« fragte ich.

»Neunzehnhundertfünfunddreißig nach meinem letzten Turnier«, sagte Anton durch seine krummstehenden Zähne.

»Beeindruckend«, sagte ich, und so, wie er es gesagt hatte, war es das wohl auch, obwohl ich keine Ahnung hatte, was es bedeutete.

»Er ist beinahe ein Großmeister«, sagte Jimmy. »Stellen Sie sich das vor, und er arbeitet für mich.«

»Läuft irgendwas?« fragte Anton.

»Rocketman hat dreißig Stück auf Houston gesetzt.«

»Wundert mich nicht«, sagte Anton.

»Ansonsten hat Victor die Geschichte abgewürgt, also denke ich, es bleibt ruhig. Du mußt dich auf dieses Match vorbereiten, also geh nach Hause. Ich sehe dich morgen nach dem Eingriff.«

Anton sah Jimmy an, als wolle er noch etwas sagen; seine Augen hinter den Brillengläsern weiteten sich. Dann wandte er den Blick ab.

»Es ist nichts«, sagte Jimmy. »Nur ein kleiner Eingriff, weiter nichts. Verschwinde von hier und übe. In zwei Tagen lasse ich dich mit diesem Übungsprogramm anfangen, mit dem du mich dauernd gelöchert hast.«

Anton lächelte. »Bei Gold's warten sie auf dich.«

»Darauf möchte ich wetten, diese Mistkerle. Denen werd ich's zeigen. Ich kann ein Pferd stemmen.«

»Sie können vielleicht ein Pferd essen«, sagte ich, »aber das war's dann auch schon.«

»Verschwinde von hier«, sagte Jim. »Ich sehe dich morgen.«

Anton nickte einen Moment, sah mich an, nickte wieder, starrte noch ein bißchen auf Jim und ging dann.

»Er macht sich zuviel Sorgen um mich, aber er ist ein guter Junge«, sagte Jimmy. »Behält jetzt alles im Kopf, so daß es keine Kontobücher mehr gibt, wenn die Bullen noch mal nachsehen kommen.«

»So viele Informationen vertrauen Sie ihm an?«

»Wie einem Sohn.«

»Gut«, sagte ich, »weil es mir sehr mißfallen würde, wenn ich bei Ihrem nächsten Strafverfahren einen Schachmeister ins Kreuzverhör nehmen müßte. Also gut, Sie sind zu Calvi gegangen, um das einzutreiben, was Eddie Shaw Ihnen schuldete.«

»Ich habe ihn im Tosca's getroffen«, sagte Jimmy. »Er rauchte diese Zigarre, und ich bin fast erstickt, als ich ihm gegenübersaß. Meine Scheiße riecht manchmal besser als seine Zigarren. Ich habe ihm von meinem Problem erzählt, und er hat gesagt, er würde ein bißchen Druck machen. Ihn aufmischen lassen, aber nicht zu stark. Raffaello mag das nicht. Er hat ein paar Jungs hingeschickt, die Botschaft überbracht, mit der Familie geredet, mit dem Personal geredet, dafür gesorgt, daß alle die Situation kannten. Wie ich hörte, sind sie ein bißchen grob geworden. Als nächstes erfahre ich dann, bumm, Shaw bezahlt. Die Hälfte seiner Schulden, was für mich reichte, um meinerseits zu bezahlen. Ich mußte meine Zahlung an Raffaello erhöhen, wissen Sie, für das Eintreiben, aber das war es wert, ich war damit vom Haken. Und soll ich Ihnen was sagen? Dieser verrückte Verlierer spielt wieder. Erst gestern abend hat er die Lakers und sieben für tausend genommen.«

»Und was ist passiert?«

»Die Bulls haben sie mit fünfundzwanzig geputzt.«

»Und was ist mit der Schwester?« fragte ich.

»Mit wem?«

»Mit Shaws Schwester.« Jimmy zuckte mit den Achseln, ein völlig unbekümmertes Achselzucken, so locker, wie ein 250 Pfund schwerer Mann, der vor einer Operation flach auf dem Rücken in einem Krankenhausbett liegt, überhaupt nur mit den Achseln zucken kann. »Was soll mit ihr sein?«

»Sie starb, unmittelbar bevor ihr Bruder die Zahlungen an Sie wieder aufnahm. Manche in ihrer Familie denken, sie sei ermordet worden.«

»Wer? Von mir? Das ist ja lachhaft.«

»Wenn es stimmt, ist das nicht so lustig.«

»Warum sollte ich mich um die Schwester kümmern?«

»Glauben Sie nicht, daß Calvi vielleicht der Schwester etwas angetan hat, als Warnung für Eddie?«

»Was? Sind Sie verrückt? Dieser Bursche hat Shaw mit dem stumpfen Ende einer Axt an zwei Stellen den Arm gebrochen und gedroht, er würde die Klinge benutzen, wenn er nicht bezahlte. Das reicht doch als Drohung. He, wir müssen manchmal hart durchgreifen, aber wir sind doch keine Tiere. Was denken Sie bloß?«

Was ich dachte, war, daß er mir die Wahrheit sagte, was eine Erleichterung war, weil ich Jimmy Levine mochte und den Gedanken haßte, daß jemand, den ich mochte, ein Mörder war. Also war Jimmy zu Calvi gegangen, und Calvi hatte Eddie Shaw zweimal den Arm gebrochen, und auf einmal hatte Eddie das Geld aufgetrieben, um Jimmy zu bezahlen. Wo? Das schien die entscheidende Frage zu sein.

»In Ordnung, Jimmy«, sagte ich. »Danke für Ihre Hilfe. Diese Sache morgen, das ist doch nicht gefährlich, oder?«

»Reines Kinderspiel«, sagte er. »Der Apparat heißt Roto-Rooter, so heißt er, und die ganzen Probleme gurgeln durch den Ausguß. Ich bleibe noch drei Tage hier. Werden Sie mich wieder besuchen?«

»Klar.«

»Und bringen Sie mir wieder ein kleines Geschenk mit?«

»Ich dachte, Sie wollten abnehmen.«

»Eine vernünftige Mahlzeit am Tag ist erlaubt. Das steht hier auf dem Merkzettel.«

»Klar, ich bringe Ihnen etwas mit, wenn Sie wollen«, sagte ich.

»Und nächstes Mal, Victor, seien Sie ein Schatz und kaufen Sie gleich einen ganzen Beutel.«

Mein Wagen stand noch an der Parkuhr, als ich aus dem Krankenhaus trat, die Reifen waren noch dran, das Radio war noch drin, die Batterie noch an ihrem Platz, alles zusammen eine erfreuliche Überraschung. Ich fuhr in mein Büro zurück, wo mich die unerfreuliche Überraschung erwartete.

# 11

»Sie sind gerade reingegangen«, sagte Ellie, und ihre Hände flatterten an ihrem Hals herum. »Ich habe versucht, sie aufzuhalten.«

»Schon gut, Ellie. Wo ist Beth?«

»Bei einer Vergleichsverhandlung. Ich war allein hier.«

»Das haben Sie gut gemacht«, sagte ich. »Jetzt werde ich mich darum kümmern.« Ich mochte nicht, daß Besucher sich allein und ungestört in meinem Büro bewegten. Seit ich angefangen habe, Verbrecher zu vertreten, habe ich mir angewöhnt, die heikelsten Akten wegzuschließen, aber ich hielt noch immer nicht viel von völlig Fremden, die die Papiere auf meinem Schreibtisch und die Akten in meinen Schubladen durchsahen und die sich anschauten, welche Fallgutachten ich zur Vorbereitung auf meine Prozeßführung studierte.

»Ich wußte nicht, ob ich die Polizei rufen sollte«, sagte Ellie. »Sie sagten, es wäre geschäftlich.«

»Nein, Sie haben es richtig gemacht. Die Polizei will ich auch nicht in meinem Büro haben.«

»Der Kleinere sieht gruselig aus, wie ein Troll.«

»Schon gut, Ellie«, sagte ich, starrte auf die geschlossene Tür und nahm all meinen Mut zusammen, um mein eigenes Büro zu betreten. »Machen Sie sich keine Sorgen.«

»Ein böser Troll.«

Ich legte eine Hand auf ihre Schulter und schenkte ihr ein falsches Lächeln voller Selbstvertrauen. »In dem Fall stellen Sie bitte keine Anrufe für mich durch.«

Ich trat drei Schritte vor und öffnete die Tür.

Zwei Männer. Einer war groß, dunkel und verkniffen. Er war ganz in Schwarz gekleidet. Er trug einen dieser vermeintlich coolen Pferdeschwänze, die besagen sollen: »He, Mann, ich bin hip.« In Wirklichkeit sagen sie aber nur: »He, ich bin ein Clown, der sich kolossal anstrengt, hip zu wirken.« Er konzentrierte sich auf meinen hohen Aktenschrank, auf dem noch immer die Vase mit den verwelkten Blumen stand. Der Schrank war aus schwerstem Metall, braun mit falscher Holzmaserung, feuersicher, schlagsicher, diebstahlsicher, schwerer Stahl für jemanden, der seine Akten wirklich sicher aufbewahren wollte, und der pferdeschwänzige Typ machte sich geräuschvoll am Schloß zu schaffen. Der andere Mann, klein und bärtig und mit den unangenehmen Augen eines Psychiaters, saß an meinem Schreibtisch und las ein Dokument, das er dort gefunden hatte. Die schiere Dreistigkeit ihres Handelns war in gewisser Weise tröstlich. Die schlimmsten Gefahren, das hatte ich in meinem an Katastrophen reichen Leben schmerzhaft gelernt, kommen in der Verkleidung von Geschenken daher.

Ich räusperte mich wie ein Lehrer vor einer unbotmäßigen Klasse. Die beiden Männer hörten sofort mit dem auf, was die taten, sahen mich an und machten sich dann sofort wieder an die Arbeit.

»Irgendwas Interessantes gefunden?« fragte ich.

»Eigentlich nicht, nein«, sagte der kleine Mann. Seine Stimme hatte einen natürlichen Falsettklang. Ich vermute, wenn ich nur einsachtundfünfzig groß wäre und so eine Stimme hätte, würde ich mir auch einen Bart wachsen lassen. »Ihr Schreibtisch ist chaotisch. Ist Ihr ganzes Leben so unorganisiert?«

»Unaufgeräumter Schreibtisch, aufgeräumtes Hirn.«

»Kommt mir irgendwie nicht schlüssig vor.«

»Wir haben ein Problem, Mr. Carl«, sagte der Mann in Schwarz mit einem prätentiösen, heiseren Flüstern, das nur zu gut zu seinem Pferdeschwanz paßte. Er stand noch immer am Aktenschrank, hatte aber anscheinend den Versuch aufgegeben, ein Schloß der Chicago Lock Company zu knacken und einen Blick ins Innere zu werfen. Sein Gesicht hatte tiefe Falten; zuerst hatte ich gemeint, er sei in den Zwanzigern, doch bei näherem Hinsehen schätzte ich ihn eher um die Vierzig, was seinen hip sein wollenden Aufzug nur noch erbärmlicher machte. »Wir glauben, daß Sie uns helfen können.«

»Nun, ich bin Anwalt. Helfen ist mein Beruf.«

Das entlockte dem kleinen Mann einen fröhlichen Aufschrei.

»Warum nehmen die Herren nicht da Platz, wo meine Mandanten gewöhnlich sitzen, und ich setze mich an den Schreibtisch, wo gewöhnlich der Anwalt sitzt, und dann können wir vielleicht Ihre Probleme diskutieren.«

Der große Mann sah den kleinen Mann an. Der kleine Mann starrte mich einen Moment an, ehe er dem großen zunickte. Dann tanzten wir alle umeinander herum wie bei einem Square Dance. Als wir die richtigen Positionen eingenommen hatten, musterte ich die beiden Männer mir gegenüber und stellte fest, daß ich keine Angst hatte, was wohl nicht ihre Absicht gewesen war.

Ich vermute, das lag am Umgang mit all den mörderischen Mafiaschlägern in den letzten Jahren. Nicht, daß meine Verbindung zu ihnen mich tapfer gemacht hätte. Ich bin als Feigling geboren, als Feigling aufgewachsen und meiner Feigheit treu geblieben. Das gehörte zu meinem Erbe als Sohn meines Vaters, und ich wäre sehr stolz auf meine Feigheit gewesen, wenn ich nicht erkannt hätte, daß sie nur bedeutete, daß ich in meinen dreißig traurigen Jahren noch keine Sache oder Liebe gefunden hatte, für die es sich zu sterben lohnte. Nein, ich hatte keine Angst vor diesen beiden Männern, die in einem Stil in mein Büro eingedrungen waren, den sie für einschüchternd hielten; ich hatte nämlich Erfahrung mit den bösartigeren Elementen der städtischen Unterwelt, und dabei hatte ich die Fähigkeit erworben, die wirklich sadistischen Bösewichte von den Möchtegern-Bösewichten zu unterscheiden. Der Typ in Schwarz war ein Möchtegern. Die wirklich sadistischen Bösewichte haben es nicht nötig, wie Steven Seagal gekleidet herumzulaufen, um Angst zu verbreiten. Ein Blick in ihre Augen, und man ist klug genug, ihnen aus dem Weg zu gehen. Und was den kleinen Burschen betrifft, hätte der Ihnen vielleicht angst gemacht?

»Also, meine Herren«, sagte ich. »Was ist das für ein Problem, von dem Sie sprachen?«

»Belästigung«, sagte der Mann in Schwarz.

»Nun, das ist tatsächlich eine Spezialität unserer Firma. Meine Partnerin, Elizabeth Derringer, ist eine der Spitzenanwältinnen der Stadt, wenn es um sexuelle Belästigung geht. Der verstohlene Klaps auf den Hintern, die sexuelle Zweideutigkeit, das leichte Streifen vorstehender Körperteile, wenn Ihr Boß im Flur an Ihnen vorbeigeht, der unangemessene Vorschlag einer Liaison nach der Arbeit. Das ist ein schreckliches Problem, allerdings, aber es gibt jetzt Gesetze, unter denen wir Klage erheben können. Selbst der geraubte Kuß in der Vorratskammer, früher einmal das Terrain harmloser Bürospäße, ist jetzt ein Fall für den Richter. Und auch recht gewinnbringend für den Kläger und den Anwalt. Also«, sagte ich mit einem breiten Lächeln, »wer von Ihnen wurde sexuell belästigt?«

»Davon reden wir nicht«, sagte der Mann in Schwarz.

»Nein? Was ist es denn? Eine alte Freundin, die jeden Abend anruft? Werden Sie von einem heimlichen Bewunderer verfolgt? Ich möchte Ihnen helfen.« Ich ließ meine Stimme ein bißchen rauher klingen. »Ich muß nur wissen, worin Ihr Problem besteht.«

»Sie sind ganz schön schlau, was, Mr. Carl?« sagte der Mann in Schwarz.

»Wenn ich etwas oft genug umgeschrieben habe, sicher.«

»So, dann lassen Sie mal die Schlauheit beiseite und halten Sie den Mund.«

»Ein Kind ist gestorben«, kreischte der kleine Mann mit dem Bart. »Sie war ein zauberhaftes Kind, das sehr geliebt wurde. Ich finde, Tragödien fördern das Beste und das Schlimmste in uns zutage, finden Sie nicht, Victor? Mein Name ist Gaylord. Dies ist Nicholas. Der tragische Tod dieses Kindes hat für uns ein Problem geschaffen, und Sie werden es lösen.«

»Nun, Sie müssen wissen, daß ich beruflich sehr an den Tragödien anderer Menschen interessiert bin.«

»Genau das ist das Problem«, sagte Gaylord.

»Wir wollen nicht, daß Sie sich für die Tragödie dieses Kindes interessieren«, sagte Nicholas mit seiner heiseren Flüsterstimme.

»Nun gut, Gentlemen, hören wir mit der Schauspielerei auf«, sagte ich, mehr neugierig als alles andere. »Von wem reden wir, und was wollen Sie?«

»Sie haben Fragen über Jacqueline Shaws Tod gestellt«, sagte Gaylord, schüttelte den Kopf und schloß seine Psychiateraugen wie aus Traurigkeit. »Ihr Tod war für uns alle ein großer Schmerz, und wir versuchen, die Trauer über ihren Verlust zu überwinden. Daß Sie in der Stadt herumlaufen wie ein Narr, die Polizei belästigen und ihre Freunde behelligen, macht es nur schwerer, unsere Wunden verheilen zu lassen. Sie müssen sofort damit aufhören.«

Ich wartete einen Augenblick und sah sie an, diesen kleinen Kläffer von einem Mann und den vermeintlich harten Typ mit dem Pferdeschwanz, und mein einziges Gefühl dabei war eine gewisse Entrüstung, weil zwei solche Typen glaubten, sie könnten mich einschüchtern. Hatten sie mich nicht im *Martindale-Hubell* nachgeschlagen, hatten sie sich nicht erkundigt, wußten sie nicht, daß ich mit einem Anruf bei einem bestimmten Mandanten von mir dafür sorgen konnte, daß ihre Knie zu Brei geschlagen wurden? Ich beugte mich über meinem Schreibtisch vor, faltete die Hände wie ein Chorknabe und sagte das, was ich zu sagen hatte, ganz langsam.

»Hört mal zu, ihr kleinen Würstchen, jagt nie wieder meiner Sekretärin Angst ein und wagt nie wieder, ihre Bitten zu ignorieren und uneingeladen in mein Büro zu marschieren. Versucht nie wieder, mir gegenüber den harten Max zu markieren, wenn ihr nicht den Mumm habt, das durchzuziehen. Und glaubt nicht eine Sekunde lang, daß ich auf Befehle höre, die von so jämmerlichen Verlierern wie euch kommen. Was auch immer ich für meine Mandanten tue, ich werde es weiter tun, egal, was ihr oder sonst jemand zu mir sagt, und ob ich den Tod dieser Freundin von euch untersuche, wie immer sie hieß, oder nicht, ich werde mit dem weitermachen, was ich vor eurem erbärmlichen Versuch getan habe, mir Angst einzujagen. Und da wir nun fertig sind, macht gefälligst, daß ihr aus meinem Büro verschwindet.«

Beide blieben sitzen und starrten mich nicht ganz so erschrocken und besorgt an, wie ich gehofft hatte. Gaylord fing an, den Kopf zu schütteln, und während er das tat, stand Nicholas auf. Er schob seinen Stuhl zurück, schwang die Arme vor dem Körper und hob sein linkes Knie. Er blieb einen Moment reglos, das linke Bein angehoben, den linken Arm wie einen Schild vor sich, den rechten Arm an der Seite. Seine Haltung war so lächerlich und alles andere als bedrohlich, als sei er mitten in einem Spaziergang erstarrt. Ich glaube, ich habe gekichert.

»Anscheinend unterschätzen Sie unsere Aufrichtigkeit«, sagte Gaylord. »Das kommt vor.«

In diesem Augenblick sprang Nicholas auf sein linkes Bein, während er das rechte herumschwang und die schwere Vase auf dem Aktenschrank mit einem Tritt zertrümmerte, bevor sie gegen die Wand fiel. Die Glassplitter hatten noch nicht den Boden erreicht, als Nicholas mit einem Grunzen und einer weiteren Drehung auf seinem rechten Fuß kreiselte und die linke Ferse in meinen feuersicheren, schlagsicheren, diebstahlsicheren schweren Stahlschrank knallen ließ. Die Einbuchtung auf der Vorderseite wurde von einem weiteren Tritt gegen die Seite und dem Ächzen verbogenen Metalls begleitet, das sich, denke ich, so ähnlich anhörte wie das Brechen von Knochen. Unter der Kraft seines Tritts gab das Schloß nach, und eine der Schubladen glitt auf.

Als Ellie hereingeeilt kam, um nachzusehen, was passiert war, saß Nicholas wieder auf seinem Stuhl, die Hände vor dem Körper gefaltet, und ich war auf einmal angemessen erschrocken.

»Schon gut, Ellie«, sagte ich, ohne sie anzusehen, damit sie meine tränenden Augen nicht bemerkte. »Nur ein kleiner Unfall mit dem Schrank. Alles in Ordnung.« Ich lächelte dünn, und sie ging, die Tür hinter sich offen lassend.

»Manchmal geht man die Straße entlang«, sagte Gaylord,

»und erkennt erst zu spät, daß der Bursche, der sich einem nähert, die Fähigkeit besitzt, einem in die Brust zu greifen und die Lungen auszureißen.«

»Ich habe in Chiang Mai trainiert«, flüsterte Nicholas.

»Wissen Sie, Victor, ich glaube, in einem früheren Leben habe ich Sie umgebracht«, sagte Gaylord. »Waren Sie zufällig gegen Ende des elften Jahrhunderts in Jerusalem, als Gottfried von Bouillon die Stadt stürmte? Weil Ihre Aura mir sehr vertraut ist.«

Ich hatte mich noch nicht genügend von dem Tritt in den Solarplexus meines Aktenschranks erholt, war noch zu sehr mit der Frage beschäftigt, was ein solcher Tritt mit meinem Brustkasten und den ach so zarten darin enthaltenen Organen anstellen würde, um mein Vorleben mit Gaylord zu bedenken. Die Vorstellung meines Herzens, flachgedrückt wie ein Teller, meiner Lungen, die zuerst Luft und dann Blut und dann Lungenbläschen ausatmeten, meines Dickdarms, der aufplatzte wie eine Erbse, solche Bilder löschten jeden Gedanken an das, was später passierte, aus; ich war gänzlich von den Gefahren des Hier und Jetzt besessen. Ich atmete schwer, als ich sagte: »Was genau wollen Sie?«

Nicholas lächelte zum ersten Mal. Unwillkürlich bemerkte ich, daß sein Lächeln prachtvoll war und er noch alle seine Zähne hatte. »Keine weiteren Fragen über Jacqueline Shaw. Das wollen wir.«

»Ich scheine mich zu erinnern, daß ich Ihnen mit meinem Breitschwert den Kopf abgeschlagen habe«, sagte Gaylord. »Klingelt da etwas bei Ihnen?«

»Bei der Vorstellung, daß ich von einem Zwerg in Jerusalem enthauptet wurde? Eigentlich nicht.«

»Sie Dummkopf. Haben Sie je daran gedacht, daß am Leben mehr dran sein könnte, als Sie sich vorstellen, mehr als Essen und Vögeln und Sterben?« fragte Gaylord. »Ist Ihnen das je in den Sinn gekommen?«

»Na ja, ich sehe viel fern.«

»Ich rede von unserer Existenz, Victor. Haben Sie sich je gefragt, ob Ihre Existenz nicht mehr verkörpert, als Sie sich jemals vorstellen könnten? Oder vielleicht auch weniger?«

»Metaphysik am Nachmittag?«

»Ich hasse dieses Wort, Metaphysik«, sagte Gaylord, »als ob die Wahrheiten in unserer Seele weniger real wären als die Kräfte, die auf gegeneinanderschlagende Billardkugeln einwirken. Sagen wir, wir reden von einer höheren Ebene der Wahrnehmung. Fällt Ihnen dazu etwas ein?«

»Sinn. Sie fragen mich nach Sinn.« Ich spielte auf Zeit und versuchte herauszufinden, worauf dieser aufgeblasene kleine Mann hinauswollte. »Sagen wir, ich suche noch immer nach einer Antwort darauf.«

»Hast du das gehört, Nicholas? Victor hier ist auf der Suche. Wenigstens eine Eins. Für ihn besteht noch Hoffnung.«

»Wenn er jemals 'ne Zwei werden will, dann wird er kooperieren«, sagte Nicholas. »Das war bloß eine Warnung, aber...«

»Dieser angebliche Sinn des Lebens, nach dem Sie suchen, Vic«, sagte Gaylord, und seine hohe Stimme durchdrang Nicholas' heiseres Flüstern wie ein Wurfpfeil, »haben Sie irgendeine Idee, wo Sie ihn finden könnten?«

»Ich lese einiges, rede mit Leuten, schaue mir Filme von Woody Allen an. In den letzten paar Jahren war mein Privatdetektiv so etwas wie ein spiritueller Berater.«

»Ihr Privatdetektiv, wie klug. Sie haben ihn angeheuert, damit er den Sinn des Lebens ermittelt, nehme ich an.«

»Etwas in der Art.«

»Fragen Sie sich je, ob die Antwort gleich da draußen liegt und Sie sie sehen können, Victor? Haben Sie je einen Zufall erlebt, der zu perfekt war, um ein Zufall zu sein? Haben Sie je ein Déjà-vu-Erlebnis gehabt und sind sicher gewesen, daß Ihnen nicht bloß Ihr Gehirn einen Streich spielte? Haben Sie sich je fast mit dem Geheimnis des Universums verbunden gefühlt, je gefühlt, daß die Antwort auf alles vielleicht gerade eben außer Reichweite, gerade eben außer Sicht sein könnte? Haben Sie je gedacht, daß alles ganz nah ist und nur Sie aus irgendeinem seltsamen Grund taub dafür sind?«

»Ja, in der Tat«, sagte ich, weil ich das alles tatsächlich schon empfunden hatte.

»Wunder aller Wunder«, sagte Gaylord. »Sie sind eine Zwei.«

»Gaylord ist eine Acht«, sagte Nicholas. »Ich bin eine Fünf.«

»Nicholas ist eine Fünf, und ich bin nur eine Zwei?«

»Nun, dann halten Sie sich aus Schwierigkeiten raus, und Sie werden vielleicht höher steigen. Wir können Ihnen beibringen, wie Sie das sehen müssen, wenn Sie es wirklich wollen. Es gibt Einführungsabende in unserem provisorischen Hauptquartier, jeden Mittwoch um acht Uhr abends.« Er griff in seine Tasche, zog eine Karte heraus und warf sie auf das Durcheinander auf meinem Schreibtisch. »Ich denke, das war's«, sagte er, schlug auf die Armlehnen seines Stuhls und stand auf. Nicholas erhob sich ebenfalls. »Seien Sie ein braver Junge, Victor, dann brauchen wir das Schwert vielleicht nicht noch einmal zu benutzen. Es ist eine solche Verschwendung, wenn wir gezwungen werden, immer wieder die Katastrophen unserer vergangenen Existenzen zu durchleben. Wir bleiben in Verbindung.«

Gaylord nickte, und sie wandten sich ab und verließen mein Büro. Ich blieb sitzen und sah ihnen nach. Dann schaute ich mir die Karte an. »KIRCHE DES NEUEN LEBENS«, stand darauf, und darunter: »Oleanna, spirituelle Führerin«. Es folgten eine Adresse in Mount Airy, eine Telefonnummer, eine Faxnummer und eine E-Mail-Adresse. Die Kirche des Neuen Lebens.

Ich bin immer ein bißchen mißtrauisch gegen Kirchen gewesen, weil ich Jude bin und so, aber was mir wirklich unheimlich war, waren diese neuen Instant-Kirchen. Ich konnte die Macht verstehen, die von den düsteren romanischen Visionen der katholischen Kirche, dem bunten Glas und dem Weihrauch, der leidenschaftlichen Geschichte von Opfer und Erlösung ausging. Aber diese pseudomodernen, kalorienreduzierten, jugendfreien und weißgewaschenen Kirchen, die ungefähr an jeder Straßenecke entstanden, hatten etwas Unheimliches an sich. Gläserne Kathedralen, in denen man Erlösung und T-Shirts verkaufte. Betty Crocker als Madonna, Oprah Winfrey als Kind. Und dann gab es da noch diese supersauberen New-Age-Hallen, so blank gescheuert und poliert, daß man Gott gleich mit weggewaschen und an seine Stelle Kristalle, Pyramiden und Wesenheiten aus dem vierzehnten Jahrhundert gesetzt hatte. Ich nahm an, daß die Kirche des Neuen Lebens dazugehörte. Meine neuen Kumpel Gaylord und Nicholas waren noch unheimlicher, als ich gedacht hatte. Und auch nicht allzu schlau.

Ich meine, warum sollte sich jemand die Mühe machen, jemand anderen von einem Fall abzuschrecken? Warum stellten sie nicht gleich ein Neonschild mit der Leuchtschrift auf: *»Hier nach Gold suchen«?* Wenn ich vor meiner Begegnung mit den Aposteln der Kirche des Neuen Lebens noch daran gezweifelt hatte, daß sich an Jacqueline Shaws Tod etwas Interessantes finden ließ, dann tat ich das jetzt nicht mehr. Und als ich an die Zusammenkunft und an meine beiden neuen Freunde dachte, brach der Verdacht, der mich verfolgt hatte, der Verdacht, daß es für mich einen ganz eigenen Weg zum Reddman-Vermögen gab, plötzlich offen auf, riß meine Aufmerksamkeit an sich und rang sie zu Boden. Der Weg war so offensichtlich, so klar gewesen, daß ich ihn übersehen hatte. Und jetzt, da ich ihn sah, spürte ich, wie etwas Ätherisches mich durchströmte. Ich wurde ganz leicht, fast so leicht, daß ich schwebte. Ich konnte kaum auf dem Stuhl sitzen bleiben, während ich spürte, wie mich das kitzlige Gefühl von lauter Möglichkeiten bis zum Platzen erfüllte.

# 12

Als ich Gaylord gesagt hatte, ich hätte ein starkes berufliches Interesse an den Tragödien anderer Leute, hatte ich nicht bloß Spaß gemacht. Ich bin Anwalt, und Tragödien sind daher mein Beruf. Für mich lauern Reichtümer an den unwahrscheinlichsten Orten, in einem Päckchen mit Sprengstoff im Eisenbahndepot, in dem Pappbecher mit Kaffee, an dem man sich im Auto die Schenkel verbrüht, in dem Flugzeugmotor, der mitten im Flug zu einem Feuerball explodiert. Denken Sie an Ihren schlimmsten Alptraum, an die am meisten gefürchtete Katastrophe, denken Sie an Verletzung und Qual und Tod, und ich sage Ihnen, daß all das für mich ebensoviel Profit bedeutet, denn ich bin Ihr Rechtsanwalt, der Alchimist Ihrer Tragödie.

Anscheinend hatte ich das vergessen, vergessen, daß ein einziger Fall einen Anwalt reich machen kann, ein Mandant, ein Sachverhalt, eine Klage. Indem ich mich mit dem Tod von Jacqueline Shaw befaßt hatte, hatte ich mich allzu eng in den Trenchcoat von Philip Marlowe gegürtet und dabei vergessen, daß ich zuerst und vor allem Anwalt war und daß ein Anwalt zuerst und vor allem nach dem Ausschau hält, was am Ende bei einer Sache herauskommt. Sie können Geld machen, indem Sie 185 Dollar pro Stunde verlangen, solange Sie arbeiten wie ein Pferd und Ihre Unkosten niedrig halten, gutes Geld, aber das ist nicht die Art und Weise, wie Anwälte wirklich stinkreich werden. Stinkreich werden Anwälte, indem sie einen Prozentsatz von einer hohen Klagesumme verlangen, die auf der Tragödie eines anderen Menschen basiert, und genau das hatte ich vor.

Caroline Shaw glaubte, daß jemand ihre Schwester Jacqueline ermordet hatte, und hatte mich angeheuert, damit ich herausfand, wer. Nachdem ich mir einen Überblick verschafft hatte, kam es mir so vor, als könne sie tatsächlich recht haben, und falls Jacqueline ermordet worden war, konnte ich mir auch das Motiv schon denken – Geld, riesige Mengen. Warum würde jemand eine Erbin töten, wenn nicht wegen des Geldes? Caroline Shaw hatte mich nur angeheuert, um den Mörder zu finden, aber ich hatte andere Vorstellungen. Eine zivile Schadensersatzklage wegen schuldhaft verursachten Todes würde eintreiben, was immer durch den Mord gewonnen worden war, und außerdem, was der Mörder sonst noch besaß, und ein Drittel davon würde an die Anwälte gehen. Jacqueline Shaw mußte nur wegen ihres Geldes ermordet worden sein; dann mußte ich den Mörder finden und Caroline dazu bringen, eine Honorarvereinbarung zu unterzeichnen; anschließend mußte ich genügend Beweise auftreiben, um meinen Fall zu gewinnen, und dann mein Drittel vom Vermögen des Mörders einstreichen, was als solches schon ein Vermögen sein würde. Alles reine Spekulation, sicher, aber das hat mich noch nie davon abgehalten, zweimal jährlich meinen Eintrag im Publisher's Clearinghouse Sweepstake zu erneuern.

Ich lag gerade auf den Knien, sammelte winzige Glassplitter ein, legte sie auf ein Stück Pappe und dachte über alles nach, als Beth auftauchte.

»Räumst du um?« fragte sie.

»Nur ein paar freundliche Besucher aus der Twilight Zone, die versucht haben, mich von dem Fall Jacqueline Shaw abzuschrecken.«

»Bist du abgeschreckt?«

»Kaum.«

Ich stand auf und warf die Glasscherben in den Abfalleimer, wo sie leise klingelnd gegen die Seiten klirrten.

»Denk über folgendes nach, Beth: Eddie Shaws finanzielle Situation scheint sich gleich nach dem Tod seiner Schwester gebessert zu haben. Und Jacqueline selbst hat ihrem Verlobten erzählt, sie fürchte, einer ihrer Brüder versuche sie umzubringen. Und irgendwo gab es einen Haufen Versicherungsgeld, hat Detective McDeiss gesagt. Und als ich Caroline gegenüber andeutete, vielleicht hätte ein Familienmitglied ihre Schwester umgebracht, antwortete sie scharf, die Familie habe mit dem Tod nichts zu tun; sie protestierte viel zu heftig. Ich bin nicht sicher, wie diese Spinnerkirche da drinhängt, aber was ist, wenn Eddie seine Schwester umgebracht hat, um sein Einkommen und das zu erhöhen, was er schließlich erbt? Und was ist, wenn wir eine Klage wegen schuldhaften Todes gegen den Mistkerl einreichen und alles beweisen könnten?«

»Eine Menge Wenns.«

»Ja, aber was ist, wenn all diese Wenns…«

»Dann würdest du ihn mit Entschädigungs- und Schadensersatzzahlungen fertigmachen«, sagte sie.

»Und ein Drittel wäre für uns. McDeiss hat das Gesamtvermögen der Reddmans auf etwa eine halbe Milliarde Dollar geschätzt. Der Anteil des Bruders würde gut über hundert Millionen betragen. Sagen wir, wir beweisen alles und gewinnen unseren Fall und bekommen das Ganze als Schadensersatz. Das würde uns ein Drittel von über hundert Millionen einbringen. Das wären etwa zwanzig für dich und zwanzig für mich.«

»Du träumst.«

»Ja, ich träume. Ich träume den Amerikanischen Traum.«

»Wahrscheinlich war es ein Selbstmord.«

»Natürlich war es das.«

»Und wenn es Mord war, dann war wahrscheinlich nicht der Bruder der Täter.«

»Natürlich nicht.«

»Es war wahrscheinlich irgendein nicht pfändbarer Penner.«

»Du hast vollkommen recht.«

»Da ist nichts dran. Du jagst bloß einem närrischen Traum nach.«

»Und trotzdem hast du, als sechsundsechzig Millionen im Topf waren, zehn Lotterielose gekauft.«

»Stimmt«, sagte sie und nickte. »Zwanzig Millionen. Die Zahl ist zu grell, um auch nur dran zu denken.«

»Ich hab schon größere Träume gehabt«, sagte ich, und das

hatte ich. Das ist einer der Flüche, wenn man so viel will; was immer man bekommt, es übertrifft nie die eigenen Träume. »Wie steht's bei dir mit dem Sinn des Lebens?«

»Eher schwach.«

»Bist du lernwillig?«

»Als ob du die Antworten hättest«, schnaubte sie. »Meinst du nicht, daß karmische Fragen nach Leben und Sinn ein bißchen über deinen Horizont gehen?«

»Willst du damit etwa sagen, daß ich oberflächlich bin?«

»Bist du das denn nicht?«

»Na ja, schon, aber du brauchst nicht so darauf rumzureiten.«

»Ach, Victor, etwas, was ich immer an dir bewundert habe, war deine fröhliche Oberflächlichkeit. Es gibt nichts Langweiligeres als diese pseudoaufrichtigen Typen, die pausenlos über ihre Suche nach spirituellem Lebenssinn in diesem Ashram in Connecticut labern. Halt einfach die Klappe und hol mir ein Bier.«

»Nun, ich habe vielleicht keine Antworten, aber die Kirche des Neuen Lebens behauptet, welche zu haben. Einführungsabende finden jeden Mittwoch im Keller irgendeines Hauses in Mount Airy statt. Nach dem, was ihr Verlobter mir erzählt hat, hat Jacqueline Shaw am Tag ihres Todes dort meditiert. Irgendwie sieht es so aus, als sei deren Verbindung zu ihr nicht mit ihrem Tod abgebrochen. Sie wollten, daß ich hinkomme, aber ich denke, ich werde mich aus gesundheitlichen Gründen, die auf der Hand liegen, von ihnen fernhalten. Vielleicht kannst du etwas lernen.«

»Warum läßt du nicht einfach Morris hingehen und sich das mal ansehen?«

»Ich glaube nicht, daß das für Morris das Richtige ist. Du vielleicht?« fragte ich und gab ihr die Karte.

Sie studierte sie. »Nein, vielleicht nicht. Wer ist Oleanna?«

Achselzuckend bekannte ich meine Unwissenheit.

»Hört sich an wie eine Margarine. Vielleicht ist das das Geheimnis, geringer Cholesteringehalt als Weg zu spiritueller Erlösung.«

»Man kann nie wissen, Beth. Dieses Etwas, nach dem du dein ganzes Leben lang gesucht hast, war vielleicht die ganze Zeit in einem rattenverseuchten Keller in Mount Airy versteckt.«

»Das glaube ich nicht«, sagte sie, und dann sah sie sich die Karte noch einmal an. Sie strich sich damit zweimal übers Kinn, ehe sie sagte: »Klar. Für ein paar Lacher tue ich alles.«

Gut, dafür war also gesorgt, und jetzt hatte ich etwas noch Wichtigeres zu tun. Was ich hatte, waren eine Hoffnung und ein Plan und das köstliche erhebende Gefühl unbegrenzter Möglichkeiten. Was ich noch brauchte, war Caroline Shaws Unterschrift unter einer Vereinbarung über ein Erfolgshonorar, bevor ich mit der heiklen Prozedur beginnen konnte, aus der Tragödie von Jacqueline Shaws Tod Gold zu spinnen.

## 13

Ich räumte meinen Schreibtisch auf, bevor sie kam, brachte den Müll hinaus, ordnete die losen Blätter in Akten ein, deren Ordner ich finden konnte, und schaufelte den Rest in eine bereits übervolle Schublade. Nur ein Aktenhefter lag ordentlich auf der Schreibtischplatte. Ich richtete die Fotos an meinen Bürowänden gerade aus, arrangierte die Mandantenstühle im richtigen stumpfen Winkel zueinander, nahm eine Pflanze aus Beths Büro und stellte sie auf meinen angeschlagenen Aktenschrank. Ich trug meinen besten Anzug aus blauem Wollkammgarn von Today's Man und eine echte Seidenkrawatte, die nicht von Woolworth stammte. Am Morgen hatte ich in meiner Wohnung einige Augenblicke damit zugebracht, Schuhcreme auf meine Schuhe zu schmieren und sie dann zu einem blanken, pastösen Schwarz zu polieren. Ich knöpfte meine Jacke zu und stellte mich an die Tür und knöpfte die Jacke wieder auf und setzte mich auf die Ecke meines Schreibtischs, und dann knöpfte ich die Jacke doch wieder zu und stellte mich hinter den Schreibtisch, beugte mich mit ausgestreckter Hand vor und sagte laut und in abgerundetem Ton: »Freut mich, Sie wiederzusehen, Ms. Shaw.«

Es war so wichtig, das richtig hinzukriegen, genau den korrekten Eindruck zu machen. Bei jedem großen Abenteuer gibt es einen Augenblick, in dem das ganze Unternehmen auf der Kippe steht, und dieser Augenblick war nun gekommen. Ich brauchte Carolines Unterschrift, und ich glaubte, sie noch am gleichen Tag zu brauchen. Mit ihr hatte ich eine Chance, ohne sie barg ich soviel Hoffnung wie ein die Toilette hinuntergespülter Lotterieschein. Deswegen übte ich die Begrüßung wie ein frischgebackener Oberschüler, der sich anschickt, die hübsche neue Mitschülerin aus Kalifornien zum Tanzabend einzuladen.

»Danke, daß Sie gekommen sind, Ms. Shaw.«

»Ich hoffe, es waren keine zu großen Umstände, Ms. Shaw.«

»Nehmen Sie doch Platz, Ms. Shaw.«

»Ich freue mich, daß Sie heute vormittag kommen konnten, Ms. Shaw.«

»Gott, ich brauche eine Zigarette«, sagte sie und warf mir einen ironischen Blick zu, während sie sich setzte, zweifellos als Kommentar zu meinem Tonfall, der sich sogar in meinen eigenen Ohren gekünstelt anhörte. Sie nahm eine Schachtel aus ihrer Handtasche, klopfte eine Zigarette heraus und zündete sie an, ohne zu fragen, ob es mich störe, aber es störte mich nicht. Sie konnte machen, was sie wollte. Aus meiner Schublade nahm ich einen Aschenbecher, den ich speziell für diesen Anlaß in einem Kramladen in der Pine Street gekauft hatte. Willkommen in Kentucky, stand darauf. Sie klopfte ein Stückchen Asche auf das Rot des staatlichen Wappenvogels.

Sie trug ihre Lederjacke, enge schwarze Hosen und Kampfstiefel. An der Seite ihres Halses befand sich die Tätowierung eines Schmetterlings, die ich zuvor nicht gesehen hatte. Sie sah eindrucksvoller aus, als ich sie von dem Morgen vor dem Roundhouse in Erinnerung hatte, wo sie ihre Pistole auf mich gerichtet hatte und dann auf dem Boden zusammengesunken war. Selbst der Knopf in ihrem Nasenflügel wirkte nicht mehr wie ein Zeichen von Verzweiflung, sondern wie eine Insignie von Macht und brutaler Selbstbeherrschung. Sogar in meinem besten Anzug und mit frisch geputzten Schuhen fühlte ich mich deutlich im Nachteil. Es war interessant, wie die Dinge zwischen uns sich verändert hatten. Als sie zuerst zu mir kam, war sie diejenige, die um Hilfe flehte, aber ich nehme an, hundert Millionen Dollar oder so können die Machtverhältnisse in jedem Gespräch verschieben.

»Hätten wir das nicht telefonisch erledigen können?« fragte sie und stieß dabei eine weiße Rauchwolke aus. »Für mich ist es ein bißchen früh.«

»Nun, dann danke ich Ihnen für Ihre Pünktlichkeit. Ich hielt es für das beste, wenn wir uns persönlich treffen.« Ich erklärte ihr nicht, daß ich telefonisch unmöglich eine Unterschrift bekommen konnte. »Ich hoffe, Sie sind Ihre Schußwaffe losgeworden.«

Sie lächelte ihr gerissenes Lächeln. »Ich habe sie die Toilette runtergespült. Während wir uns hier unterhalten, schießt vermutlich ein Alligator in den Abwasserkanälen auf Ratten.« Sie nahm einen tiefen Zug und sah sich nervös um.

»Dieser Schmetterling an Ihrem Hals«, sagte ich, »ist der neu? Ich hab ihn vorher nicht bemerkt.«

»Ja, das ist er«, sagte sie, und ihre Miene hellte sich plötzlich auf. »Er stammt aus einer Designerkollektion, nur in den feinsten Salons zu haben. DK Tattoo. Gefällt er Ihnen?«

Ich nickte und betrachtete sie genauer. Sie hatte bei unserer ersten Begegnung gesagt, sie fürchte um ihr Leben, und nachdem sie mich angeheuert hatte, war sie als erstes losgegangen und hatte sich tätowieren lassen. Das war eigentlich keine angemessene Reaktion, aber doch vielsagend, wenn ich auch nicht recht wußte, was es besagte. Während ich sie noch ansah, nahm sie eine weitere Zigarette heraus.

»Rauchen Sie immer so?« fragte ich.

»Wie?«

»Wie eine Raffinerie in New Jersey.«

»Nur morgens. Nachmittags huste ich zuviel. Also, was haben Sie über den Tod meiner Schwester in Erfahrung gebracht, Mr. Carl?«

»Ich habe in Erfahrung gebracht, daß Sie nicht ganz offen zu mir waren.«

»Ach, war ich das nicht?«

Ich starrte sie einen Moment an und wartete darauf, daß sie sich unter der Kraft meines Blickes ein bißchen wand, aber er schien ihr nichts auszumachen. Sie starrte ruhig zurück. Als nächstes griff ich in die Schublade meines Schreibtischs, zog ein dickes Päckchen Hundert-Dollar-Noten heraus und klopfte damit auf die Schreibtischplatte, was ein überaus befriedigendes, sattes Geräusch machte. Bei dem Klang zuckte Caroline zusammen. Ben Franklin starrte überrascht zu mir hoch.

»Zehntausend Dollar«, sagte ich. »Der volle Betrag, über den Sie mir einen Scheck ausgestellt haben. Nehmen Sie das Geld.«

»Wovon reden Sie?« sagte sie, wurde rot und verlor plötzlich alles Ironische.

»Ich gebe Ihnen Ihr Geld zurück.«

Sie stand auf. »Aber das können Sie nicht. Ich habe Sie gekauft. Ich habe den Scheck ausgestellt, und Sie haben ihn eingelöst.«

»Und jetzt gebe ich alles zurück«, sagte ich ruhig. »Sie werden jemand anderen finden müssen, um Ihre Spielchen zu spielen. Ich vertrete keine Klienten, die mich belügen.« Das war eigentlich auch gelogen. All meine Mandanten lügen mich an, das liegt in der natürlichen Ordnung des Anwaltsberufs; Mandanten lügen, Anwälte schreiben zu hohe Rechnungen, Richter verstehen alles falsch.

»Aber ich habe nicht gelogen«, sagte sie in jammerndem Ton. »Ich habe nicht gelogen. Was ich Ihnen über meine Schwester gesagt habe, war wahr. Jedes Wort. Sie hat sich nicht selbst umgebracht, das weiß ich.« Der Schock hatte ihr Tränen in die

Augen getrieben, während sie mich anflehte. Ich fand, daß es ganz gut lief.

»Ich glaube, daß Sie recht haben, Caroline. Ich glaube, daß Ihre Schwester ermordet wurde.«

»Tun Sie das?« sagte sie. »Wirklich?« Sie fiel auf ihren Stuhl zurück, schlug die Beine übereinander und umschlang mit den Armen fest ihren Oberkörper. »Wo liegt dann das Problem?«

»Fanden Sie es nicht wichtig, mich wissen zu lassen, daß Ihre Schwester eine Reddman war? Fanden Sie nicht, daß das Einfluß auf meine Ermittlungen haben müßte?«

»Meine Familie hatte nichts mit ihrem Tod zu tun.«

»Um das festzustellen, haben Sie mich angeheuert.«

Sie sah mich an. Ihre Augen waren noch immer naß. »Ich habe Sie angeheuert, damit Sie herausfinden, welcher Mafiaschurke meine Schwester umgebracht hat, und ihn überreden, mich nicht auch zu töten. Das ist alles. Ich will nicht die Leichen der Familie ausgraben.«

»Wenn ich einen Mörder finden soll, muß ich alles wissen. Ich muß Bescheid wissen über Ihre Familie, das Familienvermögen, diese Kirche des Neuen Lebens, die ihre Schläger in mein Büro geschickt hat, um mich von dem Fall abzuschrecken.«

Darauf hob sie den Kopf und lächelte. »Also das ist es. Diese Sangesbrüder haben Sie erschreckt.«

»Aus welchem Grund sollten sie mich bedrohen?«

»Wollen Sie mal was erleben? Dann werfen Sie mitten in einer von deren Meditationssitzungen eine braune Papiertüte auf den Boden und schreien: ›Fleisch!‹«

»Warum sollten sie mich bedrohen, Caroline?«

Pause, und dann mit ganz sachlicher Stimme: »Vielleicht, weil sie die Nutznießer von Jackies Versicherungspolice waren.«

Ich sah sie an und wartete. Der Raum war bereits voller Qualm, aber sie nahm eine weitere Camel light heraus.

»Wir alle haben Versicherungspolicen, die dazu beitragen sollen, unsere Vermögenssteuer zu zahlen, falls wir sterben. Die

Treuhänder bezahlen die Prämien, und die Familienmitglieder sind die Begünstigten, falls wir nichts anderes bestimmen. Jackie entschied sich dafür, die Kirche zu benennen.«

»Wieviel?«

»Gott, nicht viel, das glaube ich nicht, nicht genug, um auch nur die halben Steuern zu bezahlen. Fünf.«

»Tausend?«

Sie lachte ein kurzes, abgehacktes Lachen.

»Millionen«, sagte ich gepreßt.

Sie starrte mich einen Moment an, und dann zuckten ihre Mundwinkel. »Sind Sie verheiratet, Mr. Carl?«

»Nein.«

»Verlobt oder so gut wie verlobt oder schwul?«

»Das war ich mal.«

»Schwul?«

»Verlobt.«

»Und was ist passiert?«

»Es hat nicht geklappt.«

»So läuft es immer, Vic. Darf ich Sie Vic nennen?«

»Nennen Sie mich Victor«, sagte ich. »Vic klingt nach Barsänger.«

»Also gut, Victor.« Sie beugte sich vor und lächelte mich gleichzeitig neckisch und unschuldig an. Der Effekt dieses Lächelns war so entwaffnend, daß ich den Kopf schütteln mußte, um mich wieder auf die wichtige Angelegenheit zu konzentrieren, die zu erledigen war.

»Finden Sie nicht, Caroline, daß eine Versicherungspolice über fünf Millionen Dollar wichtig genug war, um mir davon zu erzählen? Im dunkeln kann ich nicht arbeiten.«

»Nun, jetzt wissen Sie alles, also nehmen Sie Ihr Geld zurück.«

»Nein.«

»Nehmen Sie es.«

»Ich will nicht.«

Es war fast lächerlich, sich über ein Päckchen Hundert-Dollar-

Noten so zu streiten. In jeder anderen Situation hätte ich Caroline zu Boden gestoßen, um das Geld in die Finger zu bekommen, aber das war eben keine andere Situation. Sie starrte mich an, ich starrte sie an, und wir trugen einen Wettstreit in Willensstärke aus, den ich gewinnen würde, weil ich mir etwas sehr viel stärker wünschte als sie. Es war Zeit, ihr die Sache darzulegen. Ich kämpfte darum, nicht die Nerven zu verlieren.

»Ich bin nicht bereit, nach den alten Vereinbarungen weiterzumachen«, sagte ich, »nicht, nachdem Sie mir entscheidende Informationen vorenthalten haben. Wenn wir weiter zusammenarbeiten sollen, wird das anders verlaufen müssen.«

Sie beugte sich vor. »Wovon reden Sie?«

»Es gibt eine Art juristischen Vorgehens, die sich für diese Situation perfekt eignet. Es handelt sich um ein Zivilverfahren, und man nennt es schuldhaft verursachten Tod. Wenn ich weiter für Sie arbeiten soll, dann werde ich das nur als Ihr Partner bei der Verfolgung einer solchen Klage auf der Basis einer Honorarvereinbarung tun.«

»Aha«, sagte sie, verschränkte die Arme, lehnte sich zurück und nahm einen langen Zug aus ihrer Zigarette. »Jetzt verstehe ich«, sagte sie, und ich konnte sehen, daß sie tatsächlich verstand. Ich nehme an, die sehr Reichen sehen den Blick, den ich in diesem Augenblick hatte, häufiger als sich ziemt, das böse Glitzern des Verlangens in den Augen jener, mit denen sie Geschäfte machen. Ich frage mich, ob diese Zwangsläufigkeit sie ermüdet oder ob sie begeistert sind, weil sie ihnen ihre Macht und ihre Besonderheit bestätigt.

»Ein Drittel für unsere Firma, wenn es vor dem Prozeß zu einem Vergleich kommt«, sagte ich. »Vierzig Prozent, wenn ich einen Prozeß anstrengen muß; sie werden fällig, sobald wir eine Geschworenenliste aufstellen. Aber es geht nicht um Geld«, log ich. »Es geht darum, die Wahrheit herauszufinden. Wenn Sie und ich einig werden, dann werde ich mein Bestes tun, den Tod Ihrer Schwester aufzuklären.«

»Das werden Sie bestimmt«, sagte sie mit leichter Schärfe in der Stimme, als rede sie mit einem irgendwie unbotmäßigen Angestellten. »Das haben Sie schon.«

Es war ein unbehaglicher Augenblick, aber das ist wirklich unvermeidlich, wenn man beruflich mit Tragödien zu tun hat. Sie suchte Hilfe, ich suchte nach einem dicken Gewinn, wie konnte es da anders sein?

»Ich habe die entsprechenden Dokumente vorbereitet«, sagte ich und zeigte auf den Aktenhefter auf meinem Schreibtisch. »Wenn Sie sie sorgfältig durchlesen und unterschreiben, können wir unsere Beziehung fortsetzen wie vereinbart.«

Ich schob ihr die Mappe hinüber und sah zu, wie sie sie öffnete und die Honorarvereinbarungen las. Ich hatte bereits unterschrieben, wo ich unterschreiben mußte, alles, was fehlte, war ihre Unterschrift. Während sie las und dabei ab und zu nickte, konnte ich kaum den Wunsch unterdrücken, mich auf die Knie zu werfen und ihre Stiefel zu polieren. Ich war sicher, daß alles geregelt war, als sie plötzlich die Mappe wieder auf meinen Schreibtisch legte.

»Nein«, sagte sie.

Mein Magen sank herab wie ein Goldbarren im Meer.

»Tut mir leid, Victor«, sagte sie und stand auf. »Nein.«

»Aber warum nicht? Das ist eine Standardvereinbarung. Warum nicht? Warum nicht?«

Stehend lächelte sie mich mit ihrem durchtriebenen Lächeln an. »Weil Sie es zu sehr wollen.«

Mit tränenden Augen starrte ich sie entsetzt an, während sie das Päckchen Geldscheine von meinem Schreibtisch nahm und in eine Tasche ihrer Lederjacke schob. Das Lotterielos wirbelte in der Toilettenschüssel herum in Richtung Abfluß.

»Alles, was ich von Ihnen verlangt habe«, sagte sie, »war der Beweis, daß Jimmy Vigs meine Schwester umgebracht hat. War das zu schwer?«

»Aber Jimmy ist es nicht gewesen.«

»Woher wissen Sie das?«

»Ich habe ihn gefragt.«

»Gute Arbeit, Victor«, sagte sie und drehte sich um, um zu gehen.

Panik. Sag etwas, Victor, irgend etwas.

»Aber was ist, wenn ich recht habe und es nicht die Mafia war? Was, wenn es etwas viel Näheres war? Ich habe mich umgehört, Caroline. Die Reddmans, hat man mir gesagt, sind eine Familie mit vielen dunklen Geheimnissen.«

Sie blieb stehen, noch immer mit dem Rücken zu mir, und sagte: »Meine Familie hatte nichts damit zu tun.«

»Das haben Sie gesagt. Jedesmal, wenn ich die Möglichkeit erwähne, Ihre Familie sei in den Tod Ihrer Schwester verwickelt, leugnen Sie das einfach und versuchen, das Gesprächsthema zu wechseln. Warum tun Sie das, Caroline?«

Sie wandte sich um und sah mich an. »Meine Therapeutin stellt mir solche Fragen oft genug. Von meinem Anwalt will ich sie nicht auch noch hören.«

Ihrem Anwalt. Es bestand noch Hoffnung. »Aber was ist, wenn eines dieser dunklen Familiengeheimnisse hinter dem Tod Ihrer Schwester steht?«

Als sie mich anstarrte, malte sich auf ihrem Gesicht etwas gleichzeitig Häßliches und Sehnsüchtiges ab, ein Gemisch von Gefühlen, das weit über ihre schauspielerischen Fähigkeiten hinausging. Dann kam sie bis zu meinem Schreibtisch und fing an, ihr Hemd aufzuknöpfen.

Ich war entsetzt, bis sie in ihr Hemd griff und eine Art Anhänger herauszog, der ihr an einer Kette um den Hals hing. Sie zog die ganze Kette über den Kopf und warf sie auf meine Schreibunterlage. Es war ein Kreuz, das alt, grün und verkrustet aussah, von der Zeit und den Elementen abgenutzt. Es sah aus, als sei es nach jahrzehntelangem Verfall tief aus der Erde geholt worden. In den oberen Ecken des Kreuzes befanden sich spitze, ausgebreitete Flügel, als sei ein Vogel daran gekreuzigt worden.

»Das ist das Distinguished Service Cross«, sagte sie. »Es wurde meinem Großvater, Christian Shaw, für besondere Tapferkeit im Ersten Weltkrieg verliehen. Er führte in der ersten amerikanischen Schlacht des Krieges einen Angriff über die Schützengräben und vertrieb die Deutschen nahezu allein. Meine Großmutter hat es nach seinem Tod aus dem Teich auf unserem Familienanwesen geholt. Sie hat mir dieses Kreuz eines Nachmittags geschenkt, als wir zusammen in ihrem Garten saßen, und gesagt, sie wolle, daß ich es trüge.«

»Ich bin mir nicht sicher, ob ich Ihnen folgen kann«, sagte ich.

»Meine Großmutter hat mir gesagt, daß dieses Kreuz mehr symbolisiere als bloßen Heldenmut. Welche Verbrechen es auch in der Vergangenheit unserer Familie gäbe, hat sie gesagt, welche Verletzungen ausgeteilt oder Sünden begangen worden wären, was auch immer, dieser Orden sei der Beweis, sagte sie, daß die Vergangenheit tot und die Zukunft voller Versprechungen sei. Versöhnung, sagte sie, Buße und Erlösung, alles sei in diesem Orden verkörpert.«

Das waren dieselben drei Worte, die die alte Dame Grimes gegenüber benutzt hatte. Unwillkürlich fragte ich mich: Versöhnung mit wem, Buße für was, Erlösung auf welche Weise?

»Deswegen sind mir all diese Gerüchte, die dunklen Geheimnisse und der Klatsch egal«, fuhr sie fort. »Sie haben nichts mit Jacqueline und nichts mit mir zu tun. Die Vergangenheit ist tot.«

»Wenn Sie das glauben, warum tragen Sie diese Medaille dann noch immer um den Hals?«

»Als Andenken?« sagte sie, und ihre Stimme klang plötzlich unsicher.

Ich schüttelte den Kopf.

Sie setzte sich und nahm das Distinguished Service Cross ihres Großvaters wieder an sich. Sie starrte eine Weile darauf, betrachtete es wie zum ersten Mal. »Meine Therapeutin sagt, meine Katzenphobie rühre von tiefsitzenden Ängsten wegen meiner Familie her. Sie sagt, meine Familie sei kalt und manipulativ und lieblos, und bis ich fähig wäre, der Wahrheit ins Auge zu sehen, würde ich meine wahren Gefühle weiterhin zu irrationalen Ängsten sublimieren.«

»Und was meinen Sie selbst?«

»Ich glaube, daß ich einfach bloß Katzen hasse.«

»Ihre Therapeutin könnte da was entdeckt haben.«

»Warum wollen bloß alle die Vergangenheit meiner Familie ausgraben, um mich zu retten? Meine Therapeutin, Sie.«

»Die Polizei hat auch versucht, irgendwelche familiären Zusammenhänge mit dem Tod Ihrer Schwester herzustellen, aber sie wurde durch Mr. Harrington von der Bank daran gehindert.«

Bei der Erwähnung von Harringtons Namen sah sie zu mir auf.

»Und tief in Ihrem Inneren, Caroline, wollen Sie auch nach Zusammenhängen suchen.«

»Das ist lächerlich.«

»Aus welchem anderen Grund haben Sie meinen Anwaltsvorschuß mit einem auf Ihre Bank gezogenen Scheck bezahlt? Das war so klar wie eine Annonce.«

Ihre Stimme wurde langsamer und leiser. »Glauben Sie wirklich, daß Jacqueline ermordet worden ist?«

»Es ist möglich. Ich weiß es noch nicht sicher, aber ich bin sicher, daß ich der einzige Mensch bin, der noch bereit ist, das herauszufinden.«

»Und Sie glauben, daß Sie mich mit der Antwort retten können?«

»Müssen Sie gerettet werden?«

Sie schloß die Augen und machte sie ein paar Sekunden später wieder auf. »Was soll ich tun, Victor?«

»Unterschreiben Sie den Vertrag.«

»Das will ich nicht. Ich kann nicht. Nicht, solange ich nicht alles weiß.«

»Warum?«

»Weil ich damit jede Kontrolle aufgeben würde, und das kann ich niemals tun.«

Sie sagte das mit tonloser Stimme, als sei es sonnenklar, und in der Art, wie sie es sagte, war etwas so Durchsichtiges, daß ich begriff, es stimmte, und es wäre nutzlos, sie weiter unter Druck zu setzen.

»Wie wäre es damit, Caroline«, sagte ich. »Ich wäre bereit, weiterhin alle Verbindungen zwischen der Mafia und dem Tod Ihrer Schwester zu untersuchen, falls Sie zustimmen, mir von nun an die Wahrheit zu sagen, die ganze Wahrheit, und mir auch gestatten, alle möglichen familiären Verwicklungen zu untersuchen. Ich werde den Fall ohne Vertrag und ohne Vorschuß weiterverfolgen, wenn Sie mir versprechen, daß Sie, falls ich einen Mörder finde und Sie sich zur Klage entschließen, mich den Fall auf meine Weise handhaben lassen.«

Sie starrte noch etwas länger auf die Medaille und dachte über meinen Vorschlag nach. Mir gefiel diese Vereinbarung nicht, ich hatte die Dinge gern unterschrieben, gesiegelt und erledigt, aber ich nahm an, daß dies meine einzige Hoffnung war, meinem Vermögen auf der Spur zu bleiben. Deshalb sah ich sehr aufmerksam zu, wie ihre Hand mit der Medaille spielte und sie die Möglichkeiten durchdachte.

Als ich Zweifel auf ihrem Gesicht erscheinen sah, sagte ich: »Haben Sie sich je gefragt, Caroline, wie die Medaille überhaupt in den Teich gekommen ist?«

Sie schaute zu mir auf und dann wieder auf die Medaille, wog sie in der Hand, bevor sie nach der Kette griff und sie sich wieder um den Hals hängte. »Finden Sie das heraus, Victor, und ich werde Ihren verdammten Vertrag unterschreiben.«

»Ist das ein Versprechen?«

»Donnerstag abend findet auf dem Familiensitz Veritas ein Dinner statt«, sagte sie. »Die ganze Familie wird anwesend sein. Sie können mein Begleiter sein.«

»Die anderen sollten nicht wissen, daß wir den Tod Ihrer Schwester untersuchen.«

»Ja«, sagte sie. »Sie haben recht, das sollten sie nicht.«

»Muß ich irgend etwas wissen, bevor ich sie alle kennenlerne?«

»Eigentlich nicht«, sagte sie mit einem unangenehm wissenden Lächeln. »Bringen Sie einfach Ihr Tagamet mit.«

## 14

»Wie viele Gespräche haben Sie im Verlauf Ihrer Verhandlungen mit dem Angeklagten geführt, Detective Scarpatti?«

»Ich weiß es nicht, viele. Fünf habe ich auf Band aufgenommen, aber es gab noch mehr. Es hat eine Weile gedauert, bis er alles kapiert hatte. Ihr Knabe ist nicht gerade von der schnellen Sorte, kein Monty Hall.«

»Sie waren also gezwungen, ihn bei diesem Geschäft anzuleiten, ist das richtig?«

»Nur in den Details, aber es war keine Verleitung zu einer Straftat, Herr Rechtsanwalt, wenn es das ist, worauf Sie hinauswollen. Cressi kam zu mir mit dem Wunsch, die Waffen zu kaufen. Er wollte so viele kaufen, wie ich verkaufen konnte. Ich sagte ihm, hundertneunundsiebzig seien alles, was ich auftreiben könne, und er war von dieser Zahl enttäuscht. Aber er wurde fröhlicher, als ich die Granatwerfer und den Flammenwerfer hinzufügte. Um ehrlich zu sein, ich war höchst überrascht, als er auftauchte. Wir zielten mit der Operation auf eine Bande von Drogendealern aus Jamaika. Aber Ihr Typ konnte sich nicht gleich entscheiden. Er sagte immer, er müsse erst darüber nachdenken.«

»Als gebe es da jemanden, mit dem er die Einzelheiten besprechen müsse, meinen Sie das?«

Scarpatti zog die Augenbrauen hoch und sah mich an, als strenge er sich an, einen Gedanken zu fassen, und sagte dann: »Ja, genau so.«

Detective Scarpatti war ein rundlicher, rotgesichtiger Mann, der während seiner ganzen Zeugenaussage lächelte. Munter war das Wort, an das man denken mußte, wie er da im Zeugenstand saß und lächelte, die Hände ruhig über dem runden, harten Bauch gefaltet. Sein Aussehen flößte Vertrauen ein, und deshalb war er ein so erfolgreicher verdeckter Ermittler, nahm ich an, und ein effizienter Zeuge. Alle Cops haben einen unmittelbaren Vorteil, wenn sie vor einer Jury in den Zeugenstand treten; schließlich sind sie Männer und Frauen, die ihr Leben dem Vollzug der Gesetze widmen und von denen kompetente, wahrheitsgemäße Zeugenaussagen zu erwarten sind. Natürlich geraten sie gewöhnlich in Schwierigkeiten, sobald sie den Mund aufmachen, aber Scarpatti geriet bei dieser vorläufigen Anhörung nicht in Schwierigkeiten, und ich spürte, daß er auch beim Prozeß nicht in Schwierigkeiten geraten würde. Ich hatte den Mann nie zuvor gesehen, aber ein Blick auf ihn im Zeugenstand, und ich wußte, daß er Peter Cressi begraben würde. Welche Jury würde einen Angeklagten aufgrund der zwingenden Aussage des heiligen Nikolaus nicht verurteilen?

»Hat Mr. Cressi in irgendeinem der zahllosen Gespräche je ausdrücklich erwähnt, daß er die Einzelheiten des Deals mit jemandem besprechen müsse?«

»Nein.«

»Hat er je erwähnt, daß er einen Partner hatte?«

»Nein, das hat er nicht. Ich habe ihn sogar einmal danach gefragt, und er hat geantwortet, er würde das ganz allein durchziehen.«

»Hatten Sie bei irgendeinem Ihrer Telefongespräche jemals das Gefühl, daß noch jemand in der Leitung war?«

»Nein, eigentlich nicht. Aber wenn ich darüber nachdenke, jetzt, wo Sie mich danach fragen, es gab ein Gespräch, bei dem er mitten in einem Satz abbrach, als höre er jemandem zu.«

»Haben Sie im Hintergrund eine Stimme gehört?«

»Daran erinnere ich mich nicht.«

»Gut, Detective. Haben Sie im Verlauf Ihrer Gespräche Mr. Cressi gefragt, was er mit den Waffen vorhatte?«

»Sicher. Es gehört zu meinem Job, so viele Informationen wie möglich zu beschaffen, besonders bei einem Deal dieser Größe.«

»Und was hat er geantwortet?«

»Kann ich meine Notizen zu Rate ziehen?«

»Natürlich.«

Eine vorläufige Anhörung ist im allgemeinen eine trockene Angelegenheit, bei der die Verteidigung soviel wie möglich über den Fall in Erfahrung zu bringen sucht, ohne irgendwelche taktischen Schachzüge preiszugeben, die sie im Prozeß anwenden könnte. Ich bot keine Zeugen auf, präsentierte keine Beweise, und Cressi schwieg gnädig still. Ich saß bloß am Anwaltstisch, ich saß, weil wir das in Philadelphia so machen, saß faul da, stellte meine einfachen kleinen Fragen und versuchte herauszufinden, wie hoch genau der Berg von Beweisen war, die der Staat gegen meinen Mandanten hatte, und was ich sonst noch über seinen versuchten Waffenkauf in Erfahrung bringen konnte. Ich befand mich in einer heiklen Lage, saß in einer schlechten Position zwischen zwei harten Burschen, verteidigte meinen Mandanten und versuchte gleichzeitig, für meinen Boß, Mr. Raffaello, herauszufinden, was Cressi mit seinem Waffenarsenal vorhatte. Teufel, es war nicht nur heikel, es war schlicht ein Verstoß gegen die Standesrichtlinien nach der Definition der Anwaltsvereinigung, aber wenn Ihr Mandant ein fröhlicher Verbrecher ist, der ein ganzes Waffenlager zu kaufen versucht hat, wenn ein Mafiakrieg droht und Menschenleben auf dem Spiel stehen, insbesondere Ihr eigenes, dann denke ich, daß die Standesrichtlinien der Anwaltsvereinigung ziemlich in den Hintergrund treten. Ich denke, wenn Sie sich so weit aus dem Fenster hängen, ist es Ihre Sache, Ihren Weg in der Welt zu finden, und wenn die anderen zu dem Schluß kommen, daß Sie eine Linie überschritten haben, und Ihnen die Lizenz entziehen, dann tun sie Ihnen am Ende womöglich bloß einen Gefallen.

Während Scarpatti sein kleines Spiralnotizbuch durchblätterte, wandte ich mich um, um einen Blick in den Gerichtssaal zu werfen. Er war natürlich voll, aber nicht, um meinem geistsprühenden Kreuzverhör beizuwohnen. Wenn ich fertig war, war ein weiterer Fall angesetzt, und dann noch einer und noch einer, so viele Anhörungen wie Angeklagte, für die Prozeßtermine festgelegt werden mußten, und die Angeklagten und Anwälte und Zeugen und Familien, die sich für die weiteren Anhörungen nach der Cressis im Gerichtssaal befanden, warteten und sahen zu, und ihre Gesichter waren schlaff vor Langeweile. Bis auf ein Gesicht. Das war nicht schlaff vor Langeweile; ein Gesicht beobachtete unsere Verhandlung mit lebhaftem, fast erschreckendem Interesse. Dünnes, scharf geschnittenes Gesicht, öliges graues Haar, eleganter schwarzer Anzug mit einem karmesinroten Taschentuch in der Brusttasche. Was zum Teufel machte er hier?

»Richtig, ja. Ich habe es hier«, sagte Scarpatti.

Ich drehte mich um und sah wieder den Zeugen an, den ich ungefähr in dem Augenblick vergessen hatte, in dem ich Earl Dantes Leichenbestattergesicht erblickt hatte, das mich aus den Zuschauerreihen des Gerichtssaals beobachtete. »Nun, Detective, was hat der Angeklagte zu Ihnen gesagt, als Sie ihn fragten, was er mit den Waffen vorhabe?«

»Er sagte, ich zitiere seine Worte: ›Das geht Sie einen Scheißdreck an.‹«

Scarpatti lachte, und die schlaffe Menge, bei dieser Obszönität plötzlich wieder wach, lachte mit ihm. Selbst Cressi lachte. Wenn Ihr eigener Mandant Sie auslacht, dann wissen Sie, daß Sie in Schwierigkeiten sind.

»Vielen Dank, Detective«, sagte ich.

»Gern geschehen, Herr Rechtsanwalt.«

Als ich mit Scarpatti fertig war, ohne seine Geschichte im geringsten erschüttert zu haben, hatte der Staatsanwalt keine weiteren Zeugen, und ich stand auf und stellte den Antrag, alle Klagepunkte gegen meinen Mandanten fallen zu lassen. Die Richterin lächelte bekümmert, als sie meinen Antrag ablehnte und Cressis Prozeß terminierte. Ich stellte den Antrag, die Kaution meines Mandanten zu verringern. Die Richterin lächelte bekümmert, als sie meinen Antrag ablehnte und die Kaution stattdessen auf hunderttausend Dollar erhöhte. Sie gab Anweisung, Cressi solle sofort vom Sheriff in Gewahrsam genommen werden, bis die zusätzliche Summe hinterlegt sei. Ich wehrte mich heftig gegen die Erhöhung und verlangte, sie möge das noch einmal überdenken, und sie lächelte bekümmert, überdachte es noch einmal und erhöhte die Kaution um weitere Fünfzigtausend. Ich stellte einen mündlichen Antrag auf Offenlegung des Beweismaterials gegen meinen Mandanten, und die Richterin lächelte erneut, als sie meinen Antrag ablehnte und mir sagte, ich solle um informelle Offenlegung von seiten der Anklage nachsuchen, bevor ich mit meinen Forderungen zu ihr käme.

»Sonst noch etwas, Mr. Carl?« fragte sie liebenswürdig.

»Bitte, um Himmels willen, tun Sie mir einen Gefallen, Vic, und sagen Sie einfach nein«, sagte Cressi, laut genug, daß der ganze Gerichtssaal erneut auf meine Kosten lachte. Vielleicht hätte ich die Juristerei auf der Stelle aufgeben und Komiker werden sollen.

»Ich glaube nicht, Euer Ehren«, sagte ich.

»Das ist wahrscheinlich eine kluge Entscheidung.« Ein Hammerschlag. »Der nächste Fall.«

Dante wartete draußen vor dem Gerichtssaal auf mich, in einem der mit Säulen versehenen weißen Gänge des neuen Strafgerichtsgebäudes. Er lehnte an einer Wand und hielt seine Aktentasche umklammert. Hinter ihm, den Kopf mit übereifriger Wachsamkeit hin und her drehend, stand der Gewichtheber, den ich mit Dante im Bezirksgericht im Roundhouse gesehen hatte. Dante hatte eines dieser offiziösen Gesichter, die nie fehl am Platz wirken, voller Mitgefühl und Tüchtigkeit. Ein dunkles Gesicht, glattrasiert, mit kleinen, sehr weißen Zähnen. Sein Rücken blieb gerade, obwohl er angelehnt stand, und sein Rasierwasser duftete sehr stark. Er hätte Oberkellner im feinsten französischen Restaurant der Hölle sein können. *Ein Tisch für zwei Personen? Aber selbstverständlich. Möchten Sie bei den Rauchern sitzen oder sogleich mit dem Dinner brennen?* Das einzig Tröstliche an einer Konfrontation von Angesicht zu Angesicht mit Earl Dante war, daß man ihn dann nicht im Rücken haben konnte.

»Schon etwas herausgefunden, Victor?« sagte Dante mit ruhiger, volltönender Stimme zu mir, die ein leises Lispeln untermalte, als sei seine Zunge gespalten und zu lang für seinen Mund.

Mich fröstelte, obwohl es auf dem Gang heiß war. »Ich weiß nicht, wovon Sie reden«, sagte ich.

»Diese Fragen über mögliche Partner und alles, was Cressi vielleicht über seine Absichten mit diesen Waffen gesagt haben könnte, sehr schlau.«

»Ich weiß nicht, wovon Sie reden.«

»Natürlich wissen Sie das. Wenn Sie weitersuchen, werden Sie etwas finden.« Er starrte mich einen langen Moment an; ich konnte nicht ermessen, was das zu bedeuten hatte. Dann wandte er den Kopf ab. »Vielleicht haben Sie nicht davon gehört, Victor, aber Calvi ist draußen.«

»Ich hab's gehört.«

»Sie mochten Calvi, nicht wahr? Sie waren Freunde.«

»Wir haben ein paarmal zusammen gegessen.«

Er drehte mir das Gesicht wieder zu und starrte mich erneut an. »Sie waren Freunde.«

»Calvi hat keine Freunde. Er haßt jeden. Aber es gab Leute, die seine Zigarren ertragen konnten, und andere, die das nicht konnten. Ich konnte es, das war alles, und so haben wir dann und wann zusammen zu Mittag gegessen und über die Eagles geplaudert.«

»Er hatte Gefallen an Ihnen gefunden, gut. Aber er ist draußen. Die Organisationsstruktur ist geändert worden. Von jetzt an sollten Sie mir berichten.«

»Ich berichte nicht«, sagte ich. »So etwas tue ich nicht. Ich vertrete meine Mandanten, so gut ich kann, das ist alles.«

»Das ist nie alles.«

»Für mich ist das alles.«

»Wenn Sie irgend etwas herausfinden, dann sollten Sie klug sein und mir berichten, verstehen Sie mich?«

»Ich weiß nicht, wovon Sie reden.«

Dante begann, an seinen Zähnen zu saugen. Sein Mund öffnete sich mit einem schmatzenden Geräusch. »Wollen Sie eine Geschichte hören?«

»Nicht unbedingt.«

»Nach der High School bin ich zur Armee gegangen«, sagte Dante, meinen Protest ignorierend. »Wollen Sie wissen, warum? Mein Vater war ein Tier, das ist der Grund. Ich war bereit, mir den Schädel zu scheren und zwei Jahre lang Befehle in Empfang zu nehmen wie ein Hund, weil mein Vater ein Tier war. Aber ich war auch ein Patriot, verstehen Sie? Bin immer noch einer. Ich höre bei einem Baseballspiel die Nationalhymne, und mir kommen die Tränen. Ich liebe mein Land noch immer, selbst nachdem sie mich in dieses Scheißloch geschickt haben. Sehen Sie, da draußen gab es nichts, was härter war als mein Vater. Ich liebe mein gottverdammtes Land, aber da drüben habe ich gelernt, daß es jenseits von Patriotismus noch etwas gibt. Wissen Sie, was das ist?«

»Nein.«

»Es heißt Überleben. Ich habe nicht überlebt, indem ich mich freiwillig für jede beschissene Aktion gemeldet habe, die irgendein beförderungsgeiler Lieutenant sich ausdachte, bevor wir ihn auf unsere Weise daran hindern konnten. Und ich habe nicht überlebt, indem ich einen Schritt weiter gegangen bin, als ich unbedingt mußte. Ich habe überlebt, indem ich mich daran erinnert habe, daß ich mein Land nicht mehr lieben könnte, wenn ich tot wäre, verstehen Sie? Loyalität geht nur bis zu einem bestimmten Punkt. Weiter geht sie nicht. Die Dinge verändern sich schnell, Victor. Calvi ist nicht der einzige, der draußen ist, es gibt noch andere. Sie treffen die richtige Entscheidung und kommen zuerst zu mir, verstanden?«

»Ich weiß nicht, wovon Sie reden.«

»Ich habe gehört, daß Sie gestern unseren Freund Jimmy Levine besucht haben, also dachte ich, Sie würden es vielleicht gern erfahren. Er ist heute morgen gestorben. Direkt auf dem Operationstisch.«

»O mein Gott.«

»Sie hatten ihm diesen Draht bis ins Herz geschoben, und er hatte einen massiven Infarkt. Das ist das Komische an Jimmy, alles an ihm war massiv, sogar sein Tod. Dachte bloß, Sie würden es vielleicht gern wissen. Die Beerdigung ist am Freitag. Ihre Leute, Victor, machen kurzen Prozeß, wenn es darum geht, ihre Toten zu begraben. Ein Bursche hat nicht mal Zeit, kalt zu werden, da ist er schon unter der Erde.«

»Aber ich habe ihn gestern noch gesehen. Er kann nicht…«

»In unserer Einheit gab es ein paar Jungs, von denen wir nicht mal die Namen wissen wollten. Man konnte in ihren Augen sehen, daß sie nicht überleben würden. Und genau das sehe ich jetzt, Victor.« Wieder saugte er an seinen Zähnen und tippte an meine Schulter. »Ich sehe Sie bei der Beerdigung.« Dann drehte er sich um und ging davon, seine Aktenmappe haltend, ging davon, um Cressi erneut auf Kaution herauszuholen.

Der Gewichtheber zwinkerte mir boshaft zu und folgte ihm den Gang hinunter.

Ich sah ihnen nach und sank dann gegen die Wand, den Rücken an den porösen weißen Steinen, bedeckte meine Augen mit einer Hand und zitterte. Jimmy war tot. Ich konnte es kaum fassen. Ich hatte den Burschen wirklich gemocht. Aber die Neuigkeit war noch schlimmer. Dieser zahnsaugende Earl Dante wollte, daß ich mich auf eine bestimmte Seite schlug, ohne daß ich eine Punktekarte hatte, ohne Regelbuch, ohne auch nur zu wissen, welches Spiel wir eigentlich spielten. So, wie ich es sah, würde ich, wenn ich mich falsch entschied, genauso tot sein wie Jimmy, und wenn ich mich richtig entschied, würde ich genauso tot sein wie Jimmy. Mit Gewißheit wußte ich bloß, daß ich auf dem falschen Spielfeld war und unbedingt wegkommen mußte. Als ich Beth gesagt hatte, ich müsse die Juristerei aufgeben oder sie würde mich umbringen, hatte sie nicht gewußt, daß das verdammt wörtlich zu nehmen war.

Während ich an diese Wand im Flur gelehnt stand und zitterte wie ein welkes Blatt im starken Herbstwind, dachte ich unwillkürlich, daß mein Schicksal in der anstehenden Apokalypse der Mafia und meine Ermittlungen der dunklen Geheimnisse der Reddmans sich irgendwie verflechten würden. Ich hatte natürlich recht, aber auf eine Weise, auf die ich nicht im Traum gekommen wäre.

# TEIL 2

# Frösche

Im Haus eines reichen Mannes gibt es keinen Platz, an den man spucken kann, außer in sein Gesicht.

Der Zyniker Diogenes

# 15

## Belize City, Belize

Letzte Nacht träumte ich, ich wäre wieder in Veritas. Ich wachte schwitzend und schreiend in meinem Zimmer im Gästehaus von Belize City aus dem Traum auf. So sehr ich mich auch bemühte, ich konnte nicht wieder einschlafen. Jetzt ist Morgen, und ich habe die ganze Nacht in meiner Unterwäsche dagesessen und den Inhalt meiner Aktenmappe noch einmal durchgesehen, meine Mission noch einmal durchdacht. Es gibt Dokumente, die sich auf Bankkonten und Bankaufzeichnungen und den Fluß großer Geldsummen beziehen. Es gibt Dokumente des State Department in Washington, die ich der hiesigen Botschaft vorlegen soll. Es gibt Seiten aus den Tagebüchern einer toten Frau und einen Brief von einem toten Mann, und letzte Nacht, als ich sie beide zusammen las, überlief mich der gleiche Schauder, der mich immer überläuft, wenn ich sie zusammen lese, und das tue ich oft. Sie sind die einfachsten Hinweise, die ich auf das habe, was wirklich mit den Reddmans passiert ist, sie und ein Karton voll uralter Hauptbücher, der sich noch immer in meinem Büro in Philadelphia befindet. Die volle Wahrheit wird nie zu erfahren sein, aber der Mann, den ich in Belize suche, ist im Besitz eines großen Teils davon, zusammen mit meinem Anteil an dem Reddman-Vermögen.

Belize City ist ein Loch, und das ist noch freundlich ausgedrückt. Antiquierte Schindelhäuser, ungestrichen, wettergegerbt, vom Alter streifig, säumen das Gewirr enger Gassen auf beiden Seiten des Belize River. Wäsche trocknet an Leinen auf durchhängenden Veranden, riesige, verfaulende Tonnen sammeln Regenwasser zum Trinken, die Blechdächer überall in der Stadt sind braun von Rost. In der Stadt wimmelt es von Armen, es riecht nach Fisch und Abwässern und Fett, die Autofahrer sind Verrückte, die Hitze ist drückend, die Bettler sind ebenso hartnäckig wie die Moskitos. Man ist hier wirklich in der Dritten Welt, und das Essen ist schlecht. Mein Gästehaus liegt direkt am Karibischen Meer, aber es gibt keinen Strand, nur einen schmuddeligen Streifen unasphaltierter Straße und eine Zementbarriere und dann die zerklüfteten Felsen, die den letzten Ansturm des Wassers brechen. Man hat mir gesagt, es sei gefährlich, nachts durch bestimmte Viertel zu gehen, und diese Viertel scheinen sich bei jedem zu ändern, mit dem ich rede, so daß die Karte der Gefahr jetzt ganz Belize City umfaßt. Trotzdem habe ich gestern abend meinen Anzug angezogen und einen Stadtplan und ein Foto aus meiner Aktenmappe genommen und bin in westlicher Richtung gegangen, weg vom Meer, in das dunkle Herz der Stadt, um zu sehen, ob irgend jemand irgend etwas von dem Mann gesehen hat, hinter dem ich her bin.

Die Nacht war heiß, die Luft drückend, die Straßen so finster wie die Armut. Autos glitten langsam vorbei wie Raubtiere. Pritschenwagen sausten dahin, die Ladeflächen gestopft voll mit Teenagern, die sich auf kreolisch anschrien. Wachposten starrten düster hinter vergitterten Toren hervor. Eine Ratte kam aus einem offenen Abwasserkanal auf mich zugeeilt, hielt an, schnüffelte und eilte wieder zurück. Ich machte bei zwei Nachtlokalen, drei Hotelbars und einer hölzernen Baracke von einem Club mit Blick über die Karibik halt, die in der Nacht so schwarz war wie die Angst, mit Ausnahme der schillernden Schaumränder der Wellen, die auf den Felsen erstarben. Man hatte mir gesagt, der Barackenclub sei der übliche Treffpunkt von Hummerfischern und Matrosen, und ich wollte ihn unbedingt besuchen, da ich mich fragte, ob meine Jagdbeute vielleicht auf einer Luxusjacht irgendwo vor den belizischen Cayes umherkreuzte. Bei jeder Station bestellte ich für mich und alle Umstehenden ein Flaschenbier mit einem Mayatempel auf dem Etikett, ein Belikin, und setzte so gut wie möglich ein Gespräch in Gang. Wenn ich das Bild zeigte, versuchte ich festzustellen, ob sich hinter den Verneinungen und dem Kopfschütteln irgend etwas verbarg, aber da war nichts, eine ganze Nacht lang nichts, obwohl ich von Anfang an gewußt hatte, daß ich nicht mehr tun konnte als ein Schleppnetz auslegen.

Wieder in meinem Zimmer, zog ich mich aus, stellte den Ventilator auf Höchstgeschwindigkeit und lag auf dem Rücken, starrte an die Decke und wartete darauf, daß die Luftbewegung meinen Schweiß abkühlte. Ich schloß die Augen und fiel in einen tiefen Schlaf, aus dem ich nur wenige Stunden später schreiend erwachte, als ich von Veritas träumte.

Jetzt beginnt es eben zu dämmern. Ich lege mich wieder hin und versuche zu schlafen, aber das ist unmöglich. Ich sehe zu, wie die Sonne gelb und heiß aus dem Ozean steigt, und spüre ihre beginnende Glut. Ich nehme eine kalte Dusche und denke an die Eisberge in Alaska, aber als ich meinen Schlips umbinde, bin ich schon wieder in Schweiß gebadet.

Als ich die Belize Bank in der Regent Street erreiche, bin ich erschöpft von der Hitze und dem Schlafmangel. Ich habe bereits das schlichte weiße Schindelgebäude der amerikanischen Botschaft besucht, das wie ein Südstaatenpfarrhaus aussieht, das man mitten in der Dritten Welt fallen gelassen hat, und mit einem jüngeren Beamten ein langes Gespräch über mein Problem geführt. Er war frisch geschrubbt und ziemlich liebenswürdig, als er sich meine Geschichte anhörte und meine Dokumente prüfte, aber das Personal des State Department hat so etwas an sich, was mir Zahnschmerzen verursacht. In den Kellern von Botschaften in aller Welt müssen Hunderte von englischen Majoren versteckt sein, die hart daran arbeiten, raffinierte, gewundene Ausdrucksweisen für den Satz zu erfinden: »Ich kann nichts für Sie tun.« Ich nahm seine Karte und bat um einen winzigen Gefallen, und er sah mich ein Weilchen an; ich ging, bevor er sich eine neue Art ausdenken konnte, nein zu sagen.

Nach dem Besuch in der Botschaft überquerte ich die Drehbrücke zum Südteil der Stadt und suchte einen Belizer Anwalt auf, mit dem ich in Kontakt stand. Sein Büro lag dem Gebäude des Obersten Gerichtshofs gegenüber und über einem Laden mit T-Shirts. Er hielt mir einen langen Vortrag über Belizes massive Vermögensschutzgesetze, was in mir einige Zweifel weckte, aber dann erzählte er mir von seinem Onkel, der beim Obersten Gericht angestellt sei und gegen entsprechenden Anreiz alles besorgen könne. Ich schrieb einen Scheck aus, unterzeichnete bestimmte Dokumente, bezahlte bestimmte Gebühren und erhielt bestimmte andere Dokumente. Dann ging es zur Bank.

Das Gebäude der Belize Bank an der Ecke Regent und Orange Street ist fast modern und hat ein leuchtendes, jadegrünes Firmenemblem. Es ist das Prunkstück eines ziemlich heruntergekommenen Geschäftsviertels; sein weißer Zement und der schwarze Marmor wirken wie ein neuer, blanker Penny vor der Kulisse des allgemeinen Verfalls der restlichen Stadt. In der Bank bitte ich um ein Gespräch mit dem stellvertretenden Direktor und werde zu einem Schreibtisch im ersten Stock geführt. Der Mann, mit dem ich rede, ist älter und vornehm und hat graues Haar und den richtigen britischen Akzent. Sein Anzug ist hellbeige und perfekt gebügelt. Sein Gesicht ist pudertrocken; meines, da bin ich sicher, glänzt vor Schweiß.

»Ich brauche Informationen über ein Bankkonto«, sage ich.

Er lächelt beflissen, als ich meine Situation erkläre und ihm das Urteil und die Dokumente zeige, die ich zum Beweis des Geldflusses besitze. Er erinnert mich an einen Angestellten des State Department, als er fünf Minuten braucht, um mir zu erklären, er könne nichts tun. »Wir müssen das Bankgeheimnis unserer Kunden wahren«, erklärt er ziemlich geduldig. »Die Gesetze unseres Landes zum Vermögensschutz lassen uns keine andere Wahl.«

»Das habe ich gehört«, sage ich, »aber der Mann, den ich suche, ist ein Mörder.«

»Nun, ich nehme an, daß auch Mörder Rechte haben«, sagt er.

»In Amerika besteht ein Haftbefehl gegen ihn.«

»Aber wir sind hier nicht in Amerika, Sir. Es tut mir wirklich leid, aber uns sind die Hände gebunden.«

Ich betrachte ihn und sein verbindliches Lächeln und seufze. »Meine Regierung ist sehr daran interessiert, diesen Mann zu finden«, sage ich. »Wir wissen, daß Sie in mehreren Fällen von Geldwäsche mit unseren Leuten zusammenarbeiten, und wir wären Ihnen sehr dankbar; es würde den Druck, unter dem Sie zweifellos stehen, sehr erleichtern, wenn Sie auch in dieser Angelegenheit mit uns zusammenarbeiten würden.«

Er nickt, ohne sein höfliches Lächeln zu verlieren. »Wir sind immer bereit, rechtmäßigen Forderungen Ihrer Regierungsstellen nachzukommen.« Das Wort rechtmäßig betont er deutlich.

»Nicht jede Anfrage kann über offizielle Kanäle laufen«, sage ich. »Nicht alle Beamten sind vertrauenswürdig. Diskretion ist hier von höchster Wichtigkeit.«

»Könnte ich Ihre Beglaubigungen noch einmal sehen?«

»Beglaubigungen können gefährlich sein«, sage ich.

»Aber Sie verstehen gewiß, Sir, daß wir sicher sein müssen, daß alle Forderungen rechtmäßig sind.«

»Ja«, sage ich. »Ich verstehe vollkommen.« Ich greife in meine Tasche und ziehe Jeremy Bartletts Karte heraus. »Warum rufen Sie nicht Mr. Bartlett von der amerikanischen Botschaft an und fragen ihn diskret, ob es für Ihre Situation vorteilhaft wäre oder nicht, mit mir zu kooperieren?«

Er nimmt die Karte, betrachtet sie einen Augenblick, entschuldigt sich dann und geht in ein Privatbüro, dessen Tür er hinter sich zuzieht. Ich hatte Bartlett am Morgen gebeten, jemandem, der ihn anriefe und Andeutungen über meinen Status fallen ließe, seine irrigen Annahmen nicht auszureden. Doch Bartlett wird dem stellvertretenden Direktor aller Wahrscheinlichkeit nach sagen, er habe keine Ahnung, wer ich sei, und man wird mich meiner Wege schicken, wie das wohl ohnehin geschehen wäre, aber man kann es ja immerhin versuchen.

Der stellvertretende Direktor kommt zurück und lächelt verkniffen. Er beugt sich über den Schreibtisch und sagt leise: »Ich habe mit Mr. Bartlett von der Botschaft gesprochen.«

Ich starre mit undurchdringlichem Blick zu ihm auf.

»Verstehen Sie, die Offenlegung des Inhabers irgendeines Kontos ist nach belizischem Recht nicht erforderlich, also ist die Information höchstwahrscheinlich nutzlos.«

Ich spitze die Lippen, nicke und starre weiter.

Er dreht den Kopf für einen Moment zur Seite und dann wieder zu mir. Seine Stimme ist jetzt noch leiser. »Das Konto, an dem Sie interessiert sind, lautet auf den Namen eines gewissen Mr. Wergeld. Die angegebene Adresse ist ein Postfach in der Schweiz. Das Geld wurde letzten Monat bei unserer Zweigstelle in San Ignacio in der Burn's Avenue abgehoben. Das ist alles, was ich Ihnen anhand unserer Unterlagen sagen kann.«

Ich nicke und ziehe das Foto aus der Jackentasche. Er betrachtet es einen Augenblick und schüttelt dann den Kopf.

Ich stehe auf und bedanke mich für seine Dienste.

»Wir hoffen, daß dies in der Angelegenheit Carlos Santera von Nutzen sein wird, in der Ihre Leute uns solche Schwierigkeiten gemacht haben.«

»Da bin ich ganz sicher«, sage ich, bevor ich mich umdrehe und die Bank verlasse. Ich hätte wirklich nicht an Bartlett zweifeln sollen. Ich hatte doch einen Angestellten des State Department nur gebeten, versteckte Anspielungen zu machen, was ungefähr dasselbe ist, als würde man einem Hai eine blutige Hammelkeule vorwerfen und ihn bitten zu kauen.

Auf meinem Rückweg zum Gästehaus gehe ich am Battlefield Park vorbei, wo die Einheimischen in Mengen auf Bänken sitzen und spucken. Ein triefäugiger Mann verläßt den Park und beginnt zu joggen, um mich einzuholen. Er bedrängt mich, ich müsse die Leute von Belize kennenlernen. Ich bleibe stehen und sehe ihn an. Er lächelt mit gelben Augen und bietet mir Drogen an. Ich schüttele den Kopf und ignoriere sein Geschimpfe und Geschrei, als ich weiter die Regent Street hinauf zu der Drehbrücke gehe, die mich über den Belize River und auf das Nordufer bringt. Ich lockere meine Krawatte, ziehe die Jacke aus und hänge sie mir über die Schulter. Männer auf zu kleinen Fahrrädern umkreisen mich. Die Hitze macht mich müde und langsam. Auf der Brücke spiegelt das Wasser in einem grell blendenden Streifen das Sonnenlicht wider. Die Hitze ist so allgegenwärtig, daß sie sich gefährlich anfühlt. Schweiß rinnt mir in die Augen und brennt. Ich wische ihn weg, aber er kommt immer wieder. An einem verfallenen gelben Postamt biege ich rechts ab, passiere eine Texaco-Tankstelle und nehme eine Nebenstraße, von der ich annehme, daß sie zum Meer führt. Ich weiß nicht genau, wo ich bin, aber wenn ich das Ufer erreiche, kann ich daran entlang zu meinem Gästehaus gehen. Ich finde mich in einer engen Gasse zwischen einer Reihe von Lagerhäusern am Fluß wieder. Ich gehe an einer niedrigen Wand aus rötlich verrostetem Blech mit einem Schild entlang, auf dem »Queens Bonded Warehouse No. 1« steht. Ich glaube allein in der Gasse zu sein, doch plötzlich stellt sich mir ein Mann in den Weg. Er trägt schmutzige, weite Hosen und ein geblümtes Hemd. »Wollen Sie bißchen Coke, *amigo*?« fragt er mit starkem Akzent.

Ich schüttele den Kopf. »Danke, aber ich bin nicht durstig«, sage ich und weiche nach links aus, um an ihm vorbeizugehen. Er tritt nach rechts und versperrt mir den Weg.

»Sie machen Witz.«

»Oh, nein, das wollte ich nicht, tut mir leid. Vielen Dank, nein.«

»Vielleicht Sie wollen bißchen Hasch?« Er legt zwei Finger an die Lippen und tut so, als inhaliere er tief. »Feinster Stoff in Belize. Oder Mädchen, wir Mädchen haben. Ich hübschere haben als Sie finden bei Raoul's.«

»Nein, nein, danke.« Ich trete nach rechts, er nach links, wo er mir wieder den Weg versperrt.

»Dann vielleicht Sie mir einfach geben bißchen Geld, *amigo*? Nur so? Für ein Amerikaner das ist nichts.«

Ich weiche zurück und klemme mir das Jackett unter den Arm, mit dem ich die Aktenmappe trage. Ich fasse in meine Gesäßtasche, um die Brieftasche herauszunehmen, als ich eine andere Hand spüre, die danach greift. Ich fahre herum und sehe dort einen zweiten Mann in abgeschnittenen Shorts und einem Michael-Jackson-T-Shirt, der mich angrinst. »Drogen?« sagt er mit stärkerem Akzent als der erste Mann. »Sie Amerikaner, nein? Sie müssen wollen Drogen.«

»Ich will gar nichts«, sage ich laut, während ich vor beiden Männern zurückweiche. Die Hitze verwirrt mich. Mein Gehirn funktioniert unter der brennenden Sonne langsamer. Der zweite Mann packt mich am Arm und reißt mich zurück. Mein Jackett fällt zu Boden. Der Mann, der mich festhält, will wieder nach meiner Brieftasche greifen.

»Wieviel Sie wollen uns geben, *amigo*?« fragt der erste Mann. »Wie großzügig sein Sie heute?«

Ich versuche, meinen Arm loszumachen, doch der zweite Mann hält ihn fest. Er faßt nach meiner Brieftasche, und ich drehe mich ruckartig, um seinem Griff auszuweichen. Meine Aktenmappe prallt gegen ihn. Ich drehe mich in die andere Richtung, und meine Aktenmappe trifft ihn fest auf der anderen Seite. Ich hatte nicht vor, ihn mit der Aktentasche zu schlagen, bin aber froh, es getan zu haben. Ich will mich noch einmal drehen, um ihn erneut zu schlagen, als ich in der Hand des ersten Mannes etwas aufblitzen sehe, und halte inne. Der zweite Mann greift in meine Gesäßtasche und zieht meine Brieftasche heraus. Ich lasse es zu, gelähmt von der Hitze und diesem Glitzern in der Hand des ersten Mannes. Der zweite Mann läßt mich los und fängt an, meine Brieftasche zu durchsuchen, und ich wünsche mir, daß er sich nimmt, was er haben will, daß er es nimmt und geht und mich in Ruhe läßt. Das wünsche ich mir, als ich von hinten eine Stimme höre.

Sie ist laut und spricht Spanisch, und ich verstehe sie nicht, aber meine beiden Angreifer verstehen sie und halten sofort inne. Wir drehen uns alle drei nach dem Sprecher um.

Er ist ein junger Mann mit dunkelblauen Hosen und einer roten Baseballmütze von den Chicago Bulls. Auf seinem T-Shirt steht der Aufdruck »LAS VEGAS«. Er hat kurzes, schwarzes Haar, einen silbernen Ohrring und ein rundes dunkles Gesicht, ein Bauerngesicht mit breiten, stark hervortretenden Backenknochen. Wieder sagt er etwas auf spanisch, und der erste Mann antwortet schroff.

Der junge Mann mit dem Las-Vegas-T-Shirt sagt noch etwas, sagt es ruhig, diesmal auf kreolisch, und einen Moment lang herrscht angespannte Stille. Der junge Mann legt den Kopf nach links, und plötzlich rennen die beiden Angreifer davon, an dem jungen Mann vorbei die Gasse hinunter, wo ich hergekommen bin, und sind verschwunden. Der junge Mann kommt direkt auf mich zu, bückt sich, hebt meine Jacke und meine Brieftasche vom Boden auf und reicht sie mir.

»Tut mir leid, wie sie sich benommen haben«, sagt der junge Mann auf englisch mit leichtem Akzent. »Einige in dieser Stadt sind zu faul, sich ehrliche Arbeit zu suchen.«

»Ich danke Ihnen«, sage ich. Ich zittere noch immer vom Anblick dieses Messers in der Hand des ersten Mannes, ich bibbere und schwitze gleichzeitig. Mit bebenden Fingern suche ich in meiner Brieftasche nach einem Zwanziger und reiche ihn dem Mann.

Er schaut zu mir auf, und für einen Augenblick steht etwas Hartes und Enttäuschtes in seinem Gesicht. »Tun Sie das nicht. Ich bin kein Bettler.«

»Ich bin Ihnen nur dankbar«, stammele ich. »Ich wollte nicht…«

»Ich arbeite für mein Geld.« Noch einen Augenblick ist er ernst und erhaben, und dann lächelt er. Sein Lächeln ist breit und scheint irgendwo von tief innen aus seiner Brust zu kommen. Als er wieder ernst wird, möchte ich das Lächeln noch einmal sehen. »Wo wohnen Sie?« fragt er.

»In einem Gästehaus am Meer.«

»Ich begleite Sie dorthin.«

»Das brauchen Sie nicht«, sage ich, bin aber froh, daß er es tut.

Langsam geht er durch die Gasse, mit geradem Rücken und gleichmäßigen Schritten, und ich bemühe mich, ebenso langsam zu gehen, um auf seiner Höhe zu bleiben. Während ich meine Schritte verlangsame, merke ich, daß ich ruhiger werde. »Ich bin Victor Carl. Aus den Vereinigten Staaten.«

»Freut mich, Sie kennenzulernen, Victor«, sagt er. »Ich bin Canek Panti.« Er spricht den Namen mit der Betonung auf den jeweils letzten Silben der Worte aus.

»Ich freue mich sehr, Sie kennenzulernen, Canek. Ich wollte Sie nicht beleidigen. Ich bin Ihnen überaus dankbar. Welche Art von Arbeit haben Sie?«

Im Gehen zuckt er mit den Schultern. »Ich mache Besorgungen, streiche Häuser an, was immer es zu tun gibt. Ich kann auch über ein Auto verfügen, also arbeite ich ein bißchen als Taxifahrer und führe Touristen durch Belize.«

»Das ist interessant«, sage ich. »Kennen Sie einen Ort namens San Ignacio?«

»Natürlich«, sagt Canek. »Das liegt im Westen, in der Nähe der Grenze.«

»Der Grenze zu Guatemala?«

»Ja.«

Darüber denke ich einen Moment nach. Ich habe genügend Zeitungsberichte über die Aktivitäten der CIA in Guatemala gelesen, über die vermißten Amerikaner, den endlosen Bürgerkrieg, um bei der Erwähnung dieses Landes nervös zu sein. »Zufällig ist es so, Canek, daß ich geschäftlich nach San Ignacio muß. Können Sie mich hinfahren?«

»Natürlich.«

»Was würde mich das kosten?« frage ich.

Er denkt einen Augenblick nach. »Einhundertzwanzig amerikanische Dollars pro Tag.«

»Das ist in Ordnung«, sage ich.

Er lächelt nicht, er schaut nur ernst zu Boden, während wir gehen, als sei er irgendwie enttäuscht. Ich denke mir, daß er sich denkt, er hätte mehr verlangen sollen, und er hat recht. Er könnte verlangen, was immer er wollte, und ich würde es fröhlich bezahlen, voller Dankbarkeit dafür, was er für mich getan hat. Am Ende der Gasse ist eine Biegung, und das Meer wird sichtbar. Segelboote sind an kaputten Docks vertäut, andere an beiden Enden in der Mitte des Flusses. Motorboote rasen aus der Flußmündung in Richtung der Cayes. Wir gehen zusammen am Ufer entlang und machen bei einem kleinen Park neben einem rot-weißen Leuchtturm halt. Ein Pelikan, braun und fett und arrogant, schwebt vorbei, die Flügel gegen die sanfte Meeresbrise ausgebreitet. Vom Leuchtturm aus hat man einen Blick über das Meer auf den südlichen Teil der Stadt. Die weißen Gebäude, die das andere Ufer säumen, glänzen in der Sonne, und auf einmal scheint die Stadt kein solches Loch mehr zu sein. Langsam drehe ich mich um und schaue. Belize City hat etwas an sich, das ich vorher nicht bemerkt habe. Es ist alt und verfallen und voller Armut, das ja, aber es ist auch schön, auf eine nicht disneyhafte Weise, ein Tor zu wahrem Abenteuer, als sei eine letzte Zuflucht für großspurige Freibeuter in der Karibik noch lebendig geblieben. Canek, der schon den Fremdenführer macht, wartet geduldig, während ich alles in mich aufnehme, und dann gehen wir zusammen weiter am Ufer entlang und die Marine Parade hinauf.

»Sie müssen handeln«, sagt Canek endlich, als wir zusammen die unasphaltierte Straße am Ufer entlanggehen. »Ich sage hundertzwanzig, Sie sagen siebzig, und von da aus finden wir einen fairen Preis.«

»Ich fand Ihren Preis auch so ziemlich fair.«

»Er ist hoch«, sagt Canek. »Die meisten Taxis würden bis San Ignacio achtzig nehmen. Und der Bus kostet nur zwei Dollar. Einigen wir uns auf hundert amerikanische Dollars.«

Ich gehe ein Stückchen weiter, ohne mich zu äußern, bedenke alles sorgfältig und sage dann: »Neunzig.«

Wieder lächelt er sein strahlendes Lächeln. »Fünfundneunzig«, sagt Canek Panti, »und im Preis inbegriffen ist eine Führung durch Xunantunich, die antiken Ruinen hinter San Ignacio.«

»In Ordnung«, sage ich. »Wir sind uns einig.« Inzwischen haben wir das Ende der Marine Parade erreicht und stehen vor der ordentlichen weißen Veranda meines Gästehauses. »Morgen früh?«

»Ich werde um neun Uhr hier sein«, sagt er.

»Bestens. Ich habe auf einmal großen Durst«, sage ich und wische mir wieder den Schweiß von der Stirn. »Kann ich Sie zu einem Drink einladen, Canek?«

Er schaut einen Augenblick zu dem Gästehaus auf und schüttelt dann den Kopf. »Nein, tut mir leid, Victor, aber ich muß jetzt den Wagen für unsere Fahrt in Ordnung bringen. Es ist einiges daran zu machen, aber ich werde morgen pünktlich um neun hier sein.«

Wir schütteln uns feierlich die Hände, als hätten wir uns gerade über die morgige Schlagzeile des *Wall Street Journal* geeinigt, und Canek geht davon, jetzt mit schnelleren Schritten. Ich frage mich, in welcher Verfassung das Auto wohl sein mag, wenn so vieles daran zu machen ist, aber überraschenderweise bin ich nicht besorgt. Die Karibische See glänzt in der Nachmittagssonne wie ein Smaragd. Das Gästehaus auf seinen Pfählen wirkt malerischer, als ich es in Erinnerung hatte, hübscher und weißer. Ich habe einen ehrlichen und ehrenwerten Mann kennengelernt. Drinnen, das weiß ich, kann ich eine Flasche kaltes Wasser und eine Flasche kaltes Belikin bekommen, an einem Tisch auf der Veranda sitzen und unter einem kreisenden Ventilator meinen Flüssigkeitshaushalt regulieren. All das reicht beinahe aus, um mich vergessen zu lassen, was mich nach Belize City geführt hat, beinahe, aber nicht ganz. Ich denke an den Mann, den ich jage, und ich denke an alles, was er verbrochen hat, an die Geheimnisse, die er verbirgt, und ich denke wieder an den Traum von Veritas in der letzten Nacht, und trotz der brütenden Hitze fröstele ich.

## 16

Letzte Nacht träumte ich, ich wäre wieder in Veritas gewesen. Ich befand mich am Fuße eines langen, grasbewachsenen Hügels gleich innerhalb des großen, schmiedeeisernen Tores mit einem Muster aus Weinblättern und Gurken, das die Einfahrt verschloß. Der Mond schien hell und kalt, das Gras war in der Dunkelheit ganz farblos. Dahinter floß ein Bach vorbei, dessen schwarzes Wasser um schwere, kantige Felsblöcke rauschte. Zwei dicke Platanen standen nebeneinander wie Schildwachen am Fuß des Hügels, und ich stand dazwischen, schaute den langen Grasabhang hoch zu dem steinernen Portikus, der die regelmäßige Front des großen Reddman-Hauses bewachte. Der Wind war gesättigt mit dem weichen Duft von Frühlingsblumen, Flieder und dem kräftigen Grasgeruch eines perfekt gepflegten Rasens. Vom Kamm des Hügels her hörte ich das Geräusch von Musik, von Violinen und Trompeten und temperamentvollen Trommelwirbeln. Hoch über meinem Kopf leuchteten Lichter, und ich vernahm fröhliche Laute, Lachen, eine Welt, die in tiefen Zügen Verheißung trank. Veritas oben auf der Kuppe war wieder lebendig.

Ich begann den Hügel hinauf in Richtung der Party zu gehen. Die Musik, das Lachen, die Lichter in dieser dunklen Nacht, ich wollte sie sehen, ein Teil davon sein. Ich trug Jeans und T-Shirt, und als ich näher kam, schlang ich die nackten Arme um den Oberkörper, weil es kalt war, und ich fragte mich, wo mein Smoking war. Ich besaß einen, das wußte ich, und perlmutterne Manschettenknöpfe und einen Kummerbund, aber warum trug ich sie nicht? Ich klopfte auf meine Hose. Keine Brieftasche, keine Schlüssel, keine Einladung. Wo war meine Einladung? Wo waren meine Manschettenknöpfe? Wie so oft hatte ich das Gefühl, vom Besten auf dieser Welt ausgeschlossen zu sein. Ich dachte daran umzukehren, doch da lockte mich wieder die Musik. Ich hörte einen Automotor starten, hustend und spuckend wie bei einem

Oldtimer, ich hörte das Wiehern eines Pferdes, ich hörte Stimmen, die sich nach Wachpersonal anhörten, und ich fiel auf die Knie und begann, Hand über Hand den steilen Hügel hinaufzukriechen.

Meine Knie rutschten über groteske Finger von Baumwurzeln, die aus der Erde ragten. Kieselsteine drückten sich in das Fleisch meiner Handflächen. Ich hörte das schwache Summen von Insektenschwärmen, die den Rasen heimsuchten. Ich dachte an Aufgeben, dachte daran, mich den Hügel hinunterrollen zu lassen, aber die Musik wurde lauter und verlockte mich aufs neue. Die Geigen übertönten das Summen der Insekten, und das Lachen wurde manisch. Meine Jeans rissen an einem Stein auf, meine Handflächen bluteten schwarz im Mondlicht, aber ich bewegte mich weiter auf die Freude zu und erreichte endlich die ausgebreiteten Arme des Portikus mit seiner Treppe, die mich hinführen würde. Auf den breiten, geschwungenen Stufen, die zum Haus emporführten, rappelte ich mich ein wenig hoch und kletterte langsam nach oben, hielt mich mit einer Hand an der jeweils nächsten Stufe fest und hinterließ schwarze Blutflecken auf dem Stein. Ich konnte die Stimmen jetzt unterscheiden, joviale Männer, lachende Frauen, vielfache Freudenrufe. Gesprächsfetzen umschwirrten mich, als ich das obere Ende der Treppe erreichte. Eine Gruppe, die draußen auf der Zufahrt stand, die den Portikus umgab, schien mich nicht zu bemerken, als ich an ihr vorbeischlüpfte. Ich war sicher, daß die Gäste mich sehen würden, aber das taten sie nicht; selbst wenn sie in meine Richtung schauten, blickten sie einfach durch mich hindurch. Sie sahen gut aus, waren hübsch, sie lachten sorglos, sie waren sich ihres Platzes in der Welt sicher, und ich erkannte, daß ich für sie natürlich nicht existierte. Ich stand auf, klopfte den Schmutz von meinen zerrissenen Hosen und ging an der Gruppe vorbei zu einem der großen Erkerfenster auf der rechten Seite, die zu dem geräumigen Ballsaal in diesem Flügel führten.

Es war eine Party wie jede Party, zu der ich niemals eingeladen worden bin. Phantastisch gekleidete Frauen, Männer mit schwarzen Fliegen, Champagner und Butler mit Häppchen, Tanz. Die

Frauen trugen Handschuhe und hatten Tanzkarten, und die Männer tanzten den Walzer so, als beherrschten sie ihn tatsächlich. Alle standen gerade und zeigten schneeweiße Zähne, wenn sie lachten. Ich drückte meine Nase an die Scheibe. Ich beobachtete ihre Feier und fühlte wieder, was ich in der High School und auf dem College und während meiner Laufbahn als Anwalt gefühlt hatte, den nackten, verzweifelten Schmerz, draußen zu sein. Aber wo war mein Smoking, wo war meine Einladung? Ich war nicht mehr in T-Shirt und Jeans. Ich trug jetzt meinen marineblauen Anzug, schwarze Slipper und eine Krawatte von Woolworth, aber das war noch nicht genug. Ein hübsches Mädchen in einem weißen Kleid ging vorbei, ohne zu merken, wie sehnsüchtig ich sie durch das Fenster anstarrte. Und dann erkannte ich ihn. Er stand hochgewachsen und eindrucksvoll in der Mitte dieses Ballsaals, ich erkannte ihn von den Bildern und den Geschichten, von den Porträts auf den vielen Milliarden Pickle-Gläsern. Claudius Reddman.

Er war eine imposante Gestalt mit gewölbter Brust und arroganter Haltung. Sein weißer Bart war perfekt geschnitten. Seine Augen standen vor, was einen Eindruck von Macht erweckte, seine Nüstern waren gebläht, sein Mund schmallippig und breit, und in diesem Raum wirkte er lebendig und seines Glanzes gewiß. Seine drei jungen Töchter, auf der Schwelle der Mannbarkeit, standen einen Augenblick bei ihm, bevor sie auseinanderliefen wie nach einem Footballgedränge. Die älteste Tochter war klein und zierlich, und ihr helles Haar lag glatt am Kopf an. Sie hustete vornehm in ein Taschentuch, saß auf einem Stuhl an der Seite ihres Vaters und beobachtete die Party mit herzzerreißender Traurigkeit. Die jüngste, groß und strotzend vor Gesundheit, schlüpfte mit einem Mann aus dem Raum, der viel älter war als sie, stand mit ihm auf dem Portikus, unterhielt sich vertraulich und rauchte. Sie war die einzige Frau auf dem ganzen Fest, die ungezwungen genug war zu rauchen. Die mittlere Tochter, in deren Haar Blumen geflochten waren, tanzte jetzt mit einem starken jungen Mann. Sie tanzte schön und anmutig, den Kopf zurückgelegt, die erhobene Schuhspitze gestreckt, als sie im Kreis gedreht wurde. Ihre Bewegungen hatten etwas Dramatisches, wie sie so über das Parkett fegte und sich und ihrem Tänzer begierig Platz verschaffte, bis außer ihnen alle die Tanzfläche verließen. Während sie sich in seinen Armen drehte, wandte sie den Kopf, starrte mich an, und zum ersten Mal in dieser Nacht wurde ich bemerkt. Ihr Mund verzog sich zu einem hochmütigen Lächeln. Ihre blaßblauen Augen glitzerten. Ihr Kopf flog durch den Schwung ihrer immer wilderen Drehungen nach hinten. Hingebungsvoll stand ihr Mund offen; die Lichter des großen Raumes spiegelten sich in ihren weißen Zähnen und verliehen ihnen einen fast irren Glanz.

»Meine Großmutter war eines von drei Kindern, lauter Mädchen«, sagte Caroline, als wir langsam durch einen Platzregen in Richtung Veritas fuhren. »Die berühmten Reddman-Mädchen.« Bei diesem Gedanken lachte sie laut auf. »Die *Saturday Evening Post* hat einen ausführlichen Artikel über sie gebracht, als die Pickles von meinem Urgroßvater der große Renner waren. Drei Debütantinnen und ihr märchenhaft reicher Vater. Männer kamen von der ganzen Ostküste, um ihnen den Hof zu machen. Mein Urgroßvater gab üppige Bälle, schickte Einladungen an alle jungen Männer von den feinsten Colleges, zum Ivy-Club in Princeton, nach Fly in Harvard und an Scroll und Key in Yale. Sie hätten das wunderbarste Leben haben sollen, Hope, Faith und Charity. Ich nehme an, mein Großvater hat sie nach den Tugenden benannt, um sie vor Tragödien zu schützen, aber falls er das vorhatte, ist es ihm jämmerlich mißlungen.«

Ein Blitz riß die Schwärze des Himmels auf. Der prasselnde Regen ließ seine eigenen Pfützen hoch aufspritzen. Mein Mazda landete in einer großen Lache schwarzen Wassers und wurde langsamer, als der Unterboden mit bösartigem Spritzwasser zu kämpfen hatte. Ich hatte Caroline vor ihrem Haus in der Market Street abgeholt, und da hatte es schon genauso geregnet. Wie ein dunkler Schmutzfleck hatte sie vor dem Gebäude gestanden und mir gewinkt, bevor sie die Tür öffnete und einstieg. Tropfnaß setzte sie sich neben mich, hatte aber dennoch etwas Rosiges und frisch Gewaschenes an sich. Sogar ihr Lippenstift war rot. Sie schien vor der Begegnung mit ihrer Familie fast so nervös wie ich.

»Die älteste Tochter, Hope, starb kurz vor der Geburt meines Vaters«, fuhr Caroline fort. »Schwindsucht, glauben wir, das war damals die vornehmste Art zu sterben. Großmama hat uns immer erzählt, wie wunderbar begabt sie am Klavier war. Sie pflegte stundenlang zu spielen, herrliche Ströme von Musik, solange sie die Kraft dazu hatte. Doch als sie älter wurde, verschlimmerte sich die Krankheit, und dann, noch ehe sie dreißig war, schwand sie vollends dahin. Großmama hat sie bis zum Ende gepflegt. Mein Urgroßvater war anscheinend völlig gebrochen.«

»Der Tod der Hoffnung.«

»Faith, die mittlere Schwester, war meine Großmutter. Sie heiratete natürlich einen Shaw, einen Mann mit viel Charme und einem Vermögen, das dahinschmolz. Er war einer von den Gebrüdern Shaw, denen das Kaufhaus gehörte, der unverwüstliche alte Kasten an der Ecke Eighth und Market Street, aber dem Kaufhaus ging es schlecht, und er heiratete meine Großmutter ihres Geldes wegen, sagt man, um so vielleicht das Geschäft zu retten. Nach allem, was ich gehört habe, war er bis zum Krieg ein Schuft, und sein Heldentum war für alle ein Schock. Während all dieser Zeit liebte meine Großmutter ihn zärtlich. Sie wurde jung Witwe und verbrachte den Rest ihres Lebens damit, ihren Sohn und ihre Enkel zu umsorgen und ihren Mann zu betrauern.«

»Wie ist Ihr Großvater gestorben?«

»Durch einen Unfall.«

»Einen Autounfall?«

»Nein«, sagte Caroline. »Meine Großmutter hat nie wieder geheiratet, sich nicht mal mit Männern getroffen. Sie blieb zu Hause, pflegte mit Nat die Gärten und kümmerte sich um das Haus und den Besitz.«

»Nat?«

»Der alte Nat, der Gärtner. Er ist schon seit Ewigkeiten im Haus. Er ist eigentlich derjenige, der sich um die Familie kümmert, er überwacht alles. Die Interessen meiner Mutter liegen außerhalb des Hauses, und mein Vater kümmert sich noch weniger darum, also ist alles Nat überlassen. Er hat heute abend wahrscheinlich viel zu tun.«

»Wieso?«

»Manchmal, wenn es regnet, wird der untere Teil des Grundstücks überflutet. Es gibt da einen Bach, der rings um das Haus fließt und zum Teich führt.«

»Wie ein Wassergraben?«

»Bloß ein Bach, aber bei starken Regenfällen überflutet er die Straße bis hinter das Tor.«

»Was wurde aus Charity?«

»Tante Charity? Die lief weg.«

»Man kann sich schwer vorstellen, daß jemand vor all dem Geld wegläuft.«

»Keineswegs«, sagte sie. »Es ist das einzig Sinnvolle.«

Sie drückte auf den Zigarettenanzünder in meinem Wagen und suchte in ihrer Tasche nach einer Zigarette. Als sie sie ansteckte, schaute ich sie von der Seite an; ihr Gesicht glühte im roten Dämmerlicht des Feuerzeugs. Wie war es wohl, unter der Last eines solchen Reichtums aufzuwachsen? Wie wurde durch diesen Druck die Seele verbogen? Ich hätte das gern aus erster Hand in Erfahrung gebracht, aber als ich Caroline so ansah, wie sie den Rauch tief einatmete und wehmütig an die Großtante dachte, die all dem entflohen war, fragte ich mich zum ersten Mal, ob all das, wo ich gern hineingeboren worden wäre, vielleicht doch kein solcher Segen war.

»Charity war so eine Art schnelles Mädchen.«

»Den Ausdruck habe ich schon lange nicht mehr gehört.«

»Das alles sind die Geschichten meiner Großmutter. Sie hat gesagt, nach dem Verschwinden ihrer Schwester hätte sie angenommen, daß Charity schwanger geworden war und in einem halben Jahr oder so zurückkommen und sagen würde, sie wäre im Ausland gewesen oder dergleichen. So machte man das damals. Aber offenbar gab es einen bitteren Streit zwischen Charity und meinem Urgroßvater, daran erinnerte sich Großmutter noch, und dann war Charity verschwunden. Großmutter pflegte abends an unseren Betten zu sitzen und uns seltsame und faszinierende Geschichten von einer Reisenden zu erzählen, die ferne Länder besuchte und auf der Suche nach Abenteuern Härten und Hindernisse überwand. Großmutter war als Erzählerin ein Naturtalent. Sie konnte diese herrlichen, wunderbar aufregenden Geschichten erfinden, und die heroische Reisende hieß immer Charity. Ich glaube, das war ihre Art, darum zu beten, ihre Schwester möge wohlauf sein und das Leben führen, das sie sich erhofft hatte, als sie wegging. Von uns allen war tatsächlich nur Charity in der Lage, sich von der Last zu befreien, eine Reddman zu sein.«

»Und, zu ihrem Unglück, vom Geld der Reddmans. Hat man je etwas von dem Kind gehört?«

»Nein, das hat mich auch gewundert.«

»Hat jemals jemand ihren Anteil an dem Vermögen eingefordert?«

»Nein, der einzige bekannte Erbe ist mein Vater. Hier müssen Sie abbiegen.«

Ich bremste, schaltete das Radio aus und bog von der Straße in einen asphaltierten Weg ein, der so schmal war, daß zwei Autos nur mit Schrammen aneinander vorbeifahren konnten. Auf beiden Seiten wuchs dichtes Gebüsch, und die Bäume, deren Äste vom Regen schwer waren, verneigten sich im Licht meiner Scheinwerfer, als wollten sie Caroline ihre Reverenz erweisen. Der Regen auf der Windschutzscheibe war jetzt so dicht, daß ich kaum etwas sehen konnte, trotz der Scheibenwischer, und ständig spritzte Wasser gegen den Unterboden des Wagens. Ich fuhr im Schneckentempo. Ich hoffte, daß es nicht bergab gehen würde, denn ich nahm an, daß die Bremsen zu naß waren, um richtig zu greifen.

»Erzählen Sie mir von Ihrer Kindheit«, sagte ich.

»Was gibt es da zu erzählen? Ich war ein Kind. Ich rannte herum und fiel häufig hin und schlug mir die Knie auf.«

»War Ihre Kindheit glücklich?«

»Sicher. Warum nicht? Ich meine, die Pubertät war die Hölle, aber das passiert auch in den angepaßtesten Familien, obwohl uns nie jemand vorgeworfen hat, wir würden zu denen gehören. Heute abend sind alle da, eine seltene und ach-so-kostbare Sache, Sie können sich also selbst ein Urteil bilden. Mein Bruder Bobby, mein Bruder Eddie und seine Frau Kendall, meine Mutter. Vielleicht sind auch andere da. Meine Mutter hat ein Bedürfnis, Leute einzuladen, und obwohl die meisten ihre Einladungen inzwischen ablehnen, gibt es immer ein paar Schmarotzer, bei denen man sich darauf verlassen kann, daß sie eine kostenlose Mahlzeit mitnehmen.«

»Wir sollten uns überlegen, was wir den anderen über mich erzählen.«

»Ja, das sollten wir. Ich werde sagen, daß Sie ein Freund von Jacqueline waren und daß sie uns miteinander bekannt gemacht hat. Aber Sie sollten kein Rechtsanwalt sein, das ist zu durchsichtig.«

»Ich wäre immer gern Maler geworden«, sagte ich.

Ich wartete darauf, daß Caroline mich zum Maler ernannte, doch statt dessen schrie sie auf.

Eine riesige Gestalt, glänzend und schwarz, taumelte aus dem Wald und stand vor meinem Wagen im Regen.

Ich trat voll auf die Bremse. Der Wagen erzitterte und brach nach links aus, während er weiter auf die Gestalt zuschlitterte. Sie sah aus wie ein großer, magerer Dämon, der langsam mit den Armen winkte, als der Wagen rutschend auf ihn zufuhr.

»Stopp!« sagte Caroline.

»Ich versuch's«, rief ich zurück. Mir kam der Gedanke, daß ich eigentlich nie wirklich gewußt hatte, was es bedeutete, ins Schleudern zu geraten, wovon in der Fahrschule dauernd die Rede gewesen war, und daß ich in diesem Moment nicht so hilflos gewesen wäre, wenn man mir klarere Instruktionen eingebleut hätte. Als im Licht der Scheinwerfer eine Reihe dicker Bäume sichtbar wurde, drehte ich das Steuer in die hoffentlich richtige Richtung. Der Wagen rutschte wieder in die Mitte der Straße und brach dann zu weit nach links aus. Wieder kämpfte ich mit dem Steuer und drückte das Bremspedal durch. Schlingernd griffen die Bremsen endlich. Der Wagen stand plötzlich still, und der Motor ging aus.

»Mein Gott, mein Gott, mein Gott«, sagte Caroline.

Ich sagte nichts, sondern saß bloß da und spürte, wie mir der Schweiß ausbrach. Die Scheibenwischer arbeiteten jetzt nicht mehr, und ich konnte durch die Windschutzscheibe überhaupt nichts sehen.

Als ich den Wagen wieder anließ und die Scheibenwischer sich erneut bewegten, erkannte ich, daß meine vordere Stoßstange nur noch weniger als einen Fuß von der glänzend schwarzen Gestalt entfernt war. Es war ein Mann in einem schwarzen Regenmantel aus Gummi mit Kapuze.

»Mein Gott, das ist Nat«, sagte Caroline. »Beinahe hätten Sie Nat angefahren.«

Der Mann in Schwarz kam um die Motorhaube herum zur Fahrerseite. Ich kurbelte das Fenster herunter, und er beugte sich nieder, so daß seine tropfende Kapuze und sein Gesicht schattenhaft durch die Öffnung sichtbar wurden, bis Caroline nach oben griff und die Innenbeleuchtung einschaltete. Nats Gesicht war lang und hager und von tiefen Falten durchzogen. Seine Augenlider hingen herab und bedeckten die Hälfte seiner hellblauen Augen. Um sein linkes Auge herum zog sich ein karmesinrotes Mal, geschwollen und unregelmäßig geformt. Sein Gesicht zeigte keine Angst, und mir wurde klar, daß auch keine Angst in der Art gelegen hatte, wie er dagestanden hatte, als mein Wagen direkt auf ihn zukam, nur ein neugieriges Interesse, als hätte er die Arme nicht geschwenkt, um mich von sich fernzuhalten, sondern um als Ziel deutlicher sichtbar zu sein.

»Sie müssen mehrfach auf die Bremse treten, junger Mann«, sagte Nat mit einem trockenen, freundlichen Gackern.

»Ich wollte gegensteuern, aber ich wußte nicht genau, wie das geht«, gab ich zu.

»Ich weiß es auch nicht so recht, aber es heißt immer, daß man das tun soll, nicht wahr? Wie geht es Ihnen, Miss Caroline?«

»Gut, Nat, danke. Das ist ein Freund von mir, Victor Carl.«

»Willkommen in Veritas, Mr. Carl.«

»Ein toller Regen, was, Nat?« sagte Caroline.

»Von da aus, wo Sie sitzen, vielleicht. Der Bach steigt.«

»Können wir hochfahren?«

»Für eine kleine Weile noch. Aber Sie kommen nicht wieder herunter, nicht heute nacht. Nicht ohne ein Boot.«

»Vielleicht sollten wir umkehren«, sagte ich.

»Ihre Mutter rechnet mit Ihrem Besuch, Miss Caroline«, sagte Nat.

»Was ist mit den Katzen?« fragte Caroline.

»Sie sind für den Abend im Käfig im Gartenzimmer.«

»Bösartige kleine Biester, ihre Katzen. Und sie pinkeln überall hin. Sie weiß, daß ich sie hasse. Warum kann sie sie nicht einfach in Europa lassen?«

»Ihre Mutter hängt sehr an ihnen«, sagte Nat. »Es ist gut zu sehen, daß sie an etwas hängt. Ich habe das vordere Tor für Sie offen gelassen.«

»Na ja, ich denke, es wird schon gehen, wenn der Regen nachläßt«, sagte Caroline. »Und sonst können wir ja über Nacht bleiben.«

»Platz genug«, sagte er. »Aber wenn Sie hochfahren, sollten Sie das tun, bevor der Bach noch weiter steigt. Wo die Brücke sein sollte, ist bereits eine riesige Pfütze. Master Franklin meinte, er würde es nicht rechtzeitig schaffen, deshalb habe ich ihm gesagt, er solle sich nicht die Mühe machen.«

»Ich muß morgen zu einer Beerdigung«, sagte ich.

»Der Regen soll heute nacht aufhören«, sagte Nat. »Dann kommen Sie morgen problemlos weg.«

»Fahren wir, Victor«, sagte Caroline.

Ich lächelte Nat zu und tat wie geheißen. Im Rückspiegel konnte ich sehen, wie er uns nachschaute, rötlich angestrahlt von den Rücklichtern, bis er wieder im Regendunst verschwand.

Ich folgte dem Weg und beugte mich vor, um in der dunklen Nässe besser zu sehen. Nach einer Biegung nach links und einer Kehre nach rechts erblickten wir zwei hoch aufragende schwarze Torflügel, die weit genug geöffnet waren, um einen einzelnen Wagen durchzulassen. Beide waren mit gewundenen, spinnenartigen Weinreben verziert, aus denen große eiserne Gurken sprossen. Auf dem linken Flügel standen in massiven schmiedeeisernen Buchstaben die Worte MAGNA EST, auf dem rechten stand VERITAS. Vor dem Tor bedeckte eine schwarze Pfütze von zehn Yards Breite den Boden, die Oberfläche vom Regen gesprenkelt. Ihre Tiefe war nicht auszumachen. Ich hielt den Wagen an.

»Das ist bloß der Bach«, sagte Caroline. »Er ist noch nicht zu tief.«

»Sind Sie sicher? Ich habe keinen Vierradantrieb. Meiner hat nur ungefähr anderthalb Antriebsräder.«

»Fahren Sie zu, Victor.«

Langsam fuhr ich weiter; der Weg war abschüssig, und der Wagen geriet tiefer und tiefer ins Wasser. Ich schaute dauernd nach unten und wartete, wann das Wasser eindringen würde. Ich lauschte auf den Motor und rechnete damit, daß er husten und spucken würde, ehe er absoff. Das Wasser draußen neben meinem Fenster sah unergründlich aus, und der Wagen lag so tief, daß ich das Gefühl hatte, in einem Ruderboot zu sitzen, doch dann ging es vorn wieder hoch, und bald waren wir aus dem Wasser heraus, durch das Tor, an zwei riesigen Platanen vorbei und auf der langen Zufahrt zum Haus.

Bäume und Unterholz waren einem weiten, flach ansteigenden Hügel gewichen, der sich in der Dunkelheit unendlich auszudehnen schien. Die Zufahrt führte höher und höher, der Hügel nahm kein Ende, und ich merkte, daß ich über einen riesigen Besitz fuhr, dessen Ausmaße verblüffend waren, obwohl ich nur den schmalen Streifen sehen konnte, den meine Scheinwerfer erhellten. Und dann bestätigte ein Blitz meinen Verdacht, und meine Augen konnten die ganze Weite gar nicht aufnehmen, ehe die Dunkelheit sich wieder schloß und der Himmel grollte und ich wieder nur den schmalen Streifen in meinem Scheinwerferlicht sehen konnte. Oben auf dem Hügel schimmerte etwas gelb und dämmrig, ein Schimmer, der seltsamerweise nicht heller wurde, als wir näher kamen. Die Zufahrt führte von dem Licht fort und dann wieder darauf zu, und auf einmal wurde Veritas sichtbar. Ich folgte der Zufahrt um einen breiten steinernen Portikus herum, dessen Stufen den Hügel hinabführten, den wir gerade heraufgekommen waren, und parkte vor dem Haus.

»Entzückend«, sagte ich.

»Es ist unser Zuhause.«

Was sie ihr Zuhause nannte, war ein massives neugotisches Gebäude mit dunklen Dachgesimsen und an eine Raubritterburg erinnernden Mauerstreben und seltsam geformten Erkern mit kompliziert gemusterten Buntglasfenstern, das man reichlich mit zusätzlichen Flügeln und Anbauten versehen hatte. Trübe, gelbliche Lampen erhellten die große Eingangstür und ließen das geschnitzte Holz kränklich aussehen. Dünne Lichtstreifen fielen schwach aus einigen der Fenster im Erdgeschoß; ein ganzer riesiger Flügel auf der linken Seite war dunkel wie bei einem Stromausfall. Der erste Stock wirkte verlassen bis auf ein einziges Fenster unter einem der Gesimse ganz links, wo ich einen Augenblick helles Licht sah, bis schwere Vorhänge geschlossen wurden und nichts mehr durchließen. Erstaunt starrte ich diese Monstrosität an, denn darum handelte es sich wirklich bei diesem Bauwerk. Es war unförmig und kalt, und ich konnte es mir als eines dieser verrückten Internate für die Sprößlinge der wahnwitzig Reichen vorstellen. Ich hatte mir immer ein schönes Haus auf einem Hügel in der Main Line gewünscht, sicher, aber nicht so ein Haus.

»Kommen Sie mit«, sagte Caroline, als sie die Autotür öffnete.

»Spukt es da drin?« fragte ich.

»Aber natürlich.« Sie sprang aus dem Wagen und rannte durch den Regen, bis sie von einem Torbogen über der Eingangstür vor dem Regen geschützt war. Ich folgte ihr. Ehe sie den Klingelknopf drücken konnte, öffnete sich die schwere Holztür mit einem gedehnten Quietschen. Ein winziges Dienstmädchen mit zahllosen Falten im Gesicht starrte uns beide einen Augenblick an, als wären wir Eindringlinge, ehe sie uns in die Haupthalle führte.

Es war ein spärlich erleuchteter Raum, zwei Geschosse hoch, der zu einer dunklen Freitreppe auf der Rückseite führte. An der Decke traten riesige, gewölbte Balken wie Rippen hervor, und die Wände waren dunkelbraun tapeziert. Die Ränder der Tapete schälten sich schwärzlich ab. Mitten vor der Treppe stand ein Möbelstück, rund wie ein Tumor, dessen vier Sitze feindselig in verschiedene Richtungen schauten. Ein Kronleuchter erhellte den Raum mit ungleichmäßigem, trübem Licht; drei der Glühbirnen funktionierten nicht. Unter diesen gebogenen Rippen oben und vor dieser Geschwulst von einer runden Couch fühlte ich mich wie im Bauch irgendeiner riesigen bösartigen Bestie.

»*Hola, Consuelo. ¿Como estas?*« fragte Caroline.

Das Dienstmädchen sagte mit leichtem Akzent und ohne jedes Lächeln: »Gut, danke, Miss Shaw.«

Caroline gab Consuelo ihren Regenmantel, und ich tat dasselbe. Ich hatte es vorher nicht bemerkt, aber unter Carolines Regenmantel befand sich ein enges schwarzes Cocktailkleid, das offensichtlich nicht aus einem Billigladen stammte. Sie trug Strümpfe mit schwarzen Nähten, und ihre Schuhe waren hochhackig und glänzend. Der Knopf in ihrem Nasenflügel war mit einem Diamanten besetzt. Caroline hatte sich für die Familie feingemacht; allzu weit ging ihre Rebellion also doch nicht.

»*¿Donde esta la familia?*« fragte sie.

»Sie sind alle im großen Zimmer«, sagte Consuelo. »Mit den Gästen. Sie warten mit dem Dinner auf Sie.« Sie erfaßte mich mit ihrem undurchdringlichen Blick und fügte hinzu: »Ich werde noch ein Gedeck auflegen.«

»Die Straße ist zu, also rechnen Sie damit, daß einige heute hier übernachten.«

»Darum haben wir uns schon gekümmert. Ich werde noch ein Zimmer für Ihren Freund herrichten.«

»*Gracias, Consuelo*«, sagte Caroline, während sie mich beim Arm nahm und tiefer in den Bauch des Tieres führte.

»Recht gutes Spanisch«, sagte ich.

»Das ist alles, was ich kann. *Hola* und *Como estas* und *Gracias*. Die Früchte von vier Jahren Spanisch auf der High School. Erbärmlich.« Sie faßte meinen Arm fester, als wir uns einer Doppeltür am Ende der Halle näherten. »Sind Sie bereit?« fragte sie ernst, als wäre ich im Begriff, ein Horrorkabinett von Wachsfiguren zu betreten.

»Ich denke schon«, und noch bevor ich den Satz beendet hatte, schob sie mich durch die Tür.

Es war ein riesiger, förmlicher Raum mit verzierter Stuckdecke, holzgetäfelten Wänden, vollgehängt mit Porträts der reichen Toten, Möbeln mit dünnen Beinen, einem riesigen, blaßblauen Orientteppich. Ich konnte gleich sehen, daß es sich um ein elegant eingerichtetes Zimmer handelte, denn die Stoffe auf den diversen Polstermöbeln waren alle verschieden, und es gab keinen einzigen Plastikschonbezug. Von dem verzierten Kaminsims starrte ein düsterer Gipskopf mit leeren Augen, und über dem Kamin hing das Porträt eines ärgerlichen Mannes in leuchtendrotem Überzieher, einem Jagdrock. Er hatte einen üppigen weißen Bart und große, vorstehende Augen und ein vertrautes Gesicht, und ich brauchte nicht lange, um ihn zu erkennen. Claudius Reddman. Ein Haufen Leute in der Mitte des Raumes hielten Gläser in der Hand, saßen zurückgelehnt und plauderten. Andere standen bei einer riesigen blauen Vase aus irgendeiner alten chinesischen Dynastie, die Tausende von Jahren zu dem einzigen Zweck prosperiert hatte, die großen Häuser der Main Line mit riesigen blauen Vasen zu versorgen. Bevor ich all das in mich aufnehmen konnte, sagte Caroline, noch immer meinen Arm umklammernd, mit so lauter Stimme, daß alle Gespräche verstummten:

»Tut mir leid, daß wir zu spät kommen. Das ist Victor Carl. Er war ein guter Freund von Jacqueline. Er ist Maler.«

Alle Augen wandten sich mir zu, um mich in meinen sehr malermäßigen schwarzen Slippern, dem blauen Anzug und der grünen Krawatte zu mustern. Und gerade als sie mich alle von oben bis unten taxierten, zog Caroline mich näher an sich, lehnte den Kopf an meine Schulter und fügte hinzu: »Und falls es euch interessiert, ja, wir sind ein Liebespaar.«

# 17

## Serenata notturna in d-Moll

### 1. *Adagio*

Ich lag im Bett in einer dunklen Zelle von Zimmer im zweiten Stock von Veritas, in meinen Boxershorts und T-Shirt, und starrte nach oben. Die Decke, von einer trüben Lampe neben meinem Bett erhellt, bestand aus dicken Balken, bemalt mit zierlichen Blumen, die in einem komplizierten Muster von wasserfleckigen Drei- und Vierecken angeordnet waren. Das Ganze war, so hatte man mir gesagt, aus einer berühmten italienischen Villa außerhalb von Florenz importiert. Es mußte früher mal sehr hübsch gewesen sein, dieses Zimmer, mit dieser Decke. Früher mal. Während ich dalag, an die Decke starrte und an den seltsamen Abend dachte, den ich soeben im Hause Reddman verbracht hatte, ertönte ein unregelmäßiges Platschen von Wassertropfen aus dieser wundervollen importierten Decke in einen Nachttopf aus Porzellan neben dem Fußende meines Bettes. Plitsch. Plitsch, plitsch. Plitsch. Und dann hörte ich trotz dieser Tropfen ein leises Klopfen an meiner Tür.

Ruckartig setzte ich mich auf und fragte mich, ob ich mir das Geräusch eingebildet hatte, doch da ertönte es wieder, ein ganz leises Klopfen, vorsichtig, zögernd. Ich stand aus dem Bett auf, schlüpfte in meine Hosen und ging langsam und behutsam mit nackten Füßen über den stockfleckigen, fadenscheinigen Orientteppich zur Tür.

»Ja?« sagte ich durch das Holz und hoffte aus irgendeinem Grund, es sei Caroline. Nein, das stimmt eigentlich nicht, ich hoffte aus sehr spezifischen Gründen, es sei Caroline. Ich hoffte es wegen dieses Kleides, wegen der Form ihrer Beine in diesen spitzen, glänzenden Pumps, wegen ihres wilden und gefährlichen Aussehens in ihrer Abendkleidung. Ich hoffte, sie sei es, weil ich noch immer ihre Wärme spüren und riechen konnte, wie sie geduftet hatte, als sie sich an mich lehnte und die versammelte Sippschaft mit der Verkündigung unserer sexuellen Verbindung überraschte. Den ganzen gräßlichen Abend lang hatte ich sie aus den Augenwinkeln beobachtet, zugesehen, wie sie sich bewegte, wie sie lachte, wie der Schmetterling an ihrem blassen Hals flatterte, wenn sie ihre Manhattans trank, einen nach dem anderen, wahre Ströme von Wermut und Whiskey und Angostura, und während ich sie beobachtete, hatte ich mich bei dem Wunsch ertappt, das, was sie so zeremoniell und fröhlich verkündet hatte, möge wirklich wahr sein. Also sagte ich durch die Tür: »Ja?« Ich hoffte, sie sei es, aber als ich die Tür aufmachte, sah ich statt dessen ihren Bruder Bobby vor mir.

»Mr. C-C-C-Carl?« sagte Bobby. »Haben Sie einen M-M-M-Moment Zeit?«

»Aber sicher«, sagte ich, »wenn mein legerer Aufzug Sie nicht stört.«

»Er stört mich nicht«, sagte er, und sein Blick wanderte von meinem Gesicht zu meinem T-Shirt und dann zu meiner Hose. Dort verweilte er so lange, daß ich vermutete, ich hätte den Reißverschluß nicht geschlossen.

»Dann kommen Sie rein«, sagte ich, »und nennen Sie mich

Victor.« Als er an mir vorbei und im Zimmer war, prüfte ich schnell meinen Reißverschluß. Er war zu.

Er setzte sich auf den Rand meines Bettes. In der Ecke stand ein gepolsterter Lesesessel, und ich schaltete die Lampe daneben ein, bevor ich mich hinsetzte. Jede Sprungfeder unter mir war deutlich zu spüren, und der Stoff unter meinen Unterarmen war feucht. Das Licht, das durch den verblichenen Lampenschirm drang, warf einen kränklich gelben Schimmer auf die Wände und auf Bobbys Gesicht. Er war ein großer, dünner Mann, ein scheuer Mensch, der stotterte und sein Kinn auf die Schulter seines grauen Anzugs drückte, als sei er ein Boxer, der ein gläsernes Kinn verbarg. Sein Haar war rot und widerspenstig, und seine Lippen waren irgendwie auf aristokratische Art erstaunt gespitzt. Dauernd arbeiteten seine Hände, als knete er Teig. Wir hatten uns beim Cocktail vor dem Dinner ein bißchen unterhalten, jeder mit einem Glas bitterem Champagner und einem Stäbchen mit irgendwelchem knorpeligen gegrillten Fleisch in den Händen. Er hatte mich nach meiner Kunst gefragt, und ich hatte ihm mein imaginäres Œuvre beschrieben.

»Ich w-w-w-wollte mit Ihnen über Jackie sprechen«, sagte Bobby, als er auf meiner Bettkante saß. Er vermied es, mich beim Sprechen anzusehen; sein Blick ging über meine Schulter, dann zur Seite, dann wieder schnell auf meinen Hosenschlitz, bevor er sich zur Decke wandte. »Caroline hat gesagt, Sie hätten sie gekannt.«

»Das stimmt«, log ich. »Ich habe sie im ›Hafen‹ kennengelernt, wo wir häufig zusammen meditiert haben.«

»Die arme Jackie suchte immer n-n-n-nach einem gewissen Sinn. Ich nehme an, dieser Ort war nicht besser als die anderen. Einmal hat sie versucht, mich mitzunehmen.«

»Und – sind Sie mitgegangen?«

»N-N-N-Nein, natürlich nicht. Jackie schaute immer nach außen, ins Weite; sie war sicher, wo immer sie die Antworten finden würde, es würde ein Ort sein, an dem sie noch nie gewesen war. Ich finde es wirklich traurig, daß sie so v-v-v-verzweifelt nach etwas gesucht hat, wo sie die Antwort doch die ganze Zeit vor der Nase hatte.«

»Wo?«

»Hier. In diesem Haus. In unserer Geschichte. Ich denke, der S-S-S-Sinn liegt darin, daß man sich einer Sache widmet, die größer ist als man selbst, finden Sie nicht? Das hat unsere Großmutter uns beigebracht.«

»Und welcher Sache widmen Sie sich, Bobby?«

»Unseren Investitionen, unserem G-G-G-Geld. Ich gehe in die Stadt und sehe mir jeden Tag den Stand der Familienpapiere auf den Monitoren im Börsengebäude an. Und hier habe ich auch einen Anschluß. Der größte Teil des Familienvermögens steckt natürlich in der Firma, aber wir haben auch andere Geldanlagen, die ich überwache und verwalte.«

»Das muß aufregend sein.«

»O ja, das ist es wirklich«, sagte er und sah mir direkt in die Augen. Als er von Geld und Finanzen sprach, wurden seine Stimme sicherer und seine Gesten lebhaft. »Aber es ist mehr als bloß aufregend. Sehen Sie, Mr. Carl, die Sache ist die, wir müssen alle sterben, wir sind alle so klein. Aber das Geld, das lebt einfach weiter und weiter und weiter. Es ist unsterblich, solange wir uns darum kümmern und es pflegen. Es ist das einzige auf der Welt, was unsterblich ist. Regierungen gehen unter, Gebäude zerfallen, aber das Geld wird immer da sein. Meine Rolle im Leben besteht darin, mich darum zu kümmern, es am Leben zu erhalten. Jeden Augenblick, in dem ich es über den Bildschirm laufen sehe, sehe, wie der Nettowert auf einen Schlag um Millionen steigt oder fällt, empfinde ich so etwas wie Erfüllung. Das war so traurig bei Jackie, sie suchte nach etwas anderem, und dabei hätte sie bloß hier zu schauen brauchen.« Er hielt inne, seine Augen senkten sich zu meiner Brust und dann zu meinem Schoß, und dann fing er wieder an, seine Hände zu kneten. »Aber w-w-w-was ich gern wissen würde, Mr. Carl…«

»Victor.«

»Gut, V-V-V-V-V…« Sein Gesicht wurde verschlossen, als er versuchte, das Wort herauszubringen, und ich litt mit ihm. Ich war schon im Begriff, meinen Namen noch einmal zu sagen, um ihm auf die Sprünge zu helfen, da hörte er auf, atmete tief und lächelte ohne Verlegenheit. »Manche Buchstaben sind schwerer als andere.«

»Schon gut, Bobby«, sagte ich. »Machen Sie sich nichts draus.«

»Ich würde g-g-g-gern wissen, w-w-w-weshalb, meinen Sie, hat sie sich umgebracht, falls Sie dazu eine Idee haben. Zum ersten Mal wirkte sie fast glücklich. Sie war verlobt und wollte heiraten, und sie sagte, die Meditation würde ihr helfen. Was glauben Sie, w-w-w-warum Sie sich umgebracht hat?«

»Ich weiß nicht«, sagte ich. »Ich dachte auch, es ginge ihr gut. So gut sogar, daß ich nicht sicher bin, daß sie sich tatsächlich umgebracht hat.«

»N-N-N-Nein?«

Ich sah ihn aufmerksam an, während ich sprach, achtete auf alles, was vielleicht ein Hinweis darauf war, daß er etwas wußte, was er nicht hätte wissen sollen. »Nein«, sagte ich. »Es gibt ein paar Dinge an ihrem Tod, die verdächtig wirken, kleine Dinge, sogar die Art, wie sie starb. Bei einem Gruppentreffen im ›Hafen‹ hat sie einmal zugegeben, sie hätte einen Pillenvorrat in ihrer Wohnung. Und der war noch da, am Ende, im Badezimmer. Ich verstehe nicht, warum sie sich erhängt hat, wo sie doch die Tabletten hatte.«

»Das ist seltsam. Aber Jackie war immer s-s-s-sehr dramatisch in ihrer Verzweiflung, v-v-v-vielleicht wollte sie damit etwas zum Ausdruck bringen.«

Ich zuckte mit den Schultern und bemerkte, daß er nervöser wirkte, wenn er über ihren Tod sprach. »Ich weiß nicht. Der Gedanke ist irgendwie tröstlich, daß sie vielleicht glücklich war und ermordet wurde, statt am Ende so verzweifelt zu sein, daß sie sich erhängt hat.«

»Das w-w-w-wäre schön, ja, aber wer k-k-k …«

»Könnte ein Interesse daran gehabt haben, sie umzubringen? Das müssen Sie mir sagen.«

Er schüttelte den Kopf. »Nein, Jackie war immer unglücklich. Schon als Baby hatte sie dauernd K-K-K-Koliken. Wenn sie sterben mußte, würde sie das selbst tun. Großmutter pflegte zu sagen, der F-F-F-Fluch hätte sie von Anfang an beherrscht.«

»Das verstehe ich nicht«, sagte ich.

»Der F-F-F-Fluch. Hat Jackie Ihnen nichts davon erzählt?«

»Über einen Fluch? Nein.«

»Wir haben einen F-F-F-Fluch in der Familie. Hat nicht jede Familie einen?«

»Vermutlich. Unserer war meine Mutter. Erzählen Sie mir von Ihrem Familienfluch, Bobby.«

Er stand auf und begann auf und ab zu gehen, während er sprach. Seine Hände kneteten sich gegenseitig, als habe er sie nicht mehr unter Kontrolle. »Er stammt von der F-F-F-Firma. Die F-F-F-Firma hieß nicht immer Reddman Foods. Der Name entstand erst, als unser Urgroßvater die Firma übernahm. Vorher hieß sie E.J. P-P-P-Poole-Konserven-Fabrik. Das war, bevor Urgroßvaters Spezialmethode der Druckkonservierung das Land im Sturm eroberte, als sie Tomaten und Karotten und andere Gemüse noch hauptsächlich in Dosen vertrieben. Anscheinend war Elisha P-P-P-Poole ein Säufer, und die Firma war nicht profitabel, bevor er an Urgroßvater verkaufte. Nachdem das passiert war und die Firma anfing, mit den neuen Pickles Gewinn zu machen, wurde P-P-P-Poole verbittert und beschuldigte Urgroßvater, er hätte ihm die Firma gestohlen. Er machte in betrunkenem Zustand Szenen, schrieb Briefe an die Polizei und an die Zeitungen, bedrohte die Familie und wurde zu einem richtigen Ärgernis. Aber das brachte ihm keine Anteile zurück und beeinträchtigte die Profite der Firma auch nicht. Schließlich brachte er sich um. Urgroßvater kümmerte sich aus Barmherzigkeit um seine Familie, setzte der Witwe eine Rente aus und gab ihr und ihrer Tochter eine Wohnung, aber er stritt immer ab, die Firma gestohlen zu haben. Er sagte, P-P-P-Poole wäre ein Trinker mit Wahnvorstellungen gewesen, und die verpaßte Gelegenheit hätte ihn verrückt gemacht.« Bobby zuckte mit den Schultern. »Angeblich soll er, b-b-b-bevor er starb, Urgroßvater und alle folgenden Generationen verflucht haben.«

»Wie hat Poole sich umgebracht?« fragte ich.

»Er hat sich an den Dachsparren seines Mietshauses erhängt«, sagte Bobby. Er sah mich an, und seine Augen weiteten sich. »V-V-V-Vielleicht ist sie wirklich dem Fluch zum Opfer gefallen.« Und dann lachte er, ein furchterregendes, greinendes kleines Lachen, und dabei wanderten seine Augen wieder von meinem Gesicht zu meinem Schoß, ehe er den Kopf abwandte. Ich schaute auf meinen Hosenschlitz. Der Reißverschluß war noch immer zu.

»Gibt es da ein Problem mit meiner Hose?« sagte ich. »Weil Sie dauernd dort hinschauen, als gäbe es eins.«

Mit abgewandtem Gesicht und noch immer knetenden Händen sagte er: »Ich dachte b-b-b-bloß, Sie wären v-v-v-vielleicht einsam hier im z-z-z-zweiten Stock. Ich g-g-g-glaube, Caroline unten schläft schon. Ein paar M-M-M-Manhattans zuviel. Also, wenn Sie w-w-w-wollen, kann ich Ihnen Gesellschaft leisten.«

»Ahh«, sagte ich und begriff plötzlich, was hinter seinem Besuch stand. Ich fragte mich, wie er dazu gekommen war, mich so falsch einzuschätzen. War es mein Anzug? Mein Haarschnitt? Es muß mein Haarschnitt gewesen sein, der Friseur war diesmal ein bißchen zu enthusiastisch mit der elektrischen Haarschneidemaschine umgegangen. »Mir geht es ausgezeichnet, ich bin nur ein bißchen müde, wenn Sie mich also entschuldigen würden.« Ich schlug mir auf die Schenkel und stand auf.

»Ich w-w-w-wollte nicht, tut m-m-m-mir leid, i-i-i-ich …«

»Schon in Ordnung, Bobby«, sagte ich, während ich ihm die Tür aufhielt. »Machen Sie sich keine Sorgen. Ich bin froh, daß wir miteinander reden konnten.«

Er trat durch die Tür und drehte sich noch einmal um. »Ich m-m-m-mag Mädchen auch.«

»Schon gut.«

»W-W-W-Wirklich?«

»Schon gut, Bobby.«

»Es k-k-k-kommen bloß selten welche hierher.«

»Ich verstehe, Bobby. Wirklich. Und Sie brauchen sich keine Sorgen zu machen. Ich werde keinem davon erzählen.«

## 2. *Molto vivace*

Ich schaltete das Licht auf dem Gang aus, zog meine Hosen aus und kroch zurück in das etwas klamme Bett. Wieder starrte ich an die altersschwache Decke. Ich dachte an den betrunkenen Elisha Poole, wie er über seine verpaßte Chance auf Reichtum schimpfte, Claudius Reddman anklagte, den Alkohol anklagte, der seine Raubtierinstinkte abgetötet hatte, den Kapitalismus selbst anklagte. Ich fragte mich, wer seine Erben sein und wie es ihnen gehen mochte. Sie waren wahrscheinlich zu erbärmlichen, geldverrückten Anwälten herangewachsen, die die Nebenstraßen Amerikas nach einem Fall absuchten, einem einzigen Fall, der sie so reich machen würde, wie sie eigentlich hätten sein sollen. Trotzdem waren sie vermutlich in besserer Verfassung als die Erben von Claudius. Jacqueline, die sich erhängt hatte, wie sich Elisha Poole erhängt hatte. Oder Bobby, dem der Druck seiner Familiengeschichte die Zunge lähmte, der sexuell verwirrt war und seinen Lebenssinn in den blinkenden Zahlen auf einem Computerbildschirm fand. Oder Caroline, die eine irrationale Angst vor Katzen hatte und in einem ständigen Zustand gebremster Rebellion Erleichterung suchte. Oder Eddie, der sein Vermögen bei einem fetten, von der Mafia abhängenden, nun verstorbenen und bald begrabenen Buchmacher verspielte.

Edward Shaw hatte sich als kleinwüchsiger Mann herausgestellt, schwer nicht durch seinen Knochenbau, sondern durch sein Fleisch, ständig mit einer Zigarette zwischen den abfällig grinsenden Lippen. Seine Augen waren rund und wirkten irgendwie dumm, voll von dem falschen Heldenmut eines Verlierers, der glaubt, er würde noch einmal groß rauskommen, obwohl die letzte Glocke längst geschlagen hat. Seinen linken Arm hielt er steif abgeknickt an der Seite, und ich lächelte, als ich das sah, und fand es unerwartet weitblickend von Calvis Leuten, daß sie den Arm heil gelassen hatten, mit dem er seine Schecks unterschrieb. Während des ganzen Abends, während der faden Konversation beim Cocktail, während des Dinners, von dem einem schlecht werden konnte, beim Geruch dieser angeschimmelten Zigarren, die die Männer in der von Milben verseuchten Bibliothek rauchten und die ranzig stanken wie brennende alte Handtücher, während der Gespräche über Investitionen und die Ergebnisse beim diesjährigen Walker Cup und die Wister-Jacht, die 1938 vor Mt. Desert Island auf eine Sandbank gelaufen war, während all dem hielt ich ein Auge auf Eddie, und er schien ein Auge auf mich zu haben. Mehrfach versuchte ich, mit ihm ins Gespräch zu kommen, aber ich hatte keine Gelegenheit dazu. Er wich mir erfolgreich aus, als wüßte er, daß meine Mission darin bestand, ihm auf die Schliche zu kommen. Immer, wenn ich mich ihm näherte, lächelte er gezwungen und entschlüpfte mir. Ich hatte diese Wirkung auf Leute, ja, aber Eddies Zurückhaltung war unheilverkündend; sie war nicht der bloße Widerwille, sich von einem Mann in einem Anzug langweilen zu lassen. Sie schien heftige Schuldgefühle zu verraten – zumindest hoffte ich das.

An all das dachte ich, als ich erneut jemanden an meine Tür klopfen hörte, diesmal weniger zögernd, schneller, mit einer um diese Uhrzeit unnatürlichen Energie. Wieder zog ich meine Hosen an. Vor der Tür, eine bemalte Leinwand umklammernd, fand ich Kendall Shaw, Eddie Shaws Frau.

Kendall war eine schlanke, hübsche Frau mit glattem, honigfarbenem Haar, das sportlich geschnitten war, wie man es häufig bei Frauen sieht, deren Sportarena die Strecke zwischen ihrer Haustür und ihrem Volvo ist. Sie trug ein rotes Wollkleid, das ihre von Aerobic gestrafften Hüften eng umschloß. Kaum hatte ich die Tür geöffnet, begann sie auch schon zu reden. Sie sprach atemlos und schnell.

»Ich hoffe, ich störe Sie nicht, ich weiß, daß es spät ist, aber da ist etwas, das ich Ihnen unbedingt zeigen muß. Es ist so aufregend, daß Sie Künstler und ein Freund von Jackie sind. Ich nehme an, Jackie hat Sie mit Caroline bekannt gemacht. Caroline ist einfach eine Wilde, aber auch so unterhaltsam, finden Sie nicht? Wir waren alle so enttäuscht wegen ihres Films. Zuerst war sie ganz begeistert davon, und dann, zack, war die Luft raus. Das ist so typisch für sie. Heute nacht ist sie in ihrem alten Zimmer einfach zusammengeklappt. Zuviel getrunken, die Ärmste. Das scheint ihr immer zu passieren, wenn sie nach Hause kommt. Meditieren Sie auch? Jackie hat dauernd über Meditation geredet. Ich habe auch versucht zu meditieren, aber ich mußte ständig an alles denken, was ich noch einzukaufen hatte. Vielleicht lag es daran, daß mein Mantra MasterCard lautete. Haben Sie Frank schon kennengelernt? Frank Harrington, das ist auch ein Freund von Caroline, ein alter Freund. So ein gutaussehender Mann, und so intelligent. Sie sollten ihn kennenlernen. Erzählen Sie mir doch von Ihrer Malerei. Wo haben Sie ausgestellt? Ich male auch ein bißchen. Hauptsächlich Landschaften. Ich bin nicht sehr gut, Himmel, nein, aber ich finde es beruhigend. Ich habe ein Bild mitgebracht, um es Ihnen zu zeigen. Sagen Sie mir, was Sie davon halten, und seien Sie ehrlich, aber bitte nicht zu ehrlich.«

Ich brauchte nicht lange, um dahinterzukommen, weshalb Kendall so dünn blieb. Das Gemälde, das sie mir gab, war tatsächlich eine Landschaft, eine imaginäre Aussicht, haarklein nach den Instruktionen der PBS-Malsendung ausgeführt, mit spindeldürren Bäumen, moosbewachsenen Felsen und majestätischen Gipfeln im Hintergrund. Es war auf seine Art tatsächlich ganz hübsch und hätte sich an der Wand jedes Holiday Inn gut ausgenommen. »Es gefällt mir«, log ich.

»Ach, wirklich?« kreischte sie. »Das ist ja großartig, einfach großartig. Ich schenke es Ihnen. Ich bestehe darauf. Ich habe noch andere, wenn Sie sie sehen wollen. Sie müssen. Ob Sie's glauben oder nicht, das ist nicht einmal eine echte Landschaft. Ich denke mir diese Landschaften einfach so aus. Dann sind sie psychologisch viel authentischer, finden Sie nicht?«

Etwas, das sie in ihrem ersten Wortschwall erwähnt hatte, interessierte mich. »Sie erwähnten einen Franklin Harrington. Wer ist das?«

»Ach, Franklin. Ein alter Freund der Familie und jetzt unser Bankier. Er hätte heute abend kommen sollen, mußte aber absagen. Ich dachte, Sie wüßten das. Ich war sicher, Sie wüßten es. Er ist Carolines Verlobter. Ach, du liebe Güte, ich hoffe, ich habe da nichts ausgeplaudert, was ich nicht hätte sagen sollen.«

»Nein«, sagte ich, »das haben Sie sicher nicht.« Ich wandte meine Aufmerksamkeit wieder dem Gemälde zu, hielt es vor mich hin, als studiere ich es sehr ernsthaft. »Wissen Sie, woran Ihre Arbeit mich erinnert? An diesen besonderen Ort, von dem Jackie zu reden pflegte, den sie bei ihren friedvollsten Meditationen aufsuchte. Sie stellte sich immer eine Gegend vor, die dieser hier sehr ähnlich war.«

»Wie ungewöhnlich.« Ihre Augen öffneten sich weit. »Vielleicht waren Jackie und ich auf irgendeine mystische Weise verbunden.«

»Vielleicht«, sagte ich. »Das wäre wirklich toll. Wissen Sie, manchmal können Menschen, die auf mystische Art verbunden sind, gegenseitig ihre Emotionen spüren. Haben Sie an dem Abend, an dem sie starb, irgend etwas empfunden?«

»Um ganz ehrlich zu sein, Victor, ich hatte tatsächlich eine Vorahnung. Ich war in North Carolina, im Urlaub, als ich spürte, wie mich eine grauenhafte Ahnung überkam. Eigentlich dachte ich, es würde sich um Edwards Flugzeug handeln. Er flog an diesem Morgen zurück, geschäftlich, und am Strand hatte ich dieses schreckliche Gefühl, sein Flugzeug wäre abgestürzt. Ich war so erleichtert, als ich von ihm hörte, das können Sie sich gar nicht vorstellen. Aber das war der Tag, an dem Jackie starb. Meinen Sie, ich hätte diese schrecklichen Todesahnungen von ihr bekommen?«

»Daran habe ich keinen Zweifel«, sagte ich.

»Wie wunderbar, und wie eigenartig!«

»Sagen Sie, Kendall, was war das für ein Geschäft, weswegen Ihr Mann an diesem Tag in den Norden flog?«

»Ach, irgendwas mit Immobilien. Edward dilettiert eigentlich nur. Er wartet auf die Erbschaft, damit er sich eine Footballmannschaft kaufen kann. Und wollen Sie noch etwas sehr Interessantes über meinen Mann wissen, Victor? Aber ich kann es nur flüstern.«

»Okay, sicher«, sagte ich, begierig zu hören, welche belastenden Tatsachen sie mir noch über Eddie Shaw mitteilen konnte.

Kendall schaute den Flur hinauf und hinunter, und dann beugte sie sich vor, bis ich ihr Chanel-Parfüm riechen konnte. »Mein Mann«, flüsterte sie, »schläft tief und fest.« Und dann biß sie mich ins Ohr.

## 3. *Marcia Funebre*

Als ich wieder allein in meinem Zimmer war, legte ich das Gemälde auf eine wacklige alte Kommode. Es war mir gelungen, nicht mit Kendall Shaw ins Bett zu gehen, und wieder zog ich die Hosen aus und legte mich hin. Sie war besonders heißblütig gewesen, diese Kendall, was schmeichelhaft hätte sein können, wenn sie nicht so offensichtlich durch ihre Diätpillen aufgeputscht gewesen wäre und unter irgendeiner Art von Amphetamin-Psychose gelitten hätte. Nachdem sie mich ins Ohr gebissen hatte, machte sie einen geschickten Ausfall, warf mit geübtem Hüftschwung die Tür zu und gleichzeitig die Arme um meinen Hals, aber ich wehrte sie ab. Nicht, daß sie mich nicht angezogen hätte, das tat sie durchaus; ich habe etwas übrig für Frauen wie Kendall, hyperaktiv und mager und mit scharfen WASP-Gesichtszügen und sportlichem Haarschnitt, nur kam das alles so plötzlich und ungelegen, daß ich keine Zeit hatte, meinen niedrigeren Instinkten zu folgen, bevor ich sie von mir gelöst und ihrer Wege geschickt hatte. Irgendwie bereute ich das hinterher auch, als ich allein im Bett lag und darauf wartete, daß sich meine Erektion verzog. Jedenfalls war es ein lohnender Besuch gewesen. Ich hatte erfahren, wo Eddie am Abend von Jackies Tod gewesen war, ich hatte ein Gemälde von Motel-Qualität geschenkt bekommen, und ich wußte endlich genau, wer dieser Harrington war, dem ich in der First Mercantile Bank of the Main Line begegnet war. Er war Carolines Verlobter, und das zu wissen, machte Caroline in den neidischen Tiefen meines gemeinen Gemüts noch begehrenswerter, was bedeutete, daß ich länger brauchte, um mich wieder soweit zu entspannen, um an Schlaf auch nur zu denken. Also lag ich im Bett, starrte an die Decke, ließ das Blut wieder in mein Gehirn zurückkehren und versuchte, alles zu verarbeiten, als ich noch ein Klopfen an meiner Tür hörte.

»Oh, Mr. Carl«, sagte Selma Shaw, Carolines Mutter, durch die hölzerne Tür. »Ich habe etwas für Sie.«

Darauf möchte ich wetten, dachte ich, als ich aus dem Bett und wieder in meine Hosen stieg. Ich öffnete die Tür einen Spalt weit und sah sie dort stehen, einen zugedeckten Teller in der Hand.

»Ich habe bemerkt, daß Sie von dem Dinner nicht viel gegessen haben«, sagte sie mit von irgendwelchen Exzessen rauher und belegter Stimme. »Ich dachte, Sie hätten vielleicht noch Hunger.«

Ich sah auf ihr Lächeln und dann auf den Teller und dann wieder auf ihr Lächeln und spürte, daß ich tatsächlich hungrig war. Also ließ ich sie herein. Selma Shaw war eine große Blondine mit gefärbten Haaren und so dünn, daß ihre Gelenke richtig herausstanden. Ihr Gesicht war glatt und derart straff, als halte sie sich ständig in einer dieser Schwerkraftzentrifugen auf, die sie benutzen, um die Astronauten zu trainieren. Ihr Lächeln war eine eigenartige und wundersame Angelegenheit, ein angespanntes, chirurgisch verstärktes Zähneblecken. Sie trat an die Kommode, um den Teller abzustellen, und bemerkte dort das Gemälde.

»Kendall war also schon hier«, sagte Selma und lächelte nicht mehr.

»Sie wollte mir eines ihrer Gemälde zeigen.«

»Ich glaube nicht, daß das alles war. Ich wünschte, Kendall würde sich mehr um ihren Mann kümmern, statt in den zweiten Stock zu laufen und durchreisenden Künstlern ihre miesen kleinen Bilder zu zeigen. Aber«, sagte sie, und ihre Stimme klang plötzlich heller, »genug von diesem Derwisch.« Fast fröhlich drehte sie sich um und lächelte von neuem. »Ich nahm an, Sie seien zu höflich, um zu essen, und fühlten sich in der fremden Umgebung unwohl, deshalb habe ich Ihnen von Consuelo ein Sandwich machen lassen.«

»Danke«, sagte ich und war wirklich dankbar. Ich hatte beim Dinner nicht viel gegessen, da hatte Selma recht, aber nicht aus Höflichkeit. Wir hatten in dem dunklen, höhlenartigen Speisezimmer von Veritas gesessen, angestarrt von den strengen braunen Porträts an den Wänden. Das einzige bißchen Farbe war der blauweiße Marmor des Kamins gewesen, der aussah, als sei er aus überaltertem Blauschimmelkäse geschnitzt. Die Speisen, die Consuelo in diesem düsteren Raum serviert hatte, waren ziemlich gräßlich gewesen. Eine stachelige Artischocke, ein bitterer, öliger Salat, zerkochter Spargel, halbgare Kartoffeln, fettige Hammelstücke mit dicken, sehnigen Adern, die das Fleisch durchzogen wie Gummibänder. Natürlich hatte es auch Pickles gegeben, eine Platte mit Pickles frisch aus der Fabrik, und Dr. Graves zu meiner Rechten hatte mir mitgeteilt, die würden in Veritas immer serviert. Die einzige Beleuchtung im Speisezimmer waren Kerzenleuchter auf dem Tisch, die gnädigerweise so wenig Licht gaben, daß kaum zu sehen war, was für gräßliches Zeug wir aßen, aber ich sah genug, um keinen Appetit zu haben. Ich versuchte, wenigstens so zu tun, als würde ich mich für das Essen interessieren, schob es auf meinem Teller herum, schluckte sogar hier und da einen Bissen, aber als etwas im Brotpudding zwischen meinen Zähnen knirschte wie ein scharfer Knochensplitter, fand ich, ich hätte genug, und spuckte das, was ich im Mund hatte, in meine Serviette, die ich dann resigniert auf meinen silbernen Dessertteller legte.

»Ich hoffe, Sie nehmen es mir nicht übel, daß ich Sie hier oben im zweiten Stock untergebracht habe«, sagte Selma Shaw, »aber wir hatten nicht damit gerechnet, daß wegen der Überschwemmung so viele Gäste hier übernachten müssen. Wir haben nicht mehr sehr viele Gästezimmer. Den Ostflügel haben wir für Besucher geschlossen, weil mein Mann einen sehr leichten Schlaf hat und nicht zur Ruhe kommt, wenn nachts jemand in seiner Nähe ist. Mich eingeschlossen.«

»Es tut mir leid, daß ich ihn nicht kennengelernt habe.«

»Das ist nicht nötig. Ich liebe ihn natürlich sehr, er ist mein Mann, aber er kann ein sehr schwieriger Mensch sein. Das liegt an einem Kindheitstrauma.«

»Welche Art von Trauma?« fragte ich.

»Ach, das ist eine schrecklich traurige Geschichte«, sagte Selma. »Zu deprimierend für eine regnerische Nacht wie diese. Wollen Sie sie wirklich hören?«

»Aber ja, gern.«

»Nun, dann machen Sie es sich wenigstens bequem«, sagte sie, stieß mich förmlich auf die Bettkante und setzte sich dicht neben mich. Das Bett ächzte unter uns.

Sie schlug die Beine übereinander und drehte den linken Arm nach hinten, so daß ihr Oberkörper mir zugewandt war. Sie trug ein enganliegendes schwarzes Kleid, das in dem dämmrigen Licht glitzerte, und die scharfen Spitzen ihrer Brüste wippten mir unter dem Stoff entgegen.

»Ich will Sie nicht mit den Einzelheiten langweilen, aber Kingsley, meinem Mann, ist das entsetzliche Mißgeschick widerfahren, seinen Vater in einer dunklen, regnerischen Nacht wie dieser auf der hinteren Terrasse dieses Hauses zu erschießen.«

Ihre braunen Augen schauten direkt in meine, als wollte sie mich warnen. Ich blinzelte zweimal und dachte, daß ihre Mutter mit dem, was Caroline mir auf der Fahrt nach Veritas bewußt verschwiegen hatte, ohne jeden Vorwand herausgeplatzt war, und dann rückte ich so höflich ich konnte von ihr ab.

»Ich brauche wohl nicht zu erwähnen«, fuhr sie fort, »daß meinem Mann das entsetzlich zugesetzt hat. Wie man mir sagte, war dieses Haus früher großartig, für Partys wie geschaffen. Aber das war, als Mr. Reddman noch lebte. Er wußte, wie man ein Haus führt. Mein Mann hat das Haus vernachlässigt. Ich habe getan, was ich konnte, um es zu erhalten, aber das ist so schwer; es verhält sich fast so, als sei es geworden, was es immer hatte sein sollen, als würde sein eigentlicher Charakter jetzt zutage treten, mit all den undichten Stellen und den verzogenen Fußböden und den vergilbten Tapeten. Ist es da verwunderlich, daß ich den größten Teil meiner Zeit anderswo zubringe? Würden Sie Ihr ganzes Leben hier verbringen, wenn Sie die Wahl hätten, Mr. Carl?«

»Nein«, sagte ich und rückte noch ein Stückchen von ihr ab.

»Natürlich nicht, aber die anderen schimpfen trotzdem über mich. Doch genug von Kendall und der traurigen Vergangenheit meines Mannes, das ist einfach zu morbide. Erzählen Sie mir von sich und Caroline. Sie sagt, Sie wären ein Liebespaar.«

»Ja, das hat sie gesagt.«

»Sie wissen natürlich, daß sie verlobt ist«, sagte Selma, und bei der letzten Silbe legte sich ihre rechte Hand, die wie an einem Marionettenfaden in der Luft gehangen hatte, leicht auf mein Knie.

»Ja, das weiß ich, Mrs. Shaw«, sagte ich und schaute auf ihre Hand. Ihr Gesicht war zwar straff gespannt und jung, aber ihre Hand sah aus wie ein Truthahnfuß, knochendürr, bedeckt mit harten roten Falten, in Krallen endend. Ich versuchte, sie geschickt abzustreifen, als sei sie versehentlich dort gelandet, doch als ich sie sanft berührte, griffen ihre Finger fester nach meinem Knie und blieben liegen.

»Caroline kennt Franklin Harrington seit vielen Jahren«, sagte Selma Shaw, ohne den Kampf um mein gebeugtes Knie in irgendeiner Weise zur Kenntnis zu nehmen, »seit Mutter Shaw ihn als Jungen in dieses Haus gebracht hat. Sie freundeten sich so schnell an, daß wir immer gedacht haben, sie würden einmal heiraten. Natürlich hat Caroline herumgespielt, und wie es heißt, hat Franklin das auf seine Art auch getan, aber sie werden heiraten, trotz allem, was wir anderen vielleicht vorziehen würden. Das Schicksal, zumindest in dieser Familie, bekommt immer, was es will. Selbst die Liebe muß da nachgeben. Das weiß keiner besser als ich.«

»Könnten Sie Ihre Hand von meinem Knie nehmen, Mrs. Shaw?«

»Natürlich«, sagte sie, lockerte ihren Griff und ließ die Hand auf meinen Oberschenkel gleiten.

»Das habe ich nicht gemeint«, sagte ich und stand auf.

Bevor ich mich ihr entziehen konnte, hatte Carolines Mutter mir in den Schritt gefaßt.

»Was geht hier eigentlich vor?« sagte ich, vielleicht zu laut, aber ich glaube, mein Ärger war verständlich. »Seid ihr alle verrückt?«

»Es ist bloß Caroline«, sagte sie lachend. »Sie neigt so zu Übertreibungen. Kommen Sie, setzen Sie sich, Mr. Carl«, sagte sie und klopfte neben sich auf das Bett. »Ich werde artig sein.«

»Ich stehe lieber, danke.«

»Sie müssen mich für eine jämmerliche alte Hexe halten.« Sie hob das Gesicht zu mir und schwieg, wartete darauf, daß ich ihr widersprach. Als ich kein Wort sagte, lachte sie erneut. »Ja, das tun Sie, nicht? So ein aufrichtiger junger Mann. Caroline versteht es immer, welche zu finden. Aber bevor Sie mich zu streng beurteilen, Mr. Carl, bedenken Sie, wie verdorben ich mir erst selbst vorkommen muß. Ich war nicht immer so, nein, ganz und gar nicht, aber dieselben Kräfte, die dieses Haus verkommen ließen, haben mich in das seltsame Geschöpf verwandelt, das Sie vor sich sehen. Sie wären besser dran ohne uns alle, Mr. Carl.«

»Ich bin bloß zum Dinner gekommen«, sagte ich.

»Oh, ich kenne die Anziehungskraft, Himmel, ja. Genau wie

Mutter Shaw, möge sie in Frieden verwesen, Franklin für Caroline hierher gebracht hat, hat sie mich für Kingsley geholt. So war sie, sie nahm das Schicksal in die Hand und zwang ihm ihren Willen auf. Ich hatte nicht die Absicht zu bleiben. Es war ein Teilzeitjob, ich sollte ihrem Sohn abends vorlesen, das war alles. Er war schon vierzig und konnte kaum selbst lesen. Ich war erst zwanzig und ging noch zur Schule, aber ich glaubte schon zu wissen, was ich wollte. Wollen Sie wissen, wie jämmerlich ich wirklich bin, Mr. Carl? Dann sage ich Ihnen, daß ich das hier wollte, dieses Haus, diesen Namen, dieses Leben, vor dem ich jetzt nach Frankreich fliehe, wann immer ich kann. Die Franzosen sagen, daß ein Mann, der geboren ist, um gehenkt zu werden, niemals ertrinken wird. Ich war geboren, um reich zu sein, das dachte ich immer, in meinem innersten Herzen. Und Sie sehen, ich hatte recht, nur glaube ich, daß ich auch geboren wurde, um zu ertrinken.« Sie stand auf und ging, ohne mich anzusehen, zur Tür. »Tun Sie sich selbst einen Gefallen, Mr. Carl, fahren Sie morgen früh ab, sobald die Straße frei ist, und schauen Sie nicht zurück. Fahren Sie morgen ab und vergessen Sie alles, was Sie von Caroline zu wollen glauben.«

Sie schloß die Tür hinter sich. Ich starrte einen Moment die Tür an, und dann knurrte mein Magen. Ich ging zur Kommode und nahm die Serviette von dem Teller. Es handelte sich tatsächlich um ein Sandwich, aber unter dem altbackenen Brot waren die Scheiben von Zunge so dick geschnitten, daß ich sie förmlich noch zwischen den Zahnreihen der Kuh sehen konnte, muskulös, haarig, wie sie das wiedergekäute Futter von einer Seite des Mauls auf die andere schob. Ich ging hungrig schlafen.

## 4. *Allegro con fuoco*

Ich hatte daran gedacht, die Nachttischlampe die ganze Nacht brennen zu lassen, um irgendwelche anderen unerwünschten Besucher fernzuhalten, aber ich fand es schwer genug, in der klammen Feuchtigkeit des Zimmers zu schlafen mit dem Plitsch-

plitsch-Plitsch des Wassers, das in den Nachttopf tropfte, und dem Ächzen des alten Hauses, das langsam in sich zusammensank, und so schaltete ich das Licht aus. Während ich in der Dunkelheit lag, dachte ich an Claudius Reddman, den großen Vorfahren von Reddman Foods. Sein Erbe kam mir in diesem Augenblick düster und bitter vor, mit Ausnahme des Reichtums. Eine Tochter tot, eine davongelaufen, die dritte von der Hand des eigenen Sohnes zur Witwe gemacht, und die ganze Zeit schimpfte Elisha Poole betrunken auf sein Unglück, ehe er seinem Gejammer mit einem Strick ein Ende machte. Dann war da der Enkel, Kingsley Shaw, der seinen Vater auf dem Portikus des Hauses in einer regennassen Nacht erschoß. Und da war Selma Shaw, die Ruine, ins Haus gebracht von Großmutter Shaw, damit sie Kingsleys Frau wurde, dazu verurteilt, die lebende Verkörperung all ihrer falschen Erwartungen zu werden. Und da war natürlich das Haus selbst, das sich in einen wilden und ungezähmten Ort verwandelte, dem Verfall anheimgegeben wie das Herz eines Misanthropen. All das reichte fast, um mich meinem verzweifelten Streben nach unerhörten Geldmengen abschwören zu lassen. Fast. Denn ich war sicher, wenn ich je das Geschenk so glorreichen Reichtums erhalten sollte, würde ich besser damit umgehen als die Reddmans. Ein helles, luftiges Haus, lichtdurchflutet, vielleicht eine umgebaute Scheune mit einem Tennisplatz, Asche, denn ich war nie der Schnellste, mit einem Pool und einem Gärtner, der die vielen Morgen Rasen mähte und sich um die Blumen kümmerte. Und es würde Partys geben, Frauen in weißen Kleidern und grünes Licht, das über die Bucht strahlte.

Ich lag im Bett, fröstelte wegen der Feuchtigkeit und dachte an das alles. Dabei merkte ich nicht einmal, daß ich in die Träumereien von jemand anderem glitt, bis ich endlich in einen dunklen, leeren Schlaf sank. Glücklicherweise war er traumlos nach allem, was ich an diesem Abend ausgestanden und erfahren hatte. Ich schlief, zu einem Ball zusammengerollt, und blieb so, bis ich das Kratzen von Zähnen im Nacken spürte. Ruckartig erwachte ich und fuhr in der Dunkelheit herum, zuerst in diese Richtung, dann in jene, suchte verzweifelt nach der Ratte. Aber es war keine Ratte. Ich konnte nur die Umrisse einer Gestalt in meinem Bett ausmachen und rückte von ihr weg, bis ich das kehlige Lachen und das leise, silbrige Klirren von Metall auf Metall hörte und den süßen Duft von Wermut roch.

»Gottverdammt«, sagte ich, »ich dachte, Sie wären bewußtlos.«

»Bin wieder zum Leben erwacht«, sagte Caroline mit belegter Stimme. »Ich wußte nicht, daß Sie so schreckhaft sind.«

»Was machen Sie hier?«

»Ich dachte, wir sollten unsere Geschichte durch ein nächtliches Rendezvous untermauern. In diesem Haus gibt es immer offene Augen.«

»Wir hätten auf die Deckung verzichten können, denke ich. Sie werden es bald genug erfahren, sobald sie mit Ihrem Verlobten reden. Sie hatten mir nichts davon erzählt, daß Sie mit Harrington verlobt sind. Noch eine Lüge?«

»Die Liebe meines Lebens«, sagte sie. »Und Sie haben recht, die anderen werden es ihm natürlich sagen, und er wird ihnen genau sagen, wer Sie sind. Ich denke, unsere Tarnung ist aufgeflogen.«

»Sind Sie noch immer betrunken?« fragte ich.

»Vielleicht.«

»Sie haben das Zeug runtergeschüttet wie ein australischer Verbindungsstudent.«

»Manchmal habe ich da ein kleines Problem. Meine Therapeutin sagt, daß ich in bestimmten Situationen Alkoholikerin bin. Eines der vielen Dinge, an denen wir arbeiten.«

»In welchen speziellen Situationen?«

»Familiensituationen wie heute abend.«

»Das kann ich Ihnen wirklich nicht verübeln, Caroline. Diese Familie ist die verdrehteste, die ich je gesehen habe. Meine nimmt sich dagegen aus wie die Cleavers, und Sie können mir glauben, daß noch nie jemand meine Eltern mit June und Ward verwechselt hat. Und abgesehen davon, daß sie völlig verkorkst sind, scheint jeder einzelne von ihnen den verdammten Wunsch zu haben, mit mir ins Bett zu gehen.«

Caroline lachte herzlich. »Sie haben gesagt, Sie wollten alle kennenlernen, also habe ich das arrangiert.«

»Sie haben das arrangiert?«

»Ich habe allen erzählt, Sie wären ein polymorph perverser Sexbesessener und bestückt wie ein Hengst.«

Ich stieß einen verlegenen Angstschrei aus, als ich das Rascheln von Decken hörte. Ich spürte ihre Handfläche auf meinem Magen, wo sie sich bewegte und dann nach unten glitt und unter meine Boxershorts griff.

»Vielleicht habe ich ein bißchen übertrieben«, sagte sie, »aber für diese nächtliche Stunde ist er verflixt munter.«

»Lassen Sie das«, sagte ich. Ich griff nach unten, um ihr Handgelenk zu fassen, streifte versehentlich ihre Brust und spürte etwas Hartes und Kaltes an meinem Handrücken, etwas Rundes, Metallisches. »Sie sind betrunken, und Sie sind eine Mandantin. Die Standesrichtlinien besagen, daß ich mich nicht mit einer Klientin einlassen darf.«

Ich versuchte, Carolines Hand wegzuziehen, aber sie blieb, wo sie war. Sie küßte meine Nase und meine Wange und biß mich dann in die Oberlippe. Sie biß nicht fest zu, nicht wie Kendall, die wie eine Schildkröte nach meinem Ohr geschnappt hatte, sie biß sanft, zärtlich, nahm sie behutsam zwischen die Zähne und löste sich dann von mir.

»Bin ich das?« flüsterte sie in mein Ohr.

»Was?«

»Eine Mandantin?«

Ich dachte darüber nach, daß sie den Anwaltsvorschuß zurückgenommen und die Honorarvereinbarung noch nicht unterschrieben hatte und daß unsere merkwürdige Geschäftsbeziehung schwer zu beschreiben war, und während ich darüber nachdachte, biß sie mir wieder in die Lippe, diesmal in die Unterlippe, und ließ sie dann genauso zwischen ihren Zähnen herausgleiten, und plötzlich wollte ich nicht mehr, daß sie ihre Hand wegnahm, sondern daß sie sie bewegte, was sie auch tat.

»Ich denke wirklich, das ist keine gute Idee«, sagte ich.

»Dann hören Sie auf zu denken.«

»Caroline, hören Sie auf. Habe ich dabei nichts zu sagen?«

»Nicht, solange ich Ihren Vertrag nicht unterschrieben habe«, hauchte sie mir ins Ohr. »Bis dahin habe ich den Daumen drauf.«

Sie küßte mich leicht und rutschte dann im Bett auf mich zu, rutschte so lange auf mich zu, bis unsere Bäuche sich berührten und das Distinguished Service Cross ihres Großvaters sich in meine Brust bohrte. Die Sprungfedern unter uns knarrten laut.

»Sie werden uns hören.«

»Dann wollen wir recht laut sein«, sagte sie. »Ich möchte nicht, daß sie auch nur ein einziges Stöhnen verpassen.«

Sie küßte mich wieder und ließ ihre Zunge über mein Zahnfleisch gleiten. Ich schmeckte ihren Atem. Alle Selbstbeherrschung, die ich vielleicht noch besessen hatte, rutschte unter mir weg, und ich fiel.

»Du wirst mich retten, nicht wahr?« sagte sie.

Das war eine rhetorische Frage, was gut war, denn in diesem Moment hätte ich nicht antworten können. Ich fiel noch immer. Ich schmeckte ihren Atem, und er schmeckte süß vom Wermut ihrer Manhattans, süß und frisch wie der warme Wind von einer Wiese und voller Minze.

## 18

Das Frühstück wartete in fleckigen Silberschüsseln auf einem schwarzen Marmorbuffet im Gartenzimmer. Consuelo hatte mich am Treppenabsatz abgefangen und mich ohne jeden Ausdruck gefragt, ob ich gut geschlafen habe, ehe sie mich zur morgendlichen

Atzung führte. Ich war in dieser Nacht als letzter eingeschlafen und am Morgen offenbar als erster aufgewacht, und zwar allein.

Das Gartenzimmer war eine exotische Monstrosität, warm, feucht, rund, mit einer großen viktorianischen Glaskuppel, deren Scheiben gelblich und schmutzig waren und dunkle Pilzränder hatten. Riesige Dschungelpflanzen mit ungeheuren Blättern standen zwischen unkrautüberwachsenen Stengeln, die oben winzige, gesichtsförmige Blüten trugen. Hinter den Dschungelpflanzen wuchsen Bäume mit bleicher Rinde, knorrig und verkümmert. Fleischrote Blüten hingen aus grünem Blattwerk, das aus Baumstümpfen wucherte, und die dunklen Münder der Blüten waren hungrig aufgerissen. Der Raum roch, als sei gerade frischer Dünger in die riesigen Granittröge gestreut worden. Ich wäre nicht überrascht gewesen, wenn General Sternwood mich in seinem Rollstuhl dort erwartet hätte, aber es war niemand da bis auf zwei schwarze Katzen in einem großen, schmiedeeisernen Käfig. Als ich näher kam, maunzte die eine einladend, während die andere fauchte, ehe sie sich auf mich zu stürzen versuchte und dabei gegen die Eisenstäbe prallte. Ich nahm an, daß sie brave Katze, böse Katze spielten.

Das Sonnenlicht fiel durch die schmutzigen Fenster. Der Sturm der Nacht war vergangen, wie Nat vorhergesagt hatte. In meinem Anzug und dem Hemd, der Unterwäsche und den Socken vom Vortag trat ich an das mit Speisen überladene Buffet. Ich hatte einen Bärenhunger und wollte unbedingt zugreifen, trotz des Aasgeruchs im Gartenzimmer. Ich nahm einen Teller und hob den silbernen Deckel von der ersten der gewärmten Schüsseln.

Eier, dünnflüssig und naß wie Rotz, mit schwarzen Stückchen darin, entweder Pfefferkörner oder etwas anderes, das zu erraten ich keine Lust hatte. In der nächsten waren Kartoffeln, naß und hart, die in irgendeinem grünlichen Öl schwammen. In der folgenden französische Toastscheiben mit der Konsistenz von Pappe und eine Schale mit Sirup, der die schillernde Oberfläche von Motoröl hatte. In der letzten umgaben weiße Ränder aus rohem Fett kalte rosa Fleischscheiben, die nach Trichinen aussahen. Ich stellte meinen Teller zurück und sah mich nach etwas zu trinken um.

Ich untersuchte sechs Porzellantassen, bis ich eine fand, die sauber war und keine Sprünge hatte, goß etwas Kaffee aus der Kanne hinein und ging nach draußen in den hinteren Innenhof und einen vollkommenen Frühlingsmorgen. Die Sonne war aufgegangen, und die Feuchtigkeit der vergangenen Nacht stieg in Nebelschwaden auf. Die Luft war vom frischen Geruch nassen Lehms erfüllt. Ein Vogel zwitscherte. Rechts von mir erstreckte sich ein riesiger steinerner Gebäudeflügel im rechten Winkel zum Rest des Hauses, dessen Fenster weiß verhängt waren, um die Sonne fernzuhalten. Ein alter Ballsaal, nahm ich an. Einige der Fensterscheiben waren gesprungen, und es sah aus, als sei dort seit Jahrzehnten nicht mehr getanzt worden. Während ich den Flügel betrachtete, nahm ich einen Schluck Kaffee, der mit einem sauren Zischen meinen leeren Magen erreichte. Ich schaute mich um, fand einen rostigen weißen Stuhl aus Gußeisen und stellte meine Tasse und Untertasse darauf ab. Dann ging ich hinaus in den aufsteigenden Dunst, um das Gelände zu erforschen.

Hinter dem Haus, halb die Rückseite des Hügels hinunter, befand sich ein rechteckiger Pool, umgeben von etwas, das aussah wie ein Sumpf. Das Wasser in dem Pool war dunkelgrün von Algen; es schien aus einer Quelle zu stammen, da es bei dem Sturm gestiegen war und nun überlief und das umliegende Gelände überflutete. Rings um das Becken gab es keine Plattform aus Zement oder Holz, auf der man sich in die Sonne legen oder sich mit einem großen Glas Limonade hätte entspannen können, nur das überschwemmte Gras.

Ich ging um den Pool herum weiter abwärts zu einem kleinen Teich, der fast am Fuß des Hügels lag. Dies war, wie ich annahm, der Teich, in den Carolines Großvater sein Distinguished Service Cross geworfen hatte. Ich fragte mich, warum er das getan hatte. Caroline hatte mir beiläufig versprochen, wenn ich es herausfände, würde sie meine Honorarvereinbarung unterschreiben, und ich hatte die Absicht, sie beim Wort zu nehmen. Der Teich war trübe und von Unkraut und Wasserlilien überwuchert. Als ich näher kam, wurde der Boden unter meinen Schuhen naß, und ein Schwarm Stechmücken flog mir ins Gesicht und umschwebte mich. Ich hörte ein schmatzendes Geräusch, als ich den Fuß hob, blieb stehen und sah nach, ob das Wasser unter der Oberfläche irgendwelche Zeichen von Leben zeigte. Doch außer einigen Wasserläufern, die auf ihren langen Beinen über die Oberfläche marschierten, sah ich nichts.

Ich ging um den Teich herum, bis ich einen Baum erreichte, der abgestorben und gegenüber dem Haus ins Wasser gestürzt war, und an diesem Baum bemerkte ich etwas erschrocken Tausende von Augen.

Frösche. Im Wasser rings um die Äste dieses Baumes wimmelte es davon, es mußten Hunderte und Aberhunderte sein. Sie kletterten übereinander, bildeten richtige Schichten von Fröschen, Füße auf Köpfen, Füße unter Bäuchen, und alle hatten diesen gefährlichen, langsamen Atem, die offenen, starrenden Augen, viele, viele hundert Frösche, Schichten von Fröschen, Haufen von Fröschen, eine wahre Froschplage. Sie waren schleimiggrün und auf der Unterseite der Köpfe heller gefärbt. Sie waren noch nicht groß, einige hatten noch Schwänze, und keiner war größer als ein Daumen, aber die Augen, die mich anstarrten, waren bösartig gelb, und sie kletterten übereinander, um mich besser zu sehen, Hunderte und Aberhunderte, Haufen von Fröschen, grüne, schleimige, stille Daumen mit Augen.

Über ihnen, auf dem Kamm des Hügels, stand Veritas, breitschultrig und arrogant noch im Verfall, vom aufsteigenden Nebel umgeben. Ich hatte den abstrusen Eindruck, jeder dieser Frösche sei von einer Sünde hervorgebracht worden, begangen von jenen, die einst in diesem Haus gelebt hatten. Ein Daumen auf der Waage, um einen Kunden zu täuschen, ein Daumen, an dem jemand leckte, während er Geld falsch zählte, ein Daumen im Auge eines Konkurrenten, ein Daumen im Arsch einer Sekretärin, ein zurückgebogener Daumen, um einen Händedruck ungültig zu machen und einen Partner bei einem Vertrag um seinen rechtmäßigen Anteil zu prellen, ein auf die Tür gerichteter Daumen, mit dem der einzige Ernährer einer siebenköpfigen Familie entlassen wurde, ein Daumen, der am Ende eines Verführungsspiels über die Lippe des Opfers glitt, ein Daumen, der den Hahn einer Flinte spannt oder nach dem letzten Nagel greift, um einen Sargdeckel zu verschließen. Ich überlegte, welcher dieser Frösche wohl daher stammte, daß Claudius Reddman Elisha Poole ausbezahlte, bevor er die Herstellungsmethode von Pickles einführte, die ihn zum reichen und hochgeehrten Mann machte. Welcher dieser Frösche war von welcher Sünde erzeugt worden, die Carolines Großvater veranlaßt hatte, seine Auszeichnung für besondere Tapferkeit wegzuwerfen? Welcher dieser Frösche entstammte Kingsley Shaws Vatermord? Welcher dem Mord an Jacqueline Shaw?

Und welcher dieser Frösche, auch das fragte ich mich, erwachte zum Leben, weil ich in der Nacht mit einer betrunkenen Caroline Shaw, der jüngsten Erbin des Reddman-Vermögens, Unzucht getrieben hatte? Zugegeben, ich hatte vorher die ganze Zeit daran gedacht, sie zu vögeln, aber sexuelle Phantasien sind die natürlichen Übergänge zwischen meinen eher praktischen Gedanken, wahnhafte Vorstellungen über diese Sekretärin oder jene Anwältin oder darüber, was diese nicht mehr junge Richterin wohl unter ihrer heißen schwarzen Robe tragen mag, nicht bedeutungsvoller als das Auftreten der Chemikalien und elektrischen Impulse im Gehirn, durch das solche imaginären Idyllen überhaupt zustande kommen. Phantasien sind harmlos, keine verlegenen Momente hinterher, keine Flüssigkeiten, die zu entsorgen sind, keine bösen kleinen Mikroben, über die man sich unablässig Sorgen macht, keine Standesrichtlinien, auf die man Rücksicht nehmen muß. Aber was als ganz gewöhnliche Phantasie begonnen hatte, hatte sich einen Weg in die Realität gesucht, und obwohl ich nicht aktiv danach gestrebt hatte, hatte ich mit hündischer Gier daran teilgenommen. In der Dunkelheit des Bettes war mir das frei und faszinierend erschienen, doch jetzt kam es mir vor wie krasse Ausbeutung einer jungen betrunkenen Frau in einem labilen emotionalen Zustand zum Zwecke meiner eigenen Lust und Bereicherung. Und es war nicht mal gut gewesen.

Ich schwang mein Bein in Richtung der Frösche, und eine Handvoll sprang nach rechts weg. Ich folgte ihnen mit den Blicken, wie sie ins Wasser tauchten, und als ich wieder hochschaute, sah ich in einem abgelegenen Hain aus Bäumen die Ruinen eines Hauses. Es war viktorianisch und grau, nicht das saubere Grau eines rekonstruierten Gasthofs, sondern das müde Grau von lange vernachlässigtem, verwittertem Holz. Das Fundament hatte sich verschoben, und der Bau war mit der traurigen Müdigkeit einer Tragödie in sich zusammengesunken, die kein Lebender mehr erzählen könnte. Einige der Fensterscheiben waren zerbrochen, andere mit Sperrholz vernagelt, das ebenfalls grau und verwittert war, und der untere Teil des halben Hauses war außen von einer Art Buschfeuer versengt. Ich dachte, es müsse sich um das Wohnhaus irgendeines früheren Bediensteten handeln, da es so weit vom Haupthaus entfernt unten am Hügel stand.

Während ich wieder zum Haupthaus hinaufging, wurde meine Aufmerksamkeit von einem großen buschigen Hain rechts vom Pool angezogen. Er sah ungepflegt aus, und seine Form wirkte vollkommen zufällig, doch als ich näher kam, bemerkte ich, daß doch eine bewußte Formgebung vorlag. Zwar waren die einzelnen Pflanzen ungepflegt, aber der Umriß hatte Ecken und Linien, als hätten diese Büsche einst zu einer Mauer aus Hecken gehört, die schon lange nicht mehr geschnitten worden war. Es handelte sich um bösartige Pflanzen mit gezähnten Blättern und zahlreichen blassen Dornen an den Zweigen, einige davon mehrere Zentimeter lang. Ich ging um den Hain herum, bis ich eine Stelle in der grünen Mauer sah, die weniger dicht war als der Rest und den Eindruck machte, als sei sie erst kürzlich zugewachsen. Ich schaute mich um, sah niemanden, blickte zur Veranda hinüber, sah, daß sie noch immer leer war, und streckte die Hand in die Öffnung. Ich zog sie wieder zurück, untersuchte sie, und dann trat ich durch die Hecke.

Ich fand mich auf einem Pfad wieder, der hell von der Sonne beschienen war und auf dem Blumen wuchsen. Das Gras war hoch und der Weg schmal, dornige Zweige rahmten ihn ein, doch ich konnte mühelos gehen, wenn ich einzelne Zweige zur Seite drückte. Ich folgte dem Weg um eine Biegung, bis ich an einen Bogengang aus Grün kam, der auf einen anderen Weg führte. Die Blumen wuchsen dort wild, hübsche Gelb- und Violettöne und ein paar vereinzelte grellrote Blüten. Zwei Vögel brachten sich im Morgenlicht ein Ständchen dar. Ein Kardinal hüpfte von Busch zu Busch. Hier roch es wie in einer anderen Welt, frisch und voller Düfte, voller Leben, das genaue Gegenteil des modrigen Hauses oder des schlammigen Teiches weiter unten.

Natürlich wußte ich, wo ich mich eingeschlichen hatte. Dies war das Gewirr von Hecken und Blumen, das mir Grimes, der Zahnarzt, bei seinem traurigen Monolog im Irish Pub beschrieben hatte. Er hatte gesagt, es sei makellos gepflegt gewesen, aber offenbar hatte sich seit Monaten keiner mehr darum gekümmert, wie ich annahm, seit dem Tod von Carolines geliebter verwitweter Großmutter, Faith Reddman Shaw, der Großmama, die bei vielen Vorgängen im Haus die Hand im Spiel zu haben schien. Ich durchstreifte das Labyrinth wie eine Ratte auf der Suche nach Käse, duckte mich unter Bögen aus Ästen und drang durch fast zugewachsene Gänge immer weiter der Mitte zu, bis ich so behutsam wie ein Heide in die Kirche auf die Lichtung trat, die Grimes mir so lebhaft beschrieben hatte.

Hier schien die Sonne am hellsten, und die Pflanzen waren offenbar zu einer Farborgie mutiert. Fliegen stürzten sich auf meinen Hals. Da stand die Statue der Aphrodite, auf den Zehenspitzen, die Arme gen Himmel gereckt, aber jetzt sah es so aus, als werde sie von einer dicken, haarigen Ranke festgehalten, die die Basis der Statue umgab und sich wie ein Arm um ihr hinteres Bein schlang. Die Bank gegenüber der Statue war ebenfalls von Ranken bedeckt, doch diese trugen leuchtend orangefarbene Trompetenblumen. Zwischen beiden befand sich ein Oval, das mit hohem Gras und grünen Stengeln bewachsen war, die noch nicht blühten. Ich ging um das Oval herum auf die Statue zu, spürte im Gehen irgendeine dunkle Präsenz unter meinen Füßen, schob die handtellergroßen Blätter der Ranken beiseite, die das Fundament bedeckten, und konnte schließlich eine Metallplatte sehen, die tief eingraviert die Inschrift »SHAW« trug.

Ich spürte etwas an meinem Fuß und riß ihn plötzlich weg; ich sah einen Frosch in die umliegenden Büsche hüpfen. Ein weiterer Frosch sprang vorbei. Ich drehte mich um und sah noch zwei Frösche, die wie kleine Lichtblitze aus dem Bogeneingang kamen, und dann einen Stiefel.

Ich wich zurück, duckte mich beinahe hinter die Statue, aber noch bevor ich mich verstecken konnte, wurde der Besitzer des Stiefel sichtbar und lächelte mich unter einem breitrandigen Strohhut hervor auf verwirrende Weise an. »Na, machen Sie einen kleinen Rundgang, Mr. Carl?« gackerte Nat.

»Ich wollte nicht...«, stammelte ich zurückweichend. »Ich habe nicht...«

»Aber Sie dürfen«, sagte er, und sein Lächeln erwärmte sich und wurde echt. Das Mal um sein linkes Auge glühte grellrot. »Es ist nur ein Garten.«

»Er ist wunderschön«, sagte ich und versuchte, wieder zu Atem zu kommen.

»Sie hätten ihn sehen sollen, als er gepflegt war. Ich verbrachte immer den halben Tag damit, ihn nach Mrs. Shaws Anweisungen in Ordnung zu halten. Sie hatte es mit dem Beschneiden. Die ältere Mrs. Shaw, meine ich. Keine Blume da, wo sie nicht hingehörte, kein Unkraut. ›Reißen Sie jeden Schößling aus, dessen Wert zweifelhaft ist‹, sagte sie zu mir, ›und alles, was übrigbleibt, ist Schönheit.‹ Es war ein Meisterwerk. Tja. Irgendeine Zeitschrift wollte einen ausführlichen Bericht machen, aber sie wollte nicht dulden, daß Fremde hier mit Stativen und Kameras rumtrampelten.«

Ich sah mir das Unkraut und die Ranken an, die an der Statue zerrten. »Warum haben Sie ihn verkommen lassen?«

»Die ältere Mrs. Shaw wollte es so haben. ›Lassen Sie ihn einfach verkommen, wenn ich sterbe, Nat‹, hat sie zu mir gesagt.« Seine Stimme nahm eine seltsame Kraft an, als er ihre Sprechweise nachahmte. »›Geben Sie ihn der Erde wieder‹, sagte sie zu mir. Also habe ich das getan.«

»Scheint eine Schande zu sein.«

»Tja, sicher. Ab und zu komme ich mit der Gartenschere her, weil ich das Bedürfnis verspüre, ihn ein bißchen in Ordnung zu bringen. Aber die ältere Mrs. Shaw hatte es gern, daß ihre Anweisungen aufs Wort befolgt wurden. Es war das mindeste, was ich für sie tun konnte, ihren Wünschen zu entsprechen. Wissen Sie, es war ihr Garten. Seit sie ein Mädchen war, ist sie immer hergekommen. Hat ihn selbst angelegt.«

»Wie ist sie gewesen, Nat?«

»Die ältere Mrs. Shaw? Sie war eine großartige Frau. Wie eine Mutter zu mir. Sie brachte mich her, als ich noch ein Junge war, und sorgte dafür, daß seither immer für mich gesorgt war, fast so, als wäre ich eins ihrer Kinder. Sie hat mehr für mich und die Meinen getan, als Sie sich vorstellen können, Mr. Carl. Ich kann zwar nicht gerade sagen, daß sie die sanftmütigste Seele war, die ich je getroffen habe …« Er bückte sich und riß einen langen Grashalm aus, den er um seine Hand wickelte. »Nein, das könnte ich nicht sagen. Aber tief in ihrem Herzen wollte sie Gutes tun. Es gibt nicht viele, die so sind.«

Er schlenderte zur Statue und trat grob gegen das Podest.

»Sie liegt direkt hier«, sagte er. »In einer besonderen Urne. Ihre Asche, vermischt mit der ihres Mannes. Ich sage Ihnen etwas, Mr. Carl. Sie hat ihn mehr geliebt als irgend etwas anderes auf dieser schönen Erde. Und wenn eine Frau einen Mann so liebt, dann muß sie mehr als ein bißchen Gutes in sich haben.«

»Wie ist er gestorben, ihr Mann?« fragte ich.

Nats blaue Augen sahen in meine, und er lächelte, als wisse er, daß ich die Antwort kannte, wenn ich mir auch nicht denken konnte, woher er das wußte. »Das war vor meiner Zeit. Aber soviel kann ich Ihnen sagen, die ältere Mrs. Shaw hatte wahrscheinlich recht, diesen Ort verkommen zu lassen. Manchmal sollte man das, was begraben ist, auch in Ruhe lassen. Es kommt nichts Gutes dabei heraus, wenn man die Toten ausgräbt. Kommen Sie, Mr. Carl, ich zeige Ihnen den Ausgang. So, wie es jetzt ist, findet man manchmal schwer heraus, und Sie könnten länger hierbleiben müssen, als Ihnen lieb ist.«

Er zwinkerte mir zu, ehe er sich umdrehte und sich auf den Weg machte. Ich folgte ihm durch den bogenförmigen Eingang zur Lichtung, auf überwachsenen Pfaden zu der engen Öffnung, und Dornen rissen an meinem Jackett, bis wir wieder draußen auf dem weiten Rasen waren. Die Sonne schien jetzt hell, und der Dunst war verflogen. Nat nahm den Hut ab und wischte sich mit dem Unterarm über die Stirn. »Es wird heiß. Am besten gehen Sie jetzt nach oben und essen Ihre Eier.«

Ich hörte etwas aus dem Patio. Einige der anderen waren jetzt dort, Kendall, die mir lebhaft zuwinkte, Caroline mit Sonnenbrille und einem Drink in der Hand. Ich wandte mich ab und schaute den Hügel hinunter, über den Teich hinaus auf das bewaldete Stück, wo das alte, verwitterte und verbrannte viktorianische Haus stand. Von hier aus war es nicht zu sehen, das Laub versperrte den Blick, aber ich konnte fühlen, wie es dort traurig stand.

»Da unten auf der anderen Seite des Teichs, zwischen diesen Bäumen, steht ein Haus«, sagte ich. »Wer hat da gewohnt?«

»Sie haben allerhand gesehen, nicht wahr, Mr. Carl«, sagte Nat. »Sie waren ziemlich munter heute früh, nehme ich an.« Er wandte sich in Richtung der Ruine. »Das war das Hausmeisterhaus. Mrs. Shaws Vater hat es der Witwe Poole für den Rest ihres Lebens zur Verfügung gestellt. Sie wohnte da mit ihrer Tochter, bis sie starb, die Witwe Poole. Dann fiel es an den Familienbesitz zurück.«

»Was ist aus der Tochter geworden?«

Nat, der noch immer mit dem Rücken zu mir den Hügel hinunterschaute, zuckte mit den Achseln. »Sie zog aus und ging weg. Es gab Gerüchte, sie wäre in einer Anstalt in Neuengland gestorben. Angeblich war sie schwachsinnig. Hat sich die Pocken geholt oder irgendein Fieber und den Geist aufgegeben. Die ganze Familie Poole ist irgendwie dahingewelkt. Ich glaube, so ist das eben. Der Herrgott beschneidet die ganze Zeit und versucht, es am Ende richtig hinzukriegen.«

Ehe ich antworten konnte, ging er fort, den Hügel hinunter und auf den Teich mit all den Fröschen zu.

»Erinnern Sie sich daran, was ich darüber gesagt habe, daß man die Toten in Ruhe lassen soll«, sagte er, ohne sich umzudrehen. »Manche Flecken auf dieser Erde gräbt man besser nicht um.«

## 19

Es war ein bewegender kleiner Gottesdienst für Jimmy Vigs in dem Bestattungsunternehmen an der North Broad Street. Der Rabbi sprach von der Freude, die Jimmy Levine seiner Familie und seinen Freunden geschenkt habe, von dem weisen Rat und den bereitwilligen Diensten, die er seinen Kunden als Anlageberater geleistet habe, und von seiner Großzügigkeit, wenn er das Wohltätigkeits-Bingo in der Synagoge veranstaltet hatte. Ein großer, spindeldürrer Mann mit flatternden Händen erhob sich und sprach davon, wie Jimmy in Zeiten größter Bedürftigkeit immer für ihn dagewesen sei, als das Schicksal sich gegen ihn verschworen hatte. Er sei ein Gebender gewesen, sagte der Mann, und er habe klaglos gegeben, wenn man ihn rechtzeitig darum gebeten habe. Anton Schmidt, der unter seiner Lederjacke eine Krawatte trug, sah fast aus wie ein Jeshiva-Schüler mit seinem breiten Hut und seiner offenkundigen Traurigkeit. Er sprach in leisen, stockenden Sätzen von Jimmys Fairneß und Freundlichkeit und seinem mühelosen Umgang mit Zahlen. Dann sprach der Sohn, ein junger, schwerer Mann, der gerade von der Küste gekommen war und dem armen toten Jimmy glich wie ein Ei dem anderen, davon, daß sein toter Dad der beste Vater auf der ganzen weiten Welt gewesen sei, der ihn immer zum Baseball mitgenommen und mit ihm im Fernsehen Sportübertragungen angeschaut habe. Der Sohn sprach von der Freude, die es ihnen gemacht hatte, zusammen, Vater und Sohn, nach Vegas zu fahren, um einen Kampf von Mike Tyson zu sehen, und hier brach seine Stimme ein wenig, und er mußte sich am Rednerpult festklammern, ehe er fortfahren konnte. Sein Vater habe ihm beigebracht, wie man Craps spiele, sagte er durch ein aufsteigendes Schluchzen, und wie man Pferde beurteile. Er würde, sagte er, seinen Vater niemals im Leben vergessen.

Jimmy hätte seine Freude daran gehabt. Und bei einer Wette drunter oder drüber, bezogen auf eine Anzahl von 75 Besuchern, hätte Jimmy auch daran seine Freude gehabt, daß – angesichts der zahlreichen Trauergäste – die gewonnen hätten, die auf Drüber gesetzt hätten. Als ich etwas verspätet eintraf und mich in die Kondolenzliste eintragen wollte, war ich trotz der zahlreich Erschienenen nicht überrascht, daß noch kein Name dort stand. Ich war der einzige der Trauergäste, der bereit war, seine Identität preiszugeben.

Der Rabbi fing an, den 23. Psalm zu lesen, und an der Stelle, wo vom Gang durch das finstere Tal die Rede war, glitt Earl Dante in meine Bankreihe und stieß mich mit der Hüfte an. Mit der Jarmulke, die ordentlich auf seinem Kopf saß, und der weißen Rose am Rockaufschlag hätte man ihn leicht für den Eigentümer des Unternehmens halten können. Wie ich schon sagte, er hatte so ein Gesicht.

»Freut mich, daß Sie kommen konnten, Victor«, sagte er mit seiner trägen Stimme. »Wir hatten mit Ihnen gerechnet.«

»Ich erweise ihm bloß die letzte Ehre.«

»Am Schluß gab es Gerüchte, das FBI würde Jimmys Telefone abhören. Ist da was dran?«

»Woher soll ich das wissen, ich bin bloß der Anwalt.«

»Sie erfahren immer alles als letzter, was, Victor?«

»Stimmt.«

Er griff in seine Jackentasche und zog ein Stück Papier heraus. »Ich habe Sie als Sargträger eingeteilt. Wenn sie die Bahre umdrehen, brauchen wir Sie. Sie müssen mit anfassen und einen Griff nehmen.«

»Ich kann nicht glauben, daß es keine sechs Männer gibt, die Jimmy näher gestanden haben als ich.«

»Die gibt es«, sagte Dante, beugte sich vor und schickte sich an aufzustehen. »Aber wir brauchen mehr als sechs, um Jimmy zu seiner letzten Ruhestätte zu tragen. Es gibt eine Limousine für die Sargträger, die Sie zum Friedhof bringt. Dort werden Sie ebenfalls gebraucht.«

»Ich hatte nicht vor, auf den Friedhof zu gehen«, sagte ich.

Dante sah mich an und saugte an seinen Zähnen. »Nehmen Sie die Limousine.«

Als es Zeit war, den Sarg hinauszufahren, waren wir zehn, die an den Sarggriffen Aufstellung nahmen. Von der anderen Seite aus grinste Cressi mich an. »Hallo, Vic«, sagten seine Lippen lautlos, und sein Kopf wippte auf und ab. Anton Schmidt war ebenfalls da. Seine Augen hinter den dicken Brillengläsern waren rot. Dann, als der Rabbi schwieg und die Trauergäste sich erhoben hatten, gingen wir neben dem Sarg her aus der Kapelle hinaus. An der Seitentür wartete der Leichenwagen, dessen hintere Tür weit offenstand, und wir alle packten die Griffe und wollten den Sarg hineinhieven. Er rührte sich nicht von der Stelle.

»Die Kraft muß aus dem Rücken kommen, meine Herren«, sagte der Mann vom Bestattungsunternehmen. »Bereit? Eins, zwei und drei.«

Unter heftigem Grimassieren schafften wir es, den Sarg anzuheben, und mit winzigen Schritten trugen wir ihn fluchend und stöhnend zum Leichenwagen, wo er auf Rollen auf die Ladefläche das kalten schwarzen Wagens geschoben wurde.

Unsere Limousine war lang und grau und genauso kalt wie der Leichenwagen, wenn wir auch nicht so viel Platz hatten wie Jimmy, um uns auszustrecken. Ich saß vorn, das Fenster nach hinten war geöffnet, und so konnte ich die Gespräche der anderen Männer hören, die Schulter an Schulter auf den hinteren Bänken eingeklemmt waren.

»Das war ein sehr bewegender Gottesdienst«, sagte einer der Männer im hinteren Teil des Wagens.

»Ich fand den Sohn ergreifend, einfach ergreifend«, sagte ein anderer. »Als er über Tyson sprach, wäre er fast in Tränen ausgebrochen.«

»Wenn Sie ein McDonald's oder so sehen«, sagte ein dritter Mann zum Fahrer, »dann halten Sie an. Ich könnte einen kleinen Lunch gebrauchen.«

»Was bist du für ein Schuft, Nicky, wir beerdigen hier jemanden.«

»Er hätte Verständnis dafür gehabt.«

»Wir können an einem Drive-in was kaufen«, sagte ein anderer Mann.

»Ich muß dem Leichenwagen folgen«, sagte der Fahrer.

»Dann sagen Sie dem Leichenwagen, er soll mitkommen. Wir kaufen 'ne Extraportion für Jimmy. Als Geste des Respekts, wissen Sie. Ein letzter Halt bei den goldenen Bögen.«

»Er hat zu oft bei den goldenen Bögen gehalten«, sagte Anton Schmidt leise. »Deswegen ist er ja tot.«

»Was, er ist in einem McDonald's umgekippt?«

Wir fuhren die Broad Street hinauf zur Roosevelt Extension der Route 1 und dann auf dem Schuylkill Expressway in westlicher Richtung, um zum Friedhof zu kommen. Hordenweise sausten schnelle Personen- und Lieferwagen an uns vorbei und wechselten hektisch die Fahrspuren. Ich drehte mich um und sah über die Köpfe der Sargträger hinweg eine lange Prozession von Wagen mit eingeschalteten Scheinwerfern, die uns langsam folgte, und ich stellte mir vor, wie sie alle hintereinander am Autoschalter von McDonald's standen und Pommes frites und Big Macs orderten.

»Vielleicht gibt es hinterher eine Party oder so«, sagte Cressi. »He, Victor, Ihre Leute, halten die eigentlich Totenwache, wenn sie ihre Toten begraben haben?«

»Wir sitzen *Schiwe*«, sagte ich. »Da wird die Familie besucht und jeden Abend der *Kadesch* gesprochen.«

»*Kadesch*, aha«, sagte Cressi. »Ich bin mal mit 'ner jüdischen Braut gegangen. Da gibt's Schnaps, richtig?«

»Das ist *Kidesch*, das ist etwas anderes«, erklärte ich. »Kaddisch ist das Gebet für die Toten.«

»Ich dachte, wir würden Calvi bei der Feier sehen«, sagte jemand anderer.

»Wahrscheinlich ist er da unten zu fett geworden, um aus dem Pool herauszukommen.«

»Letztens hab ich gehört, er hätte einen Hautausschlag von der Hitze bekommen.«

»Du hast es mit einem jüdischen Mädchen gehabt, Cressi? Mit wem?«

»Diese Sylvia, die in der Nachbarschaft wohnte, erinnerst du dich an sie?«

»Die Hochnäsige mit den Hüten und den Titten?«

»Genau die.«

»Du bist mit ihr gegangen?«

»Klar.«

»Wie weit bist du gekommen?«

»Meinst du, ich hätte mich wegen der Konversation mit ihr getroffen? Wenn ich Konversation will, schalte ich den Fernseher ein.«

»Wieso ist sie mit einem Penner wie dir gegangen?«

»Was meinst du wohl, was? Ich habe Charme.«

»Du hast Filzläuse, das ist alles, was du hast.«

»Hast du deiner Mutter je erzählt, daß du dich mit 'nem jüdischen Mädchen getroffen hast?«

»Was bist du, blöd oder was?« sagte Cressi. »Meine Mutter hätte zum Abendessen meine Eier gebraten, wenn ich ihr das gesagt hätte.«

»Mit ein bißchen Knoblauch, Sauce und Mozzarella würden sie sicher gar nicht so schlecht schmecken.«

»Tja, aber so kleine Portionen!«

Allgemeines Gelächter.

»He, Victor, über diesen Schiwa«, sagte Cressi.

»*Schiwe.*«

»Gibt's da was zu essen?«

»Gewöhnlich ja.«

»Na, dann machen wir doch nach der Beerdigung ein bißchen *Schiwe.*«

»Aber wenn wir vorher bei einem McDonald's vorbeikommen ...«

Auf dem Friedhof hievten wir mit Kraft aus dem Rücken den schweren Sarg vom Leichenwagen auf einen Rollwagen und schoben ihn über den unebenen Boden zu dem Loch in der Erde. Dort drängten wir uns an den Rand der Grube wie eine Menschenmenge bei einer Straßenvorführung, und ein Mann vom Bestattungsunternehmen teilte Jarmulkes und kleine Karten mit Gebeten aus. Dann fing der Rabbi an. Er sprach ein bißchen über Reisen ohne Wiederkehr, und der Sohn schluchzte, und der Rabbi sprach weiter über Asche und Staub, und sie senkten den Sarg mit dicken, grauen Seilen in die Grube, und der Sohn schluchzte, und dann sagten ein paar von uns, die vorgaben, sie wüßten, was sie taten, den *Kadesch* für James Levine. Ich las die Transliteration des Hebräischen auf den kleinen Karten, die sie ausgeteilt hatten, und ich weiß daher nicht, ob meine Worte etwas zählten, aber als ich das *Yis-gad-dal v'is kad-dash sh'me rab-bo* las, als ich mich durch die Aussprache kämpfte, die mir entfernt bekannt vorkam, dachte ich an meine Großväter, bei deren Beerdigung ich mitgewirkt hatte, und an meine Großmütter, bei deren Beerdigung ich mitgewirkt hatte, und an meinen Vater, der sich das Blut aus der Lunge hustete, während er diesem Loch im Boden immer näher kam, und ich hoffte mit merkwürdiger Inbrunst, meine Worte würden doch etwas Gutes bewirken.

Der Rabbi warf eine Schaufel Erde auf den breiten Holzdeckel des Sarges, ein paar Kieselsteinchen hüpften, und dann warfen der Sohn und jeder von uns anderen nacheinander auch Schaufeln von Erde auf den Sarg, und danach gingen wir langsam und jeder für sich wieder zur Straße, wo die Autos uns erwarteten.

»Ein trauriger Tag, Victor.« Eine gepreßte, nasale Stimme direkt neben mir. »Jimmy war schon ein prima Kerl. Prima Kerl.«

»Hallo, Lenny«, sagte ich. »Ja, Jimmy war ein toller Bursche.«

Die nasale Stimme gehörte Lenny Abromovitz, einem großen, breitbrüstigen Mann von etwa sechzig Jahren mit karierten Hosen und der Nase eines Boxers, die sein Gesicht dominierte. Er war früher Preisboxer und, wie es hieß, professioneller Schläger gewesen, der mit seinen Muskeln alles erledigte, was zu erledigen war, aber jetzt war er nur noch Fahrer. Er trug ein limonengrünes Jackett und weiße Lackschuhe, und dem düsteren Anlaß entsprechend, war sein flacher Hut schwarz. Während er neben mir herging, legte er einen seiner dicken Arme um meine Schulter.

»Lange nicht mehr gesehen, Victor. Kommen Sie nicht mehr ins Restaurant?«

»Ich hatte wirklich viel zu tun.«

»Seit die *Daily News* diese Bilder auf der Titelseite gebracht hat, kommen die Leute nicht mehr so oft vorbei wie früher.«

»Ach, gab es da Bilder?« Natürlich gab es da Bilder. Die *Daily News* hatte gegenüber dem Tosca's einen Raum gemietet und dort einen Fotografen postiert, der genau festhalten sollte, wer den notorischen Mafiatreffpunkt betrat und verließ; dann hatten sie die Bilder auf einer Reihe von Titelseiten gebracht. Politiker und Filmstars und Sporthelden und berühmte Diskjockeys wurden auf knalligen Schwarzweißbildern gezeigt, wie sie dem Boß die Ehre erwiesen. Jeden Morgen fragten sich alle in der Stadt, wer auf der nächsten Titelseite sein würde, und jeden Abend begannen die Fernsehnachrichten damit, daß die Gesichter des Tages dezidiert erklärten, sie hätten niemals etwas Unrechtes getan. Die einzigen, die nicht beeindruckt waren, waren die Bundesbeamten, die den Raum neben dem der *Daily News* gemietet hatten und damit beschäftigt waren, ihrerseits Fotos zu schießen. Seit dieser Serie war das Geschäft bei Tosca's dramatisch zurückgegangen.

»Ja, klar waren da Bilder. Titelseite. Komisch, daß Sie die nicht gesehen haben.«

»Ich lese den *Inquirer*.«

»Also, Victor, ich möchte Sie mitnehmen, zurück in die Stadt?«

»Nein, schon gut«, sagte ich. »Ich fahre mit der Limousine zurück.«

»Fahren Sie lieber mit mir, Victor.«

»Nein, danke, für die Rückfahrt ist gesorgt.«

Seine Hand glitt über meine Schulter zum Nacken und drückte zu, leicht zwar, aber doch fest genug, um mich wissen zu lassen, wie fest er zudrücken konnte, wenn er das wollte, während er mit der anderen Hand ein paarmal sanft gegen meinen Kopf pochte.

»Hallo, ist jemand zu Hause? Hören Sie mir zu? Ich glaube, Sie fahren doch vielleicht besser mit mir, Victor. Mein Wagen steht da drüben.«

Wir überquerten die Straße, auf der der Leichenwagen und die Limousine und die anderen Autos standen, und gingen weiter über ein anderes Gräberfeld mit jüdischen Sternen und Menoras und Thorarollen, die in die Steine eingraviert waren, und Namen wie Cantor und Shure und Goodrich und Kimmelman, bis wir eine weitere Straße erreichten, auf der weiter unten ein langer weißer Cadillac geparkt war.

Wir näherten uns ihm auf der Beifahrerseite, und Lenny öffnete für mich die hintere Tür. »Steigen Sie ein, Victor.«

Ich lächelte ihn gezwungen an und stieg dann ein. Es mußte mir einen Moment entfallen sein bei all den Klugscheißern auf der Beerdigung und dem traurigen Prasseln der Kieselsteine auf den Sargdeckel und den Worten des *Kadesch*, die noch in mir widerhallten, aber Lenny war nicht bloß irgendein Fahrer, und seine Einladung zum Mitfahren war eigentlich keine Einladung, sondern ein Befehl. Als ich in die kühle Dunkelheit des Wageninneren schaute, brauchten meine Augen einen Moment, um sich anzupassen, und ich roch ihn, ehe ich ihn sah. Das ganze Auto duftete nach ihm: dem würzigen Rasierwasser, der cremigen Süße von Brylcreme, dem beißenden Salpetergeruch brutaler Macht, die darauf wartet, ausgeübt zu werden.

Langsam setzte der Wagen sich auf der Friedhofsstraße in Bewegung.

## 20

»Ich dachte, daß ich ihm die letzte Ehre besser aus der Ferne erweise«, sagte Enrico Raffaello, der neben mir auf der schwarzen hinteren Sitzbank seines Cadillac saß. Er war ein kleiner, gepflegter Mann in schwarzem Anzug und mit geblümter Krawatte. Sein Haar war grau und mit Frisiercreme nach hinten gekämmt, sein Gesicht pockennarbig wie die Oberfläche des Mondes. Seine Stimme besaß einen leisen, rhythmischen sizilianischen Akzent und eine echte Traurigkeit, die nicht der oberflächlichen Trauer bei einer Beerdigung zu entstammen schien, sondern einem tiefen Verständnis für das unerbittliche Voranschreiten des Lebens. Zwischen seinen Knien hielt er einen Stock mit silbernem Knauf in Form eines Leoparden, und seine dicken Hände ruhten gelassen auf dem geduckten Tier. »Jimmy war ein loyaler Freund, und ich wollte ihm seinen Ehrentag nicht verderben.«

»Das war sicher klug«, sagte ich.

»Hat der Gottesdienst Ihnen gefallen?«

»Es war bewegend. Vor allem der Sohn.«

»Ja, das habe ich gehört. Ich habe dafür gesorgt, daß es so ablief.«

»Es war sehr großzügig, ihn aus L.A. einfliegen zu lassen.«

»Ganz so hatte ich es nicht geplant. Wissen Sie, Jimmy war kein eifriger Familienvater. Er hatte seinen Sohn jahrelang nicht gesehen, und nach dem, was Jimmy seiner Mutter angetan hatte, wollte der Sohn nicht kommen. Jimmy hat sicher seine Frau falsch behandelt, aber das war kein Grund für einen Sohn, seinem Vater den Respekt zu verweigern.«

»Und wie haben Sie dann dafür gesorgt, daß er doch gekommen ist?«

»Das habe ich gar nicht. Solche Unstimmigkeiten sind umfassend und reichen tief, und ich bin kein Psychologe. Ich habe stattdessen einen Schauspieler angeheuert.«

»Das war ein Schauspieler?«

»Ich habe ihm gesagt, daß ich Gefühle will. Der Schauspieler hat verlangt, für Tränen extra bezahlt zu werden. Ich hätte ihm den fetten Hals umdrehen können, aber ich bin nun mal sentimental, also habe ich bezahlt.«

»Ich wußte gar nicht, daß Sie so leicht rumzukriegen sind.«

»Ich glaube, ich werde zu alt. Wenn meine Kollegen sterben, ist das eine Sache, das ist die natürliche Ordnung der Dinge. Aber wenn die nächste Generation anfängt, an natürlichen Ursachen zu sterben, und ich immer noch da bin, dann macht mich das müde und traurig. Vielleicht haben die anderen recht. Vielleicht ist es an der Zeit, meinen Griff um die Trophäe zu lockern.«

Er seufzte, ein tiefes, trauriges Seufzen, und wandte sich von mir ab, um aus dem Fenster zu sehen. Wir fuhren gerade aus dem Tor des Friedhofs und reihten uns in den Verkehr ein. Lenny atmete beim Fahren durch den Mund. Obwohl der Tag draußen inzwischen sonnig und warm war, fühlte sich das Wageninnere mit den verdunkelten Fenstern und der kühlen Luft aus der Klimaanlage wie im Herbst an.

»Haben Sie irgend etwas über Pietro in Erfahrung gebracht?« fragte er, noch immer von mir abgewandt.

»Ich wünschte, Sie würden das von jemand anderem erledigen lassen.«

»Sagen Sie mir, was Sie wissen«, sagte er scharf.

»Cressi hat nicht allein gearbeitet«, sagte ich. »Er mußte die Einzelheiten des Geschäfts mit jemand anderem besprechen, bevor er dem Kauf der Waffen zustimmte. Ich habe mich bei einigen Mercedes-Händlern in der Gegend erkundigt, aber niemand hat von gestohlenen Autos gesprochen. Ich habe auch mit Beamten von Alcohol, Tobacco and Firearms über die Gruppe geredet, an die Peter die Waffen angeblich verkaufen wollte. Weiße Rassisten, Skinheads. Diese Brüder, die oben in Allentown ihre Eltern abgeschlachtet haben, waren Mitglieder. Die Polizei hat sie seit Jahren beobachtet und sagt, sie würden Waffen kaufen, aber nicht in diesen Mengen. Sie haben zu wenig Bargeld und können noch nicht mal ihre Mitteilungsblätter frankieren. Ich glaube nicht, daß er weiterverkaufen wollte.«

»Aber wozu sollten die Waffen dann benutzt werden?«

»Das weiß ich noch nicht.«

Er seufzte wieder. »Ich glaube, ich kann Ihnen vertrauen, Victor, und das ist gut. Sie sind mein Kundschafter. Wie in den alten Kavalleriefilmen braucht jeder General einen Kundschafter, um die Wilden aufzuspüren.«

»Ich hoffe, ich bin nicht der einzige.«

»Ich werde von jemandem verraten, der dazugehört. Ich bin bereit, abzutreten, in New Jersey in Pension zu gehen und Blumen zu malen wie Churchill, aber ich lasse mich nicht von einem Judas verdrängen.«

»Was glauben Sie, wer es ist?«

Raffaello zuckte mit den Achseln. Seine Schultern hoben und senkten sich so sanft wie ein Atemzug.

»Dante hat verlangt, daß ich direkt an ihn berichte«, sagte ich. »Das hatten wir nicht vereinbart.«

»Er ist vielleicht übereifrig, aber ein guter Mann.«

»Wie kommt es, daß er so schnell aufgestiegen ist?«

»Er ist das Auge in meinem Hinterkopf.«

»Vielleicht braucht er eine Brille.«

»Haben Sie Gründe, an ihm zu zweifeln?«

»Nein, aber ich traue ihm nicht. Was ist mit Calvi passiert? Ich habe geglaubt, Calvi könnte ich vertrauen.«

»Wir hatten eine Meinungsverschiedenheit.«

»Worüber?«

»Was glauben Sie, worum es sich hier handelt, Victor, bei den Autos, den Geheimnissen, den Deals, den Drohungen? Bei all dem geht es um Geld, um Ströme von Geld. Wir fahren in unseren Cadillacs herum, und die Leute geben uns Geld. Wenn sie es nicht tun, werden wir ein bißchen grob, und dann tun sie es. Ich halte Frieden, weil wir auf diese Art mehr Geld verdienen. Ich verteile das, was wir bekommen, fair, damit alle bei der Stange bleiben und wir noch mehr verdienen. Es macht Spaß, sicher, und wir essen gut, aber wir sind nicht wegen der Pasta oder des Spaßes dabei, wir sind wegen des Geldes dabei. Und jetzt wollen die Tiere, die gegen uns sind, mehr als ihren Anteil, und um mehr zu bekommen, werden sie alles tun, was dazu nötig ist, jedes Verbrechen begehen, das erforderlich ist. Es wäre nicht anders, wenn wir Autos oder Büchsengemüse oder Cannoli verkaufen würden, wir hätten trotzdem den gleichen Streit. Bloß die Taktik wäre anders, und es würde mehr Überlebende geben. Sie wollen mich aus dem Weg haben, damit sie die Stadt kontrollieren und bestimmen können, wer was bekommt, und sobald sie die Stadt einmal kontrollieren, werden sie sie melken, was das Zeug hält. Und dann wird es so scheußlich werden, daß man es sich nicht mal vorstellen kann.«

Wir waren wieder auf dem Schuylkill Expressway und fuhren in östlicher Richtung auf die Innenstadt zu. Wir befanden uns auf der mittleren Spur, und ringsum drängten sich andere Wagen und wechselten die Fahrspur und bremsten abrupt, wenn ihnen jemand zu nahe kam. Lenny fuhr bemerkenswert gleichmäßig, nie mehr als fünfundfünfzig Meilen, und benahm sich, als würden wir ständig von einem Polizeiauto verfolgt, was durchaus der Fall hätte sein können. Ein rotes Kabriolett schloß rechts zu uns auf, und das blonde Haar der Fahrerin flatterte hinter ihr wie ein flotter Schal, ehe sie davonbrauste.

»Was ist mit Calvi?« fragte ich.

»Calvi wurde unzuverlässig. Er haßte jeden, traute keinem, und alle erwiderten seinen Haß. Er war über seine Fähigkeiten hinaus aufgestiegen und wußte es, aber er wollte nicht absteigen. Und dann kamen wir dahinter, daß er sich mehr als seinen Anteil nahm, und so war ich gezwungen, ihn zu degradieren.«

»Wie haben Sie das herausgefunden?«

»Wie ich schon sagte, ich habe ein Auge im Hinterkopf.«

»Haben Sie sich je gefragt, wieso Sie noch immer Schwierigkeiten haben, obwohl Sie Calvi losgeworden sind? Haben Sie schon mal daran gedacht, daß Calvi vielleicht gar nicht das Problem war? Daß das Problem möglicherweise das verdammte Auge in Ihrem Hinterkopf ist?«

»Seien Sie mein Kundschafter, Victor. Finden Sie heraus, wer hinter Pietro steht, und ich rufe die Kavallerie zu Hilfe, damit sie sich um den Verräter kümmert.«

»Und dann bin ich draußen. Ganz und gar. Niemand kommt mehr in mein Büro oder ruft meine Telefonnummer an.«

Ein alter, weißer Lieferwagen, der an den Seiten Rostlöcher hatte, glitt links an uns vorbei und wurde dann langsamer. Der Lieferwagen blieb zurück, als ein Kombi in der linken Spur langsamer wurde, ehe er sich abrupt vor uns einordnete und dann vor einem Bus, ehe er die Ausfahrt nahm.

»Das ist der Deal, ja«, sagte Raffaello. »Aber bevor es dazu kommen kann, müssen Sie herausfinden, was ich wissen muß. Ich versuche, vernünftig zu regieren, Victor. In meinem Herzen bin ich ein friedliebender Mann. Aber ich weiß genau, wenn Vernunft mit Kraft streitet, ist es die Kraft, die gewinnt. Sie sagen mir, wer der Verräter ist, und ich werde Kraft zeigen. Sagen Sie mir, wer der Verräter ist, und ich schneide ihm die Zunge ab und schicke sie mit der Post an seine Frau.«

Draußen, links von uns, fuhr der weiße Lieferwagen wieder neben uns, und diesmal ragte aus einem der Rostlöcher ein schwarzes Metallrohr. Es gab ein Rauchwölkchen und ein lautes Wimmern, und in der Fensterscheibe neben Enrico Raffaellos Gesicht erschienen plötzlich kristallförmige Blüten aus Glas.

## 21

Kreischen von reißendem Metall. Quietschende Bremsen. Ein Schrei. Der weiße Lieferwagen schoß vor uns davon und kam dann zurück wie an einer Strippe. Eine Drehung des Steuers. Eine Kraft, die mich gegen die Tür schleuderte und dann vom Sitz. Knirschen von Stahl, der sich verbiegt. Ein Schrei. Splitterndes Glas. Ein Regen kalter Kristalle an meinem Hals. Ein Schrei. Eine Hand in meinem Gesicht und eine Stimme, die mir sagt, ich solle still sein. Eine Explosion unter uns und eine wilde Serie von Stößen. Ein Ruck nach vorn. Quietschende Bremsen. Krachen des Motors und eine Kraft, die mich tiefer zu Boden drückt. Ein Schrei. Ein Schrei.

»Seien Sie still, Victor«, sagte Raffaello. »Bitte, seien Sie doch still.«

»Was? Was?«

»Seien Sie einfach still und beruhigen Sie sich. Wir verlassen den Highway.«

Laute Beschleunigung. Ein grüner Hügel schießt vorbei, dann geht es nach oben und nach rechts.

»Fabelhaft, Lenny. Absolut fabelhaft. Hast du irgendwas gesehen?«

»Das Fenster war geschwärzt«, sagte Lenny vollkommen ruhig. »Ich konnte überhaupt nichts sehen, Mr. Raffaello.«

»Das ist schon in Ordnung. Wir werden es bald genug herausfinden. Du warst fabelhaft, Lenny.«

»Ich hab sie gerammt«, sagte Lenny, »aber ich konnte nicht sehen, wer sie waren.«

»Was? Was ist passiert?«

»Was glauben Sie denn, was passiert ist?« sagte Raffaello. »Die Mistkerle haben versucht, mich umzulegen. Sie können sich jetzt aufsetzen, wenn Sie wollen. Sie sind weg.«

Vorsichtig richtete ich mich auf. Die hinteren Fenster waren zersplittert und voller Löcher. Durch die Löcher konnte ich sehen, daß wir mit hoher Geschwindigkeit den Highway verließen und ruckartig nach links in eine Straße einbogen. Die Fahrt war schrecklich holperig, sogar für die Straßenverhältnisse von Philadelphia, daher nahm ich an, daß ein Reifen geplatzt sein mußte. Lenny behielt den Rückspiegel im Auge, während er dahinbrauste. Die Wagentür auf Raffaellos Seite war mit kaffeefarbenem Schaum gesprenkelt.

»Wir müssen Victor jetzt absetzen, Lenny.«

»Jawohl, Mr. Raffaello. Unter der Brücke bremse ich.«

»Ich will nicht aussteigen.«

»Es hat begonnen, Victor. Es nützt keinem von uns, wenn Sie in diesem Augenblick bei mir sind, verstehen Sie? Wenn Lenny es Ihnen sagt, werden Sie aus dem Wagen springen.«

»Aber nein. Nein. Das kann ich nicht.«

Der Cadillac fuhr ein wenig langsamer und näher an den Straßenrand, als er unter eine Zementbrücke kam.

Raffaello beugte sich zur Seite, um meine Tür zu öffnen. Ich sah, wie er dabei zusammenzuckte. Die linke Seite seines Anzugs war blutgetränkt.

»Sie sind verletzt. Sie bluten.«

»Machen Sie sich bereit, sich fallen zu lassen«, sagte er, als er den Hebel herunterdrückte.

»Das kann ich nicht. Vermutlich folgen sie uns. Sie werden mich sofort überfahren.«

»Dann rollen Sie gleich zur Seite«, sagte er, während die Tür aufging, und ich sah ein primitives Wandgemälde mit Autos und darunter vorbeihuschenden schwarzen Asphalt.

»Warten Sie!«

»Wir bleiben in Verbindung«, sagte Enrico Raffaello, bevor er mich aus dem Wagen stieß.

Ein Vorschlaghammer prallte gegen meine Schulter, Felsbrocken trafen meine Seite, Krallen zerkratzten mein Gesicht, etwas schlug auf meinen Kopf ein. Brennender Schmerz durchzuckte meinen Rücken, und dann war ich oben, hatte den Bordstein überwunden, lag auf dem schmalen Gehweg direkt neben dem Straßenbelag der Zementbrücke. Ich zog den Kopf ein, als Reifen knapp an meiner linken Hand vorbeizischten, die bleich und still wie ein toter Fisch auf der Fahrbahn lag.

Ich zog die Hand an mich, rappelte mich auf die Knie hoch und versuchte festzustellen, wo ich war. Alles sah vage vertraut aus. Der steinerne Tunnel links von mir, die Ampeln, die Fahnen an den Masten. Ein lächerlicher Strauß Luftballons. Moment mal, Luftballons und Fahnen? Und da drüben, neben dem Parkplatz, Buden mit Lebkuchen, Eingänge mit Sperren und die große grüne Statue eines stolz ruhenden Löwen. Plötzlich wußte ich Bescheid. Lenny war bei der Ausfahrt Girard Street vom Expressway abgebogen und hatte mich direkt vor dem Haupteingang des Zoos von Philadelphia abgesetzt.

Als mir klar wurde, wo ich war, wurde mir gleichzeitig klar, daß auch der mörderische weiße Lieferwagen den Fluchtweg des Cadillac gekannt haben mußte. Er würde ihn jagen, zusammen mit allen möglichen anderen Fahrzeugen, die ihn vielleicht noch verfolgten, um den Job zu Ende zu bringen. Zweifellos würden sie genau über diese Straße kommen und nach allem Ausschau halten, was sie womöglich töten konnten, und was sie finden würden, wenn ich dort blieb, auf den Knien wie ein verängstigter Sünder, wäre ich.

Ich stand auf und musterte mich rasch. Meine Jacke war an der

Schulter aufgerissen, und Blut sickerte durch mein weißes Hemd. Ich wischte mir die Blutspuren von den Kratzern auf der linken Gesichtshälfte. Das rechte Knie meiner Hose war zerrissen, und durch die Öffnung konnte ich zackige Schrammen sehen, aus denen rotes Blut tropfte. Beweg dich, sagte ich zu mir. Wohin? Wohin auch immer, du Narr, bloß beweg dich.

Ich hinkte an dem Ballonverkäufer vorbei und über eine schmale Straße, die den Zoo umgab, und dann ging ich an der Löwenstatue vorbei zu dem offenen Tor zwischen den Kiosken.

»Das macht acht fünfzig«, sagte die junge Frau am Kartenschalter, nachdem sie meine zerrissene Jacke und das Blut gemustert hatte, das durch die Schulter meines Hemdes sickerte. Sie hatte ein großes Muttermal auf der Wange, das sich in Falten legte, wenn sie lächelte. »Aber wenn Sie Mitglied werden möchten, können Sie das heutige Eintrittsgeld gegen den Gesamtbetrag von vierzig Dollar verrechnen.«

»Ach, ich glaube nicht.«

»Aber es ist ein glänzendes Geschäft. Sie können jedesmal, wenn Sie kommen, kostenlos parken und haben ein Jahr lang freien Zutritt. Sie brauchen bloß dieses Formular auszufüllen.«

»Nein, wirklich nicht, vielen Dank«, sagte ich und reichte ihr einen Zwanziger. Während sie das Wechselgeld abzählte, sah ich hinter mich. Nichts Verdächtiges, überhaupt nichts, bis ich die Schnauze eines langen, schwarzen Lincoln erblickte, der langsam die gleiche Straße herunterkam, die Lenny mit dem Cadillac genommen hatte. Ich eilte durch das Tor in den zoologischen Garten, bevor die Frau mir mein Wechselgeld herausgeben konnte.

Ich rannte über den großen, mit Steinen gepflasterten Platz mit dem Brunnen auf dem großen, eisernen Aussichtspunkt, rannte an der Statue der Elefanten vorbei in das Haus für seltene Tiere, einen langen, halbrunden Korridor, der von Käfigen gesäumt war. Auf der rechten Seite sausten Flugfüchse unter der Decke ihres Käfigs umher wie eine Miniatur-Motorradgang in schwarzem Leder. Nackte Strandgräber, blaßrosa und hübsch, kuschelten sich in einem Gehege aus Tunneln zu meiner Linken zusammen. Rasch sah ich mich um, während ich weiterging. Eulengesichtige Meerkatzen, Silberäffchen, Guerezas mit wunderschönem, schwarzweißem Fell. Es gab kaum Besucher in dem Haus für seltene Tiere um diese Tageszeit, nur ein paar Kinder im Kinderwagen mit ihren Müttern. Ich hielt eine Sekunde inne, um zu lauschen. Das Kreischen eines Affen, das Rascheln der Flattertiere. Es roch hier nach Dung und Affenschweiß. Zwei tabakfarbene Baumkänguruhs hüpften hoch oben auf einem Zweig in ihrem Käfig herum. Ich wollte mich gerade wieder in Bewegung setzen, als ich eine aufschwingende Tür und das Tappen laufender Füße hörte.

Wegen der Biegung des breiten Ganges konnte ich nicht sehen, wer da kam, aber ich wußte genug, um nicht gesehen werden zu wollen. Links gab es einen Ausgang mit der Aufschrift NUR FÜR PERSONAL, und ich eilte darauf zu, doch der Türknopf wollte sich nicht drehen, als wisse die Tür genau, wer ich nicht war. Ich schaute hinter mir den Korridor entlang, sah noch immer nichts und begann zu rennen, vorbei an den Mongozen aus Madagaskar, rannte auf die Tür am hinteren Ende des Ganges zu, während die Schritte immer näher kamen. Gerade als ich die erste der Doppeltüren erreichte, trampelte eine Horde von Schulkindern herein, gefolgt von ihren Lehrern. Sie drängten mich zurück und übertönten mit ihrem aufgeregten Geplapper das Geräusch der Schritte hinter mir. Ich konnte mir zwischen dem taillenhohen Gewimmel keinen Weg bahnen, und so blieb ich stehen, während die Kinder vorbeiströmten, und drehte mich um, um jeglichem Schicksal, das mir auf den Fersen war, die Stirn zu bieten.

Es war die Frau aus dem Kartenhäuschen.

»Sir«, sagte sie, und ihr Muttermal legte sich in Falten, als sie lächelte, zwei Geldscheine in der Hand. »Sie haben Ihr Wechselgeld vergessen.«

Ich zwang mich, einmal tief einzuatmen. Obwohl ich zitterte, rang ich mir ein Lächeln ab. »Danke«, sagte ich leise, »das war sehr freundlich von Ihnen.«

»Bitte sehr.«

In ihrer ausgestreckten Hand befanden sich ein Zehner, ein Einer und zwei Vierteldollars. Ich nahm den Einer und die Vierteldollars und sagte: »Danke, den Rest können Sie behalten.«

»Das kann ich nicht annehmen, Sir. Wirklich nicht.«

»Betrachten Sie's als Trinkgeld«, sagte ich. »Weil Sie mir den Glauben an die menschliche Natur zurückgegeben haben.«

Sie errötete, ihr Muttermal legte sich in Falten, und sie wollte protestieren, aber ich hob die Hand.

»Vielen Dank«, sagte sie. »Wirklich, das ist toll.« Endlich drehte sie sich um und ging. Ich, mit meinem wiederhergestellten Glauben an die menschliche Natur, verließ langsam das Gebäude und sah mich dabei dauernd nach den Männern um, die versuchten, mich umzubringen.

Auf den breiten, gepflasterten Gehwegen war nichts Verdächtiges zu sehen. Riesige Galapagos-Schildkröten starrten mir unter ihren Panzern hervor passiv nach, als ich vorbeieilte. Emus stolzierten vorbei, Nilpferde wälzten sich, ein schwarzweißer Tapir tappte herum und schaute dabei so argwöhnisch drein wie ein Mädchen, mit dem ich früher einmal gegangen war. Beim Gehege der Rhinozerosse beugte ich mich über die Einfassung und beobachtete eine Mutter mit ihrem Jungen. Ich war neidisch auf ihre gepanzerten Körper. Ein Mädchen in einem purpurroten Kleid stand auf den Zehenspitzen ihrer Slipper und steckte den goldenen Elefantenschlüssel in die Lautsprecherbox. Eine Stimme ertönte.

*In ganz Afrika und Asien wird das Rhinozeros fast bis zum Aussterben gejagt. Jahrhundertelang haben bestimmte Kulturen geglaubt, Horn, Blut und Urin des Rhinozeros besäßen magische und medizinische Kräfte.*

Während ich an der Brüstung lehnte und dem Vortrag lauschte, schaute ich unauffällig den Weg entlang. Dabei erspähte ich eine Gestalt oben auf einer Erhebung, und mein Atem stockte. Ein massiger Mann in kastanienbraunem Anzug schaute sich mit wilder Konzentration um.

*Wissenschaftler schätzen, daß es in Indien und Nepal nur noch vierzehnhundert einhörnige indische Rhinozerosse gibt.*

Ich kannte ihn nicht, und ich hätte ihn auch nicht erkannt, wenn der Anzug nicht gewesen wäre. Kastanienbraune Anzüge sind selten genug, aber dieser Farbton war geradezu strahlend in seiner Scheußlichkeit und nicht leicht zu vergessen. Ich hatte ihn erst an diesem Morgen bei Jimmy Vigs Beerdigung gesehen. Sein Besitzer war mit Sicherheit einer der Jungs aus der Stadt und ganz bestimmt nicht hier, um Zwiesprache mit der Natur zu halten. Ich erstarrte und bekam nach und nach wieder Luft.

*Um zur Erhaltung dieser gefährdeten Spezies beizutragen, arbeitet der Zoo von Philadelphia zusammen mit anderen zoologischen Gärten an einem* Species Survival Plan *genannten Programm mit.*

Ich wartete und beobachtete den Mann in Braun aus dem Augenwinkel. Als er sich umdrehte, um jemandem hinter ihm zuzuwinken, rannte ich auf das nächstbeste Gebäude zu und schlüpfte hinein.

Ich fand mich in einem breiten, modernen Gang mit riesigen Panoramafenstern wieder, hinter denen die Wunder der Natur zu betrachten waren. Massige Schildkröten starrten; eine graue Anaconda schlief. Ein Waran, halb in einem Dschungelteich verborgen, beobachtete mich mit seinen Fleischfresseraugen. Am Ende des breiten Ganges lagen zwei riesige Fenster, hinter denen die Superstars des Reptilienhauses zu bewundern waren, der Alligator, geduckt und wild, und das Krokodil, blaß, geduldig und hungrig. Wo der Gang eine scharfe Biegung nach links machte, trat ich von den großen Raubtieren weg zur Seite. Hier war ich verborgen. Die Eingangstüren, durch die ich gekommen war, spiegelten sich in der Glasscheibe vor dem Alligatorgehege. Nur Ruhe bewahren, sagte ich mir. Geduldig warten, bis er an diesem Gebäude vorbei ist und den restlichen Zoo durchsucht. Besser warten und sich verstecken, als wie ein losgelassenes Zebra über die Gehwege des Zoos zu traben. Ruhe bewahren und Geduld haben, sagte ich mir, wie mein Freund, das Krokodil, während der Schläger vorbeitappte und verschwand. Ich atmete etwas leichter, und der Kloß in meiner Kehle war fast verschwunden, als ich in der Fensterfront des Alligatorgeheges die Tür aufgehen und etwas Braunes aufblitzen sah.

Ich wich zurück, bis ich gegen einen großen Holzwürfel in der Mitte des Ganges stieß. Ich schlüpfte darum herum in den Alkoven, der den Wüstentieren gewidmet war. Hier waren die Fenster kleiner, wie in die Wand eingelassene Terrarien. Klapperschlangen, Peitschenschlangen, Wühlechsen, Unmengen von Wühlechsen. Ich ging an einem Gilamonster vorbei und schlich mich, von dem Holzwürfel gedeckt, in den älteren Teil des Gebäudes, wo es weitere Türen gab. Hier wurde die Atmosphäre glitschig und grün. Vorsichtig ging ich zum hinteren Ausgang, vorbei an Nattern, winzigen, giftigen Pfeilfröschen und einem nordamerikanischen Ochsenfrosch, der mich mit passiven Augen ansah und meiner Furcht mit Skepsis zu begegnen schien. Deine Beine sehen verdammt lecker aus, du Mistkerl, dachte ich, während der Ochsenfrosch gemütlich auf einem künstlichen Baumstamm saß und mir beim Schwitzen zuschaute. Noch immer von dem Holzwürfel gedeckt, drehte ich mich um und eilte rasch zu den hinteren Türen; erst trabte ich, dann rannte ich, dann sprintete ich, sprintete zu schnell, um anzuhalten, als die Türen sich öffneten und mir eine Gestalt entgegenkam, die ich in dem hinter ihr hereinströmenden Gegenlicht nicht erkennen konnte.

Ich rannte direkt in sie hinein, prallte ab wie von einer Wand und stürzte rücklings zu Boden. Die Gestalt tat einen Schritt auf mich zu. Als ich Peter Cressi erkannte, der zu mir hinunterschaute, verließ mich der Mut.

»Hallo, Vic«, sagte er. »Wie geht's, wie steht's?«

Hinter mir hörte ich Schritte.

»Gott, was ist denn mit Ihnen passiert?« sagte Cressi, als er meinen derangierten Zustand erkannte. »Sind Sie in einen der Käfige gekrochen? Hat sich ein Gorilla in Sie verguckt?«

Ich rappelte mich hoch, und sofort spürte ich, wie sich eine Hand auf meine Schulter legte. Ich fuhr herum. Der massige Typ in Braun grinste mich an. Ihm fehlte ein Zahn. »Dante hat gesagt, wir würden hier jemanden finden, und er hatte recht.«

Wieder fuhr ich herum und starrte Cressi an.

»Dolles Ding, was da mit dem Lieferwagen passiert ist«, sagte Cressi. »Dolles Ding. Was heutzutage alles passieren kann!«

Nachdenklich legte ich den Kopf schräg, während ich noch immer Cressi anstarrte. »Woher wissen Sie von dem Angriff, Peter?«

»Dante hat es uns gesagt und uns hergeschickt.«

»Und wie hat er es erfahren?« fragte ich.

»Was glauben Sie wohl?«

»Sagen Sie's mir, Peter, verdammt.«

Meine ganze Wut und Angst ballten sich zusammen und schossen unvermittelt in die Muskeln meiner Arme, und mit einem ungeheuren Energiestoß rammte ich meine Hände gegen seine Brust und stieß ihn zurück in Richtung Tür.

»Woher hat er davon gewußt, Peter?« sagte ich. »Sagen Sie mir das, Sie Mistkerl!«

Wieder stieß ich ihn zurück, diesmal so hart, daß sein Kopf gegen das Türglas prallte.

»Woher hat er davon gewußt, wenn er es nicht angezettelt hat? Und Sie hängen mit drin, Sie Mistkerl. Warum zum Teufel versuchen Sie, mich umzubringen?«

Ich wollte ihn erneut stoßen, doch bevor ich dazu kam, legten sich flink wie Kobras zwei Arme um meine Schultern und in meinen Nacken, und plötzlich wurde ich hochgehoben.

»Sie Mistkerl!« schrie ich.

»Mann, Vic«, sagte Cressi und warf mir einen eigenartigen Blick zu. »Sie drehen ja völlig durch. Beruhigen Sie sich, sonst muß Andy Bandy hier Sie für mich beruhigen. Wir wollen doch in der Öffentlichkeit keine Szene machen.«

Ich kämpfte darum, mit den Füßen wieder auf den Boden zu kommen, und fragte: »Wie haben Sie davon erfahren?«

Cressi warf mir einen Blick zu, griff in seine Tasche, und ich hörte zu treten auf, während ich darauf wartete, was nun kommen würde. Doch was er aus der Tasche zog, war ein Handy.

»Lenny hat Dante vom Autotelefon aus angerufen, nachdem er Sie abgesetzt hatte. Dante hat mich losgeschickt, um nachzusehen, ob mit Ihnen alles in Ordnung ist. Wir haben nur versucht, uns um Sie zu kümmern, das ist alles.«

Bei diesen Worten löste Andy Bandy die eisernen Schlangen um meine Schultern und meinen Hals. Wieder fiel ich zu Boden.

»Reißen Sie sich zusammen, Vic«, sagte Cressi. »Ich bin es nicht gewohnt, daß Sie sich am Boden winden wie eine Schnecke. Wissen Sie, das reicht, um mich zum Nachdenken zu bringen. Und wenn ich nachdenke, ist das nicht gut, Freund. Es verdirbt mir den ganzen Tag.«

Er griff in seine Hosentasche und spielte einen Augenblick mit dem herum, was darin war, bevor er ein kleines, in Zellophan gewickeltes Pfefferminzbonbon herauszog. Er hob die Hand, warf das Pfefferminzbonbon mit einer schnellen Bewegung in seinen Mund und ließ das Papier fallen.

»Ich kann ja verstehen, daß Sie durcheinander sind und so, aber ich hasse es, wenn Sie da am Boden hocken und Angst vor mir haben.« Das Pfefferminzbonbon klapperte gegen seine Zähne, während er sprach. »Wofür halten Sie mich, für 'nen Idioten? Sie sind mein Anwalt. Welcher Idiot würden seinem eigenen Anwalt was antun?«

Er beugte sich über mich, und ich stellte fest, daß ich ihm nicht in die Augen sehen konnte. Statt dessen starrte ich auf etwas anderes, auf etwas, dessen Bedeutung ich noch nicht verstand, als ich mich da auf dem Boden krümmte, gelähmt vor Angst vor den beiden Männern über mir. Ich konnte die Bedeutung noch nicht verstehen, aber trotzdem mußte ich hinschauen, als ob etwas in meinem Inneren die Wahrheit wüßte; daß nämlich das, was ich da vom Boden des Reptilienhauses im Zoo von Philadelphia aus sah, der erste lose Faden war, mit dem schließlich die dunkelsten Geheimnisse des Untergangs der Reddmans entwirrt werden sollten.

# 22

Cressi und Andy Bandy fuhren mich nach Hause und warteten, bis ich im Flur war, ehe sie wegfuhren, warteten, als sei ich ein Schuljunge, den man mitten in der Nacht irgendwo abgesetzt hatte. »Möchten Sie, daß ich in der Nähe bleibe und Sie im Auge behalte, Vic?« hatte Peter vom Vordersitz des Lincoln aus gefragt. »Nein«, hatte ich geantwortet. Das Problem, wenn Peter mir den Rücken freihielt, bestand darin, daß ich ihm überhaupt den Rücken zudrehen mußte, und dazu traute ich ihm nicht genug. Ich ging also allein in meine Wohnung, zog meinen zerrissenen Anzug aus, nahm eine Dusche, zog ein neues weißes Hemd und einen relativ frischen Anzug an, band meinen Schlips und betrachtete mich im Spiegel. Dann lockerte ich den Schlips, zog Anzug, Hemd, Schuhe und Socken wieder aus und ging ins Bett. Es war früher Nachmittag, und im Büro gab es eine Menge Arbeit, aber ich ging trotzdem ins Bett.

Ich denke, daß mir das passiert, wenn ich dem Tod ins Gesicht gestarrt habe und er mich ausgelacht hat. Das wilde Wimmern, das in diesem Auto an meinem Kopf vorbeigezischt war, war das Kichern des Todes, daran gab es keinen Zweifel, und ich hatte ihn schon fast akzeptiert, als Andy Bandy mich hochhob und Cressi in seiner Jacke nach etwas griff, was nach meiner Überzeugung eine Waffe war. Aber dann war der Tod für den Augenblick wieder verschwunden, einstweilen, wie es schien, gesättigt vom beißenden Geruch der Angst, den mein endokrines System absonderte, zufrieden, mich wieder einmal daran erinnert zu haben, was genau ich eigentlich in Wirklichkeit war. Ich kenne Leute, die zu den Sternen aufblicken und sagen, der Nachthimmel gebe ihnen ein Gefühl der Bedeutungslosigkeit, aber ich glaube ihnen nicht, wenn sie das sagen. Wenn ich die Sterne anschaue, schrumpfe ich nicht zusammen, sondern wachse, erfüllt von der perversen Gewißheit, daß das ganze Universum ausschließlich zu meiner Unterhaltung und Erleuchtung da ist. Doch wenn ich von Angesicht zu Angesicht der grinsenden Maske des Todes gegenüberstehe, kenne ich die Wahrheit. Ich bin ein zufällig geformter Strang DNS, nicht bedeutsamer als die zufälligen DNS-Stränge, die den Grashalm definieren, auf den ich trete, oder die Kuh, deren gegrilltes Muskelfleisch ich kaue. Ich esse chinesisch und scheiße Mais und schwitze in meinen Socken und stinke, und dieselbe DNS, die mir diese Nase und dieses Kinn und die zehn Finger und zehn Zehen gegeben hat, hat mich auch dazu verurteilt, in Vergessenheit zu versinken. Sie weist meine Arterien an, sich mit verkalktem Fett zu verstopfen, meine Leber, zu welken, meine Nieren, schwach zu werden, meine Lungen, bei jedem Husten etwas von sich auszuspeien. Und angesichts dieser äußersten Zufälligkeit und geplanten Alterung kann ich mir nicht einmal vorstellen, genug Energie aufzubringen, um aus dem Bett aufzustehen, durch die Straßen zu gehen, meine Anzüge reinigen zu lassen, meine Bibliotheksbücher zurückzugeben, für Richter zu stimmen, deren Namen ich nicht aussprechen kann, meine Rolle zu spielen, als ob irgend etwas wirklich wichtig wäre.

Und so lag ich den ganzen Nachmittag lang mit dem Kopf unter der Decke, bibbernd, obwohl ich nicht fror, und roch den getrockneten Schweiß der fünfzig Nächte, die es her war, seit ich zuletzt meine Laken gewaschen hatte, und versuchte, mir einen Grund einfallen zu lassen, um aus dem Bett aufzustehen, aber es gelang mir nicht. Als sei der Geruch des getrockneten Schweißes von fünfzig Nächten nicht Grund genug. Ich versuchte es und schaffte es nicht, bis das Telefon läutete.

Sollte ich an den Apparat gehen? Warum? Wer könnte das schon sein, der wichtig wäre? Niemand, lautete die Antwort. Ich ließ es fast so lange läuten, bis sich der Anrufbeantworter einschaltete, aber vielleicht hatte es gereicht, vier Stunden lang alten Schweiß zu riechen, denn ich streckte den Kopf unter der Decke hervor, nahm den Hörer ab und sagte mit hoher, quiekender Stimme: »Ja?«

»Hast du gehört, was heute auf dem Schuylkill Expressway passiert ist?« platzte Beth heraus. »Ein Lieferwagen mit einem in die Seite gebohrten Loch fuhr neben Raffaellos Cadillac und schoß ihn zusammen. Die Nachrichten sind voll davon. Irgendwie ist der Cadillac entkommen. Raffaello erholt sich in einem nicht genannten Krankenhaus, den Namen geben sie nicht preis, aber kannst du dir das vorstellen? Jeder redet davon. Auf dem Schuylkill Expressway. Alle wollen wissen, wer den Cadillac gefahren hat. Anscheinend ist er entkommen, obwohl einer der Reifen zerschossen war. Der Fahrer ist der absolute Held. Ich möchte ihn als Chauffeur haben. Erstaunlich. Victor, ich glaube, es ist an der Zeit, daß wir uns eine andere Klasse von Kundschaft zulegen, findest du nicht? Wo bist du überhaupt gewesen?«

»Ich leide ein bißchen unter der Großwetterlage, um es mal so auszudrücken«, sagte ich. Beth brauchte nicht zu wissen, daß ich dabeigewesen war. Keiner brauchte das zu wissen, keiner brauchte es jemals zu erfahren, und genau das war der Grund, warum Raffaello mich aus dem fahrenden Cadillac gestoßen hatte.

»Bist du in Ordnung?« fragte Beth. »Kann ich irgend etwas für dich tun?«

»Nein. Haben sie in den Nachrichten gesagt, wer da geschossen hat?«

»Sie haben keine Ahnung. Bloß, daß es da irgendwelche internen Streitigkeiten gibt. Die Behörden sind ratlos. Du hörst dich schrecklich an. Brauchst du vielleicht eine Suppe oder so? Hast du gegessen?«

Darüber mußte ich einen Augenblick nachdenken. Eigentlich war es eineinhalb Tage her, daß ich gegessen hatte. Gestern mittag einen schnellen Lunch, aber dann nur die widerlichen Gerichte in Veritas, und vor Jimmy Levines Beerdigung hatte ich keine Zeit für ein eßbares Frühstück gehabt. Ich fragte mich, ob meine tiefe, existentielle Seelensuche vielleicht weniger ein Ergebnis der Begegnung mit der grinsenden Maske des Todes als vielmehr Zuckermangel war. Vielleicht gibt es eine Patentlösung für alle unsere tiefen metaphysischen Probleme – einen Riegel Snickers. »Nein«, sagte ich. »Schon länger nicht.«

»Laß uns essen gehen.«

»Du hörst dich geradezu obszön fröhlich an.«

»Ich war in diesem Keller in Mt. Airy, wo ich mich für dich umsehen sollte. Die Kirche des Neuen Lebens. Wir sollten darüber reden.«

»Irgendwas Interessantes?«

»Interessant wie die Hölle«, sagte sie.

Wir trafen uns in einem Restaurant an einer entlegenen Ecke in Olde City. Beth hatte eine Imbißstube in der Nähe des Rittenhouse Square vorgeschlagen, aber ich konnte bloß an die dortigen Panoramafenster denken. Ich wollte in diesem Augenblick nicht hinter Panoramascheiben sitzen, also hatte ich dieses etwas abgelegene Lokal auf der meiner Wohnung entgegengesetzten Seite der Stadt vorgeschlagen, und Beth hatte akzeptiert. Das Café Einstein war ein prätentiöses kleines Restaurant mit einer Bar, wo man Mädchen aufreißen konnte, schlechten Gemälden und einer einfallsreichen Speisekarte, die immer einen Tick mehr anbot, als der Koch liefern konnte. Ich nahm ein Taxi zu dem Beerdigungsunternehmen und holte meinen Wagen ab, war aber trotzdem vor Beth da. Ich bestellte eine Sea Breeze und trank sie schnell, um mich etwas aufzumöbeln. Während ich wartete, aß ich einen ganzen Korb Brot. Beth kam mit einem seltsam heiteren Lächeln auf dem Gesicht. Ein Bursche, der gerade hinausgehen wollte, stieß leicht mit ihr zusammen, und sie wandte ihm bloß dieses Lächeln zu.

Sie setzte sich, musterte mich scharf und legte eine Hand auf meine Wange. »Was ist mit deinem Gesicht passiert?«

»Ich hab mich beim Rasieren geschnitten.«

Sie sah mich scheel an. »Das muß aber eine Klinge gewesen sein. Wie war James' Beerdigung?«

»Bewegend.«

»Sie sagten, Raffaello wäre vom Friedhof gekommen, als auf seinen Wagen geschossen wurde.«

»Ach ja? Ich habe ihn dort nicht gesehen. Hast du Hunger? Laß uns was bestellen. Wie wär's mit dem Kalbfleisch?«

Sie rieb mit dem Daumen über die Schnitte in meiner Wange. »Sie haben nicht genau gesagt, wer bei ihm im Wagen war.«

Ich zuckte bloß mit den Schultern und war überrascht, daß ich spürte, wie mir die Tränen kamen. Beinahe hätte ich die Fassung verloren, aber nicht ganz. Ich riß mich zusammen und schaute weg. Ich zwinkerte zweimal und dann noch zweimal. Ich hob die Hand und winkte der Kellnerin, und als sie kam, war alles wieder, wo es hingehörte, und meine Augen waren wieder so trocken wie die einer Leiche.

Unsere Kellnerin war eine große, langbeinige Frau ganz in Schwarz mit schweren Ohrringen und irgendeinem blödsinnigen metallenen *objet d'art* an der Bluse, um deutlich zu machen, wie sehr sie *au courant* war und wir nicht. »Ja?« sagte sie, und mir gefiel nicht, wie sie das sagte, als würden wir ihren Abend stören.

»Wir würden gern bestellen.«

»Klar«, sagte sie. »Ich bin gleich wieder da.« Und dann schlurfte sie davon, um jemand Wichtigeren zu bedienen.

»Liegt das nur an mir«, sagte ich, »oder war sie unhöflich?«

»Sie hat einen harten Job«, sagte Beth, und das sah ihr gar nicht ähnlich. Beth besaß die großartige Fähigkeit, an den geringsten Unhöflichkeiten in unseren unhöflichen Zeiten Anstoß zu nehmen. Ich glaube, das war eine direkte Folge ihres natürlichen Optimismus. Im allgemeinen gab sie großzügige Trinkgelder, aber wenn ein Kellner grob oder ein Barkeeper unhöflich war, machte es Spaß, sich zurückzulehnen und zuzusehen, wie bei ihr die Funken sprühten. Sie war nicht der Typ, der sagt: »Sie hat einen harten Job.« Überhaupt nicht der Typ.

»Was ist mit dir?« fragte ich. »Bist du verliebt?«

»Nein«, lachte sie.

»Also gut. Erzähl mir von den Spinnern in Mt. Airy.«

»Das sind keine Spinner«, sagte sie leise und schnell.

»Aha«, sagte ich. »Allmählich verstehe ich.«

»Was verstehst du?«

»Erzähl mir von Mt. Airy.«

Sie legte den Kopf schräg und starrte mich an, und ich konnte sehen, wie etwas in ihre Augen trat, und zuckte vor der erwarteten Bosheit zurück, aber dann kam dieses seltsame Lächeln, und alles war wieder ganz heiter.

»Na ja, sie sind keine Sekte oder so was«, sagte sie und spielte mit ihrem Silberbesteck. »Bloß ein Haufen netter Leute, die versuchen, ein paar Antworten zu finden. Sie glauben, daß die Stimmen von Geist und Seele immer da sind, um uns die geheimen Wahrheiten unserer Existenz zu verraten, aber wir müssen lernen, wie wir sie hören können. Wir müssen uns irgendwie durch den trüben Schlamm unserer allgegenwärtigen Realität kämpfen und lernen, auf spirituelle Weise zu hören und zu sehen. Der ›Hafen‹ hat das Ziel, uns das beizubringen.«

»Okay«, sagte die Kellnerin augenrollend. Sie war so leise wie eine Raubkatze an unseren Tisch gekommen. »Sie sagten, Sie wollten bestellen.«

»Wir wollten bestellen«, sagte ich. »Ich nehme den Salat Cäsar und das Kalbfleisch in Apfel-Sahne-Sauce. Ist das Kalbfleisch gut?«

»Es hat sich noch keiner beschwert«, sagte die Kellnerin.

»Wie überzeugend. Und noch eine Sea Breeze.«

»Ich nehme bloß das Bohnenchili«, sagte Beth.

»Es gibt hier dieses Texas-Rib-Eye, das schmeckt dir vielleicht«, schlug ich vor.

Beth machte dieses Ich-esse-doch-kein-rotes-Fleisch-Gesicht. Das hatte ich schon bei vielen Frauen gesehen, aber noch nie bei Beth.

»Aha«, sagte ich noch einmal langsam. »Ich verstehe wirklich.«

»Was verstehst du?«

»Erzähl weiter von deinen neuen Freunden.«

»Was sie zu finden versuchen, ist ein Zugang zur spirituellen

Welt, sie nennen es Einführung in den Tempel der höheren Erkenntnis, wo sie den Zwillingstrunk von Vergessen und Erinnern zu sich nehmen.«

»Den Zwillingstrunk von Vergessen und Erinnern«, sagte ich und nickte. »Und das ist keine Sekte.«

»Überhaupt nicht. Sie lehren eine Reihe von praktischen Übungen, die einem helfen, den zwölfstufigen Weg zur Initiation zurückzulegen. Das kannst du mit ihnen tun oder allein, wenn du das richtige Wissen hast. Sicher, es gibt da solche Gesänge und Weihrauch, aber keine Magie. Und keine Limonade. Bloß einen natürlichen Weg zu höherer Weisheit. Zwölf Schritte mit genauen Anweisungen für jeden Schritt. Das hat eigentlich nichts Einmaliges an sich. Im Osten macht man das seit Jahrhunderten. Für den westlichen Geist ist es einfach ein Mittel, sich zu üben.«

»Und ich nehme an, du übst jetzt.«

»Natürlich, das ist ein Teil meiner Tarnung.« Sie fummelte an einer Dose Süßstoff herum. »Aber ich gebe zu, daß da anscheinend eine gewisse Leere angesprochen wird, die ich empfunden habe. Vielleicht das, worüber wir schon gesprochen hatten, dieses Etwas, nach dem ich auf der Suche bin.«

»Wäre es nicht praktischer, wenn du dich mit Männern treffen würdest?«

»Halt die Klappe, Victor. Du bist ein Arschloch.«

Das war ich wirklich. Ich wußte nicht, ob der Wodka aus mir sprach oder meine falsche Gefaßtheit oder das Gefühl, die letzte Bastion sei gefallen, aber es gefiel mir nicht, von Beths Leere oder ihrer Suche nach spirituellem Sinn zu hören. Ich konnte mich immer darauf verlassen, daß Beth mit beiden Beinen auf dem Boden der Realität blieb. Ihr Idealismus hatte nichts mit irgendeiner mystischen Esoterik zu tun, nur mit der Erkenntnis, daß wir einen Job hatten, den wir erledigen mußten. Und wenn ihr Job den Benachteiligten half, war das keine große Sache. Ich hatte nie gedacht, daß ich sie einmal nach spirituellem Sinn würde suchen sehen. Das war etwas für verwirrte Verlierer, die es allein nicht schafften und eine Entschuldigung brauchten. Das war etwas für Hippies, die zu cool waren, um die westliche Art zu akzeptieren, auf die ihr Geist funktionierte. Das war etwas für falsche Schamanen in orangefarbenen Gewändern, nicht für Beth.

Als mein Drink kam, unzeremoniell vor mir auf dem Tisch landete, nahm ich einen tiefen Schluck und schmeckte die bittere Süße des Saftes und die Schärfe des Wodkas. »Also gut«, sagte ich, »es tut mir leid.« Und es tat mir leid. Beth war der letzte Mensch, der mich ernst nahm, denke ich, und für mich war es ein Verbrechen, sie nicht ernst zu nehmen. »Erzähl mir von den zwölf Stufen.«

»Ich kenne sie noch nicht alle, aber ich versuche zu lernen. Der erste Schritt ist einfach der Wunsch, Sinn zu finden. Man geht durch die Tür. Der zweite Schritt besteht darin, daß man begreift, daß die Antworten überall um uns herum sind, sowohl innerlich als auch äußerlich, aber in der spirituellen, nicht in der materiellen Welt. Um Zugang zu dieser Welt zu finden, müssen wir neue Arten des Sehens entwickeln, unsere spirituellen Augen entwickeln.«

»Dieser Widerling, der in unser Büro gekommen ist und mich bedroht hat, hat gesagt, ich wäre eine Zwei.«

»Gaylord. Er ist einer der Lehrer. Ein netter Mann, wirklich.«

»Nett genug, um sich daran zu erinnern, daß er mir mit einem Breitschwert den Kopf abgeschlagen hat.«

Sie zog die Augenbrauen hoch. »In deinem vergangenen Leben mußt du es verdient haben«, sagte sie, »und soweit ich sehe, hat sich nicht viel verändert.« Es tat gut, sie lachen zu sehen.

»Na ja, jedenfalls war ich durch die Jahrhunderte konsequent.«

»Na, das ist nichts, worauf du besonders stolz sein müßtest. Deine Ebene bezieht sich auf die Stufen, die du auf deinem Weg auf der Leiter gemeistert hast. Praktisch jeder, der in den ›Hafen‹ kommt, hat die ersten zwei Schritte getan, sonst wäre er nicht da, also ist es keine besondere Ehre, eine Zwei zu sein. Die Übungen beginnen auf der dritten Stufe. Du mußt deinen Geist auf die Reise vorbereiten, und das tust du, indem du Hingabe lernst. Du nimmst deinem Denken das Kritische, du reinigst deinen Geist vom Negativen, du kämpfst darum, das Gute in allem und jedem zu sehen, das dir begegnet.«

»Das geht über meine Kraft. Mein einziges wahres Talent besteht darin, in jedem und allem das Negative zu sehen.«

»Du solltest es versuchen, Victor. Es ist ziemlich erfrischend. Wenn ich völlig unkritisch bin, das habe ich erkannt, höre ich zum Beispiel auf, mich der äußeren Welt zu ergeben, ich höre auf, einem Sinneseindruck nach dem anderen hinterherzujagen. Stattdessen versuche ich, jeden Sinneseindruck als einzigartiges Geschenk zu sehen und mich an meinen Reaktionen auf seine einzigartige Schönheit zu orientieren. Ich renne nicht, um hundert Blumen zu sehen in der Hoffnung, die hübscheste zu finden, sondern nehme eine einzige ganz und ohne jede Kritik in mich auf und spüre, wie mein inneres Selbst darauf reagiert. Diese Reaktion ist am aufschlußreichsten. Der Respekt vor deinen eigenen Reaktionen auf Sinneseindrücke ist der erste Schritt zur Entwicklung eines Innenlebens.«

»Ich komme schon mit meinem äußeren Leben nicht zurecht, was soll ich da mit einem Innenleben anfangen?«

»Warum bist du so defensiv, Victor?« sagte sie mit einem herablassenden Lächeln. »Keiner sagt, du solltest kein Fleisch von Tieren mehr essen und dir keine Wiederholungen von Matlock mehr im Fernsehen anschauen und nicht allem Geld nachjagen, dem du nachjagen willst. Du sollst tun, was dir gefällt, und glücklich sein. Ich dagegen übe Hingabe.«

»Und deswegen bist du so liebenswürdig zu unserer unhöflichen Kellnerin.«

»Ich kann nicht zulassen, daß mein Innenleben von kleinen Ärgernissen in der physischen Welt gestört wird. Nur Wohlwollen führt zu spirituellem Sehen.«

»Mir wäre das Geld lieber.«

»Und du glaubst, reich zu sein, würde dich zu einem vollständigen und zufriedenen Menschen machen?«

»Vielleicht nicht, aber ich könnte mich wenigstens besser anziehen.«

»Du bist nicht anders als wir übrigen, Victor. Wir alle sehen uns selbst als dieses unzufriedene Ding, dieses Ego, und suchen außerhalb unserer selbst nach dem einen anderen Ding, das uns vollständig machen wird. Dem Job, dem Liebhaber, dem Geld. Sogar nach der Erleuchtung, wenn wir die kriegen können, um das zu vervollständigen, was vervollständigt werden muß. Wir denken, daß es immer etwas gibt, was uns ganz machen wird. Aber wenn du etwas Endliches nimmst, wie Körper und Geist, und außerhalb nach etwas suchst, um sie vollständig zu machen, etwas wie Geld oder Liebe oder auch Glaube, dann ist das, was du suchst, auch nur ein endliches Ding. Du hast also ein endliches Ding, das nach der Unendlichkeit strebt, indem es nach einem anderen endlichen Ding greift, und am Ende hast du nichts weiter als ein noch tieferes Gefühl der Unzufriedenheit.«

»Und wie lautet die Antwort?«

»Ich weiß es nicht. Ich bin noch nicht geübt genug, um sie zu sehen, aber sie ist da draußen, sie muß da sein. Ich denke, sie beginnt damit, daß wir unser Bild von uns selbst verändern.«

Das alles ergab mehr als nur ein bißchen Sinn, und ich mußte zugeben, daß bei dem, was Beth sagte, etwas von dem in mir widerhallte, was ich am gleichen Nachmittag unter meiner Bettdecke empfunden hatte. Einen Augenblick lang dachte ich daran, diese Sache mit ihr weiterzuverfolgen, zu sehen, ob es vielleicht auch für mich ein paar Antworten gab; aber dann überlegte ich es mir anders und verwarf die Idee. Vielleicht gab ich dem gleichen Impuls nach, der es mir so schwer machte, mich nach dem Weg zu erkundigen, wenn ich mich verfahren hatte, oder meinen Vater um Hilfe zu bitten, aber ich dachte, daß ich lieber in einer existentiellen Vorhölle litt, als mich einem Haufen Sangesbrüdern zu überlassen, wie Caroline sie so treffend genannt hatte.

»Beth«, sagte ich, »hast du bei deiner spirituellen Suche vielleicht zufällig herausgefunden, warum dein reizender Lehrer Gaylord und sein Muskelmann mich bedroht haben?«

»Die Gruppe baut vor der Stadt ein spirituelles Zentrum auf«, sagte sie leise. »In Gladwynne.«

»Komisch, nicht, wie sogar im spirituellen Bereich alles auf Immobiliengeschäfte hinausläuft. Henry George wäre sehr zufrieden.«

»Sie sammeln Mitgliedsbeiträge und Spenden, aber man spricht auch von einer wohltätigen Seele, die Oleanna eine Menge Geld hinterlassen hat.«

»Jacqueline Shaw und die Fünf-Millionen-Dollar-Prämie aus ihrer Lebensversicherung.«

»Davon kann man wohl ausgehen. Anscheinend wird mit dem Geld, wenn es kommt, das neue Gebäude finanziert. Bis dahin ist die Gruppe etwas nervös, wenn die Rede davon ist.«

»Was ist mit dieser Oleanna?«

»Sie scheint eine sehr starke Frau zu sein. Ich hatte noch nicht die Ehre, ihr zu begegnen, aber sie ist die einzige wirkliche Seherin in der Gruppe.«

»Eine Zwölf, nehme ich an.«

»Sie sagen, sie stünde jenseits der Zwölf, was bedeutet, daß ihre Fähigkeiten das Begriffsvermögen der Uneingeweihten übersteigen.«

»Also hat diese Oleanna ihre Kraft benutzt, um Jacqueline umzubringen, um auf diese Weise ihren spirituellen Palast in Gladwynne zu finanzieren.«

»Das ist natürlich möglich, und ich hatte mir gedacht, daß du das denken würdest«, sagte Beth. »Aber irgendwie haut es nicht wirklich hin. Diese Leute scheinen echt hinter etwas her zu sein, das nicht physischer Natur ist. Sie glauben ernsthaft an das Karma, das man in aufeinanderfolgende Leben mitnimmt. Ich kann mir nicht vorstellen, daß sie für Geld töten würden.«

»Das ist der Unterschied zwischen uns«, sagte ich. »Du kannst dir nicht vorstellen, daß sie für Geld töten, und ich kann mir schwer vorstellen, daß irgend jemand nicht fähig wäre, für Geld zu töten, solange genug davon auf dem Spiel steht.«

»Dein Zynismus wird entschieden ein Hindernis für dich sein, wenn du die Leiter der spirituellen Suche ersteigst.«

»Na ja, wenigstens ist er zu etwas gut. Du ersteigst also die Leiter?«

»Stufe für Stufe. Jetzt bin ich eine Drei.«

»Schon eine Drei? Da übertriffst du mich schon wieder. Was ist die nächste Sprosse?«

»Ebene vier«, sagte sie. »Innerer Frieden durch Meditation.«

## 23

Der Kreischen von Bremsen durchschnitt die dunkle Stille meines Zimmers, und ruckartig setzte ich mich auf. Kalter Schweiß perlte über meinen Hals. Es war mitten in der Nacht, aber ich schlief nicht. Vielleicht war es der von Kugeln durchlöcherte Cadillac an diesem Nachmittag, vielleicht war es die Vision von Beth, wie sie Stufe um Stufe ihre mystische Leiter erstieg und mich zurückließ, vielleicht war es der Kaffee, den ich zum Dessert getrunken hatte. »Koffeinfreier Kaffee ist was für Schwächlinge«, hatte ich gesagt, und weil ich kein Schwächling war, hatte ich eine zweite Tasse getrunken. Woran immer es liegen mochte, ich lag jedenfalls wach unter der Decke, zitterte, und kalte Angst durchfuhr mich, als das Geräusch des schlitternden Wagens die stille Nacht störte.

Ich sprang aus dem Bett und suchte von meinem Fenster aus die Spruce Street ab.

Nichts.

Ich drehte mich um, ging ein bißchen auf und ab und warf mich dann auf die Couch, die Fernbedienung in der Hand. Zwanzig

Minuten lang sah ich einem Asiaten zu, der erklärte, wie ich ebenso steinreich werden könne wie er, indem ich ihm Geld für eine Packung Kassetten schickte, die mir beibringen würden, billig Immobilien einzukaufen und dann am Verhandlungstisch jede Menge Bargeld einzusacken. Ich wußte, wie er reich geworden war, nämlich indem er verzweifelte Schlaflose wie mich dazu brachte, ihm Geld zu schicken, aber ich hatte ernste Zweifel daran, daß ich davon ebenfalls profitieren würde. Nur gab es da Zeugenaussagen, alle wahnsinnig überzeugend, von Leuten, die ich für dümmer hielt als mich, und ich dachte ernstlich darüber nach, den Hörer aufzunehmen und den Anruf zu machen, der mein Leben verändern würde; dann beschloß ich statt dessen zu masturbieren. Ich versuchte es eine Weile, aber es klappte nicht so recht, also sah ich mich im Kühlschrank nach etwas Eßbarem um. Es gab nichts, aber dafür ein Bier, also trank ich das, doch es war alt und nicht gut und hinterließ einen üblen Geschmack in meinem Mund. Ich schlug eine *Newsweek* auf und warf sie dann beiseite. Ich nahm ein altes Taschenbuch von Thomas Hardy zur Hand, das ich auf der Straße für zehn Cents erstanden hatte und hatte lesen wollen, aber wem machte ich eigentlich etwas vor? Thomas Hardy. Ich machte den Fernseher wieder an und sah Mädchen in engen Trikots, die Gymnastikübungen vollführten, und versuchte wieder zu masturbieren, aber es klappte wieder nicht. Ich schaltete den Fernseher aus und ging noch ein bißchen auf und ab. Dann beschloß ich, Beth die Leiter hinauf zu folgen und zu versuchen, durch Meditation ein bißchen inneren Frieden zu finden.

Natürlich hatte ich es auf dem College mit Meditation versucht, sozusagen studentenmäßig, mit einer exotischen Rothaarigen, die keinen Büstenhalter, enge Jeans und ein tief ausgeschnittenes orangefarbenes Bauernhemd trug. Sie hatte mir die ganze Sache mit der Transzendenz erklärt, während ich wie gebannt auf ihre Brüste starrte. Wir knieten auf dem Fußboden. Vermutlich waren wir high. Vermutlich spielte im Hintergrund

David Bowie. Ich erinnere mich an die sanfte Wärme ihres Atems an meinem Ohr, als sie sich dicht zu mir beugte, mit einer Brust meinen Arm streifte und mir mein Mantra zuflüsterte. Es lautete »Ooma« oder »Looma« oder so ähnlich. Ich kreuzte also die Beine, bildete mit den Fingern zwei »O«, wiederholte immer wieder »Ooma« oder »Looma« und versuchte dabei, wie sie mir gesagt hatte, alle Gedanken aus meinem Kopf zu zwingen. Das gelang mir im allgemeinen, bis auf die Gedanken an ihre Brüste, an die ich zwanghaft denken mußte, solange ich die Augen geschlossen hielt. »Ooma, Ooma, Ooma« oder »Looma, Looma, Looma«. Hinter den geschlossenen Augenlidern stellte ich mir ihre Brüste vor, ganz dick und reif und geheimnisvoll duftend. Ich fuhr mir mit der Zunge über die Lippen, als könne ich sie schmecken. Süß wie Vanillewaffeln in Milch.

Ich glaube, im College hatte ich nicht ganz die richtige Einstellung zur Meditation, und bei mir hatte sie nicht funktioniert. Ich fiel in jener Nacht weder in eine meditative Trance, noch kam ich jenen prachtvollen Brüsten irgendwie näher. Sie blieben eine fieberhafte Phantasie. Aber der Idee der Meditation stand ich aufgeschlossen gegenüber, denn ich sah keine andere pillenfreie Lösung meiner Rastlosigkeit. Ich saß also auf dem Boden vor meiner Couch, kreuzte die Beine, sah auf die Digitaluhr, schloß die Augen und tat, was Beth mir beim Dinner an diesem Abend erklärt hatte. Es war 2.23 Uhr morgens.

Ich konzentrierte mich auf das Atmen, ein, aus, ein, aus, und versuchte, meine Gedanken von allem freizuhalten bis auf den Atem, ein, aus, ein, aus. Die Vision eines weißen Lieferwagens glitt in mein Bewußtsein, und ich ließ sie wieder hinausgleiten. Ich dachte an die verfallenen Überreste von Veritas und das sehnige Hammelfleisch, das man mir serviert hatte, dachte daran, wie ekelhaft das ganze Essen gewesen war, fragte mich, wie an diesem Ort überhaupt jemand etwas essen konnte, und dann merkte ich, daß ich an etwas dachte, wo ich doch an nichts hätte denken sollen, schob die Gedanken weg und kehrte zu meinem Atem zurück, ein, aus, ein, aus. Die Dunkelheit hinter meinen Augenlidern sah sehr dunkel aus, ein, aus, ein, aus, und ich erinnerte mich daran, wie Caroline sich im Bett angefühlt hatte, wie ihre Muskeln sich entspannt hatten und ihre Augen glasig geworden waren, sogar, als sie mir gesagt hatte, ich solle weitermachen, und daß sie beim Küssen schmeckte wie ein mehliger, geschmackloser Pfirsich. Ich öffnete die Augen und sah auf die Uhr. Es war 2.25. Ich schloß die Augen, ein, aus, ein, aus. Ein Gedanke an eine Frau, die von einer Gardinenkordel hing, begann sich zu formen und Gestalt anzunehmen, bis ich ihn verbannte und mich weiter auf meinen Atem konzentrierte, ein, aus, ein, aus, und die Dunkelheit wurde noch dunkler, und eine Ruhe kam über mein Gehirn. Ich öffnete die Augen und sah, daß die Uhr jetzt 2.46 anzeigte. Ich schloß wieder die Augen, ein, aus, ein, aus, ein, aus, und langsam wies ich mein Bewußtsein an, sich von meinem Körper zu lösen, dehnte die Verbindung zwischen den beiden, dehnte sie, dehnte sie, bis die spirituelle Sehne zurückschnappte und mein Bewußtsein frei war, aus eigener Kraft lose durch den Raum schwebte.

»In den frühen Stadien der Meditation«, hatte Beth gesagt, »geht es darum, daß du dich selbst mit der Losgelöstheit eines Fremden siehst, damit du dein Leben aus einer anderen Perspektive betrachten kannst. Nur so, indem du dein Leben wie von ferne siehst, kannst du die aufreibenden Sorgen des Hier und Jetzt auflösen, die dich daran hindern, die wahren Stimmen deines Geistes zu hören.« Deshalb hatte ich mein Bewußtsein angewiesen, mein körperliches Selbst zu verlassen, damit ich leidenschaftslos sehen konnte, worauf ich aus war. Natürlich war all das auf mein Selbst gerichtet und mit ziemlicher Sicherheit illusionär, aber mit geschlossenen Augen stellte ich mir vor, wie mein Bewußtsein sich durch den Raum bewegte und dessen Inhalt mit seinen eigenen Augen betrachtete.

Die schäbige orangefarbene Couch. Das gerahmte Springsteen-Poster. Die leere Flasche Rolling Rock auf dem Couchtisch neben der Fernbedienung des Fernsehers. Die kleine Einheit aus Waschmaschine und Trockner, die Tür des Trockners offen und halb gefüllt mit rosa angehauchten T-Shirts und Socken und Boxershorts. Drei Tage alte Pappschachteln chinesischer Fertiggerichte auf dem roten Eßtisch aus Resopal. Ich versuchte, mein Bewußtsein aus dem Zimmer zu schicken, es wie Peter Pan eine Tour durch die Stadt machen zu lassen, aber ich bekam es nicht durch die Zimmerdecke. Es konnte aus dem Fenster auf die trostlos erleuchtete Spruce Street schauen, aber es konnte die Scheibe nicht durchdringen. Ich versuchte wieder und wieder, mein Bewußtsein durch die Zimmerdecke zu schleudern, damit es die entfernte Perspektive gewann, von der Beth gesagt hatte, ich bräuchte sie, aber mein Bewußtsein wollte einfach nicht. Und dann, fast von allein, drehte es sich um und ging in den Tiefflug, bis es sich meinem Körper gegenübersah.

Krähenfüße, tiefer, als ich jemals für möglich gehalten hatte, umgaben die Augenwinkel. Die Schrammen auf der Backe waren wie Kratzer hungriger Fingernägel. Das braune Haar kurz und stoppelig, der Hals zu lang, die Schultern zu schmal. Ein weißes T-Shirt hing so lose daran herunter wie von einem Kleiderbügel. Wo war die Brust? Die Boxershorts waren gestreift und nur eine Schattierung heller als die knochigen Knie. Ich versuchte, meinen Körper mit der Gelassenheit eines Beobachters zu sehen, wie Beth mir geraten hatte, aber es war schwer, die Bestürzung zu unterdrücken. Hatte dieser Knochenhaufen jemals trainiert? Ich ging zum Gesicht zurück und versuchte, aus seinen Zügen irgendeinen Gedanken oder eine Emotion zu lesen, aber es war so unbelebt wie Wachs. Ich konnte nicht einmal sagen, ob der Körper atmete, er sah einer Leiche ähnlicher als manche wirklichen Leichen, die ich gesehen hatte. Ich fragte mich, was passieren würde, wenn ich genau in diesem Augenblick die Augen öffnete. Würde ich sehen, wie mein Bewußtsein mich anstarrte, oder würde ich eine klarere Sicht auf den Körper haben, den ich gerade inspizierte? Oder würde mein Bewußtsein, außerhalb des wachen

Körpers ertappt, einfach fliehen und den Körper so still und leblos wie eine Salami zurücklassen? Ich hob mein Bewußtsein wieder hoch, um eine bessere Perspektive zu gewinnen. Der Körper schien zu schrumpfen, sowohl was seine Größe als auch was seine Bedeutung anging. Ich flog zurück, bis ich über dem Eßtisch schwebte, so weit von dem Körper entfernt, wie das in diesem Zimmer möglich war. Die ganze Szene, das traurige, unscheinbare Apartment, die Unordnung, der steife, wächserne Körper mit seinen bleichen, auf dem Boden gekreuzten Beinen, die überall verstreuten Überbleibsel der Einsamkeit, die ganze Szene war erbärmlich. Und dann bemerkte ich etwas in der rechten Hand des Körpers.

Ich flog durch den Raum, sauste aus reinem Vergnügen im Zimmer herum, bis ich näher heranschwebte, um besser zu sehen. Die Hand war offen, als biete sie ein Geschenk dar. Auf der Handfläche lag ein Bonbonpapier aus Zellophan, an einem Ende zusammengedreht, an einem Ende offen, und seitlich trug dieses Papier in Rot und Grün die aufgedruckten Worte: MAGNUM EST VERITAS.

Ich öffnete die Augen.

Das Licht im Zimmer schmerzte, und ich mußte blinzeln, als ich auf meine rechte Hand niederstarrte. Sie war offen, genau wie ich sie mit geschlossenen Augen gesehen hatte, doch nun war sie leer. Meine Knöchel taten weh, weil ich zu lange mit gekreuzten Beinen gesessen hatte. Die kühlen blauen Zahlen auf der Digitaluhr zeigten nun 3.31 an. Ich stemmte mich hoch und ging ein bißchen herum, um die Steifheit aus meinen Beinen zu vertreiben. Ich dachte an dieses Papier, das sich mein Bewußtsein in meiner offenen Hand vorgestellt hatte, und fing an zu zittern. Als ich mich genügend beruhigt hatte, um mich hinzusetzen und das Telefon zu bedienen, wählte ich die Nummer von Caroline Shaw.

Mit einer Stimme, die noch benommen war von tiefem und wahrscheinlich verstörendem Schlaf, sagte sie: »Victor? Was ist?«

»Ich muß dich sehen.«

»Wie spät ist es? Was? Victor? Okay. Okay. Warte.« Ich hörte sie nach einer Zigarette greifen, das Klicken eines Feuerzeugs, den leisen, stetigen Atemzug, mit dem sie inhalierte. »Also gut, ja. Du kannst rüberkommen, denke ich. Ich habe auch an dich gedacht. Es war schön, nicht?«

»Nein, nicht jetzt«, sagte ich. »Heute abend. Laß uns heute abend zusammen essen.«

»Ich wollte heute morgen mit dir reden, aber du bist einfach weggelaufen. Ich habe dich noch mit Nat auf dem Rasen gesehen, aber dann warst du weg.«

»Ich mußte irgendwohin.«

»Aber es war schön, nicht? Sag mir, daß es schön war.«

»Sicher, es war schön.«

Noch ein Zug aus der Zigarette. »Dein romantisches Talent ist überwältigend.«

»Wir essen heute abend zusammen, ja?«

»Ich werde in irgendeinem sündteuren Lokal einen Tisch bestellen.«

»Gut. Aber für drei Personen.«

Sie lachte ein träumerisches Lachen. »Victor, ich hätte nie gedacht…«

»Ich möchte, daß dein Franklin Harrington mit uns ißt«, sagte ich, und ihr Lachen hörte auf.

»Ich glaube nicht, daß ich das möchte.«

»Ich muß ihn sprechen.«

»Ich halte das für eine schreckliche Idee, Victor.«

»Hör mir zu, Caroline. Ich glaube, ich weiß, wer deine Schwester umgebracht hat. Und jetzt brauche ich deinen Verlobten, damit er mir hilft herauszufinden, warum.«

# 24

Einen großen Teil des nächsten Vormittags verbrachte ich in meinem Büro, bei geschlossener Tür, und las die Nachrichten im *Inquirer* und in der *Daily News* über die Schießerei auf dem Schuylkill Expressway. Die Informationen waren bruchstückhaft. Der weiße Lieferwagen war verlassen im Fairmount Park gefunden worden. Die Polizei suchte noch nach Hinweisen auf die Identität der Schützen, es gab aber keine Verdächtigen. Die Behörden hatten bestätigt, daß Raffaello sich in dem Cadillac befand, als der Anschlag verübt wurde, und daß sein Zustand ernst sei, aber aus Gründen, die auf der Hand lagen, wollte niemand mitteilen, in welchem Krankenhaus er sich aufhielt. Die Polizei gab nur bekannt, daß Raffaello und der nicht identifizierte Chauffeur des Cadillac mit ihr zusammenarbeiteten. Ich fand allerdings Berichte über einen weiteren Insassen, einen weißen Mann, groß, dünn, in blauem Anzug, der in der Nähe des Zoos möglicherweise aus dem Auto gefallen sei. Meine Haut prickelte, als ich von der mysteriösen Gestalt hörte, die über die Straße getaumelt sei. Gesehen worden war sie von einem Ballonverkäufer vor dem Eingang des Zoos, aber die Polizei maß der Geschichte offenbar keine große Bedeutung bei. Trotzdem machte sie mir Sorgen, und nervös suchte ich in den Berichten nach irgendwelchen weiteren Informationen.

Nachdem ich die Zeitungen zweimal gelesen hatte, begann ich aufzuarbeiten, was sich im Büro angesammelt hatte, erwiderte Anrufe, beantwortete Briefe, stellte Anträge, um Fälle weiterzuverfolgen, um die ich mich im Augenblick nicht kümmern konnte. Ich räumte mir den Nachmittag und noch viele darauffolgende Tage frei. Im Grunde legte ich meine ganze Kanzlei lahm, solange ich meine nicht sonderlich verheißungsvolle Jagd nach einem Brocken des Reddman-Vermögens betrieb. Als ich meinen Kalender für die nächste Woche durchgeackert hatte, atmete ich tief ein, griff mir einen Aktenordner, stopfte ihn in meine Aktentasche und floh aus meinem Büro in Richtung Rittenhouse Square. Vor meiner Verabredung zum Abendessen mit Caroline Shaw und Franklin Harrington hatte ich noch einige Dinge zu überprüfen.

Der Rittenhouse Square ist eine schicke Wohngegend, weshalb ein großer Teil der Schickeria dort wohnt. Er ist der elegante Stadtpark. Es gibt Bäume und breite Parkwege und einen Brunnen mit einer Skulptur in der Mitte. Damen der Gesellschaft mit Plastiktüten in der Hand führen ihre Pudel dort spazieren; Kunststudenten, ganz in Schwarz gewandet, um ihre Individualität zu bekunden, bilden Grüppchen; Leute, die das College abgebrochen haben, spazieren vorbei und verbreiten sich in einem Atemzug über Kierkegaard und Mr. Ed; hungrige obdachlose Männer sitzen auf Bänken, Brotkrumen in den Händen, mit denen sie die Tauben anlocken, näher und immer näher. Der Park ist eine kleine innerstädtische Idylle, entworfen von William Penn persönlich und mittlerweile umringt von einer Mauer aus stattlichen Hochhäusern mit teuren Eigentumswohnungen: The Rittenhouse, The Dorchester, The Barclay. Mein Ziel war The Cambium, ein weniger imposanter Bau auf der Südseite des Parks mit handgeschmiedeten Eisentüren, behauenen Granitfassaden und Millionen Dollar teuren Duplex-Apartments, zwei pro Stockwerk. Ein sehr feines Haus zum Sterben, wie Jacqueline Shaw entdeckt hatte.

»Mr. Peckworth, bitte«, sagte ich zu dem Portier, der mir einen wenig feinfühligen Blick zuwarf, welcher mir mißfiel. Ich trug einen ziemlich gepflegten Anzug, und meine Schuhe waren vielleicht ein bißchen abgetreten, aber doch nicht so sehr, daß sie einen solchen Blick verdient hätten.

»Wen darf ich diesmal melden?« fragte er mich.

»Victor Carl«, sagte ich. »Ich habe keinen Termin, aber ich denke, er wird mich empfangen.«

»Das wird er ganz bestimmt«, sagte der Portier.

»Gibt es ein Problem?«

»Überhaupt kein Problem.«

»Ich glaube nicht, daß ich irgend etwas Komisches gesagt habe. Fanden Sie komisch, was ich gesagt habe, oder ist es nur die Art, wie ich es gesagt habe?«

»Ich hatte in keiner Weise die Absicht …«

»Dann hören Sie vielleicht auf zu grinsen und gehen ans Telefon und sagen Mr. Peckworth, daß ich hier bin.«

»Jawohl, Sir«, sagte er ohne Lächeln und ohne mich anzusehen.

Er rief oben an und vergewisserte sich, daß der Besuch genehm war. Während er telefonierte, warf ich einen Blick auf die Platte seines Schreibtischs. In einem Aschenbecher qualmte ein Zigarrenstummel, und ein in Stoff gebundenes Besucherbuch lag aufgeschlagen da, die halbe Seite mit Unterschriften gefüllt. Als der Portier telefonisch die Zustimmung zu meinem Besuch eingeholt hatte, ließ er mich in dem Buch unterschreiben. Ein paar Unterschriften über meiner stand ein Mann von UPS. »Müssen sich alle UPS-Boten eintragen?«

»Jeder Gast und Besucher muß sich eintragen«, sagte er.

»Ich hätte gedacht, daß sie ihre Pakete einfach hier hinterlegen.«

»Nicht, wenn der Wohnungsinhaber zu Hause ist. Wenn der Wohnungsinhaber zu Hause ist, lassen wir die Boten unterschreiben und ihre Pakete selbst überbringen.«

»Auf diese Weise geht nichts am Empfang verloren, denke ich.«

Das Gesicht des Portiers verzog sich, aber er antwortete nicht.

Während ich neben dem Aufzug wartete, bemerkte ich die Tür zum Treppenhaus, direkt links von den Aufzugtüren. Ich drehte mich nach dem Portier um. »Kann man auf dieser Treppe von Stockwerk zu Stockwerk gehen?«

»Nein, Sir«, sagte er und beäugte mich dabei mit tiefem Argwohn. »Wenn Sie einmal im Treppenhaus sind, kommen Sie nur hier unten oder auf dem Dach wieder heraus.«

Ich nickte, dankte ihm und wartete auf den Lift.

Peckworth war der Mann, der einen Boten von UPS vor Jacqueline Shaws Wohnung gesehen hatte, als dort eigentlich keiner hätte sein sollen. Später hatte er seine Aussage zurückgenommen und gesagt, er habe die Daten verwechselt, aber mir kam es seltsam vor, daß jemand sich nicht an den Tag erinnern konnte, an dem seine Nachbarin sich erhängt hatte. Ich dachte, ein solcher Tag würde einem doch im Gedächtnis bleiben. Im Aufzug sagte ich dem Liftboy, ich wolle in den siebten Stock. Es war ein eleganter, hölzerner Aufzug mit einem Schaltbrett, das jeder Idiot bedienen konnte, aber trotzdem saß ein Liftboy auf einem Stuhl und drückte für mich die Knöpfe. Das ist einer der Vorteile, wenn man reich ist, vermute ich, daß man jemanden hat, der für einen die Knöpfe drückt.

»Sie fahren nach oben, um die Hirsches zu besuchen, nehme ich an«, sagte der Liftboy.

»Sind die Hirsches neu hier?«

»Ja, Sir. Erst vor ein paar Monaten eingezogen. Reizende Leute.«

»Ich dachte, in dem Apartment wohnte eine junge Frau.«

»Nicht mehr, Sir«, sagte der Liftboy und schaute an die Decke. »Sie ist ausgezogen.«

»Wohin? Wissen Sie das?«

»Einfach ausgezogen«, sagte er. »Sie besuchen also die Hirsches?«

»Nein, eigentlich nicht.«

»Aha«, sagte er, als hätte ich mich dadurch, daß ich die Hirsches nicht besuchte, völlig entlarvt.

»Gibt es hier irgend etwas, wovon ich nichts weiß? Sowohl Sie als auch der Portier benehmen sich ziemlich merkwürdig.«

»Sind Sie Mr. Peckworth schon einmal begegnet, Sir?« fragte der Liftboy.

»Ich glaube nicht.«

»Na, das erklärt alles«, sagte der Liftboy.

»Mir scheint, da steht mir ein Leckerbissen bevor.«

»Das kommt ganz auf Ihren Geschmack an«, sagte der Liftboy, als sich die Tür des Aufzugs auf einen kurzen Gang öffnete. »Nach rechts, Sir.«

Ich nickte, trat aus dem Lift und ging nach rechts, am Notausgang vorbei, auf eine einzelne Tür aus Mahagoni mit einem Klopfer in Form eines Wasserspeiers zu. Ein runder Klingelknopf glänzte in verzierter Messingfassung, aber mir gefiel der Klopfer, der mich grotesk anlächelte, und so ließ ich ihn laut fallen. Nach kurzer Wartezeit wurde die Tür einen Spalt geöffnet, und ich sah einen dünnen, gebückten Mann mit glänzendem, glattem Gesicht; allerdings zeigte der geöffnete Kragen seines orangefarbenen Hemdes einen absurd faltigen Hals. »Ja?« sagte der Mann mit hoher, kratziger Stimme.

»Mr. Peckworth?«

»Nein, nein, nein, meine Güte, nein«, sagte der Mann und musterte mich von oben bis unten. »Nicht im mindesten. Aber Sie sind eine Überraschung, muß ich sagen. Wir sehen hier oben nicht viele Anzüge. Aber das ist gut, Sie haben etwas Verzweifeltes an sich, das mir gefällt. Mein Name ist Burford, und ich kümmere mich um die heutige Transaktion. In solchen Situationen werde ich häufig als Mr. Peckworths Bankier tätig.«

»Ich verstehe nicht.«

»Nun, bitte, kommen Sie herein«, sagte der Mann, während er die Tür weit öffnete und beiseite trat, »dann fangen wir mit dem Handeln an. Das Handeln macht mir solchen Spaß.«

Ich betrat einen Mittelgang, der eine goldene, flockige Tapete hatte, und folgte Burford dann in einen anderen, größeren Raum, der unbeschädigt aus dem neunzehnten Jahrhundert überliefert zu sein schien. Die Tapeten waren dunkelbraun mit großen grünen Blumen, wilden Blüten, die sich über die Wände schlängelten. Es gab eine dunkle alte Standuhr und einen Schreibtisch mit spindeldürren Tierbeinen und ein gepolstertes Sofa und dicke Teppiche und düstere, überladene Gemälde von Richtern mit

Perücken, denen eine Vorliebe für den Henker aus den Augen sprach. Dicke Samtvorhänge rahmten zwei geschlossene Fenster ein, die auf beiden Seiten von eisernen, golden angemalten Pfeilen zusammengehalten wurden. Es roch ungelüftet und nach zuviel teurem Parfüm. An einer Wand hing ein riesiger ovaler Spiegel, der wie ein überdimensionales Katzenauge von einem prachtvollen Blattgoldrahmen eingefaßt war.

Burford führte mich in die Mitte des Zimmers, und als ich dort stand, ging er um mich herum wie der Leiter einer Kunstgalerie um eine Statue, an deren Erwerb er interessiert ist.

»Mein Name ist Victor Carl«, sagte ich, während Burford seine Inspektion fortsetzte. »Ich bin hier, um mit Mr. Peckworth zu sprechen.«

»Fangen wir mit der Krawatte an«, sagte Burford. »Wieviel für die Krawatte? Ist das Seide, Mr. Carl?«

»Einhundert Prozent Polyester«, sagte ich. Es war ein steifer, schwarz und rot gestreifter Schlips, von dem Flecken förmlich abzuperlen schienen, was der Grund war, weshalb ich ihn mochte. Abwischen und wieder tragen. »Aber nicht zu verkaufen.«

»Ach, kommen Sie, Mr. Carl«, sagte Burford. »Wir sind beide Männer von Welt. Alles ist käuflich, nicht wahr?«

»Ja, in der Tat, die Erfahrung habe ich auch gemacht.«

»Gut, dann sprechen wir dieselbe Sprache. Nennen Sie mir einen Preis für Ihre hundertprozentige Polyesterkrawatte, so ein seltenes Stück in einer Welt voller lausiger Seide.«

»Sie wollen diese Krawatte kaufen?«

»Sind wir nicht deshalb hier?«

»Hundert Dollar«, sagte ich.

»Für so eine Krawatte? Die kriegen Sie bei Woolworth für sieben Dollar, neu. Ich gestehe Ihnen allerdings einen Gewinn dafür zu, daß Sie sie für uns eingetragen haben. Sagen wir fünfzehn Dollar? Wer könnte da widerstehen?«

»Ist Mr. Peckworth da?«

»Also gut, zwanzig Dollar.«

»Ich bin nicht hergekommen, um zu feilschen.«

»Dreißig Dollar«, sagte Burford.

»Lassen Sie mich einfach mit Mr. Peckworth reden.«

»Nun, vergessen Sie die Krawatte für den Augenblick. Reden wir über Ihre Socken. Nette kleiner Dinger, Socken, finden Sie nicht? So zart, so aromatisch.«

»Hundert Dollar«, sagte ich.

»Die Sache mit den Socken ist die«, sagte Burford. »Sie ziehen sie aus, Sie verkaufen sie, und plötzlich sehen Sie schicker aus als vorher. Sehen Sie?« Er lüpfte eines seiner Hosenbeine. In seinem braunen Slipper steckte ein nackter Fuß. »Schick, und das noch mit Gewinn.«

»Hundert Dollar.«

»Das ist ziemlich viel.«

»Pro Stück.«

»Haben Sie heute geduscht, Mr. Carl?«

»Ich dusche jeden Tag.«

»Dann sind sie nicht reif genug für den Preis, den Sie verlangen. Aber diese Krawatte, die ist etwas Besonderes. Wir sehen heutzutage kaum noch von Menschen hergestellte Fasern. Sie haben nicht zufällig irgendwo hinten im Kleiderschrank noch einen Freizeitanzug?«

»Ich fürchte nein.«

»Fünfzig Dollar für die Krawatte, aber nicht mehr. Das ist das absolute Limit.«

»Fünfundsiebzig Dollar.«

Burford drehte das Gesicht ein wenig und starrte mich seitlich an. Dann nahm er eine dicke Rolle Banknoten aus einer seiner Hosentaschen, leckte lustvoll an seinem Daumen und zählte drei Zwanziger ab. Er fächelte sich mit den Scheinen in seiner Hand. »Sechzig Dollar. Schlagen Sie zu oder lassen Sie's bleiben«, sagte er und lächelte schlau.

Ich nahm die Scheine und stopfte sie in meine Tasche.

»Kommen Sie, kommen Sie«, sagte Burford. »Geben Sie sie

her. Nörgeln Sie jetzt nicht, der Handel ist abgemacht, Geld hat den Besitzer gewechselt. Zeit für die Gegenleistung.«

Während er meinen Schlips verlangte, trat er zur Seite, ein glattes Gleiten, das ich merkwürdig fand. Dann wurde mir klar, daß er mir mit dieser gewandten Bewegung den Blick auf den riesigen ovalen Spiegel freigab, so daß ich mich sehen konnte, wie ich die Krawatte auszog. Dieses Gleiten hatte etwas sehr Schlüpfriges, Geübtes.

Ich drehte mich zum Spiegel, griff mit dem Zeigefinger in meinen Krawattenknoten und fing an, ihn nach unten zu ziehen, ganz langsam. »Nun, da Sie meine Krawatte gekauft haben, Mr. Peckworth«, sagte ich in den Spiegel, »möchte ich Ihnen gern ein paar Fragen stellen.«

Einen Moment lang kam ich mir wie ein Idiot vor, weil ich mit einem Spiegel geredet hatte, doch dann hörte ich über eine Sprechanlage eine scharfe Stimme sagen: »Burford, nehmen Sie die Krawatte und bringen Sie ihn zu mir.« Da wußte ich, daß ich recht gehabt hatte.

Burford trat zu mir und hielt eine durchsichtige Plastiktüte auf. »Was sind Sie doch für ein schlaues Kerlchen«, sagte er grinsend.

Ich ließ die Krawatte in die Tüte fallen. »Man tut, was man kann.«

Burford ging zum Schreibtisch, auf dem ein kleiner schwarzer Apparat stand. Ich hörte ein leises, zischendes Geräusch, und dann erreichte mich ein leichter Hauch von schmelzendem Plastik. »Tja, ich hätte Ihnen auch fünfundsiebzig bezahlt. Ich bringe Sie zu Mr. Peckworth.«

Peckworth befand sich in einem großen, grellbunten Raum, rote Tapete mit goldenen Rändern, verspiegelte Decke. Er lagerte auf einem Stapel Kissen, die den Grund dessen umgaben, was man vor zwanzig Jahren eine Liebeslaube genannt hätte. Es gab Berge von Kissen und einen riesigen Fernseher und eine Stereoanlage und den Duft von Parfüm und darunter einen schwächeren Geruch, den ich lieber nicht identifizieren wollte. An einer Wand gewährte ein riesiges ovales Fenster freien Blick in den Raum, in dem ich meine Krawatte abgenommen hatte; der Spiegel war also von dieser Seite aus durchsichtig.

»Setzen Sie sich, Mr. Carl. Machen Sie es sich bequem.« Peckworth war ein kahlköpfiger Mann mit schlaffem Kinn, der streng dreinschaute wie ein Steuerprüfer. Der Trainingsanzug in Pink-metallic, den er trug, stand im krassen Gegensatz dazu.

Ich sah mich nach einem Stuhl um, aber dies war eine Liebeslaube, es gab weder Stühle noch Tische, nur Kissen. Steif setzte ich mich auf eines, das auf den Stufen lag, lehnte mich zurück und tat so, als fühle ich mich wohl.

»Ich hoffe, Sie entschuldigen den Scherz mit der Krawatte«, sagte Peckworth mit scharfer, sachlicher Stimme. »Manchmal kann Burford sich nicht beherrschen.«

»Aus sentimentalen Gründen habe ich mich sehr ungern davon getrennt«, sagte ich, »aber er hat mir ein Angebot gemacht, das ich nicht ablehnen konnte.«

Peckworth tat nicht einmal so, als würde er lächeln. »Es ist schön, wenn man Geschäft und Vergnügen verbinden kann. Leider werden wir an der Krawatte Geld verlieren, aber Sie wären überrascht, wieviel Gewinn wir mit unseren kleinen Auktionen erzielen können. Der Markt befindet sich im Untergrund, ist aber schockierend groß.«

»Socken und solche Sachen, meinen Sie?«

»Und solche Sachen, ja.«

Ich stellte mir irgendein Zimmer in dieser geräumigen Luxuswohnung vor, das der Lagerung verschiedener Kleidungsstücke in ihren Plastiktüten gewidmet war, makellos geordnet von dem immer wachsamen Burford; Geruch und Beschaffenheit wurden von den verschweißten Plastiktüten konserviert. Die Anweisungen zum Wiederaufwärmen wären ganz einfach: (1) Tüte in Mikrowellengerät legen; (2) bei mittlerer Temperatur eine Minute erwärmen; (3) Tüte vorsichtig aus dem Gerät nehmen; (4) Tüte mit langem Messer aufschlitzen; (5) Kleidungsstück über den

Kopf legen; (6) tief einatmen. Folgte man den Anweisungen genau, blieb das hochgeschätzte Artefakt so frisch und duftend wie am Tag des Erwerbs. Das ist eines der Dinge, die ich an Philadelphia so liebe; an jedem einzelnen Wochentag können Sie von irgendeinem neuen perversen Vergnügen erfahren.

»Was kann ich für Sie tun, Mr. Carl?«

»Ich bin Anwalt«, sagte ich.

»Oh, ein Anwalt. Wenn Burford das gewußt hätte, hätte er einen besseren Handel abgeschlossen. Ich glaube, er hat Sie irrtümlich für einen Mann mit Prinzipien gehalten.«

»Ich vertrete die Schwester Ihrer früheren Nachbarin Jacqueline Shaw.« Technisch gesehen war das eine Lüge, aber für Peckworth würde es keine Rolle spielen. »Ich wollte Ihnen ein paar Fragen über das stellen, was Sie an ihrem Todestag gesehen haben.«

»Nichts«, sagte er und wandte sein schlaffes Gesicht von mir ab. »Das habe ich der Polizei bereits gesagt.«

»Ursprünglich haben Sie der Polizei gesagt, Sie hätten am Tag ihres Todes einen UPS-Boten auf dem Flur gesehen. Was interessant war, denn an diesem Tag hatte sich kein UPS-Bote eingeschrieben. Später haben Sie Ihre Geschichte dann abgeändert und gesagt, Sie hätten den Boten ein oder zwei Tage vorher gesehen. Das paßte praktischerweise zum Besucherregister beim Portier, und deshalb hat die Polizei es Ihnen abgekauft. Aber die Korrektur Ihrer Erinnerung kommt mir eigenartig vor, und ich wollte Sie danach fragen.«

»So etwas passiert«, sagte er. »Ich bin nicht mehr der Jüngste, mein Gedächtnis hat nachgelassen.«

»Dieser Mann, den Sie gesehen haben – können Sie ihn beschreiben?«

»Das habe ich bei der Polizei bereits getan.«

»Dann haben Sie sicher nichts dagegen, ihn mir noch einmal zu beschreiben.«

»Groß und gutaussehend, breite Schultern, dunkle, lockige

Haare. Sein braunes Hemd und seine Hosen, daran erinnere ich mich, waren makellos gebügelt.«

»Als kämen sie direkt aus der Verpackung.«

»Ja, richtig.«

Ich öffnete meine Aktenmappe und nahm einen Aktendeckel heraus. Darin befand sich ein Umschlag mit acht kleinen Schwarzweißfotos, in zwei Reihen angeordnet und auf Pappe geklebt. Die Fotos zeigten nur die Köpfe von Männern, die sämtlich zwischen fünfundzwanzig und fünfunddreißig Jahre alt waren, dunkles Haar hatten, nach vorn schauten und ausdruckslos in die Kamera starrten. Solche Fotoserien benutzte man bei polizeilichen Ermittlungen oft statt Gegenüberstellungen. Ich stieg mit den Fotos auf den Boden der Liebeslaube herunter. Als ich den Grund betrat, gab er unter mir nach und schnellte dann wieder hoch. Es war eine riesige Wassermatratze. Ich bemühte mich, das Gleichgewicht zu halten, während ich zu Peckworth stolperte. Als ich ihn erreicht hatte, hielt ich ihm die Fotos vor.

»Erkennen Sie auf einem dieser Bilder den UPS-Mann, den Sie gesehen haben?«

Während er die Fotos musterte, sah ich mir seine Augen an. Ich konnte sehen, wie sein Blick von einem Bild zum anderen wanderte und dann bei dem links unten in der Ecke innehielt. Er starrte es ein Weilchen an und bewegte dann wieder die Augen, als wolle er die Spuren seines Starrens verwischen, aber er hatte den Mann in der linken unteren Ecke erkannt, genau, wie ich erwartet hatte. Ich hatte die Pappe mit den Fotos bei der Auskunftserteilung in einem meiner früheren Fälle erhalten, und dieser Mann in der linken unteren Ecke hatte ein Gesicht, das man nicht vergaß, dunkel, markant, an Elvis erinnernd. Ein Typ wie Peckworth würde jemanden wie Peter Cressi oder seine frisch gebügelte Uniform niemals vergessen. Ich fragte mich, ob er ihm sofort, als er ihn erblickte, ein Angebot für die Uniform gemacht hatte.

Peckworth reichte mir den Bogen zurück. »Ich erkenne niemanden.«

»Sind Sie sicher?«

»Absolut sicher. Tut mir leid, daß Sie soviel von Ihrer Zeit verschwendet haben.« Er griff nach der Sprechanlage neben ihm und drückte auf einen Knopf. »Burford, Mr. Carl möchte gehen.«

»Wer hat Ihnen gesagt, Sie sollten Ihre Geschichte abändern, Mr. Peckworth? Das ist das, was mich wirklich interessiert.«

»Burford wird Sie hinausbringen.«

»Jemand mit einiger Macht, möchte ich wetten. Sie scheinen nicht der Typ zu sein, dem man leicht Angst einjagen kann.«

»Guten Tag, Mr. Carl.«

In diesem Augenblick öffnete sich die Tür hinter mir, und Burford kam lächelnd herein; hinter Burford folgte irgendeine gnomenähnliche Kreatur in einem blauen Zweireiher. Der Mann war klein, hatte ein flaches Gesicht und war unglaublich jung, aber mit den Schultern eines Stiers. Ich muß eineinhalb Fuß größer gewesen sein als er, aber er war mindestens fünfzig Pfund schwerer. Schauen Sie im Lexikon unter Muskelprotz nach.

»Kommen Sie, kommen Sie, Mr. Carl«, sagte Burford. »Zeit zu gehen. Ich bin sicher, daß Sie heute noch sehr wichtige Dinge zu erledigen haben.«

Ich nickte und drehte mich um und überquerte vorsichtig die große Wassermatratze. Als ich die Stufen erreicht hatte, von denen sie auf allen Seiten umgeben war und die zur Tür führten, drehte ich mich noch einmal um. »Ein Unternehmen wie dieses, so bizarr es der zuständigen Behörde erscheinen mag, muß sicher eine erhebliche Straßensteuer zahlen. Das beschneidet Ihren Profit bestimmt ganz schön.«

»Kommen Sie, Mr. Carl«, sagte Burford. »Für Unsinn haben wir keine Zeit. Sie müssen aufbrechen. Everett, sei Mr. Carl behilflich.«

Der Muskelprotz glitt mit erstaunlicher Anmut an Burford vorbei und packte meinen Arm, ehe ich ihn wegziehen konnte. Sein Griff war wie ein Schraubstock.

»Was die Steuer betrifft, könnte ich vielleicht meinen Einfluß geltend machen«, sagte ich. »Ich habe gewisse Kontakte zur Steuerbehörde, die für Ihre Informationen möglicherweise sehr dankbar wäre.«

Everett zog an meinem Arm und hätte ihn mir fast ausgekugelt; ich ließ mich von ihm aus dem Raum zerren, als Peckworth auf einmal sagte: »Gebt uns eine Minute.«

Nachdem Burford und Everett die Tür hinter sich geschlossen hatten, fragte Peckworth mich: »Was könnten Sie unternehmen?«

»Wieviel bezahlen Sie?«

»Zuviel.«

»Wenn die Information sich als so wertvoll erweist, wie ich annehme, könnte ich meinen Kontaktmann vielleicht bewegen, Ihre Steuer beträchtlich zu senken.«

»Tatsächlich? Wissen wir denn überhaupt, wer nach der gestrigen *danse macabre* auf dem Expressway das Sagen hat?«

»Ich wette, daß der alte Bulle seine Stellung behauptet.«

»Wenn das so ist und Sie mir den Nachlaß verschaffen, von dem Sie sagen, Sie könnten ihn mir verschaffen, was haben *Sie* dann davon?«

Ich wollte schon sagen: nichts; doch dann wurde mir klar, daß das einen argwöhnischen Mann wie Peckworth nicht zufriedenstellen würde. Es mußte schon etwas für mich dabei herausspringen, wenn er mir die Sache abkaufen sollte. »Ich bekomme zwanzig Prozent von dem, was Sie einsparen.«

»Das erscheint mir viel.«

»Mein normales Honorar beträgt ein Drittel, aber aus reiner Herzensgüte gewähre ich Ihnen einen Rabatt.«

Peckworth nickte und sagte: »Ich verstehe.« Die Leute wissen immer, daß man etwas daran verdient, wenn man ihnen sagt, man täte etwas aus Herzensgüte. »Eines müssen Sie verstehen, Mr. Carl. Wir suchen uns die Dinge nicht aus, die uns in diesem Leben Lust verschaffen, wir entscheiden nur, ob wir diesen Dingen nachgehen oder nicht. Ich habe mich entschieden, meiner Lust zu folgen, und mit dem Geld, das ich nebenbei verdiene, kann ich mir genau das leisten. Aber das Leben ist schwieriger, als Sie sich vorstellen können, und diese Gauner fressen meine Überschüsse auf.«

»Nun ja, so lautet die Abmachung«, sagte ich. »Schlagen Sie zu oder lassen Sie's bleiben.«

Er dachte eine Zeitlang darüber nach, das konnte ich sehen, denn seine Stirn legte sich in Falten.

»Ich hatte Besuch«, sagte er schließlich, »zwei Männer. Einer war sehr gut gekleidet, klein und adrett. Der andere war ein Handlanger in einem unmöglichen braunen Anzug. Sie schlugen vor, ich sollte sagen, daß ich mich in dem Datum geirrt hätte, an dem ich den UPS-Mann vor Miss Shaws Tür sah. Nachdem sie mir alles erklärt hatten, sah ich ein, daß es so gewesen sein mußte.«

»Haben sie Ihnen ihre Namen genannt?«

»Nein, aber sie nannten mir die Namen einiger meiner Lieferanten.«

»Von den Auktionen, meinen Sie.«

»Ja.«

»Und das hat Sie verwirrt.«

»Ja.«

»Lassen Sie mich raten«, sagte ich. »Waren diese Lieferanten möglicherweise unter einer bestimmten gesetzlichen Altersgrenze?«

»Unterschätzen Sie nie die delikate Würze der Jugend, Mr. Carl.«

»Und so stand plötzlich Ihr gesamter Lustquotient auf dem Spiel.«

»Genau, Mr. Carl. Für einen Rechtsanwalt sind Sie sehr schnell von Begriff.«

»Haben Sie eine Ahnung, wer diese Männer waren oder wen sie repräsentierten?«

»Nein, aber ich begriff genug, um nachzugeben. Es gibt so ein Aroma, das besonders gefährlichen Männern folgt.«

»Und der Handlanger hat schlecht gerochen, was?«

»Nicht der Handlanger, Mr. Carl. Die bekommt man im Dutzend für zehn Cents. Everett ist nicht nur unmäßig stark, sondern auch sehr loyal, und mit denen, die mir über den Weg laufen, wird er relativ leicht fertig. Es war der elegant gekleidete Mann, der extrem gut aussah, mit ebenmäßigen weißen Zähnen und wohlfrisiertem grauem Haar. Er hatte etwas erschreckend Träges an sich, aber selbst diese Trägheit konnte den Geruch von Gefahr nicht verbergen, der ihn umgab.«

»Wie sah er aus? Wie ein Buchhalter?«

»Oh, nein, Mr. Carl. Wenn er wie irgend etwas aussah, dann wie ein Bestattungsunternehmer, aber wie einer, der sich nie um den Nachschub Sorgen machen muß.« Er beugte sich vor und fügte hinzu: »Wenn Ihre Freunde meine Steuer senken und sich für mich um diese Männer kümmern können, Mr. Carl, dann können Sie Ihr volles Drittel haben.«

»Das ist sehr großzügig von Ihnen«, sagte ich. Ich griff nach dem Türknopf, hielt dann inne und drehte mich noch einmal um. »Das Bild unten links war das von Ihrem UPS-Mann, nicht?«

»Er hatte bei all seinem angeborenen guten Aussehen etwas Brutales, das ich unvergeßlich fand.«

»Mr. Peckworth, ich hoffe, Sie nehmen mir nicht übel, daß ich das sage, aber für jemanden, der sich entschlossen hat, so hingebungsvoll seiner Lust zu folgen, wirken Sie nicht sonderlich glücklich.«

»Mr. Carl«, sagte er mit unbewegtem Gesicht, »ich bin so glücklich, daß ich platzen könnte.«

## 25

Everett schleppte mich durch die Wohnung und brachte mich auf den Flur zurück. Bevor er die Tür hinter mir schloß, warf Burford mir eine Kußhand zu. Ein liebevolles Adieu, da bin ich sicher, aber ich war froh, auf dem Gang allein zu sein. Ich nahm nicht den Aufzug nach unten, sondern ging statt dessen zum Notausgang. Das Treppenhaus war schlecht beleuchtet und roch muffig. Die Tür fiel langsam und mit einem zischenden Geräusch hinter mir zu. Als ich versuchte, sie wieder zu öffnen, stellte ich wie erwartet fest, daß sie verschlossen war.

Ich ging die Treppe hinauf, die bei jedem Absatz die Richtung wechselte. Ich probierte beim Aufstieg jede Tür und stellte fest, daß sie alle verschlossen waren, bis auf die letzte. Diese öffnete sich langsam, und ich fand mich auf dem Dach wieder. Es war flach und geteert, mit Aufbauten hier und da und einem drei Fuß hohen Sims ringsum. Liegestühle aus Plastik standen herum; ich stellte mir vor, daß sie an heißen Sommernachmittagen von barbrüstigen Sonnenanbetern benutzt wurden. Der Knopf an der Außenseite der Tür ließ sich nicht drehen, aber irgendwie mußten diejenigen, die sich hier einen Hautkrebs einhandelten, ja wieder ins Haus zurückkommen, wenn die Sonne unterging. Ich suchte den Boden ab und fand einen hölzernen Keil, ziemlich abgenutzt, den ich in den Türspalt rammte. Nachdem ich auf diese Weise dafür gesorgt hatte, daß die Tür offenblieb, trat ich auf das Dach hinaus.

Das Dach von The Cambium interessierte mich eigentlich nicht besonders. Was mich interessierte, waren die umliegenden Dächer. Das Gebäude grenzte mit der Front an den Park und mit einer Seite an die Nineteenth Street, wo sie hinter dem Rittenhouse Square in südlicher Richtung weiterging. Hinter The Cambium lag ein Haus, das drei Stockwerke niedriger war und deswegen vermutlich nicht in Frage kam. Aber auf der der Nineteenth Street gegenüberliegenden Seite stand ein weiteres schickes Gebäude mit Portier, dessen Dach sich ungefähr auf gleicher Höhe befand; der Abstand zwischen beiden betrug nur etwa sechs Fuß. Der Graben zwischen ihnen war natürlich sehr tief, aber sechs Fuß waren kein allzu weiter Sprung für einen Sportler mit Mumm. Für mich natürlich zu weit, denn ich war kein Sportler, was ich beim Turnunterricht in der Junior High School schmerzlich zu spüren bekommen hatte, und auch nicht sonderlich mutig; aber nicht zu weit für einen Gangster, der entschlossen war, eine Erbin zu töten, also für meinen Mandanten Peter Cressi.

Es war das Bonbonpapier aus Zellophan, das Cressi im Reptilienhaus des Zoos weggeworfen hatte, natürlich, ein Ende offen, ein Ende noch zusammengedreht, genau wie das Papier, das Caroline hinter der Toilette ihrer Schwester gefunden hatte. Mein Unterbewußtsein hatte eine Dosis Meditation nötig gehabt, um mir das zu zeigen, weil mein Bewußtsein keinen Sinn darin gesehen hatte, daß Cressi Jacqueline Shaw tötete. Er hatte nichts zu gewinnen. Doch andere hatten etwas zu gewinnen, andere, die vielleicht auf der Jagd nach einem Vermögen waren. Vielleicht Eddie, vielleicht Oleanna, vielleicht irgendein anderer Begünstigter in der Reihe der Erben, der einen Haufen Geld bekommen würde, wenn einer oder mehrere der übrigen Erben des Reddman-Vermögens tot waren. Es gab da jemanden, nahm ich an, dem Jacquelines Tod genug einbrachte, um dafür zu bezahlen. Und dieser Jemand bezahlte genug, um dem Killer den Kauf von 179 vollautomatischen Gewehren, drei Granatwerfern und einem Flammenwerfer von einem verdeckten Ermittler zu finanzieren. Daher stammte Cressis Geld, dessen war ich mir jetzt sicher. Er hatte den Auftraggeber des Mordes vermutlich getroffen, als er Eddie Shaw wegen der halben Million auf die Pelle rückte, die dieser Jimmy Vigs schuldete. Er hatte herumgeschnüffelt, hatte Eddie belästigt, die Verwandten belästigt, hatte sich bemerkbar gemacht, als ein Angebot gemacht wurde. Und dann, nach dem Angebot und der Zustimmung und der Absprache, hatte Peter Cressi eine UPS-Uniform angezogen, war auf das Dach des Gebäudes da drüben gegangen, hatte die Lücke von sechs Fuß übersprungen und war dann die Treppe von The Cambium heruntergegangen, um beiläufig an Jacquelines Tür zu klopfen und zu sagen: »UPS, Ma'am.« Und nachdem die Tür geöffnet worden und Peter eingetreten war und seinen lukrativen Job vollendet hatte, war er ins Bad gegangen, um sich herzurichten, sein Haar zurückzukämmen, sich das Hemd wieder in die Hose zu stopfen, während Jacqueline die ganze Zeit dort hing, sich unter dem Kronleuchter drehte und vermutlich noch laut stöhnte. Um seinen Atem zu erfrischen, hatte Cressi sich eines der Pfefferminzbonbons in den Mund gesteckt, die er aus dem Tosca's hatte mitgehen lassen, und aus reiner Gewohnheit das Bonbonpapier weggeworfen, wie er es im Zoo weggeworfen hatte. Ein Schatz, dieser Peter.

Dante steckte mit in der Sache, auch das war klar. Es war Earl Dante, der Cressis Spuren verwischte, nachdem Peckworth ihn vor Jacquelines Tür gesehen hatte. Es war Earl Dante gewesen, der Peckworth überredet hatte, seine Geschichte abzuändern. Folglich mußte es auch dieser verdammte Earl Dante gewesen sein, der Cressi Anweisungen gab, als Cressi sich als Killer verdingte, um an die Dollars für den Kauf der Waffen zu kommen, mit denen Dante seinen Krieg gegen den Boß gewinnen konnte. Was für ein Lump, dieser Dante. Er hatte mich als Sargträger auserkoren und Raffaello wahrscheinlich geraten, sich mit mir zu unterhalten, und dabei hatte er die ganze Zeit gewußt, daß da draußen ein weißer Lieferwagen mit einem Loch in der Seite darauf wartete, sich neben den Cadillac zu setzen und loszuballern. Was für ein mörderischer, verlauster kleiner Lump.

Ich hatte jetzt nur noch eine Frage, als ich vom Rand des Dachs zurücktrat und auf die offene Tür zuging. Wer, so überlegte ich, hatte den kleinen Holzkeil für Peter Cressi in den Türspalt gesteckt, bevor Peter seinen Sprung tat?

Ich ging die Treppe wieder herunter und prüfte dabei alle Türen. Im zweiten Stock war eine offen, obwohl sich der Knopf nicht drehen ließ. Der Schnapper war mit Klebeband befestigt, genau wie der im Watergate an dem Abend, an dem der Nachtwächter Nixons Gangster entdeckte. Jemand, der sich heimlich zwischen den Stockwerken bewegte, nahm ich an, irgendein kleiner Gauner, den der Liftboy nicht kannte. Die Sache mit dem Klebeband war nicht weiter schwierig, aber mehr war nicht erforderlich, und ich war sicher, daß derselbe Mann auch den Holzkeil in den Türspalt geschoben hatte. Ich riß mit einem schnellen

Ruck das Klebeband ab, genau wie Cressi es auf dem Rückweg von Jackies Apartment nach oben getan haben mußte.

Als ich die Eingangshalle durch den Notausgang betrat, warf der Portier mir einen Blick zu. Ich nehme an, er fragte sich, was ich im Treppenhaus zu suchen hatte. Und er fragte sich vermutlich auch, wo mein Schlips geblieben war.

»Schönes Gebäude«, sagte ich.

Er nickte und schwieg.

»Ich hoffe, Sie sind nicht mehr sauer, weil ich vorhin so mit Ihnen gesprochen habe. Ich kannte Mr. Peckworth nicht, deswegen habe ich Sie nicht verstanden.«

»Alles in bester Ordnung, Sir«, sagte er so förmlich, daß ich begriff, daß nichts in bester Ordnung war.

Ich würde eine Brücke zu dem Portier schlagen müssen. »Wie heißen Sie?« fragte ich.

Seine Augen verengten sich zu Schlitzen. »Roberto«, sagte er.

»Mögen Sie Zigarren, Roberto?«

Er sah mich mit schräggelegtem Kopf an. »Eine gute Zigarre? Sicher, ja.«

»Mögen Sie lieber dicke oder dünne?«

»Ich habe festgestellt, daß die Zigarre, die er raucht, viel über einen Mann aussagt.«

»Also dick, nehme ich an. Bin gleich wieder da.«

Ich überquerte den Rittenhouse Square, ging in östlicher Richtung zur Sixteenth Street und dann hinunter zur Sansom. Ein paar Schritte nach Osten die Sansom Street hinunter, und ich betrat die Black Cat Cigar Company. Es war, als käme man in einen temperierten Zigarrenbehälter, warm und trocken und nach Herbstblättern riechend. »Ich brauche eine eindrucksvolle Kiste dicke Zigarren«, sagte ich zu dem gebeugten, grauhaarigen Mann, der einen unangezündeten Stumpen zwischen den Zähnen hielt.

»Wie eindrucksvoll?« bellte er.

»Ach, ungefähr für hundert Dollar eindrucksvoll«, sagte ich. »Und ich brauche eine Quittung.«

Roberto nahm ein Bowiemesser aus der Tasche und schlitzte das Siegel an der Schachtel auf. Er hielt eine der dicken und absurd langen Zigarren hoch und rollte sie zwischen den Fingern, ertastete die Beschaffenheit des Tabaks. Dann beroch er die Zigarre sorgfältig von einem Ende zum anderen und wieder zurück. Mit dem Messer schnitt er ein Stück des Zellophans ab und leckte am Ende der Zigarre, als sei sie eine Brustwarze. Dann leckte er nochmals. Endlich lächelte er und legte die Zigarre in die Kiste zurück.

»Ich hätte gern, daß Sie mir ein paar Fragen beantworten«, sagte ich.

»Was für eine Überraschung!« sagte Roberto.

»Jacqueline Shaw, Ihre frühere Wohnungsinhaberin. Ich vertrete ihre Schwester.«

»Und Sie denken, Sie könnten mich mit einer Kiste Zigarren kaufen. Glauben Sie, meine Ehre sei so billig zu haben?«

»Natürlich nicht. Die Zigarren gehören Ihnen, ob Sie mir helfen oder nicht. Und ich würde sie nicht als billig bezeichnen. Mir war nur nicht wohl, weil ich vorhin so unfreundlich zu Ihnen war, und ich wollte das wiedergutmachen.«

Er sah mich mit geschürzten Lippen an.

»Zusätzlich habe ich aber zufällig ein paar Fragen zu Jacqueline Shaw.«

»Ich habe der Polizei schon alles gesagt.«

»Ich bin sicher, daß Sie das getan haben, Roberto. Und Detective McDeiss hat mir sogar eine Kopie Ihrer Besucherliste für den Todestag von Miss Shaw überlassen. Ich würde gern wissen, ob irgend jemand zu ihrer Wohnung hochgefahren ist, ohne sich einzutragen.«

»Alle Gäste und Besucher müssen sich eintragen.«

»Ja, das haben Sie mir schon gesagt, Roberto. Aber mir ist aufgefallen, daß Mr. Grimes an dem Tag nicht unterschrieben hat.«

Er sah mich steif an. »Er wohnte hier.«

»Ja, aber ich nehme an, er gehörte nicht zu den eingetragenen

Miteigentümern; technisch gesehen war er also ein Gast. Ich möchte nur wissen, Roberto, wer sonst noch vor ihrer Wohnung hätte auftauchen können, ohne sich einzutragen.«

Er zögerte einen Augenblick und strich mit den Fingern über den glatten Deckel der Zigarrenkiste. »Das sind Prince of Wales, schicke Zigarren, bloß als Wiedergutmachung für ein barsches Wort.«

»Ich habe ein überempfindliches Gewissen. Und wie ich schon sagte, sie gehören Ihnen, ob Sie mir helfen oder nicht. Ich versuche bloß herauszufinden, was genau am Tag ihres Todes passierte.«

Ich lächelte. Er musterte mich aufmerksam und suchte nicht nach der Unaufrichtigkeit, die sicher da war, sondern nach einer Spur Mißachtung, die nicht da war. »Nun, Mr. Grimes konnte einfach kommen und gehen«, sagte er schließlich, die Hand auf der Kiste Macanudos, als sei sie die Bibel. »Und da es eine Familienwohnung war, konnten auch ihre Brüder, Mr. Edward und Mr. Robert, und ihre Schwester raufgehen, wann immer sie wollten. Mrs. Shaw war natürlich häufig da.«

»Die Mutter, meinen Sie.«

»Ja, und die Großmutter auch, als sie noch lebte. Vor Jahren pflegte sie immer die alte Dame zu besuchen, die vorher darin wohnte. Und Mr. Harrington kam auch oft. Er bezahlte mir jeden Monat persönlich das Wohngeld und gab mir an Weihnachten ein Trinkgeld. Und der Gärtner kam, um sich um ihre Pflanzen zu kümmern. Sie hatte viele Pflanzen, aber sie konnte nicht besonders gut damit umgehen.«

»Sie sprechen von Nat.«

»Richtig. Der mit dem roten Auge. Ein ruhiger Mann, aber er lächelte mir immer zu und sagte Hallo.«

»Haben Sie all das der Polizei erzählt?«

»Sie haben nicht gefragt.«

»Also, am Tag von Jacquelines Tod, wer ist da hereingekommen und hat sich nicht eingetragen?«

»Ich habe an dem Tag erst um zwölf Uhr mit der Arbeit angefangen. Der einzige, an dessen Kommen ich mich erinnere, ist Mr. Edward. Er schien es eilig zu haben, aber er ging weg, bevor Miss Jacqueline nach Hause kam.«

»Sind Sie sicher?«

»O ja, ich erinnere mich genau. Er kam reingerannt, als würde ihn jemand jagen. Ich sagte ihm, Miss Shaw sei nicht da, aber er bestand darauf, selbst nachzusehen. Ich machte ihm beim Hinausgehen die Tür auf, und er nickte mir nicht mal zu.«

»Haben Sie den Polizisten das erzählt?«

»Sie haben mich nicht gefragt.«

»Sie sagten, es sei eine alte Familienwohnung gewesen?«

»Ja, sie gehörte den Shaws, solange ich hier gearbeitet habe. Die alte verkrüppelte Lady wohnte darin, und dann stand sie eine Weile leer, bis Miss Jacqueline einzog. Die Familie hat sie erst kürzlich verkauft, nach dem unseligen Unfall.«

»Komisch, wie oft Erhängen ein Unfall ist. Ist es eine schöne Wohnung?«

»Sehr.«

»Na, dann haben die Hirsches ja Glück. Noch eine letzte Sache. Gehört außer Jacqueline jemand von den Hausbewohnern hier einer religiösen New-Age-Gruppe draußen in Mount Airy an?«

»Zu wem die Wohnungseigentümer beten, geht mich nichts an. Ich bin bloß der Portier.«

»Natürlich.« Ich zwinkerte. »Lassen Sie sich die Zigarren schmecken, Roberto.«

»Ja, das werde ich. Kommen Sie mal am Nachmittag, dann rauchen wir eine zusammen«, sagte er, während er hinter seinem Schreibtisch hervorkam und mir die Tür öffnete.

»Ja, das würde ich gern«, sagte ich.

Wieder ging ich über den Rittenhouse Square und dann zur Walnut hinunter. Ich wandte mich ein Weilchen nach Osten, machte dann rasch auf dem Absatz kehrt und ging nach Westen.

Hinter mir sah ich niemanden, der eine ähnliche Kehrtwendung vollführte. Ich eilte in eine Buchhandlung in der Walnut, gleich östlich von der Eighteenth Street. Während ich in Zeitschriften blätterte, schaute ich aus dem Panoramafenster und sah nichts Verdächtiges. Dann fuhr ich auf der Rolltreppe in den ersten Stock, ging in den hinteren Teil des Geschäfts, vorbei an den Krimis, und fand das Telefon. Mit dem Hörer in der Hand drehte ich mich um und sah niemanden, der mir auch nur die geringste Aufmerksamkeit schenkte, und genau so hatte ich es gern. Ich wählte.

»Tosca's«, sagte eine Stimme.

»Ich möchte mit Tisch neun sprechen«, sagte ich und ließ meine Stimme rauh klingen, als wäre ich Tom Waits, um die Burschen am anderen Ende der Abhörvorrichtung zu verwirren.

»Es tut mir leid. Tisch neun ist im Augenblick nicht besetzt.«

»Dann sagen Sie dem Mann an Tisch neun, wenn Sie ihn sehen, daß der Kundschafter mit ihm sprechen möchte.«

»Ich weiß nicht, wann der Tisch wieder *occupato* sein wird.«

»Sagen Sie ihm, der Kundschafter wüßte, wo das Geld herkam und wer hinter allem steht«, sagte ich. »Sagen Sie ihm, daß ich ihn sprechen muß und daß es dringend ist.« Ehe der Mann noch weitere Fragen stellen konnte, legte ich den Hörer auf.

Als ich die Buchhandlung verließ, fiel mein Blick auf die Spätausgabe der *Daily News*, und das Foto auf der Titelseite bewirkte, daß meine Zähne unverzüglich zu klappern begannen.

## 26

Ich bezahlte die vier Münzen, faltete die kleinformatige Zeitung zusammen, um das Titelblatt zu verbergen, und trug sie ohne Umweg in meine Wohnung. Ich ließ die Jalousetten herunter. Ich schaltete eine Lampe neben der Couch ein und entfaltete in ihrem künstlichen Schein die Zeitung. Das Bild, das mich so erschreckt hatte, als ich es in der Buchhandlung gesehen hatte, starrte mich an. Es war das Bild eines Mannes, der ausgestreckt auf dem Rücken lag wie ein erschöpfter Läufer; unter seinem Kopf breitete sich ein dunkler Schatten aus. Der Mund des Mannes schien zu lachen, und auf den ersten Blick hätte das Bild heiter wirken können, aber ich kannte den Mann, und mit Lachen hatte er nicht viel im Sinn. Was wie Lachen aussah, war in Wirklichkeit eine verzerrte Grimasse; der Schatten unter seinem Kopf war kein Schatten, und der Mann war auch kein Mann mehr, sondern eine Leiche.

Dominic Volare, ein ehemaliger Mafiavollstrecker mit besten Beziehungen zum Boß. Sie hatten ihn erwischt, als er sein bevorzugtes Imbißlokal in South Philly verließ. Sie hatten gewartet, bis er sich niederbeugte, um den Schlüssel in die Tür seines Cadillac zu stecken, hatten ihn von hinten angegriffen und ihn in Rücken und Nacken geschossen, so daß nur sein Gesicht hübsch unversehrt für das Foto blieb. Ich hatte mit Dominic Volare Poker gespielt, ich hatte gegen ihn verloren, war von ihm eingeschüchtert worden, aber er hatte mir nie etwas angetan, sondern mir sogar ein paarmal einen Dienst erwiesen. Ich hatte gedacht, er hätte sich zur Ruhe gesetzt, und nun hatte er das offenbar getan.

Im Inneren der Zeitung stand eine Geschichte, in der der Anschlag auf dem Schuylkill Expressway mit dem Mord an Dominic und einem weiteren Auftragsmord in Verbindung gebracht wurde, der ebenso tödlich gewesen war, aber weniger fotogen. Jimmy Bones Turcotte, massakriert in seinem Wagen, einem Caprice; man hatte die Windschutzscheibe in tausend Stücke geschossen und dahinter auch sein Gesicht. Ich kannte Jimmy Bones nicht, ich hatte nie das Privileg gehabt, vor Gericht neben ihm zu stehen und »Nicht schuldig« zu sagen, aber ich hatte natürlich von ihm gehört. Er war ein weiterer langjähriger Weggefährte vom Boß. Ich kam zu dem Schluß, daß es im Augenblick gefährlich war, ein langjähriger Weggefährte vom Boß zu sein, vor allem in oder neben deinem Auto.

Die Schlagzeile über Dominics Totenmaske auf der Titelseite sagte alles: KRIEG!

Er war im Gange, ja, das war er. Dantes Schlacht um die Unterwelt hatte ernstlich angefangen, und niemand war mehr sicher, schon gar nicht ein kleiner Strafverteidiger, den man gezwungen hatte, für die eine oder die andere Seite den Kundschafter zu spielen. Ich schaltete das Licht aus und dachte an Flucht, vielleicht nach Fresno, wohin die Mafiosi im Kino immer zu fliehen schienen, Fresno. Ich konnte mich auch in meiner Wohnung verkriechen, bis alles vorbei war. Es würde mir gutgehen, ich hatte einen Fernseher und einen Gefrierschrank für meine Tiefkühl-Fertigmenüs und dieses Buch von Thomas Hardy, das ich hatte lesen wollen. Ich konnte mich verstecken, bis alles ausgestanden war, mich auf der öden Heide von Hardys Wessex verlieren, ja, das konnte ich. Aber ich würde es nicht tun. Ich hatte Dinge zu erledigen, nach einem Vermögen zu jagen, und kein zahnsaugender Kredithai mit pomadisierten Haaren wie Earl Dante würde mich von meinem Weg abbringen. Was ich brauchte, war Rat, ernsthafter Rat, und es gab nur einen Mann, dem ich vertraute und der genug Insiderinformationen über die Geschäfte der Familie hatte, um ihn mir zu geben.

Mit zitternden Fingern wählte ich die Vorwahl 407 und dann die Nummer der Auskunft. Es war ein Schock, seine Nummer tatsächlich dort zu finden, als sei er einer der vielen Rentner, die auf Anrufe von ihren Enkelkindern warteten. »Sei zu Hause«, flüsterte ich vor mich hin, als es läutete. »Zum Teufel, sei bitte zu Hause.«

»Ja«, sagte eine Frauenstimme, knochentrocken durch Unmengen von Zigaretten.

»Hallo«, sagte ich. »Ich bin auf der Suche nach Walter Calvi.«

»Er nicht hier jetzt.«

»Ich muß mit ihm sprechen, es ist sehr wichtig.«

»Er ist für zwei, drei Tage weg, fischen.«

»Fischen? Ich wußte nicht, daß Calvi fischt.«

»Große Fisch«, sagte sie. »Von ein Boot.«

»Wann wird er zurück sein?«

»Zwei, drei Tage.«

»Können Sie ihm etwas von mir ausrichten?«

»Er fischen«, sagte sie.

»Können Sie ihm etwas von mir ausrichten? Können Sie ihm sagen, daß Victor Carl angerufen hat und daß hier einiges los ist und daß er sich bei mir melden soll?«

»Okay«, sagte sie. »Victor Carl.«

Ich gab ihr meine Nummer, und sie wiederholte sie.

»Könnten Sie ihm sagen, daß es wichtig ist?«

»Hier nichts wichtiger als große Fisch«, sagte sie. »Außer vielleicht Klimaanlage reinigen und Katze füttern. Aber ich ihm sagen, okay?«

Ich legte auf und wartete eine Zeitlang in meiner Wohnung, wartete darauf, daß es draußen dämmrig wurde, wartete, daß Calvi seinen Hintern von seinem Boot schaffte und mir sagte, was ich tun sollte. Wenigstens für ihn war alles gut gelaufen, nehme ich an. Er saß auf irgendeinem Boot vor den Florida Keys, fing Merline aus dem kühlen Wasser des Atlantik, während wir übrigen hier oben uns duckten, um keine von Dantes Kugeln abzukriegen. Von allen Abkommen, die getroffen wurden, hatte Calvi mit Sicherheit das beste erwischt. Ich hoffte bloß, daß er seinen Hintern rechtzeitig von diesem Boot schaffen würde, um mir zu sagen, wie ich selbst eins erwischen könnte.

Als es an der Zeit war, verließ ich leise die Stille meiner Wohnung, ging die Treppe hinunter und sah mich auf der jetzt dunklen Straße nach beiden Seiten um. Vorsichtig trat ich auf den Gehsteig hinaus. Ich ging an meinem Auto vorbei und ließ es stehen. Nach dem, was in Raffaellos Cadillac passiert war, und nach dem, was ich in der Zeitung gesehen hatte, wollte ich eine Zeitlang nichts mit Autos zu tun haben. Ich ging die Spruce hinunter und dann an der Nineteenth durch den Park und hinüber zur Walnut mit ihren Restaurants. Ich dachte mir, daß es auch für mich an der Zeit war, ein bißchen fischen zu gehen.

# 27

»Wie ist der Barsch, Caroline?« fragte Franklin Harrington mit einem Übermaß an Höflichkeit.

Caroline saß zurückgelehnt auf ihrem Stuhl und zerteilte mit der Gabel mürrisch die blassen Fischstücke. Sie trug ihre Lederjacke und schwarze Jeans und Kampfstiefel und hätte unter all den wohlfrisierten und wohlgekleideten Gästen fürchterlich ausgesehen, wenn Harrington in seinen perfekt gebügelten Ralph-Lauren-Klamotten das nicht ausgeglichen hätte. »Saftig«, sagte sie in trockenem Ton und ohne jede Begeisterung.

»Wunderbar«, sagte Harrington, der instinktiv die Rolle des Gastgebers übernommen hatte, entweder aufgrund seiner guten Herkunft oder seiner ungezügelten Arroganz, das konnte ich noch nicht entscheiden. »Und Ihre Krabbentörtchen, Victor?«

»*Trejf*«, sagte ich.

»Ich verstehe nicht.«

»Das ist das jiddische Wort für saftig.«

»Und ich dachte, das wäre *schikse*«, sagte Caroline mit einem durchtriebenen Lächeln, während sie nach ihrem Weinglas griff.

»*Trejf* ist umfassender«, erklärte ich. »Nicht alles, was *trejf* ist, ist *schikse*, wenn *Schikses* auch sicher das saftigste *Trejf* sind.«

»Na, warum bestellen Sie dann nicht einfach *Schikse?*« sagte Harrington.

Caroline spuckte den Chardonnay wieder aus, den sie im Mund hatte.

Willkommen beim Lifestyle der Reichen und der Juden.

Wir waren im Striped Bass, einem protzigen neuen Restaurant in der Walnut Street, mehr Kulisse als irgendwas sonst, mit Palmen, Rattansesseln, drei Stockwerke hohen Marmorsäulen und offener Küche, damit die Gäste sehen konnten, wie das feste Fleisch ihrer Fische in der Pfanne brutzelte. Es reicht nicht mehr, einfach zu essen, Restaurants sind heutzutage so eine Art Erlebnispark. Schwingen Sie sich auf das *fritto misto* aus Meeresfrüchten mit Ingwer. Erschauern Sie beim Biß in fritierte Muscheln mit Chinakohlsalat. Testen Sie Ihren Mut mit rohen Malpeque-Austern und Ihre Männlichkeit mit scharfem schwarzem Seebarsch. Das Striped Bass servierte nur Meeresfrüchte, das war der Clou, aber es war mehr Show Business als sonst etwas, nicht anders als das Hard Rock Café und Planet Hollywood, wenn auch um viele Klassen gehobener und teurer. Statt Hamburgers gab es Mahi Mahi mit Arugula-Pesto. Statt Fajitas sautierten Hummer aus Maine mit Somen-Nudeln. Statt gaffender Teenager gaffende Erwachsene, die sich fragten, wer an diesem Abend reich oder berühmt genug war, um am Tisch des Küchenchefs zu sitzen. Und trotz der Bürde dieser Atmosphäre war das Essen tatsächlich fabelhaft. Tische im Striped Bass mußte man Monate im voraus reservieren, aber Typen wie Harrington hatten so ihre Methoden, nahm ich an, und deshalb waren wir hier, Caroline schmollend, Harrington ätzend liebenswürdig wie der Kapitän bei einer Kreuzfahrt, und ich, der ich diese unbehagliche Versammlung einberufen hatte, wartete auf den richtigen Augenblick, meine Fragen loszuwerden.

Ich hatte Harrington nicht gemocht, als ich ihn in der Bank kennengelernt hatte, und ich mochte ihn noch immer nicht. Er hatte eine Aura falscher Wichtigkeit an sich, als glaube er, was er sagte, sei wirklich von Bedeutung. Er war zu lange jemandes blauäugiger Knabe gewesen. Man mußte ihn eine Nummer kleiner machen, und ich nahm an, daß ich dazu genau der richtige Mann war. Ich wollte am Ende des Abends, wenn alles gesagt und getan war, sicher sein, daß er wußte, daß ich seine Verlobte gevögelt hatte, obwohl es mir nicht sonderlich gefallen hatte, aber das brauchte er nicht zu wissen. Klassenunterschiede, die so deutlich sind wie der zwischen Harrington und mir, lassen mich immer zu Höchstform auflaufen oder zumindest zu größtmöglicher Kleinlichkeit.

Ich nahm eine Gabel von meinem Krebs, schwenkte sie in der

Senfsauce und schluckte. Köstlich. Harrington bearbeitete seinen Schwertfisch. Caroline stocherte noch immer mit den Gabelzinken in ihrem Barsch herum und zeigte trotz der dreißig Dollar, die der Fisch kostete, keine Neigung zu essen. Es wurde allmählich fast mehr als peinlich, und so dachte ich, ich könnte die erste meiner kleinen Bomben werfen und die Dinge ein bißchen beleben.

»Wer«, fragte ich nonchalant, während ich meinen Krebs zerteilte, »war Elisha Poole?«

Harrington sah mit blanker Überraschung von seinem Teller auf. Er schaute Caroline an, die gelangweilt die Augen rollte, und dann mich. »Was wissen Sie über Poole?«

»Bobby hat mir ein bißchen erzählt, als ich neulich abends im Haus war.«

»Ja«, sagte Harrington, und seine blassen Wangen wurden dunkler, »ich habe gehört, daß Sie da waren.«

Ich lächelte ein kleines Lächeln der Rivalität. Eines der Ziele des Abends zumindest war erreicht. »Bobby hat mir gesagt, sein Urgroßvater hätte die Firma von Poole gekauft und gleich darauf angefangen, seine unter Druck konservierten Pickles zu vertreiben, und später hätte Poole behauptet, er sei beschwindelt worden. Bobby hat gesagt, Poole hätte deswegen die ganze Familie verflucht.«

»Das erklärt alles«, sagte Caroline. »Mir gefällt eigentlich der Gedanke, daß wir verflucht sind. Er ist tröstlicher als die Vorstellung, daß wir alles selbst vermasselt haben.«

»Alles, was Bobby Ihnen erzählt hat, stimmt«, sagte Harrington. »Es war Pooles Firma, bevor Claudius Reddman sie kaufte, eine von den vielen Konservenfabriken bei den Docks. Poole war Blechschmied und gründete die Firma, indem er Tomaten und Mais aus New Jersey in Dosen verpackte. Claudius wurde zuerst als Lehrling eingestellt, übernahm aber bald andere Aufgaben.«

»Wann hast du all das erfahren, Franklin?« fragte Caroline.

»Ich halte es für angebracht, die Geschichte der Familien zu studieren, deren Vermögen ich verwalte.«

»Wie kam es dazu, daß Claudius am Ende die Firma kaufte, obwohl er als einfacher Lehrling angefangen hat?« fragte ich.

»Das wissen wir nicht genau«, sagte Harrington, »aber es sieht so aus, als hätte Poole gerne getrunken, und als Claudius fähig war, die geschäftlichen Dinge mehr und mehr zu übernehmen, brachte Poole immer mehr Zeit mit der Flasche zu. Pooles Vater war anscheinend ein notorischer Säufer, und es war nur eine Frage der Zeit, bis sein Sohn es ihm nachtat.«

»Kannst du uns noch Wein bestellen, Franklin?« sagte Caroline. »Ich habe auf einmal Durst.«

Ich warf Caroline einen Blick zu, während Harrington mit den Fingern schnippte, um den Kellner zu rufen, und eine weitere Flasche bestellte.

»Als Pooles Trinkerei schlimmer wurde«, sagte Harrington, »begann Reddman, die Kontrolle über die Firma zu übernehmen. Nach und nach kaufte er Pooles Anteile auf und bezahlte sie bar. Die Firma verdiente damals nicht viel, Poole hatte Schulden, und so nahm er das Geld gern.«

»Woher kam das Bargeld?« fragte ich.

Harrington zuckte mit den Schultern. »Das ist die Frage. Aber unmittelbar bevor die Firma ihre Produktion auf die Pickles ausdehnte, die bald berühmt werden sollten, nahm Reddman einen Kredit auf, um den Rest von Pooles Anteilen zu kaufen. Da war die Firma in den roten Zahlen, und Poole war offenbar nur zu bereit, sich aufkaufen zu lassen. Es war ein ziemliches Risiko für Claudius Reddman, einen Kredit aufzunehmen, um eine Firma zu übernehmen, die keine Gewinne machte.«

»Aber es hat sich ausgezahlt, nicht?« sagte ich. »Reddman wurde ein reicher Mann, ein amerikanischer Industriegigant, und Poole blieb nur der Strick.«

»Richtig«, sagte Harrington und wandte seine Aufmerksamkeit wieder seinem Fisch zu. »Poole wurde zu einem verbitterten alten Säufer, der seine Chance auf ein Vermögen vertan hatte; so kann man es betrachten. Oder, wenn man die Dinge aus seiner Sicht sieht, er war ein ehrlicher, vertrauensvoller Mann, der von einem habgierigen Schwein betrogen wurde, das sein eigenes Vermögen auf den Überresten von Pooles Lebenswerk aufbaute.«

»Und wen gibt es heute noch, der die Dinge aus seiner Sicht sieht?« fragte ich.

»Wie bitte?«

»Wen gibt es noch, der denkt, Poole sei betrogen worden?«

»Ich weiß nicht«, sagte Harrington. »Die Pooles, nehme ich an.«

»Gibt es noch welche?«

Der Sommelier kam mit einer weiteren Flasche Wein, Rotwein diesmal, und goß einen Schluck davon in Harringtons Glas. Harrington probierte, nickte dem Kellner zu und sagte dann leichthin: »Ich würde meinen, daß es noch welche gibt.«

»Wo?« fragte ich.

»Woher soll ich das wissen?«

»Was ist mit der Tochter«, sagte ich, »die mit ihrer verwitweten Mutter in diesem Haus auf dem Gelände von Veritas wohnte? Sie kennen es doch, oder?«

Caroline und Harrington sahen sich an und schauten dann weg.

»Können Sie sich vorstellen«, fuhr ich fort, »wie sie in dieser verfallenden kleinen Bruchbude wohnte und dauernd zu dem großen Herrenhaus aufblickte, von dem ihr Vater ihr gesagt hatte, von Rechts wegen sollte es ihr gehören? Haben Sie sich je gefragt, was sie empfunden hat?«

»Wahrscheinlich Dankbarkeit, weil Urgroßvater ihr ein Dach über dem Kopf gegeben hatte«, sagte Caroline, leerte mit drei raschen Schlucken ihr Weinglas und griff dann nach der Flasche.

»Wußten Sie, daß Caroline Republikanerin ist?« sagte Harrington mit einem ironischen Lächeln, das ich von einem Bankier nicht erwartet hätte.

»Irgendwie glaube ich nicht, daß Pooles Tochter dankbar war«, sagte ich. »Haben Sie je dieses Gemälde von Andrew Wyeth gesehen, *Christinas Welt*? So muß es für sie gewesen sein, sie muß sehnsüchtig auf das große Haus auf dem Hügel gestarrt haben. Können Sie sich das vorstellen? Sie lebte dort, bis ihre Mutter starb, im Schatten dieses riesigen Steinkastens. Wie verdreht muß ihre zarte kleine Seele da geworden sein! Kein Wunder, daß sie in einem Sanatorium endete.«

»Wer hat Ihnen gesagt, daß sie in einem Sanatorium endete?« fragte Harrington seltsam überrascht.

»Der Gärtner, Nat. Ich habe ihn nach dem alten Haus auf der anderen Seite des Teichs gefragt, und er hat es mir erzählt.«

»Woher zum Teufel sollte Nat das wissen?« fragte Caroline. »Das sind lauter alte Geschichten. Herrgott, ist es kalt geworden oder so?« Sie trank einen Schluck Wein. »Können wir nicht über etwas Erfreulicheres reden als über die Pooles, um Gottes willen? Victor, du bist der Mafiaanwalt, erzähl uns von diesem Mafiakrieg, über den alle Zeitungen schreiben. Es stand sogar in der *Times*. Was ist mit diesem Anschlag auf dem Expressway?«

»Erstaunlich«, sagte Harrington.

»Was ist überhaupt mit deinem Gesicht passiert, Victor?« fragte Caroline. »Es sieht aus, als hättest du dich mit einer Katze gestritten und verloren.«

»Ob sie wohl Kinder hat?« sagte ich.

»Wer?« fragte Harrington.

»Die Poole-Tochter.«

»Himmel, Victor«, sagte Caroline. »Warum interessierst du dich so für die gottverdammten Pooles? Das reicht ja, um ein Mädchen in die Trunksucht zu treiben. Reich mir den Wein.« Ich bemerkte zwangsläufig, daß sie ihren Barsch nun vollkommen ignorierte und angefangen hatte zu trinken wie, nun ja, wie ein Fisch. Vermutlich hatte unser Gespräch über ihre Familie diesen Anlaß in das verwandelt, was ihre Therapeutin eine spezielle Situation genannt hätte.

»Mich fasziniert deine gesamte Familiengeschichte, Caroline. Du hast mich gebeten herauszufinden, ob Jacqueline ermordet wurde. Nun, nachdem ich mich umgehört habe, bin ich jetzt sicher, daß sie ermordet worden ist.«

»Ist Victor als dein Anwalt tätig?« fragte Harrington mit verwirrtem Gesichtsausdruck. Ich fand es interessant, daß ihn die Möglichkeit, daß ich Caroline juristisch vertrat, mehr überraschte als die Tatsache, daß ich an Jacquelines Ermordung glaubte.

Caroline antwortete mit einem halben Lächeln, statt ihm unsere eigenartige Beziehung zu erklären.

»Das ist also die Erklärung für den Scheck und den Besuch in Veritas.«

»Hast du vielleicht gedacht, er wäre ein Gigolo?« fragte Caroline. »Victor?«

»Sie wollte auch, daß ich herausfinde, wer sie umgebracht hat«, fuhr ich fort, Harringtons Lachen ignorierend. »Ich glaube, das weiß ich jetzt.«

»Was?« sagte Harrington, und sein Lachen erstarb so schnell wie Skrupel an der Wall Street. »Wer denn?«

»Das ist im Augenblick nicht wichtig«, sagte ich.

»Natürlich ist das wichtig«, sagte Harrington. »Haben Sie es der Polizei gesagt?«

»Die Beweise, die ich habe, sind entweder unzulässig oder würden in diesem Stadium vor einem Prozeß verschwinden. Ich brauche mehr, bevor ich zur Polizei gehe, und das werde ich auch bekommen. Aber der Typ, der sie umgebracht hat, wurde dazu angeheuert, glaube ich, und bezahlt. So, wie Sie einen Dienstboten oder Maurer oder Gärtner bezahlen würden. Und deshalb lautet die Frage, die ich immer noch habe, wer ihn bezahlt hat.«

»Und du hast den Verdacht, daß die Antwort in der Geschichte unserer Familie zu finden ist?« fragte Caroline.

»Ich bin auf alles neugierig.«

Harrington starrte mich einen Augenblick an; ich nehme an, er versuchte zu erraten, was genau ich da eigentlich machte.

»Weißt du, Caroline«, sagte Harrington, noch immer mich anschauend. »Ich wußte, daß Victor Anwalt ist, aber ich dachte nicht, daß es bei dem Spiel, das wir hier spielen, um juristische Dinge geht. Ich bin vielleicht albern, aber ich dachte, du hättest mich hierher geholt, um mir bloß noch einen deiner Knaben vorzuführen.«

»Im Haus habe ich ihn nur deshalb als meinen Liebhaber vorgestellt, um Mutter zu ärgern«, sagte Caroline.

»Das ist dir gelungen. Sie hätte fast einen Schlaganfall bekommen.«

»Gott sei Dank, wenigstens etwas hat geklappt.«

»Also dann, klären wir die Sache«, sagte Harrington. »Haben Sie, Victor?«

»Was?«

»Mit Caroline geschlafen.«

Ich sah Caroline an. Sie griff nach ihrem Glas, und es herrschte verlegene Stille.

Harrington lachte, ein lautes, fröhliches Lachen. »Das war als Antwort klar genug. Nun, ich nehme an, ich muß meine Ehre verteidigen.« Er klopfte auf seine Jacke. »Verdammt, nie findet man einen Handschuh, wenn man einen braucht, um ihn dem Rivalen ins Gesicht zu werfen.«

»Halt den Mund, Franklin.«

»Tut mir leid. Du hast recht, Caroline. Ich bin unhöflich. Keine Sorge, Victor, was Sie und Caroline nach der Schule machen, stört mich nicht. Alles, was ich will, ist, daß Caroline glücklich ist. Wirklich. Bist du glücklich mit Victor, Caroline?«

»Wahnsinnig.«

»Na, fabelhaft. Leisten Sie weiter so gute Arbeit, Victor.« Er wandte sich wieder seinem Schwertfisch zu und trennte ein dickes graues Quadrat davon ab. »Und wenn Sie Hilfe brauchen, damit sie weiterhin glücklich ist, lassen Sie es mich wissen.«

Caroline leerte ihr Glas und ließ es auf den Tisch plumpsen. »Du bist ein Scheusal, weißt du.«

»Vielleicht bestelle ich Champagner, um das zu feiern.«

»Ein gottverdammtes Scheusal. Und soll ich dir was sagen, Franklin? Victor ist erstaunlich im Bett. Ein absoluter Akrobat.«

Bei diesem Satz fiel mir unwillkürlich das Kinn herunter.

»Na, dann werde ich statt Champagner die Rechnung kommen lassen, damit ihr beide wieder auf euer Trapez kommt.«

»Es ist so gut, daß ich Wadenkrämpfe bekomme.«

»Vor kurzen, anstrengenden Übungen raten Experten zu Dehnübungen.«

»Und herzlos bist du auch«, sagte Caroline, die die Arme jetzt eng vor der Brust gekreuzt und das Kinn tief gesenkt hielt. Schwarze Tränen begannen zu rollen.

»Ich war nicht derjenige, der dieses gemeinsame Dinner vorgeschlagen hat.« Harrington hob die Flasche auf und sagte nonchalant: »Noch etwas Wein, Victor?«

»Kriege ich da etwas nicht mit?« fragte ich. »Hört sich an, als wäre ich mitten in einem Theaterstück von Albee.«

»Tja, also, der Vorhang ist gefallen«, sagte Harrington und stellte die Flasche hin. Er sah Caroline an, und die Arroganz auf seinem Gesicht wich etwas Zartem, Verletzlichem. Es war, als hätte er plötzlich eine rituelle Maske abgelegt. Die Art, wie er Caroline ansah, bewirkte, daß ich mich klein fühlte. »Sie müssen verstehen, Victor, daß mir an nichts auf dieser Welt so viel liegt wie an Caroline. Ich könnte eine Schwester nicht mehr lieben, als ich sie liebe. Sie hat großes Pech gehabt, als eine Reddman geboren zu werden. In jeder normalen Familie wäre sie eine heimkehrende Königin gewesen, glücklich und heiter, und genau dieses blinde Glück verdient sie, mehr als irgend jemand sonst, den ich kenne. Ich würde sterben, um es ihr zu geben, wenn ich das könnte. Ich würde mir das Herz aus dem Leib reißen, blutend und roh, und es ihr auf einem weißen Satinkissen präsentieren, wenn ihr das auch nur für einen Augenblick ihre Traurigkeit nehmen könnte.«

Bei den letzten paar Worten von Harringtons Rede brachen

Carolines Schluchzer aus wie Wellen, die einen Felsen überspülen. Ich hatte nicht einmal gemerkt, daß sie weinte, bis ich das hörte, so fasziniert war ich von diesem neuen Harrington und seinem Liebesgeständnis. Caroline saß zusammengekauert auf ihrem Stuhl, dicke Maskaratränen rannen ihr in Streifen über die Wangen, und diesmal hatte sie nichts von der geübten Schauspielerin, die ich gesehen hatte, als sie an diesem ersten Tag mit ihrer Pistole auf der Straße zusammenbrach. Was für eine seltsame Beziehung zwischen Caroline und Harrington auch bestand, sie ging tief. Sie wollte noch etwas sagen, biß sich dann aber auf die Lippen, warf ihre Serviette auf ihren Teller, stand auf und ging schnell in Richtung Damentoilette.

»Sie ist eine erstaunliche Frau«, sagte Harrington, als sie fort war.

»Ja.«

»Sie haben großes Glück.«

»Scheint so.«

»Tun Sie ihr nicht weh«, sagte er, nahm sein Messer und stach damit in ein Brötchen.

»Vielleicht irre ich mich«, sagte ich, »aber ich glaube nicht, daß sie auf der Toilette meinetwegen Tränen vergießt.«

Er seufzte. »Nein.«

»Was sind Sie? Schwul?«

Harrington wirkte verblüfft. Dann lachte er, ein warmes, gutturales Lachen, charismatisch und tröstlich. Ich sah zu, wie er lachte, und mußte unwillkürlich auch lachen. »Nein«, sagte er endlich, als er sich beruhigt und sich die Tränen aus den Augen gewischt hatte. »Aber das wäre sehr viel einfacher gewesen.«

Während wir auf Carolines Rückkehr warteten, erklärte Harrington, der nun annahm, daß ich Carolines Anwalt und Liebhaber war, mir die Feinheiten des Untergangs der Reddmans. Die gesamten Anteile der Familie an der Firma Reddman steckten in einem Fonds, der von Kingsley, Carolines Vater, kontrolliert wurde. Der größte Teil der Dividenden blieb dort, ein Teil war dazu bestimmt, an Kingsleys Erben verteilt zu werden, die vier Kinder. Wenn ein Erbe starb, wuchs der Anteil der überlebenden Erben entsprechend an. Bei Kingsleys Tod sollten die Anteile im Fonds gleichmäßig unter die verbleibenden Erben verteilt werden.

»Wieviel?« fragte ich. Ich kannte in etwa die Größenordnung, hörte sie aber doch gern.

»Im Augenblick, bei drei Erben, ist jeder Anteil etwa hundertfünfundvierzig Millionen Dollar wert, vor Steuern, aber der Preis der Anteile steigt, also wird es vielleicht mehr.«

»Uncle Sam wird glücklich sein mit seinem Schnitt.«

»Sowohl Eddie als auch Bobby denken daran, dauerhaft nach Irland zu ziehen, um Steuern zu sparen.«

»Und da sagt man, es gäbe keinen Patriotismus mehr. Es ist komisch, wenn man von soviel Geld redet, aber ich dachte, es wäre mehr.«

»Ja, nun, im Laufe der Jahre sind viele Anteile verkauft worden, um die Unkosten für den Erhalt des Hauses und anderer Liegenschaften aufzubringen, und ein großer Teil ist in einen anderen Fonds übergegangen, gemäß den Anweisungen einer früheren Treuhänderin.«

»Welcher Treuhänderin?«

»Carolines Großmutter.«

»Und wer sind die Begünstigten dieses Fonds?«

»Das weiß ich nicht. Er wird nicht von unserer Bank verwaltet, und die Dokumente sind versiegelt.«

»Irgendeine Idee?«

»Nein, keine.«

»Ich habe ein Gerücht gehört, daß Charity Reddman, Carolines Großtante, durchgebrannt ist, nachdem sie schwanger geworden war. Besteht die Möglichkeit, daß der Fonds ihrem Kind oder den Erben des Kindes zugedacht ist?«

»Das könnte sein, nehme ich an. Aber Sie können nicht im Ernst annehmen, daß irgendein geheimnisvoller Erbe von Charity Reddman für Jacquelines Tod verantwortlich ist.«

Ich zuckte mit den Schultern. »Erzählen Sie mir von den Lebensversicherungspolicen.«

Er zog die Augenbrauen hoch. »Fünf Millionen als Risikolebensversicherung auf jeden Erben, bezahlt vom Fonds. Die Begünstigten der Policen, die der Fonds angegeben hat, sind die überlebenden Erben.«

»Wenn also einer einen anderen umbrächte«, sagte ich, »würde er ein Drittel von fünf Millionen bekommen?«

»Richtig.«

»Hübsches Motiv«, sagte ich und dachte an Edward Shaw und seine Spielschulden. »Nur hatte ich den Eindruck, daß das Geld aus Jacquelines Versicherung an ihre Kirche gegangen ist.«

»Ja. Jacqueline hat unmittelbar vor ihrem Tod den Begünstigten geändert.«

»Haben ihre Brüder und ihre Schwester das gewußt?«

»Sie wollte, daß ich es für mich behielt, also habe ich das getan.«

»Als sie starb, haben ihre Brüder und ihre Schwester also eine unangenehme Überraschung erlebt.«

»Einige waren nicht allzu erfreut«, gab Harrington zu. »Und die Versicherungsgesellschaft natürlich auch nicht. Sie war bereit, die Prämie auszuzahlen, aber jetzt hält sie die Zahlung zurück, bis alle Fragen um Jacquelines Tod beantwortet sind.«

Das überraschte mich, und ich fragte mich, wer die Versicherungsgesellschaft von diesen Fragen unterrichtet hatte, aber ehe ich mich erkundigen konnte, kam Caroline zurück. Ihre Augen waren frei von Maskara und rot; sie hatte sich das Gesicht gewaschen. Sie sah fast gesund aus, jedenfalls so gesund, wie man mit einem Diamanten in der Nase eben aussehen kann. Sie setzte sich nicht hin, sondern legte mir eine Hand auf die Schulter.

»Bring mich nach Hause, Victor.«

Harrington stand sofort auf. »Machen Sie sich keine Sorgen über die Rechnung«, sagte er.

Draußen in der Walnut Street hob ich die Hand, um ein Taxi zu rufen, und konnte mir die Frage nicht verkneifen: »Was geht zwischen euch beiden vor?«

»Bist du jemals verliebt gewesen, Victor?«

Ich dachte einen kurzen Moment nach. »Ja.«

»Und es war nicht lustig, oder?«

»Nein, eigentlich nicht.«

»Bring mich einfach nach Hause und fick mich, Victor, und bitte, bitte, bitte, bitte, bitte, bitte, sag kein Wort mehr, bis du's tust.«

## 28

Ihre Wohnung lag über einem leerstehenden Eisenwarenladen in der Market Street, nur ein paar Blocks westlich des Delaware River. Es war eine riesige, höhlenartige Behausung, gestützt von Reihen kannelierter gußeiserner Säulen und locker dreihundert Quadratmeter groß. Zu besseren Zeiten war sie ein Fitneßstudio gewesen, und ein ziemlich brutales dazu. Gips bröckelte von den Wänden und ließ sie gesprenkelt und schuppig aussehen. Die Decke, verzogen und von Löchern verdunkelt, war ein wirres Durcheinander aus Kabeln und alten, fluoreszierenden Leuchtröhren und Luftschächten. Hier und da sah man die Dachlatten, wo große Gipsstücke auf den rohen, unbehandelten und mit Farbflecken übersäten Holzfußboden gefallen waren. Die Fenster waren gelblich angelaufen und ohne jeden Schmuck; sie starrten verloren auf die Straße oder das unbebaute Grundstück nebenan. Das Badezimmer hatte keine Tür, die Dusche bestand aus einer gußeisernen Wanne mit Klauenfüßen, und die Küche war eine dieser Miniküchen aus rostfreiem Stahl, die aussehen, als stammten sie aus einem Wohnwagen. In einer der Ecken auf der Seite der Market Street waren alte Metallteile, Bettgestelle und Stühle gestapelt, Überreste einer gescheiterten Renovierung. Es roch nach nassem Gips, Staub und Kummer.

In der Mitte stand eine Couch mit einer Keramiklampe auf einem Beistelltisch, und es gab ein zur Couch passendes Zweiersofa und einen Couchtisch, auf den man die Füße legen und die Drinks stellen konnte, wenn man Besuch hatte. Die ganze Ausstattung sah aus, als sei sie bei Seaman's gekauft worden, und hätte in jedes vorstädtische Einfamilienhaus gepaßt, aber hier, inmitten dieser Trostlosigkeit, wirkte sie so fehl am Platz, daß sie fast wie ein Kunstwerk war, ein ironischer Kommentar zu dem mühelosen Komfort, den man in Geschäften wie Seaman's kaufen konnte. Und dann, unter einer Industrielampe, die wie ein Spion darüber hing, stand da das Bett, ein übergroßes Bett auf Kufen, massiv wie ein Schlachtschiff, aus dunklem Mahagoni geschnitzt. Rote Seidenlaken bedeckten die Matratze. Die Decke mit einem maskulinen, goldgrünen Paisleymuster lag zerknittert und zerwühlt auf der Seide. Vier lange, goldbedruckte Kissen waren über das Bett verstreut. Und zwischen den Kissen und den Falten der Decke lagen Caroline und ich auf dem Rücken, starrten die Spionlampe und die brüchige Zimmerdecke über uns an, folgten mit den Blicken dem aufsteigenden Rauch von Carolines Zigarette. Wir waren nackt, und unsere Körper lagen in rechtem Winkel zueinander; nur unsere Beine, die noch immer ineinander verschlungen waren, berührten sich.

»Erzähl mir von ihr«, sagte Caroline.

Ich wußte sofort, welche Frau sie meinte. »Da ist nicht viel zu erzählen, nicht mehr.«

»War sie hübsch?«

Ich wußte, von welcher Frau sie sprach, und ich wußte, warum sie fragte, und die Gründe waren so traurig, daß ich nicht anders konnte, als ihr zu antworten. »Sie war sehr hübsch und sehr dekadent und sehr verwundbar. Als ich sie kennenlernte, war sie mit jemand anderem zusammen, jemand, der sehr mächtig war, was sie für mich rasend attraktiv und so unerreichbar machte, daß es sich nicht mal lohnte, über sie zu phantasieren.«

»Wie hieß sie?«

»Veronica.«

»Wie kamt ihr beide zusammen?«

Das war eine komisch klingende Frage, wie man sie über Jugendliebschaften oder ein unschuldiges, frisch verheiratetes Paar stellen würde, nicht über zwei lasterhafte Liebesleute wie Veronica und mich. »Ich weiß es nicht genau. Das war eine Zeit in meinem Leben, in der ich voller Wünsche war. Ich wollte Geld und Erfolg, ich wollte von Leuten, die mehr waren als ich, akzeptiert und bewundert werden. Ich wollte der Typ sein, den sie in der Fernsehwerbung sahen, der lächelnde Weltmann auf den Fotos in der Klatschspalte. Ich wollte alles sein, was ich niemals sein konnte. Und eine Zeitlang wollte ich am meisten von allem Veronica. Dann hatte ich wie im Traum eine Chance auf alles, den Erfolg, den Reichtum, den Zutritt zu der Welt, die mich einfach aus reinem Vergnügen ausgeschlossen hatte. Und ich hatte auch eine Chance auf Veronica. Binnen kürzester Zeit schliefen wir zusammen, und sie war mehr als ein Verlangen geworden, sie war zur Besessenheit geworden.«

»War es so toll, wie du es dir vorgestellt hattest?«

Das war es in der Tat, der Sex war mehr als ekstatisch, er spülte all meine besseren Absichten weg, und bald war nichts mehr wichtig außer dem Sex, nur wollte ich Caroline das nicht erzählen. Darum beantwortete ich ihre Frage mit einer Gegenfrage. »Ist irgend etwas jemals so toll, wie wir es uns vorgestellt hatten?«

»Nie«, sagte sie. »Nie, nie, nie.«

Das ließ mich unwillkürlich ein bißchen zusammenzucken.

»Und dann ging alles schief«, sagte ich. »Alles, von dem ich gedacht hatte, es würde mir angeboten, war eine Lüge, alles, was ich mir zu wünschen glaubte, war Täuschung. Alles, was ich sicher wußte, war vollkommen falsch. Und zuletzt, als ich alles aufs Spiel setzte, verriet sie mich. Das war das Ende. Ich dachte, ich liebte sie, und teilweise tat ich das wohl auch, aber wenn ich mit ihr zusammen war, hatte ich auch das Gefühl, ich sei im Begriff, jemand anderer zu werden, und danach hatte ich die ganze Zeit am verzweifeltsten gestrebt. Vermutlich tue ich es noch immer. Ich habe viel darüber nachgedacht, seit sie aus meinem Leben verschwunden ist, und es ergibt noch immer nicht allzuviel Sinn, aber ich glaube, das ist immer so, wenn man besessen ist.«

»Willst du sie noch immer zurück?«

»Nein. Na ja, vielleicht doch. Ich weiß nicht. Doch. Noch immer. Aber all das andere, was ich mir gewünscht hatte, das können sie sich an den Hut stecken. Ich will ihren Erfolg nicht mehr, ich will ihre Bewunderung nicht mehr, ich will nicht mehr akzeptiert werden. Und als letztes würde ich mir wünschen, mich in meinen Smoking zu werfen und der High Society schönzutun.«

Sie streckte den Arm aus und strich mit dem Finger von der Hüfte bis zur Achsel an meiner Seite hoch. »Und was willst du jetzt, Victor?«

»Bloß das Geld«, sagte ich ziemlich grausam, und diesmal zuckte sie zusammen.

Aber meine ganze knospende außerplanmäßige Beziehung zu Caroline Shaw hatte mich doch genug beunruhigt, um bestimmte Dinge deutlich zu machen, und das hatte ich getan. Absolut. Der Grund, warum sie sich nach der Zeit erkundigte, als ich verliebt gewesen war, bestand mit Sicherheit darin, daß wir zwar nackt im Bett lagen, mit verschlungenen Beinen, mein Kondom schon abgezogen und weggeworfen, daß der Schweiß auf unseren Körpern trocknete, nachdem wir gerade was auch immer gemacht hatten, daß aber eines dabei gefehlt hatte, und das war Liebe. Die Abwesenheit von Liebe war auf so kalte Weise fühlbar wie ein Winternebel.

Ich hatte sie wie verlangt nach Hause gebracht, ich hatte sie nach oben begleitet, wie es der Anstand gebot, aber ich hatte beschlossen, auf ihre kriegerische Einladung zum Vögeln nicht einzugehen. Nicht nur, weil sie mir als Mandantin wichtiger war als in irgendeiner anderen Eigenschaft, und in den Augen der Anwaltskammer war es höchst verdächtig, wenn man mit einer Mandantin vögelte. Und auch nicht, weil es in der Nacht in Veritas nicht so gut gelaufen war, denn ich wußte, das erste Mal ist oft enttäuschend und kein Hinweis auf die wunderbaren Früchte, die bei regelmäßiger, intensiver Übung reifen. Und auch nicht, weil ich nicht mitten in das qualvolle Durcheinander geraten wollte, das zwischen ihr und Harrington bestand; nein, ich muß zugeben, daß sie dadurch nur attraktiver wurde. Das Problem bestand darin, daß mein Interesse an Caroline Shaw etwas Korruptes hatte; ich habe nichts dagegen, wenn sich das in der üblichen Beziehung zwischen Anwalt und Mandant zeigt, wo es hingehört, wo es Teil meiner Bemühungen ist, eine Unterschrift unter die Honorarvereinbarung zu bekommen. Bei Caroline aber flößte es mir das unerwünschte, wenn auch nicht ganz fremde Gefühl ein, eine Hure zu sein. Das hatte ich bei meinem Beruf schon tagsüber oft genug, ich brauchte es nicht auch noch nachts.

Ich hatte also gehen wollen, aber sie hatte darauf bestanden, mir einen Drink einzugießen, Single Malt Whisky, hatte sie gesagt, und was immer das war, es schmeckte verdammt gut, also, danke, Ma'am, ja, ich nehme noch einen. Als sie dann auf der Couch von Seaman's näher rückte, wollte ich gehen, aber sie schlüpfte aus den Stiefeln und zog ihre spitzen, bestrumpften Füße unter sich und kuschelte sich auf ihre katzenhafte Weise auf der Couch an mich. Ich wollte gehen, aber sie lehnte sich dicht an mich und hob ihr Gesicht zu mir, und ihr Mund bebte in so verdammt anziehender Traurigkeit, daß ich nicht anders konnte, als mich so dicht über sie zu beugen, daß unsere Lippen sich fast berührten. O ja, ich hatte die Absicht zu gehen, durchaus, aber statt dessen ertappte ich mich trotz all meiner guten Absichten auf einmal dabei, daß ich meine Krawatte und mein Hemd und ihr die Jeans und meine Schuhe und ihr die Strümpfe und meine Unterhose und meine Socken auszog, daß wir lächerlich herumhüpften und erst der eine und dann der andere ins Bett fiel, und das nächste, was ich merkte, war, daß sie mit gespreizten Gliedern und nackt unter mir lag und ich an einem goldenen Ring saugte, während ich ihre rechte Brustwarze zwischen meinen Zähnen rollte.

Außer den vielen Ringen in ihren Ohren und dem Knopf in der Nase hatte sie auch noch Ringe in beiden Brustwarzen, einen Ring im Bauchnabel, eine tätowierte Rose auf dem Fußknöchel, einen tätowierten Schmetterling am Hals und die Tätowierung einer sich gefährlich windenden Schlange auf der Hüfte. Auf beiden Schulterblättern waren Reihen von tätowierten Schlitzen, als hätte eine riesige Katze die Krallen in ihren Rücken geschlagen. Einen Augenblick lang, als ich ihre Brüste bearbeitete, zuerst die eine Brustwarze, dann die andere, beide mit der Zunge leckte und liebkoste und dann verträumt an den Ringen zog, zuerst an dem einen, dann an dem anderen, dann wieder am ersten, spürte ich durch die Weichheit ihrer Haut ein leichtes Zittern aufsteigen. Ich schob die Medaille ihres Großvaters zur Seite und vergrub mein Gesicht zwischen ihren Brüsten, bevor ich mit den Lippen nach unten wanderte, über den Ring im Bauchnabel und tiefer, bis sie den Rücken durchbog und ihr herrlicher Moschusduft mir vor unwillkürlichem Verlangen den Atem nahm. Und dann, so schnell, wie man ein Licht ausschaltet, passierte wieder, was beim ersten Mal passiert war, und ich verlor sie.

»Etwas war seltsam«, sagte ich hinterher zu ihr, als wir mit den Gesichtern nach oben auf dem Bett lagen. »Dein Freund Harrington. Als ich ihn kennenlernte, hielt ich ihn für das größte Arschloch der Welt. Aber heute abend hat er mir irgendwie gefallen.«

Sie drehte sich von mir weg auf den Bauch. Ihr Hintern war so rund und frisch wie eine Melone. »Franklin ist ein Charmeur.«

»Ihr beide seid seltsame Verlobte«, sagte ich, streckte instinktiv die Hand aus, um diesen Hintern zu berühren, überlegte es mir dann anders und zog die Hand zurück. »Er findet heraus, daß wir miteinander schlafen, und fragt in aller Aufrichtigkeit, ob er helfen kann. Das war die seltsamste …«

»Schon gut, er ist ein richtiger Charmeur«, sagte sie, griff zum

Nachttisch, drückte ihre Zigarette aus, zog eine neue aus dem Päckchen, fummelte mit dem Feuerzeug herum und hielt eine Flamme hoch.

Ich wartete einen Moment, bevor ich fragte: »Was ist mit euch beiden?«

»Alte Wunden.«

Ich starrte zur Decke hoch und wartete, während sie einige Züge aus ihrer neuen Zigarette nahm. Sie zog noch ein paarmal, und ich wartete noch immer. Sie wollte es mir nicht erzählen, das spürte ich, aber ich lag still auf dem Rücken und war sicher, daß sie es schließlich doch tun würde. Und dann tat sie es.

Sie sagte, sie hätte Franklin ungefähr ihr ganzes Leben lang gekannt. Großmutter Shaw hatte ihn in einem Waisenhaus gefunden, eines ihrer speziellen Wohltätigkeitsprojekte, und hatte sich entschlossen, die Verantwortung für das junge Findelkind zu übernehmen und ihm auf der Welt eine Chance zu geben. In diesen Dingen sei ihre Großmutter eigenartig gewesen, sagte Caroline, sehr freigebig. Sie konnte nicht genug geben, besonders Frank. Sie gab ihm Kleidung, Spielzeug und ein eigenes Zimmer im Dienstbotentrakt. Natürlich war immer klar, daß er anders war als der Rest der Familie. Wie hätte es anders sein können? Man erwartete von ihm, daß er Nat in den Gärten half, während die Shaw-Kinder und ihre Gäste im Haus spielen konnten, und er hatte immer kleine Aufgaben, aber oft aß er mit der Familie und fuhr mit in die Ferien, wenn die Familie – alle bis auf Carolines Vater – Veritas verließ, um im Haus der Reddmans am Meer zu wohnen. Auf fast jede mögliche Weise behandelte Großmutter Shaw ihn wie ein Mitglied des Clans.

»Solange er Nat im Garten half«, sagte ich.

»Nun ja, alles hat seinen Preis, nicht? Es war ein ziemlich gutes Geschäft, wenn man bedenkt, daß Großmutter ihm die Episcopal Academy und dann Princeton bezahlt hat.«

»Er sieht auch aus wie einer aus Princeton.«

»In die Rolle ist er hineingewachsen.«

Als Junge, sagte sie, sei er wild gewesen, hyperaktiv. Er schien immer wütend zu sein und stürmte ab und an ohne ersichtlichen Grund los, ein hübscher kleiner Blondschopf, der vor Energie platzte. Er war der einzige wirkliche Freund, den sie im Haus hatte. Ihr Vater war nie für sie da, versteckte sich oben in seinem Schlafzimmer vor der Welt und seiner Familie; ihre Mutter war so damit beschäftigt, eine Reddman zu sein, daß sie nichts übrig hatte, was sie ihrer jüngsten Tochter hätte geben können. Bruder Edward war zu sehr davon in Anspruch genommen, sich in Schwierigkeiten zu bringen, um sich für seine kleine Schwester zu interessieren. Bruder Bobby war ein scheuer Bücherwurm, und Schwester Jacqueline schmollte melodramatisch vor sich hin, trug lange, fließende Gewänder und schleppte ihr eselsohriges Exemplar von *Die Glasglocke* überall mit. Franklin aber war wild und erfüllt von irgendeiner aufregenden Wut, die sie anzog. Immer, wenn er nicht arbeitete, rannten sie zusammen los wie Wölfe und waren die besten Freunde.

»Was hielt deine Großmutter davon?«

»Du verstehst meine Großmutter nicht. Sie war ganz und gar kein Snob. Sie ermutigte Franklin und mich sogar, zusammen zu spielen, wenigstens, als wir klein waren.«

Sie mochten dieselben Sportarten, haßten dieselben Leute, lasen dieselben Comics. Jeden Samstagabend sahen sie sich mit religiöser Inbrunst im Fernsehen die Serie *Love Boat* an. Beide fanden die Beatles überschätzt und hielten Springsteen für den Größten. Sie waren sich darüber einig, daß *Der Stadtneurotiker* der wichtigste je gedrehte Film sei. Sie waren ein fast perfektes Paar, und deswegen kam es ihnen völlig natürlich und unvermeidlich vor, als sie anfingen, miteinander zu schlafen.

»Da draußen im Moor der Vorfahren. Wie alt warst du beim ersten Mal?«

»Fünfzehn.«

»Fünfzehn? Das ist strafbar.«

»Er ist nur zwei Jahre älter als ich.«

»Als ich fünfzehn war, hatte ich noch nie mit einem Mädchen auch nur eng getanzt.«

»Es war total unschuldig. Wir waren total verliebt. Wir beschlossen, daß wir heiraten würden, also warum nicht? Allerdings schworen wir uns, es keinem zu erzählen.«

»Ich nehme an, deine Großmutter hätte nicht gebilligt, daß du mit einem Dienstboten schliefst.«

»Sie hat es nie erfahren, niemand hat es je erfahren. Es war Franklin, der darauf bestand, daß es absolut geheim blieb, und ich verstand ihn. Er war sich seiner Stellung unter uns Reddmans nie recht sicher.«

Sie versteckten sich zusammen in dem alten Haus der Pooles unten am Teich. Sie brachten eine Matratze dorthin, Laken und Decken, ein Radio. Sie verwandelten diese Ruine von einem Haus in ein Liebesnest, und immer, wenn sie sich davonstehlen konnten, gingen sie dorthin. Sie lasen Bücher, Lyrik, trugen einander Gedichte vor. Sie hörten auf WMMR die neuesten Songs. An kühlen Sommerabenden liebten sie sich zum Zirpen der Grillen. Sie experimentierten gegenseitig mit ihren Körpern.

»Als ich fünfzehn war«, sagte ich erstaunt und neidisch, »habe ich nicht mal mit meinem eigenen Körper experimentiert.«

»Laß das«, sagte sie. »Das ist kein Witz. Ich sollte es dir nicht erzählen.«

Eine Weile lagen wir schweigend im Bett. Unsere Beine berührten sich nicht mehr.

»Und was ist dann mit euch passiert?« fragte ich endlich.

»Ich weiß es nicht.«

»Was soll das heißen, du weißt es nicht?«

»Ich weiß es immer noch nicht«, sagte sie.

Irgendwie wurde ihr Geheimnis entdeckt. Sie erfuhren nie von wem oder wie, aber sie zweifelten nicht daran. Jemand hatte sich in das alte Haus der Pooles geschlichen und ihre Sachen durchwühlt. Sie spürten ein Frösteln, wenn sie zusammen waren, als würden sie beobachtet. Und dann, eines Nachts, als er achtzehn war, verschwand Franklin. Niemand wußte, was passiert oder wohin er gegangen war, er war einfach verschwunden. Aus Princeton kam ein Brief für ihn. Caroline öffnete ihn erwartungsvoll und ohne Skrupel; er war angenommen, aber niemand war da, dem man es sagen konnte. Sie suchte ihn, rief all ihre Freunde an, sah an allen Orten nach, wo sie miteinander gewesen waren, aber sie fand keine Spur. Als er schließlich wieder auftauchte, nach vielen Monaten, ohne Erklärung wieder erschien, war er irgendwie verändert. Was immer an ihm wild gewesen war, war fort. Die Wut in ihm, die sie so geliebt hatte, war verschwunden. Und als sie ihn schließlich wieder im Haus der Pooles hatte und wissen wollte, wo er gewesen war, sagte er ihr, es sei vorbei. Für immer. Er liebe sie zwar von ganzem Herzen, aber sie würden den Rest ihres Lebens getrennt verbringen. Sie klammerte sich an ihn und weinte und wollte wissen, was sie getan hätte, aber er wollte nicht antworten. Er stand einfach auf und ging und kehrte nie wieder in das Haus zurück. Er schlief nie wieder mit ihr.

»Und es gab keine Erklärung?«

»Keine.«

»Hast du irgendeine Ahnung?«

»Nein. Zuerst dachte ich, er hätte vielleicht eine Krankheit und wolle mich nicht anstecken, oder er wäre schwul. Ich gab unsere Verlobung öffentlich bekannt, ein kindischer Versuch, ihn zum Umdenken zu zwingen, und er sprach sich bei keinem dagegen aus, also erwartet die Familie immer noch, daß wir heiraten, aber er hat mich seither nicht mehr angerührt. Heute kann er es kaum ertragen, mich anzusehen. Franklin hat andere Frauen, das weiß ich. Ich weiß bloß nicht, warum er lieber mit denen zusammen ist als mit mir. Aber es sieht nach Fahnenflucht aus, nicht? Mein Vater versteckt sich vor mir in seinem Zimmer, meine einzige wahre Liebe flieht vor mir.«

»Bereust du heute irgend etwas?«

»Ich bereue heute alles, aber das nicht. Das war die beste, reinste Zeit meines Lebens. Die letzte Zeit der Unschuld, als ich noch an den Mythos glaubte, das Leben wäre ein faszinierendes Abenteuer, alle Möglichkeiten stünden einem offen und man könne auf dieser Welt wahres Glück finden.«

»Und woran glaubst du jetzt?«

Sie zog an ihrer Zigarette und stieß langsam den Rauch aus.

»An nichts«, sagte sie endlich. Und ich glaubte ihr. Es lag in dem toten Blick in ihren Augen, in den Ringen an ihrem Körper, die eine große Leere durchbohrten, in den Tätowierungen, als wolle sie irgendeinen Glaubensbeweis auf ihren Körper kritzeln. Es lag in der Art, wie sie in ihren speziellen Situationen trank, absichtlich, wie sie rauchte, mit der unablässigen Hingabe einer Selbstmörderin, in der Art, wie sie sich hielt, wie eine Schauspielerin, die in den Kulissen nach einem Text sucht, weil sie keinen eigenen hat. Und am meisten lag es in der Art, wie sie vögelte.

Nachdem sie abgeschaltet hatte und in Passivität versunken war, gab ich den Versuch nicht auf, sie zurückzuholen. Ich küßte die Haut hinter ihrem Ohr, rieb ihren Schoß mit meinem Oberschenkel und faßte nach ihrem Haar. In Veritas hatte ich zwar mehr erwartet, aber diesmal war ich nicht überrascht, als sie mich mit ihrem Körper in ihrem Bett allein ließ. Doch so sehr ich auch versuchte, sie wiederzubeleben, sie war fort, an irgendeinem ruhigen und unschuldigen Ort voller Jugend und Liebe, irgendwo, wohin ich ihr niemals folgen konnte, und sie ließ mir nur ihr Fleisch und mein gesteigertes Verlangen zurück. Was sollte ich also tun? Ich liebkoste ihre bleichen Flanken, unauslöschlich gezeichnet von der grünen Tinte ihrer Tätowierungen, saugte an ihrem Hals, fuhr mit der Zunge über die rauhe Haut unter ihren Armen. Ihr Mund, frisch mit Scope gespült, schmeckte so pfefferminzartig und neu wie ein frisch gedruckter Hundert-Dollar-Schein, und unwillkürlich wurde ich immer erregter. Sex mit Caroline Shaw, merkte ich, während ich mit gespreizten Beinen auf ihr lag, war, als erhasche man einen Blick in Rockefellers Seele.

Ruhig lag sie da und überließ sich mir, mit offenen Augen, und sie sagte kein Wort, während ich mit ihr tat, was ich wollte. Ihre bloße Passivität spornte mich an, die Augen, die mich anstarrten, reich und blau, herausfordernd. Ich spreizte ihr die Beine und drehte sie um, damit diese reichen Augen mich nicht mehr ansahen, und ich drang in sie ein, stieß fest zu, stieß heftig zu, wütend über ihre spröde Passivität. Und in dem Augenblick, als ich kam, preßte ich erlöst die Zähne aufeinander, als habe Mammon persönlich mir seine Geheimnisse enthüllt und als finge ich an, seine dunkle Macht zu begreifen. Sie ist äußerste Leere, ein Gefäß aus Nichts, gefüllt mit nichts, an nichts glaubend, eine Leere, die uns drängt, sie mit unseren wesentlichsten Wahrheiten zu füllen. Und was aus mir herausströmte, war nicht Liebe oder Mitgefühl oder Mildtätigkeit, nicht einmal Bedürftigkeit, was herauskam, war all mein Wünschen und Begehren, all meine tiefe Sehnsucht nach irgend etwas, das vielleicht jemand anderer hatte, all meine dunkelsten Ambitionen auf Prestige und Macht und Ruhm und letztlich was? Göttlichkeit? Gott steh mir bei. Das war das Zweitschlimmste, wenn man Caroline Shaw vögelte, der Teil, der die häßlichsten Schatten meiner verkrüppelten Seele ans Licht brachte.

Das Schlimmste war, daß es mir gefiel.

»Glaubst du, dieser ganze Mist über Elisha Poole und meinen Urgroßvater könnte etwas mit Jacquelines Tod zu tun haben?« fragte Caroline.

»Ich weiß nicht. Vielleicht. Harrington schien ziemlich interessiert.«

»Ja, nicht?« Sie nahm einen Zug aus ihrer Zigarette. »Ich hatte ein seltsames Gefühl, als ihr beide im Restaurant über diese Sache mit Poole gesprochen habt. Es war mehr ein *Déjà-vu*-Erlebnis als irgend etwas sonst, aber ich habe es gefühlt. Es war, als wären wir nicht mehr zu dritt am Tisch, sondern mit noch jemandem, der bei uns saß und eine Kälte über alles legte.«

»Ein Geist?«

»Nein, eine Art Präsenz, vielleicht bloß eine Erinnerung. Aber sie machte mich frösteln.«

»Wer? Deine Großmutter?«

»Jemand anderes, jemand, der mir fremd ist. Es war fast, als wäre mein Urgroßvater da und hörte zu, wie wir über ihn reden. Ist das verrückt?«

»Ich weiß nicht. Vielleicht war es bloß Zugluft.«

»Was immer es war, es war wirklich kalt.« Sie nahm noch einen Zug aus ihrer Zigarette und drückte sie dann einfach auf dem Nachttisch aus. »Ich glaube, es wird Zeit, daß ich die Wahrheit über die Geschichte meiner Familie erfahre. Ich glaube, ich will alles wissen, was passiert ist, von Anfang an bis zu dem, was heute von uns übrig ist. Ich will wissen, ob alles immer so verfault war oder ob es einen Moment der Helligkeit gegeben hat, bevor es umschlug.«

»Versöhnung, Buße, Erlösung«, sagte ich.

»Ja, darüber möchte ich auch Bescheid wissen. Vor allem über die Erlösung.«

»Möglicherweise gefällt dir nicht, was du findest.«

»Das ist mir egal. Was könnte ich jemals erfahren, was die Dinge für mich noch schlimmer machen könnte?«

»Bist du sicher?«

»Absolut, solange du mitmachst.«

»Wenn das alles ist, was du willst.«

»Das will ich. Du stehst es durch bis zum Ende, nicht wahr, Victor? Du wirst mich nicht im Stich lassen wie alle anderen Männer in meinem Leben?«

Vielleicht war das alles ein Teil des aufgeblasenen maskulinen Ego, das nach hartem Sex kommt, betont durch den Blick, den ich auf die dunklen Wahrheiten in meiner Seele erhascht hatte, aber gerade in diesem Augenblick fühlte ich mich nicht wie alle anderen Männer. Gerade in diesem Augenblick spürte ich in mir eine seltsame und einzigartige Macht, nicht nur, mir selbst finanzielle Wohltaten zu erweisen, sondern auch, für Caroline etwas

Gutes zu tun. Sie hatte vorher gesagt, sie wolle gerettet werden; vielleicht konnten die Wahrheiten, die ich in der Vergangenheit ihrer Familie aufspüren würde, die ersten, entscheidenden Schritte zu ihrer Rettung liefern. Das war ein Vielleicht, nur ein Vielleicht, aber ein Vielleicht rechtfertigte verdammt viel. Und als Anwalt war ich in Sachen Selbstrechtfertigung mittlerweile verdammt gut.

»Ich werde dich nicht im Stich lassen«, sagte ich.

»Und wo fangen wir an?«

»Ich habe eine Idee, aber du wirst sie für verrückt halten.«

»Nein, werde ich nicht.«

»Vergiß es«, sagte ich. »Es ist zu abstrus.«

Sie drehte sich auf den Bauch und fuhr mit den Fingern leicht über meine Brust. »Was ist es, Victor? Was immer es ist, wie verrückt auch immer, wir werden es tun, ich verspreche es.«

»Alles?«

»Ich verspreche es.«

»Nun, als nächstes, denke ich«, sagte ich, setzte mich auf und schaute direkt in die reichen blauen Augen, »sollten wir den Garten deiner Großmutter umgraben.«

## 29

Die weite Rasenfläche innerhalb der eisernen Tore war ein Meer aus Schwärze, die Fenster von Veritas waren dunkel. Ich parkte den Wagen an der Biegung der Einfahrt, um niemanden zu wecken, der möglicherweise im Haus war. Es war eine pechschwarze Nacht, Neumond, und von dem Stück Himmel, das über dem Haus sichtbar war, spähten die Sterne nieder wie eine Million Froschaugen. Caroline ging mit der Taschenlampe voran, als wir leise um das Haus zu den hinteren Gärten schlichen. In der rechten Hand trug ich eine Schaufel, die wir gerade für 9,99

Dollar bei Home Depot erstanden hatten, ein langstieliges Sonderangebot mit einem scharfkantigen Blatt aus fleckigem Stahl, das sicher beim ersten Kieselstein zersplittern würde. In der linken Hand trug ich eine Kerosinlaterne, die ich in meinem Wandschrank unter den Campingsachen ausgegraben hatte. Wir hatten bei einer Selbstbedienungstankstelle angehalten, um sie mit bleifreiem Sprit zu füllen, aber ich hatte mich verschätzt und mir die ganze Hose mit Benzin bekleckert. Zusammen mit der Angst vor Selbstverbrennung begleitete mich auch der trockene, saure Geruch, der mir überallhin folgte.

Als wir um den Ballsaalflügel des Hauses schlichen, stolperte ich über einen Stein und stieß mir das Schienbein an. Ich stieß einen kurzen, scharfen Schrei aus. Caroline richtete den Lichtstrahl auf mein Gesicht.

»Halt den Mund«, flüsterte sie heftig, ein Schatten hinter dem Lichtkegel. »Wenn du nicht still sein kannst, können wir die Sache vergessen.«

»Ich werde still sein«, sagte ich leise. Ich rieb mir das Schienbein. »Ich bin bloß gefallen. Und leuchte mir nicht direkt ins Gesicht.« Ich stemmte mich auf die Füße. »Gehen wir.«

»Das war keine gute Idee«, sagte sie, den inquisitorischen Lichtstrahl noch immer blendend auf mein Gesicht gerichtet. »Wir sollten es vergessen.«

»Du hast gesagt, du wolltest deine Familiengeschichte ausgraben«, sagte ich. »Genau das tun wir. Du bist hier zu Hause. Ich weiß nicht, warum du so nervös bist.«

»Du verstehst meine Großmutter nicht. Sie wollte, daß man ihren Garten in Ruhe läßt, und sie war niemand, dem man sich widersetzte.«

»Sie ist tot, Caroline.«

»Wenn es irgend jemanden gibt, der die Macht hat, noch aus dem Grab diese Welt zu kontrollieren, dann ist das meine Großmutter.«

Es überraschte mich, wie nervös Caroline war. Als ich vor ein paar Nächten zum ersten Mal die Idee erwähnt hatte, hatte sie amüsiert gewirkt, als handele es sich um einen so harmlosen Streich wie ein Haus in Toilettenpapier einzuwickeln oder eine brennende Tüte mit Dünger vor eine Haustür zu legen. Aber als ich meine Gründe erklärte, wurde sie immer besorgter. Sie fürchtete sich, Nat würde dahinterkommen oder ihr Vater oder ihre Mutter oder Consuelo. Es war klar, daß sie für eine Frau, die an nichts zu glauben behauptete, in der Reddman-Familie vieles fand, was zu fürchten war, darunter auch ihre tote Großmutter. Sie hatte darauf bestanden, nur mitzumachen, wenn wir ganz leise wären und unser Bestes täten, um den umgegrabenen Garten wieder in Ordnung zu bringen, und das hatte ich ihr zugesagt.

»Ich werde still sein«, sagte ich. »Aber bleib in meiner Nähe, ich kenne das Grundstück nicht so gut wie du.«

Seite an Seite folgten wir nun dem verzerrten Oval von Licht auf dem Boden. Es führte uns über eine seitliche Veranda, um den schlammigen Teich herum und zu dem riesigen Quadrat aus ungeschnittenen Hecken, das groß und geheimnisvoll in der Nacht aufragte.

»Bist du sicher?« sagte sie.

»Ich bin sicher«, sagte ich, obwohl ich in Gegenwart dieser lebenden Mauern nicht ganz so zuversichtlich war, wie ich klang. Vielleicht übernahm ich bloß einen Teil von Carolines Angst, vielleicht gab es auch innerhalb dieser dornigen Mauern etwas, das auf die leise Stimme des Entsetzens reagierte, aber was immer es war, während wir uns dem geheimen Garten näherten, empfand ich mehr und mehr Unbehagen über das, was wir gleich tun würden.

Wir gingen um die hohen Hecken herum, bis wir die Stelle erreichten, an der sich der Eingang in den Irrgarten hätte befinden sollen. Im Licht der Taschenlampe, das alles flach erscheinen ließ, war es schwer, eine Öffnung zu erkennen. An einem Punkt gab es den dunklen Umriß eines Zugangs. Ich stellte die Laterne ab und trat näher. Als ich den Arm ausstreckte, spürte ich etwas, das in meine Hand biß. Ich zog sie rasch zurück und fand einen Dorn, der zwischen Zeigefinger und Daumen steckte.

»Verdammt«, sagte ich und riß ihn mit den Zähnen heraus. »Diese Dornen sind tödlich. Das ist es nicht.«

»Vielleicht da drüben«, sagte sie.

Sie zeigte mit der Taschenlampe jetzt auf eine ausgefranste vertikale Linie, die genauso aussah wie die, an der meine Hand attackiert worden war. Wieder griff ich hinein, und diesmal stieß ich nicht auf Hindernisse, nachdem ich erst die vorderste Schicht kratzender Äste überwunden hatte. Ich zog meine Hand wieder zurück und drehte mich um, um Caroline anzusehen. Fast geduckt stand sie da. Hinter uns kauerte Veritas wie ein riesiger schwarzer Vogel mit ausgebreiteten Flügeln. Kein Licht war im Innern zu sehen. Ich nahm die Laterne auf, flüsterte Caroline vage Ermutigungen zu und schlüpfte durch die enge Öffnung; ich spürte das Kratzen stacheliger Blätter an Armen und Hals. Caroline zwängte sich unmittelbar hinter mir durch.

Im Dunkeln wirkten die Pfade schmal und bösartig. Ich erinnerte mich, wie hell und frisch sie gewesen waren, als ich sie bei Tageslicht betreten hatte, wie die Vögel gesungen und die Schmetterlinge getanzt hatten, wie der Duft der Wildblumen die Atmosphäre mit einer süßen Frische erfüllt hatte, doch es war eben nicht Tag. Die Luft war drückend feucht und roch nach Fäulnis, als würde, was immer diesen Dinosaurier von einem Haus verpestete, im Schutz der Dunkelheit aus den Steinen, dem Mörtel und dem Holz sickern und alles besudeln, was in seiner Reichweite war. Wir folgten den Pfaden von einem Eingang zum anderen und suchten nach einem Weg durch den Irrgarten. Ich fragte mich, ob Ratten sich so fühlten. Beim Gehen stieß ich die Schaufel auf die Erde und benutzte sie wie einen Gehstock. Endlich, nach ein paar falschen Abzweigungen und Sackgassen und einigen Augenblicken blinder Panik, als es keinen Ausweg mehr zu geben schien, stießen wir auf das eigentliche Herz von Großmutter Shaws privatem Garten.

Caroline ging nicht über den bogenförmigen Eingang hinaus, sie blieb dort stehen, als würde sie von einem unsichtbaren Zaun zurückgehalten, wie man ihn benutzt, um Hunde einzusperren. Von dort aus ließ sie das Licht der Taschenlampe kreisen. Die Statue der Aphrodite, die sich gegen haarige Ranken von wildem Wein wehrte, befand sich rechts von uns; die Bank, über der die orangefarbenen Blüten in der Dunkelheit geschlossen waren, war links. Das Oval in der Mitte, das von violetten Lilien und blaßgelbem Springkraut bewachsen gewesen war, als Grimes es gesehen hatte, war nun von dichtem Unkraut überwuchert, das die wenigen überlebenden mehrjährigen Pflanzen erstickte.

Ich stellte die Laterne auf den Boden und kniete davor nieder. »Leuchte hierher«, sagte ich.

Der Lichtkreis huschte in dem kleinen Garten umher und kam auf der Kerosinlaterne zum Stillstand. Diese hatte an der Seite einen kleinen Knopf, der, wenn man daran zog, eine Pumpe freigab. Ich pumpte ein paarmal, um die Laterne in Gang zu bringen. Dann, als der Druck das Pumpen erschwerte, zündete ich ein Streichholz an, stellte einen Knopf auf größte Leuchtkraft ein und hörte das leise Zischen, mit dem der unter Druck stehende Brennstoff austrat. Als ich das Streichholz unter den gläsernen Windschutz der Laterne hielt, schoß fauchend eine Flamme auf, die nach ein paar Sekunden ruhig brannte. Das grellweiße Licht blendete einen Moment, bevor unsere Augen sich seiner Härte und den langen Schatten angepaßt hatten.

Ich nahm die Laterne und hängte sie an einen Arm der Aphrodite. Dann griff ich nach der Schaufel, ging durch das Unkraut zum zentralen, ovalen Beet in der Mitte des Gartens und stieß das Schaufelblatt tief in die Erde. Als ich es wieder heraushebelte, ächzten und knirschten die Wurzeln von Unkraut und Blumen, bis die Schaufel mit ihrer Ladung Erde und Unkraut freikam und ich den schwarzen Boden darunter sehen konnte. Ich warf das, was ich ausgegraben hatte, zur Seite, und stieß die Schaufel wieder in die stöhnende Erde.

Die Idee, diesen Garten umzugraben, war nicht so verrückt, wie sie sich anhört. Als Grimes, Jacqueline Shaws Verlobter, mir im Irish Pub von seiner Audienz bei Großmutter Shaw an genau dieser Stelle erzählt hatte, hatte ich den deutlichen Eindruck gehabt, daß dort in der Erde etwas verborgen war. »Schätze sind in dieser Erde vergraben«, hatte Großmutter Shaw gesagt, »Andenken, Erinnerungen an eine bessere Zeit. Alles, was Wert hat, bewahren wir dort auf.« Das hatte sich höchstens metaphorisch angehört, bei mir aber doch ein unbehagliches Gefühl hinterlassen, vor allem, als sie erklärt hatte, es sei, als würden die in dieser Erde begrabenen Geister in Flammen stehen, wenn man die Dämpfe ihrer Gaspflanzen anzünde. Bei meinem ersten Besuch in diesem Garten hatte ich es fast körperlich gefühlt, irgendeine Anwesenheit, etwas Dunkles und Lebendiges. Und dann war Nat, der Gärtner, der mehr als irgend jemand sonst über die Familiengeheimnisse der Reddmans zu wissen schien und Frösche hinter sich herzog wie ein Rattenfänger, in diesem Oval erschienen und hatte mir erklärt, Großmutter Shaw habe recht mit ihrer Anweisung, man solle diesen Ort nicht anrühren und verwildern lassen. »Manchmal sollte man das, was begraben ist, in der Erde lassen«, hatte er gesagt. »Es kann nichts Gutes dabei herauskommen, wenn man die Toten ausgräbt.«

An Leuten, die des Mordes an Jacqueline Shaw verdächtig waren, fehlte es nicht. Sicher, Peter Cressi hatte sie umgebracht, und irgendwie würde ich dafür sorgen, daß er dafür bezahlte, aber finanziell gesehen nützte es mir nichts, wenn ich nur Peter mit ihrem Tod in Verbindung bringen konnte. Es mußte jemanden geben, der ihn dafür bezahlt hatte, der dafür gesorgt hatte, daß die Türen auf dem Dach und im Treppenhaus offen waren, als er seine Rolle als UPS-Bote spielte, jemand mit Vermögenswerten, an die ich mich halten würde, wenn ich meine Zivilklage einreichte und gewann. War es die Kirche des Neuen Lebens, dieser falsche Kult, dieser aufgewärmte New-Age-Abklatsch, der an Jacquelines Tod runde fünf Millionen verdienen wollte und versucht hatte, mich von dem Fall abzuschrecken? Oder war es Eddie Shaw, vom Syndikat unter Druck gesetzt, seine Schulden zu bezahlen, der mit gebrochenem Arm um sein Leben fürchtete? Er war an diesem Nachmittag im Cambium gewesen, war eigens zu diesem Zweck aus North Carolina eingeflogen und hatte angeblich nach Jacqueline gesucht; er hatte eine perfekte Gelegenheit gehabt, die Tür auf dem Dach mit dem Keil offenzuhalten und das automatische Schloß im Treppenhaus mit Klebeband außer Funktion zu setzen und so Cressis mörderischen Besuch vorzubereiten. Wie mußte er aufgeheult haben, als er feststellte, daß er von der Versicherungssumme nichts bekommen würde. Oder vielleicht war es auch Bobby Shaw, der zaghafte, sexuell verwirrte Stotterer, dessen Leben der Aufgabe gewidmet war, den Wert seines Vermögens zu steigern, oder auch Harrington, der ebenfalls Zutritt zu Jacquelines Haus hatte und aus irgendeinem unbekannten Grund die Heirat mit einer Reddman verweigerte.

Ich hatte also genug mit den Verdächtigen der Gegenwart zu tun, aber ich grub Großmutter Shaws Garten nicht bloß deshalb um, um für Caroline die in ihrer Familiengeschichte begrabenen Wahrheiten zu entdecken. Hier war etwas Seltsames am Werk, etwas Altes, etwas, das tief in der Geschichte der Reddmans verborgen war. Alles schien sich um dieses verrückte Relikt alter Zeiten zu drehen, um Oma Shaw mit ihrem verzerrten Gesicht und nur einem guten Auge, die das Schicksal ihrer ganzen mißratenen Familie kontrollierte. Oma hatte Nat und Selma und Harrington zu den Reddmans gebracht; Oma hatte zu unbekannten Zwecken große Geldsummen in einen geheimen Fonds überführt; Oma hatte angeordnet, der Garten solle verwildern und nicht angerührt werden. Ich wurde das Gefühl nicht los, daß das Geheimnis, das Oma Shaw hatte verbergen wollen, in diesem Garten begraben lag. Ich hätte ihre Wünsche, die Wünsche einer reichen alten Hexe mit einem halben Gesicht, natürlich respektieren können, doch ihre Geheimnisse zu schützen, würde mich meinem schwer verdienten Anteil an ihrem Vermögen nicht näher bringen. »Es kann nichts Gutes dabei herauskommen, wenn man die Toten ausgräbt«, hatte Nat, der Gärtner, gesagt. Aber es waren nicht meine Toten.

Ich hatte schon drei Fuß tief gegraben, als ich das Klirren der Schaufel auf etwas Hartem und Metallischem hörte. Hinter mir lag ein Haufen aus Erde und ausgerissenen Pflanzen. Die Luft war erfüllt vom Geruch alter Erde, die umgegraben wird. Ich hatte seit fast einer Stunde mitten in dem kleinen ovalen Garten gegraben, und das Loch maß etwa acht mal vier Fuß. Ich versuchte, den Boden der Grube eben zu halten wie ein Archäologe, der verschiedene Zeitschichten nach Tonscherben absucht. Das Graben war mühsam, nur an einer Stelle nicht. Ich hatte in der warmen Nacht die Jacke ausgezogen und nur noch mein T-Shirt an. Meine Hände glitten über den glänzenden Griff der neuen Schaufel und bekamen allmählich Blasen, so daß ich den Schaft vorsichtiger anfassen mußte, um die wunden Stellen zu schonen. Meine Muskeln schmerzten, mein Rücken verkrampfte sich. In einigen wenigen Pausen hatte Caroline ein bißchen gegraben, aber weder sehr begeistert noch tatkräftig, also blieb die Arbeit im wesentlichen mir überlassen. Ohne Spitzhacke war ich gezwungen, mit dem Schaufelblatt auf den Boden einzuhacken, um die Erde zu lockern, bevor ich sie umgraben konnte, überall, bis auf die eben erwähnte Stelle. Es war ein kleiner Bereich ziemlich in der Mitte des Gartens, wo die Erde weicher war. Ich dachte daran, nur dort zu graben, aber ich wollte nichts übersehen, also hob ich die ganze Grube tiefer aus. Trotzdem war ich nicht überrascht, als ich das Klirren von Metall auf Metall hörte, daß es aus der lockereren Erde in der Mitte kam.

Als ich das Klirren zum erstenmal hörte, war ich nicht sicher, was es war, denn meine Schaufel hatte bereits ein paar Steine getroffen, aber dann versuchte ich es erneut, das Klirren wurde immer lauter, und Caroline sog überrascht die Luft ein. Ich brauchte nicht lange, um die ungefähr rechteckige Form des Gegenstandes festzustellen und darum herum zu graben, bis meine Schaufel unter ihn fahren und ihn aus der Erde hebeln konnte.

Es war eine Kiste, eine metallene Kassette, dunkel und mit verrosteten Rändern. Oben auf dem Deckel befand sich ein Griff, an dem ich zog, aber er brach gleich ab, zerfressen von Rost und Verfall. Ich hob die Kiste von unten an und hievte sie hoch. Sie war schwer und roch stark nach altem Eisen. Als ich sie vorsichtig schüttelte, spürte ich, wie der Inhalt sich verschob. Das Hauptgewicht war die Kiste selbst, das war mir klar, denn das, was sich darin bewegte, war relativ leicht gewesen. Es gab ein in die Metallkiste eingelassenes Schloß und ein weiteres, ein altes, verrostetes Vorhängeschloß, das zwei Stangen zusammenhielt, die oben und unten angeschweißt waren. Mit der Kiste in den Armen stieg ich aus der Grube und brachte sie zu Caroline.

»Hast du das schon mal gesehen?« fragte ich.

»Nein«, sagte sie und wich davor zurück, als sei es eine Katze. »Nie.«

»Ich kann nicht glauben, daß hier tatsächlich etwas war.«

Sie stand wie angewurzelt da, starrte die Kiste an und sagte: »Die hat meine Großmutter da vergraben.«

»Sieht so aus.«

»Mach sie auf«, sagte sie.

»Ich glaube nicht, daß ich das kann.«

»Brich sie auf«, sagte sie. »Jetzt sofort.«

Vorsichtig stellte ich die Kiste auf den Boden und sah zu Caroline auf. Sie starrte darauf nieder, als sei sie etwas Lebendiges, das man töten mußte. Ich holte tief Luft, hob die Schaufel und schlug mit der Kante gegen das Schloß. Es hielt. Ich hob die Schaufel erneut und schlug noch einmal zu und dann noch einmal, und jedesmal sprang das Schloß an seinen Stangen hoch und fiel dann wieder herunter, heil und fest versperrt. Ich versuchte es noch mehrmals, hoffte, das Vorhängeschloß werde aufbrechen, aber früher wurden diese Dinge verdammt solide hergestellt, nicht wie heute. Das Schloß hielt stand.

Ich fluchte, während ich vergeblich darauf einschlug, und das Klirren der Schaufel auf Metall war lauter als der nächtliche Gesang der Grillen.

»Du machst zuviel Lärm«, sagte Caroline.

Ich hielt inne, beugte mich vor, um Luft zu schnappen, und wandte Caroline das Gesicht zu. »Du wolltest, daß ich die Kiste öffne. Ich glaube nicht, daß sie auf freundliche Bitten reagieren würde.«

»Du brauchst nicht so patzig zu sein.«

»Wir nehmen sie mit«, sagte ich. »Willst du, daß ich die Grube wieder auffülle?«

»Noch nicht«, sagte sie. »Da unten könnte noch mehr sein.«

»Was sollte denn noch da sein?«

»Keine Ahnung, aber wo wir schon einmal so weit sind ...«

Sie nahm mir die Schaufel ab und sprang in die Grube. Jetzt gab sie sich mehr Mühe als vorher, als sei ihre Entschlußkraft durch den Anblick der Kiste irgendwie gestärkt worden, durch das Wissen, daß es da tatsächlich Geheimnisse auszugraben gab, aber trotzdem kam sie nicht recht voran. In dieser Tiefe war die Erde sehr hart. Ich rechnete nicht damit, daß sie noch irgend etwas finden würde, aber bloß zuzuschauen war langweilig.

»Laß mich mal«, sagte ich.

Ich stieg in die Grube, nahm die Schaufel und ignorierte den Schmerz in meinen Händen, als ich weitermachte. Eine halbe Stunde später war mein Haar schweißnaß, mein T-Shirt verschwitzt, und meine Hände bluteten, wo die Blasen aufgegangen waren. Ich wollte schon aufgeben, doch plötzlich klang das Geräusch, mit dem das Schaufelblatt sich in die Erde bohrte, merkwürdig gedämpft. Ich versuchte es nochmals und hörte den gleichen dumpfen Ton.

»Was ist das?« sagte ich.

Ich schob so viel Erde zur Seite, wie ich konnte, und sah ein Stück von etwas Gefaltetem, Weichem im Boden. Ich schaute zu Caroline hoch, die über mir stand, und zuckte mit den Schultern.

»Das ist ein Stück Leinwand oder so«, sagte sie. »Sieht fast wie ein Segel aus.«

»Was macht das hier?«

»Wer weiß?« sagte sie.

Ich kratzte etwas mehr Erde weg und schob sie beiseite. Eine lange Kante dunklen Stoffs wurde auf dem Boden der Grube sichtbar.

»Ich werde daran ziehen, um zu sehen, was es ist«, sagte ich.

Der Stoff war dick und fühlte sich in meinen Fingern noch immer stark an. Daran zu ziehen war, als würde man an der Zeit ziehen. Nichts rührte und regte sich. Ich sprang hin und her und zerrte und kam nicht weiter. Ich ging auf die andere Seite, um besseren Zugriff zu haben, doch ohne Erfolg. Nichts rührte sich von der Stelle. Caroline sprang in die Grube, faßte mit an und half mir ziehen, aber noch immer gab es keine Bewegung, nichts – doch dann kam etwas. Die Kante des Stoffs wurde länger, Erde brach auf. Ein unheimlicher Geruch, alt und faul, stieg aus dem Boden.

»Es kommt«, sagte ich. Wir zogen aus Leibeskräften und ruckten an dem Stoff, und er kam weiter aus dem Boden.

»Ich zähle bis drei«, sagte ich, und beide packten wir fester zu. »Eins, zwei, drei!«

Ich legte mein ganzes Gewicht in die Bewegung und lehnte mich nach hinten, stemmte mich mit den Füßen in die Erde, und Caroline tat dasselbe, und auf einmal gab der Stoff nach, ein krachendes Geräusch ertönte, und wir beide fielen auf den Rücken. Der alte, scheußliche Geruch hüllte uns ein wie eine stinkende Decke.

Caroline rappelte sich als erste auf, deshalb lag ich noch auf dem Rücken, als ich hörte, wie ihr Atem stockte, als sei ihr ein Stück Fleisch im Hals steckengeblieben. Sie schlug die Hände vors Gesicht, und ihre Augen schrien, obwohl kein Laut aus ihrem Mund kam.

Ich zog mich auf die Füße und griff nach ihr und schüttelte sie, bis sie wieder zu atmen begann. Während sie nach Luft schnappte, zeigte sie auf die andere Seite der Grube. Ich schaute hin, und dann sah ich es, beleuchtet vom weißen Licht der Laterne, und mein Atem stockte ebenfalls.

Eine Hand, die Finger ausgestreckt, griff in die Luft. Sie ragte aus den Falten dessen, was jetzt wie ein alter Leinenmantel aussah, griff zu den reglosen Sternen hinauf, eine menschliche Hand, aber eine, die viele Jahre lang nicht mehr die Milde des klaren Nachthimmels gesehen hatte. Sie ragte aus der Erde, zeigte wie anklagend nach oben, und im weißen Licht der Laterne schimmerte an einem knöchernen Finger noch immer ein goldener Ring. Fleisch und Muskeln waren schon lange von dem Gewürm verzehrt, das auf der Suche nach Tod durch die Erde kriecht.

Der erste Gedanke, der mir in den Sinn kam, als ich die skelettierte Hand mit dem Ring am Finger sah, war, daß es nun vielleicht an der Zeit wäre, meinen Privatdetektiv Morris Kapustin zu Rate zu ziehen.

# TEIL 3
# Faith

Wer sich aufmacht, um sowohl Gott als auch dem Mammon zu dienen, entdeckt bald, daß es keinen Gott gibt.

LOGAN PEARSALL SMITH

# 30

## Von Belize City nach San Ignacio, Belize

Was ein bloßes Gerücht von dunklen Taten in der Vergangenheit der Reddmans gewesen war, wurde durch unseren Fund der Leiche mit dem goldenen Ring hinter Veritas absolut bestätigt. Als wir sie fanden, war ich sicher gewesen, daß die Wurzel des Übels, von dem Großmutter Shaw Erlösung suchte, im Garten der Toten vergraben war, aber ich irrte mich. Dieser Tote war der Abkömmling eines älteren, urtümlicheren Verbrechens, und nur wenn dieses Verbrechen aufgedeckt wurde, konnten wir beginnen, das Geheimnis zu enträtseln, was Jacqueline Shaw umgebracht und gedroht hatte, alle Spuren des Reddman-Geschlechts auszulöschen. Es war diese Entdeckung, die mich letztlich nach Belize führte, wo ein Mörder auf mich wartet.

Ich sitze mit meinem Gepäck auf den Stufen vor dem Gästehaus in Belize City und warte darauf, daß Canek Panti mich nach San Ignacio bringt. Vor mir liegen eine Reihe niedriger Palmen und dann die ungepflasterte Straße und dann die Karibik, die sich in der Ferne von Grau in ein brillantes Türkis verwandelt. Es ist fünf Minuten nach neun, und die Sonne brennt bereits. Ich schaue die Marine Parade hinauf und hinunter, sehe meinen Führer aber nicht. Unter meinem Hemd tropft der Schweiß, und ich bin durstig, obwohl ich beim Frühstück eine ganze Flasche Wasser getrunken habe.

Ich höre krachende Gänge, ein johlendes Lachen und das rüttelnde Quietschen zweifelhafter Bremsen. Ich blicke auf und sehe Canek Panti aus einem zerbeulten braunen Isuzu Trooper steigen; er eilt herbei und greift nach meinem Gepäck. Heute ist er ohne

Hut und trägt seriöse schwarze Schuhe und ein sauberes Hemd, seine Arbeitskleidung, nehme ich an. Sein Gesichtsausdruck ist feierlich. »Tut mir leid, daß ich zu spät komme, Victor.«

»Sie kommen gerade recht«, sage ich, nehme meine Aktentasche und behalte sie bei mir auf dem Vordersitz. Canek hievt meinen Koffer in den Gepäckraum und springt dann wieder hinter das Steuer.

»Heute werden Sie eine Menge zu sehen bekommen«, sagt er.

»Na, dann los. San Ignacio oder gar nichts.«

»Wieso gar nichts?«

»Das ist eine amerikanische Redensart. Sie bedeutet: Es ist Zeit zu gehen.«

»Also San Ignacio oder gar nichts«, sagt er und nickt ernsthaft, während er krachend den Gang einlegt; der Motor jault auf, und der Wagen schießt vorwärts. Canek reißt das Steuer nach links, der Wagen macht eine scharfe Kurve, und nun fahren wir vom Meer weg.

In den engen Straßen hupt Canek mehrfach, während er uns aus der Stadt hinausmanövriert. Er spricht nicht, konzentriert sich auf das Fahren und beißt sich auf die Lippen, während er sich durch die Menge schlängelt, Kinder in braunen, blauen oder weißen Schuluniformen, Frauen mit Körben voll Wäsche auf den Köpfen, Bettler und Handwerker, Rastafaris, die zielstrebig dahineilen, dünne Männer mit kurzärmeligen Hemden und Krawatten, die auf ihren zu kleinen Fahrrädern zur Arbeit radeln. Endlich erreichen wir eine lange, schmale Straße, die von Grabfeldern gesäumt ist. Ringsum ist der Boden mit flachen Grabsteinen übersät, ausgebleichtes Weiß oder staubiges Schwarz, darüber Kreuze, bewacht von kleinen Hunden, die unbewegt zusehen, wie wir vorbeifahren. Nachdem wir die Friedhöfe hinter uns haben, beginnen die Mangrovensümpfe, die Belize City wie eine Absperrung umgeben; dann geht es über den Western Highway.

Einsame Schindelhäuser auf Pfählen erheben sich aus dem sumpfigen Boden. Verrostete Karosserien alter amerikanischer

Autos versinken halb im Schlamm. Canek drückt auf die Hupe, als er einen Bus überholt. Die Landschaft ist flach und naß und riecht nach Stinktieren. Ein klappriges altes Schild am Straßenrand verkündet, daß wir den Belize Country Club erreicht haben, ein anderes drängt uns, unsere Haustiere untersuchen zu lassen, um Belize von den Larven der Goldfliege freizuhalten. Canek bleibt mit dem Fuß fest auf dem Gaspedal, und bald haben wir die Sümpfe hinter uns und durchqueren eine weite, sandige Heide mit Büschen aus Zwergpalmen.

»Früher war das ein großer Pinienwald«, ruft Canek über das unregelmäßige Brummen des Motors hinweg, »und es gab auch Mahagonibäume. Aber sie haben alle Bäume abgeholzt und die Stämme über den Fluß zu den Schiffen transportiert.«

Lange Zeit sehen wir nichts als gelegentlich eine windschiefe Hütte auf dem flachen Gelände, bis links undeutlich die Umrisse merkwürdiger Hügel sichtbar werden, die wie große, aus dem ebenen Boden aufragende Heuhaufen aussehen. Nachdem wir an diesen zahnartigen Erhebungen vorbei sind, sehe ich in der Ferne die gezackten Umrisse der Berge im Westen. Bei einem bunten Schild, das in den Boden gerammt ist, bremst Canek den Trooper ab und verläßt den Highway. Er steuert den Wagen auf den staubigen Parkplatz vor einer fenster- und türlosen Barackenbar namens JB's Watering Hole.

Das Lokal ist übersät mit hölzernen Plaketten mit den Namen und Emblemen von britischen Armee-Einheiten, die einst in Belize stationiert waren, um es vor Guatemala zu schützen: »34 Field Squadron, Royal Engineers«; »1$^{st}$ Battalion, No. 2 Company, Irish Guards«; »The Gloucester Regiment, QMs Platoon – 25 Stunden täglich«. Ein paar Männer in zerlumpter Kleidung trinken bereits, ein junges Mädchen wischt einen Tisch ab. Canek sagt, er brauche Wasser für den Wagen, und so setze ich mich unter einen kreisenden Ventilator und bestelle uns Sodawasser, während er draußen arbeitet.

Nach ein paar Augenblicken kommt er grinsend herein und

sagt, alles sei in bester Ordnung. »Der Wagen hat Durst«, sagt er. »Essen wir zu Mittag.« Er bestellt für uns beide Hühnerragout in einer braunen Sauce. Es wird mit Kohlsalat und Reis und Bohnen serviert, und obwohl es bereits stark gewürzt ist, gießt er noch scharfe rote Habanero-Sauce darüber. Zum Essen trinken wir beide ein Belikin, und er erzählt mir Geschichten über das Lokal, über den wilden Auswanderer, dem es früher gehörte, über die britischen Soldaten, die sich hier herumtrieben, und über Harrison Ford, der hier zu trinken pflegte, als er *Mosquito Coast* drehte.

»Sie sind ein guter Fremdenführer, Canek. Die guten Fremdenführer kennen die besten Bars.«

»Das ist mein Land, und es gibt nicht viele Bars.«

»Dieses Huhn schmeckt köstlich.«

»Außerhalb von Belize City ist es am besten, sich an Hühner zu halten. Die braucht man nicht zu lagern oder zu kühlen. Wenn man essen will, geht man einfach nach draußen und hackt den Kopf ab.«

Ich starre einen Augenblick auf den Hühnerschenkel, den ich gerade esse, und schneide mir dann ein weiteres Stück davon ab. »Wie ist San Ignacio?«

»Klein und unterhaltsam; früher, als die Holzarbeiter noch dort waren, war es wilder, aber die Holzarbeiter sind weg, und es ist nicht mehr so wild.«

»Gibt es dort gute Bars?«

»Ja, ich werde sie Ihnen zeigen. Und samstags abends ist Tanz in den Ruinen oberhalb der Stadt.«

»Wenn ein Mann sich verstecken will, würde er sich in San Ignacio verstecken?«

»Nein, nicht in San Ignacio. Aber es ist die Hauptstadt von Cayo, und Cayo ist ein wildes Land. Es gibt entlegene Ranches, die man von den Straßen aus nicht sieht, und Flüsse, die durch den Dschungel fließen, und Orte, die man nur zu Pferd oder mit einem Boot erreicht.«

»Ist es schön?«

»Es ist sehr schön. Sie haben mir nicht gesagt, was Sie da zu tun haben, Victor.«

»Ich suche jemanden«, sage ich. »Jemanden, der mir Geld schuldet.«

»Das ist ein weiter Weg für einen Amerikaner, um hier Schulden einzutreiben.«

»Es sind verteufelt hohe Schulden.«

Als wir wieder auf der Straße sind, wird der Highway allmählich kurvenreich, und langsam verändert sich die Landschaft ringsum zu pinienbewachsenen Hügeln und felsigem Weideland mit kleinen Dörfern. Wir kommen an einem aus zwei Räumen bestehenden Schulhaus vorbei, das weder Fenster noch Türen hat. Alte Männer sitzen draußen auf dem Geländer und lauschen dem Unterricht. Hin und wieder begegnen uns Jungen auf Pferden. Canek zeigt mir die Abzweigung nach Spanish Lookout, wo Mennoniten mit Strohhüten und schwarzen Kutschen das Land bebauen. Er fragt, ob ich es sehen will, und ich schüttele den Kopf. Lancaster ist nur vierzig Minuten von Philadelphia entfernt, und ich hatte nie das Bedürfnis, die Pennsylvania-Dutch-Leute dort zu besuchen, also brauche ich sie mir auch in Belize nicht anzuschauen.

Das Land wird immer bergiger und wilder, die Berge kommen jetzt näher, und auf den Bergen können wir nun die Wälder sehen, ein gefährliches grünes Dickicht auf den Hängen. Wir überholen einen Reiter, der steif im Sattel sitzt, ein Gewehr um die Schulter, dessen vorstehender Lauf ihm als Armlehne dient. Endlich, mitten in einem Tal, am Ufer eines langsam dahinziehenden Flusses und inmitten hoher Hügel, erreichen wir San Ignacio.

Wir warten am Ende einer langen, einspurigen Brücke, bis ein klappriger roter Lastwagen sie überquert hat, ehe Canek über den Macal River fährt. Die metallene Brückenoberfläche unter uns rattert laut. Canek durchquert die verwinkelten Straßen der Stadt mit vielen alten Läden und engen Gassen, und dann sind wir wieder auf dem Western Highway und fahren zu den Ruinen der Maya-Festung von Xunantunich.

»Das Wort bedeutet ›steinerne Jungfrau‹«, sagt Canek, als er über die asphaltierte Straße neben einem breiten, flachen Fluß fährt. »Die Legende besagt, daß einer der Entdecker in den Ruinen den Geist einer Frau sah. Sie liegen auf einem Hügelkamm über dem Mopan River und bewachten einst die Straße von der großen Stadt Tikal, die jetzt zu Guatemala gehört, zum Meer. Es war ein zeremonielles Zentrum, genau wie Caracol im Süden, als in dieser Gegend noch mehr Menschen lebten, als heute ganz Belize Einwohner hat. Im Jahr neunhundert gab es ein Erdbeben, was anscheinend dazu geführt hat, daß man die Stadt aufgab.«

»Es ist erstaunlich«, sage ich, »wie die Mayas einfach verschwunden sind.«

»Aber das stimmt nicht«, sagt Canek. »Wir sind ganz und gar nicht verschwunden.«

Ich drehe mich zur Seite und starre ihn an. Er ist sehr ernst, und seine breiten Backenknochen wirken plötzlich schärfer ausgeprägt als zuvor.

»Ich wußte nicht, daß Sie ein Maya sind.«

»Wir haben unsere eigenen Dörfer, hier und in Guatemala, wo wir den alten Bräuchen folgen, zumindest einigen von den alten Bräuchen. Menschenopfer bringen wir nicht mehr.« Er lächelt. »Außer an Feiertagen. Das ist San José Succotz. Die Hauptsprache hier ist die der Mayas.«

Er steuert den Wagen von der Straße auf ein mit Kies bedecktes Bankett. Zwei windschiefe Buden flankieren einen schmalen Fahrweg, der direkt ins Wasser führt. Links von uns liegt auf einem Hügel ein Dorf. Am gegenüberliegenden Flußufer wartet eine hölzerne Fähre, klein, dick und schwer, die nur Platz für ein einziges Auto hat. Wir warten im Wagen, bis die Fähre unser Flußufer erreicht hat. Jungen kommen an das Fenster des Wagens und bieten Schmuckstücke aus Schiefer und Schnitzereien mit

Maya-Mustern feil. »Kaufen Sie hier, wenn Sie zurückkommen«, sagt einer der Jungen zu mir. »Glauben Sie nicht, was die auf der anderen Seite sagen, die sind aus dem Hospital geflohen, Sie wissen schon, aus dem Irrenhaus.« Am anderen Ufer sehe ich wieder Jungen, die Schieferwaren verkaufen. Weiter den Fluß hinunter waschen Frauen auf den Steinen ihre Wäsche, und Kinder planschen im Wasser.

Als die Fähre ankommt und ihr hölzerner Bug auf dem Kiesweg liegt, steuert Canek langsam auf die Ladefläche. Ein alter Fährmann wartet geduldig, bis der Wagen in der Mitte der Fähre steht, bevor er die Kurbel bedient, mit der die Fähre an Drahtseilen über den Fluß gezogen wird. Das Wasser ist ruhig und kräuselt sich kaum, während der alte Mann die Fähre bewegt. Canek und der Fährmann unterhalten sich in einer Sprache, die definitiv kein Spanisch ist. »Wir sprechen Mopan«, sagt er. »In diesem Dorf leben Mopan-Mayas. Ich bin ein Ucatek-Maya, aber ich kenne diesen Dialekt so gut wie meinen eigenen.«

Als die Fähre das andere Ufer erreicht, steuert Canek den Trooper an Land auf eine andere Straße, biegt scharf nach rechts ab und nimmt die steile, steinige Straße, die uns zu dem alten Fort bringen wird. Canek sagt mir, daß wir nur anderthalb Meilen von der guatemaltekischen Grenze entfernt sind. Nach langem Anstieg erreichen wir einen baumbestandenen Parkplatz. Nachdem Canek ausgestiegen ist, holt er einen Kanister Wasser und eine große Machete aus dem Kofferraum, die er in eine Schlaufe an seiner Hose steckt.

»Feines Messer«, sage ich.

»Der Dschungel überwuchert mit der Zeit alles«, sagt er.

Während wir den Rest des Weges zu Fuß zurücklegen, umschwirren Moskitos mein Gesicht, und ringsum gellt lautes Vogelgezwitscher. Der Dschungel beiderseits des Weges ist grün und dunkel und undurchdringlich. Canek, wie immer der perfekte Führer, bietet mir den Kanister an, den er trägt, und ich bleibe stehen, um zu trinken. Endlich treten wir unter dem dunklen Baldachin des Dschungels heraus und ins Freie und erreichen den Zeremonienplatz von Xunantunich.

Der Platz ist hell und sonnenbeschienen, mit grünen Gräsern und Cohunepalmen, die vom Dschungel her eindringen, und flach wie ein Putting Green. An seinem Rand schwirren Kolibris über bunten, leuchtenden tropischen Blüten. Aus der grünen Erde erheben sich große, bewachsene Steine, die Überreste riesiger Maya-Bauten. Die ungeheure Größe und die Solidität dieser Altertümer, die einst von jahrhundertealtem Dschungel verborgen waren, haben etwas Erschreckendes; sie erinnert an schmerzliche Wahrheiten, die ans Tageslicht getreten sind. Zu unserer Linken, alles dominierend wie die grandioseste aller Wahrheiten, erhebt sich El Castillo, ein riesiger, von Menschenhand errichteter steinerner Berg.

Canek führt mich mit einer Autorität umher, als habe er schon dort gelebt, als der Platz noch von Leben erfüllt war. Er zeigt mir eine zeremonielle Steinbank in einem der Tempel und den Fries eines Königs und seines spirituellen Zwerges in einer kleinen Museumshütte. »Zwerge sind den Mayas heilig«, sagt Canek. »Sie sind besondere Menschen, die als Kinder von Gott berührt wurden und deshalb zu wachsen aufhörten. Sie können zwischen dieser Welt und der Unterwelt hin und her reisen. Manche Leute behaupten, sie sähen die geheiligten kleinen Menschen noch immer über die Straßen wandern.« Er führt mich zu den Wohngebäuden am Rand des Platzes, hackt uns mit seiner Machete einen Weg durch den Dschungel, zeigt mir den Ballspielplatz, einen schmalen, grasbewachsenen Weg zwischen den abfallenden Seiten zweier Tempel. »Die Spiele waren weitgehend zeremoniell«, sagt Canek, »und endeten damit, daß die Verlierer geopfert wurden.«

»Und ich dachte, Eishockey sei hart«, sage ich.

Wir wandern weiter über das Gelände, bis wir vor der ungeheuren Größe von El Castillo stehen, der uns überragt, felsig und steil, von grünen Pflanzen gesprenkelt und von einem beigefarbenen, rekonstruierten Fries umgeben.

»Können wir hinaufsteigen?« frage ich.

»Wenn Sie wollen.«

»Dann tun wir's.«

Ich trinke noch etwas Wasser und steige die langen, breiten Stufen an der Nordseite von El Castillo hinauf. Das, was wir hier erklimmen, ist eine Ruine in jedem Sinne des Wortes, unter dem Ansturm des Dschungels zerfallend, aber als wir die breiten Stufen verlassen und nach links abbiegen, vorbei an den riesigen, kunstvollen Jaguarskulpturen auf dieser Seite, die man rekonstruiert hat, wird die Struktur des künstlichen Berges deutlicher. Es handelt sich um einen Turm, der auf anderen Türmen errichtet ist, eine Ansammlung von Gebäuden, die eines auf dem anderen kauern. Von dem Weg auf der Ostseite aus hat man einen prachtvollen Blick, aber Canek bleibt nicht stehen. Er führt mich weiter nach Süden, wo eine Reihe von Stufen auf ein weites Plateau führt. Wir gehen über einen engen Vorsprung auf einen Balkon mit steilen Wänden zu beiden Seiten und einem weiten Blick nach Osten auf die Dschungel von Belize.

»Wir können noch höher steigen«, sagt Canek.

»Dann lassen Sie uns gehen.«

»Sie sollten allein gehen, Victor. Das macht man besser allein.«

Er reicht mir nochmals das Wasser. Ich schaue wieder vom Balkon hinunter und erkenne, daß ich schon mehr als dreißig Meter über dem Platz bin. Ich trinke noch einen Schluck und gehe dann über den schmalen Vorprung zur Südseite. Erst sieht es so aus, als ginge es nicht weiter aufwärts, aber dann entdecke ich schmale Stufen, die in den Stein geschlagen sind. Ich ersteige sie, stütze mich mit einer Hand an der Wand ab und erreiche einen Absatz, von wo ähnlich enge Stufen weiterführen, diesmal zu einem hohen Raum, der unpassenderweise nach Stinktieren riecht. Es gibt keinen Ausgang aus diesem Raum, aber ich folge dem Vorsprung nach Westen zu einem weiteren Raum, von dem aus eine Reihe steiler Stufen spiralförmig durch ein in die Decke geschlagenes Loch führt. Ich halte mich an den oberen Stufen fest, um nicht das Gleichgewicht zu verlieren, und beginne mit dem Aufstieg. Langsam gelange ich durch das Loch in der Decke und trete dann auf einen engen Platz mit fünf großen Steinblöcken, die nebeneinander liegen wie fünf gezackte Zähne. Ich bin so erleichtert, wieder festen Boden unter den Füßen zu haben, daß ich einen Augenblick brauche, um wieder ruhig zu werden, bevor ich mich umsehe. Als ich es tue, läßt der Anblick mir den Atem stocken.

Ich kann so weit sehen, als würde ich durch die Zeit hindurchschauen. Ich folge den Windungen des Flusses durch den Dschungel. Weit im Osten liegen San Ignacio und der Rest von Belize. Wenn der leichte Dunst nicht wäre, könnte ich sicher bis zum Meer sehen. Im Westen liegt das ununterbrochene Grün der wilden Peten-Region Guatemalas. Ich stehe auf den Ruinen eines Tausende von Jahren alten Tempels, und einen Moment lang fühle ich mich von der antiken Weisheit derer durchdrungen, die dieses Gebäude errichteten und hier ihre Götter verehrten. Das Universum ist mehr, als ich sehen und fühlen kann, sagt mir diese alte Weisheit, mehr als die flachen Grenzen meiner eigenen Horizonte, und diese Grenzenlosigkeit, auch die Gewißheit vermittelt sie mir, gehört ebenso zu mir wie meine Hand, mein Herz und meine Seele. Sie wird mir binnen eines Augenblicks bewußt, diese meine Grenzenlosigkeit, so klar wie nur irgendeine Einsicht, die ich jemals hatte, und dann verschwindet sie ebenso schnell wieder und hinterläßt nur die zusammenhanglosen emotionalen Spuren eines vergessenen Traums.

Ich wische mir den Schweiß vom Hals und frage mich, was zum Teufel all das war. Ich denke, daß ich an Dehydrierung leide und schnell das Hotel in San Ignacio aufsuchen sollte, um etwas Wasser zu trinken, mich zu entspannen und es einen oder zwei Tage langsam angehen zu lassen, ehe ich meine Suche fortsetze. Aber ich sehe mich um und denke erneut über das nach, was ich begriffen zu haben glaubte. Die Geschichte der Leiche, die wir im

Garten hinter dem großen Haus der Reddmans fanden, windet und dreht sich durch Liebe und Krieg und immer mehr Tod, doch sie enthält auch das Verständnis eines Mannes für seinen Platz im Universum, das Ruhe und Trost und vielleicht sogar etwas wie Vergebung enthielt. Zum ersten Mal, seit ich davon erfuhr, habe ich eine Ahnung, was es in diesem Mann bewirkt hat, die Welt und sein Leben auf diese Weise zu sehen. Jacqueline Shaw, denke ich, suchte in ihrer Zeit bei der Kirche des Neuen Lebens nach der gleichen Art von Verständnis, und genauso erging es nach ihr Beth. Mit völliger Gewißheit weiß ich, daß es Wahrheiten gibt, die ich nie begreifen werde, aber deswegen sind sie nicht weniger wahr. Und einige dieser Wahrheiten sind vielleicht das einzige Gegenmittel gegen das Gift, das unter den Reddmans um sich griff wie eine Pest.

Und während ich mich drehe und die großartige Aussicht noch einmal betrachte, weiß ich noch etwas mit absoluter Sicherheit. Ich weiß nicht, woher ich es weiß oder warum, aber ich weiß es, ja, ich weiß es. Was ich mit Sicherheit weiß, ist, daß der Mann, den ich suche, irgendwo da unten ist, sich irgendwo im wilden Grün dieses Dschungels versteckt.

Und ich werde den Mistkerl finden, das weiß ich auch.

## 31

Morris Kapustin saß an meinem Eßtisch, den Kopf in die Hände gestützt. Er hatte von Natur aus einen großen Kopf, der durch seinen langen, grau gesprenkelten Bart, den ungebärdigen Haarschopf, den breitrandigen schwarzen Hut, den er sogar in meiner Wohnung trug, und die Art, wie seine kleinen, dicken Hände sein Gesicht kaum bedeckten, noch größer wirkte. Sein schwarzer Anzug war ausgefranst, sein schmaler Schlips hing ihm lose um den Hals. Mit den Ellbogen auf dem Tisch beugte er sich vor, und seine winzigen Füße ruhten auf der Querstrebe seines Stuhls, während er sehr konzentriert zuhörte. Ihm gegenüber saß Beth, die ihm gerade ihre neuesten Meditationsübungen schilderte. Auf dem Tisch zwischen Beth und Morris stand die Metallkiste, die Caroline und ich im Garten hinter Veritas ausgegraben hatten. Tiefe Rillen zogen sich durch die metallene Oberfläche, wo ich vergebens mit der Schaufel auf die Kiste eingehackt hatte. Sie stand da, schmutzverkrustet, noch immer ungeöffnet, und wirkte geheimnisvoll.

»Wir fangen mit einem kleinen Samenkorn an«, sagte Beth. »Wir legen es vor uns hin und meditieren darüber, denken die ganze Zeit an die Pflanze, die aus dem Samenkorn wachsen wird. Wir visualisieren die Pflanze, die dem Samenkorn innewohnt, vergegenwärtigen sie uns innerlich, und dann meditieren wir über diese Visualisierung und lassen unsere Seele darauf reagieren. Schließlich fangen wir an, die Lebenskraft in dem Samenkorn als eine Art Flamme zu sehen.«

»Und diese Flamme, wie sieht sie aus?« fragte Morris.

»In der Mitte ist sie fast purpurn, an den Rändern bläulich.«

»Und du hast diese Halluzination gesehen?« sagte ich.

Beth sah mich ruhig an. »Ja«, sagte sie.

»Faszinierend«, sagte Morris, »einfach faszinierend.«

»Und dann konzentrieren wir uns auf eine reife Pflanze und vertiefen uns in den Gedanken, daß diese Pflanze eines Tages welkt und vergeht, bevor sie durch ihre Samen wiedergeboren wird. Wenn wir uns auf den Tod und die Wiedergeburt dieser Pflanze konzentrieren und alle anderen Gedanken verbannen, beginnen wir, die Todeskraft zu sehen, die der Pflanze innewohnt, und auch sie ist wie eine Flamme, blaugrün in der Mitte und gelbrot am Rand.«

»Ich kann es nicht fassen, daß du dich mit diesem Mist abgibst, Beth«, sagte ich.

»Ich habe es gesehen«, sagte sie. »Entweder das, oder mein Linseneintopf war mit Drogen versetzt.«

»Und nun, nachdem Sie all das gesehen haben«, sagte Morris, »was sollen Sie mit all dem anfangen, was Sie sehen?«

»Das weiß ich noch nicht«, sagte Beth mit einem Seufzer. »Im Augenblick kämpfe ich darum, meine spirituelle Einsicht zu entwickeln, damit ich, wenn die Wahrheit erscheint, bereit bin, sie auch wahrzunehmen.«

»Wenn Sie etwas mehr wahrnehmen als diese flammenähnlichen Farben«, sagte Morris, »dann kommen Sie wieder zu mir, und wir reden. Die spirituelle Welt ist den Juden nicht unbekannt, aber diese Farben sind nichts weiter als *schmej drej*. Bloß Farben, die ich im Kabelfernsehen jeden Tag sehen kann.«

Morris Kapustin war mein Privatdetektiv. Er sah nicht aus wie ein Privatdetektiv, redete nicht wie ein Privatdetektiv und handelte nicht wie ein Privatdetektiv, aber denken konnte er wie der beste Privatdetektiv, von dem Sie jemals geträumt haben. Ich mochte ihn und vertraute ihm, und nach Beth war die Liste derer, die ich tatsächlich mochte und denen ich vertraute, eher kurz. Wie bei allen guten Dingen in diesem Leben hatte es eine Weile gedauert, bis ich ihn akzeptierte. Eine Gruppe widerspenstiger Mandanten hatte gemeint, ein Vergleichsangebot, das ich begeistert akzeptiert hatte, sei ihren Ansprüchen nicht angemessen. Sie zwangen mich dazu, Morris anzuheuern, um einen fehlenden Zeugen aufzuspüren. Morris fand ihn, wodurch der Streitwert kolossal stieg, und beim Prozeß rettete er mir so ungefähr das Leben. Seither war er mein privater Schnüffler, mein spiritueller Ratgeber, mein Freund. Ich hatte gedacht, ich würde meinen Tanz um das Reddman-Vermögen ohne ihn machen, aber nachdem ich in der Nacht zuvor das Skelett entdeckt hatte, wurde mir klar, daß die Geheimnisse meine minimalen Fähigkeiten überstiegen und daß ich Morris brauchte.

»Ich glaube«, sagte ich zu Beth, »daß Morris ziemlich fest in einer spirituellen Tradition verwurzelt ist, die ein paar tausend Jahre älter ist als deine Kirche des Neuen Lebens. Ich bin sicher, daß er sich nicht für deinen New-Age-Quatsch interessiert.«

Morris hob den Kopf aus den Händen. »Im Gegenteil, Victor. Gerade solcher Quatsch interessiert mich brennend. Haben Sie je von der *Kabbala* gehört, Victor?«

»Ich habe davon gehört«, sagte ich, obwohl das auch schon so ungefähr alles war, was ich wußte. Die *Kabbala* war eine obskure Form des jüdischen Mystizismus, die in den wenigen Jahren, in denen ich Religionsunterricht erhielt, bevor mein Vater die Synagoge verließ, weder gelehrt noch auch nur erwähnt wurde. Es hieß, sie sei uralt und gefährlich, und man rühre besser nicht daran.

»Ihre Meditation, Beth, ist für einen Juden keine fremde Vorstellung. Die Chassidim rezitieren und singen und tanzen wie Wilde, und sie sagen, es würde funktionieren. Ich habe immer gedacht, das liege an der Art, wie sie trinken, wie *Schikúrim* in der Wüste, aber vielleicht ist es doch etwas mehr. Mir geht es so, Miss Beth: Jeden Morgen beim *Schächreß*, wenn ich meine *Tefillin* anlege und bete, stelle ich fest, daß etwas Seltsames passiert. An manchem kostbaren Morgen fällt der ganze Alltagskram von mir ab, und ich schwebe, umgeben von etwas, das hell und göttlich und unendlich ist. Die Kabbalisten haben einen Begriff dafür, für das Unendliche, sie nennen es *Ein-Sof*.«

»Aber das ist etwas ganz anderes«, sagte Beth. »Wir werden in unserer Meditation darauf trainiert, uns zu konzentrieren und uns mit einer große Leere zu vereinigen, nicht mit irgendeiner Gottheit.«

»Ja, natürlich, das ist ein Unterschied. Aber es gibt Leute, die behaupten, jede wahre Erkenntnis des Unendlichen übersteige unser Fassungsvermögen derart, daß wir das *Ein-Sof* nur als eine Art Nichts erleben können. Das hebräische Wort für Nichts ist *Ayin*, und die Ähnlichkeit der Wörter soll von großer Bedeutung sein.«

»Wie kommt es, daß ich nie etwas darüber gelernt habe?« fragte ich.

»Das alles ist sehr mächtig, sehr gefährlich. Es gab Menschen, sehr fromme Menschen, sogar große Rabbis, die nicht bereit waren, in gewisse göttliche Räume aufzusteigen, und die niemals zurückkamen. Die Rabbis denken vielleicht, man sollte sich zuerst mit den Grundlagen unserer Religion befassen, bevor man anfängt, mit der *Kabbala* herumzuspielen. Vielleicht muß man erst lernen, den *Schabbes* zu halten und *koscher* zu bleiben und jeden Tag zu beten. Da ist sicher was dran, nicht, Victor? Das sind keine Spielereien. Sie verlangen intensive Hingabe. Wirkliche Frömmigkeit kommt daher, daß man alle Gebote Gottes befolgt. Die Gerechten erreichen einen Punkt, an dem jeder Akt in ihren täglichen Ritualen voller Sinn und Hingabe und Leben ist und so etwas wie eine Meditation wird.«

»Wenn das alles so verdammt toll ist, warum habe ich dann noch nie Werbespots dafür gesehen?«

»Nicht alles auf dieser Welt ist käuflich, Victor«, sagte Beth.

»Vielleicht nicht«, sagte ich. »Aber hast du gesehen, was dieses Zeug, das Cher verkauft, für deine Haare tun kann? Erklär mir eins, Beth. Wenn deine Freunde sich so ausschließlich der spirituellen Welt widmen, wie kommt es dann, daß sie so dringend Jacquelines fünf Millionen Dollar aus der Lebensversicherung in die Finger kriegen wollen?«

Beth sah mich einen Moment lang an. »Das ist eine gute Frage. Das habe ich mich nämlich auch schon gefragt.«

»Bis wir eine Antwort finden«, sagte ich, »solltest du, glaube ich, besonders vorsichtig sein. Vielleicht sind sie tatsächlich so gefährlich, wie sie selbst glauben.«

»Genau darum habe ich es ja so eingerichtet, daß du derjenige sein wirst, der Oleanna danach fragt.«

»Oleanna?«

»Morgen abend im ›Hafen‹. Ich habe ihr gesagt, du hättest ein paar wichtige Fragen.«

»Und die große Seherin geruht, sich mit mir zu treffen?«

»Das wolltest du doch, oder?«

»Klar«, sagte ich, plötzlich merkwürdig nervös. »Wie ist sie?«

»Ich glaube, du wirst beeindruckt sein«, sagte Beth lachend. »Sie ist eine sehr hochentwickelte Seele.«

»Zweifellos waren ihre früheren Leben faszinierend«, sagte ich. »Sie war eine Königin oder ein großer Soldat oder Nostradamus persönlich. Warum war eigentlich niemand in einem früheren Leben einfach ein Dienstmädchen?«

»Sie sollten nicht so schnell darüber spotten«, sagte Morris. »Eines Tages, wenn Sie bereit sind, werde ich Ihnen vom *Gilgul* erzählen. Wie Rebbe Elazer ha-Kappar einst sagte: ›Diejenigen, die geboren sind, sind zum Sterben bestimmt, und diejenigen, die tot sind, sind dazu bestimmt, wieder ins Leben gebracht zu werden.‹ Sie sollten sich bewußt machen, Victor, daß es auf dieser Welt viel zu lernen gibt, und nicht alles ist in der *Encyclopedia Britannica* zu finden.«

Ich starrte ihn an. »Waren Sie je auf dem College, Morris?«

»Aaach. Es ist eine Schande, wirklich. Ich bedaure so vieles in diesem Leben, aber das bedaure ich am meisten. Nein. Ich hatte natürlich Pläne, als ich ein Junge war, die Akademie der Wissenschaften in Minsk, sie nahm Juden auf, unterrichtete sogar auf jiddisch, und meine ganze Familie sparte täglich Zlotys für mein Schulgeld. Ich sollte ein Intellektueller werden, der in Cafés *slivovitz* schlürft und über Moses Mendelssohn und Puschkin diskutiert, das war mein Traum. Aber dann kam natürlich der Krieg, und alle diese Pläne lösten sich in Luft auf. Bloß zu überleben, das war Ausbildung genug. Aber ich werde Ihnen nicht die ganze Geschichte erzählen, Victor. Warum fragen Sie mich so etwas?«

»Weil ich mir richtig vorstellen kann, wie Sie in den Schlafsälen herumhängen, Pizza essen, Dosenbier trinken und die ganze Nacht über die kosmischen Mysterien des Lebens diskutieren.«

»Und Puschkin? Könnten wir vielleicht auch über Puschkin diskutieren?«

»Sicher, Morris. Puschkin.«

»Ich mag seine Werke gar nicht so sehr, das muß ich zugeben, aber den Klang des Namens. Puschkin. Puschkin. Das ist unwiderstehlich.«

»Er ist weniger skeptisch als du, Victor«, sagte Beth. »Zumindest hört er zu und nimmt es ernst.«

»Ich hab's versucht, Beth, das hab ich wirklich, ich habe auf dem Boden gesessen und mich selbst und mein Leben wie ein losgelöster Beobachter untersucht, genau wie du vorgeschlagen hattest.«

»Und wie hast du dich dabei gefühlt?«

»Bevor oder nachdem ich mich übergeben hatte?«

»Wissen Sie, Victor«, sagte Morris, »ein sehr weiser Mann hat einmal gesagt, daß Ekel das erste Anzeichen für ernste Probleme in diesem Leben ist. Sehr ernste. Solchen Ekel sollte man nicht ignorieren.«

»Was ist, zitieren Sie jetzt Sartre?«

»Sartre, *Schmartre*, ich rede von meinem Gastroenterologen, Hermie Weisenberg. Vielleicht ist eine gründliche Untersuchung das, was Sie brauchen. Ich kann das für Sie vereinbaren.«

»Vergessen Sie's.« Ich zeigte auf die Kiste. »Sind Sie sicher, daß Sie die öffnen können?«

»Ich kann es versuchen.«

»Ich dachte, Sheldon würde kommen.« Sheldon Kapustin war Morris' Sohn und gelernter Schlosser. »Ich hatte nach Sheldon gefragt.«

»Sheldon hatte heute abend zu tun. Er ist jetzt in dem Alter, in dem ich sein gesellschaftliches Leben nicht stören möchte. Ein Mann in meinen Jahren sollte doch Enkelinnen haben, nicht? Also stören Sie meinen Sheldon nicht. Und außerdem, was glauben Sie denn, wer ihm alles über Schlösser beigebracht hat?«

»Sie, Morris?«

»Nein, seien Sie nicht albern. Ein Schlossermeister namens McCardle, aber dieser McCardle hat auch mich unterrichtet. Victor, dieses Mädchen, wann kommt sie denn eigentlich, *nu?*«

»Jeden Moment«, sagte ich, und genau in diesem Augenblick klingelte es.

Als Caroline das Apartment betrat, war sie nervös und verschlossen. Sie marschierte herein und setzte sich auf die Couch, weit entfernt vom Tisch und von der Kiste. Sie schlug die Beine übereinander und verschränkte die Arme. Als ich ihr Morris und Beth vorstellte, lächelte sie gezwungen und zündete sich eine Zigarette an.

Nachdem Caroline und ich in der Nacht zuvor den skelettierten Leichnam gefunden hatten, hatten wir überlegt, was wir damit anfangen sollten. Wir diskutierten angespannt flüsternd, während wir über dieser Hand standen, die aus dem Grab auf den Himmel zeigte, und kamen überein, die Grube so gut wie möglich wieder zuzuschütten, die Erde festzutreten, so viele Pflanzen wieder einzusetzen, wie überleben mochten, und die Leiche genau dort in der Erde zu lassen. Sie würde ja nicht weglaufen, und irgendwelche Hinweise auf einen Täter waren mittlerweile eiskalt. Wir einigten uns darauf, daß es besser für uns war, nichts über unseren Fund zu erzählen, während wir weiter in der Vergangenheit der Reddmans stocherten. Also ließen wir sie dort unter der Erde liegen, die Knochen der armen toten Seele, ließen alles dort bis auf den goldenen Ring, der auf dem Knochen steckte, bis ich ihn mit Kraft und Spucke abzog. Wir nahmen den Ring mit, um den Leichnam besser identifizieren zu können, und nachdem wir ihn untersucht hatten, gab es kaum noch Zweifel daran, wer da unter der Erde lag. Der Ring trug eine wunderbar verschnörkelte Gravur mit den Initialen CCR.

»Was heißt das?« fragte ich.

»Ich habe mir mit einem Vergrößerungsglas ein altes Foto angesehen«, sagte Caroline. »Es ist tatsächlich ihr Ring.«

»Also gibt es keinen Zweifel mehr«, sagte ich.

»Nicht den geringsten«, sagte sie. »Die Leiche, die wir gefunden haben, ist die der Schwester meiner Großmutter, Charity Chase Reddman.«

# 32

Während Caroline auf meiner Couch saß, rauchend, mit gekreuzten Beinen und verschränkten Armen, abwehrend wie ein Haus an der Küste, das zum Schutz vor einem Hurrikan vernagelt ist, setzte ich Morris rasch über das Geheimnis der Reddmans ins Bild. Ich erzählte ihm von Elisha Poole, von den drei berühmten Reddman-Schwestern, davon, wie Charity, die jüngste, angeblich schwanger geworden und dann verschwunden war, wie sie vermeintlich den Fesseln ihrer tyrannischen Familie entflohen war, nur, um achtzig Jahre später in einem Loch im Boden hinter dem Haus der Reddmans wieder aufzutauchen. Morris lauschte mit gespannter Aufmerksamkeit; das war die Art von Rätsel, die er am meisten liebte, nicht aus Holz oder Stein, sondern aus Fleisch und Blut und Knochen.

Ich zeigte ihm den Ring. »Was ist das da innen?« fragte er. »Meine Augen sind nicht mehr gut genug, um so eine kleine Schrift zu lesen.«

»Du gehst in Schönheit«, las ich von der Innenseite des Rings, »und dann die Initialen C.S.«

»Hast du eine Ahnung, wer dieser C.S. ist?« fragte Beth.

»Könnte jeder sein«, wollte ich sagen, aber Caroline, die während meines Hintergrundberichts an Morris auffallend still gewesen war, unterbrach mich.

»Das waren die Initialen meines Großvaters«, sagte sie gepreßt. »Christian Shaw.«

»Was ist mit der Inschrift?« fragte ich. »Erkennt die jemand?«

»›Sie geht in Schönheit‹«, rezitierte Morris, »›gleich der Nacht in wolkenlosem Sternenlicht; des Schattens und des Lichtes Pracht eint sich in ihrem Angesicht.‹«

Ich war verblüfft über so melodische Worte aus Morris' Mund, aus dem normalerweise nur stark akzentuiertes Immigrantenenglisch strömte.

»Byron«, sagte Morris achselzuckend. »Wissen Sie, Puschkin war sehr stark von diesem Byron beeinflußt, vor allem in seinem Frühwerk.«

»Schon wieder Puschkin?« sagte ich.

»Ja, Puschkin. Victor, haben Sie vielleicht ein Problem mit Puschkin?«

»Nein, Morris. Überhaupt nicht.«

»Das Mädchen«, fragte Morris, »diese Charity, wie alt war sie noch, als sie verschwand?«

»Achtzehn«, sagte Caroline.

»Dann paßt es. Es ist ein Gedicht für ein junges Mädchen. Es endet damit, daß von einem Herzen gesprochen wird, dessen Liebe unschuldig ist.«

Für einen Augenblick sagte keiner etwas, als hielten wir eine Schweigeminute für das tote Mädchen, dessen Herz von unschuldiger Liebe erfüllt war.

»Machen Sie die Kiste auf«, sagte Caroline.

»Ich bin bereit, wenn Sie bereit sind«, sagte Morris.

»Ich bin bereit«, sagte Caroline.

»Bist du sicher?« fragte ich.

»Ich habe dir gesagt, daß ich alles über meine Familie herausfinden will, was ich kann, alle bitteren Wahrheiten. Ich werde nicht bei einem Leichnam aufhören. Machen Sie sie auf.«

Von seinem Stuhl aus beugte Morris sich nieder und hob eine lederne Sporttasche auf den Tisch. Er öffnete sie, spähte geheimnisvoll hinein, griff dann in die Tasche und nahm ein kleines Lederbündel heraus, aus dem er zwei dünne, spitze Metallstangen holte. Ich sah Caroline auf der Couch an, die noch immer die Arme verschränkt hielt und sich mit den Schneidezähnen auf die Unterlippe biß. Ich lächelte ihr ermutigend zu, aber sie ignorierte mich und konzentrierte sich ganz auf Morris. Morris drehte die Kiste um, bis die Vorderseite ihm zugewandt war, und begann dann, an dem Vorhängeschloß zu arbeiten.

»Sind Sie sicher, daß Sheldon keine Zeit hat?« fragte ich, nachdem Morris zehn Minuten lang vergeblich mit den Metallstäben das Schloß bearbeitet hatte.

»Das ist ein sehr, sehr raffiniertes Schloß. Sehr schlau, diese Schlosser früher. Ich muß etwas anderes probieren.«

Er legte die Stichel wieder in ihre Lederpackung und dann zurück in die Tasche, griff erneut hinein und holte einen großen Lederumschlag heraus, dem er einen klirrenden Ring mit Dietrichen entnahm. »Ich denke, einer davon wird passen«, sagte er. Er fing an, sie alle auszuprobieren, einen nach dem anderen.

»Haben Sie eine Telefonnummer, unter der Sheldon zu erreichen ist?« fragte ich, nachdem keiner der Dietriche in das Schloß gepaßt hatte.

»Sie können sich Ihre Andeutungen sparen«, sagte Morris, und leiser Ärger färbte seine Stimme. »Diese Schlösser sind kein solches Problem für mich, überhaupt nicht. Dazu brauche ich Sheldon nicht.«

»Ich habe Sheldon arbeiten sehen«, sagte ich. »Er ist binnen Sekunden irgendwo drinnen und wieder draußen.«

»Bei zweitklassigen Schlössern, ja«, sagte Morris, während er die Dietriche wieder in die Tasche packte und herumkramte. »Aber das hier ist kein zweitklassiges Schloß. Ich habe ein Spezialwerkzeug für solche Situationen, das niemals versagt, ein ganz spezielles Werkzeug.«

Schwungvoll entnahm er der Tasche eine Eisensäge.

»Dieses Schloß ist sehr raffiniert, aber das Metall ist nicht so stark, wie man es heute herstellen kann. Haben Sie etwas dagegen, Miss, daß ich das Schloß beschädige?«

»Meine Großmutter ist tot«, sagte Caroline. »Ich glaube nicht, daß sie es vermissen wird.«

Er brauchte nur ein paar Minuten, bis er mit einem »Ping« den metallenen Ring durchtrennt hatte, das Schloß öffnete und von den an die Kiste geschweißten Stäben abzog. Damit blieb nur noch das eingebaute Schloß übrig. Morris musterte es aufmerksam. »Dazu brauche ich die Stichel.«

»Es wird spät, Morris«, sagte ich.

Er nahm die Stichel wieder aus der Tasche und fing an, das kleine Schloß zu bearbeiten. »Dieses ist nicht so raffiniert«, sagte er, drehte die Stichel einmal und nochmals, bis das Schloß sich mit einem befriedigenden Klicken öffnete. Morris strahlte. »Sheldon ist vielleicht *a bißl* schneller, aber nur *a bißl.*«

Caroline stand von der Couch auf und setzte sich neben Beth an den Tisch. Morris drehte ihr die Kiste zu. Sie sah uns alle an. Ich nickte. Sie streckte die Hand aus und hob langsam den metallenen Deckel.

»Wow!« rief Beth, als der Deckel sich knirschend öffnete, und Caroline machte ihn wieder zu.

»Was ist?« fragte ich.

»Ich dachte bloß, ich hätte etwas gesehen.«

»Eine von Ihren Flammen?« fragte Morris.

»Ich weiß nicht«, sagte Beth.

»Welche Farbe hatte sie?« fragte Morris.

»Gelbrot«, sagte Beth.

Morris nickte. »Die Farbe der Todeskraft.«

»Das reicht«, sagte ich. Und zu Caroline: »Mach sie einfach auf.«

Caroline schluckte und klappte dann den Deckel der metallenen Kiste auf. In der Kiste waren Staub und Schmutz und eine Reihe alter Briefumschläge, verwittert, verblichen und zerrissen. Nicht sehr ermutigend.

»Schauen wir nach, was drin ist«, sagte ich.

Einen nach dem anderen nahm Caroline die Umschläge aus der Kiste.

Der erste Umschlag enthielt eine Vielzahl von Dokumenten auf großen, dünnen Papierbögen, wie sie heute in Anwaltskanzleien nicht mehr benutzt werden; alle waren datiert und stammten vom Anfang der fünfziger Jahre. Sämtliche Dokumente waren von Mrs. Christian Shaw unterzeichnet, Carolines Großmutter, und von einer Reihe unleserlicher Unterschriften beglaubigt, vermutlich von Anwälten, die jetzt mit Sicherheit entweder tot oder pensioniert waren. Soweit ich es erkennen konnte, als ich mich durch den Fachjargon dieser Zeit arbeitete, der von Latein und allen möglichen gewundenen Sätzen nur so strotzte, schufen die Dokumente einen separaten Fonds, in den ein Teil des Reddman-Vermögens eingehen sollte. Der Fonds trug den Namen Wergeld, also war anscheinend eine Person oder Familie namens Wergeld der Begünstigte, obwohl die Dokumente keine genaueren Angaben enthielten. Es war nicht ganz klar, wieviel genau in diesen Fonds fließen sollte, aber es schien sich um eine beträchtliche Summe zu handeln, und im Laufe von etwa dreißig Jahren mußte sie ungeheuer angewachsen sein.

»Das muß der Fonds sein, von dem Harrington neulich abends gesprochen hat«, sagte ich zu Caroline, während ich die Dokumente durchsah. »Hast du je von einer Familie namens Wergeld gehört?«

»Nein.«

»Bist du sicher? Niemand dieses Namens?«

»Nein, niemand«, sagte sie. »Nie gehört.«

»Das ist eigenartig«, sagte ich. »Warum richtete sie einen Fonds ein, von dem du nie gehört hast? Nun gut, machen wir weiter.«

Der nächste Umschlag enthielt eine Reihe von Bankunterlagen, die die Eröffnung von Konten belegten, sämtlich auf den Namen des Wergeld-Fonds. Die Unterzeichnerin war jedesmal Mrs. Christian Shaw. Die Banken, auf die das Geld fließen sollte, lagen im Ausland, in der Schweiz, in Luxemburg und auf den Grand Cayman Islands. »Lauter Steuerparadiese«, sagte ich. »Lauter Orte, wo Geld ankommen und verschwinden konnte, ohne daß jemand davon erfuhr, und wo das Bankgeheimnis geschützt ist.«

»Warum hat meine Großmutter das so geheimgehalten?« fragte Caroline. »Zu Lebzeiten hatte sie die Kontrolle über alles Geld im Fonds, sie hätte damit machen können, was sie wollte, und niemand hätte sie daran hindern können.«

»Vielleicht«, sagte ich, »aber es sieht so aus, als hätte sie gewollt, daß diese Person namens Wergeld anonym bleibt.«

Bei den Bankdokumenten lag eine Karteikarte mit einer Liste langer Zahlen- und Buchstabenkombinationen. Die erste lautete X257YRZ26-098. Ich reichte sie Morris, der sie sorgfältig untersuchte.

»Für mein ungeübtes Auge sind das Codenummern gewisser Bankkonten«, sagte er. »Bei einigen der Banken an diesen Orten brauchen Sie nur die Codenummern und eine entsprechende Unterschrift oder sogar bloß ein Kennwort, um an das Geld heranzukommen. Offensichtlich hatte Ihre Mrs. Shaw auf diese Weise Zugang zum Vermögen des Fonds, von dem Sie uns vorgelesen haben, Victor.«

»Aber warum hat sie das vergraben?« fragte Caroline.

»Ich denke, sie wußte, wo es sich befand, falls sie es brauchte«, sagte Morris achselzuckend. »Aber ich würde vermuten, daß der Begünstigte des Fonds die gleichen Zahlen besaß.«

Der dritte Umschlag enthielt einen Packen alter Fotos. Caroline betrachtete sie aufmerksam, eins nach dem anderen, und ging sie dann uns zuliebe noch einmal durch. Dabei berichtete sie Beth, Morris und mir, was sie von den Leuten auf diesen Fotos wußte. »Das sind Familienmitglieder von mir«, sagte sie. »Die meisten jedenfalls. Ich habe viele der Bilder schon in Alben gesehen. Hier ist ein Foto von Großmutter, als sie jung war, mit ihren beiden Schwestern.«

Das Bild zeigte drei junge Frauen, die untergehakt auf die Kamera zugingen, gekleidet wie junge Damen aus einem Roman von Edith Wharton. Die Frau in der Mitte trug ein bauschiges weißes Kleid und starrte den Fotografen mit erhobenem Kinn an, den Kopf leicht zur Seite gelegt, das Gesicht erfüllt von frischem Vertrauen in die Zukunft. Diese Frau, sehr lebendig und entschlossen, sei ihre Großmutter, sagte Caroline, Faith Reddman Shaw. Die Frau rechts von Faith Reddman war kleiner und zierlicher, ihre Haltung weniger selbstbewußt, ihr Lächeln verlegen. Das Haar war zu einem strengen Knoten zurückfrisiert, das Kleid schwarz. Das war Hope Reddman, die Schwester, die nur wenige Jahre später an Schwindsucht sterben sollte. Und links, breitschultrig und starkknochig, aber mit schüchtern gesenktem Kopf, sah man Charity Reddman, die arme, tote Charity Reddman. Ihr Kleid war so dünn, daß man fast ihre langen Beine dahinter ausmachen konnte; sie trug einen Hut, und obwohl sie den Kopf gesenkt hielt, war ihre Schönheit deutlich zu erkennen. Sie war die Hübsche, hatte man Caroline erzählt, die Abenteuerlustige, wenn man ihrer jugendlichen Schüchternheit das auch nicht ansah. Die schöne Charity Reddman, die Ballkönigin, der es bestimmt war, unter der schwarzen Erde von Veritas zu verschwinden.

»Das ist dein Urgroßvater«, sagte ich und zeigte auf das nächste Foto, das Bild eines wuchtigen Mannes mit Backenbart, in dessen vorstehenden Augen noch immer eine seltsame Intensität brannte, obwohl er sich mit steifen Knien und gebeugtem Rücken auf einen Stock stützen mußte. Er war schlanker, als ich ihn von anderen Bildern in Erinnerung hatte, seine Haltung altersschwach, aber der kräftige Backenbart, die brennenden Augen, der breite, fast lippenlose Mund waren noch immer der Stoff für Legenden. Claudius Reddman, eine ebenso bekannte Figur wie all die anderen Ikonen großen industriellen Reichtums in Amerika, so bekannt wie Rockefeller mit seinem gestärkten Kragen, so bekannt wie Ford in seiner mageren Eckigkeit, wie Morgan, der mit seinem Starren jemanden zum Krüppel machen konnte, wie Gould und Carnegie und Frick.

»Ich glaube, das war kurz vor seinem Tod«, sagte Caroline. »Er ist neunzig geworden, allerdings litt er in seinen letzten Lebensjahren unter Lähmungen und Emphysemen.«

Sie blätterte zum nächsten Foto und sagte: »Das ist mein Großvater.« Es war das Foto eines hübschen jungen Mannes, groß, blond und schnurrbärtig, mit hochmütig erhobenem Kopf. Sein Anzug war dunkel, den Hut mit dem flotten Kniff trug er schräg, so daß er ein Auge beschattete. Er hatte den gleichen arroganten Ausdruck, den ich an Harrington bei unserer ersten Begegnung in der Bank gesehen hatte. Etwas an seiner Haltung und seinen Gesichtszügen ließ mich innehalten; dann wurde mir klar, daß er die bemühte Manier zur Schau stellte, die ich oft bei Betrunkenen gesehen hatte.

»Wer ist das?« fragte ich und zeigte auf das Foto eines mageren, kahlköpfigen Mannes mit langer, dünner Nase und kleinen Augen. Er trug einen steifen, hohen Kragen und eine Brille, und durch die Gläser sah man, daß seine winzigen Augen mißtrauisch zusammengekniffen waren. Neben ihm stand eine hübsche Frau mit sorgenvollem Mund. Das Paar hatte etwas Zerbrechliches an sich. Das Bild vermittelte den Eindruck, die beiden würden belagert.

»Ich weiß nicht«, sagte Caroline.

Ich drehte das Foto um, aber es war nicht beschriftet.

Das nächste zeigte wieder jemanden, den sie nicht identifizieren konnte, eine ziemlich unattraktive junge Frau in einem schäbigen bedruckten Kleid, mit wirrem Haar und einem langen Gesicht mit Knopfaugen. Sie sah aus wie eine junge Eleanor Roosevelt mit ihrer langen, schmalen Nase, was traurig für sie war, denn Eleanor Roosevelt war die bei weitem häßlichste Person, die jemals im Weißen Haus gewohnt hatte, sogar häßlicher als Richard Nixon, sogar häßlicher als Checkers. Die Frau auf dem Foto war ebenso häßlich, und sie schien es zu wissen, denn sie sah mit so eigenartiger Leidenschaft und Intensität in die Kamera, daß sie fast beängstigend wirkte.

»Ich weiß nicht, wer das ist«, sagte Caroline. »Ich habe keine Ahnung, weshalb meine Großmutter diese Bilder aufbewahrt hat.«

»Wer könnte etwas darüber wissen?« fragte ich.

»Die Bilder wirken alle sehr alt, stammen anscheinend aus der Zeit, ehe mein Vater geboren war, aber er würde sie vielleicht erkennen. Oder Nat; die beiden sind die einzigen, die schon so alt sind, daß sie sie möglicherweise gekannt haben.«

Es gab noch andere Fotos, weitere von der unattraktiven jungen Frau, von Christian Shaw; auf einem davon trug er einen zerknitterten Anzug und sah abgehärmt und elend aus. Caroline sagte, es sei kurz vor seinem Tod aufgenommen worden. Sie erkannte das, wie sie sagte, daran, daß ein Ärmel seines Jacketts auf der Seite lose festgesteckt war. »Er hat den Arm im Krieg verloren«, sagte sie. »In Frankreich, bei der Schlacht, für die er die Medaille bekam.« Es gab auch eine Postkarte mit einem Bild des Yankee-Stadions bei der großen Eröffnungsfeier vor ausverkauften Rängen mit den Yankees in weißen Streifentrikots am Schlag. Aus der Ferne war es nicht zu erkennen, aber vielleicht stand Ruth an der Home Plate oder Jumping Joe Dugan oder Wally Pipp. Die Rückseite war nicht beschriftet.

Das letzte Bild war neuer, ein verblichenes Farbfoto von einem jungen Paar, das die Arme umeinander gelegt hatte. Der Junge war groß und gutaussehend mit langem Haar, Batikhemd, zu Shorts abgeschnittenen Jeans und Sandalen. Er lachte quicklebendig in die Kamera. Das Mädchen war sehr jung, trug Jeans und ein T-Shirt und das braune Haar so glatt und lang wie eine Folksängerin. Sie starrte mit dem Strahlen befriedigter Leidenschaft zu dem jungen Mann auf. Caroline sagte nichts, und ich blinzelte ein paarmal, bevor ich erkannte, wer das war: Caroline und Harrington, zwei Kinder, die wahnsinnig ineinander verliebt waren.

»Wer hat das aufgenommen?« fragte ich.

»Ich kann mich nicht erinnern«, sagte sie leise, »aber nicht Großmutter. Ich erinnere mich nicht, daß sie jemals fotografiert hätte.«

Als wir mit den Fotos fertig waren, griff Caroline erneut in die Kiste und holte einen weißen Geschäftsumschlag mit der Aufschrift »Die Briefe« in Druckbuchstaben auf der Vorderseite heraus. Die Handschrift war eng und schmal, die gleiche wie auf den Dokumenten für den Fonds. In dem Umschlag lag ein Schlüssel, ein alter Schlüssel, angelaufen, mit verziertem Griff, langem Schaft und einem Bart, der aussah wie ein Teil aus einem Puzzle.

»Hast du eine Ahnung, zu welchem Schloß der gehört?« fragte ich Caroline.

»Nein«, sagte sie.

Morris griff nach dem Schlüssel und musterte ihn. »Der gehört zu einem Schnappschloß von Barron. So ein Schloß könnte ich in zwei Sekunden aufmachen, vielleicht auch in drei.«

Ein weiterer dünner Umschlag aus der Kiste enthielt nur ein Stück Papier, eine quittierte Arztrechnung von einem Dr. Wesley Karpas vom 9. Juni 1966, der für erwiesene Hilfeleistung 638,90 Dollar verlangte. Die erwiesene Hilfeleistung war nicht angegeben, der Patient gleichfalls nicht. Doch die Rechnung war an Mrs. Christian Shaw adressiert. Ich fragte Caroline, ob sie eine Ahnung habe, auf welche Behandlung sie sich bezog, aber sie wußte es nicht.

Der letzte Umschlag enthielt ein dickes Bündel, das sich von außen anfühlte wie ein Bündel Hundert-Dollar-Scheine. Caroline öffnete ihn, griff hinein und nahm einen Stapel Papiere heraus, der mit Büroklammern in vier Abteilungen sortiert und im Ganzen mit Bindfaden gebündelt war. Die Papiere waren alt, jedes von der Größe eines kleinen Briefumschlags, und mit der engen, schmalen Schrift bedeckt, die uns mittlerweile vertraut war, der Handschrift von Faith Reddman Shaw. Eine Seite jedes Blattes war leicht gezackt, als sei es aus einem Buch herausgeschnitten worden.

Caroline sah sich das oberste Blatt an, dann das nächste, dann das übernächste. »Die sehen aus wie aus dem Tagebuch meiner Großmutter, aber das ist unmöglich.«

»Wieso?«

»Weil sie kurz vor ihrem Tod alle verbrannt hat. Sie hat viele Tagebuchbände geschrieben, seit der Zeit, als sie ein kleines Mädchen war, dauernd kritzelte sie etwas, aber sie hat sie nie jemandem gezeigt, und vor ein paar Jahren hat sie sie alle verbrannt.

Wir baten sie, das nicht zu tun, weil es so kostbare Erinnerungen an unsere Familiengeschichte waren, aber sie sagte, man solle ihre Vergangenheit besser vergessen.«

»Vermutlich gab es ein paar Seiten, bei denen sie es nicht übers Herz gebracht hat, sie zu verbrennen«, sagte ich.

Caroline, die die Blätter überflog, sagte: »Dieses hier handelt von der Begegnung mit meinem Großvater.«

»Vielleicht gibt es auf diesen Tagebuchseiten Hinweise darauf, wer die Leute auf den Fotos sind«, sagte Morris, »und warum Ihre Großmutter diese Kiste vergraben hat. Wir sollten diese Seiten vielleicht lesen, oder?«

»Das ist Carolines Entscheidung«, sagte ich.

Sie blickte auf und zuckte mit den Schultern.

Wir setzten uns alle an den Tisch. Die verrostete und demolierte Kiste stand zwischen uns. Wir beugten uns vor und hörten aufmerksam zu, wie Caroline laut die Überreste des Tagebuchs ihrer Großmutter vorlas, einen nach dem anderen, die aus den gebundenen Bänden herausgeschnittenen Blätter, die ihre Großmutter nicht hatte verbrennen können. Nach der Hälfte der Seiten wurde Carolines Stimme heiser, und Beth übernahm das Vorlesen. Es wurde still im Zimmer bis auf die Stimme der Vorleserin, die sich so fremd anhörte, als verlese sie eine Botschaft der toten Faith Reddman. Einmal unterdrückte Caroline ein Schluchzen, doch als wir sie trösten wollten, winkte sie ab und sagte Beth, sie solle fortfahren. Die letzte Zeile war ein glühender Wunsch nach Frieden und Liebe und Erlösung, und als es vorbei war, saßen wir lange schweigend da, noch unter dem Bann dieser Stimme aus einer fernen Vergangenheit.

»Ich glaube«, sagte Morris, »daß ich weiß, wer die Leute auf diesen Fotos sind, aber die entscheidenden Fragen kann ich noch nicht beantworten.«

»Welche denn?« fragte ich.

»Warum diese Bilder hier in der Kiste waren und wer die Frau getötet hat, die Sie in der Erde gefunden haben«, sagte Morris.

»Versteht ihr denn nicht?« sagte Caroline. »Ist es nicht klar?«

»Nein«, sagte Beth. »Überhaupt nicht.«

Caroline nahm das Distinguished Service Cross vom Hals und warf es in die Kiste, wo es mit dem Klirren von Metall auf Metall landete. »Meine Großmutter hat immer nur sehr freundlich von ihm geredet. Sie hat ihn verehrt, als wäre er der wunderbarste und reizendste Mann der Welt. Ein Kriegsheld, hat sie gesagt; wie hätten wir anders über ihn denken sollen? Sogar in ihrem Tagebuch konnte sie kaum etwas Nachteiliges über ihn schreiben, aber es ist alles da, hinter ihren Worten voller Liebe und Hingabe, alles ist ganz klar. Wie hätten wir jemals wissen oder ahnen sollen, daß unser Großvater, Christian Shaw, ein absolutes Ungeheuer war?«

# 33

## I

*24. Mai 1911*

*Heute sind drei neue junge Männer zum Tee gekommen, womit sich die Zahl derer, die uns diesen Monat besucht haben, auf nur zwölf erhöht. Ich bin sicher, daß es mehr gewesen wären, wenn es nicht diese häßlichen Gerüchte gegeben hätte, die uns ständig plagen. Kann man den Lügen nicht Einhalt gebieten? Ich fürchte, wenn es die sagenhaften Tees meiner Mutter mit den Zuckermandeln und ihren berühmten Berliner Pfannkuchen nicht gäbe, hätten wir überhaupt keine Gäste, und ich verstehe das nicht, ich verstehe nicht, warum sie darauf beharren, so gemein zu uns zu sein, ich begreife es einfach nicht. Einer der jungen Männer von heute war fett, ein anderer ein Zwerg, aber der dritte war interessant, das muß ich zugeben. Er ist ein Shaw von den Kaufhaus-Shaws. Ihr Vermögen ist in den letzten Jahrzehnten geschrumpft, aber was geht mich das an? Warum hätte* mein Vater sich so einsetzen und so hart kämpfen sollen, wenn nicht, um seine Töchter von solchen Sorgen zu befreien, und so werde ich ihn nicht nach seinem mangelnden Reichtum beurteilen, sondern nach seinen angenehmen Manieren und der Art, wie der Anzug sich an seine breiten Schultern schmiegt. Ich finde ihn noch prachtvoller als neulich diesen Mr. Wister.

Wir saßen auf dem Rasen und tranken Tee, die beiden anderen Männer und Christian Shaw, so heißt er, und Mutter, die strickte, und Charity, die im Gras saß und zu uns aufsah, während wir uns unterhielten. Hope spielte auf dem Flügel und wollte trotz Mutters Aufforderung nicht zu uns kommen, aber ihre Musik, die aus dem Klavierzimmer strömte, gab dem Nachmittag etwas Vollkommenes. Die Männer versprachen, zu unserem Ball zu kommen, und schienen bei dieser Aussicht wirklich aufgeregt. Wir sprachen über die Schule und Mr. Tafts Badewanne, und wir alle lachten und lachten. Jemand erwähnte diesen schrecklichen Mr. Dreiser und seine schrillen Bücher, und dann erwähnte Mutter die Lyrik, die sie als junges Mädchen in Europa gelesen hatte. Auf einmal fing Christian Shaw an, etwas Wundervolles zu rezitieren. Er ist offensichtlich belesen und kann ausführlich und sehr wirkungsvoll Gedichte aufsagen. Dieses handelte von den Tränen eines Liebenden beim Abschied, soweit ich das verstehen konnte, aber als er sprach, sprach er zu mir, als wären die anderen bloß Statuen, und die Worte verloren außer ihrem Klang jede Bedeutung. Nur noch die Stimme, mit der er die Verse sprach, und der Blick in seinen Augen waren wichtig.

Ich konnte spüren, wie mir die Röte in die Wangen stieg. Am Ende klatschten alle, und Charity sagte, Lord Byron sei auch ihr Lieblingsdichter, und alle waren sehr fröhlich, während ich um Fassung ringen mußte.

Während des restlichen Nachmittags konnte ich kaum mehr in sein scharfgeschnittenes Gesicht schauen, aber ich konnte es auch nicht ertragen wegzusehen.

Ich habe schon dafür gesorgt, daß sein Name auf die Gästeliste für den Ball gesetzt wird. Heute erfuhr ich, daß die Scotts am gleichen

*Wochenende auch etwas veranstalten, was boshaft von ihnen ist, aber Naomi Scott ist ein so häßliches altes Ding, und außerdem hat Daddy mehr Geld als Mr. Scott, was für einen Shaw natürlich von Interesse ist. Ich denke also, daß ich guten Grund habe, auf einen Walzer mit Mr. Shaw irgendwann in naher Zukunft zu hoffen, und diese Vorstellung macht mich ganz zittrig.*

*16. Juni 1911*

*Was war das bloß für ein schrecklicher Tag! Heute habe ich erfahren, daß die alte Mrs. Poole zu dem Ball eingeladen werden soll, und ich war entsetzt. Ich hatte einen schlimmen Streit mit Mutter darüber, der den größten Teil des Nachmittags dauerte. Als Vater nach Hause kam, stampfte ich mit dem Fuß auf und beharrte auf meiner Forderung, aber er weigerte sich, darüber zu reden, daher wußte ich, daß er sie auf die Liste gesetzt hat. Er hat genug für diese Frau getan, und das habe ich ihm auch gesagt. Muß sie uns für den Rest unseres Lebens verfolgen? Da sitzen die beiden in diesem Haus, Mutter und Tochter, und verspotten uns mit ihrem Schweigen. Aber es war nicht Vaters Schuld, daß der verächtliche alte Mann sich in den Ruin trank, es war nicht Vaters Schuld, daß er eine Vision hatte, wo der andere bloß die Flasche sah. Sie haben sich die große Tragödie, die ihr Leben heimgesucht hat, selbst zuzuschreiben. Nach der Auflösung ihrer geschäftlichen Partnerschaft war Vater mehr als freundlich zu dem Mann, und was hat er dafür zurückbekommen? Bosheit und Rachsucht und eine Schmutzkampagne, die den Selbstmord dieses Mannes überlebt und unsere Stellung untergraben hat. Und sie dauert noch immer an. Vater hätte sie einfach in eine Farm in New Jersey stecken sollen, fertig, aber er ist ja immer ein Menschenfreund und wollte sie im Auge behalten. Wenn sie irgendwelchen Stolz hätten, würden sie seine Wohltaten ablehnen, aber sie haben keinen Stolz, kein Mitgefühl, nur dieses kalte Gefühl von Verlust, und dafür kann ich nichts. Es ist schlimm genug, sie in solcher Nähe zu haben, daß wir sie vom Rasen aus riechen können, aber daß sie auch noch bei unseren Festen erscheinen müssen, ist einfach zuviel. Wie kann man vergnügt und fröhlich sein, wenn die beiden nebeneinander dastehen und uns mit zusammengekniffenem Mund wie ein ständiger Vorwurf anstarren?*

*Und als wenn das noch nicht schlimm genug wäre, erhielten wir heute eine Absage von Mr. Shaw. Mir brach fast das Herz, als seine Karte kam. Warum Männer sich von der blassen Gestalt dieser Naomi Scott und ihrer puderweißen Haut anscheinend so angezogen fühlen, kann ich mir beim besten Willen nicht vorstellen, aber ich nehme an, daß Mr. Shaw dorthin gehen wird. Wenigstens wird Mr. Wister kommen. Früher hätte das mein Herz zum Rasen gebracht, aber jetzt nicht mehr. Ich kann mir nicht vorstellen, daß Mr. Wister Gedichte aufsagt, auch wenn sein Onkel diesen Roman über Cowboys geschrieben hat. Nun ja, vielleicht kann Mr. Wister mir beibringen, wie man ein Lasso schwingt, damit ich es über Mr. Shaws breite Schultern werfen kann.*

29. *Juni* 1911

*Meine Finger zittern, während ich dies schreibe. Ich werde diese Nacht nie vergessen, niemals. Ich werde sie für den Rest meines Lebens mit mir herumtragen wie einen tief in meiner Brust vergrabenen Diamanten. Der Ball war eine Erniedrigung. Ich bin sicher, daß sie in diesem Augenblick in den Häusern der Peppers und der Biddles und der Scotts über uns lachen. Sie haben getan, was sie konnten, um uns draußen zu halten, und nun werden sie dazu mehr Grund haben denn je. Alle erstklassigen Familien blieben fern, was zu erwarten gewesen war nach dem schmutzigen Streich, den Naomi Scott uns gespielt hat, aber die meisten der zweitklassigen haben uns auch im Stich gelassen, womit für unser Fest nur eine nicht sehr vornehme Gruppe übrigblieb. Das war zwar enttäuschend, aber man hätte es ja noch hinnehmen können, wenn alles so verlaufen wäre, wie es anfangs schien.*

*Das Kleid aus feinstem weißen Seidentaft, das ich bestellt hatte, war schön wie ein Brautkleid. Ich habe geweint, als die Näherin es zur letzten Anprobe ins Haus brachte. Der Ballsaal strahlte vor Blumen und Licht so prächtig wie nur einer an der Main Line. Mutter hatte dafür gesorgt, daß nur das Beste zum Buffet aufgetragen wurde, Virginia-Schinken, drei gebratene Truthähne, Platten mit frischen Früchten und Beeren und reifen Pfirsichen aus Delaware, dazu Mutters feinstes Konfekt, ihre Zuckermandeln, ihre gestreiften Pfefferminzpralinen, ihre Törtchen und ihr Schmalzgebäck und die Schokoladentrüffel, alles so hübsch auf der Spitzendecke des Speisezimmers angerichtet, daß es eine Augenweide war. Und natürlich gab es Pickles, denn was wäre eine Party bei den Reddmans ohne Pickles? Vater hatte das berühmteste Orchester der Stadt engagiert, und als die Geigen ihre warmen Töne spielten, konnte ich den Zauber spüren, der in der Luft lag. Und dann kamen Mrs. Poole und ihre Tochter.*

*Sie standen allein in der Ecke, starrten auf die Tanzenden und machten ihre düstere Anwesenheit spürbar, die griesgrämige alte Frau und das Mädchen, das noch keine acht Jahre ist, dem die Kälte der Mutter aber schon die Jugend aus den schwarzen Augen getrieben hat. Die beiden richteten ihre zornigen Blicke auf jeden, der die Kühnheit besaß, sich amüsieren zu wollen. Sie lehnten den Champagner und sämtliche Speisen ab, und ich mußte mich unwillkürlich daran erinnern, wie Edmond Dantès sich geweigert hatte, im Haus seiner Feinde zu soupieren. Es war unheimlich, wie die ganze Festgesellschaft vor ihnen zurückzuschrecken schien, sogar die Tänzer hielten Abstand zu ihrer Ecke, wenn sie durch den Saal wirbelten. Mr. Wister kam wie versprochen, und wir tanzten, aber er war ungeschickt, und ich konnte mich nicht von der Düsternis der Pooles in der Ecke befreien, also fürchte ich, daß Mr. Wister von mir nicht angemessen beeindruckt war. Das war besonders auffällig, als er anfing, mit dieser winzigen Sheila Harbaugh zu tanzen, die wir nur deshalb eingeladen hatten, weil die Winters abgesagt hatten. Ich erhaschte einen Blick auf die beiden, als sie zusammen in den hinteren Innenhof schlichen, seine Hand auf ihrer Taille. Ich mußte mich anstrengen, um für die anderen mein Lächeln zu behalten, aber die süße Hope, die alles sieht, warf mir einen mitfühlenden Blick zu. All das war schlimm genug, und mein Magen war verkrampft vor Enttäuschung; doch da hatte Vater den abwegigen Einfall, Mrs. Poole zum Tanzen aufzufordern.*

*Alle hielten inne und starrten, als er sich ihrer Ecke näherte. Er war so auffällig, als wäre ein Scheinwerfer auf ihn gerichtet. Als er bei ihr war, verbeugte er sich leicht und streckte die Hand aus. Sie starrte ihn bloß an. Er sprach mit ihr, ruhig, freundlich, denn mein Vater ist der freundlichste Mann der Welt, die Hand noch immer ausgestreckt, aber sie starrte ihn bloß an und wandte dann das Gesicht ab. Die Tochter hielt den Kopf gesenkt und konnte seinen Blick nicht ertragen, selbst dann nicht, als Vater in seiner Großmut ihre Schulter tätschelte. Ein Schweigen senkte sich über das Fest, und es blieb bestehen, als mein Vater sich umdrehte und zu seiner Frau und seinen Töchtern zurückkehrte. Mein Vater hatte sie aus Barmherzigkeit eingeladen, und sie, die Pooles, waren nur gekommen, um ihn zu demütigen. Inzwischen war jeder Anschein von Fröhlichkeit vergangen, und ich wollte schon selbst zu den Pooles gehen und etwas von meinem Zorn äußern, aber Vater hielt mich zurück. Und dann, einer nach dem anderen, fingen die Gäste an, sich unter dem Eindruck, wie diese Frau Vaters Barmherzigkeit zurückgewiesen hatte, zu verabschieden und zu gehen. Es war beinahe unerträglich, sie alle nach ihren Kutschen und Automobilen rufen zu sehen, die Demütigung tat richtig weh, ich spürte sie in meiner Brust, und ich wäre unter Tränen hinausgerannt, wenn ich nicht genau in diesem Augenblick, als meine Verzweiflung übermächtig wurde, die prächtige Gestalt von Christian Shaw erblickt hätte, atemberaubend in seinem Frack, der vom anderen Ende des Ballsaals her auf mich zukam.*

*Er forderte mich zum Tanzen auf, und auf einmal wurde die Musik traumhaft und heiter. Er hatte starke Hände und einen leichten Schritt, und nie zuvor habe ich so wunderbar Walzer getanzt. Wir wirbelten vereint durch den Raum, und die Augen aller, die noch geblieben waren, waren auf uns gerichtet, selbst die der unseligen Pooles, und der Saal strahlte wieder. Bald kam ein weiteres Paar zu uns auf die Tanzfläche und dann noch eines und noch eines, und es dauerte nicht lange, bis das Fest wieder lebendig und voller Lachen war. Mitten in einer Drehung sah ich zufällig in die Ecke der Pooles und bemerkte mit aufwallender Freude, daß sie gegangen waren, vertrieben von dem Licht, das Christian Shaw ausstrahlte.*

*Als wir konnten, schlüpften wir beide zusammen in den hinteren Innenhof und dann auf den Rasen zur Statue der Aphrodite, die mein Vater soeben für den Garten hinter dem Haus gekauft hatte, und endlich waren wir zum ersten Mal allein. Wir lehnten uns einander gegenüber an die Statue und unterhielten uns leise. »Ich war bei den Scotts, aber dort habe ich die ganze Zeit an Sie gedacht«, sagte er. »Mitten in einem Tanz sah ich Ihr süßes Gesicht vor mir, und da wußte ich, daß ich kommen mußte. Sie sind doch nicht böse auf mich, weil ich trotz meiner Absage erschienen bin, oder?« Nein, sagte ich, nein, nein, nein. Er sprach von der Nacht und dem Duft in der Luft, aber wie bei unserer früheren Begegnung verlor ich über der Musik seiner Stimme den Faden seiner Worte. Sein Atem strömte den rauchigen, süßen Duft von Brandy aus. Der Mond warf sein silbernes Licht auf die Statue und uns beide vor ihr, und dann beugte er sich nieder und küßte mich. Ja, wie der süßeste Engel, der zu meiner Erlösung gesandt war, küßte er mich, und tief in meiner Brust wallte ein Gefühl auf, wie ich es noch nie erlebt habe, und da habe ich mir geschworen, wie ich es jetzt schwöre und für den Rest meines Lebens täglich schwören werde, daß ich ihn für immer lieben werde und ihn niemals, solange ich noch atmen kann, verlassen werde.*

30. *Juni 1911*

*Heute um die Mittagszeit kam ein großartiges Blumenbouquet für mich, gelbe und violette Iris und Schleierkraut, eine wundervolle Explosion von Farben. Als es kam, rannte ich hin und riß mit zitternden Fingern den Umschlag der Karte auf. Der Strauß war von Mr. Wister, der mir schrieb, wie wunderbar unser Ball gewesen sei und daß er bald wieder bei mir vorsprechen werde. Mein Herz sank, als ich seine Worte las. Ich frage mich, ob Sheila Harbaugh den gleichen Strauß und die gleiche Karte bekommen hat. Ich schenkte Hope die Blumen und saß den Nachmittag über verdrossen im Haus, obwohl das Wetter draußen herrlich war.*

*Ehe es dunkel wurde, kam ein weiterer Strauß, ein Dutzend roter Rosen und eine weiße. Er sah scheu aus, dieser Strauß, neben Mr. Wisters großartigem Bouquet, aber die Karte war von Christian, meinem lieben Christian. »Für einen wunderbaren Abend«, stand darauf, »Ergebenst, C. Shaw.« Diese Rosen stehen neben mir, während ich dies schreibe. Ich bin trunken von ihrem Duft, berauscht.*

12. *August 1911*

*Christian kam heute nachmittag wieder, und seine Güte tritt immer deutlicher zutage. Er sah wie stets elegant aus in seinem schwarzen Anzug mit dem Homburg, als er kam, und wir setzten uns so schnell wie möglich vom Rest des Haushalts ab. Auf meine Anweisung hin wurden zu einem privaten Tee zwei Stühle und ein Tisch auf den Rasen gestellt, und während er sprach, schenkte ich ihm den Tee ein. Wie ein ungezogener Junge nahm er eine Flasche aus der Tasche und reicherte unseren Tee mit einem kräftigen Aroma an. Seine Ungezogenheit diente nur dazu, die Intimität dieses gemeinsamen Augenblicks zu steigern. Während wir da auf dem Rasen saßen und auf den blauen Teich niederschauten, wandte sich unser Gespräch den*

*Ekstasen der Natur zu, von denen ich, wie ich zugab, nichts wußte, da mir der Salon lieber ist als die Wildnis, und er zitierte mir die Worte eines gewissen Mr. Emerson über die stolze Schönheit einer Blume. Ach, dieser Stimme zu lauschen ist, als lausche man der schönsten, ruhigsten Musik. Der Nachmittag war vollkommen, bis das kleine dunkle Mädchen mit ihren Nagetieraugen am Rand des Teiches erschien und zu uns hochstarrte.*

*Christian sprach weiter, als sei das unwichtig, aber daß sie uns so anstarrte, war unerträglich, und ich konnte nicht schweigen. »Warum stört sie Sie so?« fragte er mich. Ich konnte nicht ehrlich antworten. Ich muß annehmen, daß er den bösartigen Klatsch über uns gehört hat. Das sind Lügen, lauter Lügen, ich weiß es, aber es gibt Lügen, die unsere Familie so verfolgen, als wären es heilige Wahrheiten. Ich spüre den Druck dieser bösen Gerüchte so stark, wie andere den Druck der Geschichte spüren müssen, und ich bete täglich, daß die Unwahrheiten eines Tages unter den Ruinen der Zeit begraben werden, genau wie der Trunkenbold, der der Vater dieses Mädchens ist. Aber wie hätte ich all das meinem lieben, reinen Christian erklären können? »Sie ist eine kleine Spionin«, sagte ich einfach. »Schauen Sie, wie beharrlich sie uns beobachtet.« »Aber sie ist doch nur ein armes kleines Mädchen«, sagte Christian, und dann sprach er von Freundlichkeit, von Großzügigkeit, davon, sich für die Benachteiligten einzusetzen. Er sagte, er habe Mitleid mit diesem Mädchen, das vaterlos in diesem Haus am Fuß von Veritas wohne. Er hatte ein kleines Buch über irgendeinen Teich in Neuengland in der Tasche und bestand darauf, den Hügel hinunterzugehen und es ihr zu schenken. Ich fürchte, ich muß gestehen, daß ich bei diesem Anblick verlegen war und mich umdrehte, um zu sehen, ob jemand vom Haus aus zuschaute. Charity stand an der Mauer des hinteren Hofs, eine Brise spielte in ihrem offenen Haar, und sie beobachtete, wie Christian mit seinen langen Schritten den Hang hinunterging.*

*Ich spürte eine brutale Wut in mir aufsteigen, als ich ihn mit diesem Mädchen sah; er sprach leise mit ihr und schenkte ihr das Buch.*

*Daß mein Christian seine Aufmerksamkeit einem so geschmacklosen Gegenstand widmete, war demütigend, und ich sagte mir, wenn er zurückkäme, würde ich ihm klarmachen müssen, was genau im Hinblick auf diese Leute geduldet würde und was nicht. Aber als ich seine Haltung sah, aufrecht und stolz, und sah, wie die Kleine ihre Scheu vor ihm verlor, die Hand nach dem Buch ausstreckte und es an ihre Brust drückte, erkannte ich in diesem Bild die ganze köstliche Großzügigkeit von Christians Seele, und mir wurde klar, daß er tatsächlich unsere Erlösung sein könnte. Die Falschheiten, die man gegen uns benutzt hat, könnten sterben, worum wir so oft glühend gebetet haben, eben weil seine Güte die Bosheit dieser Lügen übersteigen wird. Seine Güte, das sehe ich jetzt, wird das Instrument unserer Rettung sein und unserer Familie eine bessere Stellung verschaffen, als wir je zu hoffen wagten.*

*3. September 1911*

*Heute haben wir einen langen, herrlichen Spaziergang an dem Bach entlang unternommen, der sich über unser Grundstück schlängelt, Christian und ich, Hand in Hand, da wir vor unserer Trennung stehen. Ich weiß nicht, wie ich überleben soll, wenn Christian sein letztes Jahr in New Haven absolviert. Wir stehen uns unerträglich nahe, unsere Seelen sind vereint wie zwei Bäume, deren Stämme sich umeinander schlingen. Er hat mir zum ersten Mal die akuten Probleme anvertraut, die seine Familie und seine Zukunft belasten, und unwillkürlich freute ich mich darüber, daß er so sein ganzes Leben mit mir teilt.*

*Nicht nur mir geht die Güte meines Liebsten nahe. Er hört sich mit unendlicher Geduld Hopes Klavierspiel an. Im allgemeinen ist sie vor Publikum scheu, aber für ihn spielt sie freudig ihre schwierigsten Stücke, und Christian applaudiert jedesmal herzlich, wenn sie fertig ist, obwohl die Länge ihrer Vorträge auch für die geduldigste Seele eine Prüfung ist. Und Christian hat angefangen, Charity über seine*

*Lieblingsdichter zu unterrichten und mit ihr lange Spaziergänge zu unternehmen, auf denen er ihr Gedichte vorträgt. Sogar Mutter scheint besondere Freude an seinen Komplimenten für ihre Tees zu haben. Er hat eine Anmut in unsere Familie getragen, für die wir ihm alle schmerzlich dankbar sind.*

*In zwei Tagen wird mein Liebster wieder in Connecticut sein. Ich kann nicht glauben, daß ich so lange von ihm getrennt sein muß, aber seine Kraft und unsere Bindung werden mich sicherlich durch die Einsamkeit des trüben Winters tragen. Zusammen, das weiß ich, können wir bewältigen, was immer das Schicksal uns in den Weg legt, und nachdem er fort war, habe ich gründlich darüber nachgedacht, wie seine Familienprobleme unsere mögliche gemeinsame Zukunft beeinflussen könnten. Vielleicht sehe ich einen Weg, zumindest versuchsweise, das zukünftige Glück zu sichern, von dem ich glaube, daß wir es beide verdienen. Ich bete nur, daß ich irgendwo die Kraft finde, die ich brauche, um es uns zu verschaffen.*

*19. Dezember 1911*

*Vater bleibt geschäftlich in New York, während wir uns weiter auf die Feiertage vorbereiten. Christian ist im Norden, um zu studieren, und so wird es hier einsam und grau sein. Ich vermisse ihn, ich vermisse ihn, ich vermisse ihn schrecklich, aber ich werde trotzdem tun, was nötig ist, um die fröhliche Fassade aufrechtzuerhalten. Auf der Suche nach dem Schmuck für unseren Weihnachtsbaum kam ich in Vaters Bibliothek. Da fiel mir das geheime Versteck in der Vertäfelung ein, das er uns zeigte, als wir Mädchen waren und Vater das Haus gerade den Ritters abgekauft hatte, nachdem sie all ihr Geld verloren hatten. Mir war, als sei es auf dieser oder jener Seite des gußeisernen Kamins gewesen. Unwillkürlich fragte ich mich, ob ich es wiederfinden würde. Hinter welcher der dunklen Mahagoniplatten war dieser geheime Ort? Ich brauchte fast eine Stunde, um mit den Knöcheln das Holz abzuklopfen und nach Unregelmäßigkeiten in der Maserung zu suchen, aber schließlich fand ich es. Mein Herz hüpfte, als ich das Stück Holz hochschob und das Paneel sich drehte und öffnete. Im Inneren befanden sich nicht die Schmuckstücke, die ich gesucht hatte, oder irgendwelche privaten Schätze, sondern nur Bücher, Kontokladden und alte Buchhaltungsjournale. Was für eine langweilige Entdeckung an einem so geheimen Ort. Eines Tages werde ich vielleicht in diese Bücher schauen und herausfinden, warum mein Vater sie versteckt hat, aber einstweilen suche ich noch immer den Christbaumschmuck.*

*12. Januar 1912*

*Die Briefe meines Liebsten werden verzweifelter. All unsere Hoffnungen scheinen kurz vor dem Zusammenbruch zu stehen. Er spricht davon, seine Ausbildung als Ingenieur zu nutzen und an Mr. Goethals' Arbeiten in Panama teilzunehmen in der Hoffnung, in der Wildnis Südamerikas irgendwie das Vermögen zu finden, das seine Familie retten wird. In Panama sterben die Leute scharenweise an Malaria und anderen üblen Krankheiten. Der Gedanke, daß mein Liebster in dieser entlegenen Wildnis leidet, erfüllt mein Herz mit Angst. Es ist an der Zeit, irgendwie die Pläne zu verwirklichen, die ich letzten Herbst geschmiedet habe, und die drohende Tragödie zu verhindern. Ich weiß nicht, ob ich fähig bin, das zu tun, was getan werden muß, aber was ich in den letzten Wochen erfahren habe, gibt mir eine eigenartige Stärke, die ich nie zuvor empfunden habe. Ich muß mich ständig daran erinnern, daß ich die Tochter meines Vaters bin, und wenn er die Kraft gefunden hat, seinen innersten Wunsch zu erfüllen, dann kann ich mit der gleichen dunklen Kraft meine Wünsche verfolgen.*

*Mein Vater war an seinem Schreibtisch in der Bibliothek und arbeitete an seinen Zahlen, als ich mit meinem wichtigen Anliegen zu ihm kam. In dem gußeisernen Kamin an der Seite brannte ein Feuer, aber es war trotzdem kalt im Raum. Mein ganzes Leben lang war ich in dieses Zimmer mit den niedrigen Bücherregalen, den Mahagonipaneelen und der roten Tapete gekommen und hatte ihn um Dinge gebeten, und er hatte meine Bitten immer erfüllt, ein neues Spielzeug, ein neues Kleid, eine Party, um den Frühling zu beleben. Er hat uns verwöhnt, uns nie etwas verweigert, und ich hatte diesen Raum immer als einen großzügigen Ort erlebt, an dem Wünsche in Erfüllung gehen; jetzt wurde mir zum erstenmal klar, daß in diesem Geschäftsraum, wo so viele meiner eigenen oberflächlichen Träume verwirklicht worden waren, die Träume anderer durch die Macht von Vaters Reichtum zerschmettert worden waren. Zum erstenmal wußte ich an diesem Tag, was es bedeutet, meinen Vater zu fürchten. Doch der Not gehorchend, verdrängte ich die Angst aus meinem Herzen und zwang mich zu einem Lächeln. Ich blieb vielleicht drei Meter vor seinem Schreibtisch stehen und wartete darauf, daß er den Kopf hob und meine Anwesenheit zur Kenntnis nahm. Die paar Sekunden kamen mir wie eine Ewigkeit vor. »Komm her, Tochter«, sagte er, als er mich bemerkte. »Womit kann ich dir heute abend eine Freude machen?«*

*»Vater, ich bin heute gekommen, um über Geschäfte zu sprechen«, sagte ich.*

*Es dauerte nicht lange, ihm die furchtbare Situation zu erklären, vor der die Shaw Brothers Company stand, und als ich fertig war, starrte mein Vater mich mit Augen an, die ich an ihm noch nie gesehen hatte. Sie waren kalt und schwarz und voll häßlicher Berechnung. Als ich diese Augen sah, die Geschäftsaugen meines Vaters, und sie mit den bezaubernden blauen Augen meines Christian verglich, hörte ich, so ungern ich das gestehe, für einen Moment auf, meinen Vater zu lieben. Aber wir sind vom gleichen Fleisch und Blut,* mein Vater und ich, und wir passen zusammen. Ich weiß jetzt alles, wozu er beim Streben nach seinem Vermögen fähig war; wie weit meine eigenen Fähigkeiten reichen, lerne ich erst noch.

Er lehnte den Vorschlag nicht gleich ab. Statt dessen hatte er Fragen, Fragen nach den Büchern, den Vermögenswerten und Verbindlichkeiten, dem Markt und den Marktanteilen, dem Eigenkapital der verschiedenen Parteien, lauter Fragen, die ich nicht beantworten konnte und wollte. Diese Fragen, sagte ich ihm, müsse er mit den Direktoren besprechen. Endlich stellte mein Vater die letzte und wichtigste Frage.

»Dreihundertfünfzigtausend Dollar«, antwortete ich.

Die kalten, häßlichen Augen meines Vaters blieben reglos.

»Und ohne dieses Geld wird die Bank die Firma schließen und das Warenhaus verkaufen?« fragte mein Vater.

»Das hat man mir gesagt«, sagte ich.

»Und du möchtest, daß ich diese Firma mit dem Kapital versorge, das nötig ist, um die dringendsten Krisen zu überstehen?« fragte mein Vater.

»Du mußt es tun«, sagte ich. »Du mußt einfach.«

»Dreihundertfünfzigtausend Dollar sind eine beträchtliche Menge Geld, Tochter«, sagte er.

»Betrachte es«, sagte ich, »als meine Mitgift.«

Mein Vater starrte mich noch einen Moment an und senkte dann den Kopf wieder über die Zahlen in den vor ihm liegenden Kontobüchern. Ich wußte nicht, ob ich bleiben oder fliehen sollte, aber diese Sache war zu wichtig, um ohne Antwort zu gehen, und so wartete ich, obwohl mir das Herz sank, wartete zitternd, während er in die Kontobücher schrieb. Endlich sagte er ohne eine Spur von Wärme, als spreche er mit einem Angestellten: »Du kannst gehen.«

»Nicht ohne Antwort«, sagte ich, und dabei zitterte meine Stimme.

Ohne von seinen Kontobüchern aufzublicken, sagte mein Vater: »Ich werde entsprechende Vorbereitungen treffen, um das Kapital zur Verfügung zu stellen.«

*O glücklicher, glücklicher, glücklicher Tag! Die schönsten Pläne meiner Seele sind verwirklicht. Ehrfurcht erfaßt mich vor den großen Entwürfen des Herrn, davor, daß etwas so Niedriges und Schreckliches, etwas, das mit solchen Mitteln erreicht wurde, benutzt werden kann, um ein Paradies auf Erden zu erwerben. So wie Jesus Wasser in Wein verwandelt hat, hat er den schwarzen Reichtum meines Vaters in eine so reine Liebe und ein so tiefes Glück verwandelt, daß beide eine reine Lobpreisung seiner Güte sind. Daß mein Vater mich warten und bitten ließ, werde ich ihm nicht verübeln; ich verstehe ihn vollkommen, denn wir sind von der gleichen Art. Aber heute ist ein Tag für das Glück, für Freude, für Liebe. Mein Christian, mein Christian, mein Christian, mein Geliebter für immer, wir trinken zusammen aus dem Becher der Freude, den die Gnade in der Hand hält.*

## II

29. März 1912

*Die Reaktionen meiner Schwestern auf meine glorreiche Neuigkeit verwirren mich. Als Vater heute abend beim Dinner die Verlobung bekanntmachte, hatte ich Sorge, Hope könne bestürzt sein. Ich fürchtete ihre Reaktion auf die Ankündigung, daß ihre Schwester, zwei Jahre jünger als sie, heiraten würde, während sie noch immer keinen Freier hatte, aber Hope schien wahrhaft erfreut über mein Glück. Ich habe ihr ihre früheren Bemerkungen über Christian verziehen, denn das waren selbstverständlich Hirngespinste einer natürlichen Eifersucht; ihre Wünsche für meine Zukunft sind gewiß vollkommen aufrichtig. Es war Charity, deren Miene sich verdüsterte, als sie die Ankündigung hörte, und ohne Erklärung stürzte sie aus dem Raum.*

*Bis zu diesem Moment war das Dinner recht fröhlich; ich habe seit Christians Ankunft mit dem Zug aus New Haven und seinem An-*

trag keinen traurigen Augenblick mehr verbracht. Der letzte der Shaw-Brüder, nach dem das Kaufhaus benannt ist, Christians Onkel Sullivan, war auch bei dem Dinner, ebenso seine vier Vettern, alle mit ihren Frauen und Kindern, eine wahre Versammlung von Shaws. Noch vor ein paar Jahren hätten sie, glaube ich, nicht geruht, unser Haus zu betreten, aber das ist jetzt alles anders. Das Dinner war veranstaltet worden, um die Auferstehung des Glücks der Shaw Brothers Company zu feiern, an der mein Vater die Mehrheit der Anteile besitzen wird, wenn die Anwälte die entsprechenden Dokumente ausgefertigt haben. In dem blauweißen Marmorkamin brannte ein Feuer, und die Täubchen waren knusprig und köstlich. Vater ließ seinen besten Wein aus dem Keller bringen, und alle waren froh über die neuen Umstände. Ich muß sagen, daß Onkel Sullivan ein härterer Mensch ist, als man mir gesagt hatte; allerdings schrieb Christian seinen Mißmut der Tatsache zu, daß er es müde war, sich mit den Schwierigkeiten herumzuschlagen, die diesem stolzen Unternehmen vorangingen. Ich kann nicht verstehen, wie er meinen Vater für etwas anderes als einen Heiligen halten konnte, da er doch bereit ist, das nötige Geld zur Verfügung zu stellen und all die unsicheren Vereinbarungen zu unterschreiben, um die Firma zu retten, aber ich habe gelernt, daß die Welt der Geschäfte zwangsläufig ziemlich grausam und undankbar ist. Während einer Rede und eines Toasts auf die neue Partnerschaft gab Vater unsere Verlobung bekannt. Das löste ein paar Freudenrufe und allgemeinen Applaus aus, und ich spürte, daß Bewunderung mich umspülte wie ein angenehmes Bad. Und dann geschah es, daß Charity aus dem Zimmer rannte.

Hope wollte ihr nachlaufen, aber Christian, diese großmütigste aller Seelen, erbot sich freiwillig, die Dinge in Ordnung zu bringen, und folgte ihr zum Portikus. Ein paar Augenblicke später kam er zurück, setzte sich und legte sich die Serviette auf den Schoß, als sei nichts gewesen. Ich sah ihn fragend an, aber er gab mir mit einer Geste zu verstehen, ich solle Ruhe bewahren, und bald erschien Charity selbst wieder bei Tisch. Ich weiß nicht, was sie so durcheinandergebracht hatte, aber Christian konnte sie beruhigen, und ich bin sicher, daß er alle Probleme wird lösen können, die sich in Zukunft vielleicht in unserer Familie ergeben. Eine neue Ära für die Reddmans, eine Ära des Lichts und der guten Kameradschaft, hat begonnen, und ich bin nicht zu unbescheiden, wenn ich sage, daß ich mich als ihr Mittelpunkt fühle.

12. April 1912

Unsere Liste hört nicht auf zu wachsen, als hätte sie ein Eigenleben, und Mutter trifft sich ständig mit dem Lieferanten von Speisen und Getränken, um dafür zu sorgen, daß das Hochzeitsessen von bester Qualität sein wird. Christian ist mit Vorbereitungen so beschäftigt, daß man ihn im Haus fast nicht mehr sieht, aber uns winkt eine Zukunft unendlicher Gemeinsamkeit. Es sind nicht mehr ganz zwei Monate bis zur Hochzeit, und es ist noch so viel zu tun, Blumen, Einladungen, Tischdekorationen. Über mein Kleid habe ich noch nicht entschieden. Ich habe noch so viel zu erledigen, daß mir der Kopf schwirrt.

Ich spüre bereits die Veränderung in der Haltung gegenüber unserer Familie, seit meine Verlobung öffentlich bekanntgegeben wurde. Sogar Naomi Scott, die bleiche Katze, hat mich neulich besucht, um mir zu sagen, wie aufregend sie meine bevorstehende Vermählung findet. Die Shaws waren immer eine der am meisten geschätzten Familien der Stadt, und es sieht so aus, als würde meine Heirat mit Christian dafür sorgen, daß wir nun endlich allgemein akzeptiert werden. Vater ist sogar gebeten worden, in den Aufsichtsrat des Art Museum einzutreten, was Mutter ungeheuer freut. Es ist, als sei der Makel unserer Vergangenheit gänzlich getilgt. Ich würde etwas leichter atmen, wenn Vaters Vereinbarung mit den Shaws schon voll in Kraft gesetzt wäre, aber die Anwälte hören nicht auf zu streiten, und es heißt, daß Christians Onkel Sullivan die Dinge erschwere. Der endgültige Abschluß der Vereinbarung wird irgendwann nach der Hochzeit stattfinden, aber Vater hat bereits Geld an die Banken be-

*zahlt, und Christian sagt, daß sie deswegen jetzt wieder Geduld haben. Ich glaube, Vater freut sich darauf, das Kaufhaus zu leiten. Es ist soviel eleganter als seine nach Salz riechende Pickles- und Konservenfabrik am Flußufer.*

*Es tut gut, Charity in diesen Tagen so glücklich zu sehen. Ich kann zwar nicht gerade sagen, daß sie in letzter Zeit besonders herzlich zu mir war, aber ich glaube, sie findet die Hochzeit wirklich aufregend. Sie verbringt einen großen Teil ihrer Zeit außer Haus, und so haben wir keine Ahnung, worin ihre neuesten Interessen bestehen; sie hat sich immer sehr für dieses oder jenes Thema begeistert, und was immer es sein mag, es scheint sie wirklich zu freuen. Sie will mir nichts erzählen, aber ich glaube, daß sie einen Verehrer hat. In den letzten paar Monaten hat sie etwas zugenommen, was ihr sehr gut steht, und sie bewegt sich überall mit einem Lächeln, an dem man eine Frau erkennt, die durch die Liebe ihren Platz auf der Welt gefunden hat. Erst heute trug sie einen goldenen Ring mit ihren Initialen. Als ich sie fragte, wo sie ihn gekauft habe, wurde sie feuerrot und wollte es nicht sagen. Ich hoffe nur, daß sie für sich auch jemanden findet, der so liebevoll, so treu und so großmütig ist wie mein lieber Christian.*

23. Mai 1912

*Irgend etwas stimmt mit Charity ganz und gar nicht, und sie will uns nicht sagen, welcher Verlust sie betroffen hat. Ich bete, daß nicht die Hochzeit die Ursache ihrer Probleme ist, denn es kommt häufiger vor, daß Schwestern melancholisch werden, wenn eine andere Schwester heiratet. Wir haben einander zwar nie Konkurrenz gemacht, aber ich wäre nicht ganz ehrlich, wenn ich schreiben würde, daß es zwischen uns keine Rivalitäten gegeben hätte. Hope war wundervoll, wenn man ihr Alter und meine unzeitige Vermählung bedenkt, und ich hätte erwartet, daß Charity sich nicht unter Druck fühlt, weil sie noch so jung ist, aber man weiß nie, wie die Jugend reagiert. Charity ist gereizt, und ihr boshafter Humor ist verschwunden. Wenn sie zu Hause ist, sitzt sie herum und schmollt, und oft sind ihre Augen rot. Ich gebe es ungern zu, aber ich fürchte, was immer sie bedrückt, hat sie dazu getrieben, sich gehen zu lassen, und ihre Taille wird von Tag zu Tag runder. Ich glaube nicht, daß sie noch in das Kleid paßt, das wir erst letzten Monat für sie gekauft haben.*

*5. Juni 1912*

*Das sieht ihr so ähnlich. Vater hat sie schrecklich verwöhnt, und jetzt ist sie dazu übergegangen, alles kaputtzumachen. Sie hatten einen schrecklichen Streit, Vater und Charity, ihre Stimmen tönten mit einer Gehässigkeit aus der Bibliothek, wie ich sie bisher in diesem Haus noch nie gehört habe. Vaters Stimme war tief und wütend wie die einer zornigen Eule, gellend vor Empörung, und Charity schrie ihren falschen Schmerz heraus und vergoß Krokodilstränen. Draußen donnerte es laut und regnete in Strömen, und trotzdem konnten wir ihre wütenden Stimmen hören, scharf wie die Blitze, die man trotz der geschlossenen Fensterläden sehen konnte. In weniger als einer Woche soll ich heiraten, und bei all den Vorbereitungen habe ich meinen Liebsten kaum gesehen. Ich kann Charitys theatralische Auftritte, die mich von meinen Plänen ablenken, gar nicht gebrauchen.*

*Die Zeremonie wird vor der Statue der Aphrodite stattfinden, wo Christian und ich uns zum erstenmal geküßt haben. Wenigstens einige Vorbereitungen gehen gut voran. Erst gestern haben wir beschlossen, für die Zeremonie vor der Statue zur Feier des Tages ein ovales Beet aus den üppigsten, buntesten Blumen anzulegen. Die Gärtner haben das Beet bereits vor dem heutigen Regen umgegraben und vorbereitet; die Pflanzen werden wir kurz vor der Hochzeit setzen, damit ihre Blüten ganz frisch sind, wenn wir unsere Gelöbnisse ablegen, und ihre Farben einen besonders lebhaften Kontrast zu meinem weißen Seidenkleid bilden. Gott sei Dank werden die Pooles das Grundstück bald für einen zweiwöchigen Aufenthalt in Atlantic City verlassen, den mein Vater bezahlt. Ich habe darauf bestanden, daß er sie wegschickt, und er hat schließlich eingewilligt; ihr Zorn wird unseren Empfang also nicht verderben. Meine Hochzeit dürfte das glorreichste Ereignis des Jahres werden, wenn wir unsere Schwester daran hindern können, die Fassung zu verlieren oder mit ihrem neu belebten Appetit eine Schneise durch das Buffet zu schlagen.*

6. *Juni* 1912

*Charity ist verschwunden, sie ist geflohen. Ihre Packtasche ist weg und auch einige ihrer Lieblingskleider. Nach ihrem Streit mit Vater hat sie ihre Tasche gepackt und das Haus verlassen. Wohin sie gegangen ist, wissen wir nicht. Mutter ist verzweifelt, Vater brütet schweigend vor sich hin, hat aber beschlossen, sie nicht von der Polizei suchen zu lassen, weshalb, weiß ich nicht. Ohne Charity ist es, als sei die Familie in Trauer. Wie konnte sie mir das antun, nur sechs Tage vor dem wichtigsten Ereignis meines Lebens? Alle Freude, die ich über diesen Tag empfinden sollte, ist durch ihr gehässiges Verhalten und ihre schädliche Einstellung zu meiner Zukunft zerstört. Ich werde meine Rolle spielen und den Gästen zulächeln und mit meinem zukünftigen Gatten das Ehegelöbnis sprechen, aber es wird nicht dasselbe sein. Nie werde ich Charity vergeben, daß sie nicht die mindeste Rücksicht auf mein Glück genommen hat. Wenn nur Christian hier wäre, um mich zu trösten, aber seit ihrem Verschwinden habe ich ihn nicht mehr gesehen; es ist, als ginge er unseren zärtlichen Gefühlen aus dem Weg, solange die Wunde ihres Verschwindens noch frisch ist. Selbst in der schwersten Zeit kann ich seine Wärme und Großzügigkeit nicht genug loben.*

*9. Juni 1912*

*Die Bedrückung über Charitys Verschwinden lastet weiter auf unserer Familie. Die Probe für die Hochzeit war eine entmutigende Angelegenheit, zu der Christian klugerweise nicht erschien. Ich habe ihn seit der stürmischen Nacht, in der Charity mit ihrer Reisetasche und ihren Problemen verschwand, nicht mehr gesehen, und ich frage mich, welchen Einfluß die gegenwärtige Labilität unserer Familie auf ihn hat. Bei der Probe fragte der Priester im Scherz, ob der Bräutigam es wohl schaffen würde, am eigentlichen großen Tag zu erscheinen, und es entstand ein ungemütliches Schweigen, aber Christian wird zweifellos einsehen, daß für uns beide und für das Wohlergehen seiner Familie zuviel auf dem Spiel steht, als daß Charitys Verschwinden unsere Zukunft in irgendeiner Weise beeinträchtigen dürfte. Um unserer unsterblichen Liebe willen muß unsere Hochzeit unbedingt stattfinden. Wenn Vater nicht solche Stärke bewiese, würde schon alles auseinandergefallen sein. Er hat darauf bestanden, daß die Hochzeit vonstatten geht wie geplant, und er läßt nicht zu, daß unser Kummer dem im Wege steht. Ich glaube, bis zu diesem Tag habe ich seine wahrhaft großartige Willenskraft, seine zielstrebige Hingabe an die Sache, für die er sich jeweils einsetzt, koste es, was es wolle, nie richtig begriffen. Es ist eine Lektion, die ich von ihm gelernt habe und die ich nie vergessen werde. Ich verstehe ihn jetzt wie nie zuvor, und ich verzeihe ihm alles.*

*Die Gärtner sind mit dem Bepflanzen des ovalen Beets vor der Statue fertig, und die Blumen sind herrlich, weiß, rosa und violett in geordneten Reihen wie eine winzige Ehrengarde. Wie verdrießlich unsere Familie angesichts von Charitys Selbstsucht auch immer sein mag, die Hochzeit selbst wird triumphal daran erinnern, daß die verantwortungsbewußteren Mitglieder dieser Familie beharrlich den einmal eingeschlagenen Kurs beibehalten werden.*

*10. Juni 1912*

*Meine Nerven gehen mit mir durch. Ich kann nicht aufhören zu weinen. Sogar während ich dies schreibe, lassen meine Tränen die Tinte verschwimmen. Soviel Freude, soviel Kummer. Noch immer kein Wort von Christian, seit Tagen nicht. Natürlich bringt es Unglück, die Braut kurz vor der Hochzeit zu sehen, also ist seine Abwesenheit absolut verzeihlich, aber ohne Charity und Christian herrscht im Haus eine elende Einsamkeit, die meine Freude mit merkwürdiger Sorge vergiftet. Hope ist wie ein Fels, immer an meiner Seite, schläft sogar bei mir in meinem Bett, wenn ich vor Sorge zittere. Sie ist so gut und rein, daß ich denke, sie ist die Beste von uns. Sollte ihr irgend etwas zustoßen, bin ich verloren. Welche unmöglichen Probleme sich morgen vor mir auftürmen werden, kann ich nur ahnen.*

*11. Juni 1912*

*Der glorreichste Tag meines Lebens ist vergangen wie ein Traum. Christian Shaw und ich wurden pünktlich um halb zwei Uhr nachmittags vor den Augen des Herrn und der Welt getraut, unter strahlender Sonne, vor Vaters Statue der Aphrodite, der Göttin der Liebe und Schönheit. Daß die Zeremonie düsterer war, als ich mir gewünscht hätte, war zu erwarten, da meine Schwester Charity noch immer vermißt wird.*

*Ich werde nie vergessen, wie mein lieber Christian mich am Ende des Mittelgangs erwartete. Es war ein rührender Anblick, er zögerte und war unsicher wie ein Junge und wankte vor Nervosität. Ich kann kaum mit Worten schildern, wie sehr ich ihn anbete. Natürlich kam er zu spät, welcher Bräutigam tut das nicht, und angesichts der Schwierigkeiten der vergangenen Woche ist es nicht verwunderlich, daß er sich vor der Zeremonie mit Brandy gestärkt hatte und während des Empfangs weiter trank, und zwar so viel, daß ihm später übel wurde; die gleiche Übelkeit hat dafür gesorgt, daß er jetzt in unserem New Yorker Hotel schlafend im Bett liegt, während ich dies schreibe.*

*Wir legten unser Gelöbnis vor der aufgeregten Menschenmenge auf dem Rasen hinter dem Haus ab. Der Gottesdienst des Priesters war kurz und sehr liebevoll. Zwischen uns und den Zuschauern lag das Blumenbeet, das in seiner Farbigkeit überirdisch wirkte. Ich sprach mein »Ja« so entschlossen wie ein Bankier, aber Christian bekannte seine Liebe zu mir mit einem Krächzen, das willkommen war, da es die Gäste erheiterte. Vor aller Augen wurde er sehr scheu, als es an der Zeit war, mich zu küssen, aber ich legte meine Hand in seinen Nacken und zog seinen Kopf zu mir und seine Lippen an meine, und wir küßten uns noch einmal so süß und intensiv wie beim allerersten Mal.*

*Die festliche Stimmung war natürlich gedämpft, angesichts der Abwesenheit meiner Schwester, aber trotzdem war alles sehr feierlich, und es gab ja auch viel zu feiern. Christian und ich werden gewiß das schönste Leben miteinander haben, und die neue Shaw Brothers Company, die mein Vater vor den schrecklichen Klauen des Bankrotts gerettet hat, wird in wenigen Tagen ihre Existenz beginnen. Alles zusammen ist so gekommen, wie ich es letzten Sommer geplant hatte, als ich zum erstenmal von der traurigen Lage der Familie Shaw hörte.*

*Ich bin jetzt also Mrs. Christian Shaw, ein Name, den ich in alle Ewigkeit lieb und wert halten werde. Christian schnarcht laut auf dem Bett, was natürlich an dem Brandy liegt. Unsere erste leidenschaftliche Nacht muß warten, aber das ist nicht zu ändern, nachdem Charitys Verschwinden unser aller Nerven so angegriffen hat. Doch genug von ihr. Wir treten eine lange Reise nach Europa an, das Schiff legt morgen früh ab, und werden auf großartigste Weise den langen Weg von London nach Istanbul zurücklegen, und während dieser ganzen Zeit will ich kein einziges Mal über meine undankbare Schwester sprechen. Die Zukunft gehört nur mir und meinem lieben, lieben Mann.*

# III

*4. März 1914*

*Meine liebste Charity,*

*wieder bricht es wie eine Flut roten Todes über mich in meiner Not herein. Muß ich an alles erinnert werden, was in den letzten Jahren meines Lebens schiefgegangen ist? Muß meine Qual endlos andauern? Darf ich nie Vergebung finden? Daß es so kam, ist natürlich keine Überraschung, da mein Mann die Ledersessel und schmalen Kojen seines Clubs unserem ehelichen Bett vorzieht, und wenn er mich anrührt, dann nur unter dem doppelten Ansporn von Wut und Trunkenheit; dennoch habe ich diesen Monat wie jeden Monat darum gebetet, daß der Herr mir in meinem einsamen Elend eine Ruhepause gönnt, und so sehe ich mit tiefer Verbitterung, daß meine Gebete nutzlos zu Boden fallen wie taube Samenkörner.*

*Die Fragerei hat aufgehört, Gott sei Dank, aber das macht meine erbärmliche Lage nicht besser. Seit Mutter dahingegangen ist, hat Vater nicht mehr nach Enkelkindern gefragt. Statt dessen starrt er mich beim Dinner finster an, als sei ich die Ursache seines gebrochenen Herzens. Seine Düsternis ist kaum anders als das finstere Brüten meines Gatten, und ich frage mich, ob sich die beiden nicht zu irgendeinem teuflischen Zweck gegen mich verschworen haben. Ich denke, es war vielleicht ein Fehler, liebe Schwester, darauf zu bestehen, daß mein Mann und ich in Veritas wohnen, aber ich konnte es nicht ertragen, dem Haus und allem, was damit verbunden ist, fern zu sein, einschließlich meiner Erinnerungen an dich. Christian hat, seit wir aus Europa zurück sind, aufgehört, sich um irgend etwas zu kümmern, abgesehen von seinem Brandy, und so war er mit der Entscheidung einverstanden, aber ich fürchte, daß unser Hiersein unserer Ehe nicht zuträglich ist. Der einzige Trost, der mir bleibt, ist meine Familie.*

*Ohne Hope könnte ich nicht weiterleben, und ich verbringe jeden Tag Stunden an ihrem Bett, lese ihr vor und flöße ihr die Brühe ein, die ich zubereitet habe. Wenn Christian zu Hause ist, verbringt auch er einen großen Teil seiner Zeit bei ihr, mit Geständnissen, wie ich fürchte. Ich glaube, nur Hope ist fähig, die geheime Bürde zu lindern, die sein Herz so schwer zu drücken scheint. Ich wäre eifersüchtig auf ihre offenkundige Nähe zu meinem Mann, wenn Hope nicht fast so etwas wie eine Heilige wäre. Ich bin sicher, daß sie sich für mich einsetzt und auch nicht die kleinste Andeutung gegen mich dulden würde. Sie ist die verkörperte Gnade und immer voller Geduld für meine Sorgen. Sie gibt mir Kraft, und Kraft gibt es mir auch, an Dich zu denken, wo immer Du sein und Deinen Weg in der Welt gehen magst. Du bist meine Inspiration, liebe Schwester, und jeden Tag warte ich auf die Post und auf ein Wort von Dir. Es wird kommen, ich weiß, daß es kommen wird.*

*Ich weiß nicht, ob ich noch so einen Fluch ertragen kann. Ich muß etwas tun, um die tiefe, gähnende Kluft in meinem Inneren auszufüllen, ich muß stark sein, so stark wie Du, liebste Schwester, denn du hast Deinen Weg gewählt, wie ich meinen wählen muß.*

*12. März 1914*

*Meine liebste Charity,*

*unsere Schwester Hope ist heute aus dem Bett geklettert, hat ein Kleid angezogen und ist ohne Hilfe die Treppe hinuntergegangen. Dr. Cohn sagt, wenn sie auf sich achtgibt und Zugluft und übergroße Anstrengung vermeidet, kann sie ein normales Leben führen, wofür wir alle in den vielen Jahren seit Beginn ihrer Krankheit gebetet haben. Vater hat geweint, als sie die Treppe hinunterging, ich habe in die Hände geklatscht, und Dein Geist, liebe Schwester, schwebte über uns allen. Sie setzte sich ans Klavier und ließ ihre Finger über die elfenbeinernen Tasten gleiten. Das Lächeln auf ihrem Gesicht war schmerzhaft in seiner Dankbarkeit, weil der Herr ihr diese Erholung gewährt hat. Es war ein ungewöhnlich warmer Frühlingstag, die Sonne schien hell, und ich bestand darauf, daß Hope mit mir nach draußen in meinen Garten bei der Statue der Aphrodite kam. Die Berberitzenhecke ist jetzt fast taillenhoch, und die Narzissen und Tulpen knospen unter dem warmen Kuß des Frühlings. Das komplizierte Muster, das ich entworfen habe, ist jetzt ganz deutlich erkennbar, und in der Mitte des Ganzen liegt das herrliche Oval guter schwarzer Erde, aus der nun die mehrjährigen Pflanzen zu sprießen beginnen. Als Hope all das sah, glänzten ihre Augen mit einer Freude, die mir sagte, daß die vielen Stunden, die ich diesem Garten gewidmet habe, nicht vergeudet waren.*

*18. März 1914*

*Meine liebste Charity,*

*ich habe Christian eine Nachricht in den Club gesandt, meiner Schwester gehe es schlecht und er möge unverzüglich nach Hause kommen. In Wirklichkeit haben ihre zarten Wangen wieder eine tröstliche Farbe bekommen, und Dr. Cohn sagt, solange sie den Willen dazu habe, seien ihre Chancen auf Besserung durchaus real, und unsere Gebete um ihre Genesung würden vielleicht doch erhört. Dennoch war dies nicht der richtige Zeitpunkt im Monat für Christian, sich von seiner angenommenen Familie und seiner liebenden Ehefrau zu entfernen. Wenn ich rücksichtslos bin, möge der Herr mir vergeben, aber mein Ziel ist edel und steht im Einklang mit Seinen Wünschen. Ich wäre meines Weges allerdings sicherer, wenn mein Mann mich nicht so ängstigen würde. Vater ist diese Woche in Pittsburgh, wo er sich mit den Heinz' und den Carnegies trifft, und so habe ich hier keinen Schutz, falls die Dinge eine Wendung nehmen sollten, die ich im Augenblick nicht beurteilen kann, aber verzweifelte Bedürfnisse rechtfertigen verzweifelte Mittel.*

*Ich weiß, wie er sich verhalten wird, wenn er nach Hause kommt, ich kann mir die Szene so deutlich vorstellen, als wäre sie eine der Theateraufführungen von Mr. Belasco. Das Automobil wird ihn vor dem Haus absetzen, und er wird in seinem Regencape hereinkommen und Schwärze mitbringen, er wird die Treppe hinauflaufen, zwei Stufen auf einmal nehmend, und zu Schwester Hopes Zimmer gehen. Ich werde mit gefalteten Händen in der Haupthalle stehen, aber er wird mich ignorieren und die einzige Person in dieser Familie aufsuchen, für die er noch so etwas wie Zuneigung empfindet. In ihrem Zimmer wird er mit aller Melodramatik, die er an diesem Abend aus der Flasche gesogen hat, auf die Knie fallen und Hopes kleine, kalte Hände ergreifen, er wird den Kopf auf ihren Leib legen und seine Tränen auf ihre Decke tropfen lassen, und dann wird Hopes respektloses Lachen ihn verblüffen.*

*Er wird noch ein paar Augenblicke bei ihr bleiben, dankbar für ihren Zustand, und wird gezwungen sein, sich von den Lippen unserer Schwester die freundlichen Worte über mich anzuhören, die ich sie heute gebeten habe, bei nächster Gelegenheit meinem Mann zu sagen. Mit ihrer stockenden Stimme wird sie ihm von ihrer glühenden Hoffnung erzählen, Christian und ich könnten unsere Meinungsverschiedenheiten beilegen, nicht mehr nur dem Namen nach Mann und Frau sein und einen Erben zeugen. Während der ganzen Rede wird er sein Lächeln beibehalten und versuchen, nur Liebe zu der selbstlosen Kranken zu zeigen, aber sein Gesicht wird rot und seine Augen dunkel werden, und wenn er sich verabschiedet, wird nur noch Wut herrschen, Wut auf meine Intrigen und die falsche Nachricht, die seinen kostbaren Abend abgekürzt hat, damit er gezwungen werden konnte, sich einen Vortrag anzuhören. Mein lieber Mann Christian haßt es, belehrt zu werden, und am meisten haßt er es, wenn man ihn über seine ehelichen Pflichten belehrt. Mir ist aufgefallen, daß mein Mann die größte Wut empfindet, wenn mein Vater oder sein Onkel Sullivan ihm derartige Vorträge halten. Ich bete nur, daß er im Club genügend Zeit hatte, sich zu betrinken, bevor meine Nachricht kam, damit sein Gemüt aufgebracht genug und seine Empfindlichkeit gedämpft ist.*

*Ich höre seinen Wagen den vom Regen rutschigen Hügel unserer Einfahrt hinaufkommen; er eilt zu unserer Schwester. Ich muß jetzt mein Zimmer verlassen und meinen Platz auf der Bühne einnehmen, bevor der Vorhang sich hebt und das Drama beginnt.*

*24. Juni 1914*

*Meine liebste Charity,*

*ich fühle mich, als sei mir eine Binde von den Augen genommen worden; zum erstenmal in meinem Leben sehe ich meinen Weg. Ich werde nicht bei der Selbstsucht meiner Vergangenheit verweilen, sondern nur sagen, daß ich sie plötzlich als Ödland voller Reue und verlorener Gnadenmöglichkeiten betrachte, und ich bin dem Himmel dankbar, daß ich sie lebend überstanden habe und ein Kind erwarte. Dieses Leben in mir ist zwar noch nicht entfaltet, enthält aber jetzt für mich die Wurzeln allen Sinns. Ich bin gesegnet wie die Heilige Jungfrau selbst, und dieses Gefühl der Göttlichkeit empfindet sicherlich jede Mutter. Vater ist außer sich vor Freude, Hope sorgt sich zur Abwechslung einmal um mich, und alle gehen durchs Haus, als tanzten sie um den zukünftigen König herum, darunter auch mein lieber Mann.*

*Der Schock der Ankündigung hat sich abgenutzt, und wenn er auch versucht, das zu verbergen, sehe ich doch auch in seinen Augen die Erregung. Welche dunkle und schwere Bürde er auch immer tragen mag, sie scheint von der Nachricht über seine baldige Vaterschaft erleichtert worden zu sein. Er kann mich wieder mit sanfter Hand berühren und meinen schwellenden Leib liebkosen. Manchmal bleiben wir abends lange auf und sprechen über die Zukunft, wie es einst in den langen Nächten unserer Unschuld vor der Tragödie unserer Heirat war. Erst gestern nacht hat er mir in aller Ernsthaftigkeit gesagt, daß alles getan werden muß, um die Zukunft unseres Kindes in jeder Hinsicht zu gewährleisten. Sein Engagement ist beflügelnd. Alles, was ich von jetzt an bis in alle Ewigkeit tue, jeder meiner Atemzüge wird dem Ziel gewidmet sein, dieses Leben voll erblühen zu lassen und ihm eine gesegnete Zukunft zu sichern.*

29. August 1914

*Meine liebste Charity,*

*unsere Schwester hat einen schlimmen Rückfall erlitten. Sie muß wieder das Bett hüten und hat alle Kraft verloren. Die Nachrichten aus Europa haben alle verstört, aber es sieht so aus, als sei die Sensibilität unserer lieben Schwester empfindsamer als unsere, und es hat sie mehr getroffen und ihre Abwehr gegen den schlimmen Fluch geschwächt, der in all diesen Jahren über ihr schwebte. Wir haben die beste Krankenschwester engagiert, aber ich bestehe trotzdem darauf, ihr jeden Morgen die Brühe zuzubereiten und sie zwischen ihre zitternden Lippen zu löffeln. Ich kann spüren, wie die Kraft des Lebens, das in mir wächst, in die Bouillon einfließt, die ich jeden Morgen für meine Schwester koche, und im innersten Herzen spüre ich, daß dies der Schlüssel zu ihrer Genesung sein wird. Ihre Augen sind wie immer voller Güte und Kraft, aber ihr Körper ist erschreckend schwach. Ich verbringe viele Stunden mit ihr, lese ihr die neuesten Romane und einige Gedichte aus der Sammlung in Deinem Zimmer vor, ich hoffe, Du hast nichts dagegen, und ihr Geist ist noch immer lebhaft, aber diesmal ist der Anfall der Krankheit irgendwie schwerer und schlimmer als bei früheren Gelegenheiten. Doktor Cohn hat uns die Schultern getätschelt, aber seine Augen waren sorgenvoll.*

18. September 1914

*Meine liebste Charity,*

*als ich heute morgen die Brühe für unsere liebe Schwester bereitete, fühlte ich, wie das Leben in mir sich zusammenzog. Mit jeder Bewegung des Löffels drehte und wand sich mein Baby, und dann ließen die Krämpfe mich mit einem Schrei auf den roten Fliesenboden sinken. Es ist noch nicht soweit, es kann noch nicht soweit sein. Die Krankenschwester kam heruntergeeilt, und als sie sah, was passiert war, half sie mir auf die Couch im Salon, wo ich blieb, bis Doktor Cohn eintraf. Er gab mir eine Medizin und verordnete Ruhe, und so bin ich einstweilen in mein Schlafzimmer verbannt. Als Christian davon hörte, eilte er heimwärts und ergriff meine Hand, und wir beteten zusammen um die Gesundheit unseres Kindes. Ich habe ihn nie so hingebungsvoll und voller Liebe erlebt.*

*9. Oktober 1914*

*Meine liebste Charity,*

*heute ging es Hope so gut, daß sie sich im Bett aufsetzen konnte. Aufgrund meines Zustandes kann ich nicht soviel Zeit mit ihr verbringen, wie ich gern möchte, aber Christian sitzt jeden Abend stundenlang bei ihr, liest ihr vor und spricht mit ihr. Sie ist die verkörperte Güte, und es scheint, daß die Zuwendung meines lieben Christian ihr neue Kraft gibt. Christian ist ein Heiliger, der der lieben Hope jeden Wunsch von den Augen abliest. Anscheinend haben meine Schwangerschaft und Hopes Krankheit uns endlich zu der Familie zusammengeschmiedet, die ich mir erträumt hatte.*

*15. November 1914*

*Meine liebste Charity,*

*trotz Christians Fürsorge ist Hope in ihre schlimme Krankheit zurückgefallen, und alle Fröhlichkeit, die es in Veritas gab, ist der Angst gewichen. Der Arzt hat mir erlaubt, das Bett zu verlassen, und das tue ich und bin in größter Sorge um unsere liebe Schwester. Heute morgen war ich wieder in der Küche, schnitt von Hand die Gemüse, zerlegte das Huhn, löffelte den Schaum von den Knochen und rührte die köstliche, klare Brühe, von der ich hoffe, daß sie meine innigsten Wünsche wird Wirklichkeit werden lassen. Ich arbeite mit der ganzen Willenskraft, die ich von meinem Vater geerbt habe. Hope nimmt kaum einen Tropfen von der Brühe zu sich, aber ich bete, daß das ausreicht. Es ist unheimlich, aber bei jeder Bewegung des langen Holzlöffels spürte ich heute morgen, wie mein Kind sich in mir drehte und um sich trat, und wieder verkrampfte sich mein Leib, aber dennoch arbeitete ich schweigend weiter, denn ich wollte nicht, daß irgend jemand oder etwas mich an meiner heiligen Pflicht hindert. Unser Vater ist von verzweifelter Sorge erfüllt, Christian ringt leidvoll die Hände und lullt seinen Verstand an den langen Abenden mit Trinken ein, während Hope schläft. Es ist unvorstellbar, daß erneut eine Tragödie über uns hereinbricht. Wenn Du nur hier wärst, liebe Schwester, um uns mit Deinem Liebreiz Mut zu machen und die Kraft zu geben, die Schmerzen der Zukunft zu ertragen!*

19. November 1914

*Ich bin wie betäubt vor Trauer und kann kaum die Feder heben. Was haben wir getan, um solches Elend zu verdienen? Was? Was? Warum liegt ein solcher Fluch auf uns? Es scheint, daß seit dem Augenblick, in dem ich Christian Shaw zum erstenmal erblickte, alles von Tragik überschattet ist, und ich weiß nicht warum. Warum? Alles, was ich weiß, ist, daß das Leben zu schwer geworden ist, um es allein zu ertragen.*

20. November 1914

*Die Köchin kam in mein Zimmer, als ich noch immer in Tränen aufgelöst war, und zeigte mir einen Metallkanister mit weichem, weißem Pulver. Sie hat gesagt, sie hätte ihn zwischen den in den großen Holzschränken unserer Küche gelagerten Büchsen gefunden. Sie versicherte mir, er gehöre ihr nicht, aber der Geruch erinnert an das, was der Gärtner im Keller gegen die Ratten ausgestreut hat. Ich habe ihr gesagt, sie solle ihn wegwerfen und niemals jemandem davon erzählen, daß sie ihn gefunden hat. Durch welchen Irrtum kann dieses Pulver in unsere Küche gelangt sein? Ich kann es nicht ertragen, mir auszumalen, welche Tragödie noch über uns hätte hereinbrechen können. Der Gärtner wird sofort entlassen, dafür werde ich sorgen. Es ist unmöglich, sich mit den alltäglichen Angelegenheiten des Hauses zu befassen, während meine süße Schwester so friedlich in ihrem Sarg liegt. Ich bete sogar darum, daß das Leben in mir mit seinen unablässigen Stößen aufhört, damit ich mich in den starken und einladenden Armen dieser abgrundtiefen Trauer verlieren kann.*

*29. Dezember 1914*

*Meine liebsten Schwestern,*

*heute in aller Frühe, kurz nach Mitternacht, ist mein Sohn zur Welt gekommen. Alle Schmerzen, die wir in den letzten paar Jahren erlitten haben, verblassen neben seiner Herrlichkeit. Er ist kräftig und rosa, und als er den ersten Schrei tat und die Luft außerhalb meines Leibes atmete, war das der Klang des Lebens selbst, das seine Glorie gegenüber den Tragödien unserer Vergangenheit behauptet. Die Wehen waren entsetzlich schmerzhaft, ich habe stundenlang geschrien und der Schwester in die Hand gebissen, bis sie blutete, doch in irgendeinem seltsamen Teil meiner Seele hieß ich den Schmerz auch willkommen als Buße für alles davor. Mein Sohn ist für uns alle da, liebe Schwestern, und Ihr werdet für ihn während seiner Kindheit ebenso real sein wie ich. Er wurde aus Gewalt, Tragödie und Tod geboren, aber sein Schrei ist königlich, und er wird das ganze Reddman-Reich erben, weshalb ich ihn Kingsley genannt habe. Kingsley Reddman-Shaw.*

*Vaters Freude zu sehen, als er das Baby betrachtete, seinen einzigen Erben, war himmlisch, liebe Schwestern. Sein Leben war stets begnadet, und er ist heute bekannter wegen seiner Menschenfreund-*

*lichkeit als wegen seines Geschäftssinnes, aber er hat in den vergangenen Jahren doch viel verloren, nicht zuletzt Eure Gesellschaft und Liebe, und er hungerte nach irgendeinem Sieg über den Verlust. Ich glaube, in seinem Enkel sieht er diesen Sieg und auch eine Rechtfertigung für alles, was er erlitten hat, als er darum kämpfte, sich durchzusetzen.*

*Christian ist seit Hopes Tod nicht mehr im Haus, er trauert in seiner Seele zutiefst um das reinste Leben, das jemals diese Erde berührt hat, und daher hat er seinen Sohn noch nicht gesehen, aber man hat an den Orten, wo er sich gewöhnlich aufhält, Nachrichten hinterlegt, und ich erwarte ihn in Kürze. Ich kann mir vorstellen, wie er die Treppe hinaufläuft, zwei Stufen auf einmal nehmend, um sein Kind zu sehen, und das erfüllt mich mit unglaublicher Hoffnung für die Zukunft. Unser Kind ist alle Hoffnung, die wir brauchen. Er wird die Erlösung der Reddmans sein, unser aller Retter. Er wird Euer Erbe und Eure Opfer ehren, liebe Schwestern. Ruhet sanft in Eurem gesegneten Schlaf, und seid versichert, daß Kingsley die Größe unseres Vaters weitertragen wird und daß die Reddman-Familie ein für alle Male wiedergeboren ist.*

## IV

*28. März 1923*

*Meine liebsten Schwestern,*

*in unserem Bezirk ist ein Bergpuma gesichtet worden. Er ist von den Bergen im Norden gekommen, um in diesem lang anhaltenden Winter Nahrung zu suchen, oder hat einfach die Orientierung verloren, aber die Wirkung ist in beiden Fällen dieselbe. Auf einer Farm nicht weit von uns wurde ein Hund gerissen, und eine von Naomi Scotts berühmten Milchkühen wurde auf einer entlegenen Weide tot aufgefunden, bis auf die Knochen abgenagt. Die Anwesenheit dieses wilden Tieres wirft einen Schatten über den Frühling, und die Männer sind mit ihren Gewehren draußen und suchen die Hügel nach seinen Spuren in der weichen Erde ab.*

*Christian ist mit Kingsley hinausgegangen, um die Katze zu jagen. Er hat die Flinte seines Vaters aus dem Schrank genommen und unserem Sohn gegeben, trotz meiner Einwände. Kingsley ist zu jung, um eine Feuerwaffe zu handhaben, und Christian ist natürlich unfähig, korrekt damit umzugehen, aber wie immer bei meinem lieben Christian galten meine Einwände nichts. Es ist, als würde er mich nicht einmal hören, wenn ich etwas sage. Für ihn gibt es nur seinen Sohn und den Teich und die Wälder, wo er stundenlang sitzt und ihm nur die Vögel und andere winzige Geschöpfe Gesellschaft leisten. Sein Unglück ist so offensichtlich, daß es jeden Versuch vereitelt, ihn zu erreichen. Seit seiner Rückkehr sind fast vier Jahre vergangen, und noch immer benimmt er sich, als käme er geradewegs vom Schlachtfeld. Manchmal denke ich, es wäre gnädiger gewesen, wenn das gezackte Metallstück, das ihm den Arm raubte, statt dessen seine Kehle getroffen und ihm das Elend erspart hätte, zu dem er heimgekehrt ist.*

*Als ich sie so zusammen fortgehen sah, den stillen Jungen mit dem übergroßen Gewehr in den Armen und den verkrüppelten Mann, staunte ich wieder einmal über die Beziehung zwischen ihnen. Kingsley spricht kaum zwei Worte nacheinander, so scheu und zurückgezogen ist er geworden, und Christians Elend infiziert alle, mit denen er in Berührung kommt, mit Melancholie, aber zusammen wirken sie wie ein natürliches Ganzes, wie zwei wilde Tiere, die sich miteinander vollkommen wohl fühlen. Ich hatte gehofft, Christian würde mir helfen, mit dem Jungen über seine Studien zu sprechen, denn Kingsley beherzigt meine Bitten offensichtlich nicht, aber Christian will kein schlechtes Wort über seinen Sohn hören. Kingsleys neuestem Lehrer ist es nicht gelungen, eine Beziehung zu ihm herzustellen, und er berichtet, sein Schüler sei noch immer unfähig, auch die einfachsten Absätze zu lesen oder Zahlen korrekt zu addieren. Ich vermute, auch wenn ich nicht wage, ein Wort davon zu Christian* oder Vater zu sagen, daß das Problem bei dem Jungen liegt und nicht bei dem Pädagogen, aber dennoch suche ich erneut nach einem strengeren Lehrer.

31. März 1923

Meine liebsten Schwestern,

ich kann nicht schlafen, ich kann nicht lesen, meine Seele ist erfüllt von einem Zorn, den ich nur Euch gegenüber äußern kann, meine Lieben. Ich hatte einen weiteren Streit mit Vater über diese Leute. Ich bestand erneut darauf, daß er sie vom Grundstück verweist, daß sie irgendwohin verbannt werden, wo ihr Zorn unser Leben nicht mehr vergiften kann. New Jersey, schlug ich vor, wo sie nicht mehr Schaden anrichten können, als bereits entstanden ist, aber wieder einmal hat Vater mich ignoriert. Was vorbei ist, ist vorbei, habe ich zu ihm gesagt, laß es gut sein, laß sie gehen. Er erinnerte mich daran, daß das Wohnrecht der Witwe Poole beurkundet und er machtlos ist, doch auch ohne das wäre seine Antwort die gleiche gewesen. Ich verstehe Vaters Gründe besser, als er ahnt, aber die Zeit für Mitleid ist vorbei, wie die Ereignisse des heutigen Nachmittags höchst deutlich beweisen.

Ich war in meinem Zimmer, als das Fenster dunkel wurde, weil am Himmel eine große Wolke vorbeizog. Angesichts dieses bedrohlichen Himmels dachte ich an den Puma und dann an Kingsley und machte mich sofort auf die Suche nach meinem Sohn. Er war weder im Spielzimmer noch auf seinem Spielplatz auf dem Rasen vor dem Haus. Die Gouvernante trank in der Küche mit Mrs. Gogarty Tee. Als ich nach Kingsley fragte, stotterte sie irgendwelche Dummheiten und fiel dann in schuldbewußtes Schweigen. Mit bewundernswerter Beherrschung wies ich sie an, den Jungen zu suchen. Während sie sich im Haus umsah, ging ich in den hinteren Portikus und hinunter in den Garten.

Der Himmel war düster und bedrohlich, der Wind heftig und ungewöhnlich warm wie ein trügerischer Sommer, bevor die Kälte wie-

*der einsetzt. Zuerst suchte ich im Garten und schaute, so gut es ging, über die schulterhohen Hecken. Ich bewegte mich vorsichtig und mit ungewohnter Behutsamkeit, da ich nicht wußte, welche Art von Tier mir im Gewirr meines Labyrinths auflauern mochte, aber im Garten befanden sich weder Mensch noch Tier.*

*Ich dachte daran, wieder ins Haus zu gehen, doch aus irgendeinem Grund zog es mich zum Teich. Mit einer dunklen Vorahnung ging ich den Hügel hinunter. Dieser Teich hat mir oft Angst eingeflößt, ja, und ich hatte Sorge, eines Tages würde mein Sohn stolpern und in seine trüben Tiefen stürzen. Doch die Oberfläche war klar, und die Enten schwammen ungestört umher. Auf der anderen Seite des Teichs war das Gehölz, das ich nicht zu betreten wagte, und ich betete, mein Sohn möge klug genug sein, nicht draußen zu bleiben, solange dieses Tier noch lebte und frei herumlief. Am Rand des Teichs hörte ich zum ersten Mal das Geräusch, hoch und trillernd, fast wie eine Vogelstimme, soweit ich das aus der Ferne erkennen konnte. Ich folgte ihm um den Teich herum zu diesem verfallenen Überrest von einem Haus.*

*Und dort, auf den modernden Holzstufen, saß Kingsley, seitlich aufgestützt, während die Poole-Tochter ihm vorlas. Der Anblick dieses Mädchens mit dem häßlichen Gesicht und das Buch, das sie hielt, dieses Buch, erfüllten mich mit dem Haß, den ich jedesmal empfinde, wenn ich diese Familie sehe. Aber diesmal kam er mehr aus der Tiefe. Sie saß da mit meinem Sohn, las aus diesem Buch vor, und er lauschte ihr hingerissen, sog jedes Wort des abscheulichen Hasses in sich hinein, der aus ihrer Kehle drang. Reicht es nicht, daß sie sich an unserem Vater und seinen Kindern gerächt haben, müssen sie jetzt auch noch meinen Sohn vergiften? Es war unerträglich, und unwillkürlich stieß ich einen empörten Schrei aus.*

*Kingsley sprang auf die Füße. Ich befahl ihm, sofort ins Haus zurückzukehren, und er zögerte für einen angespannten Moment und ließ unentschlossen den Kopf hängen, bevor er an mir vorbei den Hügel hinaufrannte. Dann wandte ich meine Aufmerksamkeit dem Mädchen zu.*

*Sie saß noch immer auf den Stufen in ihrem losen, ausgefransten Kleid, und ihre dunklen Augen starrten mich mit unbeteiligtem Haß an. So ruhig wie möglich sagte ich: »Ich wünsche nicht, daß du je wieder mit meinem Sohn sprichst.«*

*»Ich habe ihm bloß aus Thoreau vorgelesen.«*

*»Ich weiß sehr gut, was du gelesen hast«, sagte ich. »Kingsley hat einen ausgebildeten Lehrer, der ihm beim Lesen hilft. Er hat es nicht nötig, daß du dich in seine Studien einmischst. Du sollst ihn nicht wiedersehen, hast du verstanden?«*

*»Er ist ein lieber Junge, aber einsam, glaube ich.«*

*»Sein Zustand geht dich überhaupt nichts an. Sollten du oder deine Mutter sich je wieder in seine Angelegenheiten einmischen, so wird das furchtbare Folgen für euch beide haben.«*

*»Meine Mutter ist zu krank, um auch nur das Bett zu verlassen«, sagte sie, während sie die Hand nach hinten streckte und ungelenk aufstand. »Viel mehr kann Ihre Familie ihr jetzt nicht mehr antun.«*

*Erst da bemerkte ich, was ich von Anfang an hätte sehen sollen, die groteske Fülle ihres Leibes, die auch das lose fallende Kleid nicht verbergen konnte. Ich bin nicht stolz auf die Worte, die als nächste über meine Lippen kamen, bevor ich mich umdrehte und fortging, aber sie waren mit Sicherheit eine Reaktion auf den schreienden Triumph in ihren Augen.*

*Und so ging ich zu Vater und bat ihn erneut, sie wegzuschicken. Es ist schlimm genug, daß sie all diese Jahre wie ein Mahnmal in jenem Haus gewohnt haben, aber daß sie uns auch noch mit ihrem Bastard belästigen sollen, ist einfach zuviel. Mein einziger Trost ist, daß das Wohnrecht auf Lebenszeit nur für die Mutter gilt und bei ihrem Tod Grundstück und Haus wieder an unsere Familie zurückfallen. Da die Mutter offenbar krank ist, dürften wir bald endgültig von den Fesseln ihrer Feindschaft befreit sein.*

*3. April 1923*

*Meine liebsten Schwestern,*

*heute nacht, im eigenartigen Licht des Vollmonds, fühlte ich mich gedrängt, wieder den Hügel hinter unserem Haus hinunter und um den Teich herum zu dem Haus im Wald zu gehen, trotz der Gefahr durch die Raubkatze, die in unserem Bezirk herumläuft. Ich kann nicht aufhören, an die Begegnung neulich mit der Poole-Tochter und ihre schamlose Schwangerschaft zu denken. Die Pooles haben während des größten Teils meines Lebens in diesem Haus gewohnt, seit dem Tod des Vaters, aber ich hatte sie nie kennengelernt, nie mit einer der beiden Frauen ein Wort gewechselt bis zu diesem Nachmittag. Ich war sicher gewesen, daß ihr ganzes Leben der tiefen, schneidenden Wut gewidmet ist, die sie für unsere Familie empfinden. Die Vorstellung, daß dieses Mädchen etwas anderes fühlt, vielleicht eine Leidenschaft verspürt, die sie, und sei es nur für einen Moment, von der wütenden Empfindung, zu kurz gekommen zu sein, loslöst, war ein Schock. Das Bild dieses Mädchens, das sich mit jemandem auf dem Boden wälzt, verloren in einer Welt, zu der die Reddmans keinen Zutritt haben, verfolgt mich. Ich sehe es, wenn ich bade, wenn ich in meinem Garten die absterbenden Stengel beschneide, wenn ich allein und kalt in meinem Bett aufwache.*

*Ich stand hinter dem dünnen, hohen Stamm einer Eiche und beobachtete das Haus durch die Fenster. Die Mutter lag im Erdgeschoß zu Bett, schwach, bleich, mit abgespanntem, müdem Gesicht. Der Raum war von einer nackten Glühbirne an der Decke in hartes Licht getaucht. Das Mädchen saß bei der Mutter, ein Buch im Schoß, und las ihr vor. Einmal stand sie auf, ging in die Küche, kam mit einem Glas Wasser zurück und half der Mutter, es an die schmalen Lippen zu halten. Zwischen den beiden bestand eine vertraute Zärtlichkeit, und ich dachte an Euch, liebe Schwestern, während ich die beiden beobachtete, und weinte um das, was wir verloren haben. Nach einer Weile fielen der Mutter die Augen zu, und die Tochter legte ihr sanft die Hand auf die Stirn. Dann saß die junge Schwan-*

gere allein neben ihrer schlafenden Mutter, bis sie aufstand und das Licht ausschaltete.

Ich ging den Hügel hinauf und in unser schrecklich leeres Haus zurück. Kingsley schlief in seinem Zimmer, und ich stand bei ihm und starrte ihn an, fasziniert vom Rhythmus seines Atems. In vieler Hinsicht ist der Junge mir so fremd wie die Leute da unten in dem Haus, fremd und voller Geheimnisse. Es gab eine Zeit, da war ich seine ganze Welt.

Wie ist es möglich, auf dieser Welt zu überleben, wenn wir nie vergessen können, was wir alles zerstört haben?

5. April 1923

Meine liebsten Schwestern,

ihre Bewegungen, wenn sie in der Küche arbeitet, sind trotz ihres Zustandes von überraschender Anmut. Heute abend hat sie eine Suppe gekocht, und ich sah zu, wie sie die Gemüse kleinschnitt und in den Topf legte und den alten Holzofen schürte, als das Wasser zu kochen begann. Mit einer fast eleganten Bewegung des Handgelenks schöpfte sie wieder und wieder den Schaum aus dem Topf. Sie arbeitete mit einer Art unschuldiger Zielstrebigkeit, als habe sie nichts anderes im Kopf als das, was für die Suppe nötig war, nicht ihre offensichtliche Armut, nicht die schlechte Gesundheit ihrer Mutter, nicht die düsteren Aussichten für das uneheliche Kind, das sie in sich trägt. Für einen kurzen Augenblick kam sie nach draußen, einen Schal um die Schultern gelegt, und zündete sich eine Zigarette an. Ich versteckte mich hinter dem Baum, an dem ich lehnte, starrte sie aber weiter an. Das Licht aus dem Haus beleuchtete sie von hinten, während sie rauchte, und so konnte ich ihr Gesicht nicht sehen, aber ihre Haltung war irgendwie ungezwungen, trotz ihres aufgeblähten Bauches, und es lag eine Beschaulichkeit in der Art, wie sie die Zigarette beiläufig an die Lippen führte. Sie ist eine Frau, die sich in der Liebe sicher fühlt, von der sie umgeben ist. Die alte Frau, die in die-

*sem Haus auf den Tod wartet, muß wohl doch mehr Persönlichkeit haben, als ich mir je vorgestellt hätte, wenn jemand sich in ihrer Liebe so gut aufgehoben fühlt.*

*7. April 1923*

*Meine liebsten Schwestern,*

*es ist ein Wunder, daß ich sie einmal für häßlich hielt. Zwar sind ihre Züge nicht vollkommen regelmäßig, und ihre Nase ist ein wenig lang, aber ihre Bewegungen und ihr Gesicht strahlen eine Heiterkeit und Schönheit aus, die unverkennbar ist. Den ganzen Tag denke ich an sie in diesem Haus, hoffnungslos schwanger, aber noch immer um ihre Mutter besorgt. Gespannt warte ich auf den Abend, wenn ich sie sehen kann. Wenn Kingsley im Bett liegt und Vater allein dasitzt und in dem vergeblichen Bemühen trinkt, seine zitternden Hände zu beruhigen, schleiche ich mich so leise wie möglich aus dem Haus, gehe den Hügel hinunter und stelle mich an meinen Platz unter der Eiche. Heute abend habe ich zugesehen, wie sie sich fertig machte, um zu Bett zu gehen, beobachtete, wie sie sich auskleidete und mit einem Schwamm den Schweiß vom Körper wusch. Ihr Bauch war rund, ihre Brüste geschwollen, die Brustwarzen stark und dunkel wie Wein und vom kalten Wasser erigiert. Sie muß schon weiter sein, als ich gedacht hatte. Ihre Haut ist frisch und spannt sich an der weißen Rundung ihres Bauches. Sie trägt ihre Last mit bemerkenswerter Würde. Ich fühle mich geläutert, wenn ich sie bloß beobachte. Sie bereitet sich für die Nacht vor wie für einen Liebhaber, was herzzerreißend ist, da ich weiß, daß sie niemanden als ihre sterbende Mutter zur Gesellschaft hat. In unserer Einsamkeit sind wir Schwestern.*

*Ich denke an das Kind, das sie trägt. Vielleicht wird es eine Chance sein, alles gutzumachen, was die Vergangenheit bestimmt hat. Zur rechten Zeit werde ich Vater auf diese Möglichkeit ansprechen.*

8. April 1923

Meine liebsten Schwestern,

als ich von meiner nächtlichen Wacht zurückkehrte, war ich überrascht, Kingsley an den Fenstertüren zum hinteren Portikus anzutreffen, wo er auf mich wartete. Er fragte mich, ob ich es gehört hätte. Der leichte Abenddunst war plötzlich in Regen übergegangen, und ich wischte mir die Nässe vom Gesicht.

»Wovon sprichst du, Lieber?« fragte ich und bemühte mich um Fassung.

»Der Puma«, sagte er. »Daddy hat mir gesagt, daß ihre Paarungslaute sich wie wilde Schreie anhören. Gerade habe ich so etwas gehört, unten am Fuß des Hügels.«

»Das muß etwas anderes sein«, sagte ich.

»Nein«, sagte er, und auf seinem Gesicht zeichnete sich eine seltene Gewißheit ab. »Das ist der Puma, ich weiß es.«

»Und was sollen wir nun tun?«

Er antwortete mir nicht, sondern drehte sich mit der ganzen Sicherheit seiner acht Jahre um und führte mich in Vaters Bibliothek zu dem Wandschrank, in dem Christian seine Gewehre aufbewahrt. Er war abgeschlossen, aber Kingsley griff unter den Schrank und zog den Schlüssel heraus. Er stieg auf einen Stuhl und steckte den Schlüssel ins Schloß. Die gläserne Tür öffnete sich weit.

Das Gewehr, das er aus dem Gestell nahm, war die größte der vier Waffen im Schrank. Es gehörte Christians Vater. Kingsley kippte den Lauf ab, um sich zu vergewissern, daß es geladen war. Dann ließ er ihn wieder zuschnappen. Das bloße Geräusch ließ mich erschauern.

Er führte mich durch das Haus zu der Tür, die auf den Portikus hinausführt, und öffnete sie. Der Regen war stärker geworden und verdunkelte das Licht aus dem Haus, ehe es über den Innenhof hinausgelangte. Die Nacht war unnatürlich dunkel.

»Mach die Lichter in der Halle aus«, befahl mein Sohn, und ich tat es.

»Sollten wir nicht Großvater holen?« fragte ich, als ich wieder hinter ihm stand.

»Er zittert zu sehr«, sagte Kingsley nur.

»Und was ist mit deinem Vater?«

»Der ist weg«, sagte er, und in diesen drei kurzen Worten lag etwas, das den Vater verurteilte, der sich mehr und mehr von seiner Familie entfernte, sie verriet, sie den angsterregenden Raubkatzen der Nacht überließ. »Aber wenn der Puma hier vorbeikommt«, sagte Kingsley, und seine Stimme war auf einmal zittrig, »dann weiß ich, was zu tun ist. Vater hat es mir beigebracht.«

Und so warteten wir zusammen hinter den geöffneten Türen, nur um eine Handbreit von dem heftigen Regen getrennt, mein Sohn mit dem Gewehr und ich hinter ihm, die Hand vorsichtig auf seiner Schulter. Für mich fühlte es sich falsch an, da mit ihm und diesem Gewehr zu stehen, als seien unsere Positionen irgendwie schrecklich vertauscht. Ich war diejenige, die ihn hätte schützen sollen, aber ich war zu niedergeschlagen, um nach meinem Gefühl zu handeln, und die offensichtliche Sorge meines Sohnes um meine Sicherheit wärmte mir das Herz. Zusammen waren wir ein Team, nur wir beide, wir beschützten unser Heim vor Eindringlingen, und ich konnte mich nicht von der köstlichen Wärme losreißen, die ich neben ihm empfand, obwohl meine Hand auf seiner Schulter spürte, daß er vor Entsetzen zitterte. Die Minuten vergingen, eine nach der anderen, und ich wußte nicht, wieviel Zeit vergangen war, als ich in der vom Regen verdunkelten Nacht etwas auf uns zukommen sah.

»Was ist das?« flüsterte ich.

Ein Schatten streifte den Rand des Portikus.

»Dort«, sagte ich.

Der Junge hob das Gewehr an die Schulter.

»Jetzt«, sagte ich.

Der Knall zerriß die Nacht, und das Licht aus dem Lauf blendete uns eine Sekunde, ehe es verging, und hinterließ die Nacht dunkler als zuvor. Wir waren taub für jedes Geräusch, selbst das Prasseln des Regens hatte der Schuß geschluckt.

*Der Junge packte die Waffe fester und schoß erneut und dann noch einmal. Die Nacht zerriß. Ich schrie wegen der reinen Schönheit dieser Demonstration von Macht, und dann senkte sich Stille herab.*

*Die Dienerschaft kam aus ihren Zimmern und die Treppe heruntergerannt, und sie sahen uns dort an der Türe stehen, Kingsley mit dem Gewehr. Ich erklärte ihnen, was passiert war, und befahl ihnen, wieder zu Bett zu gehen. Ich nehme an, Vater war zu betäubt, als daß er etwas gehört hatte.*

*Kingsley wollte nach draußen gehen und nachsehen, ob er die Katze wirklich getötet hatte, aber ich ließ ihn nicht. »Das kann warten bis morgen«, sagte ich und schloß die Türen. »Ich will nicht, daß du im Dunkeln draußen bist, solange wir nicht sicher wissen, ob sie tot ist.«*

*Ich folgte ihm, als er in Vaters Studierzimmer zurückkehrte und das Gewehr wieder in den Schrank stellte. Als er ihn abgeschlossen hatte, nahm ich den Schlüssel an mich. Jetzt, während ich dies schreibe, liegt er neben mir. Ich kann es nicht erklären, liebe Schwestern, aber ich fühle mich irgendwie geläutert von den plötzlichen Explosionen des heutigen Abends. Ich habe meinen Sohn zurückgewonnen, meine Macht zurückgewonnen, ich habe den Verrat der letzten zwölf Jahre erlitten und überlebt. Ich glaube, ich kann alles wieder heil machen. Mit der Kraft unseres Vaters und den tiefen Wünschen meiner Seele kann ich unsere Welt heilen.*

*19. April 1923*

*Mein Liebster,*

*nun sind zehn Tage vergangen, seit wir Dich gefunden haben, und der Anblick quält mich noch immer. Unser lieber Kingsley hat seit einer Woche nicht das Bett verlassen. Ich sitze bei ihm und füttere ihn mit Brühe, aber vor lauter Sehnsucht und Schmerz spürt er nichts. Wie er sein Elend und seine Schuldgefühle überleben soll, weiß ich nicht, aber er muß es, er muß es unbedingt, sonst sind all unsere Träume und Hoffnungen dahin. Er ist Dein Vermächtnis, lieber Gatte, und durch ihn wirst Du ewig leben.*

*Es wird Dich freuen zu hören, daß die Pooles uns endgültig verlassen haben. Mrs. Poole ist der Krankheit erlegen, die sie quälte. Vater war bei der Beerdigung, ich konnte nicht. Wie ich hörte, war es eine einsame Angelegenheit, und als sie neben ihrem Mann ins Grab gesenkt wurde, waren nur die Tochter und mein Vater dabei. Vater sagte, er hätte dem Mädchen angeboten, ihr in jeder Weise zu helfen, aber sie lehnte sein Angebot ab und ist nun verschwunden. Das Haus ist leer, all ihre Besitztümer sind in Kisten verpackt und abgeholt oder aufgegeben worden. Erst heute morgen ging ich durch die leeren Zimmer, und die Dielenbretter knarrten unter meinen Füßen. Mein Liebster, das Haus fühlt sich an, als spuke es dort, als hausten dort Gespenster.*

*Ich bin wie verwaist ohne Dich. Jeden Tag besuche ich die Statue, wo wir unser Gelübde abgelegt haben. Ich sitze stundenlang davor und denke an Dich. Ich habe noch nicht den Mut gefunden, in Dein Zimmer zu gehen und Deine Sachen zu berühren, Deinen kostbaren Duft zu atmen, der in Deinen Hemden zurückgeblieben ist. Für den Rest dieses Lebens, mit dem der Herr mich geschlagen hat, will ich Dich lieben und ehren und alles tun, um Deinen Namen zu preisen. Ich bete für Dich, mein Liebling, wie ich für unseren Sohn bete, und ich vertraue darauf, daß die Tragödien, die viel zu oft über unsere Familie gekommen sind, uns nicht mehr heimsuchen werden, und daß das, was von unserer Zukunft noch übrig ist, voller Frieden, Liebe und Erlösung sein wird. Ich werde alles in meiner Macht Stehende tun, damit es so kommt.*

# 34

Ich saß an meinem Schreibtisch und starrte auf die Nachricht auf dem rosa Zettel in meiner Hand. Die Schrift meiner Sekretärin, schon normalerweise kaum lesbar, glich heute morgen einer Reihe mystischer Hieroglyphen. Ich mußte die Augen zusammenkneifen, um sie zu entziffern. »Reverend Custer«, stand da, darunter eine Telefonnummer. Von meinem Schreibtisch aus rief ich ihr zu: »Wer zum Teufel ist das, Ellie?«

Sie kam in mein Büro gehuscht, trat hinter mich und spähte über meine Schulter auf den Zettel. »Ihr Reverend.«

»Ich habe keinen Reverend, Ellie, ich bin Jude, falls Sie sich erinnern. Wir haben statt dessen Mütter, und meine ist in Arizona.«

»Nun ja, er hat gesagt, er wäre Reverend, Reverend Custer, hat er gesagt, genau so. Sie kennen ihn nicht? Er hat bloß eine Nummer hinterlassen.«

In diesem Moment fiel mir ein, daß dieser Reverend Custer einer der Spinner aus Beths Sekte sein könnte, der wegen des Treffens anrief, das Beth für mich mit der erleuchteten Oleanna vereinbart hatte. Ich rief die Nummer also an. Am anderen Ende meldete sich kein New-Age-Anrufbeantworter, sondern ein etwa sechs Jahre altes Mädchen mit sanfter Stimme.

»Hallo«, sagte sie, »willst Du meine Mommy sprechen?«

»Nein, Liebling«, sagte ich und artikulierte meine Worte mit äußerster Sorgfalt in dem aufreizenden Ton, den anscheinend alle unverheirateten und kinderlosen Männer an den Tag legen, wenn sie mit fremden kleinen Mädchen sprechen. »Ich möchte eigentlich einen Reverend Custer sprechen.«

»Mommy ist unter der Dusche.«

»Und der Reverend?«

»Unter der Dusche.«

»Er ist auch unter der Dusche?«

»Mommy.«

»Nein, der Reverend.«

»Bist du ein Fremder?«

»Ich weiß nicht. Bin ich das?«

»Ich soll nicht mit Fremden reden.«

Klick.

Ich hatte Kopfschmerzen, meine Augen waren getrübt, und ich hatte bei weitem nicht genug geschlafen. In der Nacht zuvor hatten wir die im Garten hinter Veritas ausgegrabene Kiste geöffnet und zusammen, Beth, Caroline, Morris und ich, die selbst ausgewählten Auszüge aus dem Tagebuch von Faith Reddman Shaw gelesen. Das allein wäre anstrengend genug gewesen, aber hinterher hatte Caroline darauf bestanden, die ganze Nacht in meinem Apartment zu verbringen. Diesmal war sie nicht auf Sex aus, was eigentlich schade war, sondern auf Trost. Neben Kopfschmerzen ist Trösten so ziemlich die unangenehmste Art, eine schlaflose Nacht zu verbringen. Ich mußte ihr übers Haar streichen und ihr die Tränen abwischen und sie trösten, obwohl ich im Grunde bloß schlafen wollte, aber manche Dinge ertragen wir für Geld, manche Dinge ertragen wir aus Liebe, und manche Dinge ertragen wir, weil wir zu höflich sind, um die Dame aus dem Bett zu werfen.

Den letzten Satz sollten Sie besser ignorieren, da haben nur meine Hormone gesprochen, und außerdem habe ich keine guten Manieren. Es war unbestreitbar, daß Caroline und ich allmählich in irgendeine Art von Beziehung schlitterten, wenn auch schwer zu bestimmen war, in welche. Vielleicht lag es bloß daran, daß wir beide einsam und gerade verfügbar waren, vielleicht war es die gegenseitige Anziehung zwischen ihrem großen Vermögen und meinem großen Verlangen, vielleicht lag es daran, daß wir mitten in einem Abenteuer steckten, das wir im Grunde nicht mit irgend jemand anderem teilen konnten. Vielleicht war es aber auch so, daß sie sich selbst als verzweifelt rettungsbedürftig betrachtete, während ich unerklärlicherweise den Wunsch verspürte, jemanden zu retten.

Mitten in unserem langen nächtlichen Gespräch, bei dem wir in meinem Bett lagen, allerdings bekleidet, umarmte sie mich. »Ich bin froh, daß du für mich da bist, Victor«, sagte sie aus heiterem Himmel. »Ich kann mit keinem sonst darüber reden. Es ist schon lange niemand mehr für mich dagewesen.«

Und ich war schon lange für niemanden mehr dagewesen. Ich lächelte und hauchte ihr einen Kuß aufs Auge und fragte mich, ob jetzt ein günstiger Zeitpunkt wäre, um die Honorarvereinbarung zu erwähnen, die sie noch immer nicht unterschrieben hatte, aber dann überlegte ich es mir anders.

»Es ist schwerer, als ich je gedacht hätte«, sagte sie. »Tante Charity da unten zu finden und dann dieses Tagebuch, die Worte meiner Großmutter, eine solche Tragödie noch einmal zu erleben. Es ist, als wäre das ganze Fundament meines Lebens ins Rutschen gekommen. Dinge, die absolut wahr waren, haben sich als Lügen erwiesen. Ich dachte, ich würde die Geschichte meines Lebens kennen, hätte sie auf vernünftige Weise geklärt, aber jetzt ergibt all das nicht mehr viel Sinn.«

»Sollen wir mit dem Graben aufhören? Sollen wir aufgeben?«

Sie schwieg einen Moment, einen langen, beunruhigenden Moment, bevor sie den Kopf schüttelte und sagte: »Nein, noch nicht.« Sie umarmte mich fester.

Ihr Haar kitzelte unangenehm meine Nase, und ich mußte niesen. Ich hatte den Drang, mich wegzurollen, auf meine Bettseite, und zu schlafen, aber ich tat es nicht. Die Grenzen der Beziehung, in die wir glitten, waren noch eng und unklar, doch zumindest umfaßten sie Geld und Sex und jetzt, wie ich gerade lernte, auch Trost. Aber es war nicht so, als wäre ihr Kummer gespielt. Sogar während sie mich in den Armen hielt, zitterte sie leicht, als käme ein kalter Windzug aus der Vergangenheit, und das ist ja auch kein Wunder.

Familiengeschichten sind eine Serie von Mythen, verschönt und weitergegeben in Erzählungen, wie man sie sich an Thanksgiving beim gebratenen Truthahn wieder und wieder erzählt. Sie sind freundlich und tröstlich, diese Mythen, sie geben uns die Illusion, wir wüßten, woher wir kommen, ohne uns die Details aufzuzwingen, die das wirkliche Leben so überaus gewöhnlich machen. Wir wissen, daß Großmutter Großvater bei einem Konzert von John Philip Sousa im Willow Grove Park kennenlernte, aber nicht, daß sie von da an für immer unglücklich in einer lieblosen Ehe lebten und an jedem Tag ihres Lebens stritten wie die Hyänen. Wir wissen, wie Daddy um Mommys Hand anhielt, aber nicht, wie er sie vorher mit Tequila abfüllte, um sie dann ins Bett zu locken. Unsere Mutter hat uns alles über die magische Nacht erzählt, in der wir geboren wurden, aber sie hat nie erwähnt, wie unser Kopf ihr die Vagina zerriß oder wie ihr Blut hervorspritzte oder wie die Plazenta aus ihr herausrutschte und dann auf den Boden klatschte wie eine geopferte Katze. Nun, in dieser Nacht hatte Caroline die Katze gesehen.

Sie hatte der Stimme ihrer Großmutter von jenseits des Grabes gelauscht, und sie glaubte jetzt, all das Elend zu verstehen, unter dem ihre Großmutter gelitten hatte, und auch die Gründe dafür. Sie war sicher, daß ihr Großvater, der mißmutige und häufig angetrunkene Christian Shaw, Faith nur geheiratet hatte, um das Vermögen seiner Familie zu retten. Nachdem er Faith einen Antrag gemacht hatte, hatte er angefangen, mit Charity herumzuspielen, hatte vollkommen unbefangen die Schwester der Frau verführt, mit der er verlobt war, und dann, nachdem Charity unpassenderweise schwanger geworden war, war es ihm bequemer erschienen, sie zu ermorden und in der fruchtbaren Erde neben der Statue der Aphrodite zu verscharren, statt ihrem Vater die Geschichte zu erzählen, dem Mann, der bereit war, die Shaw Brothers Company vor dem Bankrott zu retten. Während seiner Ehe war er meistens abwesend, oft betrunken, dauernd kränkte er seine Frau, und Caroline mußte zwangsläufig auffallen, daß die Gesundheit von Schwester Hope eine Wendung zum Schlechteren nahm, als Faith mit ihren vorzeitigen Wehen das Bett hüten mußte und Christian sich um die Kranke kümmerte. Sie konnte sich ausrechnen, wieso sich Rattengift im Küchenschrank fand, auch wenn ihre Großmutter das nicht konnte. Wenn Charity und Hope beide nicht mehr lebten, fiel das ganze Reddman-Vermögen an Christian Shaw und seine Erben, was ebenfalls bequem war. Caroline kam es so vor, als sei das beste, was ihrer Familie hatte passieren können, der Unfall in der regnerischen Aprilnacht im Jahre 1923 gewesen, bei dem ihr Vater ihren Großvater erschoß, nur, daß er von diesem Tage an unter lähmenden Schuldgefühlen litt. So sah Caroline das in dieser Nacht in meinem Bett; sie erklärte mir ihre Version mit zusammengebissenen Zähnen und unter Tränen.

Ich war nicht ganz sicher, ob ich ihr das abkaufte. Ihre Interpretation dessen, was wir gehört hatten, klang wie die Handlung eines schlechten feministischen Romans aus den siebziger Jahren, in dem es den Frauen wunderbar gegangen wäre ohne die mörderischen Männer, die die bösesten Pläne schmiedeten, um ihre eigenen Ziele zu erreichen. Die Stimme der Frau, die in dieser Nacht aus dem Reich der Toten zu uns gesprochen hatte, war zu berechnend und kontrolliert für ein derart unschuldiges Opfer gewesen; es war eigenartig, wie leicht sie anscheinend die Menschen um sie herum von allen Verbrechen freisprach, die sie begangen hatten. Als Anwalt hatte ich genug Erfahrung mit unzuverlässigen Berichterstattern, um solche Anzeichen zu erkennen, war ich doch selbst einer gewesen. Doch wir alle hatten in einem Punkt übereingestimmt: Die Geister, die bei den schrecklichen Ereignissen des Tagebuchs, das wir in der Kiste gefunden hatten, entfesselt worden waren, weilten noch immer unter uns, und der Tod von Jacqueline hing wahrscheinlich damit zusammen.

»Miss Caroline«, sagte Morris, als wir beschlossen, was als nächstes zu tun sei, »Sie haben nicht zufällig einmal dieses Geheimfach in der Bibliothek gefunden, von dem Ihre Großmutter in dem Tagebuch spricht?«

»Nein«, sagte sie, »ich hatte nie vorher davon gehört.«

»Es wäre vielleicht hilfreich, wenn Sie wie Ihre Großmutter

einige Zeit darauf verwenden könnten, es zu suchen. Ich glaube, es könnte interessante Dinge enthalten, meinen Sie nicht?«

»Ich werde tun, was ich kann«, sagte Caroline.

»Aber erzähl keinem, was du tust«, sagte ich. »Niemand sollte wissen, womit wir uns befassen. Was ist mit den Zahlen auf der Karteikarte, die wir gefunden haben?«

»Ich bin mit einem Bankier befreundet«, sagte Morris. »Heute ist er ein großer Mann, aber als er anfing, hat er Mittel für *Irgun* gesammelt, und da war das noch nicht erlaubt und mußte insgeheim geschehen. Das ist viele Jahre her, es war unmittelbar nach dem Krieg, aber nicht zu weit entfernt von der Zeit dieser Papiere, die Sie gefunden haben. Ich werde sie ihm bringen. Vielleicht weiß er etwas.«

Morris erklärte sich auch bereit, nachzuforschen, was aus der Poole-Tochter geworden war, die wenige Tage nach dem Tod ihrer Mutter schwanger verschwunden war. Ich nahm mir einige von den Fotos und die Quittung des Arztes, die merkwürdigerweise aufbewahrt worden war. Außerdem nahm ich den Schlüssel aus dem mit »Briefe« beschrifteten Umschlag an mich und steckte ihn in meine Brieftasche.

So weit waren wir mit der Kiste; aber ich wußte dennoch, daß derjenige, der Cressi bezahlt hatte, um Jacqueline Shaw zu töten, dies wahrscheinlich nicht als Rachegeist aus der Vergangenheit getan hatte, sondern aus dem Motiv, das den meisten unserer Verbrechen zugrunde liegt, nämlich des Geldes wegen. Deshalb wollte ich mich heute abend mit Oleanna treffen, der Erleuchteten aus der Kirche des Neuen Lebens, die Nutznießerin von Jacqueline Shaws Lebensversicherung über fünf Millionen Dollar war. Und das war auch der Grund, warum ich Caroline gebeten hatte, mir am gleichen Nachmittag einen Termin bei ihrem Bruder Eddie zu machen, dem schlechtesten Spieler der Welt, der plötzlich nach dem überraschenden Mord an seiner Schwester irgendwie seine Schulden bei Jimmy Vigs bezahlt hatte. In meiner kurzen Karriere hatte ich entdeckt, daß man dem Geld folgen muß, wenn man einen Gauner finden will. Aber vorher war da noch diese Nachricht von dem guten Reverend Custer.

»Hallo.«

»Könnte ich mit deiner Mommy sprechen?«

»Sie ist im Badezimmer.«

»Ja, Liebling, aber könnte ich bitte mit ihr sprechen? Ich bin auf der Suche nach einem Reverend Custer, und man hat mir diese Nummer gegeben.«

»Ich soll sagen, daß sie nicht zu Hause ist. Schulden wir dir Geld?«

»Nicht, daß ich wüßte.«

»Mommy sagt, daß wir viele Schulden haben.«

»Weißt du, Liebling«, sagte ich, »ich glaube, ich habe einfach die falsche Nummer.«

Ich legte auf und starrte ein Weilchen auf Ellies Hieroglyphen und sah zu, wie sie sich vor meinen Augen umgruppierten. Dann machte sich im Nebel meines Gehirns ein Gedanke bemerkbar, und ich spürte, wie ich zu schwitzen begann.

»Ich bin müde«, sagte ich zu Ellie, als ich aus meinem Büro trat, den Zettel mit der Nummer in der Tasche. »Ich gehe mir einen Kaffee holen. Möchten Sie etwas?«

»Mineralwasser«, sagte sie und fing an, in ihrer Handtasche herumzusuchen, bevor ich ihr sagen konnte, sie sei eingeladen. Dann verzichtete ich auf meine Großzügigkeit und nahm ihre fünfzig Cents. Ich brauchte Kleingeld für das Telefon.

Ich vermute, er nahm an, meine Leitung werde abgehört oder irgendwelche Nachrichten seien vielleicht nicht sicher, und eigentlich konnte ich ihm das nicht verübeln. Wer immer hinter ihm her war, hatte die Kühnheit besessen, den Mordanschlag mitten auf dem Schuylkill Expressway in Szene zu setzen. Für jemanden, der so dreist war, wäre es kein Problem, ein Telefon anzuzapfen oder sich mit vorgehaltener Waffe Einblick in ein Bündel von rosa Zetteln zu verschaffen, um einer bestimmten Nummer nachzugehen. »Sie sind mein Kundschafter«, hatte Enrico Raffaello gesagt. »Wie in den alten Kavalleriefilmen; jeder General braucht einen Kundschafter, um die Wilden aufzuspüren.« Und welcher belagerte General hatte jemals einen scharfäugigen Kundschafter nötiger als George Armstrong Custer? Ich wünschte mir bloß, Raffaello hätte sich ein weniger beunruhigendes Beispiel ausgesucht. Er war nicht unter der Nummer zu erreichen, die ich gewählt hatte, weil die Nummer einfach nicht stimmte. Als ich in der Telefonzelle war, wählte ich sie in umgekehrter Reihenfolge. Diesmal meldete sich kein kleines Mädchen.

»Dies ist eine Privatnummer«, sagte eine Stimme am anderen Ende, eine tiefe, langsame Stimme.

»Ich suche Reverend Custer«, sagte ich.

»Da haben Sie sich verwählt, mein Junge«, sagte die Stimme, und die Leitung war tot.

Darüber rätselte ich einen Moment und war ernsthaft verwirrt. Wann zum Teufel würde Calvi endlich von diesem Boot herunterkommen und mir sagen, was ich tun sollte? Bis dahin mußte ich es aufs Geratewohl versuchen. Ich nahm den zweiten von Ellies Vierteldollars und wählte erneut.

»Ich hab doch gesagt, das ist eine Privatnummer«, sagte dieselbe Stimme.

»Ich rufe von einer Telefonzelle aus an, und dies ist meine letzte Münze, und wenn Sie wieder auflegen, dann werden Sie Ärger kriegen. Sagen Sie dem Mann, daß sein Kundschafter am Telefon ist. Sagen Sie ihm, daß ich sofort mit ihm sprechen muß.«

In der Leitung herrschte Schweigen, als würde meine Forderung von einer höheren Autorität erwogen, und dann hörte ich Stühlerücken und ein Klopfen an einer entfernten Tür.

»Was haben Sie für mich?« ertönte die vertraute Stimme.

»Wie geht es Ihnen? Wie ernst sind Ihre Verletzungen?«

Ich hörte ein Grunzen.

»Wo sind Sie?« fragte ich.

Nach einer gefährlichen Pause wurde mir klar, daß ich genau

die falsche Frage gestellt hatte. »Sagen Sie mir, was Sie in Erfahrung gebracht haben«, sagte er schließlich.

»Ich weiß jetzt, wie unser Freund, der mit den Waffen, an das Geld gekommen ist. Auftragsmord. Eines seiner Opfer war eine Erbin namens Shaw.«

»Wer hat ihn bezahlt?«

»Das weiß ich noch nicht genau, aber das hat nichts mit Ihnen zu tun. Für unseren Freund war das einfach ein Mittel, um den Krieg zu finanzieren. Aber er ist ein bißchen schlampig geworden, und es gab einen Zeugen; das ist verdammt interessant. Unter Druck hat der Zeuge seine Geschichte abgeändert und unseren Knaben entlastet.«

»Wer hat den Druck ausgeübt?«

»Unser kleiner Kumpel, der so schnell aufgestiegen ist, der Pfandleiher. Er steckt mit drin, das weiß ich.«

»Gibt es sonst noch eine Verbindung zwischen den beiden?«

»Außer, daß Ihr Freund nur zu glücklich war, mich vor dem Zwischenfall in Ihr Auto zu locken?«

»Ja, welche sonst noch?«

»Keine. Aber er ist es.«

»Ob er es ist oder ein anderer, spielt keine Rolle mehr«, sagte er und seufzte dann. »Sie sind ein guter Freund. Sie sind sehr loyal gewesen. Ich werde mich daran erinnern, wenn es vorbei ist. Ich möchte Sie noch um einen letzten Gefallen bitten.«

»Ich will da raus.«

»Ich weiß, daß Sie das wollen, und ich will es jetzt auch. Ich bin der Sache müde, und diese Tiere nehmen absolut keine Rücksicht. Es war schlimm genug, daß sie mich gejagt haben, aber was sie Dominic angetan haben und dann Jimmy Bones, das war zuviel. Sie werden auch hinter meiner Tochter her sein, das weiß ich, und dann bleibt mir nichts anderes übrig, als einen Krieg anzufangen, den keiner gewinnen wird und bei dem am Ende alle tot sind. Ich könnte meine Männer jetzt gleich auf die Jagd schicken, aber das löst das Problem nicht, und mit jedem Mord, mit jedem

Mordversuch wird der Fall, den die Bundesbeamten aufbauen, erfolgversprechender, und mehr von unseren Leuten werden abspringen. Ich bin müde, ich habe keine Lust, die letzten Jahre meines Lebens in einem Versteck oder im Knast zu verbringen oder zu sterben. Ich will malen. Ich will einen ganzen Monat damit zubringen, ein einziges Gedicht zu lesen. Ich will nackt im Mondschein am Meer tanzen.«

»Klingt wie eine Bekanntschaftsanzeige.«

»Im Herzen bin ich Romantiker.«

»Die Mistkerle haben versucht, uns zu töten.«

»Ich habe nie viel von Krieg gehalten. Einmal hat man ihn mir aufgezwungen, aber das lasse ich kein zweites Mal zu. Man wird Sie zu einem Treffen bestellen.«

»Warum sollten die an mich herantreten?«

»Sie waren in der Schußlinie. Sie waren die letzte neutrale Person, die mich gesehen hat. Man wird an Sie herantreten. Das ist die Arbeitsweise dieser Tiere.«

»Und was sage ich denen?«

»Sie sollen denen sagen, daß ich Frieden will. Sagen Sie ihnen, daß ich mich mit ihnen treffen werde, um ihre Bedingungen zu akzeptieren. Sagen Sie ihnen, wenn sie meine Sicherheit und die Sicherheit meiner Familie garantieren könnten, wäre es vorbei. Sagen Sie ihnen, daß wir uns treffen werden, um einen Waffenstillstand auszuhandeln, und daß die Trophäe dann ihnen gehört.«

## 35

Die Eheleute Edward Shaw wohnten in einem Stadthaus am Delany Place, einer sehr schicken Adresse auf der Schuylkill-Seite des Rittenhouse Square. Es war keine Durchgangsstraße, also war es ruhig, und die Autos, die vor den Häusern standen, schienen seit einer halben Ewigkeit dort geparkt zu sein, in der ersten Reihe und ohne Parkuhren auf Stellplätzen, die zweifellos von einer Generation an die nächste vererbt wurden. Natürlich geruhten die Shaws nicht, auf der Straße zu parken, zu ihrem Haus gehörte eine Garage auf der Rückseite, wie ich festgestellt hatte, indem ich durch das Fenster in der Garagentür lugte, bevor ich den Klingelknopf drückte. Eine Doppelgarage, in der nur ein Wagen stand, ein unauffälliger silberner BMW. Nicht die Art von Auto, in der der schlechteste Spieler der Welt herumkurven würde, nahm ich an. Er würde etwas Auffallenderes wollen, etwas Rotes, mehr Phallisches, um die ständigen Demütigungen auszugleichen, wenn seine sicheren Gewinner mitten auf der Rennbahn nach einem Herzschlag tot umfielen. Wie es aussah, hatte Eddie Shaw sich vor unserem Treffen gedrückt. Bei der Art, wie er mir aus dem Weg ging, konnte man wirklich Komplexe kriegen.

Als ich sah, wer mir die Tür aufmachte, rechnete ich mit einem Wortschwall, aber alles, was Kendall Shaw sagte, war ein leises: »Hallo, Victor. Caroline hat mir gesagt, daß Sie kommen würden und daß ich Ihnen in jeder Weise behilflich sein soll.« Als ich drinnen war, drehte sie sich um und führte mich in ihr Wohnzimmer.

Um dorthin zu gelangen, passierten wir ein regelrechtes, mit Teppichboden ausgelegtes Foyer. Die Wände waren zartblau und hatten rechteckige Muster in einem etwas dunkleren Blauton. Es gab dazu passende Stühle und ein Sofa, aber rechts von der Mitte war ein Bereich, der merkwürdig leer wirkte. Als ich an der Stelle vorbeikam, schaute ich auf den Teppich und sah vier Eindrücke in einem unregelmäßig viereckigen Muster, etwa von der Form und Größe der Füße eines Flügels.

Das Wohnzimmer war noch intakt. Es war bequem möbliert mit tiefen Sofas, Liegesesseln, gerahmten Posters und einigen von Kendalls neuesten Landschaftsbildern. In der Mitte des Zimmers stand wie ein Schrein ein riesiger Fernsehapparat. Typisch, dachte ich, sollen sie den Flügel, sollen sie die Bilder mitnehmen, aber um Gottes willen nicht meinen Fernsehsessel oder meinen Panasonic mit dem Großbildschirm. Kendall ließ mich auf der Couch Platz nehmen und setzte sich selbst auf ein gegenüberstehendes Zweiersofa. Heute war sie ziemlich streng gekleidet, Tweedrock und weiße Bluse, und ihre durch Medikamente ausgelöste Manie war ein wenig gedämpft. Ich nahm an, daß sie diese Woche andere Pillen schluckte. Ein Valium gefällig?

»Eigentlich wollte ich Ihren Mann sprechen«, sagte ich.

»Sie sind in Wirklichkeit gar kein Maler, nicht wahr, Victor?«

»Nein, Ma'am. Tatsächlich bin ich Rechtsanwalt. Aber ich habe Ihr Werk sehr bewundert.«

»Nett von Ihnen und Caroline, solche Spielchen mit mir zu spielen.«

»Ich bin nur hier, um Ihrem Mann ein paar Fragen zu stellen.«

»Das hat Caroline mir gesagt. Er ist im Moment nicht da, aber Sie können mit mir auf ihn warten, wenn Sie möchten.« Sie sah auf ihre Uhr. »Er wird sich wohl ein bißchen verspäten.«

»Wann hatten Sie ihn zurückerwartet?«

»Vor zwei Tagen.« Dann sprang sie beinahe von ihrem Sofa auf. »Kann ich Ihnen etwas anbieten? Kaffee? Gebäck?«

»Kaffee wäre schön«, sagte ich und sah zu, wie sie rasch aus dem Raum ging.

Na, das wurde ganz schön peinlich.

Nach zehn Minuten kam sie wieder. Sie trug ein Tablett mit Kaffeekanne, zwei Tassen und einer Schale Gebäck. Während sie einschenkte, sagte ich, daß ich meinen Kaffee gern schwarz trinke. Sie reichte mir die Tasse, und ich nippte vornehm. Er war brühend heiß. Ich überlegte, wieviel ich ihrer Versicherung in Rechnung stellen könnte, wenn ich mir den Kaffee über den Schoß goß.

»Wonach genau wollten Sie meinen Mann denn fragen?« sagte sie nonchalant, während sie sich auch eine Tasse einschenkte.

»Sind Sie sicher, daß Koffein Ihnen bekommt, Mrs. Shaw?«

Eine Pause entstand. Sie rührte etwas Milch und Süßstoff in ihren Kaffee und lehnte sich auf dem Sofa zurück. »Ich möchte mich für mein Verhalten neulich nachts in Veritas entschuldigen, Victor. Sie haben mich an einem schlechten Tag kennengelernt. Ich hatte gerade meinen Eisprung und neige dann immer etwas dazu, übereifrig zu werden.«

»Nun gut, so genau wollte ich das gar nicht wissen, aber die Entschuldigung ist akzeptiert.«

»Wie geht es Ihrem Ohr?«

»Es heilt, danke. Ich wollte Ihren Nachmittag nicht stören, ich hatte bloß ein paar Fragen zu den Finanzen Ihres Gatten.«

»Haben wir die nicht alle.«

»Vielleicht sollte ich ein andermal wiederkommen.«

»Vielleicht haben Sie mehr Glück, wenn Sie mich fragen, was Sie wissen wollen. Edward ist, was sein Geld betrifft, weder freimütig noch entgegenkommend, außer bei seinen Buchmachern.«

Ich trank einen Schluck von meinem Kaffee und starrte sie einen Moment an. Bei ihrer medikamentösen Hysterie an dem Abend, als sie mir ins Ohr gebissen hatte, hatte ich das gar nicht bemerkt, aber Kendall Shaw hatte eine Aura von Kraft um sich, wie sie da tapfer in ihrem noblen Stadthaus saß, das sich vor ihren Augen auflöste. Eddie Shaw hatte ich die Schwäche des Spielers angesehen, der trotz aller gegenteiligen Beweise damit rechnet, daß er gewinnt. Kendall hatte ebenfalls die Augen einer Spielerin, aber einer Spielerin, die alles gesetzt und verloren hatte und damit leben konnte. Sie hatte um Eddie Shaw gewürfelt, mit einem Paar Würfel, von dem sie sicher annahm, es sei zu ihren Gunsten manipuliert, und trotz aller Gesetze von Wahrscheinlichkeit und Physik hatte sie verloren.

»Also gut«, sagte ich. »Ich werde Sie fragen, was ich ihn fragen wollte. An dem Tag, an dem Jacqueline starb, flog Ihr Mann wegen irgendwelcher Geschäfte aus dem Strandurlaub nach

Philadelphia. Am Nachmittag war er in Jacquelines Wohnung, aber sie war nicht zu Hause. Welchen Zweck hatte dieser Besuch?«

Sie trank einen Schluck Kaffee und schaute zur Seite. »Edward würde Ihnen antworten, daß er bloß vorbeigegangen ist, um seiner lieben Schwester Hallo zu sagen.«

»Aber er ist nicht bloß vorbeigegangen, um Hallo zu sagen?«

»Das wäre eine freundliche und liebevolle Geste von ihm gewesen, also können wir davon ausgehen, daß die Antwort nein lautet. Einen Keks, Victor?«

»Nein, danke. Weshalb also der Besuch?«

»Edward brauchte Geld, um seine Spielschulden zu bezahlen. Sie hatten seinen Porsche kaputtgemacht und ihm den Arm gebrochen. Er dachte, als nächstes würden sie ihn umbringen. Er hoffte, seine Schwester würde ihm etwas von ihrem Geld geben, damit er aus seinen dringendsten Problemen herauskäme.«

»Warum Jacqueline?«

»Die anderen schieden aus. Bobby hat sein Geld durch wilde Investitionen verloren, und Caroline hat das meiste von ihrem an ihren Film verschwendet.«

»Sie erwähnten bereits, daß Caroline versucht hat, einen Film zu drehen.«

»Ja. In einem plötzlichen Anfall von Begeisterung vergeudete sie große Summen aus ihren Dividendenzahlungen an einen Autor und einen Regisseur und ein paar Schauspieler und ein Team und drehte einen Film, einen Horrorfilm über einen verrückt gewordenen Schönheitschirurgen, aber dann stellte sie ihre Zahlungen ein und brach den Film ab, bevor er fertig geschnitten werden konnte. Das Rohmaterial hat sie bergeweise in irgendeinem Keller liegen. Sie hat gesagt, das Endergebnis hätte ihren Maßstäben nicht entsprochen, aber das war bloß ein Vorwand. Das ist typisch für sie, einfach so den Stecker rauszuziehen. Auf diese Weise sorgt sie für den ständigen Mißerfolg, in dem sie inzwischen so perfekt ist. Alle Reddmans sind brillante Versager, das habe ich gelernt.«

»Aber Jacqueline hatte ihr Geld noch?«

»Jede Menge. Sie war jahrelang viel zu depressiv, um auch nur aus dem Haus zu gehen. Ihre Dividenden häuften sich an. Edward meinte, mit zweihundertfünfzigtausend Dollar könnte er sich seine Gläubiger vom Hals schaffen. Sie war seine letzte Hoffnung.«

»Und sie war nicht zu Hause, als er sie besuchen wollte.«

»Nein, das war sie nicht, und als er sich freimachen konnte, um noch einmal zu ihr zu gehen, war sie tot.«

»Was für ihn eigentlich gar nicht so ungelegen kam, zumindest hat er das vielleicht gedacht, denn sie war mit fünf Millionen versichert, und er rechnete damit, einer der Begünstigten zu sein.«

»Edward würde Ihnen antworten, daß er wußte, daß der Begünstigte in ihrer Police jemand anderer war, daß Jacqueline ihm das erzählt hatte.«

»Aber das wäre eine weitere Lüge, nehme ich an.«

»Am Tag, nachdem man sie erhängt aufgefunden hatte, hat er sich in Erwartung der Prämie Geld geliehen, um einen Teil seiner Schulden zu bezahlen. Dem Geldverleiher hat er versprochen, den Kredit zurückzuzahlen, sobald das Geld von der Versicherung käme. An dem Abend, an dem er herausfand, daß das Geld an diese New-Age-Spinner gehen würde, hat er vor Verzweiflung buchstäblich geheult.«

»Wie ein Werwolf.«

Sie lachte leise, aber nicht freundlich. »In meinen Tabellen hatte gestanden, der Abend wäre günstig.«

»Astrologie?«

»Nein, meine Temperatur, aber er schlotterte derartig vor Angst, daß er unbrauchbar war.«

»Warum erzählen Sie mir das alles, Kendall?«

Sie stand auf, stellte ihre nun leere Tasse auf das Tablett und ging dann hinüber zu einem ihrer Gemälde an der Wand. Es hing in einem schönen ovalen Rahmen, und die Ölfarben waren auch oval aufgetragen, eine Nachtszene mit einem Bach zwischen kahlen, spindeldürren Bäumen und einem riesigen weißen Berggipfel im Hintergrund, alles illuminiert von einem hellen Mond. »Hat Ihnen mein Bild wirklich gefallen?« fragte sie.

»Nein, ehrlich gesagt nicht, aber ich bin kein Kritiker.«

»Und ich keine Malerin«, sagte sie. »Caroline hat erzählt, daß Sie für sie Jacquelines Tod untersuchen. Daß Sie beide glauben, Jacqueline wäre ermordet worden.«

»Das stimmt.«

»Nun, Victor, glauben Sie nicht, daß ich dasselbe geglaubt habe, was Sie glauben? Glauben Sie nicht, daß ich nachts wach neben diesem schnarchenden Scheißkerl gelegen und mich voller Angst gefragt habe, zu welchen bestialischen Dingen er fähig ist? Glauben Sie nicht?«

»Ich schätze, ich hab es nicht geglaubt.«

»Gut, dann glauben Sie es jetzt.«

»Und wenn sich herausstellt, daß es Ihr Mann war, was werden Sie dann tun?«

»Ich habe ihn für gute und für schlechte Zeiten geheiratet, und im Unterschied zum Rest der Welt glaube ich daran. Ich würde ziehen, wohin immer sie ihn schicken, und ihn einmal wöchentlich im Gefängnis besuchen, jede Woche. Ich wäre die loyalste Ehefrau, die Sie je gesehen haben, bis sein Vater stirbt und seine Anteile aufgeteilt werden, und dann würde ich mich von diesem Mistkerl scheiden lassen und meine Hälfte nehmen und nach Santa Fe ziehen. Georgia O'Keeffe hat gleich außerhalb von Santa Fe gemalt. Wußten Sie das?«

»Nein.«

»Da unten in Santa Fe muß es eine äußerst erotische Flora geben. Irgendwelche weiteren Fragen, Victor?«

»Nur noch eine. Dieses Geld, das er aufgetrieben hat, um einen Teil der Spielschulden zu bezahlen. Woher kam es?«

»Edward würde Ihnen sagen, daß er auf der Rennbahn einfach Glück hatte.«

»Ja, ich wette, daß er mir das sagen würde.«

»Mir hat er gesagt, daß er jemanden gefunden hat, der ihm hilft«, sagte sie. »Er hat mir gesagt, er hätte jemanden gefunden, der bereit war, ihm die Forderung an die Versicherung für ein paar Prozent pro Woche abzukaufen. Er hat mich etwas unterschreiben lassen, aber dann hat er gesagt, der Mann würde für ihn bürgen.«

»Wer?«

»Irgendein Pfandleiher aus South Philly. Sein Laden ist in der Second Street, glaube ich, und heißt Seventh Circle Pawn Shop. Reizender Name, wahrhaftig, der Mann heißt nämlich Dante.«

Nachdem ich Kendall Shaw verlassen hatte, suchte ich als erstes ein Telefon und sagte Caroline, sie solle um Himmels willen aus ihrer Wohnung verschwinden, sofort, verschwinden und sich verstecken. Ich hatte genug erfahren, um mir auszurechnen, daß ihr Leben in Gefahr war und wer genau ihren Tod wünschte.

## 36

Ich wartete ein Weilchen vor dem großen verfallenden Haus in Mount Airy und beobachtete, wie die Anhänger der Kirche den »Hafen« betraten. Ich sah, daß sie Anhänger waren, denn sie trugen unter ihren Jeansjacken Sandalen und farbige Gewänder, und ihre Haare waren entweder lang oder ihre Schädel kahlgeschoren. Außerdem hatten sie die selbstgerechte Haltung von Leuten, die der einzig wahren Antwort auf der Spur sind, die das Leben stellt. In jedem anderen Teil der Stadt hätten sie fehl am Platz gewirkt, aber Mount Airy ist schon lange eine Zuflucht für ernsthafte Müsli-Esser und engagierte Aktivistinnen in langen Batikröcken. Sie taten mir leid, als ich sie in dieses Haus gehen sah, obwohl ich wußte, daß ich ihnen leid tun würde, wenn sie mir über den Weg liefen. Ich hielt sie für Narren, denen man etwas vormachte, denen man für einen gewissen Preis eine zweifelhafte Erleuchtung versprach, obwohl es im Grunde nur um den Preis ging. Sie ihrerseits hätten mich für einen materialistischen Verlierer gehalten, der überhaupt keine Beziehung zu den kostbaren spirituellen Wahrheiten seines Lebens hatte. Gemeinsam war uns nur unsere gegenseitige Verachtung, gefärbt mit Mitleid, aber, hey, ich hatte schon langfristige romantische Beziehungen durchlitten, die auf weniger aufgebaut waren.

Doch die Frau in diesem Haus in Mount Airy sollte fünf Millionen bekommen. Wenn ich sie mit dem Mord in Verbindung bringen und Caroline dazu bewegen konnte, meine Vereinbarung zu unterschreiben, dann wäre ich wohl in der Lage, mir mein Drittel von den fünf Millionen zu beschaffen, entweder mittels einer Klage gegen sie oder über die Versicherungsgesellschaft. Eine Million sechshundertsechsundsechzigtausendsechshundertsechsundsechzig Dollar und sechsundsechzig Cents. Das war nicht alles, was ich mir in der glühendsten Hoffnung meiner durchschwitzten Nächte vorgestellt hatte, aber die Zahl bestand aus lauter tröstlichen Zischlauten. Sie würde reichen. Ich klopfte mir auf meinen Panzer aus Unglauben, stieg aus dem Wagen und ging meinem Treffen mit der erleuchteten Oleanna im »Hafen« entgegen.

Das Haus war aus Stein mit dunkelgrünen Zierkanten. Es gab eine schmale vordere Veranda mit gestrichenem Holzfußboden, der verschrammt und uneben war. Auf dieser Veranda standen einige alte Korbstühle wie zu einer Diskussionsrunde aufgebaut, aber sie waren jetzt leer. Ich umging ein rotes Dreirad, einen Stapel alter brauner Kissen, die im Freien verfaulten, und einen Haufen Gerümpel. Es war zwar Spätfrühling, aber die Sturmfenster waren noch eingehängt, und grüne Farbe blätterte von ihren Rahmen und von der Tür. Am Rand der Türfassung hing absurderweise eine Medusa, mit dicken Farbschichten übermalt. Ich läutete, aber nichts geschah. Ich ließ den Türklopfer fallen, und nichts geschah. Ich sah mich um, drehte den Türknopf und trat in ein anderes Jahr: 1968, um genau zu sein.

Räucherstäbchen, Jerry Garcia, der warme, nußartige Duft eines vegetarischen Eintopfs, der im Ofen schmorte, Poster aus Indien und Tibet, ernsthafte Gespräche, schlechte Haarschnitte, starke, schwer zu vertreibende Körpergerüche.

All das haben wir verpaßt, die Leute meiner Generation; wir wurden zu spät geboren, um uns noch an eine Zeit zu erinnern, als Martin Luther King und Bobby Kennedy nicht tot waren. Die coolen Jugendlichen in unseren Schulklassen trugen keine Batikhemden und Schlaghosen, kein langes, glattes Haar, machten keine Solidaritätsmärsche mit den wandernden Farmarbeitern. Sie trugen Polohemden, bewarben sich bei der Harvard Business School und schlugen sich Bierdosen auf die Köpfe. Wir hörten nicht, wie der junge Bob Dylan seine Warnung an Mr. Jones sang, wir hatten Bruce Springsteen und die Pretenders und die Sex Pistols, einfach so, weil es Spaß machte. Es gab viele, die wie Beth das Gefühl hatten, etwas verpaßt zu haben, die glaubten, das Beste hätte stattgefunden, bevor sie auf die Welt kamen, aber mir war es ganz recht, daß ich das nicht mitbekommen hatte. Zuviel Pseudo-Aktivismus, zuviel Druck, um zu viele Drogen auszuprobieren, zuwenig Deodorant, zuviel abscheuliche Aufrichtigkeit, zuviel Gemeinsamkeit mit den Massen, zuviel freie Liebe. Na ja, die freie Liebe wäre mir schon recht gewesen, klar, ich war so geil, wie man nur sein kann, aber den Rest hätte man von mir aus in eine Zeitkapsel stecken und mit einer Rakete zum Aquarius schießen können. Mit meinem Anzug und Schlips fühlte ich mich in diesem Haus fehl am Platz, und das gefiel mir.

Eine vollkommen haarlose Frau in einem orangefarbenen Gewand kam, um mich zu begrüßen. Sie legte die Hände zusammen, Fingerspitzen nach oben, und verbeugte sich leicht.

Na klar. »Ich bin hier, um Oleanna zu sehen«, sagte ich. »Ich habe einen Termin.«

»Es tut mir leid«, sagte die Frau mit einer Stimme, in der echte Liebenswürdigkeit mitschwang, »aber Oleanna vergibt keine Termine.«

»Warum fragen Sie nicht nach?« sagte ich.

Bevor sie sich erneut entschuldigen konnte, erblickte ich etwas, das die Treppe herunterkam und wie ein behaarter Junge aussah. Zuerst konnte ich nur seine Füße in den Sandalen sehen, dann den Saum seines gelben Gewandes, und dann, als mehr von seinem Körper sichtbar wurde, erkannte ich Gaylord. Er schaute sich beim Herunterkommen im Raum um und erblickte mich.

»Victor Carl, wie nett, Sie zu sehen«, sagte er mit seiner hohen Stimme, und ringsum verstummten alle Gespräche. Ein Lächeln drang durch seinen Bart, als er näher kam. »Willkommen im ›Hafen‹. Wir haben uns so auf Ihren Besuch gefreut.«

Die Frau in der orangefarbenen Robe legte die Hände zusammen und verneigte sich leicht vor Gaylord, ehe sie sich zurückzog. Gaylord packte mich am Ellbogen, noch immer lächelnd.

»Kommen Sie«, sagte er, »ich bringe Sie nach unten.«

Er führte mich in den rückwärtigen Teil des Hauses in Richtung Küche. Die versammelte Gemeinde wurde still, als wir uns näherten, und zog sich dann zurück. Einige waren in Straßenkleidung, doch die meisten trugen orangefarbene oder grüne Gewänder. Nur Gaylord trug Gelb.

»Was bedeuten die verschiedenen Farben?« fragte ich.

»Wieviel hat Ihre Freundin Beth Ihnen erzählt?« fragte er.

»Beth?«

»Kommen Sie schon, Victor, wir sind keine Dummköpfe. Wir wußten gleich, wer sie war, als sie kam, und wir haben ihr nur zu gern erlaubt, sich unserer Familie anzuschließen. Sie haben uns einen Gefallen getan, als Sie sie zu uns schickten. Sie hat eine spirituelle Begabung, die sehr selten ist. Oleanna hält sie für eine sehr entwickelte Seele.«

»Beth?«

»Sie hat die Schritte schneller vollzogen als alle Suchenden, die wir je hatten, außer Oleanna. Die Farben unserer Roben entsprechen den zwölf Schritten, einschließlich der Initiation. Die ersten fünf Schritte heißen Vorbereitung, und in dieser Zeit trägt der Suchende Orange. Die Schritte sechs bis neun heißen Erleuchtung, und da trägt der Suchende Grün. Die letzten Schritte sind die Initiation, in welcher der Suchende drei Proben durchmachen muß, die Feuerprobe, die Wasserprobe und die Luftprobe. Diejenigen, die sich in diesem Prozeß befinden, tragen Gelb.«

»Sie sind der einzige, den ich in Gelb sehe.«

»Das ist ein sehr fortgeschrittenes Stadium«, sagte Gaylord.

Die Küche war groß und hell mit gelbweißem Linoleum auf dem Boden und avocadogrünen Arbeitsplatten aus Resopal. Eine Gruppe von Akolythen in Orange und Grün schnitt Gemüse und rührte in Töpfen auf einem übergroßen Profiherd. »Nur einige wenige wohnen im Haus«, sagte Gaylord, »aber alle Mitglieder sind eingeladen, an der Vorbereitung und Einnahme der Abendmahlzeit teilzunehmen. Sie sind ebenfalls eingeladen.«

»Sehr gastfreundlich für jemandem, der mir erst vor ein paar Wochen damit gedroht hat, mir ernsthaften körperlichen Schaden zuzufügen.«

Gaylord blieb stehen, wandte mir das Gesicht zu und tat dann etwas, das mich wirklich schockierte. Er legte die Hände zusammen, fiel auf die Knie, beugte tief den Kopf und berührte mit der Stirn meine Schuhe. Die ganze Szene war schrecklich peinlich, aber niemand in der Küche schien sich viel dabei zu denken. Ein Akolyth in orangefarbener Robe zog eine Augenbraue hoch, während er uns einen Moment zusah, ehe er sich wieder seiner Arbeit zuwandte.

»Ich entschuldige mich von ganzem Herzen bei Ihnen, Victor Carl, für mein Benehmen in Ihrem Büro. Ich hatte den Eindruck, daß meine Familie bedroht und belagert wird, und ich habe mit Wut und Gewalt reagiert statt mit Wohlwollen und Freundlichkeit. Sie sollten wissen, daß die karmische Wunde durch mein

Verhalten erst noch heilen muß und daß mein spiritueller Fortschritt einstweilen stockt, solange ich mich mit meinem Vergehen befassen muß.«

»Stehen Sie auf, Gaylord.«

Den Kopf noch immer auf meine Schuhe gedrückt, sagte er: »Ich bitte Sie jetzt um Vergebung.«

Ich wich zurück, und er hockte sich hin, die Hände noch immer vor sich erhoben.

»Zum Teufel, stehen Sie bloß auf«, sagte ich. »Da waren mir Ihre Drohungen ja noch lieber als diese Büßernummer.«

»Sie vergeben mir also?«

»Stehen Sie endlich auf, wenn ich Ihnen vergebe?«

»Wenn Sie das wollen.«

Unsicher schaute ich auf ihn nieder. Ich hätte die Szene noch schlimmer gefunden, wenn seine Worte nicht seltsam förmlich geklungen hätten, als hätte er den gleichen Akt der Zerknirschung schon im Supermarkt dargeboten, nachdem er einem Käufer mit fünfzehn Artikeln in der Kassenschlange, wo man höchstens zwölf haben durfte, die Hölle heiß gemacht hatte, oder einem Taxifahrer, der einen Umweg gefahren war. Doch trotz der förmlichen Entschuldigung merkte ich, daß es mir nicht gefiel, wenn man so vor mir kniete, und das überraschte mich. Wer unter uns hat nicht wenigstens mal für einen Augenblick davon geträumt, ein König zu sein? Doch ein bußfertiger Robenträger zu meinen Füßen hatte meine Entschlossenheit gestählt, rundweg abzulehnen, sollte jemals das Kollegium katholischer Kardinäle bei seinem geheimen Konklave in Rom zu der Entscheidung kommen, einen Juden aus Philadelphia zum nächsten Papst zu machen. Das allerletzte, was ich wollte, waren gebückte Menschenmassen, die an meinem Ring lutschten. »Stehen Sie auf, Gaylord. Ich vergebe Ihnen.«

Gaylord lächelte ein durchtriebenes Siegerlächeln, als er aufstand.

Wieder nahm er meinen Arm und brachte mich im hinteren

Teil der Küche zu einer Tür, hinter der eine niedrige Treppe nach unten führte. Ich duckte mich auf dem Weg zu einem Mittelgang, von dem ein Gewirr winziger Zimmer abging. Einige der Türen waren offen, und drinnen saßen kleine Gruppen von Leuten in Reihen oder im Kreis auf dem Fußboden und sangen, wiegten sich vor und zurück oder saßen vollkommen reglos. Die Wände waren billige Trockenmauern, und der graue Teppich sah nach dem Bodenbelag einer Fabrikhalle aus.

»In den Übungsräumen«, sagte Gaylord, »lehren wir die vielen verschiedenen Meditationstechniken.«

»Mehr als bloß mit gekreuzten Beinen dazusitzen und ›Om‹ zu sagen?«

Er blieb vor einem Zimmer stehen und öffnete die Tür. Fünf Gefolgsleute in Orange saßen um eine Frau in grüner Robe herum, die mit gelassenem, friedlichem Gesichtsausdruck vor ihnen kniete. Drei der Leute in Orange atmeten hastig ein und aus, als würden sie hyperventilieren. Ein Mann saß vorgebeugt und weinte mit geschlossenen Augen. Die letzte Person, eine Frau, zitterte, hatte die Arme eng um den Oberkörper geschlungen und schrie wie ein verängstigtes Kind. Keiner kam ihr zu Hilfe, während sie zitterte und schrie. Langsam machte Gaylord die Tür wieder zu.

»Sie üben dynamische Meditation«, sagte Gaylord. »Das ist die wirksamste Art, die Vergangenheit wieder mit der Gegenwart zu integrieren. So fangen viele unserer Anhänger an, die Integrität des inneren Geistes durch seine aufsteigende Reise von Leben zu Leben zu sehen.«

»Sie sprechen von früheren Leben?«

»Einen Zugang zu unseren Vergangenheiten zu finden, ist der letzte Schritt der Vorbereitung, bevor wir zur Erleuchtung weitergehen. Wir können nicht wissen, wohin unsere Seele strebt, wenn wir nicht wissen, wo sie vorher war.«

»Dann haben Sie also nicht gescherzt, als Sie gesagt haben, Sie wären ein Kreuzritter gewesen.«

»Dynamische Meditation ist sehr kraftvoll«, sagte Gaylord. Er lächelte unbefangen und führte mich weiter den Gang entlang.

Ich spürte sie ringsum, die geschäftige Arbeit der ergebenen Robenträger, die nach der spirituellen Rettung suchten, von der sie wußten, daß es sie irgendwo für sie geben mußte, denn warum sonst sollten sie auf einer solchen Schlackenhalde gelandet sein? Ich fühlte mich wie ein Fremder in meinem Anzug, als ich sie alle bei ihrer harten mystischen Arbeit beobachtete. Ich fragte mich, ob James Bond sich so gefühlt hatte, als Auric Goldfinger ihn durch die Einrichtung führte, von der aus er eine Atombombe zünden und Amerikas Goldvorräte zerstören wollte: distanziert und amüsiert und beeindruckt und abgestoßen – alles zur gleichen Zeit. Am liebsten wäre ich zurückgegangen und hätte die Tür aufgemacht und die Frau umarmt, die da zitterte und weinte, nur war ich sicher, daß das das letzte war, was sie gewollt hätte. Sie hatte sich den Kopf rasiert, diese Frau, und ihr Gesicht war rot vor Tränen und Schmerz. Am Schluß würden ihr alle sagen, wie weit sie gekommen war, und sie würde überaus stolz sein und sich der ganzen Sache noch stärker verbunden fühlen. Selbst Bond wäre da machtlos gewesen.

Endlich brachte Gaylord mich zu einem Raum am Ende des Kellers, der anders war als alle anderen. Er bat mich, vor dem Eintreten die Schuhe auszuziehen. Ich hatte damit gerechnet, daß einige Schuhe abgelegt würden, und deshalb darauf geachtet, an diesem Tag Socken ohne Löcher anzuziehen. Gaylord schlüpfte aus seinen Sandalen und öffnete die Tür.

Die Tür zu diesem Raum war klein, so niedrig, daß ich mich bücken mußte, um einzutreten. Drinnen stellte ich fest, daß er sich sehr von den anderen unterschied. Er war größer, der Boden war mit beigefarbenen Tatami-Matten bedeckt, die Wände ganz mit edlem Holz verkleidet. Auf beiden Seiten und an der hinteren Wand erhoben sich treppenähnliche Emporen, ebenfalls mit Tatamis ausgelegt. Blütenblätter waren auf den Matten verstreut, und in einem Bronzegefäß brannten starke Räucherstäbchen. In jeder Ecke des Raums standen Säulen, in die etwas gemeißelt war, das nach Sanskrit aussah, und an einer der Wände hing eine gerahmte Architekturzeichnung eines futuristischen, kirchenähnlichen Gebäudes, das mit seinen Spitzen und Rundungen sehr mormonisch wirkte. In der hinteren Wand des Raumes gab es Fenster, und darunter saß in einer Nische ein steinerner Buddha mit vollem Bauch und leerem Lächeln; vor dem Buddha standen auf einem kleinen Steinpodest zwei Füße aus Bronze, ein perfektes Paar, lebensgroß und an den Knöcheln abgeschnitten.

Gaylord ging geradewegs zu der Wand mit dem Buddha, fiel auf die Knie und beugte sich nieder, bis seine Stirn die bronzenen Füße berührte. Dann stand er auf, wies auf eine der Emporen und sagte: »Warten Sie hier bitte ein paar Minuten.«

Ich ging auf Strümpfen ein bißchen in dem Raum herum, untersuchte die Täfelung, die Säulen mit den Inschriften und die Architekturzeichnung, die ich für den Entwurf der Kirche des Neuen Lebens in Gladwynne hielt, deren Grundsteinlegung als Ergebnis von Jacquelines rechtzeitigem Tod erfolgen konnte. Ich starrte einen Augenblick die Skulptur des Buddha an, die alt und kostbar zu sein schien, und dann die bronzenen Füße auf dem Podest. Ich mußte zugeben, daß sie mehr als eigenartig waren. Es waren Frauenfüße, schmal und anmutig gewölbt, mit gleichmäßigen, leicht gebogenen Zehen. Für Füße waren sie wirklich sehr attraktiv. Ich mußte sie einfach berühren, meine Finger leicht an der Unterseite des Spanns reiben, die Hand fest auf die Fußwurzelknochen legen. Die Bronze fühlte sich glatt an und glänzte, mit der Zeit blankgerieben wie die Füße der Statue eines römisch-katholischen Heiligen. Ich atmete tief aus, drehte mich um und setzte mich dann auf eine der Emporen, der Architekturzeichnung gegenüber. Die Emporen waren breit genug, um im Schneidersitz darauf Platz zu haben, wozu sie wohl auch gedacht waren, aber ich ließ die Beine baumeln wie auf der Tribüne bei einem Footballspiel der High School.

Ich wartete etwa eine halbe Stunde und wurde immer ungeduldiger. Da klopfte jemand an die Tür. Ich stand auf.

Die Tür wurde langsam geöffnet. Gaylord kam herein. Er sah ungewöhnlich ernst aus und hatte die Hände vor dem Körper gefaltet. Er trat nach rechts beiseite. Hinter Gaylord kam unser Freund, der Möchtegern-Steven-Seagal Nicholas, noch immer in seiner schwarzen Kluft. Ich nahm an, daß er in seiner Eigenschaft als Bodyguard keine Robe trug. Er funkelte mich an, als er sich bückte, um durch die niedrige Tür zu gehen, und nahm dann links von der Tür Aufstellung wie bei einer Art Ehrenspalier. Zwischen diesem Ehrenspalier trat eine kleine Frau in weißer Robe ein.

Insgeheim verschlug es mir einen Moment den Atem, denn sie war vielleicht die schönste Frau, die ich je gesehen hatte. Ihre Züge waren ausgeprägt, aber zart wie die einer griechischen Göttin, und ihre grünen Augen sprühten förmlich. Rotes Haar umgab ihren Kopf wie ein Heiligenschein, und von ihren schmalen Ohren baumelten Ohrringe aus Silber und Perlen. Sie anzusehen war, als sehe man jemanden in einem Film, der mit Weichzeichner aufgenommen worden war. Selbst aus der Entfernung konnte ich ihren leichten Moschusduft riechen. Meine Reaktion auf die Schönheit ihres Gesichts war mir peinlich, und ich wandte die Augen ab, richtete sie auf ihre nackten Füße, die schmal und anmutig gewölbt waren und gleichmäßige, leicht gebogene Zehen hatten. In Fleisch und Blut waren sie hübscher als in Bronze, und ich mußte den Wunsch unterdrücken, auf die Knie zu fallen und mich zu verbeugen, bis meine Stirn sie berührte.

Ich schaute wieder in ihr Gesicht, und Oleanna lächelte mir zu, ein Lächeln, das ich bis in die Eingeweide spürte wie ein altes Lied, in dem die Traurigkeit verlorener Liebe widerhallt.

»Danke, daß Sie gekommen sind, Mr. Carl«, sagte sie. »Ich bin überaus dankbar, daß Sie bereit waren, sich mit mir zu treffen.«

Ich hatte angenommen, ich wäre derjenige, der dieses Treffen vereinbart hatte, aber ich war zu überwältigt, um mich darum zu kümmern.

»Wir hier im ›Hafen‹«, fuhr sie fort, »haben Ihre Hilfe verzweifelt nötig.«

## 37

Als ich aus dem »Hafen« nach Hause kam, wartete Caroline in meiner Wohnung auf mich. Sie trug Jeans und ein Sweatshirt, ihr Gesicht war ohne Make-up, und meine erste Reaktion, als ich sie sah, war die Frage, warum ich sie nie zuvor als unansehnlich empfunden hatte. Das war eigentlich ein unfairer Gedanke, aber ich konnte nichts dagegen machen, so sehr stand ich noch unter dem Bann von Oleanna.

Caroline war in meinem Apartment, weil mir, als ich erfuhr, daß Eddie Shaw sich von Earl Dante ziemlich viel Geld geliehen hatte, sofort klar gewesen war, daß sie in äußerster Gefahr schwebte. Ich sah das so: Eddie hatte sich von Dante, dem Kredithai, Bargeld geliehen, um den Druck zu lindern, den Jimmy Vigs auf ihn ausübte, und damit hatte er gleichzeitig die Ermordung seiner Schwester arrangiert. Der Seventh Circle Pawn war eine erste Adresse für Wucherkredite, Mordaufträge und schwere Körperverletzung. Dante hatte Shaw das Geld gern vorgeschossen, zu drei Prozent die Woche, weil er damit rechnete, daß es von der Prämie aus Jacquelines Lebensversicherung zurückgezahlt werden würde, zusammen mit einem lukrativen Bonus für den Mord selbst. Eddie hatte das Haus seiner Schwester an ihrem Todestag nicht aufgesucht, um sie um Geld zu bitten, wie Kendall gemeint hatte, sondern um das Schloß im Treppenhaus des Cambium mit Klebeband unbrauchbar zu machen und den Holzkeil in die Tür zum Dach zu schieben, damit Cressi für seinen mörderischen Besuch freie Bahn hatte. Als Dante entdeckte, daß das Geld aus der Versicherung nicht an Eddie gehen würde, sondern an irgendeinen New-Age-Guru, muß sein Gesicht eine hübsche grüne Farbe angenommen haben. Jetzt wurde Eddie Shaw vermißt; wahrscheinlich rannte er um sein Leben, und Dantes einzige Chance, in naher Zukunft seinen Kredit zurückgezahlt zu bekommen, bestand darin, ein weiteres Mitglied der Familie Shaw zu töten. Ich hatte Caroline also gewarnt und ihr gesagt, sie solle sich rar machen und dasselbe auch ihrem Bruder Bobby anraten. Bobby, nahm ich an, war an irgendeinen exotischen Ort geflogen, aber Caroline bestand darauf, in Philadelphia zu bleiben. Ja, sie bestand, nachdem sie eine rasche Stippvisite in Veritas gemacht hatte, sogar darauf, sich in meiner Wohnung zu verstecken. Ich hatte ihr einen Schlüssel hinterlegt, ehe ich zum »Hafen« aufbrach. Ich nehme an, daß unsere vage Beziehung vage in eine neue Phase trat.

»Was hast du bei den Sangesbrüdern erfahren?« fragte Caroline, sobald ich mein Apartment betrat.

Ich schaute sie einen Moment an und ging dann um sie herum auf mein Schlafzimmer zu. »Sie haben's nicht getan.«

»Woher weißt du das?«

»Ich weiß es einfach.«

»Hast du dich mit dieser Oleanna getroffen?« fragte sie und folgte mir durch die Tür ins Schlafzimmer.

Ich blinzelte in einen Spiegel, während ich meine Krawatte losband. »Ja.«

»Nun, was hat sie gesagt? Wie hat sie die Lebensversicherungspolice erklärt?«

»Sie haben es nicht getan«, sagte ich barsch. »In Ordnung?« Ich setzte mich auf mein Bett und begann, meine Schnürsenkel zu lösen. »Es war jemand anderer. Wenn du wissen willst, was ich glaube – ich wette, es war dein Bruder Eddie, der den Killer angeheuert hat.«

»Aber das Geld ging an die Sekte«, sagte sie. »Ist es da nicht am wahrscheinlichsten, daß die den Killer angeheuert haben, um an die fünf Millionen zu kommen?«

»Sie sind keine Sekte, und sie waren es nicht.« Ohne Schuhe stand ich auf und löste meinen Gürtel. »Wenn du nichts dagegen hast, Caroline, ich möchte mich hier ausziehen.«

»Doch, ich habe was dagegen«, sagte sie. »Du verdächtigst meinen Bruder, meine Schwester umgebracht zu haben, du verdächtigst irgendeinen geistesgestörten Abkömmling von Elisha Poole, du verdächtigst jeden, bloß nicht den Buchmacher von der Mafia, den du vertreten hast, und die Spinner von dieser New-Age-Kirche, denen der Tod meiner Schwester schnelle fünf Millionen Dollar einbringt. Das ist vollkommen unlogisch. Also sag mir, wieso bist du so verdammt sicher, Victor? Wieso?«

Ja, wieso?

Es war schwer, sich die ganze Begegnung mit Oleanna in Erinnerung zu rufen, denn noch immer kam sie mir nicht recht real vor, sondern eher wie ein Traum. An der Oberfläche hatten wir ein ziemlich normales Gespräch geführt, aber die ganze Zeit hatte ich das Gefühl gehabt, als fließe irgendeine Strömung von ihr zu mir. Es fiel mir schwer, mich zu konzentrieren und bei unserer Diskussion meinen Standpunkt zu behaupten. Mit ihr zusammen zu sein war so, wie ich das Rauchen von Joints in Erinnerung habe, aber ohne die Paranoia oder den intensiven Wunsch, mich mit Doritos vollzustopfen. Sie sah mich so durchdringend an, wie ich es noch nie erlebt hatte, als schaute sie auf etwas, das nichts mit meinem physischen Körper zu tun hatte. Sie las nicht direkt in meinen Gedanken, es war eher so, als halte sie sich visuell über meine Gefühlslage auf dem laufenden. Diese Frau besaß eine Kraft, das war nicht zu leugnen, und während wir zusammen waren, spürte ich, wie diese Kraft nach mir griff. Und ich vermute, daß ich ihr erlag, denn als sie am Ende unseres Treffens meine Hand in ihre nahm und ich die pulsierende Wärme unter ihrer Haut spürte, während sie mich verabschiedete, war ich nicht nur sicher, daß die Kirche des Neuen Lebens nicht in den Mord an Jacqueline Shaw verwickelt war, sondern fühlte mich außerdem verpflichtet herauszufinden, wer genau ihren Mörder angeheuert hatte, und das der Versicherungsgesellschaft zu beweisen, damit das Geld zügig ausbezahlt würde.

Es war nicht so, als hätte ich die vorbereiteten Fragen nicht gestellt – das tat ich durchaus. Ich fragte sie, wie sie Jacqueline überredet hätte, ihre Versicherungspolice abzuändern, und sie sagte, das hätte sie gar nicht getan; Jacqueline hätte von sich aus die Kirche als Begünstigte eingesetzt, wie es viele ihrer Anhänger täten. Ich fragte sie, wie wichtig die fünf Millionen Dollar für ihre Kirche seien, und sie wies mit einem Lächeln auf die Architekturzeichnung des Gebäudes an der Wand und sagte, das Legat von Jacqueline sei der Hauptbestandteil der Mittel, die benutzt werden würden, um in der Vorstadt ihren neuen Ashram zu errichten. Als ich eine Bemerkung über ihren teuren Geschmack in puncto Immobilien machte, zuckte sie mit den Achseln und sagte einfach, das Haus in Mount Airy sei zu klein geworden. Ich fragte sie, ob sie einen Earl Dante, einen Peter Cressi oder einen Jimmy Vigs kenne, und die Antwort lautete jedesmal nein. Ich fragte sie, wie sie überhaupt erfahren habe, daß ich Jacquelines Tod untersuche, und sie sagte, Detective McDeiss habe die Versicherungsgesellschaft angerufen, um ihr noch ein paar Fragen zu stellen, und die Versicherung habe ihre Rechtsanwälte angerufen und gefragt, wieso ein zweifelhafter Strafverteidiger sich so für einen Selbstmord interessiere. Und dann stellte ich ihr die rätselhafteste Frage, warum sie nämlich, wenn sie mit Jacquelines Tod nichts zu tun hatte, Gaylord und Nicholas ausgeschickt habe, um mich von dem Fall abzuschrecken. Sie entschuldigte sich wortreich für deren Verhalten, wenn auch nicht so überschwenglich wie Gaylord, und erklärte, zu der Zeit sei die Versicherungsgesellschaft im Begriff gewesen, das Geld auszuzahlen, und sie sei sicher gewesen, daß meine Ermittlungen Unruhe stiften und die Zahlung weiter verzögern würden. »Und ich hatte natürlich recht«, sagte sie mit liebreizendem Lächeln, »und deswegen waren wir gezwungen zu klagen.« Das waren ihre Antworten auf meine Fragen, und es waren ziemlich gute Antworten, vielleicht nicht großartig, aber gut genug, denke ich, wenn es auch, um die Wahrheit zu sagen, nicht der Inhalt der Antworten war, der mich von ihrer Unschuld überzeugte.

Was mich überzeugt hatte, war dieser Strom, der von ihr zu mir floß, eine merkwürdige, nonverbale Kommunikation, die die Logikzentren meiner linken Gehirnhälfte umging und direkt in die Gefühlszentren der rechten strömte. Ich war überzeugt, daß sie die Wahrheit sagte, weil sie mir das auf eine Weise mitteilte, die zu widerlegen ich nicht imstande war. Emotional glaubte ich jedes Wort, das sie sagte, und nachdem meine Emotionen einmal im Spiel waren, folgte meine Logik ihnen rasch nach. Natürlich würde die Kirche des Neuen Lebens Jacqueline niemals etwas antun. Sie liebten sie, sie kümmerten sich um sie, sie gehörte zur Familie, sagten meine Gefühle. Und sie war eine prachtvolle Milchkuh, die sie für den Rest ihres Lebens melken konnten, so daß sie sich mit der Zeit einen Anteil an dem Reddman-Vermögen einverleiben würden, gegen die die fünf Millionen lächerlich waren; das sagte meine Logik, die sich bemühte, Schritt zu halten.

Und dann, als könne sie meine Gedanken lesen, überredete mich Oleanna, alles in meinen Kräften Stehende zu tun, um Jacquelines Mörder zu finden, nicht mittels Gefühlen, nicht mittels Vernunft, nicht mittels ihrer seltenen Schönheit, sondern durch das Medium, mit dem man am leichtesten meine Aufmerksamkeit gewinnt. Sie bot mir Geld an.

»Wenn Sie die Versicherung überzeugen können, die Auszahlung nicht länger zu verzögern, Mr. Carl«, sagte sie, »indem sie ihr beweisen, daß wir nicht für Jacquelines Tod verantwortlich sind, dann erhalten Sie natürlich eine Belohnung. Im allgemeinen sind die Belohnungen, die wir den Mitgliedern unserer Kirche geben, von karmischer Natur, dazu bestimmt, der Seele in zukünftigen

Leben zu nützen. Aber da Sie kein Mitglied der Kirche sind, wie wäre es mit einem Anteil an der Versicherungssumme? Sagen wir, fünf Prozent?«

Um Ihnen eine Vorstellung von meinem Geisteszustand zu vermitteln: Ich versprach sofort, mein Bestes zu tun, ich feilschte nicht einmal. Wenn ich klarer hätte denken können, hätte ich das Angebot als das erkannt, was es war, nämlich ein Bestechungsgeld, um die Richtung meiner Ermittlungen von ihrer Kirche abzulenken. Aber ich konnte nicht klar denken. Tatsächlich rechnete ich erst nach, als ich im Auto saß, auf dem Kelly Drive, und ins Stadtzentrum zurückfuhr. Zweihundertfünfzigtausend Dollar. Sie bot mir zweihundertfünfzigtausend Dollar, um zu beweisen, daß jemand anderer und nicht sie der Mörder war. Offensichtlich war das Bestechung, aber ich war sicher, daß es keine war. Wieso war ich so sicher? Ja, wieso? Weil ich etwas gespürt hatte, das Oleanna ausstrahlte, etwas Reines, Unschuldiges und Unwiderlegbares, etwas, das ich wegen meines jämmerlichen Mangels an Erfahrung fast nicht erkannt hätte. Was ich von ihr zu mir hatte fließen fühlen, war etwas, das der Liebe nahekam.

»Also, was war in Veritas los?« fragte ich Caroline, als wir an meinem Eßtisch aus Resopal saßen und die Pizza aßen, die ich hatte bringen lassen.

»Nichts«, sagte sie.

»Hast du nach dem Versteck gesucht, das deine Großmutter in ihrem Tagebuch erwähnt hat?«

»Gewissermaßen«, sagte sie.

»Und? Hast du es gefunden?«

»Gewissermaßen.«

»Gewissermaßen? Was soll das heißen?«

»Okay, ich habe es gefunden. Neben dem gußeisernen Kamin, wie meine Großmutter in ihrem Tagebuch geschrieben hat. Ich habe mit dem Fingerknöchel herumgeklopft, bis ich eine hohle Stelle fand. Und da gab es ein Stück Holzverzierung, das nach oben glitt.« Sie zuckte mit den Schultern. »Dann habe ich auf die Vertäfelung gedrückt, und sie ging auf.«

»Donnerwetter, Caroline, das ist phantastisch! Was hast du gefunden? Noch eine Leiche?«

»Gott sei Dank nicht. Nichts Wichtiges eigentlich, bloß Bücher, Kontobücher, verschiedene Finanzjournale. Wertloses Zeug.«

»Ich wette, daß es nicht wertlos ist. Hast du sie mitgenommen?«

Sie nickte langsam.

»Wo sind sie?«

Sie antwortete nicht.

»Wo sind sie, Caroline?«

Sie wartete einen Augenblick und zeigte dann auf den Schrank in meinem Flur.

Darin fand ich einen Karton, der zwischen meinen Jacken, Bällen und Schlägern auf dem Boden stand. Ich zog ihn heraus, kniete mich hin und sah ihn rasch durch. Alte Kontobücher mit zerkrümelnden Seiten und mottenzerfressenen Stoffeinbänden, die im Begriff schienen, sich jeden Augenblick ganz aufzulösen. Die Zahlen darin waren mit verblichener Tinte geschrieben, Zahlen über Zahlen über Zahlen in arithmetischer Folge, die mir überhaupt nichts sagten.

»Das ist verblüffend«, sagte ich. »Ich werde daraus im Leben nicht schlau, aber Morris soll es sich ansehen.«

Ich legte die Bücher zurück, stand auf, dachte einen Moment nach und drehte mich dann um, um Caroline anzusehen. Sie starrte auf ein Stück Pizza, von dem der Käse abgelaufen war und sich jetzt auf ihrem Pappteller klumpte.

»Warum hast du mir nicht gleich gesagt, was du gefunden hast?« fragte ich.

Sie zuckte mit den Schultern, ohne aufzublicken, und starrte auf die nackte Pizzascheibe, als sei das der faszinierendste Anblick, den sie je gesehen hatte.

»Ich dachte, wenn ich dich belügen und sagen würde, daß das Versteck leer war«, sagte Caroline schließlich, nachdem sie stundenlang meine Frage nicht beantwortet hatte, »würde das, was drin war, verschwinden.«

»Was glaubst du, was in diesen Büchern steht?«

»Ich weiß es nicht. Ich will es nicht wissen.«

»Ich glaube nicht, daß die Wahrheit jemals verschwindet, Caroline. Ich glaube, daß sie manchmal einfach auf uns wartet.«

Wir lagen nun nebeneinander in meinem Bett. Es war spät. Wir hatten ungefähr die Hälfte von Lenos Talkshow gesehen, bevor ich mich ins Schlafzimmer zurückgezogen hatte. Ich wollte in dieser Nacht ein Weilchen allein sein, aber ich wußte nicht, wie ich ihr das beibringen sollte. Also blieb ich über meine normale Schlafenszeit hinaus auf und hoffte, sie würde von sich aus darauf kommen, zu Bett zu gehen; ich hatte mir die Lokalnachrichten und Jays Monolog und irgendeine fade Unterhaltung mit einem langbeinigen Starlet angesehen, bei der Jay so eifrig um sie herumscharwenzelte, daß sie sich den Sabber von ihrem Lederkleid wischen mußte; ich wäre liebend gern gleich da auf dem Sofa eingeschlafen, wenn Caroline nicht neben mir gesessen hätte. Also räkelte ich mich und gähnte und sagte, ich hätte ein bißchen Schlaf nötig, und das war für sie das Stichwort, mir ins Schlafzimmer zu folgen. Ich hatte nie zuvor mit einer Frau zusammengelebt und fragte mich, ob es so war, wenn man verheiratet war. Ich wußte von vornherein, daß es mir nicht gefiel.

»Ich hab eine Idee«, sagte Caroline. »Laß uns nach Mexiko fahren.«

»Es ist nicht leicht, die Wahrheit zu erfahren, nicht?«

»Cancun, nur du und ich.«

»Du willst doch nicht wirklich, daß wir unsere Suche einstellen?«

»O doch, das will ich.«

»Tatsächlich?«

Sie wartete einen Augenblick und sagte dann: »Ich dachte, ich könnte kontrollieren, was wir tun und was wir finden, aber jetzt bin ich mir nicht mehr so sicher.«

Mir wurde in diesem Augenblick klar, wie nahe sie tatsächlich daran war, alles aufzugeben, und ich spürte einen Anflug von Angst. Ich war noch nicht bereit aufzuhören, um meinetwillen nicht und um ihretwillen auch nicht. Ich meine, wie sollte ich sie retten, wenn sie nicht bereit war, sich retten zu lassen? Ich mußte alles nur noch ein bißchen länger in der Hand behalten.

»Was hast du denn geglaubt, was wir finden würden, als wir anfingen, uns deine Familiengeschichte anzusehen?« fragte ich.

»Ich weiß nicht genau, vielleicht etwas Positives. Ist eine einzige positive Sache denn zuviel verlangt?«

»Du hast mir mal gesagt, daß du eine glückliche Kindheit hattest. War das denn nichts Positives?«

»Ich weiß nicht. Vielleicht nicht. Vermutlich wäre sie sogar verdammt glücklich gewesen, wenn ich nicht diejenige gewesen wäre, die sie erlebt hat.«

Darüber dachte ich einen Moment nach. »Vielleicht lag das Problem nicht bei dir, Caroline. Vielleicht ging da noch etwas anderes vor sich, etwas Kaltes und Dunkles, das seine Wurzeln in der Vergangenheit deiner Familie hatte.«

»Fang bloß nicht an, mir von meiner Kindheit zu erzählen!«

»Wir haben eine Leiche gefunden. Wir haben deine im Garten deiner Großmutter begrabene Großtante gefunden. Da sind Geheimnisse am Werk, die es während deiner ganzen Kindheit gegeben hat, Geheimnisse, die dein ganzes Leben beeinflußt haben und die du kennen solltest. Du stellst die richtigen Fragen, Caroline.«

»Aber was wird, wenn mir die Antworten nicht gefallen?«

»Ob sie dir gefallen oder nicht, sie machen sich jeden Tag bemerkbar, in diesem zerfallenden Haus und deiner zerfallenden Familie, in deinem Vater, der sein Schlafzimmer nie verläßt, in der Traurigkeit deiner toten Schwester, in deiner Trinkerei in bestimmten Situationen, in deinen Tätowierungen und den

Löchern in deinem Fleisch, in deiner wilden Angst vor Katzen und deiner aggressiven Promiskuität. Vielleicht ist es an der Zeit, deine Vergangenheit neu zu überdenken, all das, was wir herausfinden, in deine Ansicht über die Vergangenheit und über dich selbst zu integrieren.«

Sie brauchte einen Moment, um das zu verarbeiten, und sagte dann: »Meinst du, daß ich eine Schlampe bin?«

»Ich meine, daß du verletzt und verängstigt bist und nicht weißt, was du mit deinem Leben anfangen sollst.«

»Ich bin keine Schlampe.«

»Okay, du bist keine Schlampe.«

Sie schwieg eine ganze Weile. »Ich glaube bloß einfach nicht mehr an die Liebe.«

Dazu sagte ich nichts, weil es nichts zu sagen gab.

»Ich glaube, die Liebe ist ein Trick, und wenn wir darauf reinfallen, sind wir am Ende weniger als vorher, das glaube ich. Sie frißt einem die Eingeweide auf, weil man glaubt, sie wäre real, und man zählt darauf, daß sie einem das Leben rettet, und am Ende ist sie bloß ein Trick.«

»Ich weiß nicht, Caroline.«

»Wahre Liebe ist ein Mythos, und wenn ich herumschlafe, dann nur, um mir das selbst immer wieder zu beweisen.«

»Es ist spät. Wir hatten heute einen schweren Tag.«

»Und ich tu's, ich tu's immer wieder.«

»Komm, laß uns schlafen.«

»Halt mich fest.«

»Ich bin zu müde.«

»Bitte, halt mich nur fest. Bitte.«

So fing es an, einfach damit, daß ich sie hielt und zu beruhigen versuchte, um in meinem eigenen Bett ein bißchen Schlaf zu bekommen, aber so endete es nicht.

Ich war an diesem Abend nicht sonderlich an Sex mit Caroline interessiert. Nach meinem Zusammentreffen mit Oleanna, nach den Gefühlen, die ich in ihrer Gegenwart gehabt hatte, der Liebe und dem Mitgefühl und dem warmen Puls unter ihrer Haut, nach all dem war Sex mit Caroline ganz und gar nicht das, was ich wollte. Ich wollte mich daran erinnern, wie es gewesen war, Oleanna nah zu sein, ihre Hand zu halten, ihre bronzenen Füße zu reiben. Ich wollte an Oleanna denken, nicht an Caroline, und folglich war ich nicht interessiert. Wirklich nicht. Aber sie drehte sich zu mir um und küßte meine geschlossenen Lippen und meinen Hals und rieb mit der Hand über meine Brust. Sie war hartnäckig, und ich gebe zu, daß ich schwach bin, wenn es sich um die fleischlichen Dinge des Lebens dreht; es fällt mir schwer, ein erstklassiges Stück Rindfleisch oder Sex abzulehnen.

Und so vögelten wir in dieser Nacht wieder. Wie immer war sie, nachdem sie erst mal in Fahrt gekommen war, distanziert, passiv, nicht wirklich vorhanden, aber es war mir egal, denn ich dachte nicht an sie, als ich meine Zunge an ihren Körper preßte und in dem Rhythmus zustieß, den bloß der Körper kennt. Ich lag auf ihr, hielt ihre Hände über dem Kopf fest, nahm ihre Brüste in den Mund und drückte ihre Beine mit meinen auf das Bett, aber nicht sie war diejenige, an die ich dachte. Was ich da in der Dunkelheit unter mir spürte, waren nicht Carolines Brüste oder Carolines Lippen oder Carolines Geruch, sondern statt dessen ein Heiligenschein aus roten Haaren und sanfte grüne Augen und warme rosa Haut und vollkommene Füße und der anregende Duft von Moschus. Sicher, ich vögelte Caroline, aber eigentlich schlief ich mit Oleanna.

Als mein Herz nicht mehr raste und mein Atem sich wieder beruhigt hatte, rollte ich von ihr herunter und legte mich auf den Rücken. Caroline lehnte den Kopf an meine Brust.

»Es gefällt mir hier mit dir«, sagte sie.

Ich sagte, was von mir erwartet wurde. »Mir auch.«

»Wir suchen weiter, ja?«

»Ja.«

»Danke.«

»Wofür?«

»Einfach, daß du bei mir bist.«

Genau in dem Moment fühlte ich mich vier Zentimeter groß.

## 38

»Mich hat es auch berührt«, sagte Beth.

»Es war sagenhaft«, sagte ich.

»Ja«, sagte sie. »Es ist ganz interessant.«

»Ich meine, wirklich sagenhaft. Ich muß dauernd daran denken.«

»Das ist schön, Victor. Was nimmst du?«

»Irgendwas mit Koffein.« Ich schaute zur Tafel hoch und war von der Auswahl überwältigt. »Wie wär's mit einem doppelten Mokka latte?«

»Davon wird mir schlecht. Hol mir einfach einen koffeinfreien Kaffee, schwarz. Ich such uns einen Platz.«

Wir waren im Starbucks in der Sixteenth Street. Ich wartete in einer langsamen Schlange auf eine schnelle Tasse Kaffee. Vor nicht allzu langer Zeit brauchte man bloß zu irgendeinem Straßenverkäufer in der City zu gehen und sich einen Kaffee zu holen. Er wurde in einen blauen Pappbecher gegossen und kostete fünfzig Cents, und man konnte sogar noch eine Packung Butterkekse dazu nehmen und bekam auf einen Dollar immer Wechselgeld heraus. Das war, bevor Starbucks in die Stadt kam. Jetzt wartete man in einer Schlange auf geschlagene Milch und allerlei Gebräu mit komischen Namen aus exotischen Ländern mit mehr naturreinen Aromen, als die Natur sich je hätte träumen lassen, und nach der langen Wartezeit, wenn man die Speisekarte entziffert und das herablassende Lächeln des Personals, das viel cooler war als man selbst, über sich hatte ergehen lassen, bekam man eine hübsche Tasse Kaffee, der so bearbeitet war, daß er wie etwas anderes schmeckte, und Wechselgeld bekam man nur auf einen Zehner heraus. Ein weiterer Grund, Seattle zu hassen.

Beth wartete an einem Tisch vor einem Fenster auf mich, das auf die Sixteenth hinausging. Sie trank ihren Kaffee, eine entkoffeinierte brasilianische Mischung, während ich einen Schluck von meinem Milchkaffee nahm. Zu süß, zu schaumig, wie eine heiße Schokolade, die versucht, Muskeln zu zeigen, die sie nicht hat. Ich hätte es mir denken können.

»Man ist dort sehr beeindruckt von dir«, sagte ich. »Gaylord meint, du wärst eine sehr entwickelte Seele.«

Sie lächelte nicht über das Kompliment, sondern sah einfach aus dem Fenster und trank ihren Kaffee.

»Sie hat schöne Füße«, sagte ich. »Ist dir das aufgefallen?«

»Oleanna?«

»Und Hände auch, aber mir haben am meisten die Füße imponiert. Rosa und hübsch geformt. Und das denke ich nicht allein. Sie haben sie in Bronze gegossen, hast du das gesehen?«

»Ja«, sagte Beth und schaute noch immer nach draußen. »Ich bin in diesem Raum gewesen. Ich finde ihn unheimlich.«

»Ist sie so was wie verheiratet oder mit jemandem liiert?«

»Denk nicht allzuviel über Oleanna nach, Victor.«

»Ich kann nicht damit aufhören. Der Rest deiner New-Age-Freunde kann von mir aus hingehen, wo der Pfeffer wächst, aber diese Oleanna, Mannomann. Was ich empfunden habe, war sehr stark. Und das war nicht bloß meine normale Lüsternheit. Es war etwas anderes.«

»Sie hat eine Kraft«, sagte Beth, »eine Fähigkeit, bewußt bestimmte Gefühle zu projizieren. Ich verstehe es nicht ganz, aber es hat etwas mit ihrer Kontrolle über ihre spirituellen Sinnesorgane zu tun und mit einer Art, direkt auf spiritueller Ebene zu kommunizieren. Mir ist noch nicht ganz klar, ob das eine wunderbare und hochentwickelte Begabung oder Bauernfängerei ist.«

»Es war ziemlich toll, muß ich sagen.«

»Ja, sicher. Aber sie hat es benutzt, um dich aus nichtspirituellen Gründen zu manipulieren, und das kommt mir falsch vor.«

»Ich bin manipuliert worden?«

»Du bist mit ernsthaften Fragen gekommen, und nach einer einzigen Sitzung warst du von ihrer Unschuld überzeugt und fühltest dich verpflichtet, ihr zu helfen. Ja, Victor, ich würde sagen, daß du manipuliert worden bist. Oleanna hat etwas sehr Berechnendes. Sie ist sehr entschlossen, ihr neues Haus zu kriegen. Ich weiß nicht genau, wieweit ich ihr vertrauen soll.«

»Du zweifelst also an ihrer Unschuld?«

Sie nahm einen Plastiklöffel und rührte träge in ihrem Kaffee. »Nicht wirklich.«

»An der Kirche als solcher?«

»Ja«, sagte sie.

»Wirklich?«

»Einiges ist verwirrend. Nachdem ich gehört hatte, was bei eurem Treffen passiert war, habe ich sie zur Rede gestellt. Ich habe ihr gesagt, daß ich es für falsch halte, daß sie ihre Begabung dazu benutzt hat, dich an der Nase herumzuführen.«

»Und was hat sie gesagt?«

»Sie hat gesagt, daß mich das nichts angeht, daß ich noch zu weit unten auf der Leiter stehe, um zu begreifen. Ich verstehe vielleicht noch nicht, wie sie das gemacht hat, was sie gemacht hat, aber ich glaube, ihre Motive verstehe ich durchaus.«

»Du hast also Zweifel. Zweifel sind gut. Ich glaube, mein ganzes spirituelles System basiert auf Skepsis. Laß uns heute abend zu Morton's gehen; wir bestellen uns jeder ein Riesensteak und unterhalten uns zwischen den Bissen über unsere Zweifel.«

»Du bist hinterhältig«, sagte sie lächelnd. »Ich bin bloß verwirrt. Es fühlt sich halb richtig und halb falsch an, und ich weiß nicht genau, was ich dagegen machen soll.«

»Ich würde dir raten, die Typen aus deinem Leben zu schmeißen.«

»Aber halb fühlt es sich richtig an, Victor. Sie helfen mir, etwas wirklich Reales und Machtvolles anzuzapfen. Und gleichzeitig denke ich, daß sie es mit allem möglichen Unsinn aufmotzen. Diese Bronzefüße, die Gewänder, die wir tragen sollen, der Personenkult um Oleanna.«

»Da wir gerade von Personenkult reden …«, sagte ich und klopfte an die Fensterscheibe.

Morris Kapustin, der die Straße hinuntergegangen war, blieb stehen, drehte sich um und winkte, als er uns erkannte. Er trug einen dunklen Anzug ohne Schlips, das weiße Hemd war geöffnet und zeigte sein seidencs Unterhemd; den breitrandigen schwarzen Hut hatte er in den Nacken geschoben, so daß die Krempe seinen Kopf umgab wie eine Art Heiligenschein. Vier weiße Stränge Baumwollkordeln hingen aus seinem Gürtel. Er lächelte durch seinen größtenteils grauen Bart. Morris' Lächeln verriet eine so echte Freude, mich zu sehen, daß es beinahe herzzerreißend war. Ich rufe diese Reaktion selten hervor, eigentlich nie, nur bei Morris. Es war so, als reagiere ein Vater auf seinen erfolgreichen Sohn, den er unerwartet mitten am Tag mitten in der Stadt trifft, natürlich nicht mein Vater, mein Vater neigt nicht zum Lächeln, und ich bin nicht wirklich erfolgreich, aber der Vater von jemand anderem, ein freundlicher, liebevoller Vater, ein Vater wie Morris.

»Ihre Sekretärin«, sagte Morris, nachdem er hereingekommen war, »Ellie«, als wüßte ich den Namen meiner Sekretärin nicht, »sie hat gesagt, daß ich Sie hier finden würde. Schickes Lokal für eine Tasse Kaffee.«

»Möchten Sie etwas trinken, Morris?« fragte ich. »Sie sind mein Gast.«

»Sehr großzügig von Ihnen, Victor, aber nein, danke. Ich kann im Augenblick keinen Kaffee trinken bei dem Zustand, in dem mein Magen ist.«

»Was ist mit Ihrem Magen?«

»Außer, daß er zu groß ist? Er fängt an, nachts weh zu tun, *majn bojch*, und dann die Gase. Wissen Sie, was ich glaube, was das ist?

Der Doktor sagt mir, ich soll Ballaststoffe essen, Ballaststoffe für meine Prostrata.«

»Prostata«, sagte Beth.

»Haben Sie auch Probleme damit?«

»Nein«, sagte Beth.

»All diese Ballaststoffe«, sagte Morris mit einer wegwerfenden Handbewegung. »Dafür ist unser Magen nicht gemacht. Kugel und Kreplach und Pastrami, ja. Ballaststoffe, nein. Das ist, als würde man Holz essen, und das ist es wahrscheinlich, was mit allen nicht stimmt. Zu meiner Zeit gab es so was wie die Prostrata nicht, und jetzt haben sie sie alle. Erst letzte Woche stand es auf der Titelseite der *Times*. Das kommt davon, wenn man Holz ißt.«

»Morris, Beth hat mir gerade gesagt, daß sie an ihren New-Age-Freunden zweifelt.«

»Wirklich?« sagte Morris.

»Sieht so aus, als wäre da ein Körnchen Wahrheit inmitten einer Menge Unsinn«, sagte Beth.

»Ein Körnchen Wahrheit ist nicht so schlecht«, sagte Morris. »Wie leicht wollen Sie es denn haben? Sagen Sie mir, wie Sie einen Maiskolben essen. Sie schälen die Blätter ab, reißen die Seide weg, ignorieren den Kolben, und dann, wenn er genau richtig ist, ein paar Minuten in kochendem Wasser, nicht zu viel, nicht zu lange, genau richtig, dann hat er ein paar vollkommene Körner. Am Ende hat man eine Menge Müll für so wenige Körner, aber sie sind zuckersüß, eine *mecháje*.«

»Wie unterscheidet man, was real ist und was nicht?« fragte Beth.

»Wenn das so einfach wäre, wären wir alle *zadíkim*. Miss Beth, bitte, geben Sie nicht auf. Wie Rebbe Tarfon, der große Kollege von Akiba, gesagt hat: ›Der Tag ist kurz, die Aufgabe ist groß, die Arbeiter sind träge, die Belohnung ist groß, und der Meister ist beharrlich.‹«

»Bezeichnen Sie mich als träge?« sagte ich.

»Spirituell, Victor, sind Sie eine lahme Ente, aber ich komme hierher, nicht um über das Göttliche zu reden. Ganz im Gegenteil. Die alten Bücher und Kontohefte, die Ihre Freundin gefunden hat, Miss Caroline. Ich war in Ihrem Büro, Victor, ich habe sie mir angesehen, und ich gestehe, daß sie mehr *ongepotchket* sind, als ich je gedacht hätte. Normalerweise bin ich mit Zahlen ganz gut, aber diese Bücher, sie sind zuviel für einen *Kuni Lemmel* wie mich. Ich glaube, ich brauche einen Buchhalter, der sie für uns prüft. Die Buchhaltungsfirma von Pearlman und Rabbinowitz, haben Sie vielleicht von der gehört? Ich möchte Rabbinowitz engagieren.«

»Klar«, sagte ich, »aber sagen Sie ihm, er soll's billig machen. Ohne Vertrag trage ich noch immer die Unkosten, und allmählich summiert es sich. Hatten Sie Glück und haben herausgefunden, was aus der Poole-Tochter geworden ist?«

»Solche Sachen sind nicht so einfach, Victor. Damals gab es besondere Orte, wo schwangere Frauen ohne Ehemann hingingen, und ich habe Sheldon darauf angesetzt. Er soll sich darum kümmern, aber die Register, sie sind alt oder vernichtet worden, also dürfen Sie nicht zuviel erwarten.«

»Das habe ich inzwischen gelernt«, sagte ich. Morris' Gesicht verzog sich schmerzlich, und er wollte sich gerade in eine vollmundige Verteidigung seiner Arbeit stürzen, doch da sah er mein Lächeln. Er seufzte müde.

»Sheldon, ich lasse ihn auch das ganze Land nach Personen namens Wergeld absuchen. Da gibt es im Internet diese Computerverzeichnisse, Stellen, die jede Telefonnummer in ganz Amerika kennen, was wirklich erstaunlich ist. Da stehen alle drin, Victor. Alle. Bald wird man Leute wie mich gar nicht mehr brauchen.«

»Ist die Technologie nicht eine großartige Sache?«

»Wenn Sie so beleidigend zu mir sind, Victor, müssen Sie sehr gute Laune haben.«

»Er ist verliebt«, sagte Beth, »in eine Erleuchtete.«

Ich zuckte mit den Schultern und ignorierte ihr Grinsen. »Was hat Sheldon gefunden?«

»Ein paar vereinzelte Wergelds.« Er griff in seine Jackentasche und nahm sein kleines Notizbuch heraus, das vollgestopft war mit losen Zetteln und von einem Gummiband zusammengehalten wurde. Er nahm das Gummiband ab und schlug vorsichtig das Notizbuch auf. Er leckte beim Umblättern an seinem Daumen, bis er gefunden hatte, was er suchte. »Ein Wergeld in Phoenix, einer an einem Ort namens Pittsfield in Massachusetts, einer in Milwaukee. Noch nichts, was sie in Verbindung mit Ihren Reddmans bringt. Wir suchen noch. Und ich hatte recht mit den Zahlen, die wir auf dieser Karte gefunden haben, danke, es sind Kontonummern bei Banken, die viel heimliches Geld aufbewahren. Mein Freund, er hat ein paar erkannt und andere überprüft. Aber bevor wir mehr erfahren können, brauchen wir die Codewörter und müssen die richtigen Unterschriften beschaffen.«

»Was unwahrscheinlich ist.«

»Ich kann nicht ununterbrochen Wunder wirken, Victor, nur manchmal.«

»Ich bin selbst auch nicht sehr weit gekommen«, sagte ich. »Ich suche noch immer nach diesem Arzt, damit er sich die Quittung ansieht, die wir gefunden haben.«

»Wer ist der Meister?« fragte Beth. »In diesem Zitat von dem Rabbi sagten Sie, der Meister wäre beharrlich. Wer ist er?«

»Für Victor und mich als Juden ist das ein leichte Frage. Der Meister ist *haschém*, der Glorreiche, König des Universums, Er sei gepriesen.«

»Und für mich?« fragte Beth.

»Das, Miss Beth, müssen Sie selbst herausfinden. Aber ich vermute, daß Ihre Antwort, wenn alles gesagt und getan ist, nach all Ihrem Suchen und Fragen, genau dieselbe sein wird.«

# 39

Im Telefonbuch von Philadelphia gab es keinen Dr. Karpas, ebensowenig in dem von Eastern Montgomery County, Maine Line oder Delaware County, was mich nicht sonderlich überraschte. Der Dr. Karpas, nach dem ich suchte, Dr. Wesley Karpas, hatte im Jahre 1966 Faith Reddman Shaw irgendwelche ärztliche Hilfe geleistet, und dreißig Jahre später rechnete ich eigentlich nicht damit, daß er noch praktizierte. Faith Reddman Shaw, da war ich sicher, war der Typ, der sich nur unter das Messer des allererfahrensten Arztes gelegt hätte. Wahrscheinlich hatte Dr. Wesley Karpas 1966 schon graues Haar gehabt und lebte nun als Pensionär in irgendeiner Golfgemeinde in Arizona. Ich hatte nicht viel Hoffnung, jemals dahinterzukommen, wofür Großmutter Shaw 638,90 Dollar bezahlt hatte. Trotzdem wunderte ich mich unwillkürlich, warum eine alte Dame eine Quittung für eine ärztliche Leistung aufbewahrt hatte, die mehr als ein Vierteljahrhundert vor ihrem Tod an ihr erbracht worden war.

Ich hatte eine Stunde darauf verwendet, jeden Karpas anzurufen, den ich in Philadelphia und den Vororten finden konnte, und nichts erreicht. »*Hallo, Mrs. Karpas? Mrs. Adrian Karpas?*« Ich nahm an, meine beste Chance, Dr. Karpas zu finden, bestand darin, irgendeinen Sohn oder Cousin oder sonstigen Verwandten aufzutreiben, der mir Hinweise auf seinen Aufenthaltsort geben konnte. »*Hallo, spricht da Mrs. Bruce Karpas?*« Das einzige Problem würde dann sein, ob der Arzt sich an die Behandlung erinnerte und bereit wäre, mir davon zu erzählen; alles sehr unsicher, das stand fest. »*Hallo, ich bin auf der Suche nach einer Mrs. Colleen Karpas.*« Man hätte doch meinen sollen, daß Karpas ein ziemlich seltener Name war. »*Mrs. Kenneth Karpas?*« Man hätte auch meinen sollen, daß all die verschiedenen Karpas' im Telefonbuch einer einzigen ausgedehnten Familie angehörten und sich gut kannten. »*Miss Gwenneth Karpas?*« Ja, das hätte man meinen sollen. »*Hallo, Mr. Angelo Karpas?*«

»Sie brauchen sich gar keine Hoffnungen zu machen, guter Mann«, sagte die Stimme am anderen Ende der Leitung, »ich kaufe nämlich nichts.«

»Das ist gut, Mr. Karpas, ich verkaufe nämlich gar nichts. Ich habe bloß ein paar Fragen.«

»Sie wollen Antworten von mir. Hier. Das Land geht vor die Hunde. Sie halten sich an uns Ältere, beschneiden unsere Rente, erhöhen unsere Prämien, und nur, weil wir zu alt sind, um ihnen in den Hintern zu treten. Wollen Sie wissen, für wen ich bin? Ich bin für Perot.«

»Perot?«

»Ganz recht. Haben Sie was dagegen?«

»Warum Perot?«

»Weil er reich ist.«

»Finden Sie nicht, daß er ein bißchen verrückt ist?«

»Klar, aber wen juckt das, er ist reich.«

»Macht es Ihnen nichts aus, daß er bei der letzten Wahl ausgestiegen ist?«

»Er ist reich.«

»Finden Sie nicht, daß seine Lösungen allzu simpel sind?«

»Reich.«

»Finden Sie nicht, daß er mit seinen Ohren und allem ein bißchen zu komisch aussieht?«

»Reich, reich, reich, reich, reich.«

»Ich verstehe schon, Mr. Karpas, aber ich rufe nicht an, um Ihnen Fragen über Politik zu stellen.«

»Nein?«

»Nein.«

Pause.

»Was zum Teufel wollen Sie dann?«

»Ich suche nach einem Dr. Wesley Karpas. Ist das zufällig ein Verwandter von Ihnen?«

»Weshalb suchen Sie ihn?« sagte Angelo Karpas.

»Ich habe bloß ein paar Fragen.«

»Na, wenn Sie Fragen haben, dann fragen Sie besser mich.«

»Wieso das, Mr. Karpas?«

»Weil der Hundesohn tot ist. Tot, tot, tot. Er war mein Bruder. Er ist vor fünf oder sechs Jahren gestorben.«

»Hatte er zufällig einen Sohn oder eine Tochter? Jemanden, mit dem ich sprechen könnte?«

»Es gibt einen Sohn, einen erfolgreichen Anwalt irgendwo in der Innenstadt.«

»Karpas?«

»Nein, Wes hat seinen Namen geändert, als er vor einiger Zeit anfing, in besseren Kreisen zu verkehren. Er wollte einen Namen mit etwas mehr Klasse. Er wollte mit der Society schwimmen, also hat er sich den Namen von einem Fisch zugelegt.«

»Einem Fisch?«

»Ja, Carp wie Karpfen, mit C. Mich bringt das immer zum Lachen, daß er versucht, gesellschaftlich aufzusteigen, indem er sich nach einem gründelnden Aasfresser benennt.«

»Klingt doch passend, finden Sie nicht?«

»Sie haben's erfaßt, junger Mann.«

»Sagen Sie mir eins, Mr. Karpas. Hat Sie wirklich jemand angerufen und sich nach Ihrer politischen Meinung erkundigt?«

»Nie. Aber die müssen doch jemanden anrufen, bei all den Umfragen. Könnte genauso gut mich treffen.«

»Durchaus. Vielen Dank für Ihre Hilfe.«

»He, wollen Sie auch wissen, was ich mir im Fernsehen ansehe?«

»Aber sicher, Mr. Karpas. Was sehen Sie sich im Fernsehen an?«

»Nichts. Ist alles Mist.«

In einem Punkt lag Angelo Karpas falsch; sein längst verlorener Neffe war kein erfolgreicher Anwalt in der Innenstadt. Oh, er saß zwar in der Innenstadt, hatte sein Büro direkt in Center City, aber er war nicht erfolgreich. Das konnte ich dem Büro ansehen, das über einem Kleiderladen in der Chestnut lag, mit Diamantenhändlern und Versicherungsagenten und einer Zigeunerwahrsagerin in der Nachbarschaft, ich sah es der Sekretärin mit dem toupierten Haar an, der Stille in dem schmuddeligen Wartezimmer, in dem ich saß und in einer sechs Monate alten Ausgabe von *Newsweek* blätterte. Sagen wir einfach, daß der Telefonanschluß in der Kanzlei von Peter Carp nicht gerade überlastet war.

»Er wird in einer Minute bei Ihnen sein«, sagte die Sekretärin mit dem schnellsten Lächeln, das ich je gesehen hatte, eher eine Art Gesichtszuckung, bevor sie sich wieder ihren Fingernägeln widmete.

Danke, Puppe.

Vielleicht war es der Staub, der mich ins Grübeln brachte. Ich erinnerte mich daran, als mein Büro staubig war, als die Putzfrauen wußten, daß sie sich nicht darum zu kümmern brauchten, als mein Telefon laut genug schwieg, um mich kopfschüttelnd an meiner Zukunft verzweifeln zu lassen. Es hatte eine Zeitspanne in meinem Leben gegeben, in der ich als Anwalt keinerlei Geld verdiente, und das war eine schlimme Zeit gewesen. Jetzt, bei dem ständigen Zustrom von Mafiamandanten, die durch meine Tür kamen und ihre Vorschüsse bar auf meinen Schreibtisch legten, schmutzige Scheine mit Gummibändern darum, war meine Geldkassette voll, meine Büros staubfrei, und meine Telefone klingelten regelmäßig. Aber wie sah die Zukunft aus? Raffaello, mein Patron, hatte aufgegeben und war im Begriff zu verkaufen. Ich war dazu ausersehen, das Treffen mit Dante zu arrangieren, das mich aus der Schlinge befreien würde. Keine dicken Vorschüsse mehr. Eigentlich war es das, was ich wollte. Raus. Das Spiel wurde verdammt zu gefährlich für ein Leichtgewicht wie mich, aber trotzdem fragte ich mich unwillkürlich, wie es sein würde, wenn das Spiel vorbei war. Würde dann wieder das alte Leben anfangen, mit staubigen Büros und schweigenden Telefonen und einer leisen Verzweiflung? Oder würden die großen Möglichkeiten, die sich aus dem Ableben einer Reddman ergeben hatten, mich vor meiner Vergangenheit retten? Eine Million hier, eine Million da, und sehr bald würde ich für den Rest meines Lebens vom Staub befreit sein. Vielleicht sollte ich aufhören, dem Geist toter Ärzte nachzujagen, und mich wieder an die Arbeit machen.

Daran dachte ich gerade, als Carp aus seinem Büro kam, um mich zu begrüßen. Er war klein und massiv mit einem aufgequollenen Gesicht und winzigen Augen hinter seiner Buddy-Holly-Brille. Er trug graue Hosen und einen Kamelhaarblazer. Hier ein Tip von mir, der bares Geld wert ist: Nehmen Sie sich niemals einen Anwalt, der einen Kamelhaarblazer trägt; das bedeutet nämlich nur, daß er nicht genug Rechnungen schreibt, um sich einen neuen Anzug leisten zu können.

»Mr. Carl?« fragte er unsicher.

»Ja«, sagte ich, sprang von meinem Stuhl auf und reichte ihm die Hand. »Danke, daß Sie mich empfangen. Sagen Sie Victor zu mir.«

»Hier entlang, bitte«, sagte er, und ich folgte ihm.

»Entschuldigen Sie den Zustand meines Büros«, sagte Peter Carp, nachdem er sich an seinen Schreibtisch aus imitiertem Holz gesetzt hatte. Er wies auf die Unordnung, unter der seine Schreibunterlage verschwand, und die auf dem Boden verstreuten Aktenordner. »Es war ein mörderischer Monat.«

»Ich weiß, was Sie meinen«, sagte ich, und das war zutreffender, als er ahnen konnte. Dies war nicht der Schreibtisch eines Anwalts, der mit Schriftsätzen und Anträgen und Prozeßvorbereitungen überlastet ist. Seine Unordnung war allzu unordentlich, das Durcheinander allzu beiläufig. Mein Schreibtisch sah in weniger blühenden Zeiten genauso aus; ich räumte ihn nur auf, wenn ich tatsächlich Arbeit hatte und Platz brauchte, um sie auszubreiten. Ein Schriftsatz konnte den ganzen Schreibtisch einnehmen, aber die Bücher und Präzedenzfälle und Dokumente wiesen doch eine gewisse grobe Ordnung auf. Nur wenn ich nichts Dringendes zu tun hatte, war mein Schreibtisch mit unordentlichen Stößen

Papier vollgepackt wie der von Peter Carp. Ich hatte für dieses Zusammentreffen mit dem von Angelo Karpas als erfolgreich bezeichneten Anwalt meinen besten Anzug angezogen, und das bereute ich jetzt. Um mit Peter Carp ins Gespräch zu kommen, war es besser, kleine Brötchen zu backen.

Er nahm seine Brille ab und wischte sie mit seinem Schlips sauber. Er wandte mir seine nackten Knopfaugen zu und sagte: »Also, was interessiert Sie so an der Arztpraxis meines Vaters, Vic?«

»Bei einem Fall, den ich bearbeite, habe ich eine Quittung für eine ärztliche Leistung gefunden, die er im Jahre 1966 erbracht hat. Ich würde gern wissen, worum es sich handelte.«

Ich griff in meine Aktenmappe, nahm die quittierte Rechnung heraus und reichte sie ihm. Er setzte die Brille wieder auf und prüfte sie.

»Mrs. Christian Shaw. Den Namen kenne ich nicht.«

»Sie ist vor kurzem gestorben«, sagte ich. »Ich vertrete ihre Enkelin.«

Während er die Quittung weiter betrachtete, fragte er: »Geht es um einen ärztlichen Kunstfehler?«

»Wohl kaum. Die alte Dame war fast hundert, als sie starb, sie ist an Altersschwäche gestorben. Ich denke, Ihr Vater hat ausgezeichnete Arbeit geleistet, wenn sie so alt geworden ist.«

»Er war ein ganz guter Chirurg«, sagte Carp. »Während seiner ganzen Laufbahn hat ihn nie jemand verklagt.« Nervös sah er mich und dann wieder die Rechnung an.

»Hat Ihr Vater seine Praxis verkauft?« fragte ich.

»Nein. Er hat bis zum Schluß gearbeitet, weil er es so wollte.«

»Und was ist aus seinen Unterlagen geworden? Wissen Sie das?«

»Sagen Sie mir, in welcher Art Fall Sie die Enkelin vertreten.«

»Ach, nichts Außergewöhnliches.«

»Geht's um eine Menge Geld?«

»Ich hoffe.«

»Vermögensverwaltung und Nachlässe?«

»Etwas in der Art.«

»Das ist nämlich eine meiner Spezialitäten. Vermögensverwaltung und Nachlässe.«

Zweifellos Testamente für Witwen und Waisen, die ihren Preis hatten und bei denen Peter Carp passenderweise auch als Nachlaßverwalter benannt war. »Nichts allzu Kompliziertes oder Lukratives, fürchte ich.«

»Weil ich Ihnen gern behilflich wäre, wenn Sie bezüglich der verwickelten Vermögensgesetze von Pennsylvania Unterstützung brauchen.«

»Eigentlich muß ich nur eines wissen, Mr. Carp, und zwar, ob die Unterlagen Ihres Vaters noch verfügbar sind.«

Er sah mich an, und ich sah ihn an. Dann wandte er seine Aufmerksamkeit wieder der Rechnung zu und tippte mit dem Finger darauf. »Ich bin nicht sicher, ob die noch vorhandenen Unterlagen so weit zurückreichen«, sagte er, »und selbst wenn das der Fall wäre, wären viele Arbeitsstunden nötig, um etwas zu finden, was so lange zurückliegt.«

»Ich wäre bereit, Ihnen bei der Suche zu helfen.«

»Und dann ist da noch das Problem der Vertraulichkeit. Ohne schriftliche Genehmigung dürfen die Informationen eigentlich nicht weitergegeben werden. Und Mrs. Shaw kann die ja nun nicht mehr ausstellen.«

Hatte ich auch dieses schlaue Glitzern in den Augen, wenn ich in meinem Büro saß und ausheckte, wie ich hier und da ein paar Dollars verdienen konnte, wann immer sich die Gelegenheit dazu bot? Falls ja, hatte ich nie zuvor bemerkt, wie durchsichtig es war – und wie häßlich. Peter Carp anzusehen war für mich, als betrachte ich einen wenig schmeichelhaften Schnappschuß von mir, bei dem ich zusammenzuckte. »Mr. Carp, ich bin sicher, daß wir zu einer Einigung kommen, wenn die Aufzeichnungen verfügbar sind.«

»Über wieviel genau reden wir?«

»Lassen Sie uns erst die Unterlagen finden, bevor wir über Details sprechen.«

»Ich nehme an, Nachsehen kann nichts schaden«, sagte er mit einem Lächeln. Seine Zunge schoß aus dem Mund und befeuchtete die dicke Unterlippe. »Sie hätten sicher keine Probleme, einen Barscheck auszustellen, oder?«

»Überhaupt keine«, sagte ich.

»Nun denn, Vic«, sagte Carp, »dann lassen Sie uns fahren.«

Das Carp-Grundstück lag in Wynnewood, einem alten Vorort nicht weit vom westlichen Stadtrand. Bejahrte Steinhäuser, feuchte Keller, hohe Bäume zu dicht am Bürgersteig, die vor fünfzig Jahren als Schößlinge gesetzt worden waren und deren Äste nun gefährlich über der Straße hingen. Carp führte mich zu einem verfallenden Gebäude im Tudor-Stil auf einem hübschen, bewaldeten Grundstück, auf dem jetzt Unkraut wucherte. »Das war das Haus meines Vaters«, sagte er, »aber jetzt wohne ich hier.«

Das Innere des Hauses war düster und staubig und nur zur Hälfte möbliert. Die Farbe blätterte in Streifen von der Holztäfelung, und die Tapeten waren verblichen und fettig. Es erweckte den Eindruck, als sei es seit Jahren aufgegeben. Carps Vater hatte es offenbar gut instand gehalten, aber nach seinem Tod hatte sein Sohn sich nicht darum gekümmert, sondern offenbar nur die besseren Möbelstücke verscherbelt. Ich fragte mich, ob es das war, was Dr. Wesley Karpas im Sinn gehabt hatte, als er seinen Namen in Carp änderte und den gesellschaftlichen Aufstieg anstrebte, dieses verfallene und heruntergewirtschaftete Haus, diesen geldgierigen halben Versager von einem Sohn.

Er führte mich in ein Souterrain und stieß eine Tür auf, die teilweise von Spinnweben bedeckt war. Dahinter befand sich eine alte Arztpraxis, weiße Metallschränke mit Glastüren, ein Untersuchungstisch, ein Schreibtisch. Seltsame Metallinstrumente in Edelstahlschüsseln lagen noch herum. In der Ecke stapelten sich alte medizinische Zeitschriften. Der Raum war voller Staub und Ungeziefer und sah mit den spitzen Metallinstrumenten aus wie eine nicht mehr benutzte Folterkammer.

»Mein Vater gab seine chirurgische Praxis auf, als er sechzig wurde«, sagte Carp, »aber er hat bis zum letzten Schlaganfall noch als Hausarzt in seiner Privatpraxis gearbeitet.«

Hinter dem Untersuchungszimmer lag ein weiterer Raum, eine Art Wartezimmer mit Tür in den hinteren Garten, durch die die Patienten eintraten. Und dann, in einem weiteren Zimmer, das vom Wartezimmer abging, waren gestapelte Kartons und Aktenschränke aufgereiht wie strammstehende Soldaten.

»Er hat seine Kartei gewissenhaft geführt«, sagte Carp, während er über die Kartons zu den Aktenschränken kletterte. »Die Unterlagen von Patienten, die er nicht mehr sah, hat er regelmäßig aussortiert und in Kartons gepackt, aber er hat alles aufbewahrt. Ich habe ihm immer gesagt, daß er das Zeug wegschmeißen soll, aber er meinte, man wisse ja nie, und wie Sie sehen, hatte er recht.«

Carp öffnete einen der Aktenschränke und durchsuchte ihn. Dann schüttelte er den Kopf.

»In den Schränken ist es nicht«, sagte er. »Warum durchsuchen wir nicht zusammen die Kartons? Jeder müßte mit den Anfangsbuchstaben der Patientenunterlagen und dem Jahr beschriftet sein, in dem die Unterlagen aus den Aktenschränken genommen wurden.«

Ich zog mein Jackett aus, legte es vorsichtig auf einen Stuhl und fing dann an, Kartons herumzuschieben und nach dem Buchstaben »S« zu suchen. Wir fanden zwei Kartons mit Unterlagen mit dem Anfangsbuchstaben »S«, einen von 1986 und einen von 1978. Carp, der mich, wie er sagte, aus Gründen der Vertraulichkeit nicht mal einen Blick hineinwerfen ließ, untersuchte beide Kartons und erklärte, es gäbe keine Akte über eine Mrs. Christian Shaw. Nach weiteren dreißig Minuten fand ich einen Karton mit der Aufschrift »Re – Th, 1973«, und Carp sagte, ich solle beiseite gehen, und schaute hinein.

»Ich sehe nichts über eine Mrs. Christian Shaw«, erklärte er dann.

»Wie wär's mit Faith Reddman Shaw?«

»Reddman, soso…«

»Entfernte, verarmte Verwandte des Pickle-Barons.«

»Keine Faith Reddman Shaw, aber hier ist etwas.« Er nahm eine Akte heraus und legte sie aufgeschlagen auf den Karton. »Von wann genau war die Rechnung?«

»Vom neunten Juni neunzehnhundertsechsundsechzig.«

»Ja, das ist sie, und der Betrag?«

»Sechshundertachtunddreißig Dollar und neunzig Cents.«

»Richtig, genau, das ist sie, aber Sie haben sich geirrt.«

»Geirrt?«

»Der Patient. Das war nicht Mrs. Christian Shaw, auf sie ist nur die Rechnung ausgestellt worden. Der Patient war ein Kingsley Shaw.«

»Und worin bestand die ärztliche Leistung?«

»Nichts Gravierendes«, sagte er. »Bloß zwei kleine Einschnitte, ein paar Knipser an den Vasa deferentia und dann ein paar Nähte zum Verschließen.«

»Wovon reden Sie?«

»Von einer Vasektomie. Mein Vater hat bei diesem Kingsley Shaw im Juni 1966 eine Vasektomie vorgenommen. Anscheinend eine saubere Operation ohne Komplikationen. Keine große Sache. Wieso, ist dieser Kingsley Shaw irgendwie wichtig?«

»Nein«, sagte ich. »Überhaupt nicht.«

Nachdem ich einen Barscheck über tausend Dollar ausgestellt hatte, fragte ich Carp, ob ich telefonieren könne. Ich nahm den Hörer, wandte den hungrigen Augen von Peter Carp den Rücken zu und rief in meiner Wohnung an.

»Hallo«, sagte ich, als Caroline sich meldete.

»Dieser Polizist, McDeiss, er sucht dich«, sagte sie. »Er hat in deinem Büro angerufen, und gerade hat er hier angerufen.«

»Du hast ihm nicht gesagt, wer du bist, oder?«

»Nein, aber er hat gesagt, wenn du könntest, solltest du beim Eisstadion vorbeikommen, Ecke Front und Ellsworth. Kennst du das?«

»Ich werd's finden. Danke. Kann ich dich was fragen, Caroline? Wann hast du Geburtstag?«

»Willst du mir was schenken?«

»Klar. Sag's mir.«

»Am elften Juni«, sagte sie.

»In welchem Jahr?«

»Neunzehnhundertachtundsechzig. Warum?«

»Unwichtig. Wenn McDeiss noch mal anruft, dann sag ihm, daß ich unterwegs bin«, antwortete ich.

## 40

Als ich zum Eisstadion Ralph R. Rizzo Sr. an der Ecke Front und Ellsworth kam, war hinter dem gelben Absperrband bereits eine Menschenmenge versammelt. Jenseits der Absperrung, auf der anderen Seite, lag die Interstate 95, die wie ein stumpfes Hackmesser durch den Ostrand von Philadelphia schneidet. Das Eisstadion mit seiner Fassade aus blauen und weißen Kacheln lag eingeklemmt unter dem erhöhten Highway, und neben dem gekachelten Gebäude lag eine Rollschuhbahn, ebenfalls im Schatten des Highways. Zwischen den beiden Stadien lag eine keilförmige Öffnung mit einer einsamen Bank, und in dieser Öffnung standen fünf oder sechs Polizisten um etwas Großes, Schwarzes herum, das gedrungen und qualmend vor ihnen lag. Auf der Front Street parkten zwei Feuerwehrwagen, deren Blinklichter noch eingeschaltet waren. Feuerwehrleute in schwarzen Ölmänteln drängten sich zusammen und rauchten Zigaretten.

Die Menschenmenge hinter der gelben Absperrung bestand aus der üblichen Ansammlung großäugiger Gaffer, die sich mit einer Art gedämpfter Schadenfreude am Schauplatz von Tragödien einfinden. Sie schüttelten die Köpfe, zischelten aus den Mundwinkeln schlaue Sprüche, verschoben das Gewicht von einem Fuß auf den anderen und mußten sich das Lachen verbeißen, weil es diesmal nicht sie getroffen hatte. Zwischen den Schaulustigen standen wie Parasiten ein paar Reporter und stellten Fragen, und die unvermeidlichen Fernsehkameras bereiteten das Ereignis live für ihre unersättlichen Nachrichtenmaschinen auf.

»Was ist passiert?« fragte ich einen der Zuschauer, einen alten Mann, mager und ergraut, mit Hosenträgern und einer schwarzen Baskenmütze.

»Riechen Sie das nicht?« sagte der alte Mann.

Ich schnüffelte in die Luft. Gestank von verbranntem Benzin und darunter ein süßlicher Geruch. »Ich weiß nicht genau.«

»Ein Auto haben sie verbrannt«, sagte der Mann, »und irgendein Dummkopf saß noch drin, als sie das gemacht haben. Jetzt ist er bloß noch Grillfleisch.«

»Reizend«, sagte ich in das lautlose Gelächter ringsum. Ich drängte mich an dem alten Mann vorbei zu dem gelben Absperrband und rief einen uniformierten Polizisten zu mir.

»Ich bin hier, um McDeiss zu sehen«, sagte ich. »Er hat mich rufen lassen.«

Der Polizist wies mit einer Kopfbewegung auf die Gruppe von Beamten unter dem Highway und hob die Absperrung an. Wie ein Boxer, der in den Ring geht, schlüpfte ich darunter durch und überquerte die Front Street.

Unter dem Highway war es feucht und kalt, und der Gestank, den ich von der anderen Straßenseite aus gerochen hatte, lag dick wie Nebel in der Luft. Die gedrungene Masse war ein Auto, dunkel und naß, mit offenen Türen, und unter dem Schwarz sah ich etwas Rotes. Der Wagen war ein Kabriolett gewesen, und das Feuer hatte das Segeltuchverdeck verzehrt, so daß es richtig sportlich aussah, das flammenverwüstete Auto. Ein Porsche, ein roter Porsche; allmählich dämmerte mir, wer da möglicherweise gegrillt worden war.

McDeiss stand etwas abseits vor der Rollschuhbahn, unterhielt sich mit einem jungen Mann und machte sich dabei Notizen. Ich wartete, bis er damit fertig war. Als der Junge dann die Front Street hinunterging, drehte McDeiss sich um und sah mich da stehen. »Carl«, sagte er mit einem Lächeln, »schön, daß Sie kommen konnten. Willkommen auf der Party.«

»Eine richtig heiße Veranstaltung«, sagte ich.

»Wir bekamen den Anruf vor ungefähr anderthalb Stunden«, sagte McDeiss und ging zurück zu der ausgebrannten Karosserie des Porsche. Ich folgte ihm zögernd. »Ein brennendes Auto unter dem Highway. Die uniformierten Kollegen kamen und riefen die Feuerwehr. Die Feuerwehr kam und löschte die Flammen. Als sie danach den Wagen aufmachten, um sich zu vergewissern, daß alles gelöscht war, sahen die Jungs, was drin war, und riefen uns.«

»Und da Sie von der Mordkommission sind, kann ich mir denken, was in dem Wagen war.«

»Wollen Sie's sehen?«

»Ich glaube nicht.«

»Kommen Sie, Carl, werfen Sie einen Blick drauf.«

Er griff nach hinten, faßte meinen Arm und zog mich zu dem verbrannten Porsche, zum hinteren Teil, wo der Deckel des Kofferraums unheilverkündend geöffnet war, zu dem, was immer da versengt und tot liegen mochte.

»Wirklich, lieber nicht«, sagte ich.

»Ich kenne ein fabelhaftes Restaurant bloß einen Block weiter auf der Front«, sagte McDeiss und zog mich noch näher heran. Ich war jetzt keine drei Schritte mehr von dem offenen Kofferraum entfernt. »La Vigna. Vielleicht können Sie mich später dahin zum Essen einladen.«

»Mir vergeht leicht der Appetit.«

»Sie sollten wissen, womit wir es hier zu tun haben, Carl, bevor wir uns unterhalten«, sagte McDeiss.

Wir gingen jetzt seitlich um das Fahrzeug herum. McDeiss bewegte sich schnell und zerrte mich mit. »Ich kann's mir vorstellen.«

»Schauen Sie sich's an«, sagte er, und dann drehte er mich um, so daß ich beinahe auf das fiel, was da im Kofferraum liegen mochte.

»Arrgh«, machte ich leise und schloß die Augen, weil mein Magen sich hob.

Ein paar von den um den Wagen herumstehenden Polizisten lachten.

»Schauen Sie genau hin«, sagte McDeiss.

Ich atmete ein und roch den ekelhaften Geruch und sperrte die Augen auf, bereit, mir anzusehen, was immer da im Kofferraum lag.

Er war leer. Na ja, nicht ganz leer. Da waren die verkohlten Überreste des Teppichs und merkwürdige Pfützen verbrannter Flüssigkeit und verschiedene Werkzeuge, die herumlagen; da war der Geruch, Übelkeit erregend und seltsam süßlich wie ein mariniertes Rippenstück, das viel zu lange auf dem Grill gelegen hat, aber die Hauptsache, die Leiche, war weg. An ihrer Stelle war mit Kreide ein Umriß gezeichnet, der Umriß eines auf der Seite liegenden Menschen, eines etwas korpulenten Menschen, dessen Arme hinter dem Rücken gefesselt und dessen Knie an die Brust gezogen waren.

»Die Burschen von der Ambulanz haben ihn schon ins Leichenschauhaus gebracht«, sagte McDeiss.

»Sie sind ein Mistkerl«, sagte ich und trat von dem Wagen zurück.

Er öffnete seinen Notizblock und begann zu lesen. »Männlich, Mitte Dreißig, durchschnittliche Größe, leicht übergewichtig, dunkelbraunes Haar, Augenfarbe unbestimmt, weil die Augen in der Hitze geplatzt sind. Seine Hände waren hinter dem Rücken gefesselt, seine Beine zusammengebunden, und er hatte einen Knebel im Mund. Keine sichtbaren Verletzungen, also ist er wahrscheinlich durch Verbrennen gestorben, aber das wird der Coroner genauer feststellen. Seine Hose war heruntergezogen, und tief in seinem Arschloch fanden wir die Überreste von Banknoten, einen Fünfer, einen Zehner und zwei Einer.« McDeiss klappte seinen Block zu und sah mich an. »Das macht siebzehn Dollar, Carl, eine armselige Summe, was einen bemerkenswerten Mangel an Respekt vor dem Opfer zeigt.«

»Was soll ich eigentlich hier?«

»Haben Sie diesen Porsche schon mal gesehen?«

Ich schüttelte den Kopf.

»Er ist auf einen gewissen Edward Shaw zugelassen. Es war Mr. Shaw, den wir im Kofferraum gefunden haben. Und das Merkwürdige ist, dieser Edward Shaw ist der Bruder von Jacqueline Shaw, der Frau, nach deren Tod Sie mich erst vor ein paar Wochen gefragt haben. Was ich also wissen will, Carl, ist, was zum Teufel hier eigentlich vorgeht.«

Ich sah McDeiss an und dann wieder das verbrannte Wrack eines deutschen Luxussportwagens. »Sieht so aus«, sagte ich langsam, »als würde jemand Reddmans umbringen.«

»Wer genau?«

»Wenn ich das wüßte, wäre ich schon ein reicher Mann.«

»Wir haben im Haus angerufen, aber wir suchen noch nach den beiden anderen Geschwistern, Robert und Caroline. Haben Sie eine Ahnung, wo die sind?«

»Nein.«

»Also, wenn Sie nicht wissen, wer hinter den Shaws her ist, was wissen Sie dann eigentlich?«

In meiner Eigenschaft als Strafverteidiger zog ich es normalerweise vor, den Cops nicht mehr mitzuteilen, als unbedingt notwendig war. Wir stehen auf verschiedenen Seiten, haben entgegengesetzte Ziele, und da Wissen Macht ist, versuchte ich immer, soviel Macht wie möglich für mich zu behalten. Aber ich stand nicht in meiner Eigenschaft als Strafverteidiger neben McDeiss. Ich wollte ein Drittel des Schadensersatzes wegen schuldhafter Tötung von demjenigen haben, der für den Mord an Jacqueline und vermutlich auch für den an Eddie Shaw verantwortlich war. Nichts wäre besser, als wenn die Cops den Typ finden und festnehmen und seine Vermögenswerte damit in meine Reichweite bringen würden. Es gab Dinge, die er nicht wissen durfte, Dinge über meinen Mandanten Peter Cressi und seinen Boß Earl Dante, Dinge über meine Rolle als unschuldiger Zuschauer bei dem Mordversuch auf dem Schuylkill Expressway, über Raffaellos Plan, die Unterwelt der Stadt dem Mann zu übergeben, der ihm nach dem Leben trachtete. Aber alles, was ich bei meinen Ermittlungen über Jacquelines Tod herausfand, konnte ich, so wie die Dinge lagen, an McDeiss weitergeben, einschließlich dessen, was Eddies Frau mir gesagt hatte. Wenn ich ihm alles sagte, was ich wußte, würde das meine Bemühungen, so viel wie möglich von dem Reddman-Vermögen zu bekommen, erheblich einfacher machen.

»Sie sagten, daß dieses Lokal, La Vigna, recht gut ist«, sagte ich.

»Klar«, sagte McDeiss, »wenn man die norditalienische Küche mag.«

»Gibt es da Kalbfleisch?«

»Scaloppini, so dünn geklopft wie mein Gehaltsscheck, mit kaltgepreßtem Olivenöl und frischer Zitrone beträufelt.«

Ich war nicht wirklich hungrig auf Kalbfleisch. Im Grunde fürchtete ich in diesem Augenblick, vom Sacharinnebel des Todes umgeben, daß ich nicht mal einen Schluck Pepto-Bismol hätte bei mir behalten können. Aber McDeiss, nahm ich an, war jemand, dessen Appetit es anregte, den Geruch des Todes noch frisch in der Nase zu haben. Ich hielt ihn für den Typ, der im Leichenschauhaus ein Sandwich essen kann, während eine alte, aufgedunsene Leiche seziert wird, und dabei jeden Bissen genießt, vorausgesetzt, der Prosciutto ist importiert und der Provolone frisch. Mit McDeiss zu reden war für mich von Vorteil, und es gab für McDeiss keinen besseren Anreiz zum Zuhören als ein gutes Essen, das hatte ich erfahren. Nur mußte es diesmal so aussehen, als wolle er mich aushorchen.

»Na, warum versuchen wir's dann nicht?« sagte ich. »Ich hätte

Lust auf Kalbfleisch. Aber wenn Sie hören wollen, was ich herausgefunden habe, dann sagen wir, daß diesmal Sie die Rechnung bezahlen.«

McDeiss schickte mich über die Front Street auf die andere Seite der gelben Absperrung, wo ich warten sollte, während er den Rest der Tatortermittlungen an seinen Partner und die uniformierten Polizisten delegierte. Ich sah zu, wie er seiner Arbeit nachging, sich Berichte anhörte, mit anderen Zeugen sprach, mit den Leuten von der Spurensicherung den Wagen untersuchte. Zwischendurch hob er einmal den Finger in meine Richtung, was heißen sollte, er käme in einer Minute, und fuhr dann mit seinem Job fort. Für so einen schweren Mann war er ziemlich beweglich, und ich beobachtete mit wachsender Bewunderung, wie er sich über und unter den Wagen beugte und verbleibende Beweismittel sicherstellte. Da fühlte ich auf einmal, wie mich etwas im Schritt meiner Hose packte.

»Was zum …«, sagte ich, versuchte mich umzudrehen und stellte fest, daß ich es nicht konnte. Hinter meinem Rücken befand sich ein Block aus Stein, und ein Stahlkabel schlang sich um meine Brust und quetschte mir die Luft aus der Lunge.

Ich versuchte erneut, mich zu drehen, merkte aber nur, daß ich nach hinten gezogen wurde, weg von der Menge.

»Laß mich los, zum Teufel«, versuchte ich zu rufen, und meine keuchende Stimme war tatsächlich so laut, daß ein paar Leute vor mir sich umwandten, um zu sehen, was da los war. Einer davon war ein kleiner, grauhaariger Mann in einem schwarzen Anzug, und sobald er sich umdrehte, hörte ich auf zu rufen.

»Komisch, Sie hier zu sehen, Victor«, zischte Earl Dante zwischen seinen kleinen, ebenmäßigen Zähnen hervor.

Es war das erste Mal, seit er seinen Krieg begonnen hatte, daß ich ihn sah. Sein Anblick da vor mir, so dicht vor meinen Augen, während mich irgendein Monster von hinten festhielt, brachte meine Knie zum Zittern, und ich sackte einen Moment zusammen, bevor ich mich wieder erholte. Das war genau das, wovon Raffaello gesprochen hatte. Der Bastard bediente sich meiner, um das Treffen zu vereinbaren.

»Komisch, Sie unter dem Highway mit diesem Bullen von der Mordkommission reden zu sehen«, fuhr Dante fort. »Verdammt komisch, aber aus irgendeinem Grund kann ich nicht drüber lachen.«

Dante nickte demjenigen zu, der mich von hinten festhielt, und ich spürte, wie der Arm um meine Brust sich lockerte und die Hand meinen Schritt losließ. Meine Knie gaben erneut nach, aber ich schaffte es, nicht umzufallen, sondern stand so gerade, wie ich konnte, und reckte die Schultern. Allein diese Geste gab mir ein etwas besseres Gefühl, bis die Realität der Situation wieder von meinen Nerven Besitz ergriff. Ich sah hinter mich. Es war der Gewichtheber, der immer in der Nähe zu sein schien, wenn Dante auftauchte. Das Muskelpaket nickte mir zu und schaute dann weg, als gäbe es am Ende der Straße etwas Wichtigeres zu sehen.

»Worüber haben Sie und der Bulle unter diesem Highway geredet wie zwei Busenfreunde?« fragte Dante.

»Über das Wetter«, sagte ich.

»Wie ich hörte, war da eine Leiche im Kofferraum. Eine Schande, so zu enden. Eine Tragödie.«

»Reden Sie von der Leiche oder von dem Auto?« sagte ich. »Wenn Sie mich nämlich fragen, ist es wohl eine größere Schande um das Auto.«

Das Muskelpaket hinter mir kicherte, und sogar Dante lächelte. Über Dantes Kopf hinweg konnte ich sehen, wie McDeiss unter dem Highway heraus und in unsere Richtung kam. Daß er sich uns näherte, flößte mir Mut ein.

»Sagen Sie mir eins, Earl«, sagte ich. »Wer bezahlt Sie dafür, Reddmans umzubringen?«

Das Lächeln verschwand, und sein gefaßtes Leichenbestattergesicht schaute einen Moment verblüfft. Dann kehrte das

Lächeln zurück, aber jetzt war es von einer bösartigen Dunkelheit. »Ich weiß überhaupt nicht, wovon Sie reden.«

»Aber klar wissen Sie das, Earl. Ist es ein Poole? Bezahlt eine Person namens Poole für die Morde?«

»Ah, jetzt kapiere ich. Sie dummer Scheißer, glauben Sie, daß ich diesen Mistkerl da drüben flambiert habe?«

»Genau das. Und ich glaube, Sie haben auch seine Schwester in diesem Luxusapartment aufgehängt und dann diesen Freak Peckworth veranlaßt, seine Geschichte für die Bullen abzuändern.«

»Sie haben mit Peckworth geredet?«

»Darauf können Sie wetten.«

»Sie sind ein dummer Scheißer, Carl, wissen Sie das? Ich hätte angenommen, Ihr kleines Mißgeschick auf dem Expressway hätte gereicht, um Ihnen klarzumachen, daß Sie sich besser raushalten, aber nein. Wenn Sie nicht so ein dummer Scheißer wären, dann würden Sie nicht denken, was Sie denken.«

»Sie meinen die Tatsache, daß Eddie Shaw Ihnen eine Viertelmillion Dollar schuldete und es jetzt so aussieht, als würde er nie bezahlen?« sagte ich. Ich schüttelte den Kopf und schaute wieder hoch. McDeiss war jetzt in der Mitte der Straße, noch etwa zwanzig Yards entfernt. »Ich denke, da haben Sie sich abgesichert. Seine Frau hat mir gesagt, daß sie irgendwas unterschreiben mußte, bevor er diesen kleinen Kredit zu drei Prozent die Woche von Ihnen bekommen hat. Ich denke, Sie haben einen Beleg über die ganze Summe zu einem legalen Zinssatz, unterschrieben von dem Toten und seiner Witwe. Und weil Eddie so abgebrannt war, haben Sie jetzt eine viel bessere Chance, daß die Witwe Sie aus ihrer Versicherung bezahlt, als Sie bei Eddie jemals hatten.«

»Sie sind ein schlaues Kerlchen, Victor, ja, das sind Sie«, sagte Dante. »Man sollte doch meinen, daß so ein schlaues Kerlchen wie Sie nicht als Winkeladvokat versucht, einem anderen das Spiel zu verderben. Man sollte meinen, einer wie Sie müßte längst ein reicher Mann sein.«

»Ich arbeite daran.«

»Der Cop«, sagte der Schläger hinter mir. »Er kommt genau auf uns zu, Chef.«

»Es wird ein Treffen geben«, sagte Dante leise; auf einmal hatte er es eilig. »Sie wissen schon davon. Keine Tricks, Victor, von Anfang an. Tun Sie einmal, als wären Sie kein dummer Scheißer, und versuchen Sie keine Tricks. Wenn Sie versuchen, besonders schlau zu sein, und irgendwelche Tricks probieren, könnten Sie am Ende ein toter Mann sein.«

Er hob die Hand an meine Backe und kniff mich leicht wie eine verwitwete Tante, die ihrem Neffen ihre Zuneigung zeigt; dann drehte er sich nach rechts um und marschierte davon, seinen Leibwächter im Schlepptau. In diesem Moment drängte sich McDeiss durch die Menge und kam zu mir.

»Wer sind Ihre Freunde?« sagte McDeiss und nickte in Richtung der beiden davongehenden Männer.

»Der eine ist ein Pfandleiher aus der Two Street, ein Bekannter von mir.«

»Jemand, über den ich mir Sorgen machen müßte?«

»Eigentlich nicht«, sagte ich. »Er ist bloß derjenige, dem der Tote eine Viertelmillion Dollar geschuldet hat.«

McDeiss sah mich an und drehte sich dann nach Dante um, aber der kleine Mann und sein muskelbepackter Schatten waren schon um eine Ecke verschwunden.

»Was wissen Sie sonst noch über den Fall?«

»Laden Sie mich zum Essen ein?«

»Ich lade Sie zum Essen ein, wenn Sie reden.«

»Also gut«, sagte ich. Wir wandten uns in die entgegengesetzte Richtung und gingen den Block hinunter zum La Vigna. »Ich möchte Sie was fragen. Haben Sie je von einem Mann namens Poole gehört?«

# 41

Nach dem Mittagessen mit McDeiss rannte ich nicht gleich los, um Caroline von ihrem Bruder zu erzählen. Man kann einem Mädchen nicht einfach sagen, daß ihr Bruder tot ist, und dann weggehen, um bei McDonald's eine extragroße Portion mit extra vielen Kalorien zu holen. Man muß sie fest in den Arm nehmen, wenn man es ihr sagt, man muß sie an seiner Schulter weinen lassen und ihr Haar streicheln und sie mit Suppe füttern und ihr Bein reiben, wenn sie klagt und sich mit verschränkten Armen vor und zurück wiegt. Wenn man einem Mädchen sagt, daß ihr Bruder tot ist, dann bleibt man besser in der Nähe und tröstet sie während der langen, schlaflosen Nacht, wenn sie im Bett zittert und schluchzt. Das ganze Geschwafel kann eine Menge Zeit kosten, und ich hatte an dem Tag noch einiges zu tun. Also sagte ich Caroline nicht gleich etwas vom Tod ihres Bruders. Statt dessen bat ich McDeiss, der Presse nicht den Namen des Opfers mitzuteilen, und fuhr aus der Stadt flußaufwärts in die dunklen Tiefen der Main Line. Die Straße mit dem Bogen aus Bäumen entlang, zur Brücke über den Bach, durch das Tor und über das weite, offene Feld die lange, gewundene Einfahrt nach Veritas hinauf.

Ich parkte in der Einfahrt vor dem Portikus. Nat arbeitete an den Hecken vor dem Haus und schnitt widerspenstige grüne Triebe ab. Er stand auf einer kleinen Trittleiter. Er trug einen Overall, den breitrandigen Strohhut und gelbe Gummihandschuhe mit langen Stulpen, in denen er die riesige silbrige Heckenschere hielt, die in der Sonne glänzte. Als ich aus dem Wagen stieg, beobachtete er mich einen Moment und kam dann von der Leiter herunter. Die Sonne schien hell, und die Luft war überraschend klar. Ich hatte mir vorgestellt, daß es in Veritas immer neblig oder regnerisch wäre, aber dies war ein strahlender Frühlingstag.

»Wie geht's, Mr. Carl?« sagte Nat. Er nahm den Strohhut ab und wischte sich mit dem Ärmel die Stirn. Aus der Nähe konnte ich sehen, daß Schweiß von seinen Schläfen strömte. Der rote Ring um sein Auge wirkte im Sonnenschein leuchtend und stolz. »Miss Caroline ist nicht da. Wir wissen nicht, wo sie ist.«

»Ich bin nicht wegen Caroline hier«, sagte ich. »Ich wollte zu ihrer Mutter.«

»Ich fürchte, die ist auch nicht da. Noch immer im Ausland.«

»Dann werde ich mit Carolines Vater reden.«

Er sah mich an und drehte dann den Kopf, um zu den mit Läden geschlossenen Fenstern im ersten Stock zu schauen. »Kein guter Tag für einen Besuch, würde ich annehmen. Haben Sie das von Master Edward gehört?«

»Ja, ich habe es gehört.«

»Wir haben Master Robert in Mexiko erreicht und es ihm gesagt, aber Miss Caroline können wir nicht finden. Haben Sie eine Ahnung, wo sie sein könnte, Mr. Carl?«

»Ich werde ihr sagen, was passiert ist«, antwortete ich, »sobald ich mit ihrem Vater gesprochen habe.«

Nat hob die lange, glänzende Schere und legte die spitzen Enden auf seine Schulter. »Wie ich schon sagte, kein guter Tag für einen Besuch.«

»Wir haben alle zu arbeiten«, sagte ich, »genau wie Sie mit Ihrer Schere.«

Er nickte in Richtung der Hecken. »Mrs. Shaw möchte, daß das Grundstück für die Gäste in gutem Zustand ist. Sie kommt heute abend aus Griechenland zurück, hat ihre Ferien abgekürzt. Anscheinend sind heutzutage Beerdigungen die glänzendsten gesellschaftlichen Ereignisse, die es hier noch gibt.«

»Das wird bald aufhören.«

Er zog die Augenbrauen hoch, als ich das sagte, und lächelte. Nats Lächeln hatte etwas Charismatisches. Er lächelte nicht oft und nicht leicht, aber wenn er lächelte, dann strahlend und einladend.

»Setzen Sie sich einen Moment zu mir«, sagte er. Er ging hinüber zu einer steinernen Bank neben den Stufen zur Haustür. Ich setzte mich neben ihn. Sein Kopf war nach links gewandt, während er sprach, als prüfe er die Hecken auf dieser Seite des Hauses, die noch gestutzt werden mußten. Ich schaute den weiträumigen grünen Hügel hinunter, groß genug für eine ganze Siedlung, und dachte im stillen an die Grundstückspreise in diesem Teil der Main Line.

»Mrs. Shaw«, sagte Nat, »die jüngere Mrs. Shaw meine ich, hat ihre Kinder nach den Kennedys benannt. Edward und Robert und Jacqueline und Caroline. Wegen des Glamours, nehme ich an.«

»Das wußte ich nicht.«

»Das war vor dem Ausbruch all der Skandale, bevor die Wahrheit über ihre Verbrechen und ihren Verrat ans Licht kam. Aber trotzdem hätte man meinen sollen, daß sie sich als Vorbild eine weniger tragische Familie aussucht.«

»Wie die Pooles?«

Er senkte seine Heckenschere und schnitt einen vorwitzigen Grashalm ab. »Kaum weniger tragisch.«

»Wie heißen Sie mit Nachnamen, Nat?«

»Wissen Sie, Mr. Carl, es ist etwas Seltsames passiert. Ich war im Garten der älteren Mrs. Shaw, und da ist mir aufgefallen, daß das Beet vor der Statue aufgegraben und wieder zugeschüttet worden ist.«

»Tatsächlich?«

»Ich hätte mir ja nicht viel daraus gemacht, aber die Pflanzen hat man nur sehr notdürftig wieder eingesetzt. Man muß sie fast in Wasser ertränken, wenn man sie wieder einpflanzt. Sonst gehen die Wurzeln nicht richtig an. Es ist eine verdammte Schande, eine gesunde Pflanze umzubringen.«

»Unter anderem.«

»Irgendwas Interessantes in dem Beet gefunden, Mr. Carl?«

»Nur ein bißchen Alte Geschichte«, sagte ich.

»Ja, das ist wohl richtig. Für Ihre Generation ist alles alt, was vor Reagan war. Und was ist Geschichte im Grunde anderes als das Journal der Verbrechen, Verrücktheiten und Mißgeschicke der Menschheit?«

»Shakespeare?«

»Gibbon. Haben Sie den *Verfall und Untergang des Römischen Reiches* gelesen?«

»Nein.«

»Sollten Sie aber. Sehr ermutigend.«

»Ich wußte gar nicht, daß Sie ein heimlicher Kommunist sind, Nat.«

»Was versteht ein Gärtner schon von Politik? Wie hat Miss Caroline die Alte Geschichte aufgenommen?«

»Nicht so gut.«

»Tja, das dachte ich mir. Erinnern Sie sich, daß ich gesagt habe, man sollte manche Dinge besser nicht ausgraben?«

»Aber ist es nicht besser, die Wahrheit zu kennen, und wenn sie noch so häßlich ist?«

Er hob den Kopf und kicherte. »Wer hat Ihnen denn das erzählt? Eine freundliche Lüge wiegt tausend Wahrheiten auf.«

»Wieviel wissen Sie von all dem, was mit dieser Familie passiert ist?«

»Ich bin bloß der Gärtner.«

»Wer hat sie umgebracht, Nat? Wer hat Charity umgebracht?«

»Ach, Mr. Carl, Sie haben es selbst gesagt, Alte Geschichte. Ich bin erst viele Jahre nach dem Verschwinden von Miss Charity Reddman nach Veritas gekommen. Woher sollte ich so etwas wissen?«

»Aber Sie wissen es trotzdem, oder?«

»Ich bin bloß der Gärtner«, sagte er, stand auf und setzte seinen Hut wieder auf. »Ich habe noch zu arbeiten.«

»Haben Sie je von einer Familie namens Wergeld gehört?«

»Nie.«

»Haben Sie eine Ahnung, warum die ältere Mrs. Shaw einen Treuhandfonds auf den Namen Wergeld eingerichtet hat?«

»Ich nehme an, jeder hat so seine Geheimnisse.«

»Sie haben mir Ihren Familiennamen noch nicht gesagt.«

»Hier will selten jemand den Familiennamen eines Dienstboten wissen.«

»Ich nehme an, ich bin auch bloß ein Dienstbote. Genau wie Sie.«

»Oh, da gibt es einen Unterschied«, sagte Nat. »Ich bin vielleicht nur ein Dienstbote, ja, aber mir liegt an dieser Familie und ihrem Schicksal mehr, als Sie ahnen können, Mr. Carl. Was ist mit Ihnen? Weswegen sind Sie hier? Sind Sie um Carolines willen hier oder nur um Ihrer selbst willen?«

»Ich nehme an, Mr. Shaw ist zu Hause.«

»Immer«, sagte Nat, ging mit seiner Schere zurück zur Trittleiter und erstieg müde die Stufen, eine nach der anderen.

Ich sah ihm ein Weilchen zu. Dann stand ich von der Bank auf und ging die Treppe zur Haustür der Reddmans hinauf.

»Sie müssen Mr. Shaw heute nicht alles erzählen«, sagte Nat, als er mit quietschender Heckenschere wieder zu schneiden begann. »Der Tag ist für ihn auch ohne das schon schwer genug.«

Ich blieb stehen und drehte mich nach ihm um. Er arbeitete weiter und schnitt immer noch einen vorstehenden Zweig nach dem anderen ab.

»Wie heißen Sie mit Nachnamen, Nat?«

Ohne den Blick von den dunkelgrünen Hecken abzuwenden, die das Haus umgaben, und ohne seine Schnitte zu verlangsamen, sagte er: »Nicht Poole, Mr. Carl, wenn Sie das wissen wollen.«

Ich nahm das zur Kenntnis und nickte vor mich hin. Nat setzte seine Arbeit so stetig und konzentriert fort, als wäre ich gar nicht da. Ich drehte mich wieder um und ging auf das Haus zu.

Meine Schuhe knirschten auf den Granitstufen, als ich mich der schweren Holztür näherte und den Klopfer betätigte, um mich bemerkbar zu machen. Ich wartete ein wenig, bis die Tür geöffnet wurde und Consuelo vor mir stand, ganz in Schwarz gekleidet.

»Ich möchte zu Mr. Shaw«, sagte ich.

Sie sah mich blinzelnd an und musterte mich von oben bis unten. »Nein. Mr. Shaw empfängt heute niemanden.«

»Es ist sehr wichtig, daß ich mit ihm rede«, sagte ich, drängte mich an ihr vorbei und betrat die verfallende Eingangshalle von Veritas. Obwohl draußen hell die Sonne schien, war es hier noch immer dunkel und feucht, und die schweren, rippenähnlichen Balken an der Decke reflektierten das Licht so wenig, als seien sie in Dunkelheit getaucht. Die Bodendielen knarrten, als ich auf die seltsame runde Couch und die große Freitreppe zuging.

Ich konnte das Klatschen von Gummisohlen auf dem Boden hören, als Consuelo mir nachlief. Sie stellte sich mir in den Weg, als ich gerade die Treppe betreten wollte. »Bitte, Mr. Carl, bleiben Sie stehen. Mr. Shaw hat verlangt, daß man ihn den ganzen Tag in Ruhe läßt.«

»Ich muß ihn sprechen«, sagte ich. »Heute.«

»Wenn Sie hier unten warten, werde ich sehen, ob ich Ihnen einen Termin nach der Beerdigung verschaffen kann.«

»So lange kann ich nicht warten«, sagte ich, »und ich fürchte, wenn ich nicht so bald wie möglich herausfinde, was hier vorgeht, wird es noch zwei weitere Beerdigungen geben.«

So sanft wie möglich schob ich sie zur Seite und ging die Treppe hinauf. Sie folgte mir, und als sie mich fast eingeholt hatte, beschleunigte ich meine Schritte, so daß sie ein paar Stufen unter mir blieb. Auf dem Treppenabsatz rannte ich und stieg dann weiter hoch, bis ich den ersten Stock erreicht hatte. Welches war Kingsley Shaws Zimmer? Ich wartete auf Consuelo, damit sie es mir sagte, und sie tat es. Sie holte mich ein, faßte meinen Arm und stellte sich zwischen mich und den rechten Flügel des Hauses.

Ich begann in diese Richtung zu gehen, Consuelo an meinem Arm. Eigentlich hätte sie mich jetzt anschreien und mit unaussprechlichen Schimpfnamen in ihrer spanischen Muttersprache belegen müssen, aber ihre Stimme war seltsam leise, als sie mich in fast ängstlichem Ton bat, Mr. Shaw bitte, bitte, bitte nicht zu stören.

»Ich werde heute mit ihm reden, Consuelo«, sagte ich. »Wenn Sie wollen, können Sie gehen und die Polizei rufen, und ich bin sicher, daß sie im Nu hier sein wird, um mich rauszuwerfen, mit heulenden Sirenen und Blinklicht. Bestimmt ist das genau das, was Mr. Shaw heute gern sehen möchte. Ich kann aber auch hier warten, wenn Sie zu ihm gehen und ihm sagen wollen, daß ich hier bin, um mit ihm über den Tod seines Sohnes und seiner Tochter und über Caroline zu reden.«

Sie starrte mich an, ihr dunkles Gesicht nahm einen noch dunkleren Ausdruck an, und dann sagte sie mir, ich solle warten. Sie drehte sich um und ging zu der Tür ganz am Ende des Flurs, sah mich noch einmal an, klopfte, wartete einen Moment, öffnete langsam die Tür und verschwand in dem Raum.

Als sich die Tür wieder öffnete, öffnete sie sich für mich. Consuelo sagte mit niedergeschlagenen Augen: »Mr. Shaw wird Sie jetzt empfangen.« Ich lächelte sie an, als ich an ihr vorbeiging, aber sie sah es nicht, sondern starrte weiter zu Boden. Ich ging durch die Tür und betrat das Zimmer von Kingsley Shaw. Hinter mir wurde die Tür leise, aber fest geschlossen.

## 42

Ich fand mich allein in einem großen Raum mit hoher Decke wieder, der über die ganze Breite des Hauses reichte. Er enthielt luxuriöse Teppiche und Möbel, roch nach Rauch und schien aus einer anderen Zeit an diese Stelle versetzt worden zu sein; er strahlte eindrucksvoll die Kraft einer einzigen, überwältigenden Persönlichkeit aus. Ich drehte mich um mich selbst, um die ganze fremdartige, düstere Pracht in Augenschein zu nehmen.

Zwei schmiedeeiserne Kandelaber, die von der reich verzierten Decke hingen, warfen ein dämmriges Licht auf die Möbel, ergänzt durch den ungleichmäßigen Schein primitiver Eisenlampen, die in Abständen an den Wänden hingen. Der Raum hatte auf drei Seiten Fenster, doch die waren entweder durch Läden geschlossen oder mit dicken braunen Samtvorhängen verhängt, so daß das Tageslicht, in dem Staubpartikel tanzten, nur schwach durchsickern konnte. Ein riesiges Teleskop stand verloren an einem der drapierten Fenster, und auf der anderen Seite des Zimmers, an einem weiteren abgedunkelten Fenster, stand ein zweites. Neben beiden lagen auf Holzgestellen aufgeschlagene astronomische Karten, daneben hingen Himmelsgloben in komplizierten Holzgestellen mit Klauenfüßen. An der Wand hinter mir hingen der mit einem Geweih geschmückte Kopf eines Hirsches, der eines Büffels und der einer großen, hellbraunen Wildkatze, und zwischen ihnen zierten Schwerter, Streitäxte und eine schwere Flinte mit aufwendiger Gravur die Wand. Massive Bücherregale enthielten ledergebundene Folianten, jeweils ganze Serien in Gold und Grün und Blau und Braun, riesige, epische Bände, deren Größe und Masse einschüchternd wirkte. Eine Hälfte des Raumes war mit roten Ledermöbeln ausgestattet, Clubsesseln und einer langen Couch wie in einem Herrenclub, in dem alte Großreeder sich vor ihren Ehefrauen verstecken, Zigarren rauchen und die Zeitungen durchgehen, um zu sehen, welche Schiffe an diesem Tag einlaufen. Ein riesiges Bett mit schmiedeeisernem Himmel stand wie ausgesetzt allein in der anderen Hälfte des Raumes auf einem blauen Orientteppich. In die Wand vor mir war ein großer steinerner Kamin eingelassen, doch das Feuer darin flackerte nur schwach, und die Wärme der Flammen drang nicht bis zu mir. Über dem Kamin hing, den ganzen Raum dominierend und durch eine eigene Messinglampe angestrahlt, ein großes Porträt, drei Meter hoch und zwei Meter breit, das Porträt einer Dame.

Die Frau erschien mir seltsam bekannt, und ich trat fast gegen meinen Willen näher auf sie zu. Sie stand aufrecht da in einem schwarzen Kleid, die Hände zierlich vor dem Körper, eine enge Haube auf dem leicht schräg gehaltenen Kopf, das Gesicht hübsch und beherrscht und vollkommen verschlossen. Die Augen folgten natürlich meinen Bewegungen, als ich mich ihr näherte, aber sie starrte auf mich nieder, ohne auch nur so zu tun, als bemerke sie meine Anwesenheit im Raum, als sei ich nicht bedeutender als ein Insekt, das zu ihren Füßen über den Boden krabbelte. Je näher ich kam, desto größer und beunruhigender wurde sie. Ich blieb stehen und spürte einen leichten Schauder. Ich erkannte sie, ja, ich hatte ihr Bild in der Kiste gesehen, die wir aus Charity Reddmans Grab ausgegraben hatten, ein Bild, auf dem sie jünger gewesen war, fröhlicher, von den zukünftigen Verheerungen noch nichts gewußt hatte. Faith Reddman Shaw. Ich trat einen weiteren Schritt vor, und für einen Augenblick war es, als breche die Verschlossenheit dieses Gesichts auf, und etwas Häßliches, Schlangenhaftes wurde erkennbar. Aber das war nur die Spiegelung der darüber hängenden Lampe auf dem Firnis des Gemäldes, und als ich einen Schritt zurückging, gewann ihr Gesicht wieder seine Fassung.

Hinter mir hörte ich rasselnde Atemzüge und drehte mich rasch um. Inmitten all dieser barocken Fülle brauchte ich einen Augenblick, bis ich entdeckte, woher sie kamen. Das Dekor hatte mich so überwältigt, daß ich niemanden im Zimmer bemerkt hatte, doch jetzt, durch das Geräusch aufmerksam geworden, sah ich ihn dort in der Ecke. Gebeugt, grau, mit teigiger, glatter, bleicher Haut, saß er in einem hölzernen Rollstuhl, eine karierte Wolldecke auf den Knien; in dem überladenen Raum war er beinahe unsichtbar. Sein Gesicht war von mir abgewandt.

»Mr. Shaw?« sagte ich und begann, auf ihn zuzugehen.

Er zuckte zusammen und senkte das breite Kinn auf eine Schulter, als rechne er damit, daß ich eine Waffe schwingen würde. Ich blieb stehen.

»Mr. Shaw?« wiederholte ich lauter.

Noch immer geduckt, nickte er.

Ich ging weiter. »Mr. Shaw!« Jetzt schrie ich beinahe, und in dem riesigen Raum hallte ein leises Echo wider. »Das mit Ihrem Sohn Edward tut mir sehr leid. Ich hätte Sie an so einem Tag lieber nicht gestört, aber ich glaube, es ist sehr wichtig, daß wir jetzt gleich miteinander sprechen. Ich heiße Victor Carl. Ich bin ein Freund von Caroline. Sie hat mich gebeten, den Tod von Jacqueline zu untersuchen, und irgendwie glaube ich jetzt, daß Jacquelines Tod und der Tod Ihres Sohnes zusammenhängen. Ich habe nur ein paar Fragen an Sie. Mr. Shaw?«

Er starrte bloß zu Boden, das Kinn immer noch auf die Schulter gedrückt.

»Mr. Shaw? Haben Sie verstanden, was ich gerade gesagt habe, Mr. Shaw?«

Noch immer geduckt, nickte er.

»Können wir miteinander sprechen?«

Er starrte noch einen Moment zu Boden, bevor er seine Hände auf die Räder des Rollstuhls legte und sich mit eingezogenem Kopf langsam durch den Raum bewegte, bis der Rollstuhl vor dem Kaminfeuer stand. Er beugte sich vor, als wolle er sich das Gesicht wärmen.

Einer der ledernen Clubsessel stand vor dem Kamin, und ich setzte mich so, daß ich Mr. Shaws Profil sehen konnte. Er war einmal ein gutaussehender Mann gewesen, ein großgewachsener Mann, das konnte ich erkennen, sehr groß sogar, mit breiten Schultern und einem riesigen Kopf, aber jetzt wirkte er, als hätte man ihn in den kleinen Rollstuhl gezwängt, in dem er jetzt saß. Sein Gesicht hatte etwas Schwaches und Schlaffes wie eine von der Zeit abgeschliffene, verwitterte Skulptur, und seine Augen unter den dichten Brauen waren leer und müde. Ich beugte mich vor, faltete die Hände wie ein Schulmeister und erklärte ihm, was ich herausgefunden hatte: daß sich Jacqueline nicht selbst umgebracht hatte, sondern von einem professionellen Mörder getötet worden war, den man für seine Dienste gut bezahlt hatte, daß Edward möglicherweise von demselben Mann ermordet worden war und daß es so aussah, als versuche jemand, zu irgendeinem noch unbekannten Zweck die Erben des Reddman-Vermögens auszurotten. Während ich sprach, fiel mir auf, daß ihn das, was ich sagte, anscheinend nicht überraschte. Ob er alles mitbekam, war schwer zu erkennen, aber ich sprach langsam und laut, und er nickte während meiner kleinen Rede, als verstünde er.

»Ich weiß nicht, ob es demjenigen, der die Mörder anheuert, um Geld geht oder bloß um eine Art Blutrache«, sagte ich, »aber ich glaube, Sie können vielleicht ein paar Antworten beisteuern.«

Als ich fertig war, wartete ich auf eine Reaktion. Er starrte ins Feuer und schwieg.

»Mr. Shaw?« sagte ich.

»Manchmal spricht es zu mir«, sagte er. Seine Stimme war gleichgültig und monoton, ebenso grau und farblos wie seine Erscheinung.

»Wer?« fragte ich.

Er zeigte auf das Feuer. »Es spricht einzelne Wörter direkt in meine Gedanken. Manchmal höre ich ihm stundenlang zu.«

Na gut, dachte ich, er hat nicht alle Tassen im Schrank, aber ich versuche trotzdem mein Glück. »Und was sagt es?« fragte ich.

Zum erstenmal drehte er den Kopf und sah mich an. Seine Augen waren wäßrig und müde. Es erschöpfte einen schon, ihn bloß anzuschauen. »Es sagt ›schneide‹ oder ›Hammer‹ oder ›Blut‹ oder ›Freiheit‹ oder ›fliege‹ oder ›flüchte‹, nur einzelne Wörter, immer und immer wieder.«

»Was sagt es denn jetzt?« fragte ich und merkte, daß er nicht zu meinen Erklärungen genickt hatte, sondern zur Stimme des Feuers.

»Es sagt ›lebendig‹«, sagte er. »›Lebendig, lebendig, lebendig.‹«

»Wer ist lebendig, Mr. Shaw?«

»Sie. Lebendig. Wieder.«

»Wer, Mr. Shaw?«

»Meine Mutter. Lebendig.«

Plötzlich lehnte ich mich in meinem Sessel zurück. Unwillkürlich mußte ich zu dem Porträt aufblicken, das auf mich niederstarrte. Aus diesem Blickwinkel sah es fast aus, als lächle sie.

»Ich dachte, sie wäre vor knapp einem Jahr gestorben«, sagte ich.

»Nein, nein, sie ist lebendig«, sagte er, und seine Stimme war plötzlich lebhafter. Er streckte die Hand aus und faßte mich am Ärmel. »Sie ist lebendig, ich weiß es. Ich habe sie gesehen.«

»Sie haben sie gesehen? Wann?«

Er zog fester an meinem Ärmel. »Vor einer Woche. Draußen. Kommen Sie, ich zeige es Ihnen.«

Er ließ mich los, drehte seinen Rollstuhl und fuhr auf eines der Fenster mit dem Teleskop zu. Ich folgte ihm. Als er den Vorhang erreicht hatte, öffnete er ihn, indem er kräftig an der Schnur zog. Plötzlich strömte Licht herein, so hell und ungefiltert, daß ich den Blick abwenden mußte, bis meine Augen sich daran gewöhnt hatten. Als ich wieder hinschaute, konnte ich durch die Gitter vor dem Fenster den hinteren Hof des Hauses und den Hügelabhang bis zum Teich sehen.

»Vor weniger als einer Woche habe ich sie in ihrem Garten gesehen«, sagte er.

Aus dem Fenster hatte man einen ungehinderten Blick auf die wuchernden Hecken und Wildblumen von Faith Reddmans Garten. Von hier aus war das labyrinthische Muster sehr viel deutlicher, und in der Lichtung in der Mitte konnte ich den Umriß der von den Ranken mit den orangefarbenen Blüten überwucherten Bank ausmachen.

»Ich habe das Licht gesehen«, sagte er. »Sie war dort. Sie hat mitten in der Nacht in ihrem Garten gegraben. Ich habe das Licht gesehen und das Klirren ihrer Schaufel gehört, ich schwöre es.«

»Ich glaube Ihnen, daß Sie das Licht gesehen haben, Mr. Shaw.«

»Sie ist zurückgekommen.«

»Warum ist sie zurückgekommen, Mr. Shaw?«

»Sie ist zurückgekommen, um mich wegzubringen, um mich zu retten. Deshalb wartet sie in dem Haus, sie wartet auf mich.«

»In welchem Haus wartet sie, Mr. Shaw?«

»In dem alten Haus, in dem alten Poole-Haus. Ich habe sie da gesehen in der Nacht. Durch die Bäume habe ich die Lichter gesehen.«

»In dem Haus beim Teich?«

»Ja, sie ist da und wartet.« Plötzlich wandte er den Blick vom Fenster ab und starrte mich mit seinen wäßrigen Augen an. »Bringen Sie mich hin? Tun Sie das? Ich kann nicht selbst gehen, wegen meiner Beine. Aber ich wiege jetzt nicht mehr viel. Sie können mich tragen.«

Er streckte die Hand aus und faßte wieder meinen Ärmel. Es war erschreckend zu sehen, wie die Sehnsucht in seinem schlaffen Gesicht arbeitete. Dieser Mann ist eine halbe Milliarde Dollar schwer, dachte ich. Welches Glück hat sie ihm gekauft? Ich wandte mich ab und schaute wieder in den Garten, und dann konzentrierte ich mich auf etwas anderes.

»Warum sind Ihre Fenster vergittert, Mr. Shaw?«

Er ließ den Kopf sinken und gab meinen Arm frei. Langsam drehte er den Rollstuhl um und kehrte ans Feuer zurück. Lauschend beugte er sich der Wärme entgegen. Ich starrte ihn an; in dem Sonnenlicht, das jetzt durch das Fenster flutete, wirkte er vollkommen farblos.

Wieder sah ich mich um. Dieser Raum roch nach einer einzelnen Persönlichkeit, ja, aber wenn die Persönlichkeit, die diesen Raum geschaffen und erhalten hatte, einmal diesem Menschen gehört hatte, dann war sie eindeutig erloschen. Nur noch eine leere Hülle war von ihr übrig. Ich hatte ihn nach der Vaterschaft Carolines, nach dem Wergeld-Fonds, nach den Pooles fragen wollen, aber das, was von diesem Mann übrig war, würde mir keine Antworten geben. Ich ging zu den Bücherregalen mit den schwergewichtigen Bänden hinüber. Ledergebundene Werke der großen Literatur, Dickens und Hugo und Balzac und Cervantes, jeder Buchrücken vollkommen glatt. Ich nahm den ersten Band von *Don Quixote* heraus. Es war ein wunderschön gearbeitetes Buch mit dickem Ledereinband, handgeprägt und mit Goldschnitt. Der

Einband knisterte, als ich es aufschlug. Ich erinnerte mich, daß Selma Shaw mir gesagt hatte, sie sei nach Veritas geholt worden, weil ihr zukünftiger Ehemann Probleme mit dem Lesen hatte. Ich erinnerte mich an die Enttäuschung über die mangelnden Schulleistungen des jungen Kingsley in Faith Shaws Tagebuch.

»Lesen Sie viel?« fragte ich.

Er antwortete, als sei ich bloß ein unbequemer Störenfried, der ihn von der Stimme des Feuers ablenkte. »Nein.«

»Mögen Sie keine Bücher?«

»Die Buchstaben auf der Seite geraten immer durcheinander.«

Legasthenie? Hatte er deshalb als Junge solche Schwierigkeiten, lesen zu lernen? Aber weshalb dann so viele Bücher in diesem Zimmer, überlegte ich. Warum sollte jemand, der Probleme mit dem Lesen hatte, sich mit so deutlichen Erinnerungen an sein Versagen umgeben? Oder war das Angabe? Reine Fassade wie Gatsbys Bibliothek mit den nicht aufgeschnittenen Seiten? Oder etwas anderes? Ich klappte das Buch zu, stellte es wieder weg und sah mich dann mit neuen Augen und wachsendem Schrecken in dem Zimmer um.

»Sind Sie Jäger, Mr. Shaw?« fragte ich, als ich die Wand mit den Köpfen toter Tiere betrachtete.

»Früher einmal«, sagte er.

»Sind das Ihre Trophäen?«

»Nein. Die gehörten meinem Vater.«

»Auch die Wildkatze?«

»Das ist ein Puma«, sagte er mit monotoner, zerstreuter Stimme.

»Gehörte der auch Ihrem Vater?«

»Nein«, sagte er. »Alles andere ja, aber der Puma nicht.«

Langsam ging ich auf den Kopf des Pumas mit seinen ausdruckslosen Augen und den gebleckten gelben Zähnen zu. Unter dem Fell des Halses hing eine Messingplakette, auf der etwas stand, das ich nicht lesen konnte, weil das Messing angelaufen war, aber ich konnte die Jahreszahl erkennen. 1923. Mir wurde noch kälter. Das war nicht irgendein Puma, da war ich sicher, das war der Puma, der 1923 aus den Bergen gekommen war und die Farmen rings um Veritas in Angst und Schrecken versetzt hatte. Derselbe Puma, auf den Kingsley Shaw in jener dunklen, regnerischen Nacht an der Seite seiner Mutter gezielt hatte, als er seinem Vater in die Brust schoß. Wie konnte er damit leben, daß diese Katze ihn an jedem Tag seines Lebens grinsend anstarrte? Und die gravierte Flinte daneben, wurde mir klar, mußte die Waffe sein, mit der er geschossen hatte.

Ich nahm ein Foto aus meiner Anzugtasche und ging zum Kamin, um es dem Mann im Rollstuhl zu zeigen. Es war ein Foto aus der Metallkiste, die unattraktive Frau mit dem langen Gesicht, den Knopfaugen und dem ungebärdigen Haar. »Kennen Sie sie?« fragte ich.

Er nahm das Foto in seine zitternden Hände und betrachtete es eingehend. Ich fragte mich, ob er sie überhaupt wiedererkannte, doch als ich eine Träne sah, begriff ich, daß das der Fall war.

»Wer ist sie?« fragte ich.

»Warum sind Sie hier?« sagte er, noch immer das Foto anstarrend.

»Weil ich herauszufinden versuche, wer Ihre Kinder umbringt.«

»Das ist Miss Poole«, sagte er. »Sie war vor langer Zeit meine Freundin. Sie hat mir vorgelesen.«

»Wissen Sie, wo sie ist oder wo ihr Kind ist?«

»Wieso? Kennen Sie sie?« Er lächelte mit einer Hoffnung zu mir empor, die allem widersprach, was er vorher hatte durchblicken lassen. »Ist sie auch lebendig?«

»Das weiß ich nicht. Ihr Vater glaubte, Ihr Großvater hätte ihm seine Firma gestohlen. Glauben Sie, daß sie den Mann bezahlt haben könnte, der Ihre Kinder umgebracht hat?«

»Sie war meine Freundin«, sagte er. »Sie war reizend. Sie hätte niemals einer Menschenseele etwas zuleide getan.«

»Was glauben Sie dann, wer Ihre Kinder umbringt?« fragte ich.

»Ich habe es Ihnen doch gesagt«, antwortete er, zu mir aufblickend. »Sie ist lebendig. Habe ich es Ihnen nicht gesagt? Sie lebt.« Er wandte sein Gesicht wieder dem Foto zu. »Kann ich das behalten?«

»Natürlich«, sagte ich. »Tut mir leid, daß ich Sie gestört habe, Mr. Shaw, und mein Beileid zu Ihrem Verlust.«

Mit einem matten Lächeln schwenkte er das Foto. »Sie hat mir immer etwas über einen Teich vorgelesen. So ein schöner Teich war das. Aber ich weiß jetzt nicht mehr, wie er hieß.«

»Walden Pond«, sagte ich.

»Nein, so hieß er nicht, aber er war so schön.«

Auf dem Weg nach draußen hielt ich einen Augenblick inne und starrte den Pumakopf an, der über der Tür hing. Ich drehte mich um.

»Mr. Shaw, warum sind Ihre Fenster vergittert?«

Von der anderen Seite des Zimmers, noch immer das Foto betrachtend, sagte er: »Wegen des ersten Mals, als ich das Feuer sprechen hörte.«

»Wann war das?«

»Vor vielen Jahren. Als ich noch gehen konnte.«

»Was für ein Wort wiederholte es denn beim ersten Mal?«

»Spring«, sagte er. »Spring. Spring. Spring.«

Ich denke, jeder von uns trägt auf dieser Welt seine eigene individuelle Hölle mit sich herum wie einen Schildkrötenpanzer, schleppt sie von einem Ort zum anderen, und die Last ist so beständig, daß wir oft vergessen, wie ihr Gewicht unseren Körper und unseren Geist ins Groteske verzerrt. Diese Hölle ist, glaube ich, der Preis dafür, daß wir Menschen und menschlich sind, und das ist wohl besser als das selige Vergessen, das uns Einrichtungen wie die Kirche des Neuen Lebens verheißen. Aber ich habe die individuelle Hölle eines Menschen noch nie so objektiv und bedrückend in seiner Umgebung widergespiegelt gesehen wie im Zimmer von Kingsley Reddman Shaw. Wohin immer er springen wollte, als er seine Beine unbrauchbar machte, er sprang an einen besseren Ort als diesen.

Draußen vor Veritas blinzelte ich in das Sonnenlicht. Nat war mit seiner Arbeit an den Hecken bis auf die andere Seite der Haustür vorgedrungen. Er sah mich auf den Eingangsstufen stehen, und ohne von der Leiter zu steigen, rief er: »Na, hatten Sie ein angenehmes Gespräch, Mr. Carl?«

»Wie lange ist er schon so, Nat?«

»Seit ich hier bin. Aber mit den Jahren ist es schlimmer geworden.«

»Wie alt war er, als er aus dem Fenster sprang?«

»Fünfundzwanzig oder so, aber da hatte er das Zimmer schon seit sechs oder sieben Jahren nicht mehr verlassen.«

»Ich habe noch nie in meinem Leben einen so schrecklichen Ort gesehen.«

»Tja, es gibt auch nicht so viele davon. Das war das Zimmer seines Großvaters, bis die ältere Mrs. Shaw ihren Sohn dort einquartierte. Ein großer Teil der Möbel stammt noch aus Mr. Reddmans Zeit.«

»Sogar der Puma.«

»Mr. Reddman hat ihn von dem Farmer gekauft, der ihn geschossen hat. Wir haben versucht, ihn abzuhängen, aber Mr. Shaw läßt uns nicht.«

»Und das Gemälde von Faith Reddman Shaw?«

»Mr. Reddman hatte es in Auftrag gegeben, ein Porträt der einzigen Tochter, die ihm geblieben war.«

»Wie ist er gewesen, dieser Claudius Reddman?«

»Ein harter Mann, Mr. Carl. Selbst in seinen letzten Jahren, als er sich ganz der Philanthropie widmete, war er hart. Wissen Sie, was seine letzten Worte waren?«

»Nein.«

»Am Ende haben seine Lungen versagt. Tumore, groß wie Frösche, hat man mir gesagt. Die Ärzte setzten ihn unter Morphium, um die Schmerzen zu betäuben. In der letzten Nacht sorgte die ältere Mrs. Shaw dafür, daß ich in der Nähe war, um zu besorgen, was immer die Krankenschwestern brauchten. Er weinte und schrie und mußte mit Lederriemen festgebunden werden. Und das letzte, was er sagte, bevor er starb, war: ›Es war rein geschäftlich.‹«

Darüber lachte Nat, wandte sich wieder seiner Hecke zu, öffnete die Schere und kappte zwei grüne Triebe gleichzeitig.

Es war rein geschäftlich. Ich fragte mich, ob das die Pooles für alles ihnen durch Claudius Reddman zugefügte Unrecht entschädigen würde, das, wie sie glaubten, ihre Welt zerstört hatte. Nun ja, welchen Preis auch immer die Pooles bezahlt hatten, die Reddmans hatten ihn ebenfalls bezahlt. Nach dem, was Kingsley zugestoßen war, schien es mir der reinste Overkill, den Erben nach dem Leben zu trachten.

Ich hatte ein unbehagliches Gefühl, als ich die Main Line verließ und auf dem Expressway in Richtung Innenstadt fuhr. Kingsley Shaw hatte gesagt, seine Mutter sei noch am Leben, und sie sei diejenige, die seine Kinder umbringe, aber als er das gesagt hatte, ließ er keine Trauer über den Tod seines Sohnes oder den seiner Tochter sechs Monate zuvor erkennen, und er schien sich weder um Caroline noch um Bobby zu sorgen. Er hatte gesagt, seine Mutter sei noch am Leben und bringe seine Kinder um, und trotzdem hatte er mich gebeten, ihn zu ihr zu bringen. War ihr Geist noch lebendig? Konnte sie irgendwie verantwortlich sein? Ich erinnerte mich an meine Reaktion, als ich zum erstenmal Hitchcocks *Psycho* gesehen hatte, und fragte mich, ob Kingsley diese Tragödie irgendwie selbst ausgelöst hatte, alles im Namen seiner Mutter. Ich sah ihn vor mir in diesem Zimmer, in seinem Rollstuhl, in schwarzem Kleid und schwarzer Haube, ein Messer in der Hand, kreischende Musik im Hintergrund. Auf dem Schuylkill Expressway, genau an der Stelle, an der Raffaellos Cadillac mit mir darin angegriffen worden war, beschloß ich, niemals in Veritas zu duschen.

Es war bereits später Nachmittag, als ich meinen Wagen in der Spruce Street parkte und in meine Wohnung hinaufging, in der Caroline Shaw auf mich wartete. Ich ging zur ihr und legte meine Arme um sie und sagte ihr, daß ihr Bruder Edward ermordet worden war.

# TEIL 4
# Es regnet Tote

Das Prinzip von Handelsnationen ist Geld und nicht Moral.

THOMAS JEFFERSON

# 43

## San Ignacio, Belize

San Ignacio ist eine heruntergekommene alte Grenzstadt, die Hauptstadt von Belizes wildem Westen und das Tor zu Guatemala. Die engen Straßen mit den vielen bunt getünchten Häusern und den offenen Abwasserkanälen winden sich aufs Geratewohl den steilen Hügel hinauf, auf dem die Stadt gewachsen ist. Sie ist eine Stadt der Holzfäller und der Sammler von Baumharz, aus dem Kaugummi hergestellt wird, und obwohl Kaugummi heutzutage weitgehend synthetisch ist und kein Holz mehr gefällt wird, wirkt die Stadt noch immer wie eine Holzfällersiedlung, unberechenbar und gutmütig.

Ich wohne im San Ignacio Hotel gleich unterhalb einer Stätte mit Maya-Ruinen, die den tröstlichen Namen Cahel Pech trägt, was Ort der Zecken heißt. Mein Hotel ist ein alter kolonialer Vorposten mit einem schönen Swimmingpool. Vom Balkon meines Zimmers aus kann ich den dichten Dschungel sehen, der die Hügel um die Stadt bedeckt. Ich sitze auf dem Balkon und starre auf die grüne Wildnis des Dschungels und frage mich, was der Mann, den ich suche, jetzt gerade tut, frage mich, wie sehr er seinen Reichtum in dieser tropischen Hitze genießt. Ihm steht ein Vermögen zur Verfügung, der gesamte Wergeld-Fonds, wie er mir durch den Namen seines Kontos bei der Belize Bank so dreist zu verstehen gab, aber statt sich in Paris oder Rom oder auf irgendeinem an einer entlegenen Insel in der Karibik vertäuten Boot zu verstecken, ist er in den Dschungel gegangen. Ich nehme an, es war klug von ihm, sich bei der Planung seiner grenzenlosen Zukunft schon einmal an die Hitze zu gewöhnen.

Ich bin ihm jetzt nah, näher, als ich ernstlich geglaubt habe, als ich aus den Vereinigten Staaten in dieses Land kam. Ich spürte seine Nähe oben auf El Castillo in den alten Maya-Ruinen von Xunantunich und zog aus, um mir dieses Gefühl auf den Straßen von San Ignacio bestätigen zu lassen. Die Zweigstelle der Belize Bank in der Burn's Avenue war ein weiß getünchtes und türkisfarben abgesetztes Gebäude und lag einem chinesischen Restaurant gegenüber, dem New Lucky Chinese. Während Canek Panti draußen wartete, sprach ich im ersten Stock mit dem stellvertretenden Zweigstellenleiter. Ich mag stellvertretende Zweigstellenleiter, sie sind im allgemeinen sehr zuvorkommend, ohne ihre Chefs stören zu wollen, aber dieser war keine Hilfe. »Das Gesetz verbietet mir, Ihnen Informationen über dieses Konto zu geben, Sir«, sagte er, und kein Drängen, keine Wichtigtuerei, kein Vorzeigen amerikanischer Dollars konnte ihn umstimmen. Ich war verwirrt, weil niemand in der Bank ihn auf dem Bild erkannte, aber dann nahm ich an, daß er seine Bankgeschäfte von einem Angestellten erledigen ließ. Er muß diesem Angestellten kolossales Vertrauen entgegenbringen, wenn er ihm seine Bankgeschäfte anvertraut.

Wir haben ein Lokal namens Eva's an der Hauptstraße der Stadt überprüft, einen blau angestrichenen Schuppen, wo sich nach Auskunft Caneks ausländische Reisende und Auswanderer trafen. Ich saß an einem Tisch unter einem Ventilator, der sich langsam drehte, und bestellte eine Suppe aus schwarzen Bohnen namens *chilmoles* und ein Bier. Das Belikin war gut und kalt, die Suppe gut und heiß, mit viel Hühnerfleisch und einem weißen hartgekochten Ei, das obenauf tanzte, und der Besitzer des Lokals, ein ausgewanderter Engländer namens Bob, war redselig. Er versuchte, mir eine Flußfahrt oder einen Aufenthalt in einem Touristencamp im Dschungel anzudrehen, aber ich wollte nur von ihm wissen, ob er den Mann auf dem Foto gesehen hatte. »Nein, nie«, sagte er, »obwohl die meisten Besucher, die in die Stadt kommen, irgendwann hier auftauchen.«

»Haben Sie vielleicht von einem Ausländer gehört, der sich im Dschungel hier in der Nähe eine Ranch gebaut hat?« fragte ich.

»Nicht von einem, der hier durchgekommen wäre. Die meisten der Ranchbesitzer nehmen Logiergäste auf und lassen sich von uns Touristen vermitteln. Aber der Dschungel ist groß, Kamerad. Wenn Sie verschwinden wollten, könnten Sie das hier problemlos tun.«

Nach dem Besuch bei Eva's ließ Canek mich allein, um sich bei Verwandten einzuquartieren, die er in der Gegend hatte. Ich hatte ihn für fünfundneunzig Dollar pro Tag als Führer angeheuert, solange ich im Westen war, und dieses Arrangement schien ihm genauso zu gefallen wie mir. An fremden Orten hat man selten Freunde, und daß man ihnen vertrauen kann, wie ich Canek Panti vertraute, kommt noch seltener vor. Und wer hätte mich besser durch diesen Dschungel führen können als ein Maya? Da ich nun allein war, machte ich einen Spaziergang durch die Stadt. Es gab wenig Bettler in San Ignacio, auf der Straße versuchte keiner, mir Drogen zu verkaufen, und ich genoß den Rundgang trotz der Hitze. Ich zeigte mein Foto Ladenbesitzern, Passanten und den alten Leuten, die auf dem Platz an der Brücke saßen, aber keiner erkannte den Mann, den ich jagte. Ich fragte auch die Taxifahrer, die ich an jeder Ecke sah, doch ebenfalls ohne Erfolg. Ich dachte sogar daran, mich bei den Kellnern in meinem Hotel zu erkundigen. Es gibt da ein Restaurant mit Blick auf den Pool, das recht nett ist und in dem man angeblich die besten Steaks in Belize serviert, und wenn jemand mal für einen Cocktail und eine herzhafte Mahlzeit aus dem Dschungel schlüpfen wollte, würde er dorthin schlüpfen; aber sie schauten sich alle das Foto an, einer nach dem anderen, und schüttelten dann den Kopf.

Während ich meinen Spaziergang machte, fuhr ein Wagen mit Lautsprechern auf dem Dach und einem großen bunten Plakat durch die Straßen. Das Plakat warb für den Zirkus Suarez, der nur für einen Abend in der Stadt war, und seine Hauptattraktion, die »*7 Osos Blancos Gigantes*«. Die Dame im Hotel sagte mir, die

Leute kämen aus dem ganzen Cayo, um den Zirkus zu sehen, und Kinder würden aufgefordert, streunende Hunde als Futter für die sieben Eisbären heranzuschaffen. Das Zirkuszelt wurde am Hügelabhang gleich über meinem Hotel errichtet, und ich ging über den Platz, bevor die Vorstellung begann, und suchte in der wartenden Menge nach dem Gesicht eines Killers. Ich suchte, bis die Menge sich wie verrückt durch den winzigen Eingang des Zelts drängte. Ich selbst ging nicht hinein. Ich fühlte mich ohnehin schon ziemlich fehl am Platz in Belize; ich brauchte keine sieben Eisbären zu sehen, die in der Hitze Mittelamerikas ihre Kunststücke vollführten.

Als ich hügelabwärts zu meinem Hotel zurückging und an einem flachen, offenen Abwasserkanal vorbeikam, sah ich in dem seichten Strom der Exkremente etwas sitzen. Ich trat näher heran. Es war ein Frosch, ein riesiger Frosch, muskulös und reglos, groß wie ein Kopf, der ganz still dasaß, kaum merklich atmete und mich bedrohlich anstarrte. Rasch fuhr ich herum, weil mich Panik überkam, und war sicher, daß mir jemand folgte. Es war niemand da.

Am nächsten Tag war Markt in San Ignacio. Canek hatte sich erboten, zu den Farmen in der Umgebung zu fahren und das Foto herumzuzeigen, daher schlenderte ich allein über den Markt. Er wurde auf einem ungepflasterten Platz nicht weit vom Fluß abgehalten. Klapprige Lastwagen von den umliegenden Farmen boten ihre Waren an; sie bildeten eine L-förmige Gasse. Aus dem ganzen Cayo waren Leute mit Bussen zum Einkaufen gekommen. Männer mit Cowboyhüten oder schmutzigen Baseballkappen saßen auf den Ladeflächen ihrer Lastwagen oder auf Plastikeimern oder standen vor Säcken mit Reis, Bohnen, Stapeln von Gurken, Kisten mit Kartoffeln, Eiern, Melonen und Zwiebeln, Paprikaschoten und Karotten, Kürbiskernen, Schuhen, Kohlköpfen, noch mehr Schuhen. Frauen saßen auf dem nackten Boden vor auf leeren Säcken ausgebreiteten Kräutern. Die Männer und Frauen sprachen spanisch oder die seltsame Sprache, die ich Canek mit dem Fährmann hatte sprechen hören, die Maya-Sprache. An einer steinernen Mauer entlang gab es zahlreiche Stände mit gebrauchten Kleidern. Ich starrte alles an, als ob meine Augen hungrig wären, die Früchte, die Menschen, die grellen Farben, und zeigte das Foto herum, worauf ich Lächeln, aber keine positive Antwort erntete. Bis ein hübscher junger Mann mit rundem Gesicht und Schnurrbart erkennend nickte.

Er trug ein zerknittertes weißes Hemd mit langen Ärmeln, ausgeblichene Jeans und Sandalen. Über seiner Schulter hing der Riemen einer Tasche, den nur ein Stück Schaffell daran hinderte, sich in sein Fleisch zu graben.

»Erkennen Sie ihn?« fragte ich.

Er antwortete auf maya und nickte.

»Wo haben Sie ihn gesehen?«

Er antwortete auf maya und nickte.

»Sprechen Sie überhaupt ein Wort Englisch?«

Er antwortete auf maya und nickte.

»Darf ich Sie auf ein Belikin einladen?« sagte ich, wobei ich den Namen des Biers betonte und die Hand hob, als setzte ich eine Flasche an die Lippen.

Er antwortete auf maya, nickte mit dem Kopf und lächelte erfreut. Er ging mit mir zu Eva's, wo der Besitzer uns zwei Bier brachte und den Koch aus dem Hinterzimmer rief, damit er übersetzte. Sein Name sei Rudi, sagte der Mann vom Markt, und seine Geschichte war verdammt faszinierend.

Er hatte auf der Farm seiner Familie gearbeitet, als ein Mann, kein Ausländer, mit einem Lastwagen zur Farm kam und sagte, er müsse eine große Menge Vorräte einkaufen. Rudi verkaufte dem Mann alle Erzeugnisse der Farm, die er entbehren konnte, und fuhr mit ihm im Lastwagen zu den anderen Farmen der Gegend, um dort den Rest zu erstehen. Für das, was er nicht bei den Farmern kaufen konnte, ging er auf den gleichen Markt, auf dem ich Rudi getroffen hatte, und kaufte säckeweise Reis und Bohnen, kistenweise Hühner, Unmengen verschiedenster Gemüse. Als die ganze Ladung auf dem Lastwagen verstaut war, bot der Mann Rudi hundert Belize-Dollars, etwa fünfzig amerikanische Dollars, um ihm beim Ausliefern der Ware zu helfen. Zusammen fuhren Rudi und der Mann mit dem Lastwagen zu einer Stelle am Fluß Macal, gleich hinter einem der Dschungelcamps, wo ein altes hölzernes Kanu mit Motor vertäut am Ufer lag. Rudi und der Mann luden das Kanu voll und fuhren flußaufwärts nach Süden. Es war eine lange Fahrt, und oft mußten Rudi und der Mann ins Wasser steigen und das Kanu über kleinere Wasserfälle schieben. Schließlich steuerte der Mann das Kanu neben einem Haufen großer Felsbrocken und unter einem riesigen *kepak*-Baum, der größer und älter war, als Rudi je einen am Fluß gesehen hatte, ans Ufer. Der Mann forderte Rudi auf, die Waren aus dem Kanu zu entladen; er selbst trug dann eine Last nach der anderen fort. Er wies Rudi an, sich unter keinen Umständen vom Fluß zu entfernen; dabei spielte er an dem verzierten Griff seiner Machete herum. Dann lud er sich einen Sack Reis auf die Schulter und verschwand den Pfad hinauf im dichten Dschungel. Es dauerte zwanzig Minuten, bis er zurückkam, um die nächste Ladung zu holen. Sie brauchten eine Stunde, um das erste Boot zu leeren, und mußten dann die Strecke mit dem Boot noch dreimal zurücklegen, bis der gesamte Inhalt des Lastwagens verladen war. Bei der letzten der drei Fahrten flußaufwärts sah Rudi, als das Boot sich dem Felshaufen und dem riesigen *kepak*-Baum näherte, einen Mann aus dem Dschungel spähen, einen Ausländer. Er war nur einen Moment sichtbar, bevor er wieder verschwand, aber Rudi hatte ihn deutlich gesehen. Und das Gesicht, das da aus dem Dschungel spähte, da war er sicher, war dasselbe Gesicht wie auf dem Foto.

Canek und ich verbrachten den nächsten Tag mit Vorbereitungen, suchten uns ein Kanu und kauften alle Vorräte ein, die wir vielleicht brauchen würden. Morgen gehen wir auf den Fluß und suchen den Felshaufen und den großen alten *kepak*-Baum, die uns zu meinem Ziel führen werden. Canek sagt mir, *kepak* sei das Maya-Wort für den Baumwollbaum. Die Mayas glauben, wenn der letzte Baumwollbaum stirbt, sei alles Leben im Regenwald zerstört. Der Baum scheint mir ein passendes Symbol für den Mann zu sein, den ich jage. Er hat sich die Vernichtung von Jacqueline Shaw und Edward Shaw für seine eigenen bösen Zwecke gekauft, und jetzt ist es an der Zeit, daß ich anfange, ihn dafür bezahlen zu lassen. Er ist dort am Fluß, ich weiß es, und ich weiß, daß er weiß, daß ich es weiß. Ich bin sicher, daß unter den Leuten, denen ich das Bild gezeigt habe, irgend jemand einen anderen kennt, der weiß, wie man sich mit ihm in Verbindung setzt. Wenn er gewollt hätte, hätte er mich schon lange vor meiner Reise nach San Ignacio töten lassen können, aber er will, daß ich komme. Vielleicht ist sein neues Leben im Dschungel einsam, und er wünscht sich Gesellschaft. Vielleicht braucht er auch jemanden, vor dem er sich brüsten kann. Er erwartet mich, und ich werde ihn nicht enttäuschen. Ich bin jetzt sehr nahe daran, mir mein Vermögen abzuholen, da bin ich sicher. Und wenn er andere Pläne mit mir hat, wenn er beabsichtigt, mich zu einem weiteren Opfer zu machen, dann, nehme ich an, bin ich in Sicherheit, solange ich mit meinem Freund, meinem Führer, meinem Beschützer zusammen bin, dem ehrenwerten Canek Panti.

Meine Arme und mein Gesicht sind von Moskitostichen bedeckt. Auf dem Balkon meines Hotelzimmers untersuche ich sie im Sonnenlicht, so gut ich kann, und frage mich, welche der Schwellungen die gefährliche Larve enthält, vor der die Nonne mich auf dem Flug nach Belize so freundlich gewarnt hat. Ich frage mich, ob der Mann, den ich jage, weiß, wie man den Rinderwurm mit Leim und Klebeband erstickt, oder ob er ihn in sich wachsen läßt, wie er das Böse in sich wachsen und schwären ließ. Ich kenne jetzt die Wurzel dieses Bösen, ich habe die Kontobücher gesehen, in denen es in ordentlichen Kolonnen und präzisen Zahlen festgehalten ist. Manche Verbrechen sind schon in dem Augenblick vergessen, in dem sie begangen werden, und es ist, als seien sie nie gewesen; manche Verbrechen aber leben ewig. Die Tragödie der Reddmans war, daß das Verbrechen in diesen

Kontobüchern zur letzteren Sorte gehörte. Es ist noch immer lebendig, noch immer virulent, hängt ein Jahrhundert nach seiner Begehung noch immer als Fluch über den Erben des Täters.

## 44

Die alten, stockfleckigen Kontobücher waren auf dem Tisch in unserem Konferenzzimmer ausgebreitet; aufgeschlagen verbreiteten sie einen leichten Schimmelgeruch. Die Zahlen darin waren von Hand und mit Tinte geschrieben und zeigten die tagtäglichen Geschäftsvorgänge in der Konservenfabrik E. J. Poole in den Jahren bis zum Verkauf an Claudius Reddman und auch für die Zeit danach, als die Firma in Reddman Foods umbenannt worden war. Es waren die Bücher, die Caroline in dem Geheimfach hinter der Täfelung der Bibliothek in Veritas gefunden hatte. Der Buchprüfer war jetzt, wie ich erwartete, an der Arbeit und ließ sich von den Zahlen in den Kontobüchern erzählen, wie Claudius Reddman es geschafft hatte, Elisha Poole die Kontrolle über die Firma zu entwinden. Es war der Tag von Edward Shaws Beerdigung, ein Tag ostentativer Trauer und falscher Tränen der Erben. Was für eine erheiternde Szene das sein würde! Da Edward tot war, hatte Dante nichts mehr zu gewinnen, wenn er Caroline umbrachte, und so hatte sie ihr Versteck verlassen, um an der Beerdigung teilzunehmen. Sie hatte mich zwar gebeten mitzukommen, aber ich hatte abgelehnt. Ich fand, daß ich im Familientopf der Reddmans genug herumgerührt hatte. Heute war es an der Zeit, sie dem Elend ihrer Gegenwart zu überlassen, während wir die Sünden ihrer Vergangenheit aufdeckten.

Während Yitzhak Rabbinowitz von der Buchprüfungsfirma Pearlman und Rabbinowitz mit Morris an den Büchern arbeitete, beschäftigte ich mich mit den Stapeln Papier, die vom Bezirksstaatsanwalt bei der unbarmherzigen Verfolgung des Falles *Com-*

*monwealth vs. Peter Cressi* produziert worden waren. Ich bezweifelte, daß ich nach der Abdankung Enrico Raffaellos noch mit dem Fall befaßt sein würde, und ich hatte schon daran gedacht, den ganzen Kram hinzuschmeißen; aber meine Haftpflichtversicherung hatte es ganz gerne, wenn ich tatsächlich der Arbeit nachkam, die für meine Fälle erforderlich war, und so antwortete ich auf die Anträge der Regierung auf Zulassung von Beweismitteln, ihre *In-limine*-Anträge und die vorgeschlagenen Instruktionen für die Geschworenen. Gleichzeitig war ich damit beschäftigt, meine eigenen Anträge zu entwerfen und mich noch an die fadenscheinigsten Gründe gegen die Zulassung von Beweismitteln zu klammern. Die Argumente waren eher schwach, das gebe ich zu, aber sie entsprachen alle meinem Mindeststandard: dem Test des roten Kopfs. Konnte ich vor einen Richter treten und meine Argumente vortragen, ohne vor Verlegenheit einen roten Kopf zu bekommen? Kaum, aber kaum war genug, um die Standesrichtlinien der Anwaltskammer zufriedenzustellen, und folglich beantragte ich, dem Antrag auf Zulassung nicht zu entsprechen.

Gegen drei Uhr nachmittags reckte ich mich an meinem Schreibtisch und schlenderte hinüber in den Konferenzraum, um nachzusehen, welche Fortschritte der Buchprüfer gemacht hatte. Ich rechnete damit, die beiden Männer, bis an die Ellbogen in den alten Bänden steckend, vorzufinden, wo sie den Zahlen in den Kontobüchern mit dem Zeigefinger folgten und Zahlen in Taschenrechner eintippten, die daraufhin lange Streifen weißes Papier mit verheerenden Summen ausspuckten. Was ich statt dessen sah, waren Yitzhak Rabbinowitz und Morris Kapustin zusammen an einem Ende des Tisches, Füße auf der Tischplatte, so entspannt und sorglos wie zwei alte Freunde, die sich beim Kaffee in einer Imbißstube Geschichten erzählen.

»Bitte, Victor, kommen Sie herein«, sagte Morris und winkte mir zu. »Yitzhak erzählt mir gerade von unserem gemeinsamen Freund Herman Hopfenschmidt.«

»Und ich sage ihm also«, sagte Rabbinowitz, »Herman, sage ich, wo dein Geschäft so ein Erfolg ist und bei dem, was du auf der Bank hast – und ich weiß, wieviel das ist, weil ich deine Buchführung mache –, wirfst du immer noch mit dem Geld herum wie ein Mann ohne Arme.« Yitzhak Rabbinowitz war ein hochgewachsener, kräftig gebauter Mann, kahlköpfig und mit einem buschigen grauen Schnurrbart. Er trug ein Sportjackett und ein kurzärmeliges Hemd, so daß seine haarigen Unterarme aus den Ärmeln hervorschauten, ein Handgelenk von einer goldenen Rolex geziert, das andere von einem auffallenden goldenen Armreif mit Diamanten. Er saß zurückgelehnt auf seinem Stuhl, während er die Geschichte erzählte, und vollführte wilde Gesten; er hatte eine etwas feuchte Aussprache. »Sei ein *zádik*, sage ich. Gib ein wenig. Außerdem kann jemand in deiner Steuerklasse die Abzüge gebrauchen. Gib ein wenig, Herman, sage ich, gib, bis es weh tut. Und was macht er? Er greift sich an die Brust und sagt: ›Es tut weh, es tut weh.‹«

»Dieser Hopfenschmidt ist immer schon ein *kamzn* gewesen«, sagte Morris nickend. »Er hat noch immer seinen ersten gestohlenen Dollar.«

»Ich sage, Herman, sage ich, das ist nicht komisch. Nicht komisch. Also, wieviel soll ich für dich eintragen? Zehntausend? Frankle hat voriges Jahr zehntausend gegeben, und du verdienst doppelt soviel wie Frankle. Und Herman sagt: ›Es tut weh, es tut immer noch weh.‹ Ich sage, dann wenigstens fünf. Sogar Hersch mit seiner chemischen Reinigung gibt fünftausend, und du verdienst zehnmal soviel wie Hersch. Denk an all die Kinder, denen du hilfst, jüdische Kinder, die sich am Schabbes nicht mal einen Hühnerhals leisten können. Und was sagt Herman: ›Es tut weh, es tut weh.‹ Ich sage, also gut, eintausend, aber das ist das Minimum, das ich akzeptiere, und er sagt: ›Aber du verstehst nicht, Yitzhak, es tut weh, es tut wirklich weh.‹ Und im nächsten Moment fällt er vom Stuhl. Platsch, voll auf den Boden. Er hatte recht, es tat weh. Er hatte einen Herzanfall.«

»Wirklich?« sagte Morris.

»Natürlich. Würde ich über so etwas Witze machen? Im Moment liegt er im Einstein, während wir reden. Während wir reden.«

»Manche *kamzónim* würden alles tun, um bloß nichts geben zu müssen«, sagte Morris.

»Mr. Rabbinowitz«, unterbrach ich die beiden. Die Reddman-Bücher lagen allein und verloren am anderen Ende des Tisches.

Er sah zu mir auf und lächelte. »Bitte, Victor, nennen Sie mich Yitzhak, wo wir doch jetzt zusammenarbeiten.«

Arbeiten? »Also gut, Yitzhak, ich habe mich nur gefragt, wie weit wir mit den Büchern sind. Haben Sie schon irgendwas gefunden? Mir ist es ziemlich eilig damit.«

»Es läuft sehr gut, Victor. Sehr gut, und wir sind schon fast soweit, Ihnen ein paar Dinge zu zeigen. Noch nicht ganz, aber fast.«

»Möchtest du Kaffee, Yitzhak?« fragte Morris.

»Ja, das wäre prima«, sagte Rabbinowitz und lächelte mich an. »Mit Zucker und Sahne, Victor, und seien Sie nicht knauserig mit dem Zucker.«

»Sonst noch etwas?« fragte ich gepreßt.

»Einen Doughnut oder einen *pitsel*-Kuchen, das wäre fein. Und für dich, Morris?«

»Bloß ein Wasser, mein Magen ist immer noch nicht so, wie er sein sollte.«

»Du kennst dein Problem«, sagte Rabbinowitz zu Morris. »Zuviel Ballaststoffe. Das erzeugt Gase.«

»Sag mir was, was ich nicht schon weiß.«

»Ein Kaffee mit Sahne und extra viel Zucker«, sagte ich. »Ein *pitsel*-Kuchen und Wasser.«

»Sehr freundlich, Victor, vielen Dank«, sagte Rabbinowitz. Er wandte seine Aufmerksamkeit wieder Morris zu, als sei ich damit entlassen. »Also, sobald wir hier fertig sind, gehe ich ins Krankenhaus und besuche Herman. Daß er seinem Schöpfer so nahe war, hat ihn vielleicht weicher gemacht. Ich sage dir, Morris, es war ein Wunder, wirklich. Ich glaube, ich kann jetzt die zehntausend Dollar von ihm bekommen.«

»Setzen Sie sich, Victor«, sagte Yitzhak Rabbinowitz, als ich mit Kaffee, einem Kuchen von Entenmann's und einer Flasche Mineralwasser zurückkam. »Jetzt werden wir Ihnen zeigen, was wir gefunden haben.«

»Sind Sie soweit?«

»Es war ziemlich schlau eingefädelt, aber nicht so gut versteckt. Ich bin überrascht, daß Poole nicht selbst dahintergekommen ist. Der Schlüssel war, den Zeitpunkt rauszukriegen, an dem dieser Reddman anfing, die Bücher zu führen.«

»Wir glauben, wir haben es jetzt«, sagte Morris. »Wir waren gezwungen, die Handschrift in den früheren Journalen mit ein paar Briefen, die wir in den Büchern gefunden haben, und der in späteren Journalen, nachdem er die Anteilsmehrheit gekauft hat, zu vergleichen.«

»Kapustin war mir eine große Hilfe«, sagte Rabbinowitz, »was mich überrascht hat, wirklich, weil er im allgemeinen vollkommen unbrauchbar ist.«

»Sei nicht so ein *cham*«, sagte Morris. »Du, du bist weniger als unbrauchbar. Die letzten Aktien, die ich auf seinen Rat hin gekauft hab, Victor, die sind nicht gefallen, die sind förmlich in den Keller gestürzt.«

»Sag mir eines, Morris«, sagte Rabbinowitz, »wenn Unwissenheit ein Segen ist, wieso bist du dann nicht dauernd in Ekstase?«

»Seid ihr jetzt fertig mit eurem Theater?« sagte ich. »Der Tag ist nämlich kurz, die Aufgabe ist groß, die Arbeiter sind träge ...«

Rabbinowitz sah Morris an. Der erwiderte seinen Blick und zuckte mit den Schultern.

»Er findet uns nicht unterhaltsam«, sagte Morris. »Das überrascht mich, denn ich finde uns sehr unterhaltsam.«

»Setzen Sie sich, Victor«, sagte Rabbinowitz und setzte eine

Lesebrille auf. »Setzen Sie sich, und wir zeigen Ihnen, was wir gefunden haben.«

Ich setzte mich an den Konferenztisch, und Rabbinowitz legte zwei der Bücher vor mich hin. Eines war ein altes, schweres Kontobuch, das andere war kleiner, und als er die Bücher aufschlug, verbreitete sich ein alter Geruch, moderig, faulig, verschimmelt. Die Seiten beider Bücher waren vergilbt und an den Ecken ausgefranst, einige der Zahlen waren von der Zeit ausgelöscht worden, aber die Handschrift der noch lesbaren Einträge war sorgfältig und präzise.

»Hier haben wir das Auszahlungsjournal und das allgemeine Kontobuch für 1896«, sagte Rabbinowitz. »Bevor Reddman anfing, die Bücher selbst zu führen.« Er erklärte mir den Sinn der verschiedenen Einträge in dem Ausgabenbuch und ging dann zu einer langen Liste von Zahlen für Januar weiter. »Das sind die Beträge, die jeden Monat an bestimmte Lieferanten bezahlt wurden. Wir haben die Beträge in diesem Buch als Grundbeträge benutzt. Vielleicht werden Sie bemerken, Victor, daß die monatlichen Summen, die an jeden Lieferanten ausbezahlt wurden, in etwa die gleichen blieben, je nach Jahreszeit. Im Spätsommer und im Herbst wurde mehr gekauft, wenn die Ernte eingebracht war, und so wurde auch mehr ausbezahlt, aber die Beträge stiegen bei allen Farmern im Verhältnis ungefähr gleich stark an.«

»Das ergibt einen Sinn«, sagte ich.

»Die monatlichen Gesamtsummen im Ausgabenjournal wurden am Ende des Monats in das allgemeine Kontobuch übertragen. Wie Sie ebenfalls sehen werden, steht hinten im allgemeinen Kontobuch ein vorläufiger Jahresabschluß. Die Guthaben entsprechen den Verbindlichkeiten, und alles scheint in Ordnung. Zu der Zeit gehörten alle Anteile, wie im Anteilsregister des Kontobuchs vermerkt ist, E. J. Poole. Der Wert der Anteilscheine, in weniger komplizierten Zeiten ein ungefähres Maß für den Wert der Firma, war für ein solches Geschäft überraschend hoch. Alles in allem muß ich sagen, daß die Firma E. J. Poole im

Jahre achtzehnhundertsechsundneunzig gut und kompetent geführt wurde.«

Rabbinowitz nahm zwei weitere Bücher von dem Stapel, das Ausgabenjournal und das allgemeine Kontobuch von 1897, und legte sie vor mich hin. Die Einträge in diesen Büchern wiesen die gleiche Handschrift auf, wenn auch ein bißchen weniger präzise. Rabbinowitz ging erneut die monatlichen Einträge im Ausgabenbuch durch und verglich die an jeden Lieferanten bezahlten Beträge mit denen des Vorjahres. Alles schien in Ordnung, die monatlichen Summen waren gewissenhaft in das allgemeine Kontobuch übertragen worden, und die vorläufige Bilanz am Jahresende wies wieder auf eine gesunde Firma hin, deren gesamte Anteile sich noch immer im Besitz von Elisha Poole befanden.

Dann legte Rabbinowitz mir die Bücher für 1898 vor. Im März dieses Jahres veränderte sich die Handschrift der Einträge. »Soweit Morris weiß, fing Reddman zu diesem Zeitpunkt an, die Bücher zu führen.«

»Gibt es irgendwelche Hinweise auf den Grund dafür?« fragte ich.

»Keine«, sagte Morris, »aber Sie haben vielleicht bemerkt, daß Pooles Handschrift nach und nach schlechter wurde. Wir glauben, daß das vielleicht der Grund war.«

»Wurden von da an irgendwelche zusätzlichen Summen direkt an Reddman bezahlt?« fragte ich.

»Nein«, sagte Rabbinowitz. »Das haben wir natürlich als erstes überprüft. Reddman erhielt die ganze Zeit nur bescheidene Gehaltserhöhungen, bis er schließlich die Firma kaufte. Er fing als Blechschmiedelehrling an, und obgleich er mit der Zeit mehr Verantwortung übernahm, blieb sein Lohn ziemlich jämmerlich. Aber ich möchte Ihnen hier etwas zeigen.« Er zeigte auf einen Eintrag im Ausgabenjournal über Zahlungen an einen Farmer namens Anderson. »Hier sehen Sie, daß kurz nach Übernahme der Buchführung die Auszahlungen an Anderson im Verhältnis zu denen an die anderen Farmer leicht anstiegen, nur um ein paar hundert Dollar, aber sie stiegen jedenfalls an.«

»Vielleicht hatte Anderson mehr erzeugt.«

»Das ist natürlich möglich«, sagte Rabbinowitz, der sofort zum hinteren Teil des allgemeinen Kontobuchs blätterte. »Aber sehen Sie, in der vorläufigen Bilanz für dieses Jahr ist der Wert der Anteile nicht gestiegen, obwohl der Absatz gesteigert worden war.«

»Interessant«, sagte ich.

Rabbinowitz holte das Ausgabenbuch für 1899 und ließ es auf die anderen Bücher fallen, wobei eine Staubwolke aufstieg. Ich nieste einmal und noch einmal. Morris reichte mir ein Papiertaschentuch, während Rabbinowitz mir die Auszahlungseinträge für 1899 zeigte, Monat für Monat. Alles schien beständig, bis wir zum Juni kamen. Rabbinowitz wollte umblättern, um den Juli aufzuschlagen, aber ich faßte nach seinem Handgelenk.

»Was ist das?« fragte ich.

»Ich hab dir doch gesagt, daß er's merken würde«, sagte Morris. »Er ist kein Dummkopf.«

»Ein unerklärlicher Anstieg in den Beträgen, die an diesen Anderson bezahlt wurden«, sagte Rabbinowitz mit einer schwungvollen Handbewegung, als hätten wir ein großes wissenschaftliches Geheimnis aufgedeckt. »Fünfzehnhundert Dollar mehr als üblich für diesen Monat.«

»Hat irgendein anderer Lieferant in diesem Monat entsprechend weniger bekommen?« fragte ich.

»Gute Frage«, sagte Rabbinowitz, »und die Antwort lautet: nein.« Er zeigte mir das Buch Seite für Seite und wies darauf hin, daß der Betrag das ganze Jahr lang erhöht blieb. »Fast zehntausend Dollar am Jahresende. Und jetzt möchte ich Ihnen im allgemeinen Kontobuch zwei Dinge zeigen.« Er holte einen weiteren schweren Band und blätterte zur vorläufigen Bilanz am Ende des Buches. »Erstens, der Wert der Anteile sank zum Jahresende um etwa zehntausend Dollar, annähernd zwanzig Prozent.«

»Fast genau die Höhe der unerklärlichen Bonuszahlungen an Anderson.«

»Exakt«, sagte Rabbinowitz. »Und hier, schauen Sie sich das Anteilsregister an. Achtzehnhundertneunundneunzig fing Reddman an, Anteile von Poole zu kaufen. Er kaufte fünf Anteile, oder fünf Prozent der Firma, für sechstausend Dollar.«

»Woher hatte ein Blechschmied mit einem jämmerlichen Gehalt sechstausend Dollar?« fragte ich, obwohl ich die Antwort inzwischen zu kennen glaubte.

»Was wir vermuten, Victor«, sagte Morris, »dieser Reddman, er hat sich freiwillig erboten, die Bücher zu führen, damit er seinem Freund Anderson einen kleinen Bonus zuschieben und selber Prozente dafür kassieren konnte. Aus irgendeinem Grund nahm er an, er käme mit noch höheren Beträgen durch, und dann ist er auf die Idee gekommen, das Geld zu benutzen, um die Firma einfach zu kaufen, also hat er die Auszahlungen erhöht und angefangen, Anteile zu erwerben. Das Schöne für ihn war, daß er, während er die Firma bestahl, den Profit verringerte und der Wert der Firma dadurch abnahm, und so wurde der Preis, den er zahlen mußte, immer geringer. Ich wette, er hat Poole sogar eingeredet, er würde ihm einen Gefallen tun, weil es so schlecht um die Firma stand.«

»Reddman hat Poole also tatsächlich bestohlen«, sagte ich, »und das Geld dazu benutzt, Pooles Firma zu kaufen. Sehr schlau.«

»Schlau, ja«, sagte Rabbinowitz. »Für einen Dieb.«

Die anderen Bände zeigten dasselbe, unerklärlich hohe Zahlungen an Anderson, die den Anteilswert verringerten, und immer größere Anteilskäufe durch Reddman, die er mit dem Gehalt, das er laut Eintragung in den Büchern bezog, unmöglich hätte bezahlen können. 1904 gehörten Reddman fünfundvierzig Prozent der Anteile.

»Wie hat er den Rest bekommen?« fragte ich.

»Er hat anscheinend einen Kredit aufgenommen und dafür die ihm schon gehörenden Anteile und die, die er noch zukaufen wollte, verpfändet«, sagte Morris. »Das Geld hat er benutzt, um Poole im Jahre 1905 auch noch den Rest der Anteile abzukaufen.«

»Eine lupenreine spekulative Übernahme«, sagte Rabbinowitz. »Wie in den Achtzigern, den achtziger Jahren dieses Jahrhunderts, meine ich. Dieser Reddman war ein Dieb, das ja, aber ein Dieb, der seiner Zeit voraus war.«

»Und hören Sie sich das an, Victor«, sagte Morris. »Gleich nachdem Reddman alle Anteile gekauft hatte, wurde der Verkauf der Pickles *meschúge*, er hat sich in einem Jahr mehr als verdreifacht. Fast so, als hätte jemand die Produktion gering gehalten, um in der Verlustzone zu bleiben, bis sämtliche Anteile an der Firma billig zu haben waren.«

»So war das also«, sagte ich. »Poole hatte also die ganze Zeit recht. Reddman hat ihm die Firma tatsächlich unter dem Hintern weggestohlen.«

»So sieht es aus«, sagte Morris.

»Wenn wir das so leicht herausgefunden haben, wieso ist Poole dann nicht dahintergekommen?«

»Das ist ein Geheimnis«, sagte Morris. »Um so ein Geheimnis aufzuklären, muß man mehr tun, als in Bücher schauen.«

Alle drei saßen wir ein Weilchen schweigend da. Es blieben natürlich noch Fragen offen, und in den Büchern war nichts, was eine Jury überzeugen, mehr als begründete Zweifel wecken würde, aber mir war die Sache ziemlich klar. Alles, was die Reddmans betraf, beruhte auf einem Verbrechen, und es war, als sei dieses Verbrechen, statt im Nebel der Geschichte zu verschwinden, am Leben und virulent geblieben und hätte das Haus, die Familie und das Erbe der Reddmans mit lähmender Fäulnis infiziert.

»Zwei Dinge sollten Sie noch wissen, Victor«, sagte Morris. »Erstens, sobald Yitzhak anfing, mißtrauisch zu werden, habe ich herauszufinden versucht, ob es vielleicht Aufzeichnungen von diesem Farmer Anderson gibt, die wir uns ansehen könnten. Er hatte seine Farm in New Jersey, in Cumberland County. Ich habe

Sheldon alte Zeitungen durchsehen lassen, bis er es gefunden hat. Sehr merkwürdig.«

»Was?« fragte ich.

»Das Farmhaus brannte im Jahr 1907 ab, und es gab dabei drei Tote, darunter auch diesen Anderson.«

»Mein Gott«, sagte ich.

»Und noch etwas, Victor«, sagte Rabbinowitz. »Wir sind nicht die ersten, die diese Aufzeichnungen durchsehen und entdecken, was wir entdeckt haben. Ich habe Spuren einer anderen Überprüfung der gleichen Bücher gefunden, alte Bleistiftanmerkungen, alte Markierungen, alte Zettel, die zwischen den Seiten steckten. Irgend jemand hat den gleichen Weg durch die Zahlen eingeschlagen wie wir. Ihr Freund Morris glaubt zu wissen, wer das war.«

Ich wandte mich zur Seite und sah Morris an.

»Eine der Notizen«, sagte er. »Die Handschrift paßt.«

»Paßt wozu?«

»Ich bin kein Experte für Handschriften«, sagte Morris, »aber die Buchstaben ›s‹ und ›t‹ sind sich sehr ähnlich, und das ›g‹ ist identisch.«

»Identisch womit?«

»Mit den Tagebuchseiten, die wir in der Kiste gefunden haben«, sagte Morris. »Die Schreiberin des Tagebuchs wußte ebenfalls, was dieser Reddman getan hat. Er war ihr Vater, nicht? Was muß sie empfunden haben, als sie herausfand, daß alles, was sie besaß, durch ein Verbrechen erworben worden war. Mich schaudert, Victor, mich schaudert, wenn ich bloß daran denke.«

# 45

Nachdem Rabbinowitz aufgebrochen war, um seinen guten Freund Herman Hopfenschmidt im Krankenhaus zu besuchen, beschloß ich, einen Abstecher in Richtung Eakins Oval und Kelly Drive zu machen und an den Bootshäusern vorbei zu einem der Skulpturengärten am Ufer des Schuylkill zu fahren. Jetzt war später Nachmittag, und ich saß auf einer der steinernen Bänke direkt vor der Statue eines kräftigen, muskulösen Mannes, der sich stöhnend vorbeugte und den Unternehmungsgeist darstellen sollte. Ich beobachtete, wie die Ruderer sich in die Riemen legten, während ihre Boote über die Oberfläche des Flusses glitten wie die Wasserläufer, die ich auf dem Teich in Veritas gesehen hatte. Ich brauchte eine Pause vom Büro; ich wollte am Ufer zwischen den schweigenden Skulpturen sitzen, zusehen, wie im Westen die Sonne unterging, und über das nachdenken, was ich an diesem Tag erfahren hatte. Morris hatte angeboten, mich zu begleiten, und ich hatte nichts dagegen gehabt. Wenn Morris bei mir war, fühlte ich mich wohler, obwohl ich wirklich nicht sagen könnte, warum. Aber Morris war klug genug, schweigend eine Weile zwischen den Statuen herumzuspazieren und mich in Ruhe zu lassen.

Ich hatte gehört, hinter jedem großen Vermögen stecke ein großes Verbrechen, aber es war trotzdem ein Schock, so unmittelbar mit der Wahrheit dieses Grundsatzes konfrontiert zu werden. Ich hatte mich schon vorher gefragt, was zu dem brutalen Niedergang der Familie Reddman geführt haben mochte, und nun hatte ich den Ursprung ihres Reichtums und ihrer Macht kennengelernt. Ich begriff noch nicht, wie das zum Verfall der Familie beigetragen hatte, aber ich zweifelte nicht daran, daß die Tragödien der Familiengeschichte ihre Wurzeln darin hatten, wie Claudius Reddman Elisha Poole betrogen und bestohlen hatte. Und die Frage, die sich zwingend daraus ergab, lautete, ob sich das angesichts des angehäuften Vermögens und der erlittenen Tragödien gelohnt hatte oder nicht.

Ich steckte jetzt bis zu den Hüften im Schlamm der Reddmans und mußte mir unwillkürlich vorstellen, wie ich darin nach meinen eigenen kleinen Münzen tauchte. Oleanna hatte mir fünf Prozent versprochen, wenn ich sie und ihre Leute von jedem Verdacht befreien und dafür sorgen konnte, daß ihnen die Versicherungssumme ausbezahlt wurde. Peckworth, der Händler gebrauchter Unterwäsche, hatte mir Prozente von jedem Nachlaß versprochen, den ich bei seinen Schutzgeldern erwirken konnte. Und dann war da noch die Klage wegen schuldhafter Tötung, die ich für Caroline Shaw gegen wen auch immer einreichen würde, der den Mord an ihrer Schwester und wahrscheinlich auch an ihrem Bruder in Auftrag gegeben hatte, eine Klage, die ich einreichen würde, sobald ich wußte, wer Cressi angeheuert hatte, und sobald Caroline ihre von mir so verzweifelt gewünschte Unterschrift unter die Vereinbarung geleistet hatte. Und außerdem war natürlich nicht zu leugnen, daß ich mit einer Erbin schlief, auch wenn Kingsleys Vasektomie sie nur zu einer scheinbaren Erbin machte. Man brauchte kein geübter Gigolo zu sein, um zu wissen, wohin das führen konnte. Ja, im Schlamm der Reddmans schwammen eine Menge Münzen herum, die zwischen meine Zähne paßten.

»Wissen Sie, was seine letzten Worte waren, bevor er starb?« fragte ich Morris, nachdem er zu der steinernen Bank gekommen war und sich neben mich gesetzt hatte.

»Von wem reden wir?« fragte Morris.

»Claudius Reddman. Seine letzten Worte waren: ›Es war rein geschäftlich.‹«

Morris saß einen Moment kopfschüttelnd da. »Solche Worte haben mehr Verbrechen gerechtfertigt als selbst die Religion.«

»Haben Sie sich je gewünscht, reich zu sein, Morris?«

»Wer ist denn reich? Wie der gelehrte Ben Zoma einmal gesagt hat: ›Derjenige, der mit seinem Los zufrieden ist.‹«

Ich sah zu ihm auf, sah den ruhigen Ausdruck seines Gesichts, den Ausdruck eines Mannes, der wahrhaftig mit seinem Leben und seinem Platz in der Welt zufrieden schien.

»Also wollten Sie nie reich sein?« fragte ich.

»Was glauben Sie denn, halten Sie mich für *meschúge?*« sagte Morris. »Natürlich wollte ich reich sein. Ich will es immer noch. Geben Sie mir eine Million Dollar, Victor, und schauen Sie, ob ich sie ablehne. Geben Sie mir zwei, vielleicht. Geben Sie mir dreißig im Laufe von sechs Jahren mit einem Bonus wie für einen Pitcher beim Baseball und schauen Sie, ob ich sie ablehne. Sie können mir glauben, Victor, ich lehne sie nicht ab.«

»Gut zu wissen«, sagte ich und schaute wieder auf das Wasser. »Ich hatte mir schon Sorgen gemacht. Was würden Sie sich kaufen?«

Er dachte einen Augenblick darüber nach. »Da gab es einen Mann in Pinsk«, sagte er schließlich, »der die perfektesten Schuhe der Welt anfertigte. Ich habe nie ein Paar davon gesehen, müssen Sie wissen, aber ich habe das von jemandem gehört, dessen Vetter tatsächlich ein solches Paar in der Hand gehalten hatte. Weich wie die Haut einer Frau, sagte er, und so angenehm wie ein warmes Bad. Ich habe mir immer ein Paar Schuhe von dem Mann aus Pinsk gewünscht. Das war natürlich vor dem Krieg. Ich weiß nicht, was aus ihm geworden ist, vermutlich ist er tot. Pinsk war während des Krieges kein guter Platz, um Jude zu sein. Aber ich habe jetzt Gerüchte über einen Mann in Marokko gehört, dessen Schuhe, wie es heißt, an die von dem Mann aus Pinsk heranreichen.«

»Sie könnten sich alles kaufen, was Sie wollten, und Sie würden sich Schuhe kaufen?«

»Nicht einfach irgendwelche Schuhe, Victor, nicht diesen Schund aus Leder, den Sie an den Füßen tragen. Diese Schuhe sind eine *mecháje*, es sind Schuhe für einen König.«

»Sie möchten also reich sein, damit Sie sich ein Paar Schuhe kaufen können«, sagte ich und nickte vor mich hin. »Vermutlich ist das genauso sinnvoll wie alles andere. Wenigstens wissen Sie, was Sie sich wünschen.«

»Ja und nein. Solche Schuhe, Victor, wann könnte ich sie tragen? Nicht jeden Tag, für jeden Tag sind sie zu kostbar. Ich würde sie vielleicht nur am Schabbes tragen, möglicherweise nicht mal an jedem Schabbes, weil sie selbst dann zu schnell abgenutzt würden. Ich würde wohl mehr Zeit damit verbringen, sie zu pflegen als sie zu tragen, denke ich, das Leder einzufetten, sie zu polieren, auf Schuhspanner zu stecken, sie warm zu halten. Solche Schuhe wären eher eine Last als irgend etwas anderes. Wie Hillel sagte: ›Je mehr Fleisch, desto mehr Würmer. Je mehr Besitz, desto mehr Angst. Je mehr Frauen, desto mehr Hexerei.‹«

»Das hört sich stark nach Dylan an, bis auf den Teil mit der Hexerei.«

»Ja, ich glaube, Ihr Bobby Zimmerman hat Hillel gelesen.«

»Mir fallen eine Menge Sachen ein, die ich kaufen würde«, sagte ich. »Ein Ferrari. Anzüge von Armani. Ein Haus mit Dachgauben. Ein Satz Golfschläger, diese Callaway-Big-Bertha-Eisen und -Hölzer, die mehr als einen Riesen kosten und einen Sweet Spot haben, der so groß ist wie Montana.«

»Sie spielen Golf?«

»Mit einem Satz Calloways würde ich vielleicht unter hundert kommen. Aber wissen Sie was, Morris? Im Grunde geht es nicht um die Dinge. Ich möchte einfach reich sein. Ich möchte, daß die Jungs, die mich in der High School verprügelt haben, mein Bild mit der Legende ›Victor Carl, Millionär‹ in der Zeitung sehen. Ich möchte, daß alle Mädchen, die mich abgewiesen haben, wissen, was sie verpaßt haben. Reich zu sein ist, als würde man im Zustand der Gnade leben, und das wünsche ich mir.«

»Das kann man mit Geld nicht kaufen, Victor. Nur mit Rechtschaffenheit. Wie Rabbi Yoshe ben Kismal einmal gesagt hat …«

»Ich will nichts mehr von toten Rabbis hören, Morris.«

Er wandte den Kopf und starrte mich an, und obwohl er einen Fuß kleiner war als ich, fühlte es sich an, als blicke er auf mich herab. »Diese Männer waren sehr klug, Victor. Von denen können wir beide lernen.«

»Keine toten Rabbis mehr. Sagen Sie mir, Morris, was denken Sie über all das Geld, das Sie und ich nicht haben?«

»Was ich denke? Sie wollen wissen, was ich denke, Victor? Sind Sie sicher, daß Sie das hören wollen?«

Ich nickte, obwohl etwas in seiner Stimme mich zögern ließ.

»Also gut. Ich denke, daß Geld das Ziel von Feiglingen ist. Geld ist das, was man sich am Ende wünscht, wenn man nicht genug *putz* hat, um aufzustehen und selbst Entscheidungen zu treffen. Geld ist das, was wir uns wünschen sollen, damit wir an jedem Tag unseres Lebens für andere Leute schuften, kaufen, was die uns verkaufen wollen, und unser Haus und unsere Seele mit ihrem Schund anfüllen. Geld ist etwas für die, die nicht den Mut haben, selbst Entscheidungen zu treffen. Vor Leuten wie unserer Freundin Beth, die die Wahrheit suchen, habe ich Respekt. Aber für die, die den leichten Weg gehen und sich dem Bild des Dollars beugen, das man ihnen im Fernsehen und im Kino zeigt, weil man ihnen erzählt, daß es das ist, was sie sich wünschen, für die empfinde ich bloß Verachtung.«

Seine Worte verblüfften mich. Ich hatte Morris noch nie so wütend gesehen. Im allgemeinen war er ein sanftmütiger Mensch, aber es war, als hätte ihn schon eine ganze Weile etwas an mir gestört, und nun, da ich darauf bestanden hatte, hatte er es ausgesprochen. Ich bereute, daß ich gefragt hatte, aber ich war auch fasziniert. Es war, als würde hinter dem alten Witzbold auf einmal ein heftiges Temperament sichtbar.

»Nehmen Sie zum Beispiel Ihren Dieb Reddman«, fuhr Morris fort. »Welche Art Mann würde tun, was er getan hat, nur für Geld? Was war aus ihm geworden? Ich sage Ihnen, was aus ihm geworden war, ein Götzenanbeter, der das Geld an die Stelle des wahren Königs setzte. Was hat der Herr Moses auf dem Berg Sinai gesagt, als er ihm die beiden Tafeln und das Gebot gab: Du sollst keine anderen Götter haben neben mir. *Shmot*, Kapitel zwanzig, Vers fünf. Und Er hat gesagt, daß Er die, die sich ein Bildnis machen, das sie anbeten, heimsuchen wird bis ins dritte und vierte Glied; das hat Er gesagt. Sagen Sie mir, ob das nicht zutrifft auf diesen Reddman und seine Kinder und Enkel und Urenkel.«

Ich starrte Morris an, und ein kalter Schauer lief mir über den Rücken. Es war, als hätten mich die Verbrechen von Claudius Reddman mitten in eine wiederauferstandene biblische Prophezeiung geführt. Ich hatte die Ursache mit größter Deutlichkeit zu sehen bekommen und wanderte nun durch die mit Ruinen besäte Landschaft der Auswirkungen. Alles, was im Schatten blieb, war das Instrument Seines Willens.

Morris sah mich an, und plötzlich wurde seine Miene sanfter, und er lächelte. Achselzuckend sagte er: »Also, das ist es, was ich denke, Victor. Aber das ist bloß meine Meinung. Alan Greenspan, der weiß mehr über Geld, als ich jemals wissen werde, er denkt vielleicht anders, ich weiß es nicht.«

Ein langes Boot mit acht Ruderinnen und Steuerfrau glitt mit geschmeidigen Bewegungen auf dem Fluß an uns vorbei. Die Steuerfrau ruckte bei jedem Ruderschlag vor und zurück, und die Mädchen befolgten ihre Kommandos mit perfektem Timing, lehnten sich alle gleichzeitig nach vorn und nach hinten wie ein einziger Körper unter dem Klang ihrer Stimme. Morris und ich saßen eine Weile schweigend da, beobachteten das Boot und lauschten dem Gesang eines einsamen Vogels irgendwo in den Platanen am Ufer. Jenseits des Flusses konnte ich das hektische Gedränge auf dem Schuylkill Expressway sehen.

»Ich bin in Schwierigkeiten, Morris«, sagte ich.

»Ich weiß.«

»In mehr Schwierigkeiten, als Sie sich vorstellen können. Ich stecke mitten in einer sehr gefährlichen Sache, die ich nicht verstehe und nicht kontrollieren kann.«

»So ist das Leben für uns alle. Sagen Sie mir, Victor, kann ich Ihnen helfen?«

»Ja, ich glaube schon«, antwortete ich, und dann sagte ich ihm wie.

Es war dunkel, als ich am Abend in meine Wohnung zurückkam. Als erstes wählte ich, nachdem ich Jackett und Schlips abgelegt hatte, die Vorwahl 407, um zu sehen, ob Calvi schon sein Boot verlassen hatte. Niemand meldete sich, es gab noch nicht mal einen Anrufbeantworter. Ich wartete verzweifelt lange in der Leitung, lange genug, um zu erkennen, daß Calvi mir nicht helfen würde, und dann legte ich auf. In dem Moment, in dem ich den Hörer losließ, klingelte mein Telefon. Das ging so schnell, daß es direkt unheimlich war, als sei mein Anruf den ganzen Weg von Florida bis hierher verfolgt worden. Ich ließ es einen Moment läuten, spürte, wie mein Herz vor Angst schneller schlug, und hob dann ab.

»Ich muß hier raus«, sagte Caroline.

Erleichterung durchströmte mich, und dann fragte ich: »Wie war die Beerdigung?«

»Beerdigungsmäßig.«

»Kann ich mir denken. Bist du nicht mit dem Auto gefahren?«

»Sie haben mich abgeholt, aber sie wollen, daß ich hier übernachte, und das kann ich nicht. Es ist unerträglich.«

»Ich bin in einer Dreiviertelstunde da«, sagte ich, »aber ich hole dich nicht vor dem Haus ab. Erinnerst du dich, daß ich dir von dem Gespräch mit deinem Vater erzählt habe?«

»Ja«, flüsterte sie, als würde ihr Gespräch mitgehört.

»Er hat gesagt, er hätte letzte Woche Licht im Garten gesehen.«

»Und?« sagte sie. »Das waren wir, weißt du nicht mehr?«

»Doch, ich weiß. Aber er hat auch gesagt, daß er Licht in dem Haus gesehen hat, in dem die Pooles gewohnt haben.«

»Was sollte jemand in dieser Ruine wollen?« fragte sie.

»Genau«, sagte ich.

# 46

Ich versteckte meinen Wagen in einem Gebüsch außerhalb der Einfahrt zu dem großen Reddman-Anwesen. Ich nahm meinen Rucksack aus dem Kofferraum und ging über die niedrige Brücke, die den Bach überspannte, durch das weit geöffnete Tor mit den schmiedeeisernen Ranken und Gurken und ihrer nun höhnischen eisernen Inschrift: MAGNUM EST VERITAS. Hinter den beiden großen Platanen wandte ich mich nach links, verließ die Zufahrt und schlich im Uhrzeigersinn um den Hügel herum. Der abnehmende Mond gab nur trübes Licht, aber das große Haus war hell erleuchtet. Ich hörte das Klirren von Gläsern und Stimmengewirr. Angesichts der Umstände schien es heute nacht in Veritas sehr festlich zuzugehen. Aber wenn Edward Shaw ein Verwandter von mir gewesen wäre, wäre mir vielleicht auch nach Feiern zumute gewesen.

Die Nacht war zu kühl für das schwarze T-Shirt und die schwarze Jeans, die ich angezogen hatte, und ich fröstelte, während ich mich zwischen den vereinzelten Bäumen hindurchschlich, die Lichter des Hauses immer zur Rechten, und von links das leise Plätschern des Baches hörte, der das Grundstück umfing wie eine Schlinge. Ich brauchte länger für den Weg, als ich erwartet hatte, und so begann ich zu laufen, bis ich mich am Rand eines dichten Waldes wiederfand. Nur gebrochen fiel das Mondlicht durch das Laub über mir, und ich konnte kaum noch sehen, was ich vor mir hatte. Ich wich einem Ast aus, der meine ausgestreckte Hand traf, und prallte mit der Stirn direkt gegen einen Baumstamm. Ich hatte nicht so bald ein Licht benutzen wollen, da ich nicht auf dem Grundstück gesehen werden wollte, unbefugt eingedrungen wie ein gewöhnlicher Dieb, wo ich doch in Wirklichkeit ein aufstrebender Rechtsanwalt war; doch der Zusammenstoß mit dem bösartigen Baum bewirkte, daß ich nun eine Taschenlampe aus dem Rucksack nahm und einschaltete.

Sofort sah ich mich von einem Kreis von Bäumen umgeben. Das weiße Licht der Taschenlampe glitt über die nächststehenden Stämme, bevor es sich in der Dunkelheit verlor. Ich hatte das Empfinden, inmitten von etwas zu sein, das ewig so weiterging, von dem ich aber nur den ersten mich umgebenden Ring sehen konnte. Ich brauchte einen Moment, um mich zu orientieren, das Gurgeln des Baches links, der Hügel und das Haus rechts; dann ging ich weiter, wich hier und da schwarzen, gefurchten Baumstämmen aus, die meinen Weg blockierten, und erreichte endlich die Lichtung mit dem hoch stehenden Gras, auf der das graue, verfallene Poole-Haus stand. Rasch schaltete ich die Lampe aus und sah entgeistert, was sich dort abspielte.

Glühwürmchen leuchteten rings um die alte Ruine, Hunderte und Aberhunderte von Glühwürmchen, kleine Lichtfinger, die tief im Gras oder hoch über dem Dach der Veranda und den Erdgeschoßfenstern des Hauses einen langsamen, verführerischen Tanz vollführten. Auf dem Hügel, der nach Veritas hinaufführte, und im Wald hatte ich keine Glühwürmchen gesehen, aber hier waren sie wie zu einem eigenen Zauber versammelt.

Ich hielt einen Augenblick den Atem an und lauschte.

Nur der verzweifelte Ruf der Grillen und die Schreie vereinzelter Vögel.

Ich trat zurück in die Dunkelheit des Waldes, lehnte mich an einen Baumstamm und wartete.

Caroline kam ungefähr eine Viertelstunde später, hastete um den Teich herum durch den Wald und auf die Lichtung. Suchend sah sie sich um. Sie war schick gekleidet, ganz in Schwarz, schwarzes Kleid, schwarze Pumps, schwarzer Lippenstift und eine schwarze Motorradjacke, die über ihren Schultern hing wie ein Cape. Als ich sie zum Haus gehen sah, dachte ich an all die Dinge, die ich ihr noch nicht gesagt hatte, daß ihr Urgroßvater ein Gauner gewesen war, daß ihre Großmutter das gewußt hatte, daß ihr Vater nicht ihr Vater war. Am Ende würde ich ihr das meiste davon erzählen, nahm ich an, aber nicht alles und nicht jetzt. Ich stieß mich von dem Baum ab und ging zu ihr. Sie fuhr zusammen, als sie mich aus der Finsternis des Waldes kommen sah.

»Oh, Victor, für einen Moment hast du mich erschreckt. Was machen wir schon wieder hier? Gott, ich kann gar nicht glauben, daß es in dieser Ruine irgendwas Interessantes gibt. Ich habe alles erforscht, als ich jünger war, und das Haus war damals schon ziemlich verfallen. Jetzt muß es völlig auseinanderbrechen. Was will mein Vater da gesehen haben? Das muß er sich eingebildet haben, er ist weiß Gott …«

Noch während sie sprach, trat ich zur ihr und legte ihr einen Finger auf die Lippen, was sie sofort verstummen ließ. Ich neigte meinen Mund dicht an ihr Ohr und flüsterte.

»Ich weiß nicht, wer da war, als dein Vater das Licht gesehen hat, aber es sollte besser keiner merken, daß wir uns hier umsehen. Deswegen wollte ich das bei Nacht tun. Hast du irgendeinem gesagt, daß du hierherkommst?«

Sie schüttelte den Kopf.

»Hat dich keiner weggehen sehen? Nat vielleicht?«

»Nat war nicht da«, flüsterte sie, und da roch ich es.

»Du hast getrunken.«

Sie lehnte sich zurück und sah mich trotzig an. »Familientradition bei Beerdigungen.«

»Wieder eine deiner speziellen Situationen?«

»Komisch, wie es einen zurückwerfen kann, wenn der eigene Bruder eingeäschert wird.«

Ich musterte sie von oben bis unten und bemerkte etwas an der Innenseite ihres Armes, ein Stückchen weiße Gaze. Ich schaltete die Lampe ein und richtete den Lichtstrahl darauf. »Was ist das?«

»Nichts«, sagte sie.

»Was zum Teufel tust du dir an?« sagte ich, überzeugt, daß sie über den Alkohol hinaus etwas wesentlich Heftigeres zu sich genommen hatte.

Sie wich einen Schritt zurück.

Ich folgte ihr, griff nach der Gaze und riß sie ab.

»Ach, Caroline«, sagte ich mit einem traurigen Seufzer, »was tust du dir an?«

»Es ist nichts«, sagte sie, nahm mir die Gaze mit dem daran haftenden Pflaster aus der Hand und versuchte sie wieder auf ihren Arm zu kleben. »Das machen alle.«

»Ach, Caroline«, sagte ich noch einmal, und dann konnte ich nichts mehr sagen. Ihr Arm war gebrandmarkt, eine runde Sonne mit gleichmäßig gebogenen Strahlen war in ihr Fleisch eingebrannt, und die Haut um die Sonne war rot und stolz geschwollen. Anscheinend waren Tätowierungen nicht mehr dauerhaft genug für Caroline.

»Es ist mein Körper«, sagte sie mit geübtem Trotz, der mir verriet, daß sie die gleichen Worte schon oft ausgesprochen hatte.

»Ja, so ist es«, sagte ich.

»Sollen wir jetzt reingehen oder bloß die ganze Nacht hier rumstehen?«

»Wirst du es denn schaffen?«

Sie schloß die Augen und schwankte ein wenig, ehe sie nickte.

»Also gut«, sagte ich, »aber sei leise.«

Mit der Lampe in einer Hand und der anderen an ihrem Ellbogen ging ich mit Caroline langsam durch die schwärmenden Glühwürmchen auf das Haus zu. Ein paar Stufen führten zu einer durchhängenden Veranda aus grauem Holz, das an den Rändern versengt war, und zur Haustür. Ich nahm an, daß dies die Stufen waren, wo Faith Reddman Shaw die Poole-Tochter dabei ertappt hatte, wie sie ihrem Sohn Kingsley vorlas. Das Holz knarrte und gab unter unseren Schritten nach. Caroline stolperte auf den Stufen und prallte gegen mich. Ich richtete sie wieder auf.

Auf der Veranda schaltete ich kurz die Lampe ein und leuchtete nach beiden Seiten. Die Veranda enthielt keinerlei Möbel, und einige Bretter waren völlig durchgefault. Das Geländer war an einer Stelle verkohlt und schwarz. Im Fenster links von der Tür waren zwei Scheiben zerbrochen, die anderen gelblich und brüchig. Das Fenster rechts war mit Sperrholz vernagelt. Eine rasche Bewegung erregte meine Aufmerksamkeit, und ich richtete den Lichtstrahl darauf. Ein Frosch sprang von der Veranda, gleich darauf noch einer. Spinnweben hingen wie geisterhafte Bänder vom Geländer und vom Dach, doch der Vordereingang war frei davon. Ich wies Caroline darauf hin, bevor wir zur Tür gingen. Sie hatte ein altes, verrostetes Einsteckschloß, und als ich mit dem Daumen den Riegel niederdrückte, rührte sich nichts.

»Abgeschlossen?« sagte ich.

Caroline zuckte mit den Schultern. Ich lehnte mich mit der Schulter gegen die Tür und drückte kurz und kräftig, und sie öffnete sich. Wir sahen uns einen Moment an und traten dann ein.

Die Tür führte direkt in einen großen Wohnraum, der voller Staubflocken, welker Blätter und Spinnweben war, die wie Schleier in den Ecken hingen. Es war kalt hier drinnen. Ich schaltete die Taschenlampe ein und sah eine alte, erdfarbene Couch vor einem steinernen Kamin stehen. Ihrem Aussehen nach hatte seit zehn Jahren niemand mehr darauf gesessen.

»Unglaublich, daß die noch da ist«, sagte Caroline leise, trat näher und strich mit der Hand über die schmutzige Armlehne. »Franklin und ich haben das Zimmer ein bißchen aufgeräumt und hier manchmal Feuer gemacht. Wir brachten einen Teppich mit und saßen am Kamin.«

Ich richtete die Lampe auf den Kamin. Darin lag ein kleines Häufchen Kohlen, grau vor Staub. Eine tote Maus lag dazwischen. Auf dem Boden vor dem Kamin gab es nur welke Blätter.

»Der Teppich ist weg«, sagte ich.

Sie zuckte mit den Achseln. »Es ist lange her.«

Ich richtete den Lichtstrahl auf die Wände. Die geblümte Tapete, vor Alter fast braun, war kahl bis auf etwas über dem Kaminsims. Ich trat näher. Es war die Zeichnung eines Mannes, eine ziemlich primitive Zeichnung, verblichen und auf gelbem Papier, die wie ein ironisches Familienporträt an den Putz über dem Kamin geheftet war. Der Mann auf der Zeichnung war kahlköpfig und hatte sichtbare Falten um den Mund; die Zeichnung schien von einer jungen Hand zu stammen. Ich stellte fest, daß mir das Gesicht des Mannes irgendwie bekannt vorkam.

»Erkennst du ihn?« fragte ich Caroline.

Sie kam näher und betrachtete die Zeichnung.

»Ich glaube, er sieht wie der Mann auf dem Foto aus, das wir gefunden haben«, sagte sie, »der mit der Frau, die so angespannt aussah.«

»Das muß Elisha Poole sein«, sagte ich. »Vermutlich von seiner Tochter gezeichnet.«

»Das war früher nicht hier«, sagte sie.

»Bist du sicher?«

»Verdammt, ich weiß nicht«, sagte sie. »Vielleicht war es hier, und ich hab's bloß nicht bemerkt.«

Vom Wohnraum führte eine Tür in die Küche, einen großen Raum mit ein paar Schränken und einem großen Holztisch. Zwei gebrechliche Stühle lagen auf dem Fußboden. Es gab einen alten Kohleherd mit Metallringen zum Kochen, der Herd, auf dem die Poole-Tochter für ihre Mutter Brühe gekocht hatte, während Faith Reddman Shaw sie fasziniert von draußen beobachtete. Töpfe und Pfannen, vom Feuer geschwärzt, waren rings um den Herd auf dem Boden verstreut und mit Spinnweben und Blättern bedeckt. Ein Waschbecken aus Zement mit einem Wasserhahn stand auf einem verrosteten Metallgestell an der Wand.

»Fließend kaltes und kaltes Wasser«, sagte ich. Ich ging zum Becken und drehte den Hahn. Nichts.

»Was genau suchen wir eigentlich, Victor?«

»Ich weiß nicht«, sagte ich leise. »Aber ich spüre hier etwas, du nicht? Etwas Enges und Trostloses.«

»Es ist einfach bloß alt und kalt.«

Eine Bogentür führte von der Küche in einen weiteren Raum, größtenteils leer, mit einem Kamin. Das mußte das Eßzimmer gewesen sein, doch es gab weder Tisch noch Stühle, nur eine massive Holzvitrine. Die oberen Türen waren da, wo man Glas erwartet hätte, mit gefälteltem, vergilbtem Stoff bespannt. Ich öffnete die Türen. Die Fächer, mit braunem Papier ausgelegt, waren vollkommen leer. Im unteren Teil des Schrankes gab es drei Reihen von Schubladen, und die, die ich öffnen konnte, enthielten ebenfalls nichts außer dem gleichen braun gewordenen Papier. Die mittlere Schublade oben, für das wertvollste Besteck bestimmt, war verschlossen, aber wahrscheinlich war sie auch leer. Es war kaum anzunehmen, daß die Poole-Tochter das Geschirr mitgenommen, das Silber aber zurückgelassen hätte.

»Wahrscheinlich hat sie alles mitgenommen, was sie wollte und transportieren konnte«, sagte ich, »und den Rest zurückgelassen.«

»Ich glaube, sie wollte bloß so schnell wie möglich weg von hier«, sagte Caroline Shaw etwas zu laut. »Wer hätte das nicht gewollt.«

»Pssst«, sagte ich.

Am anderen Ende des Eßzimmers gab es eine Tür, die zu einer schmalen Treppe führte. Ich folgte dem Lichtstrahl und begann mit dem Aufstieg. Ich rutschte aus und wollte mich am Geländer festhalten, doch es brach krachend ab. Es fiel auf die Holzstufen und rutschte geräuschvoll die Treppe hinunter, Gipsspuren hinter sich lassend. Ich zuckte erschrocken zusammen. Als ich mich umdrehte, grinste Caroline mich an.

Am Ende der Treppe gab es einen Flur. Im Licht der Taschenlampe konnte ich vier Türen erkennen, von denen drei offen waren. Uns gegenüber befand sich ein kleines Zimmer mit einem hölzernen Bettgestell. Als wir eintraten, sauste etwas über den Fußboden und verschwand. An der Wand gab es Nägel, die Überreste von vergilbtem Papier auf dem Putz festhielten. Der Fußboden war voller Staubwolken und weißer Krümel, und in einer Ecke war Müll gestapelt. Das Fenster war mit Sperrholz vernagelt.

Das nächste Zimmer war ein Bad mit Holzfußboden und einer alten Toilette. Das Waschbecken war aus Keramik und voller Sprünge und hatte einen Wasserhahn. Hinter dem Badezimmer lag ein weiterer Raum ohne ein einziges brauchbares Möbelstück, doch in der Mitte türmte sich ein Haufen aus kaputten Stühlen und zerbrochenem Porzellan. Eine Puppe ohne Kopf lag auf einem Schaukelstuhl, der nur noch eine Kufe hatte. Auf der anderen Seite des Flurs befand sich die geschlossene Tür.

Ohne auf mich zu warten, ging Caroline zu dieser Tür und drückte sie auf. Ich folgte ihr. Auch dieses Zimmer hatte einen Kamin; auf dem Boden gab es eine Matratze und ein altes Transistorradio, nicht von 1923, sondern ungefähr 1979. An der rechten Wand, deren einziges Fenster mit Sperrholz vernagelt war, hing ein Poster mit einem grinsenden, bunten Schädel über den Worten »STEAL YOUR FACE!« und ein anderes mit einem Lederjackentyp mit Gitarre. Bruce Springsteen? The Grateful Dead?

»Anscheinend war die alte Mrs. Poole ihrer Zeit voraus«, sagte ich.

»Das war unser Zimmer«, sagte Caroline leise. Sie nahm das kleine schwarzweiße Radio und schaltete es ein, aber es kam kein Ton heraus. »Ich wette, es ist noch immer auf WMMR eingestellt. O Gott.« Sie wiegte das Radio in den Armen wie ein Baby.

»Was war das für ein Zimmer, bevor du und Harrington es übernommen habt?«

»Ich glaube, es war Mrs. Pooles Schlafzimmer«, sagte sie, ohne mich anzusehen. »Ich erinnere mich irgendwie, daß da noch Sachen im Schrank waren.«

Ich sah sie einen Moment an, wie sie still dastand und das tote Radio, das auf einen nun toten Sender eingestellt war, in den Armen hielt, und dann ging ich schnell zur Schranktür und zog daran. Zuerst gab sie nicht nach, sie hatte sich verzogen, aber mit heftigem Zerren ließ sie sich öffnen. Die Scharniere quietschten.

Der Schrank enthielt, mottenzerfressen und schäbig vor Alter wie Skelette ihres früheren Selbst, lauter Kleider; einige hingen noch auf Bügeln, andere lagen in Häufchen auf dem Boden, dunkel gewordene Rüschen und Farben, die im weißen Licht der Taschenlampe und vom Alter verblichen wirkten. Ich überlegte, welches Kleid Mrs. Poole wohl in der Ballnacht getragen hatte, als sie Claudius Reddmans Aufforderung zum Tanz so öffentlich ablehnte. Nun, er hatte die Zurückweisung weiß Gott verdient.

Mit zwei Fingern hob ich die Kleider vom Schrankboden auf und fand darunter nichts als alte Schuhe. Über der Kleiderstange war noch ein Fach, und ich stellte mich auf die Zehenspitzen, um hineinzuschauen. Hüte und Schuhe aus rissig gewordenem Leder und ein Stapel Lumpen in der Ecke. Ich sprang hoch, packte nach dem Lumpenbündel und zog es herunter. Staub wirbelte auf, und ich nieste laut. Als ich mit Niesen aufhörte, bemerkte ich in der Ecke eine kleine Holzschachtel. Ich sprang noch einmal hoch und ergriff sie. Mit einiger Mühe konnte ich den Deckel abheben.

»Fotos«, sagte ich.

Caroline erwachte aus ihrer Träumerei, und wir setzten uns zusammen auf die Matratze, um uns die Fotos anzusehen.

Es waren alte Schwarzweißaufnahmen, viele mit eingerollten Kanten. Eine hübsche junge Frau saß auf dem Boden, den Kopf kokett schräg gelegt, eine lange Perlenkette mit einem Knoten unterhalb der Brust um den Hals; dann saß dieselbe junge Frau auf einer Terrasse, ihr langes Haar wirkte jung, und sie lächelte vielsagend und sinnlich.

»Hast du eine Ahnung, wer das ist?« fragte ich.

»Sieht nach der Frau aus, die auf den anderen Bildern neben Elisha Poole stand«, sagte Caroline.

»Vielleicht«, sagte ich. Sie glich ihr und glich ihr auch wieder nicht. Diese junge Frau hatte jedenfalls nichts Säuerliches an sich. »Du hast recht, das muß Mrs. Poole sein, aber schau nur, wie jung sie hier ist. Und auf diesem lacht sie beinahe.«

Es gab noch andere Fotos von der Frau, wesentlich förmlichere Fotos, in einem Studio aufgenommen, und ältere Aufnahmen; eine davon zeigte sie als kleines Mädchen mit ihren Eltern. Sie trug ein Rüschenkleid wie ein Engel, geknöpfte Lederschuhe und das ernsthafte Lächeln sehr junger Menschen. Und es gab Bilder eines flotten jungen Mannes mit welligen Haaren, der dramatisch an einem Pfahl lehnte oder am Strand den Clown spielte. Auf der Rückseite des Strandbildes stand in verblaßter Tinte: »Elisha, Atlantic City – 1896.«

»Schau doch, wie gut er aussah«, sagte Caroline. »Wer hätte das gedacht? Anscheinend war er jemand, bevor er zum verbitterten alten Säufer wurde.«

»Sie sind alle jemand, bevor sie verbitterte alte Säufer werden.«

Wir sahen weiter die Bilder durch, richteten den Strahl der Lampe sorgfältig auf jedes einzelne, betrachteten eines nach dem anderen. Es gab Bilder von dem Mann und der Frau zusammen, lachend, verliebt, bereit, die Welt zu erobern. Auf einem Foto sah man einen alten Mann, der einen Arm um Elisha gelegt hatte. Elisha beugte sich von ihm weg, als wolle er etwas Distanz gewinnen. Die Augen des alten Mannes waren halb geöffnet, eines war dunkel wie von einer Schlägerei. Seine Nase war groß und geädert, und ihm fehlten einige Zähne. »Elisha und sein Vater«, stand auf der Rückseite. Und dann gab es noch ein Foto, bei dem Caroline überrascht die Luft ausstieß.

»Das ist mein Urgroßvater«, sagte sie.

Ein junger Claudius Reddman in Anzug und Weste, mit hohem Kragen, den steifen Hut schräg und tief über die vorstehenden Augen gezogen, stand Seite an Seite mit dem jungen Elisha Poole; sie hatten sich untergehakt, und hinter ihnen war ein großes, klobiges Gebäude zu sehen.

»Das muß das Vorher-Foto gewesen sein«, sagte Caroline.

Ich sagte nichts, sondern schaute nur, spürte die Lebendigkeit und Kameradschaft auf dem Foto, die untergehakten Arme, die Möglichkeiten, die sich boten. Sie waren Freunde gewesen. Damit hatte ich nicht gerechnet, aber das Foto bewies es. Sie waren Freunde gewesen; machte das den Verrat irgendwie schlimmer? Ist es annehmbarer, einen Fremden zu betrügen als einen Freund? Oder kann ein Freund besser verstehen, daß er seinem Kumpel, seinem Kameraden, seinem Waffengefährten nur das antut, was dieser Waffengefährte, wenn er nur halbwegs die Möglichkeit dazu hätte, auch ihm antun würde? War es möglich, daß Elisha, als er seinem Freund das bezahlte, was Yitzhak Rabbinowitz als jämmerliches Gehalt bezeichnete, selbst zu seiner finanziellen Zerstörung beitrug? »Es war rein geschäftlich«, hatte Claudius Reddman gesagt, und unwillkürlich fragte ich mich, ob er seine Geschäftspraktiken nicht von seinem lieben und geschätzten Freund Elisha Poole gelernt hatte.

Wir waren so vertieft in die Bilder, daß wir nicht hörten, wie sich die Haustür öffnete und jemand durch den Wohnraum, die Küche und das Speisezimmer ging. Wir waren so vertieft, daß wir überhaupt nichts hörten, bis auf einmal leise Schritte die Treppe heraufkamen.

## 47

Ich legte die Fotos wieder in die Schachtel, packte diese in meinen Rucksack und schaltete die Taschenlampe aus. Dunkelheit hüllte uns ein. Und in dieser Dunkelheit wurde in der Nähe der Tür ein ungleichmäßiger Lichtschein sichtbar. Eine Kerze? Ja. Ich tastete nach Caroline und flüsterte ihr ins Ohr: »Keinen Mucks!«

Die Schritte kamen näher, nahmen eine Stufe nach der anderen. Das flackernde Licht wurde heller. Der Eindringling erreichte den oberen Treppenabsatz und zögerte.

Langsam krochen Caroline und ich von der Matratze fort in eine Ecke des Zimmers, wo jemand, der durch die Tür schaute, uns nicht sofort sehen würde. Ich duckte mich sprungbereit und hob die Taschenlampe. Sie war schwer wie ein Schlagstock. Wir warteten.

Zehn Sekunden. Zwanzig Sekunden. Ich hörte etwas und wollte Caroline schon erneut sagen, sie solle still sein, doch dann merkte ich, daß es mein Atem war, der stoßweise kam. Auf meiner Stirn bildeten sich Schweißtropfen und rannen mir über die

Schläfen. Ich mußte dauernd an das denken, was Kingsley Shaw gesagt hatte, daß seine Mutter im Poole-Haus lebendig sei und auf ihn warte. War sie es, die mit der Kerze die Treppe heraufkam? Wer immer es sein mochte, da war ich sicher, wer immer diese Stufen hinaufgegangen war, war der Mörder, der die Reddmans verfolgt hatte. Und jetzt kauerten Caroline und ich in der Ecke wie zwei Zielscheiben. Das Herz hämmerte mir in der Brust. Ich versuchte den Eindringling mit meiner Willenskraft zu zwingen, wieder hinunterzugehen, einfach wegzugehen und uns am Leben zu lassen.

Dann waren wieder Schritte zu hören. Sie kamen in unsere Richtung. Das flackernde Licht wurde noch heller. Der Eindringling blieb einen Augenblick bei einer Tür stehen. Dann ging er zur nächsten, dann machte er vor unserer Tür halt.

Ich packte Caroline fester und hielt den Atem an. Geh weg, dachte ich, wir sind nicht hier, niemand ist hier.

Eine Hand mit einer weißen Kerze wurde im Türrahmen sichtbar, dann ein Arm in schwarzem Ärmel, dann ein Männerschuh.

Ich knipste die Taschenlampe an, sobald der Kopf sichtbar wurde, und richtete den Lichtstrahl auf das Gesicht der Gestalt. Einen Augenblick lang waren wir geblendet, bevor wir erkennen konnten, wer es war.

»Franklin?« sagte Caroline.

»Nimm das aus meinem Gesicht«, sagte Franklin Harrington ganz ruhig.

Ich rappelte mich auf und richtete die Taschenlampe auf die gegenüberliegende Wand. Franklins Gesicht, jetzt nur noch von unten von der Kerze beleuchtet, wirkte schattenhaft und unheimlich.

»Herrgott, Franklin, was machst du hier?« fragte Caroline, die jetzt auch aufgestanden war.

»Ich hab dich durch die Hintertür aus dem Haus gehen sehen und habe mir Sorgen um dich gemacht«, sagte Harrington, »also bin ich dir gefolgt. Ich hatte ja keine Ahnung, daß du hergekommen bist, um dich mit deinem neuen Freund zu treffen. Und das auch noch in unserem alten Zimmer. Willst du den Zauber wieder zum Leben erwecken?«

»Halt den Mund«, sagte Caroline. »Du bist gemein.«

»Was macht ihr denn sonst hier?« fragte er.

»Archäologie«, sagte ich.

Er wandte seine Aufmerksamkeit mir zu. Im Kerzenlicht lagen seine Augenhöhlen in tiefem Schatten. »Mumien ausgraben?«

»Nein«, sagte ich. »Pooles.«

Er starrte mich einen Augenblick an und lächelte dann. »Neugier«, sagte er dann in spielerisch warnendem Ton, der keineswegs spielerisch gemeint war. »Was wollen Sie denn über die Pooles wissen, Victor?«

»Vor allem«, sagte ich, »möchte ich wissen, ob noch welche am Leben sind.«

»Also sind Sie hierhergekommen, zu ihrem alten Haus, um sich einen Poole zu schnappen. Meinen Sie nicht, daß Sie ein bißchen zu spät kommen? Ungefähr siebzig Jahre zu spät?«

Er ging im Zimmer herum und betrachtete es im Licht der Kerze.

»Ach ja, die Erinnerungen«, sagte Harrington. »Ich kann wahrheitsgemäß sagen, daß ich einige der glücklichsten Augenblicke meines Lebens in diesem Zimmer verbracht habe. Aber du hast doch gewußt, Caroline, daß das Mrs. Pooles Schlafzimmer war, lange bevor es zum Schauplatz unserer kindlichen Romanze wurde, oder? Nachdem ihr Mann sich erhängt und dein Urgroßvater ihr das Haus überlassen hatte, das sie nur annahm, weil sie keine Wahl hatte, keinen anderen Ort, an den sie gehen konnte, hat sie Monate in diesem Zimmer verbracht, im Bett liegend, ohne jemals aufzustehen, und hat nur geweint.«

»Ich nehme an, sie hatte ihre Gründe«, sagte ich.

»Der Selbstmord ihres Mannes war ein Schlag, ja«, sagte Harrington so selbstverständlich, als rede er über ein Ballspiel, an dem er vor ein paar Jahren teilgenommen hatte. »Sie hätte sich auch das Leben genommen, wenn ihre Tochter nicht gewesen wäre. Schon vor seinem Tod hatte sie um ihn getrauert. Ihr Mann hatte sich dem Trunk ergeben, und sie verbrachte ihre Tage damit, ihn zu kritisieren oder Claudius Reddman zu verfluchen, dem sie die Schuld an all ihrem Unglück gab.«

»Woher weißt du das alles, Franklin?« sagte Caroline.

»Ich habe die Pooles studiert. Sie sind wirklich faszinierend. Eine Familie, auf der ein Fluch lag. Hast du gewußt, daß der Großvater, Elisha Pooles Vater, bei der Depression von 1878 alles verloren hatte, was er besaß? Zehntausend Firmen sind in dem Jahr pleite gegangen, darunter auch seine. Ihm gehörten drei Gebäude in der Market Street; sie gehörten ihm ganz, aber dann nahm er Hypotheken darauf auf, um von einem Saufkumpan Anteile an einer Goldmine in den Black Hills im Dakota-Reservat zu kaufen. Damals wurde dort jeden Tag ein Vermögen in Gold aus der Erde gebuddelt, aber nicht aus dieser Mine. Durch die Depression konnten seine Mieter ihre Miete nicht bezahlen, und er konnte seine Hypotheken nicht bezahlen. Er verlor die Gebäude und verbrachte den Rest seiner Tage damit, auf sein Unglück zu trinken. Genau wie sein Sohn, der sich so bitter über deinen Urgroßvater beklagte.«

»Vielleicht hatte er seine Gründe«, sagte ich.

»Was für Gründe, Victor?« fragte Caroline. »Was willst du damit sagen?«

»Nur das, was du geargwöhnt hast, Caroline«, sagte ich. »Diese Bücher, die du hinter der Täfelung der Bibliothek gefunden hast, hat sich heute ein Buchprüfer angesehen. Die Bücher beweisen eindeutig, daß dein Großvater Elisha Poole die Firma unter dem Hintern weggestohlen hat.«

Sie antwortete nicht, sondern blinzelte mich einen Moment an, als hätte sie Schwierigkeiten, die Information zu verarbeiten.

»Soll ich euch den Rest des Hauses zeigen?« sagte Harrington, nicht im mindesten überrascht über das, was ich gesagt hatte. »Vielleicht sollten wir mit Emmas Zimmer anfangen.«

Er schlenderte aus dem Zimmer in den Flur und zurück zu dem Zimmer mit dem Bettgestell und den Nägeln an der Wand. Caroline und ich sahen einander unsicher an und folgten ihm dann. Das Kerzenlicht tauchte den kleinen Raum in flackerndes Gelb.

»Emma kam in dieses Haus der Verzweiflung, als sie fünf war«, sagte Harrington, der Fremdenführer. »Jeden Tag ging sie zu Fuß viereinhalb Meilen zur Schule. Sie pflegte ihre Mutter während ihrer langen Depressionsphasen und dann während der Krankheit, an der sie schließlich starb. Sie war ziemlich unattraktiv und vergötterte die berühmten Schönheiten ihrer Zeit, schnitt ihre Bilder aus den Zeitungen aus und heftete sie hier an die Wände, Theda Bara, Lillian Gish, Irene Castle. Trotz allem blieb sie ziemlich fröhlich und gutmütig, bis ihre Zeit hier zu Ende war. Danach verlor sogar sie ihre Schlacht und lebte nur noch von ihrer Verbitterung.«

»Woher weißt du das alles?« fragte Caroline.

»Nachdem ihre Mutter einen Schlaganfall gehabt hatte, brachte sie sie dauerhaft unten im Wohnraum unter, damit sie es leichter hatte, die alte Frau an warmen Tagen auf die Veranda zu bringen, um ihr ein bißchen frische Luft zu verschaffen. Sie selbst zog aus diesem Zimmer in das ehemalige Zimmer ihrer Mutter, das größer und heller war. In diesem Zimmer, Caroline, in unserem Zimmer, verliebte sie sich und wurde dann schwanger.«

»Wer war ihr Liebhaber?« fragte ich.

»Spielt das eine Rolle? Ich denke, da glaubte sie noch an die Liebe, aber dann, ein paar Wochen vor der Entbindung, starb ihre Mutter, das Wohnrecht für das Haus erlosch, und sie zog aus, allein und verlassen. Sie bekam das Baby in einem Heim für ledige Mütter bei Albany.«

»Woher weißt du das alles?« sagte Caroline. »Sag mir, woher du das weißt.«

Er wandte sich nach Caroline um, und das Kerzenlicht ließ die Schatten auf seinem Gesicht tanzen. »Sie hat es mir selbst erzählt«, sagte er.

»Wer hat es dir erzählt?« wollte Caroline wissen.

»Emma«, sagte er. »Sie hat mir alles erzählt.«

Er drehte sich um, verließ das Zimmer und ging die Treppe hinunter. Ich begann, vor Kälte zu zittern, während ich ihm nachsah. Ich sah Caroline an, und wir starrten uns einen Moment in die Augen, bevor wir ihm folgten. Wir holten ihn im Wohnraum ein.

»Verdammt, Franklin, wovon redest du eigentlich?« sagte Caroline zu Harrington. »Wer hat dir das alles erzählt?«

»Genau hier ist Mrs. Poole, Emmas Mutter, gestorben«, sagte Harrington. »Mit ihrem letzten Atemzug hat sie noch einmal Claudius Reddman verflucht, der noch immer in dem großen Haus auf dem Hügel lebte. Es gab allerdings nicht mehr viel zu verfluchen. Er hatte einen Lungentumor und betäubte sich selbst jeden Abend mit Laudanum, damit er nicht am ganzen Körper zitterte, aber das hielt sie nicht davon ab. Sie verfluchte deinen Urgroßvater, Caroline, und alle seine Nachkommen, genauso, wie ihr Mann es fünfzehn Jahre zuvor getan hatte. Das war kurz nachdem dein Großvater von seinem Sohn erschossen worden war, tatsächlich nur ein paar Tage danach; inzwischen war eine Reddman-Tochter tot und die andere verschwunden, und es sah so aus, als würde der Fluch sich bewahrheiten. Ich frage mich, ob sie wenigstens ein bißchen glücklich starb, weil die Tragödie ihre Feinde so sichtbar getroffen hatte. Denk mal darüber nach, wie es ist, ein Leben zu führen, dessen einzige Freude die Tragödien anderer sind, denk darüber nach, Caroline. Das hat sie wirklich zerstört, das und nicht dein Urgroßvater, ganz gleich, wieviel er dieser Familie gestohlen hat.«

»Hör auf, Franklin«, sagte Caroline. »Hör bloß auf. Ich will nichts mehr hören. Wieso hast du mir in all den Jahren nie davon erzählt?«

»Ich habe nicht geglaubt, daß du dich für etwas anderes interessierst als für dein eigenes Unglück.«

»Ach, geh zum Teufel«, sagte sie. Sie trat an den Kamin und sah sich die alte Zeichnung von Elisha Poole an, die über dem Kaminsims hing. »Was meinst du damit, daß sie es dir selbst erzählt hat?« fragte sie leise.

»Als ich siebzehn war«, sagte Harrington. »Das war das Frühjahr, in dem ich darauf wartete, von Princeton zu hören. Deine Großmutter hat mich zu ihr geschickt. Emma wohnte in The Cambium, in genau derselben Wohnung, in der Jacqueline gestorben ist. Deine Großmutter hat sie unterstützt, hat die Miete und eine Krankenschwester bezahlt, die sich um sie kümmerte. Nach meinem Besuch lebte sie nicht mehr lange, es war, als hätte sie darauf gewartet, daß ich zu ihr kam, ehe sie starb.«

Die Kälte, die ich in den letzten paar Minuten empfunden hatte, wurde beißend. Ich wußte nicht, ob das an der Temperatur lag oder an der Erkenntnis, die sich langsam abzeichnete. »Warum hat die Poole-Tochter auf Sie gewartet?« fragte ich.

»Weil ich, wie ich an diesem Tag erfuhr, ihr Enkel bin«, sagte Harrington.

Caroline fuhr herum und zischte: »Du Arschloch!«

»Durch meinen Vater«, sprach Harrington weiter. »Obwohl ich es damals nicht wußte, war das der Grund, warum Faith mich aus dem Waisenhaus nahm und nach Veritas holte, warum sie für mich sorgte und meine Ausbildung bezahlte. Aus dem gleichen Grund kümmerte sie sich um Emma. Weil wir beide Pooles waren. Es war Faith, die dahinterkam, daß du und ich ein Liebespaar waren, Caroline, und deswegen machte sie mich schließlich mit meiner Großmutter bekannt.«

»Und deswegen konnten wir nicht zusammenbleiben?« sagte Caroline. »Sag's mir, du Arschloch, ist das der Grund?«

»Die Tragödie der Pooles«, sagte Harrington, »war nicht, daß dein Urgroßvater ihnen die Firma gestohlen hat. Die Tragödie der Pooles bestand darin, daß sie sich gestatteten, tragisch zu sein. Sie definierten sich durch das, was die Reddmans ihnen genommen hatten, was die Reddmans geworden waren. Das sollte mir nicht passieren.«

»Wir haben uns geliebt«, stöhnte Caroline.

»Ich wollte zuerst weggehen und alles hinter mir lassen, als ich es erfuhr«, sagte Harrington. »Aber ich ließ mir von deiner Großmutter Princeton bezahlen, als eine Art Wiedergutmachung. Warum nicht, dachte ich, und dann ließ ich mir von ihr auch Wharton bezahlen, und dann, als man mir den Job bei der Bank anbot, war es natürlich vorteilhaft, daß ich ihre Konten verwaltete, und ziemlich bald steckte ich bis zum Hals in Reddman-Geld, und es kam anders, als ich gedacht hatte. Aber ich wollte nicht in die Familie einheiraten, Caroline, wenigstens das wollte ich nicht. Das wollte ich niemals tun.«

»Du hast gesagt, daß du mich liebst.«

»Das habe ich getan.«

»Und du hast es mir nie erzählt.«

»Bis zu dem Tag wußte ich es nicht.«

»Aber danach hast du es mir auch nicht erzählt.«

»Wie hätte ich das gekonnt«, sagte Harrington mit leisem Schmerz in der Stimme. »Du warst eine Reddman, und ich war ein Poole. Wie hätte ich ...«

»Hast du je daran gedacht, Franklin, hast du dir jemals auch nur überlegt, daß du, indem du mich verlassen hast, genauso zum Opfer geworden bist wie die übrigen? Hast du dir das jemals überlegt, du Arschloch?«

Er hatte keine Chance mehr zu antworten, bevor sie das Haus verließ.

Harrington und ich schickten uns beide an, ihr zu folgen, aber dann trafen sich unsere Blicke, und wir hielten inne. Ich fühlte mich für einen Augenblick wie ein Revolverheld aus alten Zeiten, der auf die Bewegung des Mannes wartet, der ihm gegenübersteht.

»Haben Sie Jacquelines Mörder angeheuert?« fragte ich schließlich.

»Sie haben überhaupt nicht zugehört, was?«

»Wenn Sie es nicht waren, wer dann?«

»Ich weiß es nicht.«

»Wo ist Ihr Vater?«

Er sah mich einen Moment an. »Er ist schon lange tot«, sagte er. »Er ist schon vor vielen Jahren gestorben.«

»Wissen Sie denn von irgendwelchen anderen Verwandten der Pooles?«

»Nein.«

»Wer ist Wergeld?«

»Das ist der Name des Fonds, von dem ich Ihnen erzählt habe.«

»Wer ist der Begünstigte?«

»Das weiß ich nicht.«

»Kommen Sie oft hierher?«

Er sah sich um und zuckte mit den Schultern. »Ich war seit mehr als zehn Jahren nicht mehr hier«, sagte er.

Wir starrten uns noch einen Augenblick an, und unsere Hände zuckten, als trügen wir wirklich Revolver an den Hüften. Ich nickte mit dem Kopf in Richtung der Wand über dem Kamin, wo die primitive Zeichnung von Elisha Poole hing. »Haben Sie das aufgehängt?«

Er schaute einen Moment auf die Zeichnung. »Nein«, sagte er.

»Sie wissen natürlich, daß sie recht hat. Wenn Sie sie geliebt haben und nur verlassen haben, weil Caroline eine Reddman ist und Sie ein Poole sind, dann haben Sie sich genauso unterkriegen lassen wie ihre Großmutter und ihre Urgroßeltern.«

»Was zum Teufel wissen Sie denn darüber?«

Ich überlegte einen Augenblick. »Sie haben recht«, sagte ich dann. »Gar nichts.«

Auf dem Weg zur Tür blieb ich stehen und sagte Harrington, ich hätte etwas im Haus vergessen. Er sah mich dankbar an, als sei es ein billiger Trick, ihn ein Weilchen mit Caroline allein zu lassen. Ich nickte, lächelte halb und ließ ihn in seinem Glauben, als er allein zu ihr hinausging.

Es war ein billiger Trick, ja, aber nicht, um ihn mit Caroline alleinzulassen. Als er gegangen war, drehte ich mich um und ging durch die Küche in das Speisezimmer zu der massiven Vitrine mit der einen verschlossenen Schublade. Im Licht meiner Taschenlampe nahm ich meine Brieftasche heraus und aus dieser den verzierten Schlüssel mit dem merkwürdig geformten Bart, den Schlüssel, den wir in der Metallkiste in dem mit »Briefe« beschrifteten Umschlag gefunden hatten. Langsam steckte ich ihn in das Schloß der Schublade. Er glitt hinein, als sei er dafür gemacht, was er auch war, denn er ließ sich ziemlich mühelos drehen, der Riegel fiel, die Schublade ließ sich aufziehen.

Sie enthielt Päckchen von Briefen, alle brüchig und vergilbt, zusammengebunden mit blassen Bändern, die jede Farbe verloren hatten. Eines nach dem anderen stopfte ich die Bündel in meinen Rucksack. Zwischen den Briefen lag ein kleines Buch aus braunem Leder. Ich schlug die Titelseite auf. *Walden* von Henry David Thoreau. Ich nahm auch das Buch mit. Zuunterst lag ein schwerer alter Umschlag, der mit einer Schnur zusammengebunden war. Auf der Außenseite stand in einer männlichen Handschrift: *An mein Kind bei Erreichen der Volljährigkeit.*

Ich stopfte den Umschlag zu den übrigen Sachen in meinen Rucksack und verließ das Haus.

## 48

Auf der Heimfahrt wollte ich reden, ich war so aufgeregt, daß ich förmlich platzte. Die ganze ernüchternde Geschichte der Reddmans und der Pooles trat allmählich zutage, und ich war sicher, daß die traurige, schicksalhafte Verstrickung der beiden Familien den Kern der Plagen bildete, die die Reddmans gegenwärtig heimsuchten. Wir waren nahe, so nahe daran, alles aufzuklären und die ersten Schritte zur Vergeltung zu unternehmen, ebenso wie zu einem lukrativen Prozeß. Ich wollte verzweifelt darüber reden, ebenso verzweifelt, wie Caroline schweigen wollte.

»Alles in Ordnung?« fragte ich, nachdem drei Versuche, ein

Gespräch zu beginnen, wie Bleigewichte in einem stillen Teich untergegangen waren.

»Nein«, sagte sie.

»Was kann ich tun?«

»Halt einfach den Mund«, sagte sie.

Nun, zumindest wußte sie, was sie wollte.

Als wir daher schweigend die Main Line verließen und in Richtung City fuhren, überlegte ich bei mir, was wir wußten und was wir noch herausfinden mußten. Claudius Reddman hatte seinem Freund Elisha Poole die Firma gestohlen, hatte Summen unterschlagen und dazu benutzt, einen Teil der Anteile zu kaufen, und dann, nachdem er durch seinen Diebstahl und den von ihm veranlaßten Produktionsrückgang den Wert der Firma verringert hatte, hatte er die restlichen Anteile für wesentlich weniger Geld erworben, als sie eigentlich wert waren. Er machte sein Vermögen dadurch, daß er seinen Freund ruinierte, ihn in Trunksucht und Selbstmord trieb, und dabei wußte er die ganze Zeit, was er getan hatte, denn gleich nach Pooles Tod veranlaßte er aus Schuldgefühlen oder falscher Großmut Mrs. Poole und ihre Tochter dazu, im Schatten seines Reichtums und seiner Größe, im Schatten von Veritas zu wohnen. War es nur Zufall, daß die Reddmans kurz darauf von ihren Tragödien eingeholt wurden?

Charity Reddman wurde ermordet und auf dem Grundstück hinter dem Haus begraben, neben der Statue der Aphrodite. Wer hatte sie umgebracht? War es Christian Shaw, der sich seiner unbequemen Geliebten entledigte, wie Caroline glaubte, oder war es vielleicht Mrs. Poole, die sich für ihren Mann rächte? Aber damit waren die Tragödien der Reddmans noch nicht zu Ende. Hope Reddman starb an Schwindsucht; vielleicht war sie auch vergiftet worden. Christian Shaw wurde von seinem Sohn getötet, der ihm mit einer Flinte in die Brust schoß. Claudius Reddmans Lungen waren vom Krebs zerfressen, und seine Muskeln gehorchten ihm nicht mehr. Wieviel von diesen Tragödien lag nur in der natürlichen Ordnung der Dinge, wieviel war schlechtes Karma, und wieviel war direkt von den Pooles verursacht? Darauf hatten wir bislang noch keine Antwort und würden wahrscheinlich auch nie eine finden, aber wenn wir nur ernten, was wir gesät haben, dann hielt Claudius Reddman angemessen reiche Ernte. Aber sie hatte nicht mit seinem Tod geendet.

Irgendwo unterwegs versuchte Faith Reddman Shaw, Wiedergutmachung zu leisten. So sah es jedenfalls aus. Wir wußten, daß sie die alten Journale ihres Vaters durchgesehen und sein Verbrechen entdeckt hatte. Hatte sie nach dieser Entdeckung Emma Poole gesucht und in die Luxuswohnung in Philadelphia geholt, damit sie ihr Leben dort zu Ende lebte? Hatte sie damals Harrington gesucht, Emmas Enkel, der in einem Waisenhaus lebte, und ihn auf das Anwesen gebracht, damit er wie ein Familienmitglied erzogen wurde? Hatte der Wergeld-Fonds den Zweck, das Gewissen ihrer Familie zu beruhigen? Versöhnung, Buße, Erlösung suche sie, hatte sie gesagt, und wie es aussah, hatte sie aktiv danach gestrebt. Aber trotzdem hatte all das nicht bewirkt, daß dem Fluch Einhalt geboten wurde, denn jemand hatte Cressi angeheuert, um Jacqueline umzubringen und vermutlich auch Edward. Ihr Tod mochte mit Edward Shaws Spielschulden zusammenhängen, sicher, beide Morde konnten von Dante bestellt worden sein, der seinen Kredit zurückgezahlt haben wollte, aber nach dem Besuch im Haus der Pooles hatte ich den Verdacht, daß sie mehr mit der Häßlichkeit der Reddmanschen Vergangenheit zu tun hatten als mit irgend etwas anderem. Wer also hatte die Morde in Auftrag gegeben? Harrington, der einzige bekannte überlebende Poole? Robert Shaw, der seine Geschwister beseitigte, um sein Erbe zu erhöhen, mit dem er auf dem Markt herumspielen konnte, und der sich in geschäftlichen Angelegenheiten als genauso skrupellos erwies wie sein Urgroßvater? Kingsley Shaw, der die verrückten Befehle der Stimme aus dem Feuer ausführte? Oder war es vielleicht Faith Reddman Shaw selbst, von den Toten zurückgekehrt, wie ihr Sohn behauptet hatte, die als blutiges Finale zur Wiedergutmachung der Verbrechen ihres Vaters ihre Enkel opferte, einen nach dem anderen?

Etwas, das Caroline gesagt hatte, ließ mir keine Ruhe. »Wo war Nat heute abend?« fragte ich. »Du hast gesagt, er wäre nicht da gewesen.«

»Er war auch nicht da. Ich weiß nicht, wo er war.«

»War er bei Jacquelines Beerdigung?«

»Natürlich.«

Nat, der Gärtner und Aufseher des Anwesens, fehlte. Es sah Nat nicht ähnlich, eine Reddman-Beerdigung zu versäumen. Er schien die Familiengeheimnisse besser zu kennen als irgend jemand sonst, und ich fragte mich, ob dieses Wissen sich vielleicht als tödlich erwiesen hatte. Ein Schauder lief mir über den Rücken, und ich spürte den Drang, den Wagen anzuhalten, zu wenden und nach Veritas zurückzufahren. Er war da, darauf hätte ich gewettet, in Faith Reddman Shaws überwuchertem Garten, er lag dort jetzt genauso friedlich wie Charity Reddman, beide ausgestreckt vor der Statue der Aphrodite, in deren Sockel die vermischte Asche von Faith und Christian Shaw eingeschlossen war. Ein Mörder lief frei herum, dessen Gier keine Grenzen kannte, und ich war jetzt sicher, daß auch Nat seine Rache zu spüren bekommen hatte. Ich hätte gehalten und gewendet und meine Gewißheit bestätigt, nur war derjenige, der es getan hatte, wer immer es sein mochte, noch dort und wartete, wartete auf uns.

»Ich möchte irgendwohin, wo noch nie einer von den Reddmans gehört hat«, sagte Caroline, ihr langes Schweigen brechend. »Irgendwohin, wo ich den ganzen Tag Wein trinken und meine Haare fettig werden lassen kann, ohne daß jemals einer etwas merken würde, weil die ganze Gegend voller ungepflegter Säufer ist. Frankreich vielleicht.«

»Letztes Mal war es Mexiko.«

»Nun, diesmal meine ich es ernst.« Sie nahm eine Zigarette heraus, zündete sie mit dem Autofeuerzeug an, und die Luft in meinem Mazda war bald verpestet. »Es ist irgendwie alles außer Kontrolle geraten. Mir reicht's.«

»Was ist mit der einen guten Sache in der Vergangenheit der

Reddmans, nach der du gesucht hast? Wie kannst du aufgeben, bevor du sie gefunden hast?«

»Es gibt keine. Alles ist bloß Kälte. Ich will nur noch so weit davon weg wie möglich.«

»Es wird schlimmer, Caroline. Was immer mit deiner Familie passiert, wird immer brutaler.«

»Soll es doch. Ich steige aus.«

»Wenn das deine Antwort ist, gut, lauf weg. Klar, warum nicht? Weglaufen ist das, was du am besten kannst. Laß deine Ermittlungen sausen, genau wie du deinen Film hast sausen lassen.«

»Wer hat dir das gesagt?«

»Kendall.«

»Sie redet zuviel.«

»Du hast deine Geschichte parat, nicht wahr? Eine glückliche Kindheit, ein liebevolles Zuhause. Wenn in deinem Leben etwas schiefgelaufen ist, dann nur, weil du eine Versagerin warst, der Liebe deiner Mutter, deines Vaters, Harringtons nicht wert. Deswegen hast du deinen Film weggeschmissen, bevor er fertig war, deswegen flatterst du von einem Interesse zum anderen, von einem Bett ins andere. Du tust alles, was du kannst, um dein bequemes Selbstbild als Versagerin aufrechtzuerhalten. Das ist das einzige, was du wirklich kontrollieren kannst. ›Schau doch, wie ich mich gebrandmarkt habe, Mommy! Bin ich nicht wirklich ausgeflippt?‹«

»Frankreich, denke ich. Ganz bestimmt Frankreich.«

»Was könnte erschreckender sein als zu erfahren, daß es vielleicht deine Familie ist, die völlig verkorkst ist, daß dein Zuhause vielleicht gar nicht so liebevoll war, daß du am Ende womöglich doch nicht an allem schuld bist? Was könnte erschreckender sein als die Erkenntnis, daß Erfolg und sogar auch Liebe für dich tatsächlich möglich sein könnten?«

»Laß gut sein, Victor.«

»Siehst du, ich wünsche mir die Antworten nicht mehr als du. Mir ging es gut, bevor du aufgetaucht bist. Du bist diejenige, die sagt, daß man sie retten muß. Die Antworten, die wir finden, könnten dir geben, was du brauchst, um dich selbst zu retten, aber einen Teil der Arbeit mußt du schon selbst tun. Du sagst mir, daß es hart ist; nun, mein Liebling, das Leben ist hart. Verdammt, werd' endlich erwachsen!«

»Versteck dich mit mir in Frankreich, Victor.«

Ich dachte einen Moment darüber nach, dachte an alles, was ich mir gewünscht hatte, als alles begann, und plötzlich stieg eine große Verbitterung in mir auf. »Es muß schön sein, wenn man genug Geld hat, um vor seinem eigenen Leben davonzulaufen.«

Sie nahm einen tiefen Zug aus ihrer Zigarette. »Glaub mir, Victor, es ist nicht so einfach, reich geboren zu sein.«

»Klar«, sagte ich. »Es ist harte Arbeit, aber die Bezahlung ist toll.«

»Du hast keine Ahnung.«

»Da hast du recht.«

»Komm mit mir nach Frankreich.«

»Was ist mit dem Prozeß?«

»Scheiß auf den Prozeß.«

»Wir sind so kurz davor, alles aufzuklären.«

»Ist es dir nur darum gegangen? Um den Prozeß? Ist alles, was wir zusammen durchgemacht haben, nichts weiter als das?«

Ich schaute ihr kühles Gesicht im grünen Lichtschein des Armaturenbretts an. In diesem Augenblick fiel mir auf, wie unglaublich jung sie war. »Ich mag dich, Caroline, mir liegt an dir, und ich sorge mich um dich, aber keiner von uns beiden hatte jemals irgendwelche Illusionen.«

Nach zehn Minuten Schweigen, was ein langes, drückendes Schweigen ist, sagte sie einfach: »Ich muß ein paar Sachen aus deiner Wohnung holen, Victor. Und würdest du mich dann bitte nach Hause fahren?«

Ich parkte in der Spruce Street, nicht weit von meinem Apartment entfernt. Ich nahm den Rucksack aus dem Auto, und Caroline und ich gingen zusammen die dunkle Straße entlang. Im

Hausflur, während ich die Eingangstür aufsperrte, schnüffelte ich in die Luft, hob den Kopf und schnüffelte erneut.

»Riechst du das?«

»Riecht wie eine brennende Mülltonne«, sagte sie.

Beißend und scharf wie der faulige Geruch brennender Reifen. Ich öffnete die Tür und trat ein. Der Geruch wurde stärker.

»Was ist das?« sagte ich. »Das riecht, als hätte jemand vergessen, eine Herdplatte auszuschalten.«

Als wir die Treppe hinaufgingen, wurde der Gestank schlimmer. Am stärksten war er vor meiner Tür. Ich ging noch ein Stückchen weiter und roch an der nächsten Tür.

»Verdammt, das kommt aus meiner Wohnung.«

Mit zitternden Fingern versuchte ich erfolglos, den Schlüssel ins Schloß zu stecken, versuchte es erneut, schaffte es schließlich, drehte. Ich spürte, wie der Riegel sich öffnete. Ich griff nach dem Türknopf, drehte daran und stieß die Tür auf. Rauch quoll mir entgegen, zusammen mit einem Gestank, der mir den Magen umdrehte. Ich schaltete das Licht ein. Die Luft war vor lauter Qualm nahezu undurchsichtig; ich erkannte, daß man meine Wohnung durchwühlt hatte. Tische waren umgeworfen, eine Kommode geleert, Kissen vom Sofa gerissen. Ich ließ meinen Rucksack fallen und rannte in die Küche, wo ich das Feuer vermutete. Als ich halb durch den Wohnraum war und endlich den Eßtisch deutlich sehen konnte, blieb ich wie angewurzelt stehen.

Peter Cressi saß an dem Tisch, trotz des Gestanks ruhig zurückgelehnt, die metallene Kiste, die wir aus Charity Reddmans Grab geholt hatten, vor sich auf der roten Tischplatte. Auf der Metallkiste lag zusammengerollt eine fette schwarze Katze. Cressi kraulte ihr beiläufig das Fell auf dem Rücken; in der anderen Hand hielt er einen absurd großen Revolver.

»Wir haben uns schon gefragt, wann Sie wohl zurückkommen, Vic. Ich meine, was sind Sie für ein Gastgeber? So sehr wir auch gesucht haben, wir konnten Ihren Schnaps nicht finden.«

Caroline kam hinter mir hereingestürmt. »Victor«, sagte sie,

»was ist los? Was ist?« Mehr sagte sie nicht. Sie blieb unmittelbar hinter mir stehen, so daß Cressi, wenn er gewollt hätte, uns beide mit einem einzigen Schuß hätte erledigen können.

»Na, schau dir an, wer bei Vic ist«, sagte Cressi. »Trifft sich das nicht gut? Sie haben wir auch gesucht, Herzchen.«

Der Anblick Cressis, der diese Waffe auf mich richtete, war schon ernüchternd genug, aber nicht nur das ließ mein Blut erstarren. Neben ihm, die Ellbogen auf dem Tisch, ein kleines Häufchen Asche vor sich auf der Tischplatte wie ein Brandopfer, saß die Quelle des ekelerregenden Qualms in meiner Wohnung. Es war ein alter Mann mit klaren blauen Augen, behaarten Ohren und einer riesigen brennenden Zigarre zwischen den falschen Zähnen.

Calvi.

## 49

»Calvi«, sagte ich.

»Wen haben Sie denn erwartet?« sagte Calvi, ohne beim Sprechen die Zigarre aus dem Mund zu nehmen. »Herbert Hoover?«

Er war ein dünner, drahtiger Mann mit stoppeligem grauem Haar, hohlen Wangen und einem bösen Ruf als Gewalttäter. Es hieß von Calvi, er rede verdammt zu viel, trotz seiner Stimme, die von jahrzehntelangem beißendem Tabaksqualm schmerzhaft heiser und rauh war; aber wenn es ein wirksameres Mittel der Kommunikation gab, beließ Calvi es nicht bei bloßem Reden. Einmal, so wurde erzählt, hatte er einen Mann durchbohrt, der mehr vom Rahm abgeschöpft hatte, als ihm zustand; er hatte ihn buchstäblich angebohrt, mit einer Black & Decker und einem dicken Bohrer, hatte ihm den Schädel angebohrt, bis das Blut spritzte und der Dummkopf alles zugab und um Gnade flehte. Die harten Jungs aus der Innenstadt lachten wochenlang darüber, aber danach traute sich keiner mehr, sich eine Scheibe von Calvis Kuchen abzuschneiden.

»Wie ich hörte, haben Sie bei mir angerufen«, sagte Calvi. »Was wollten Sie, Vic?«

Ich sah Cressi an, dessen Waffe jetzt auf mein Gesicht zeigte, und erkannte blitzartig, daß ich mich über alles getäuscht hatte. Mein Vertrauen und mein Mißtrauen waren falsch gewesen, und jetzt stand ich von Angesicht zu Angesicht dem Mann gegenüber, der die ganze Gewalt der letzten paar Wochen ausgelöst hatte. Calvi war nach Philadelphia zurückgekommen, um Raffaello die Kontrolle über die Stadt zu entreißen, und der einzige Mann, der mir aus der üblen Lage heraushelfen konnte, in die ich geraten war, Earl Dante, wußte ganz genau, wie sehr ich mich getäuscht hatte.

»Ich habe bloß angerufen, um guten Tag zu sagen«, sagte ich. »Wollte mich erkundigen, wie das Wetter da unten ist.«

»Heiß«, sagte Calvi. »Heiß wie die Hölle, bloß noch heißer.«

»Also sind Sie nur hier, um den schönen Frühling in Philadelphia zu genießen?«

»Ich habe Sie immer gemocht, Vic«, sagte Calvi. »Ich konnte Ihnen immer vertrauen, und wollen Sie wissen, warum? Weil ich immer Ihre Motive verstanden habe. Sie sind ein einfacher Mensch mit einem einfachen Plan. Schnapp dir die Knete. Die Welt gehört den schlichten Gemütern. Ich schicke jemanden zu Ihnen und weiß, daß er nicht umfällt und seine Zeit absitzt und den Mund hält. Das steht außer Frage, weil Sie wissen, wer Sie bezahlt, und das ist nicht er, das bin ich. Und wissen Sie was, Vic? Sie haben mich nie im Stich gelassen.«

»Wie steht denn mein Fall?« fragte Cressi. »Haben Sie schon erreicht, daß das Verfahren eingestellt wird?«

»Das waren eine Menge Waffen, die Sie kaufen wollten, Pete«, sagte ich. »Und der Flammenwerfer ist nicht gerade hilfreich. Aber ich beantrage, daß die Bänder nicht als Beweismittel zugelassen werden, und auch sonst alles, was ich kann.«

»Braver Junge«, sagte Peter.

»Sie wissen, weshalb ich hier bin, nicht wahr, Vic?« sagte Calvi.

»Ich denke schon.«

»Ich wollte mich entschuldigen, weil Sie bei der Sache auf dem Expressway mit im Auto waren. Dagegen war nichts zu machen. Aber Sie verstehen, das war rein geschäftlich. Sie nehmen es mir nicht übel, ja?«

»Könnte ich es mir im Moment leisten, das übelzunehmen?«

»Nein«, sagte Calvi.

Ein fröhliches, freundliches Lächeln breitete sich auf meinem Gesicht aus. »Also nehme ich es Ihnen nicht übel.«

»Sie sind genau das, was dieser Mann gemeint hat, als er sagte, die schlichten Gemüter werden die Erde besitzen«, sagte Calvi. »Ich will Ihnen sagen, wenn ich an die Reihe komme, wird es sehr profitabel. Und Sie, mein Freund, werden an diesen Profiten teilhaben. Verstehen wir uns?«

»Ja«, sagte ich.

»Ich kann also auf Sie zählen?«

Ich sah Cressi mit seiner Kanone an und lächelte erneut. »Hört sich an wie eine lukrative Vereinbarung.«

»Ich dachte mir, daß Sie genau das sagen würden. Und ich betrachte das als Verpflichtung, es gibt also kein Zurück. Ich habe übrigens gehört, daß Sie mit dieser Schlange Raffaello in Verbindung stehen.«

»Das war nur, weil er mich nach dieser Sache mit dem Auto überprüft hat«, platzte ich heraus. »Ich weiß nicht, wo er ist oder was er ...«

»Halten Sie die Klappe, Vic«, sagte Cressi mit einem Wink seines Revolvers, und ich hielt die Klappe.

»Wir müssen uns treffen, Raffaello und ich«, sagte Calvi. »Wir müssen uns treffen und diese ganze Sache klären. Können Sie ein Treffen für uns vereinbaren, Vic?«

»Ich kann's versuchen.«

»Braver Junge, Vic«, sagte Calvi. »Wir sind keine Tiere. Wenn wir einen Krieg vermeiden können, um so besser.«

»Ich glaube, er möchte das auch«, sagte ich. »Er hat mir gesagt, daß er bereit ist abzutreten, falls es keinen Krieg gibt und die Sicherheit seiner Familie garantiert ist.«

»Er würde alles übergeben?«

»Das hat er gesagt.«

»Alles?«

»Sofern Sie ihm die Garantien geben.«

Calvi nahm die Zigarre für einen Augenblick aus dem Mund und starrte sie an, und zum erstenmal erschien ein Lächeln auf seinen Lippen. »Haben Sie das gehört, Peter«, sagte er. »Es ist geschafft.«

»Das ist zu einfach«, sagte Cressi kopfschüttelnd.

»Ich hab Ihnen doch gesagt, daß es einfach sein würde«, sagte Calvi. »Das war nie seine starke Seite. Er war Plätzchenbäcker, bevor er dazukam. Er hatte nie genug Mumm für die harten Sachen. Wenn er Mumm gehabt hätte, dann hätte er mich umgebracht, statt mich nach Florida davonschleichen zu lassen, wie er's getan hat. Überrascht mich nicht, daß er jetzt in die Knie geht. Sie vereinbaren das Treffen, Vic.«

»Jetzt?«

»Jetzt noch nicht«, sagte Calvi. »Ich sage Ihnen, wann. Setzen Sie sich.«

»Warum lassen Sie sie nicht gehen, während wir reden«, sagte ich und wies auf Caroline, die noch immer hinter mir stand und vollkommen stumm war. Als ich sie ansah, war ihr Gesicht starr vor Angst, und ich wußte nicht genau, ob der Anblick und die Größe von Cressis Waffe sie so erschreckte oder die Katze, die auf der Metallkiste lag.

»Sie bleibt«, sagte Cressi.

»Wir brauchen sie doch nicht, um mit Raffaello zu reden«, sagte ich.

»Sie bleibt«, sagte Calvi. »Keine weitere Diskussion. Setzen Sie sich, Missy. Wir müssen hier alle ein bißchen warten.«

Cressi winkte mit der Kanone, und ich zog zwei Stühle unter dem Tisch hervor, einen für Caroline und einen für mich. Behutsam setzte ich sie auf den linken Stuhl und mich selbst Cressi direkt gegenüber. Calvi saß rechts von uns, und die Metallkiste aus Charity Reddmans Grab stand auf dem Tisch zwischen uns. Die schwarze Katze sprang von der Kiste und wanderte zum Ende des Tisches, wo sie ihre Nase Carolines Gesicht näherte. Mit angespanntem, reglosem Körper schloß Caroline die Augen und drehte das Gesicht weg.

»Was ist, Missy, mögen Sie meine Katze nicht?«

Caroline, noch immer mit abgewandtem Gesicht, schüttelte den Kopf.

»Sie hat was gegen Katzen«, sagte ich.

»Das ist ein braver Kater. Komm her, Sam.« Der Kater schnüffelte noch ein bißchen an Caroline herum und spazierte dann zu Calvi, der ihm grob den Hals kraulte. »Er heißt nach einem Bundesstaatsanwalt, der mich seit Jahren jagt. Ich habe ihn Sam genannt, wie den Staatsanwalt, und dann hab ich ihn zum Tierarzt gebracht und ihm die Eier abschneiden lassen. Sehr therapeutisch.«

Cressi lachte.

»Während wir warten«, sagte Calvi, »könnten wir vielleicht ein paar unerledigte Geschäfte besprechen.«

Cressi beugte sich vor und hob den Deckel von der Metallkiste. »Wo ist der Rest von dem Scheiß, der hier drin sein sollte?«

Caroline, das Gesicht noch immer angespannt vor Angst, sah überrascht auf. »Wovon reden Sie?«

»Von was auch immer ich rede, ich rede nicht mit Ihnen«, sagte Cressi scharf. »Vic weiß, wovon ich rede, ein schlauer Bursche wie er. Wo ist das restliche Zeug, Vic?«

»Ich verstehe nicht.«

Cressi griff in seine Jacke und nahm ein Stück Papier heraus. »Eine gewisse Person, die uns für unsere Dienste bezahlt, hat verlangt, daß wir diese Kiste hier samt Inhalt, der hier schwarz auf weiß aufgeführt ist, zurückholen. Die Fotos und Dokumente über irgendeinen Fonds und alte Tagebuchfragmente sind hier drin. Aber auf dem Papier stehen noch andere Sachen, die nicht da sind, und Sie wissen vielleicht, wohin dieses andere Zeug gekommen ist, Vic.«

»Wer ist die gewisse Person?« fragte ich und überlegte, wer sich so für den Inhalt der geheimen Kiste von Faith Reddman Shaw interessieren mochte.

»Nicht wichtig.«

»Das ist verdammt wichtig.«

»Geben Sie ihm, was er haben will, Vic«, sagte Calvi tadelnd und in unheilverkündend sanftem Ton. Das schwarze Fell des Katers sträubte sich, und er sprang vom Tisch. Er hüpfte auf eines der am Boden liegenden Couchkissen und rollte sich darauf zusammen. Als er es sich bequem gemacht hatte, beobachtete er uns völlig teilnahmslos. »Zum Teufel, geben Sie ihm, was er haben will, damit das erledigt ist.«

»Da gibt es irgendeine Arztquittung«, sagte Cressi, von der Liste ablesend.

Ich sah Cressi und seine Kanone an und nickte. »In Ordnung«, sagte ich. Ich stand auf, ging durch das Zimmer und fand in einer Ecke meinen Aktenkoffer zwischen dem verstreuten Inhalt des Wandschranks; er war an der Seite aufgeschlitzt, und das Schloß war verbeult, aber noch an Ort und Stelle. Ich stellte die Kombination ein, nahm die Quittung heraus und reichte sie Cressi.

Cressi betrachtete sie und lächelte, ehe er sie in die Kiste legte. »Was ist mit gewissen Bankunterlagen, die ebenfalls fehlen?«

»Die sind nicht hier«, sagte ich. »Aber ich werde sie Ihnen besorgen.«

Cressi schlug mit dem Kolben seiner Waffe auf den Tisch, und zwar so laut, daß ich dachte, das Ding sei losgegangen. Caroline sog bei dem Geräusch heftig die Luft ein. »Halten Sie mich nicht zum Narren, Vic.«

»Ich habe sie nicht hier. Ich schwöre.«

»Wo sind sie?«

»Ich besorge sie Ihnen«, sagte ich, da ich nichts von Morris erzählen wollte.

»Weiter, Peter«, sagte Calvi, der mich durch den Qualm seiner Zigarre anstarrte.

»Eine Karteikarte mit Zahlenkombinationen, was immer das für ein Scheiß sein soll.«

»Ist auch woanders«, sagte ich.

Cressi glotzte mich an. »Was ist mit dem Schlüssel, der hier draufsteht?«

Ich griff nach meiner Brieftasche, nahm den Schlüssel heraus, mit dem ich die Schublade im Poole-Haus geöffnet hatte, und gab ihn Cressi. Er untersuchte ihn einen Moment.

»Woher soll ich wissen, daß das der richtige Schlüssel ist?«

»Es ist der richtige Schlüssel«, sagte ich.

»War's das?« sagte Calvi.

Cressi nickte und steckte die Liste wieder in seine Jacke.

»Jetzt, wo wir Partner sind, Vic«, sagte Calvi, »ist es sehr wichtig, diese bestimmte Person zufriedenzustellen. Es ist nicht so billig, so ein Ding durchzuziehen, wie wir das hier tun. Man kann sich nicht einfach durchbluffen, nicht mal bei einem Plätzchenbäcker wie Raffaello, man muß zum Krieg bereit sein, und Krieg ist teuer. Die betreffende Person ist unser Boß, und wir sorgen dafür, daß unser Boß glücklich ist. Sie besorgen uns das restliche Zeug und geben es uns nach dem Treffen.«

»Kein Problem.«

»Gut«, sagte Calvi. »Vic, ich glaube, wir werden prima miteinander auskommen. Sie und ich, Vic, wir haben eine Zukunft.«

»Das ist ermutigend«, sagte ich. Ich spielte auf die Tatsache an, daß ich außerhalb der Reichweite von Cressis Waffe vielleicht tatsächlich eine Zukunft haben würde, aber Calvi lächelte, als wäre er ein Sergeant auf der Suche nach Rekruten, und ich hätte mich gerade verpflichtet.

»Wollen Sie eine Zigarre?« fragte Calvi und klopfte auf seine Jackentasche.

»Nein, vielen Dank«, sagte ich, so freundlich ich konnte.

»Und jetzt warten wir«, sagte Calvi.

»Wo haben Sie den Schnaps?« sagte Cressi. »Wir haben überall gesucht.«

»Ich habe keinen«, sagte ich. »Bloß ein paar Dosen Bier im Kühlschrank.«

»Die haben wir schon leer gemacht«, sagte Cressi. Er wandte sich an Calvi. »Wollen Sie, daß ich in einem Laden was besorge?«

»Halten Sie den Mund und warten Sie«, sagte Calvi.

Cressi verdrehte den Kopf, als versuche er, sich einen Halswirbel zu brechen, und lehnte sich dann schweigend zurück.

»Worauf warten wir?« fragte ich.

»Meinen Sie, daß Sie das wissen müssen?« sagte Calvi.

Ich schüttelte den Kopf.

»Da haben Sie recht«, sagte Cressi.

Und so saßen wir zu viert am Tisch, Calvi mit den Ellbogen auf der Tischplatte und dem Kopf in den Händen, an seiner Zigarre saugend, während Cressi, Caroline und ich an dem übelriechenden Qualm fast erstickten. Keiner sagte etwas. Der Kater auf dem Kissen leckte sich das Fell. Ab und zu seufzte Calvi wie ein alter Mann vor dem Fernseher, der darauf wartet, von der Krankenschwester zum Abendprogramm des Pflegeheims gerufen zu werden, und nicht wie jemand, der auf die Vereinbarung eines Treffens wartet, um die Kontrolle über die Mafia von Philadelphia zu übernehmen. Ich spürte Carolines Anspannung neben mir, aber sie schwieg genauso wie wir anderen. Tröstend legte ich ihr eine Hand aufs Knie und lächelte sie an. Die Stille wurde nur von Calvis Seufzern, dem Knarren der Stühle, wenn wir unsere Haltung veränderten, dem zufriedenen Schnurren Sams, des Katers, und dem gelegentlichen Knurren von Cressis Magen unterbrochen.

Unsere Situation war so öde wie Veritas. Jemand hatte Calvi bezahlt, um Jacqueline und Edward zu töten und jetzt den Inhalt der Kiste zu beschaffen. Wer? Wer sonst hatte auch nur geahnt, daß sie vielleicht in meinem Besitz war? Nat hatte gemerkt, daß wir gegraben hatten. Hatte er es jemandem erzählt? War das der Grund, warum er verschwunden war, warum er ebenfalls ermordet worden war, weil er von der Kiste wußte und jemand beschlossen hatte, daß niemand je davon erfahren sollte? Wem hatte er von unseren nächtlichen Ausgrabungen erzählt? Harrington, dem letzten Poole? Kingsley Shaw? Bruder Bobby? Wer war Calvis Boß, der ihm befohlen hatte, aus Spaß und Gewinnsucht Reddmans umzubringen, während er seine Kriegskasse aufstockte? Und warum kümmerte der Boß sich um eine Kiste, die Faith Reddman Shaw vor vielen Jahren vergraben hatte? Es sei denn, es war gar nicht Faith Reddman Shaw gewesen. Und wer immer es war, dieser Boß hatte auch dafür bezahlt, Caroline umzubringen. Warum sonst hätte Cressi nach ihr gesucht; und wenn die Bastarde erst einmal Caroline umgelegt hatten, hatten sie eigentlich keine andere Wahl, als mich ebenfalls zu töten. Ich war der Mann, der zuviel wußte. Was angesichts meiner akademischen Karriere wirklich ein Witz war.

Cressis Magen gab einen eigenartigen Laut von sich. »Ich muß irgendwas Falsches gegessen haben«, sagte Cressi mit einem schwachen Lächeln.

»Es ist heiß da unten«, sagte Calvi, und einen Moment dachte ich, er meine Cressis Magen, aber er hing seinen eigenen Gedanken nach. »Wie in der Hölle, bloß noch heißer. Und drückend, man kann nichts tun als schwitzen. Was hat diese Schlange eigentlich gedacht, was ich da machen würde, Canasta lernen? Was bin ich, eine alte Lady? Wissen Sie, wann man da unten zu Abend ißt? Um vier Uhr. Herrgott, hier oben war ich ungefähr um vier Uhr im Tosca's mit dem Mittagessen fertig und wartete darauf, daß es dunkel wurde. Um vier Uhr stellen die sich da unten für das Early-Bird-Dinner an. Die werden noch bis um sechs serviert, aber um vier Uhr stellen sie sich schon an. Und in limonengrünen Jacketts. Erklären Sie mir das, Vic, warum man in einem limonengrünen Jackett in einer Schlange im Restaurant schwitzt.«

»Ich habe gehört, daß es in Phoenix heiß und trocken ist«, sagte ich.

»Weiße Gürtel, weiße Schuhe. Was zum Teufel soll ich da unten? Golf? Ich hab's mit Golf probiert, hab mir einen Satz Schläger gekauft. Ping. Das Geräusch gefiel mir. Ping. Ich bin auf den Platz gegangen und hab den Schläger geschwungen, und der Ball flog zur Seite. Zur Seite. Ich hätte fast einen Priester umgebracht. Warum zum Teufel soll ich Golf spielen? Einmal bin ich zum Fischen gefahren, mit einem der großen Boote. Hab auf der ganzen Fahrt raus und auf der ganzen Fahrt zurück gekotzt. Das einzige, was ich erwischt habe, war ein Kerl auf dem Deck hinter mir, als ein Windstoß ihm die Kotzbrocken direkt ins Gesicht blies. Gut, wir haben gelacht, aber das war's dann auch mit dem Fischen. Wissen Sie, ich bin mein ganzes Leben in dem Geschäft. Hab als Junge angefangen, für Bruno Besorgungen zu machen, als der noch ein Unterboß war. Wenn man in dem Geschäft am Leben bleibt und ein Weilchen am Ruder ist, dann kriegt man graue Haare und erwirbt sich gewisse Rechte. Hier oben wurde ich respektiert. Ich wurde gefürchtet. Da unten war ich wieder ein junger Spund, umgeben von alten Männern mit künstlichen Darmausgängen und alten Ladys, die darauf aus sind, daß sie noch mal jemand aufs Kreuz legt. Hier oben hab ich Studentinnen gekriegt, und da unten krieg ich bloß Weiber, die zehn Jahre älter sind als ich, nichts als Knochensäcke, die von Tumoren zusammengehalten werden, und die glotzen mich an, als wäre ich ein Rehsteak. Sie gehen am Stock und sind scharf wie eine Rasierklinge, und sie wollen für mich kochen. Pasta? Sauce Bolognese? Gute italienische Blutwurst? Scheiße, nein. Kreplach und Kischke und Brust. Haben Sie jemals was gegessen, was *gefilte fisch* heißt?«

»Klar«, sagte ich.

»Was soll dieses fischige Gelee, das auf dem Teller schwabbelt? Was immer es ist, es ist keine Blutwurst. Ich hasse es da unten. Das ist wirklich die Hölle, heiß und drückend, und die Sünder tragen limonengrüne Jacketts und weiße Gürtel und essen jeden Abend um vier Uhr Pompano und spielen Canasta und reden über Hurrikans und wetten auf Hunde. ›Willkommen in Florida‹, steht auf dem Schild, aber da müßte eigentlich stehen: ›Ihr, die ihr hier einfliegt, laßt alle Hoffnung fahren.‹ Wieso zum Teufel hat Raffaello angenommen, er könnte mich da unten zum Schwitzen und Sterben hinschicken?«

»Also sind Sie deshalb zurückgekommen?« fragte ich.

»Ganz recht«, sagte Calvi. »Deshalb und wegen dem Geld. Wollen Sie bestimmt keine Zigarre?«

Ich schüttelte den Kopf.

»Ich hab nie begriffen, warum einer 'nen Fünfer für 'ne Zigarre springen läßt, wo er doch schon für fünfunddreißig Cents was Ordentliches rauchen kann.«

»Wie recht Sie haben«, sagte ich.

»Bin gleich wieder da«, sagte Calvi und legte die Zigarre so auf die Tischkante, daß das Ende mit der Asche über den Rand hing. Er stand auf und zog seine Hose hoch. »Muß mal abprotzen.«

Er stakste durch das Durcheinander im Wohnzimmer und ging ins Bad. Die Katze folgte ihm und schlüpfte zwischen seinen Beinen durch, als Calvi gerade die Tür hinter sich schloß. In dem Moment, in dem wir sein erstes lautes Stöhnen hörten, läutete die Türglocke meiner Wohnung.

»Das müssen sie sein«, sagte Cressi. »Kann ich einfach auf den Türöffner drücken?«

»Nein«, sagte ich. »Sie müssen die Treppe runtergehen und die Flurtür aufmachen.«

»In was für einem Scheißloch hausen Sie eigentlich, Vic?« sagte Cressi, während er aufstand, sich den langen Lauf seiner Waffe in den Hosenbund schob und seine Jacke zuknöpfte, um die Ausbuchtung zu verbergen, allerdings ohne großen Erfolg. »Und dabei sind Sie Anwalt und alles. Erwarten Sie jemanden?«

»Ich glaube nicht«, sagte ich, obwohl ich mich fragte, ob

vielleicht Morris oder Beth gekommen waren, um nach mir zu sehen.

»Wollen wir's hoffen, denn das würde ihm nicht gut bekommen«, sagte Cressi, ging um den Tisch herum und auf die Tür zu, wobei die Waffe in seiner Hose seinen Gang in eine Art Watscheln verwandelte. Er blieb einen Augenblick stehen und drehte sich zu uns um.

»Keiner rührt sich vom Fleck, sonst werd ich verdammt stinksauer.«

Dann drehte er sich wieder um und verschwand um die Ecke des Wohnzimmers.

## 50

»Was zum Teufel geht hier eigentlich vor?« fragte Caroline hektisch, sobald wir allein waren.

Ich wandte mich zu ihr, legte ihr einen Finger auf den Mund und flüsterte: »Du bist wegen meiner Verbindungen zur Mafia zu mir gekommen. Also, es ist ein Kampf um die Spitze der Organisation im Gange, und irgendwie stecke ich mittendrin.«

»Wer sind die?« fragte sie, nun ebenfalls flüsternd. »Diese beiden Männer?«

»Das sind die Männer, die deine Schwester und deinen Bruder umgebracht habe.«

»O Gott, o Gott, o Gott. Ich habe Angst. Laß uns verschwinden, bitte.«

Ich streckte die Hand nach ihr aus und streichelte ihr Haar. »Pssst. Ich habe auch Angst«, sagte ich, »aber es wird schon alles gut werden. Ich habe für ein paar Dinge gesorgt.«

»Die haben gewußt, wer ich bin. Was wollen die von mir?«

»Ich weiß nicht«, sagte ich, aber das stimmte nicht, denn ich war ziemlich sicher, sie wollten von ihr, daß sie starb.

»Warum wollte er das Zeug aus der Kiste meiner Großmutter haben?«

»Ich weiß nicht, außer daß die Kiste am Ende vielleicht gar nicht deiner Großmutter gehört hat.«

»Ich habe über das nachgedacht, was du im Auto gesagt hast.«

»Das ist gut, Caroline, aber wir haben im Moment ein viel näherliegenderes Problem. Wir müssen dich hier wegschaffen.«

»Ich weiß, daß ich was ändern muß, aber das ist schwerer, als du denkst. Man ordnet seine Lebensgeschichte nicht neu an, wie man seine Schränke aufräumt. Man braucht etwas, um das herum man sie neu anordnen kann. Und was habe ich anderes als die Schrecken unserer Vergangenheit?«

Ich nahm ihr Gesicht in beide Hände, sah sie an und erkannte an ihrem Gesicht, wie sie mit sich kämpfte, aber in dem Augenblick hörten wir die Toilettenspülung, und der Kampf wich blanker, nackter Angst. Ich sprang vom Stuhl auf und ging zu einer Küchenschublade. Als ich sie öffnete, klirrte Stahl; ich nahm ein kleines Küchenmesser heraus. Während ich die Schublade wieder zuschob, steckte ich das Messer mit der Spitze nach unten in meine Hosentasche. Dann kehrte ich an den Tisch zurück, legte Caroline einen Arm um die Schulter und beugte mich über sie.

»Du bekommst eine Chance abzuhauen«, flüsterte ich. »Irgendwann. Halt die Augen offen. Bleib wachsam. Ich gebe dir das Zeichen. Wenn ich es tue, dann rennst du, verstanden?«

Mit Panik in den Augen starrte sie mich an. Wasser lief ins Waschbecken, als Calvi sich die Hände wusch.

»Verstanden?« fragte ich nochmals.

Sie nickte.

»Jetzt versuch zu lächeln und sei tapfer.«

Ich ließ sie los und setzte mich auf die Tischplatte. Ich saß ganz lässig, einen Arm über die Hosentasche gestreckt, um den Umriß des Messers zu verbergen, als Calvi aus dem Badezimmer kam und seine Hände schüttelte. Die Katze lief vor ihm her und sprang auf ein Kissen. Calvi sah sich argwöhnisch um. »Wo ist Peter?«

»Es hat an der Haustür geläutet«, sagte ich. »Er ist hingegangen.«

Calvi kehrte an den Tisch zurück, setzte sich auf seinen Stuhl, nahm seine Zigarre von der Tischkante und zog daran. »Gut«, sagte er. »Sie sind da.«

Cressi kam zurück. Er trieb weder Morris noch Beth mit der Waffe vor sich her, wie ich befürchtet hatte, sondern erschien mit drei Männern, die anscheinend Verbündete waren. Zwei hatte ich nie zuvor gesehen, sie trugen dunkle Hosen, die sich auf den Fußknöcheln bauschten, und Seidenhemden. Sie hatten scharf geschnittene, hübsche Gesichter und pomadisierte Haare. Den dritten allerdings erkannte ich mit Sicherheit. Das lange Gesicht, die großen Ohren, die schadhaften Zähne, die dicken Brillengläser und den flachen Hut. Es war Anton Schmidt, der menschliche Computer, der Jimmy Vigs' Buchhaltung im Kopf hatte.

Anton Schmidt, die Hände in den Taschen und mit leicht geöffnetem Mund, so daß man seine schlechten Zähne sah, blieb wie angewurzelt stehen, als er mich erkannte. »Ich wußte nicht, daß Sie mit von der Partie sind, Victor.«

»Sieht so aus, als wäre alles anders geworden«, sagte ich.

»Nicht alles«, sagte Anton. »Die gleichen Regeln, bloß ein anderer Gegner.«

»Wie läuft's mit dem Schachspielen?«

»Ich lerne täglich dazu.«

»Gut. Dann steigen vielleicht Ihre Punkte«, sagte ich.

Anton Schmidt war also jetzt bei Calvi. Vielleicht war er das die ganze Zeit schon gewesen. Von allen Menschen in diesem Zimmer, mich selbst eingeschlossen, war Anton, der Schachmeister, bei weitem der intelligenteste. Calvi war stärker, als ich gedacht hatte, wenn Anton für ihn die Planung übernahm. Vielleicht tat Raffaello gut daran, Platz zu machen.

»Alles bereit, Schmidty?« fragte Calvi.

»Sie sind alle da und warten auf Befehle. Ich habe die Kubaner über die Brücke geschickt, wo der Bus keine Aufmerksamkeit erregt. Sie sind in einer Imbißstube in New Jersey.«

»In Jersey gibt's gute Imbißstuben«, sagte Cressi. »Sag ihnen, sie sollen die Snapper-Suppe probieren.«

»In ein paar Minuten wissen wir es«, sagte Calvi.

Schmidt beugte sich vor und sprach ein paar Worte auf spanisch zu den beiden Männern, die grimmig nickten und mit ein paar besorgt klingenden Bemerkungen reagierten. Schmidt beantwortete ihre Fragen und wandte sich dann an Calvi.

»Also los, machen wir's«, sagte Calvi.

Ich hatte zwei Telefone in der Wohnung, ein tragbares im Schlafzimmer und eines neben der Couch, dessen Schnur lang genug war, um bis an den Tisch zu reichen. Ich saß auf der Tischplatte, und das Schnurtelefon, dessen Leitung sich von der Anschlußbuchse her spannte, stand neben mir. Schmidt setzte sich neben mich, und neben Schmidt saß Calvi mit dem tragbaren Apparat. Cressi saß uns gegenüber. Er hatte die Waffe aus der Hose gezogen und hielt sie wieder in der Hand. Caroline wurde ins Schlafzimmer geschickt, und einer der beiden Kubaner bewachte die Tür. Bevor sie die Tür schloß, folgte Sam, der Kater, ihr ins Schlafzimmer. Wir hörten einen Schrei.

»Sie hat was gegen Katzen«, sagte ich.

»Machen Sie den Scheiß-Anruf«, sagte Calvi.

Ich wählte die Nummer, die ich nach der Nachricht von Reverend Custer auswendig gelernt hatte.

»Hier ist Victor Carl«, sagte ich, als sich jemand meldete. »Lassen Sie mich mit ihm reden.«

»Mit wem?« sagte die Stimme am anderen Ende.

»Halten Sie den Mund und holen Sie ihn an den Apparat, oder ich reiße Ihnen den Kopf ab.«

Cressi lächelte breit. Calvi und Schmidt blieben ausdruckslos. Nach ein paar Augenblicken Totenstille hörte ich seine Stimme.

»Hallo, Victor«, sagte Raffaello. »Was haben Sie gehört?«

»Man ist wegen eines Treffens an mich herangetreten«, sagte ich gepreßt.

»Wer? Sagen Sie mir, wer.«

Ich schaute zu Calvi hinüber, der am schnurlosen Hörer mithörte. Er nickte.

»Walter Calvi«, sagte ich.

»Dieser Mistkerl, dieser Scheiße rauchende Mistkerl. Ist Cressi bei ihm, wie wir gedacht hatten?«

Calvi nickte.

»Ja«, sagte ich.

»Wer noch, Victor? Sagen Sie mir, wer noch.«

Calvi schüttelte den Kopf.

Ich sah Anton Schmidt an und sagte: »Ich weiß nicht, wer noch. Das sind alle, die ich gesehen habe.«

»Verdammt, dieser Mistkerl. Wie stark sind sie, Victor? Sagen Sie es mir.«

Calvi nickte. Ich sah die Kubaner an und dachte an den Bus in New Jersey. »Stark«, sagte ich. »Sie sind bereit für einen Krieg.«

Raffaello seufzte ins Telefon. »Haben Sie ihnen mein Angebot unterbreitet?«

»Ja.«

Calvi sah mich an und sagte lautlos: »Ich will die volle Kontrolle.«

»Sie haben Ihrem Vorschlag zugestimmt, sofern Sie ihnen die volle Kontrolle überlassen«, sagte ich.

»Natürlich. Darum dreht es sich doch.«

Calvis Lippenbewegungen sagten noch etwas. »Und Sie müssen die Stadt verlassen«, sagte ich.

»Ich verstehe. Aber er stimmt zu, keine Vergeltungsschläge, kein Krieg, und er garantiert meine Sicherheit und die meiner Tochter?«

»Absolut«, sagte ich.

»In Ordnung. Wann soll das Treffen stattfinden?«

Ich legte die Hand über die Sprechmuschel, während Calvi sich mit Schmidt beriet. »Morgen früh«, sagte Schmidt. »Um halb sechs.«

Ich gab die Botschaft weiter.

»Gut«, sagte Raffaello. »Das ist gut. Wir treffen uns im Tosca's.«

Calvi schüttelte den Kopf. »Das alte RCA-Gebäude in Camden«, sagte Schmidt mir ins Ohr. Ich wiederholte es in den Hörer.

»Ich bin zu alt, um nach Camden zu gehen«, sagte Raffaello. »Nein, es muß auf dieser Seite des Flusses sein. Packer Avenue Marine Terminal, Südeingang.«

Anton Schmidt schüttelte den Kopf und flüsterte mir ins Ohr. »The Naval Shipyard«, sagte ich. »Pier vier.«

»Das ist interessant«, sagte Raffaello. »Gutes neutrales Terrain, diese Werft. Aber wie kommen wir rein? Sie wird bewacht.«

»Das Tor an der Penrose Avenue wird offen und unbewacht sein«, sagte Schmidt.

»Dieser Calvi ist ein rattenfickender Mistkerl«, sagte Raffaello, nachdem er gehört hatte, was ich wiederholte, »aber er ist wenigstens keiner von diesen Jungtürken, die keinen Respekt vor den Traditionen haben. Bei Calvi kann ich mich darauf verlassen, daß er sein Wort hält. Also sagen Sie ihm, morgen früh um halb sechs am Naval Shipyard, Pier vier, ist akzeptabel. Sagen Sie ihm, daß ich am Nachmittag die Stadt verlasse. Sagen Sie ihm, daß nach all diesen Jahren die Trophäe endlich ihm gehört.«

»Also«, sagte Calvi, nachdem Raffaello aufgelegt hatte, »es ist genauso, wie Sie gesagt hatten, Vic. Wir werden alle so viel Geld verdienen, daß es Ihnen die Tränen in die Augen treibt.« Er wandte sich an Schmidt. »Ist das der Ort, den wir wollten?«

Schmidt nickte. »Geben Sie mir ein Blatt Papier.«

Ich gab ihm einen gelben Notizblock, und Schmidt skizzierte rasch einen Pier, der vor einer geraden Uferlinie lag.

»Das ist Pier vier«, sagte Anton Schmidt. »Er geht hinaus in den Delaware River. Auf beiden Seiten ist je ein altes Schiff der Navy vertäut, eingemottet für späteren Gebrauch. Zwischen den beiden Schiffen steht ein riesiger Kran. Wir postieren unsere Männer hier, hier und hier.« Er malte X-Zeichen auf beide Seiten des Piers, wo die Schiffe lagen, und ein X in die Mitte des Piers, wo der Kran stand. »Wenn wir das Treffen so arrangieren, treten Sie Raffaello da gegenüber«, sagte er und malte zwischen Kran und Ufer zwei Kreise auf den Pier. »So sind Sie während der ganzen Unterhaltung beide gedeckt.«

»Wer wird bei den Kubanern sein?« fragte Calvi.

»Domino und Sollie Wags werden an Deck dieses Schiffes hier sein, Termini und Tony T auf dem Schiff dort, und auf dem Kran wird Johnny Roses sitzen und alle im Auge behalten.« Das waren Namen kleinerer Mafiosi, allgemein als die bösartigsten und ungeduldigsten der Jungtürken bekannt, die anscheinend zu Calvi übergelaufen waren, um schneller aufzusteigen. »Wenn unsere Leute so aufgestellt werden, dominieren wir das Zentrum.«

»Das ist gut. Ich will keine Schwierigkeiten, bis ich habe, weswegen ich gekommen bin.«

»Raffaello ist ein Mann, der sein Wort hält«, sagte ich. »Es wird keine Schwierigkeiten geben.«

Calvi sah mich an, nahm einen tiefen Zug aus seiner Zigarre und blies mir eine Rauchwolke ins Gesicht. Ich bekam einen krampfhaften Hustenanfall. »Da haben Sie verdammt recht, Vic«, sagte er. »Es wird keine Schwierigkeiten geben.«

»Das Kreuzfeuer hier«, sagte Anton, »könnte eine ganze Division vernichten.«

»Es wird keinerlei Schwierigkeiten geben«, sagte Calvi. »Wir brauchen noch ein Signal, damit alle im selben Moment an Bord sind. Was heißt ›jetzt‹ auf spanisch?«

»*Ahora*«, sagte Anton und rollte dabei das »r« wie ein gebürtiger Kubaner.

»*A-hur-a*«, sagte Calvi. »Gut. Das ist das Signal. *A-hur-a*. Wenn ich *a-hur-a* sage, will ich, daß die Hölle losbricht.«

Schmidt wandte sich an die Kubaner und gab ihnen auf spanisch Instruktionen. Das einzige Wort, das ich verstand, war *ahora*, mehrmals, *ahora* von Schmidt und dann von den Kubanern mit einem Lächeln wiederholt.

»Ich rufe über mein Handy Johnny Roses an«, sagte Schmidt, »und regle alles. Sie werden in einer Stunde an Ort und Stelle sein.«

»Gute Arbeit, Anton«, sagte Calvi. »Wir werden zusammen Großes leisten. Sie werden mein Mann in Atlantic City sein. Zusammen werden wir über den Boardwalk herrschen.«

Schmidt nickte, und auf seinen geschürzten Lippen zeichnete sich ein kleines Lächeln ab. Dann ging er mit seinem Handy in eine Ecke.

»Was ist mit dem Mädchen?«

»Vergessen Sie das Mädchen«, sagte Calvi. »Wir kümmern uns um sie. Sie bleibt hier, während wir warten, was könnte sicherer sein?«

Ja, in der Tat. Ich stand auf und entfernte mich vom Tisch.

»Wo gehen Sie hin?« fragte Cressi.

»Aufs Klo, haben Sie was dagegen?«

»Na, dann machen Sie schnell, ich muß auch eine Ladung loswerden.«

Ich ging durch den Wohnraum, von den dunklen Augen der Kubaner verfolgt, und betrat das Badezimmer. Sobald ich die Tür hinter mir zugezogen hatte, schloß ich ab und ließ mich auf den Sitz der Toilette fallen und zitterte ein Weilchen. Dann ging ich zum Waschbecken, ließ kaltes Wasser laufen, wusch mir das Gesicht und ließ es einen Augenblick abtropfen, bevor ich es abtrocknete. Ich nahm das Handtuch, das ich gerade benutzt hatte, und breitete es vor dem Spalt unter der Tür aus. Das Badezimmer hatte ein Fenster; einen Moment dachte ich daran, hinauszuklettern und zu springen, aber das Fenster war klein und lag im zweiten Stock, und Caroline war noch immer mit Sam, dem Kater, in meinem Schlafzimmer eingesperrt. Statt also aus dem Fenster zu steigen, griff ich nach dem Lichtschalter, schaltete das Licht aus und dann dreimal schnell hintereinander wieder an, dann dreimal länger, dann wieder dreimal kurz. Beim letzten Mal hörte ich ein Hämmern an der Tür, das mich zu Tode erschreckte.

»Verdammt, kommen Sie da raus«, schrie Cressi durch die Tür.
»Was ist los?« schrie ich zurück.
»Ich hab Ihnen doch gesagt, ich muß mal.«
»Moment noch. Ich sitze noch drauf.«
Es war gut, daß ich da schon im Badezimmer war.

## 51

Der Philadelphia Naval Shipyard liegt rostig und verlassen am Südende Philadelphias, eine flache Landzunge, die wie eine Kralle in den Zusammenfluß von Schuylkill und Delaware reicht. Ringsum blasen Raffinerien ihre Flammen zum Himmel wie Scheiterhaufen zur Leichenverbrennung und erfüllen die Luft mit dickem, fauligem Schwefelgeruch. Früher marschierten jeden Tag dreißigtausend heldenhafte Arbeiter mit Schutzhelmen, Henkelmännern und munteren Flüchen zur Werft, bevor die Regierung sie schloß, die Arbeit nach Charleston oder Norfolk oder Puget Sound verlegte und die Arbeiter in die Arbeitslosigkeit schickte. Jetzt sind die Brennöfen kalt und die Maschinenhallen still und die Trockendocks leer bis auf die Tauben, die ihre Spuren wie fliegende Jackson Pollocks auf den breiten, flachen Docks hinterlassen, an denen einst die stolzesten Schiffe der Flotte lagen: die Arizona, die Missouri, die Tennessee. Die Werft atmete ein letztes Mal auf, als ein deutscher Schiffbauer dort eine Niederlassung gründen wollte, aber der Gouverneur stellte sich ungeschickt an, und der Deutsche nahm seine Spielsachen und ging. Jetzt ist die Werft dem Rost überlassen.

Wir saßen in einem schwarzen Lincoln und fuhren auf der Penrose Avenue in südlicher Richtung auf die Brücke zu, die uns zum Flughafen bringen würde, aber statt gerade über die Brücke zu fahren, bogen wir nach links auf eine verlassene vierspurige Straße ab, an der ich hundertmal vorbeigefahren war, ohne zu wissen, wohin sie führte. Nun, jetzt wußte ich es; sie führte zum Hintereingang des Naval Shipyard. Ich saß vorn in der Mitte des Lincoln; Cressi fuhr, Calvi saß auf meiner anderen Seite. Hinten waren Anton und Caroline zwischen den beiden Kubanern an den Fenstern eingezwängt. Ich hatte gehofft, Caroline würde eine Chance bekommen, sich davonzumachen, als wir am frühen Morgen meine Wohnung verließen, aber Cressi, die Kanone wieder in der Hose, flatterte so beschützend um sie herum, als wäre sie seine Schwester auf einer Studentenparty; also war Caroline noch immer bei uns, als wir das Auto erreichten. Cressi warf sie förmlich auf den Rücksitz und postierte die Kubaner als Wachen rechts und links neben sie.

Wir näherten uns dem Tor. Es war unbewacht und scheinbar fest verschlossen. Ein Schild warnte vor unbefugtem Eintreten und verkündete die anwendbaren Strafmaßnahmen des International Security Act. Ein weiteres Schild warnte, das Gelände werde von Wachhunden der Armee geschützt. Cressi hielt den Wagen direkt vor dem Tor an, und Calvi stieg aus. Er ging zur Kette, die es versperrte, und riß daran. Mit leisem Klirren löste sie sich. Calvi schob das Tor auf, und Cressi fuhr durch. Während Calvi das Tor hinter uns schloß und wieder den Wagen bestieg, schaute ich aus dem Fenster und sah die Wegweiser zu dem nun stillgelegten Arrestlokal der Navy. Langsam fuhren wir durch die verlassenen Straßen der Werft, vorbei an leeren Werkhallen, unbenutzten Lagerhäusern, trostlosen Baracken. Keiner von uns sprach unterwegs ein Wort. Was immer in der Werft noch zu tun war, die Tagesarbeit hatte noch nicht begonnen, und wer auch immer mit den Wachhunden Patrouille gehen sollte, hatte Besseres zu tun. Wir kamen an einem Sattelschlepper vorbei, der mit leerem Anhänger am Straßenrand geparkt war; wir passierten vier Müllwagen, die mit unbesetztem Fahrerhaus hintereinander standen. Wir fuhren durch eine Unterführung unter der dröhnenden Interstate 95 und dann über eine Brücke mit riesigen grünen Türmen, die diese vertikal aufziehen und so ankommende Schiffe durchlassen konnten. Als wir über die Brücke glitten, konnten wir links die Docks sehen, wo Dutzende von eingemotteten, grau gestrichenen Schiffen lagen, Fregatten und Kreuzer und Versorgungsschiffe und Tanker, eine ganze Flotte. Ich fühlte mich so sehr als Eindringling wie ein sowjetischer Spion im kalten Krieg.

Wir fuhren geradeaus, bis wir ein riesiges, verlassenes Trockendock erreichten, umgeben von grünen und gelben mobilen Kränen, und bogen nach links ab, vorbei an einem leeren Parkplatz und verrammelten Lagerhäusern. Überall durchzogen Schienen die Straßen. Unterwegs schaute ich nach rechts und sah verblüfft zwei Schlachtschiffe, riesig und leer, deren Sechzehn-Zoll-Kanonen waagerecht standen. Ich konnte den Namen des nächstliegenden erkennen: *Wisconsin*. Dann wieder Lagerhäuser und ein weiteres Trockendock, dessen Seiten über dem rostroten Boden nicht vertikal waren, sondern gestuft. Am Rand dieses Trockendocks bogen wir rechts ab, und der Wagen blieb vor einem niedrigen, langgestreckten Gebäude stehen. Wir warteten. Im Delaware River direkt vor uns lagen zwei Frachtschiffe der Marine, deren scharfkantiger Bug genau auf unseren Wagen zeigte. Ich wußte nicht, worauf wir warteten, aber ich wußte, daß es besser war, nicht zu fragen. Die Windschutzscheibe beschlug von unserem Atem. Wir saßen schweigend da, bis das Handy in Schmidtys Jackentasche piepste. Er klappte es auf, lauschte einen Moment und klappte es wieder zu.

»Alles an Ort und Stelle«, sagte er.

»Zeit, die Trophäe abzuholen«, sagte Calvi.

Vier Autotüren wurden geöffnet, und wir stiegen aus dem Lincoln. Cressi nahm seine riesige Kanone aus dem Gürtel, öffnete mit einer knappen Bewegung des Handgelenks die Trommel und schloß sie wieder. Anton zog eine kleine Pistole aus dem Stiefel und legte ein Magazin ein. Die beiden Kubaner förderten Maschinenpistolen zutage, die sie unter den Hosen um die Beine geschnallt hatten, und machten sie schußbereit. Sie nahmen zwei lange Munitionsstreifen aus den Taschen und schoben jeweils einen in die Waffen und den zweiten in den Gürtel. Calvi griff ins Handschuhfach seines Wagens und nahm einen Revolver heraus, den er aufmerksam musterte, ehe er ihn in die Tasche seines langen schwarzen Regenmantels schob. Das Geräusch von klickendem, geöltem Metall umgab uns wie ein Wespenschwarm.

»Bekomme ich nichts?« fragte ich.

»Haben Sie jemals geschossen, Vic?« fragte Calvi.

»Nein«, sagte ich.

Cressi kicherte.

»Dann vergessen Sie's«, sagte Calvi. »Ich will nicht, daß Sie mir in den Fuß schießen. Das Mädchen soll sich wieder in den Wagen setzen, und ich will, daß einer der Kubaner bei ihr bleibt. Sie soll den Wagen unter keinen Umständen verlassen, ist das klar?«

Caroline sah mich in panischer Angst an, und ich versuchte, sie mit einer leichten Handbewegung zu beruhigen. Anton gab auf spanisch Anweisungen, und einer der Kubaner trat zu Caroline und stieß sie in den Wagen zurück.

»Was haben Sie mit dem Mädchen vor?« fragte ich.

»Wir kümmern uns um sie«, sagte Calvi, schlug die Wagentür zu und zuckte mit den Schultern.

»Vielleicht sollte besser ich auf sie aufpassen«, schlug ich vor.

Cressi starrte mich einen langen Moment an. »Nun machen Sie mal nicht schlapp, Vic. Sie sind im Kommen. Wird Zeit, daß Sie sich Ihren Platz in der neuen Ordnung verdienen. Kapiert?«

Ich nickte kleinlaut.

»Gut«, sagte Calvi. »Ob Sie am Ende noch stehen und wo, liegt bei Ihnen. Verstanden?« Er wandte sich den anderen zu. »Seid ihr bereit, Jungs?«

Nicken und geöltes Klicken.

»Dann bringen wir's hinter uns.«

Wir traten auf die Straße und bildeten zu fünft eine Reihe, bevor wir auf die Frachtschiffe zugingen. Außen Anton Schmidt mit seiner dicken Brille und seinem tief ins Gesicht gezogenen flachen Hut, dann Walter Calvi mit seinem Stoppelhaar und dem langen schwarzen Mantel, dann ich, der unkontrollierbar zitterte, dann Peter Cressi, dessen Elvis-ähnliche Züge angespannt und dessen Blick tödlich waren, dann mit unbewegter Miene der Kubaner, der seine Maschinenpistole vor sich her trug wie ein schlagbereites Tennisracket. Wir gingen Seite an Seite.

»Was passiert mit dem Mädchen?« fragte ich Calvi im Gehen.

»Vergessen Sie das Mädchen, um die kümmern wir uns.«

»Es ist vorbei. Sie brauchen sie nicht mehr umzubringen.«

»Wie dämlich sind Sie eigentlich?« sagte Calvi, als wir den Fluß fast erreicht hatten. »Ich habe gesagt, daß wir uns um sie kümmern, nicht, daß wir sie umbringen. Ihr Vater bezahlt uns dafür, daß wir sie beschützen, und genau das tun wir, verdammt noch mal.«

Ich hatte keine Zeit, auf diese Enthüllung zu antworten, bevor wir den Kai erreichten und uns nach links wandten, so daß wir nun alle fünf nebeneinander auf Pier vier zugingen. Ich schaute zur Seite und sah den Lincoln, sah den Kubaner an der Motorhaube lehnen und uns nachblicken, sah Carolines Silhouette im Wagen, sah noch einmal all das, bevor die Mauer eines Lagerhauses den Blick versperrte. Ich drehte den Kopf, und jeder Gedanke an Kingsley Shaw und seinen Pakt mit Calvi erstarb, als ich sah, was vor uns lag.

Flugzeugträger. Zwei Stück. Unvorstellbar groß und imposant. Flugzeugträger. Große, graue Festungen, die schwer und still im Wasser lagen, die Flugdecks hoch über dem Pier zwischen ihnen. Flugzeugträger. Großer Gott. Als Anton Schmidt zwei alte Schiffe auf beiden Seiten des Piers erwähnt hatte, hatte ich mir zwei graue Spielzeugschiffchen vorgestellt, keine Flugzeugträger. Sie wurden immer riesiger, als wir uns dem Pier näherten, und ich konnte die Namen auf dem grauen Anstrich erkennen. *Forrestal* stand auf dem uns näheren; sein spitzer Bug und das flache Deck zeigten in Richtung Ufer. Das Schiff auf der anderen Seite des Piers, dessen Bug auf die Flußmitte wies, war die *Saratoga*. Ich glaubte mich zu erinnern, daß der Superflugzeugträger *Forrestal* vor der Küste von Nordvietnam in Brand geraten war, wobei hundert Matrosen umkamen, und nun lag er hier. *Forrestal* und *Saratoga.* Ich starrte noch immer mit offenem Mund, als wir erneut abbogen, diesmal nach rechts, und in einer Reihe auf den eigentlichen Pier vier marschierten.

Die zwei Flugzeugträger ragten rechts und links von uns in die Höhe; ihre Flugdecks lagen höher als die Oberfläche des Piers, und zwischen ihnen stand der massive Hammerkran, doppelt so hoch wie die Radartürme der Flugzeugträger. Der Kran erhob sich dazwischen wie ein Wachtposten, verrostet und verfallen, mehr als zwölf Stockwerke hoch, mit einem riesigen, rot-weißen Trailer ganz oben. Vor dem Kran war ein weißer Cadillac geparkt, mit der Seite zu uns. Und direkt vor dem Wagen standen im Schatten der riesigen Schiffe vier Männer in einer Reihe und warteten.

Wir gingen weiter den Pier hinunter auf die vier Männer und den Cadillac zu. Ich schaute zu den Decks der Flugzeugträger auf beiden Seiten des Piers hoch. Nichts war darauf zu sehen. Anton Schmidts Hinterhalt war gut gelegt. Als wir näher kamen, konnte ich die vier Gestalten vor uns erkennen. Enrico Raffaello stand vor der Wagenmitte, ein schwarzes Cape um die Schultern seines braunen Anzugs gelegt. Mit der linken Hand stützte er sich auf einen Gehstock, in der rechten hielt er eine schwarze Ledertasche. Auf seiner einen Seite stand Lenny Abromovitz, Raffaellos Chauffeur, prachtvoll anzusehen in gelben Hosen und grünkarierter Jacke. Auf der anderen Seite von Raffaello stand in schwarzem Anzug, hoch aufgerichtet und völlig unbefangen, Earl Dante. Neben ihm stand sein Leibwächter, der Gewichtheber.

Als wir noch fünfzehn Meter von Raffaello entfernt waren, wies Anton Schmidt uns an, wir sollten stehenbleiben, und das taten wir. Wir starrten sie an, sie starrten uns an, und irgend etwas Häßliches lag zwischen uns in der Luft.

»*Buon giorno, Gualtieri*«, sagte Raffaello mit einer Stimme, die von den grauen Metallrümpfen der Schiffe widerhallte. »Es macht mich traurig, daß du derjenige bist, der mich verraten hat, alter Freund.«

»Du hättest mich nicht nach Florida schicken sollen«, sagte Calvi.

»Ich dachte, der Ozean würde dir gefallen«, sagte Raffaello. »Ich dachte, die salzige Luft würde deine Wut lindern.«

»Es ist heiß. Wie die Hölle, bloß noch heißer. Und weißt du, wann sie da unten zu Abend essen? Ach, vergiß es. Wenn ich einmal anfange, von Florida zu reden ... Ist sie da in der Tasche?«

»Wie ich versprochen habe.«

»Ich werde sie achten und in Ehren halten. Du sollst wissen, Enrico, daß ich nichts als Respekt vor dir empfinde.«

»Ist das der Grund, warum du auf dem Schuylkill Expressway meinen Wagen beschossen und einen Krieg gegen mich angefangen hast?«

»Das war geschäftlich, Enrico, rein geschäftlich. Nicht mehr. Nichts Persönliches.«

Raffaello starrte ihn einen Augenblick an, auf seinen Stock gestützt, und zuckte dann mit den Schultern. »Natürlich. Ich verstehe.«

»Ich wußte, daß du es verstehen würdest«, sagte Calvi. »Du bist ein Mann von Ehre. Lenny, Ihre Leistung mit dem Wagen nach dem Vorfall auf dem Expressway war musterhaft. Es wäre ein Privileg für mich, Sie als Fahrer zu haben.«

»Danke, Mr. Calvi«, sagte Lenny mit seiner belegten, nasalen Stimme, »aber ich habe Enkelinnen, die in Kalifornien leben, nicht weit von Santa Anita. Wenn Sie gestatten, werde ich mich auch aufs Altenteil zurückziehen, genau wie Mr. Raffaello.«

»Wie Sie wünschen«, sagte Calvi. »Hol die Tasche, Anton.«

Anton, die Hände in den Taschen seiner langen schwarzen Lederjacke, ging langsam auf Raffaello zu. Als er näher kam, trat der Gewichtheber mit geblähten Nüstern einen Schritt vor. Dante legte ihm beschwichtigend eine Hand auf den Arm, und er trat wieder zurück. Anton blieb vor Raffaello stehen und starrte ihn einen Moment an. Dann senkte er verlegen den Blick. Anton griff nach der schwarzen Ledertasche in Raffaellos Hand. Raffaello reckte das Kinn vor und schüttelte den Kopf, ließ aber die Tasche los. Anton Schmidt, die Tasche in der Hand, ging einige Schritte rückwärts, bevor er sich umdrehte. Er trug die Tasche zu Calvi. Ohne hineinzusehen, öffnete Anton die Tasche.

Calvi prüfte einen Augenblick den Inhalt, bevor er hineingriff und etwas herausnahm, das zuerst wie eine kleine, vielleicht zwei Fuß große metallene Skulptur aussah. Das Metall war verschrammt und schartig, aber offenbar gesäubert und poliert worden, so daß es hell in der Morgensonne glänzte. Der dunkle Holzsockel trug eine große Messingschale, auf der die Gestalt eines Mannes kauerte, das vordere Knie gebeugt, das hintere Bein durchgestreckt, in der rechten Hand eine glänzende Metallkugel. Eine Bowlingkugel? Erst in dem Augenblick erkannte ich, daß es sich um einen Bowlingpokal handelte. Calvi hielt die Trophäe hoch, untersuchte sie, als sei sie ein unbezahlbares Juwel, und sein Gesicht strahlte vor Zufriedenheit genauso wie das polierte Messing. Dann legte er die Trophäe in die Ledertasche zurück. Anton schloß sie. Die Tasche fest im Griff, stellte Anton sich wieder zu uns anderen in die Reihe.

Calvi nahm eine Zigarre aus der Innentasche seines Jacketts und ein goldenes Feuerzeug aus einer anderen Tasche. Er ließ das Feuerzeug aufflammen, zündete sich die Zigarre an, und Qualm stieg in die Luft. »Das wäre also erledigt«, sagte er.

»Ich habe ein Haus in Cape May«, sagte Raffaello. »Ich habe vor, mich dort zur Ruhe zu setzen und die letzten Jahre meines Lebens damit zuzubringen, den Ozean in allen vier Jahreszeiten zu malen.«

Calvi zog einen Moment an seiner Zigarre, bevor er sagte: »Zu nah.«

»Ich habe Verwandte in Sedona, Arizona. Auch die Wüste kann auf Leinwand prachtvoll aussehen.«

»Zu nah.«

»Ja«, sagte Raffaello und nickte wieder. »Dieses Land ist vielleicht zu klein für uns beide. Ich war nicht mehr in Sizilien, seit ich ein Junge war. Es wird Zeit, daß ich zurückkehre. Ich erinnere mich, daß das Licht dort überirdisch schön war.«

Calvi zog wieder an seiner Zigarre und blies langsam den stinkenden Rauch in die Luft. »Zu nah.«

»Dann sag du es mir, Gualtieri. Was ist mit Australien?«

»Zu nah.«

Raffaello beugte sich ein wenig in Calvis Richtung vor und zwinkerte, als betrachte er irgend etwas Seltsames. »Ja, ich verstehe. Jetzt verstehe ich alles.«

»Du hättest mich töten sollen, als du die Gelegenheit hattest, Enrico«, sagte Calvi. Er trat einen Schritt vor, hob die Arme und schrie, als wolle er den Himmel anrufen: »A-hur-a!«

Ich zuckte zusammen, weil ich erwartete, daß jetzt ein Hagel von Schüssen auf die vier Männer und den Cadillac niedergehen würde, doch es blieb totenstill.

Calvi schaute hinauf zu den Decks der Flugzeugträger, zuerst nach links, dann nach rechts. Nochmals hob er die Arme und schrie: »A-hur-a!«

Nichts.

Calvi wandte sich an Anton, der mit den Schultern zuckte. Peter Cressi neben mir trat einen Schritt zurück und schaute hoch. Der Kubaner sah sich verwirrt um.

»Jetzt, ihr Idioten!« schrie Calvi. »Jetzt!«

Ein Geräusch, ein langsames, schleifendes Geräusch ertönte vom Flugdeck der *Saratoga* zu unserer Linken, und als wir aufblickten, sahen wir jemanden, endlich, aber er stand nicht, er fiel, langsam, wie es schien, drehte sich in der Luft wie ein betrunkener Taucher, kreiselte beinahe anmutig, ehe sein Körper mit einem dumpfen, leblosen Plumps auf dem Zement des Piers landete. Gleichzeitig hörte man plötzlich Knochen brechen.

Dann ein schleifendes Geräusch von rechts, und ein Körper rollte vom Deck der *Forrestal*, rollte wie ein Kind einen Hügel hinunter, hinunter, mit wedelnden Armen, gespreizten Beinen, durchgebogenem Rücken, und dann der Plumps, gefolgt von einem zweiten, sanfteren Geräusch, als der Körper nach einem kurzen Satz in die Luft erneut aufschlug. Noch bevor dieses zweite, sanfte Geräusch uns ganz erreicht hatte, hörte man wieder ein Schleifen, und ein weiterer Körper fiel, die Füße himmelwärts gerichtet, den Kopf nach unten, bis sein Sturz vom Pier gebremst wurde, und diesmal gab es keinen zweiten Aufprall.

Von links ein weiterer Körper, von rechts noch einer, der diesmal nicht auf dem Zement landete, sondern im Wasser, und dann noch ein Sturz von dem Hammerkran hinter dem Cadillac; alle fielen leblos zu Boden, knackend, als würden Hühnerknochen gebrochen und ausgesaugt, oder landeten mit leisem Platschen im Wasser, und bald regnete es Leichen auf Pier vier, und inmitten des makabren Regens stand Raffaello, noch immer auf seinen Stock gestützt, und sagte mit sanfter Stimme, die wie der Ton eines Triangels durch die Akkorde des Todes schnitt: »Du hast recht, Gualtieri. Ich hätte dich töten sollen.«

Plötzlich ertönte ein leiser Knall von dem Hammerkran hinter dem Cadillac, und die Kehle des Kubaners explodierte blutig; er fiel auf den Zement wie ein Sack Rohrzucker. Bevor ich mich noch von dem Anblick erholen konnte, ertönte ein weiterer Schuß, und Anton Schmidt lag, alle viere von sich gestreckt, auf dem Pier neben Calvi, die schwarze Tasche noch immer fest in der bleichen Hand.

Nach den beiden Schüssen endeten die Geräusche fallender Leichen und brechender Knochen, und einen Moment herrschte Stille auf Pier vier.

Calvi schob eine Hand in die Tasche seines Regenmantels, ehe er mit den Schultern zuckte. »Die Sache auf dem Expressway war vielleicht ein bißchen viel, was, Enrico?«

»Du hättest niemals mit der Trophäe umgehen können, Gualtieri«, sagte Raffaello. »Du bist zu klein. Du bist ein Zwerg. Selbst auf einem Berggipfel wärst du immer noch ein Zwerg. Aber betrachte es doch so, du gieriger Hund. In welche Hölle wir dich auch schicken, es ist wenigstens nicht Florida.«

Bevor Calvi die Pistole aus seinem Regenmantel ziehen konnte, ertönten Schüsse von der *Saratoga* und der *Forrestal* und dem Kran, und Calvis Brust rötete sich, als wolle eine Horde bösartiger, stachelbewehrter Insekten aus der Leiche fliehen, bevor sie umfiel.

Ich hatte noch gar nicht so recht mitbekommen, was sich gleich neben mir auf dem Pier abspielte, da spürte ich auch schon, wie sich ruckartig ein Arm um meinen Hals schlang und eine Waffe an meine Schläfe gedrückt wurde. Der Arm spannte sich, und ich wurde nach hinten gerissen.

Peter Cressi, dessen Atem heiß und stoßweise in mein Ohr drang, schrie: »Wenn ihr mich umlegt, dann legt ihr auch Vic um.«

Ich war so verblüfft, daß ich einen Augenblick brauchte, bis ich merkte, daß ich keine Luft mehr bekam. Ich fing an, an dem Arm um meinen Hals zu zerren, doch er war hart wie Stahl.

»Pietro, Pietro«, sagte Raffaello kopfschüttelnd. »Sie waren nie der Hellste, Pietro.«

»Er ist Anwalt«, rief Dante. »Ein verdammter Anwalt. Glaubst du, du kannst uns drohen, indem du einen Anwalt als Geisel nimmst?«

Cressi blieb stehen. Der Griff seines Arms um meinen Hals wurde noch enger. Allmählich wurde mir schwarz vor Augen; der Lauf der Waffe löste sich von meiner Schläfe und richtete sich auf den Cadillac. Ich wehrte mich nicht mehr, sondern ließ mich schlaff hängen; gleichzeitig griff ich nach dem Küchenmesser in meiner Hosentasche. Mit einer letzten bewußten Kraftanstrengung stieß ich es, so fest ich konnte, in den Unterarm, der meinen Hals umklammerte.

Jemand schrie laut, wer, wußte ich zu dem Zeitpunkt nicht genau, und ich fiel zu Boden, tastete nach meiner Kehle und keuchte mühsam, während der Schrei anhielt. Dann ertönten zwei Schüsse und das Summen wütender Bienen über meinem Kopf. Der Schrei brach plötzlich ab. Ich hörte noch ein Plumpsen. Dann schlitterte Peter Cressis monströse Waffe frei über den Zement von Pier vier.

Auf meinen Knien, auf dem Zement, die Hände noch an der Kehle, blickte ich auf und sah Earl Dante mit seinem bösen Lächeln, der den Lauf seiner noch qualmenden Waffe direkt auf meinen Kopf richtete. Und als sei dieser Anblick noch nicht furchterregend genug, sah ich aus dem Augenwinkel einen Toten aufstehen.

## 52

Es war Anton Schmidt, der sich auf die Knie erhob, noch immer mit einer Hand die schwarze Ledertasche umklammernd. Mit der anderen tastete er auf dem Zement des Piers nach seiner Brille. Ich starrte ihn erstaunt an, wartete darauf, daß eine Kugel ihn wieder niederstreckte, als er seine Brille und seinen Hut gefunden hatte, aufstand und sich den Staub abklopfte. Als er seine dicke Brille endlich aufgesetzt hatte, schaute er sich um und sah mich auf dem Boden knien, Dantes Waffe auf mein Gesicht gerichtet. Vorsichtig wich er zurück.

»Ich habe gestern abend unter meiner Privatnummer einen Anruf bekommen«, sagte Raffaello. »Von einem Morris Sowieso.«

Ich wollte schon zu jammern anfangen, daß Calvi in meine Wohnung eingedrungen war und ich keine andere Wahl hatte, als mit ihm zu gehen, doch Raffaello brachte mich mit seinen Worten zum Schweigen.

»Sie haben einem Fremden meine Privatnummer gegeben«, sagte er leise. »Sie haben einen Fremden in unsere Geschäfte verwickelt.«

Ich drückte die Handflächen auf den Boden und stemmte mich

hoch. »Morris ist absolut vertrauenswürdig«, sagte ich. »Ich würde ihm mein Leben anvertrauen.«

»Genau das haben Sie getan«, sagte Raffaello.

Ich wäre vor Angst fast wieder zu Boden gesunken, doch da sah ich Raffaello lächeln und Dante die Waffe senken.

»Dieser Morris«, sagte Raffaello, »hat mir mitgeteilt, Sie hätten ihm signalisiert, daß dieses Treffen ein Verrat ist. Es war sehr mutig von Ihnen, dieses Signal zu geben. Aber wie Sie sehen, hatte ich die Sache schon ganz gut unter Kontrolle.« Er nickte Anton Schmidt zu. »Trotzdem ergreift mich die Loyalität, die Sie gezeigt haben, sie rührt mein Herz. Earl ist natürlich enttäuscht. Er hätte Sie so gern umgebracht.«

Dante zuckte mit den Achseln, als er seine Waffe wieder einsteckte.

»Was hier passiert ist, hat es nie gegeben«, sagte Raffaello.

»Dafür sieht es hier aber ziemlich unordentlich aus, nicht?« sagte ich und zeigte auf die Straße voller Leichen.

»Darum wird sich jemand kümmern. Sie müssen jetzt gehen. Unsere Vereinbarung ist erfüllt. Bringen Sie einfach zu Ende, was Sie zu Ende zu bringen haben, und dann werden Sie sich mit Earl treffen und regeln, was noch geregelt werden muß. Danach sind Sie uns los und sind frei. Diese Sache könnte sich herumsprechen, Victor, aber hoffen wir, daß es nicht durch Sie geschieht, sonst wäre Earl nämlich nicht länger enttäuscht.«

Er wandte sich dem Wagen zu. Er wirkte schwach, und ich sah jetzt, daß Lenny ihn am Arm stützte, als falle es Raffaello schwer, auch nur allein zu stehen. Anton Schmidt mit der schwarzen Ledertasche, Dante und der Gewichtheber gingen um den Wagen herum. Die Türen wurden geöffnet, und sie stiegen in den Cadillac, während Raffaello sich an seiner Tür noch immer abmühte. Ich hatte nicht bemerkt, wie schwer seine Verletzung nach der Schießerei auf dem Schuylkill gewesen sein mußte. Es würde nicht mehr lange dauern, bis die Trophäe auf Dante überging. Nun ja, von mir aus konnte er sie haben.

Raffaello wollte gerade einsteigen, doch da hielt er inne und drehte sich noch einmal nach mir um. »Ihr Freund, dieser Morris«, sagte er, »schien mir ein interessanter Mann zu sein. Es ist viel wert, wenn man jemanden hat, dem man so vollkommen vertraut. Vielleicht werde ich ihn eines Tages kennenlernen. Möglicherweise haben wir viel gemeinsam. Wissen Sie, ob er malt?«

»Nein, um ehrlich zu sein.«

»Fragen Sie ihn für mich«, sagte Raffaello, bevor er sich in die Polster des Wagens fallen ließ. Lenny schloß die Tür hinter ihm, stieg selbst ein und ließ den Motor an. Der Cadillac kam auf mich zu, kurvte um mich herum und verließ Pier vier in langsamer Fahrt.

Ich sah ihm nach, und dann fiel mir zum ersten Mal, seit wir Pier vier betreten hatten, Caroline wieder ein, die im Wagen saß und von dem Kubaner bewacht wurde. Ich begann zu rennen.

Ich bog am Ende des Piers nach links ab und sprintete zum Trockendock. Dort wandte ich mich nach rechts und lief daran entlang bis zu der Stelle, wo wir den Wagen zurückgelassen hatten. Auf dem Weg dahin wurde ich immer langsamer; dann blieb ich stehen und sah mich enttäuscht um.

Ich stieß eine Verwünschung aus.

Die vier Müllwagen, die ich mit leeren Fahrerhäusern am Straßenrand hatte stehen sehen, überholten mich nun und bogen am Dock nach links in Richtung Pier vier ab; sie waren jetzt besetzt, und Männer in Overalls hielten sich hinten neben den Kippvorrichtungen fest. Die Säuberung konnte beginnen, aber nicht deswegen hatte ich geflucht.

Ich hatte geflucht, weil der schwarze Lincoln, der hier hätte stehen sollen, verschwunden war.

## 53

»Pssst.«

Ich fuhr herum.

»Pssst. Victor. Hier drüben.«

Das kam aus einiger Entfernung von einem der gelbgrünen Kräne am Trockendock. Vorsichtig ging ich in diese Richtung.

»Sie ahnen ja gar nicht, wie erleichtert ich bin, Sie zu sehen, Victor.« Morris trat hinter dem Kran hervor. »So eine Schießerei habe ich seit dem Krieg nicht mehr gehört. Ich war sehr in Sorge um Sie. Was ist denn da passiert?«

»Wo ist Caroline, Morris?«

»Die habe ich natürlich im Auto gelassen. Mit Beth. Wie sollte ich wissen, was da los war, wer auf wen oder was geschossen hat?«

Als ich ihn erreicht hatte, sagte ich gar nichts mehr. Ich beugte mich zu ihm und umarmte ihn, so fest ich konnte.

»Könnten Sie mir nicht vielleicht einfach danken, statt dieser Umarmerei«, sagte Morris, den ich noch immer umklammert hielt. »Ich, wissen Sie, ich gehöre nicht zu den neuen Männern, von denen man jetzt so viel redet.«

»Sie haben mir das Leben gerettet.«

»Ja, das habe ich. Aber das ist mein Job, und wirklich, es gehörte wirklich nicht viel dazu. Ich mußte nur jemanden anrufen und dann so einem Wagen durch das Tor folgen, wirklich keine große Sache. Es war Ihre Freundin, Miss Beth, die am meisten gemacht hat. Ich hatte sie beauftragt, Ihr Apartment zu beobachten. Es wurde spät, und ich war müde und brauchte ein bißchen Pudding. Rosalie, meine Frau Rosalie, hat mir gestern abend Tapioka gekocht. Also, eigentlich müßten Sie Beth in die Arme nehmen. Und jetzt lassen Sie mich schon los, Victor, bevor ich einen Bruch kriege.«

Ich ließ ihn los und sah mich auf dem Dock um, wo die Müllwagen verschwunden waren. »Sich hier aufzuhalten ist gefährlich.«

»Da entlang«, sagte er, führte mich über eine Straße und durch eine Gasse zwischen den Lagerhäusern. »Ich habe den Wagen versteckt, so gut es ging.«

»Was ist mit dem Mann, der bei Caroline war?« fragte ich.

»Was sollte ich tun? Ich wußte nicht, was ich tun sollte, also habe ich ihn in den Kofferraum gesperrt. Ich dachte, wir würden uns später überlegen, was wir mit ihm machen sollen.«

»Aber er hatte eine Maschinenpistole.«

»Ja, nun ja, eine Maschinenpistole in der Hand ist mächtig, aber nicht so mächtig wie eine Pistole am Kopf, nicht? Also, die Maschinenpistole, die liegt jetzt im Fluß, und der Mann, der liegt im Kofferraum.«

»Dann lassen Sie uns von hier verschwinden«, sagte ich.

Der Lincoln stand auf einem kleinen Parkplatz hinter einem verlassenen Fabrikgebäude. Der Motor lief noch. Morris' verbeulter grauer Honda stand daneben. Caroline und Beth lehnten gemeinsam an der Seite des Lincoln. Als Beth mich sah, kam sie zu mir gerannt und umarmte mich, und ich umarmte sie auch.

»Alles in Ordnung?«

»Ich denke schon.«

»Was ist passiert?«

»Was passiert ist? Ich hab's überlebt. Und wir werden uns neue Kundschaft suchen müssen.«

Ich schaute zu Caroline hinüber, die noch immer am Wagen lehnte und mich ansah. Sie hatte die Arme so fest um den Oberkörper geschlungen, daß ich mich fragte, wie sie so atmen konnte.

»Wie geht es ihr?« fragte ich leise.

»Sie ist erschüttert«, sagte Beth. »Müde. Stumm.«

Ich löste mich von Beth und ging zögernd auf Caroline zu.

Sie sah mich lange an, trat dann zwei Schritte vor, legte mir die Arme um den Hals und küßte mich.

»Ist es vorbei?« fragte Caroline mit Flüsterstimme.

»Zumindest dieser Teil, ja.«

»Was jetzt?«

»Ich muß dir noch etwas zeigen, in meiner Wohnung.«

»Ich zittere noch immer.«

»Nur noch diese eine Sache.«

»Ich habe nicht geschlafen.«

»Sie ist in meiner Wohnung.«

»Tun wir doch einfach so, als ob es vorbei wäre, als ob alles vorbei wäre. Bitte, ja?«

Sie sah mich mit flehenden Augen an, aber ich schüttelte nur den Kopf. Ich sagte ihr in diesem Moment nicht, was mich am meisten bedrückte, nicht dort, mitten in der Werft, wo ein paar hundert Yards weiter die Leichen in die Müllwagen geladen wurden. Ich sagte ihr nicht, was Calvi über ihren Vater gesagt hatte, daß er Calvis Boß war, derjenige, der für Jacquelines Tod und Edwards Tod und die Wiederbeschaffung der Kiste und für ihren eigenen Schutz bezahlt hatte. Das sagte ich ihr nicht, nicht dort, noch nicht, und ich war nicht sicher, ob ich es überhaupt jemals tun würde. Ich sagte ihr nur, wir müßten uns etwas in meiner Wohnung ansehen, und sie solle in den Wagen steigen.

Morris hatte die Zündung des Lincoln kurzgeschlossen, was der Grund war, warum der Motor noch lief. Er und Beth waren uns in Morris' Honda zur Werft gefolgt, aber jetzt folgten Caroline und ich Morris und Beth nach draußen, an den Trockendocks vorbei über die Zugbrücke, die das Hafenbecken überspannte, unter der Interstate 95 durch und durch das Tor auf die Penrose Avenue. Morris fuhr nach rechts und dann wieder nach rechts auf die Pattison, und der folgten wir bis zum Spectrum, wo die Flyers gewinnen und die Sixers verlieren. Morris hielt genau davor an, und ich hielt hinter ihm an. Auf einem Schild stand »ABSCHLEPPZONE«; ich hatte nichts dagegen. Sollte der Wagen doch auf einem Polizeiparkplatz stehen, während sie herauszufinden versuchten, was mit seinem Besitzer passiert war. Ich zog die Drähte auseinander, um den Motor abzustellen, wischte das Steuerrad und die Türgriffe ab, um meine Fingerabdrücke zu beseitigen, und betätigte von innen den Hebel für den Kofferraum. Der Kubaner sprang heraus und rannte, ohne ein Wort zu sagen, davon, mit den Armen pumpend wie ein olympischer Sprinter. Raffaello hatte vielleicht andere Pläne mit ihm gehabt, aber ich arbeitete nicht mehr für Raffaello.

Sobald Caroline und ich in meiner Wohnung waren, riß ich alle Fenster auf, um zu lüften. Die Metallkiste stand noch auf dem Tisch. Als ich die Kissen wieder auf das Sofa legte, sprang Sam, Calvis schwarzer Kater, unter einer Lampe hervor. Ich hatte vergessen, daß er noch da war. Er hatte keinen Herrn und kein Zuhause mehr. Er stand zwischen Caroline und mir und musterte uns, in seiner ganzen Armut noch immer hochmütig.

»Er ist jetzt Waise«, sagte ich. »Was machen wir mit ihm?«

Caroline zündete sich eine Zigarette an, betrachtete den Kater ein Weilchen und ging dann in meine Küche, wobei sie einen weiten Bogen um das Tier machte. Ich dachte, sie würde vielleicht ein Hackmesser suchen, um den Kater zu schlachten, aber statt dessen kam sie mit einer Dose Thunfisch aus meinem Küchenschrank und einer Tüte Milch aus dem Kühlschrank zurück. Sie stellte zwei Schüsseln auf den Boden. Die Milch klumpte wie loser Hüttenkäse, als sie sie in die Schale goß, aber dem Kater schien das nichts auszumachen. Caroline trat zurück und sah zu, wie er fraß, und ich sah ihr beim Zusehen zu.

»Ich hätte nie gedacht, daß ich sehen würde, wie du nett zu einer Katze bist«, sagte ich.

»Nach dem, was wir gerade miterlebt haben, kommen mir die kleinen Monster fast harmlos vor. Fast.«

Als wir beide geduscht und frische Sachen angezogen hatten, ich Jeans und ein weißes T-Shirt, sie Leggings und eines meiner weißen Arbeitshemden – sie hatte sich auch alles Make-up vom Gesicht geschrubbt –, setzten wir uns zusammen auf die Couch und lehnten uns aneinander, als hätten wir jetzt die physische Gegenwart des anderen nötig. Ich dachte daran, wie sie die Katze gefüttert hatte, der erste Akt von Freundlichkeit, den ich je bei ihr erlebt hatte, und fragte mich, ob wir vielleicht, wenn alles vorbei war, doch vielleicht zusammenpassen könnten. Vielleicht würde, was immer zwischen uns bestand, funktionieren. Wir waren beide einsam, das wußte ich, und wir waren jetzt zusammen. Vielleicht war das genug. Und sie war stinkreich, also vielleicht war das mehr als genug. Wir saßen still zusammen, umarmten uns nicht, sondern lehnten uns nur aneinander und beobachteten, wie der Kater sich in der Nähe unserer Füße niederließ und sich zu putzen begann. Dann griff ich nach unten, hob meinen Rucksack auf und legte ihn mir auf den Schoß.

»Das wollte ich dir zeigen«, sagte ich und nahm die Briefbündel aus dem Rucksack, die ich in der verschlossenen Schublade des Vitrinenschranks gefunden hatte. »Die habe ich im alten Poole-Haus gefunden.«

»In Ordnung.«

»Ich denke, wir sollten sie lesen.«

»In Ordnung.«

»Wir können das auch später tun, wenn du willst.«

»Nein, laß es uns jetzt tun.«

»Bist du sicher?«

»Ja.«

»Willst du nicht mehr weglaufen?«

»Natürlich will ich weglaufen. Ich will verzweifelt gern weglaufen. Aber wo immer ich hinliefe, ich wäre immer noch eine Reddman. Ich kann nicht bestimmen, wer ich bin, oder?«

»Nein.«

»Und ich habe auch keine Kontrolle darüber, wer mich deswegen umbringen will, oder?«

»Anscheinend nicht.«

»Es ist komisch, was man am falschen Ende einer Waffe lernt. Du hast mir gesagt, daß die Männer, die meine Schwester und meinen Bruder umgebracht haben, tot sind, aber wir wissen immer noch nicht, wer sie angeheuert hat. Vielleicht steht die Antwort irgendwo in diesen Briefen.«

»Vielleicht.«

»Und vielleicht auch das einzige Gute, was ich gesucht habe. Vielleicht steht auch das drin.«

»Vielleicht.«

Sie wartete einen Augenblick, schaute auf Sam, den Kater, nieder und wappnete sich für das, was kommen würde. »Vielleicht aber auch nur noch mehr Scheiße.«

»Wahrscheinlich.«

Sie wartete noch einen Augenblick länger, und dann griff sie zögernd nach einem der Bündel. Vorsichtig band sie das alte Band los und sah die Briefe durch, einen nach dem anderen, bevor sie sie mir reichte, ebenfalls einen nach dem anderen. »Das sind Liebesbriefe«, sagte sie. »Von einer Emma.«

»Sie müssen von Emma Poole sein. An wen sind sie?«

»Sie sind alle ›An meinen Geliebten‹ adressiert, ohne Namen«, sagte sie. »Hör dir das an: ›Deine Hand auf meinem Gesicht, Deine Lippen auf meiner Wange zu spüren, Deine Wärme und Dein Gewicht zu fühlen, mein Liebling, mein Geliebter, bedeutungsvoller könnte mein Leben nicht sein. Immer wieder schwörst Du mir, wie Du mich liebst, und ich lege Dir den Finger auf die Lippen, denn von der Zukunft zu sprechen, raubt unserer Gegenwart etwas von ihrer Verzückung. Liebe mich jetzt, ganz und gar, liebe mich heute, nicht für immer, liebe mich in diesem Augenblick und laß die Zukunft verdammt sein.‹«

Ich nahm einen der Briefe, die sie mir gegeben hatte, und begann laut zu lesen. »›Wenn wir zu dieser Leidenschaft verdammt sind, dann laß den Fluch unsere Seelen in Brand setzen, bis das Feuer sich selbst verzehrt und erlischt. Ich stürze mich nicht mit Dir in das Glück, mein Geliebter, denn das ist für verdammte Seelen wie uns nicht möglich, aber ich steige in Deinen Armen zu der transzendenten Ekstase auf, von der die großen Dichter singen, und wenn diese auch zwangsläufig von kurzer Dauer ist, so schätze ich sie deswegen nicht weniger hoch und würde nicht eine Minute davon für etwas hergeben, was länger anhält, aber sich nur lauwarm anfühlt.‹«

Sie ließ den Brief fallen, den sie in der Hand hielt, und griff nach einem anderen. »›Herrlich, herrlich, herrlich sind Dein Atem und Deine Berührung und Dein reicher, warmer Duft, Deine Haut, Deine Augen, Deine Narbe, die Kraft in Deinen Beinen, die rosige Wärme Deiner Lippen. Ich wünsche mir, daß Du mich verschlingst, mein Liebster, jeden Fingerbreit von mir, ich liege nachts im Bett und stelle es mir vor und empfinde dabei berauschende Freude. Leg Dich zu mir, jetzt, in diesem Augenblick, warte nicht länger, komm her und leg Dich zu mir, jetzt, Dein Arm um mich, jetzt, Dein Mund auf meinen Brüsten, jetzt, der wilde Duft Deines Haars, jetzt, Deine Zähne auf meinem Hals, jetzt, verschlinge mich, mein Geliebter, mein Geliebter, mein Geliebter, verschlinge mich jetzt.‹«

Ich starrte Caroline an, während sie die Worte vorlas, und war nicht überrascht, als ich eine Träne sah. Wenigstens etwas von dem, was sie empfand, fühlte ich auch. Ich rückte näher an sie heran und legte einen Arm um sie.

»An wen sind die Briefe?« fragte ich.

»Das steht nicht da, als wolle sie seine Identität absichtlich verbergen. Aber wer immer es war, wir wissen, wie es geendet hat.«

»Ja, das wissen wir«, sagte ich. Wem immer Emma Poole diese Hymnen der Liebe geschrieben hatte, er war derjenige gewesen, der sie geschwängert und verlassen hatte, sie allein gelassen hatte, als sie ihre sterbende Mutter pflegte, während ihr Leib anschwoll.

»Schaff sie weg«, sagte sie, riß mir die Briefe aus der Hand und warf sie auf den Boden. Der Kater sprang beiseite und hüpfte gleich darauf neben Caroline auf das Sofa, doch sie zuckte kaum zusammen. »Ich kann es nicht ertragen, sie zu lesen. Ich komme mir vor wie ein Voyeur.«

»Sie sind vor mehr als siebzig Jahren geschrieben worden«, sagte ich. »Es ist ein bißchen, als würde man durch ein starkes Teleskop schauen und Licht sehen, das vor Äonen von Sternen ausgesandt wurde, die längst tot sind.«

»Es ist nicht richtig«, sagte Caroline. »Was immer sie für den Mann empfunden hat, der sie verließ, es hat nichts mit uns zu tun. Die Gefühle gehörten ihr und nur ihr allein. Wir dringen da unbefugt ein.«

»Es gibt noch einen anderen Brief«, sagte ich. »Der stammt nicht von Emma.«

Ich griff in das Päckchen und zog den Brief heraus, der die Aufschrift trug: *An mein Kind bei Erreichen der Volljährigkeit.*

Caroline zögerte einen Moment und nahm dann den Umschlag. Sie löste die Schnur, mit der er verschlossen war, und zog mehrere Seiten mit einer männlichen Handschrift heraus. Rasch schaute sie auf dem letzten Blatt nach der Unterschrift.

»Der ist von meinem Großvater«, sagte sie. »An meinen Vater. Warum war dieser Brief bei den anderen?«

Ich zuckte mit den Schultern, weil ich es nicht wußte.

Sie las die ersten Zeilen laut vor. »Zwanzigster April neunzehnhundertdreiundzwanzig. An mein Kind. Wenn Du dies liest, werde ich tot sein.«

Sie sah mich an und schüttelte den Kopf, doch noch während sie den Kopf schüttelte, sah sie wieder den Brief an und begann erneut zu lesen, diesmal für sich allein. Als sie mit der ersten Seite fertig war, reichte sie sie mir und nahm sich die zweite vor. Auf diese Weise hinkte ich ein paar Minuten nach, als wäre mein Teleskop ein paar hundert Lichtsekunden weiter vom Licht des toten Sterns entfernt als ihres, und meine emotionale Reaktion kam auch ein wenig später.

Es ist schwer, die Auswirkungen dieses Briefs zu beschreiben. Er klärte Geheimnisse auf, die das Jahrhundert umspannten, löste Fragen, die uns beschäftigten, warf ein noch grelleres Licht auf das Entsetzliche, das die Reddmans und die Pooles heimsuchte. Doch trotz unserer nichtsynchronen emotionalen Reaktionen hatte er eine seltsame Wirkung auf uns beide, auf Caroline und auf mich, in unseren getrennten Welten, als wir ihn lasen. Langsam trieben wir auseinander, nicht nur emotional, sondern auch physisch. Als wir angefangen hatten, den Brief zu lesen, hatten wir vieles übereinander gelernt und uns dicht aneinandergedrängt, als versuchten wir, eins zu werden, doch als wir diese Worte lasen, rückten wir auseinander. Zuerst war da nur eine Verringerung des Drucks, dann eine Lücke, die immer weiter zunahm, und endlich, als Caroline leise schluchzte, rollte sich Sam der Kater auf ihrem Schoß zusammen, und ich las die letzten Zeilen und die kühne Unterschrift von Christian Shaw. Caroline stützte sich auf eine Armlehne der Couch, ich auf die andere, und wir saßen so weit auseinander, wie man das auf einem einzigen Möbelstück kann. Wenn die Armlehnen nicht gewesen wären, fürchte ich, wären wir heruntergerutscht und wie zwei Bälle an die gegenüberliegenden Wände gerollt.

Was diese starke magnetische Abstoßung bewirkte, war gar kein großes Geheimnis. Was sich in diesem Augenblick so machtvoll zwischen Caroline und mich stellte, war das, was zwischen uns nie bestanden hatte, und der Brief war dafür die bisher lebhafteste Bestätigung. Christian Shaws Brief an sein Kind gab uns etwas, was in diesem Tableau aus Täuschung und Verrat und Mord und Verlassen und Rache völlig unerwartet kam, es gab uns ein überraschendes Gefühl von Hoffnung. Der Brief gab uns Hoffnung, weil das, was Caroline Shaw für eine Fiktion gehalten hatte, sich als real, lebendig, verändernd und erlösend erwies. Die Hoffnung war unerwartet, denn wer hätte schon damit gerechnet, daß wir inmitten des Fluchs, der sowohl die Reddmans als auch die Pooles betraf, wie einen Rubin in einem Misthaufen eine transzendentale und mächtige Liebe finden würden?

# 54

6. April 1923

An mein Kind,

*wenn Du dies liest, werde ich tot sein. Mein Tod wird für mich eine gute Sache und reichlich verdient gewesen sein, aber zweifellos schwer für Dich. Auch mein Vater starb, als ich noch jung war. Er war ein strenger Mann, hat man mir erzählt, ein harter Mann, der zu Gewaltausbrüchen neigte. Doch da er starb, bevor ich Erinnerungen an ihn haben konnte, stelle ich ihn mir als guten und sanften Mann vor. Ich stelle mir vor, wie er mir das Reiten beibringt. Wir wären zusammen auf die Jagd gegangen. Er hätte mich mit seinem Gewehr schießen lassen. Ich stelle ihn mir besser und freundlicher vor, als der wirkliche Mensch jemals hätte sein können. Diese Vorstellung bewirkt, daß ich die große Lücke in meinem Leben spüre. Ich würde ihn nicht so heftig betrauern, wenn er nur ein einziges Mal die Hand aus dem Grab gestreckt und mich geschlagen hätte.*

*Ich war der schlimmste Schurke, der erbärmlichste Feigling. Auf diese Tatsachen bin ich weder stolz, noch schäme ich mich sonderlich dafür. Es ist schlicht die Wahrheit, und Du solltest die Wahrheit über Deinen Vater kennen. Vielleicht hast Du gehört, daß mir für mein kurzes Gastspiel in der Armee das Distinguished Service Cross verliehen wurde, aber laß Dich nicht täuschen, mit Heldenmut meinerseits hatte das nichts zu tun. Die Auszeichnung liegt im Schlamm auf dem Grunde des Teichs unterhalb des Reddman-Anwesens Veritas, in den ich sie geworfen habe. Sie ist zwischen den Exkrementen der Frösche und den verfaulenden Fischkadavern zu Hause. Ich bin zur Armee gegangen, um dem zu entkommen, was ich aus meinem Leben gemacht hatte. Denke nicht, daß das ruhmreich oder gut war, mein Kind; aber es war mir willkommen als das, was es war: eine andere Art zu sterben.*

*Im Mai 1918 führte ich einen Gegenangriff aus einem Schützen-*

graben in der Nähe eines Dorfes namens Cantigny. Es regnete und war neblig. Die gedämpften Geräusche des Krieges waren unerträglich nahe, schon vor dem Angriff der Deutschen. Es war unsere erste Schlacht. Die Deutschen unternahmen einen wilden Vorstoß, und wir schlugen sie mit Schnellfeuer zurück. Das war großartig und gräßlich anzusehen. Junge Deutsche fielen und schrien in dem Schlamm, in den sie gestürzt waren, und wir setzten das Feuer fort. Dann brachte der Meldegänger den Befehl zum Gegenangriff.

Ich vergeudete keine Zeit. Ich rannte als erster über den Hügel. Wie viele Männer mir folgten und starben, weiß ich nicht. Granaten kamen mit kränklichem Pfeifen angeflogen und fielen sanft zu Boden. Nebel stieg auf, dick und grün. Meine Augen brannten. Meine Lungen kochten. Die Deutschen, auf die wir geschossen hatten, wanden sich blutend im Schlamm. Sie schrien aus dem gräßlichen grünen Nebel, durch den ich stürmte. Nicht für die Ehre oder für Pershing oder für Frankreich. Ich stürmte, um zu sterben. Die Artillerie war jetzt lauter, erschreckend, und die Salven regneten herunter wie ein Segen von oben. Es gelang uns, die Linien der Deutschen bei Cantigny zu überrennen, und auch meine persönliche Mission war erfolgreich. Metallsplitter aus den großen Kanonen der Alliierten, die wie Heuschrecken mit Haifischzähnen durch die Luft sausten, schnitten sich ihren willkommenen Weg in meinen Körper. Ich versuchte, dankbar die Arme zu heben, aber nur ein Arm gehorchte, und ich fiel mit dem Gesicht voran in den Morast.

Zwei Männer mit einer Tragbahre fanden mich. Ich flehte sie an, mich schlafen zu lassen, aber sie ignorierten das und hoben mich aus dem Schlamm. Die Ambulanz brachte mich auf schnellstem Wege zu einem mobilen Operationssaal, wo die Ärzte mir das Leben retteten und amputierten, was von meinem Arm übrig war. Nach weniger als einer halben Stunde schnitten sie den nächsten armen Teufel auseinander. Ich wurde in das General Hospital Nummer 24 in Étaples gebracht. In Étaples, an der Nordküste Frankreichs, lernte ich Magee kennen.

Im General Hospital Nummer 24 wimmelte es von Verwundeten.

*Die Deutschen füllten ganze Stationen, so eng gedrängt, daß die Bahren sogar auf dem Fußboden standen. Überall in den Gängen hörte man »Schwester, Schwester« schreien. Andere Abteilungen waren mit unseren Soldaten belegt, den Verstümmelten, den Verkrüppelten, denen, die unter Grabenfieber litten und trotz ihres Schüttelfrosts relativ fröhlich waren. Viele in meiner Einheit hatten sich nicht entlaust, weil sie hofften, Läusebisse würden sie in eine solche Abteilung bringen. Wegen der Überfüllung hatten die Schwestern Büros ausgeräumt und darin Krankenzimmer eingerichtet, und ich lag in einem solchen.*

*Das kleine Zimmer enthielt Betten für drei Soldaten. Meine Lungen waren vom Gas zerfressen. Ich konnte kaum atmen. Die Stiche in meiner Schulter hatten sich entzündet, und jeden Tag saugten die Schwestern Eiter aus der Schwellung. Trotzdem war ich von den drei Kranken im Raum der gesündeste. Der Mann rechts von mir war ganz in Verbände eingewickelt und sprach während meines ganzen Aufenthalts im General Hospital Nummer 24 nicht ein Wort. Er wurde von den Schwestern gefüttert und stöhnte nachts leise. Ab und zu kamen die Ärzte, schnitten noch etwas von seinem Körper ab und wickelten ihn wieder in Verbände. Der Mann links von mir hatte eine Bauchwunde, die erst rote und dann grüne Flüssigkeit absonderte, und dann, als er die ganze Nacht schrie, platzte, seine Eingeweide traten heraus, und still und erleichtert starb er. Sie brachten eine Trage für ihn und bedeckten ihn mit einer Flagge. Ich mühte mich ab, um aufzustehen, als sie ihn hinaustrugen, denn das war so üblich. Am Abend, im milden Licht der Dämmerung, brachten sie einen neuen Patienten.*

*Die Sanitäter richteten ihn mit Hilfe von fünf Kissen im Bett auf. Sie hielten ihn mit Klebpflaster und Gurten aufrecht, die unter seinem Rumpf durchgezogen und an den Bettpfosten befestigt wurden. Dabei machten sie keine Witze wie sonst bei der Arbeit. Der Patient roch nach verfaulendem Fleisch und ranzigem Öl, und sein Gestank erfüllte das Zimmer. Er schien dem Tod noch näher zu sein als der Soldat mit der Bauchwunde. Bevor sie gingen, stellten die Sanitäter* einen Wandschirm zwischen sein und mein Bett. Drei Tage lang kamen die Schwestern und weckten ihn auf, um ihn zu füttern oder die Bettpfanne zu wechseln. In der übrigen Zeit schlief er. Die einzigen Geräusche im Raum waren das leise Stöhnen des Soldaten zu meiner Rechten, das Quietschen der Gurte unter dem Rumpf des neuen Patienten und mein eigenes flaches Röcheln.

Eines Morgens, bevor die Schwestern in unser Zimmer kamen, hörte ich eine leise Stimme. »He, Kamerad, kratz mich am Arm, ja? Am rechten Arm.« Ich setzte mich auf, unsicher, woher die Stimme gekommen war. »Kratz mich am Arm, ja, Kamerad? Er juckt wie die Hölle.«

Ich merkte, daß die Stimme von dem Neuen kam. Ich stemmte mich hoch, kämpfte mich auf die Füße und ging um den Wandschirm herum. Als der Soldat sichtbar wurde, hielt ich inne und starrte. Einen Moment vergaß ich zu atmen. Es war der absolute Horror. Der Arm, an dem er gekratzt werden wollte, war überhaupt nicht da, aber das war nicht alles. Sein Kopf war zur Decke gewandt, und ich starrte auf die Seite seines Gesichts, aber er hatte kein Profil. Man hatte ihm die Nase weggeschossen. Der ganze obere Teil seines Gesichts, einschließlich der Augen, war zerstört. Flüssigkeit sickerte durch seine Verbände. Alle seine Gliedmaßen waren fort bis auf das linke Bein. Seine geschwollenen Lippen zitterten unkontrollierbar, wenn er atmete. Betäubender Fäulnisgestank umgab ihn.

»Was ist? Kratz mich am Arm, ja?«

»Die Chirurgen haben dir den Arm abgenommen«, sagte ich. »Genau wie mir.«

»Wie kommt es dann, daß ich ihn noch fühle?« fragte er.

»Ich weiß nicht. Ich fühle meinen auch.«

»Was haben sie mir sonst noch abgeschnitten, Kumpel?« fragte er.

»Deinen anderen Arm«, sagte ich. »Und das rechte Bein.«

»Daß meine Augen weg sind, wußte ich«, sagte er. »Aber das andere wußte ich nicht. Komisch, daß mein linkes Bein das einzige ist, was ich nicht fühlen kann. Was ist mit meinem Gesicht? Sehe ich immer noch gut aus?«

*Ich musterte sein verstümmeltes Gesicht und wußte, ich hätte Mitleid empfinden sollen, aber ich empfand keines. »Sie haben dir die Nase weggeschossen«, sagte ich.*

*»Herrgott. Keine Augen, keine Arme, ein Bein weg, keine Nase. Die Mistkerle.« Er atmete tief ein. »Da kann die Hölle kaum schlimmer sein. He, Kamerad, kannst du mir einen Gefallen tun? Kannst du mir ein Glas Wasser holen?«*

*Auf dem Fensterbrett standen ein Krug und Gläser. Ich goß Wasser in eines der Gläser. Ich führte das Glas an seine geschwollenen Lippen. Er verschluckte sich beim Trinken und hustete. Ein großer Teil des Wassers lief ihm übers Kinn.*

*»Danke, Kumpel«, sagte er. »He, kannst du mir noch einen Gefallen tun und mich an der Seite kratzen, links? Die fühlt sich an, als hätte ich mich in Brennesseln gewälzt.«*

*Ich stellte das Glas auf seinen Nachttisch und trat näher, um ihn an der Seite zu kratzen. Er gab mir Anweisungen, höher oder tiefer, und ich gehorchte. Seine Haut war schorfig und trocken.*

*»Das tut gut«, sagte er. »He, Kamerad, noch ein Gefallen. Bist du so nett? Würdest du mich töten, Kamerad? Bitte, ja? Alles, was ich besitze, gehört dir, wenn du mich bloß tötest. Bitte, bitte, Kamerad. Töte mich, töte mich. Bitte, töte mich doch, Kamerad.«*

*Ich wich zurück, als er das sagte. Ich drückte mich an die Wand. Er bettelte weiter, ich solle ihn töten, bis eine Schwester mit einer Schüssel Wasser und Tüchern ins Zimmer kam.*

*»Was machen Sie da?« fragte sie.*

*»Ich besuche ihn«, sagte ich.*

*»Tun Sie das nicht«, sagte sie. »Corporal Magee ist sehr krank. Er braucht seine Ruhe.«*

*Ich ging zurück zu meinem Bett, während sie anfing, Magees Rumpf mit einem nassen Tuch abzuwaschen.*

*Corporal Magee war für den Rest des Tages still, er schlief. Später, als die Schwestern uns allein gelassen hatten, fing er wieder an. »He, Kamerad, würdest du mich töten? Bitte, ja?« Ich sagte ihm, er solle den Mund halten, aber er bat mich weiter, ihn zu töten.*

»Warum solltest du sterben dürfen«, sagte ich schließlich, »während wir anderen hier am Leben bleiben müssen?«

»Was fehlt dir?« fragte er.

Ich sagte es ihm.

»Bloß der Arm, machst du Witze?« sagte er. »Wenn mir bloß ein Arm fehlen würde, würde ich mit meinem Mädchen auf der Straße tanzen und feiern.«

»Laß mich in Ruhe«, sagte ich.

Danach war er ein oder zwei Tage still. Ich konnte nicht aufhören, an ihn zu denken, wie er da so neben mir lag. Sogar, als sie hereinkamen, um von dem stummen Soldaten noch etwas abzuschneiden, dachte ich an Magee. Als er wieder anfing, mich zu bitten, ich solle ihn töten, sagte ich: »Erzähl mir von ihr.«

»Von wem?«

»Von deinem Mädchen. Du hast gesagt, du hättest ein Mädchen.«

»Ich hab nichts mehr. Die Hunnen haben sie weggeblasen, zusammen mit dem Rest meines Körpers.«

»Aber du hattest ein Mädchen.«

»Ja, klar.«

»Erzähl mir von ihr.«

»Warum?«

»Weil ich frage.«

Er schwieg lange. Ich dachte, er wäre eingeschlafen.

»Ihr Name«, sagte er endlich, »ist Glennis. Das hübscheste Mädchen in Price Hill.« Er erzählte mir von ihr, wie hübsch sie war, wie nett, wie fröhlich, und dabei erzählte er mir auch von seinem Leben in Cincinnati. Er arbeitete als Setzer beim Enquirer. Er ging zu Baseballspielen ins Redland Field und spielte selbst Second Base in Cincinnatis Team beim Internationalen Baseball-Verband der Druckergewerkschaft. Er ging zur Kirche und half, Geld für die Armen zu sammeln. Seine Nächte verbrachte er in Weilet's Biergarten in der Vine Street oder mit Glennis auf ihrer Veranda in Price Hill. Als er von seinem guten und ehrlichen Leben vor dem Krieg sprach, bekam ich einen bitteren Geschmack im Mund. Er erzählte mir all das, und als er damit fertig war, klagte er darüber, daß es vorbei sei. Wieder bat er mich, ihn zu töten.

»Nein«, sagte ich zu ihm. »Du verdienst den Tod nicht.«

»Ich verdiene kein solches Leben.«

»Vielleicht nicht, aber ich werde dich nicht töten.«

»Ach, dann geh zum Teufel«, sagte er.

Später in dieser Woche kam der Colonel, um uns unsere Medaillen zu überreichen. Es gab eine kleine Zeremonie in meinem Zimmer, und ich stand auf, während eine Ordonnanz dem Colonel die Schachtel gab, und der Colonel nahm das Kreuz mit den Adlerflügeln heraus und heftete es an meinen Schlafanzug. »Für herausragende Tapferkeit in der Schlacht bei Cantigny«, sagte er. Der Anblick des dunklen Metalls und des rotweißblauen Bandes machte mich krank. Magee bekam eine schriftliche Belobigung seines kommandierenden Offiziers für seine Tapferkeit bei Cantigny. Da erfuhr ich, daß er zu den Soldaten gehört hatte, die mir bei meinem verrückten Gegenangriff gefolgt waren.

Zwei Nächte später fing er wieder mit seinen Bitten an.

»Nein«, sagte ich. »Wir sitzen alle hier fest, warum solltest du ausbrechen und wir anderen nicht?«

»Wenn ich könnte, würde ich dich töten, Kamerad, das schwör ich dir.«

»Aber du kannst nicht, oder?«

»Wirf mir das vor, wirf es mir doch vor, du Hurensohn.«

»Du mußt genauso leiden wie wir anderen.«

»Erzähl mir von deinen Leiden, Kumpel. Erzähl mir, wie schrecklich es ist, wenn man sehen kann. Erzähl mir, wie widerlich es ist, daß du eine Hand zum Essen hast. Sag mir, wie entsetzlich es ist, daß du frei durch die Flure wandern kannst, wann immer du willst. Aus meiner Sicht gibt's bei dir nichts, weswegen du sterben müßtest.«

»Halt die Klappe«, sagte ich. Ich war wütend. Verbittert und wütend und zornig auf ihn, weil er unschuldig war. »Halt die Klappe, und ich werde dir sagen, warum ich sterben will, und du wirst verdammt froh sein, daß du nicht in meiner Haut steckst.« Und so erzählte ich ihm, was ich nie einer Menschenseele erzählt hatte und was ich jetzt Dir erzähle, mein Kind, als Schlag, der aus dem Grab kommt.

Meine Familie besaß ein vornehmes Geschäft in der Market Street in Philadelphia. Wir hatten immer Geld gehabt, aber während ich in Yale studierte, geriet der Laden in finanzielle Schwierigkeiten. Mein Vater starb, als ich noch ein Baby war, und so mußten mein Onkel und ich das Geschäft retten. Mein Onkel stritt mit der Bank. Ich entschied mich für einen einfacheren Weg und verlobte mich mit einer Frau, deren Vater ein skrupelloser Geschäftsmann war, aber extrem reich. Der Vater meiner Verlobten erklärte sich bereit, nach der Hochzeit einen Anteil am Geschäft zu kaufen, die Banken zufriedenzustellen und die Firma zu retten. Die Frau, die ich heiraten sollte, war hübsch und wohlerzogen und ziemlich harmlos. So sah alles nach einer freundschaftlichen geschäftlichen Transaktion aus.

Während wir unsere Hochzeit planten, verliebte ich mich ganz überraschend. Unglücklicherweise verliebte ich mich nicht in meine Verlobte, sondern in deren jüngere Schwester, und sie erwiderte meine Liebe. Inzwischen war natürlich alles schon vorbereitet, und dem Vater meine Untreue zu erklären, hätte jede Überlebenschance unseres Familienunternehmens zerstört. Ich hatte also keine andere Wahl, als diese Ehe zu schließen. Trotzdem hatte ich nicht die Kraft, meine Liebe aufzugeben, und es kam, wie es kommen mußte: Meine Geliebte wurde schwanger.

Es war die einzige mutige Tat meines Lebens, daß ich beschloß, mit der jüngeren Schwester durchzubrennen und den Zorn beider Familien auf mich zu nehmen. Wenige Tage vor der geplanten Hochzeit wollten wir uns auf ihrem Grundstück treffen und fortgehen. Aber vorher, sagte sie mir, müsse sie es ihrer Schwester sagen, meiner Verlobten, und ihr alles erklären. Es war eine dunkle, regnerische Nacht. Ich wartete auf der Veranda des alten Verwalterhauses unten am Hügel, wo in dieser Nacht niemand war, auf meine Geliebte mit ihrem Gepäck. Endlich sah ich eine weibliche Gestalt den Hügel herunterkommen. Mein Herz raste vor Erregung, aber es war nicht die jüngere Schwester, die zu mir kam. Es war keineswegs die jüngere Schwester.

Meine Verlobte kam geräuschlos durch die Dunkelheit auf mich zu. Sie hatte sich ein Regencape um die Schultern gelegt. Die Hände hatte sie vor dem Körper verschränkt. Ihr Gesicht schien in der Finsternis dunkel und unheimlich zu glühen.

»Mein Liebling«, sagte sie. »Es ist ein schrecklicher Unfall passiert.«

Voller Angst folgte ich ihr den Hügel hinauf. Der Regen strömte über mein Gesicht. Wasser rann in meine Schuhe. Mein Mantel war nutzlos gegen diese Sintflut. Ich folgte meiner Verlobten zu der Stelle auf dem hinteren Rasen, neben einer Statue der Aphrodite, wo nach ihrem Willen unsere Hochzeit stattfinden sollte. Es gab da ein frisch gegrabenes Beet, das für die Feier mit Blumen bepflanzt werden sollte. Auf dem Beet lag die jüngere Schwester, meine Geliebte, sie lag neben dem Koffer, den sie am gleichen Abend für unsere Flucht gepackt hatte. Das Blatt einer Schaufel hatte ihr den Hals durchschnitten und sich in die weiche Erde gebohrt. Der hölzerne Griff der Schaufel ragte wie eine Markierung aus der blutigen Erde.

Ich fiel auf die Knie und beweinte sie. Ich beugte mich über sie und drückte sie in ihren blutigen Kleidern an mich. Ich legte meine Wange auf den Leib der Toten und spürte die Kälte, wo vorher zwei kostbare Leben gewesen waren.

Während ich weinte, erklärte mir meine hübsche, wohlerzogene Verlobte, welchen Skandal es geben und daß wir ruiniert sein würden, wenn die Welt von meiner Affäre mit der jüngeren Schwester, ihrer Schwangerschaft und ihrem Tod erfahren würde. Ich könne die Firma meiner Familie immer noch retten, sagte sie, mich selbst vor dem Skandal und das Andenken der jüngeren Schwester vor der Schande bewahren. Ich könne mich noch immer vor einem Leben in Armut retten, sagte sie. Ich brauchte nicht länger als zehn Minuten, um mich zu entscheiden. Ich hüllte meine Geliebte in meinen Mantel und grub mit der Schaufel ein Grab und beerdigte meine Geliebte und den Koffer unter einem Hügel weicher, schwarzer Erde.

Die Hochzeit fand statt, aber ich kann mich wegen all des Brandys, den ich getrunken hatte, gar nicht daran erinnern. Am nächsten Tag brachen meine junge Frau und ich auf einem großen Ozeandampfer für vier Monate nach Europa auf. Auch an die Reise erinnere ich mich nicht. Das einzige, was ich in Europa gesehen habe, waren die Bars und die Kneipen. Als wir nach Philadelphia zurückkehrten, fand ich einen Trinkclub für Gentlemen, wo ich mich vor meiner Frau verstecken konnte, und ich fand Häuser, in denen ich mich mit Frauen zusammentun konnte, die sich genauso prostituierten wie ich. Wir hatten einen Sohn, meine Frau und ich, geboren aus Täuschung und Wut und Gewalt, und danach hatte ich mit beiden nichts mehr zu tun. Das Leben in Philadelphia war unerträglich öde geworden. Und zu allem Überfluß, womit ich eigentlich hätte rechnen sollen, verkaufte mein lieber Schwiegervater gegen unseren Willen die Familienfirma, wobei er selbst ein Vermögen verdiente und meinen Onkel ruinierte. Als sich die Gelegenheit bot, zur Armee zu gehen und in Frankreich zu sterben, griff ich begierig danach und war unter den ersten Freiwilligen, was mir eigentlich gar nicht ähnlich sah. Bei meiner ersten Schlacht, bei der ersten Gelegenheit, bei meinem ersten Gegenangriff sprang ich aus dem Schützengraben und rannte mitten ins feindliche Feuer. Doch ich war dazu verdammt, als Held zu überleben.

All das erzählte ich im General Hospital Nummer 24 dem Corporal Magee, und danach schwieg er lange.

»Wenn ich einen Arm hätte«, sagte er endlich ohne eine Spur von Verbitterung, »nur einen Arm, dann würde ich dir den Gefallen tun, dich zu töten. Aber ich würde auch für alle Augen in China nicht mit dir tauschen.«

Mein Fieber sank in der Nacht, in der ich Magee meine Geschichte erzählte. Die Infektion in meinem Armstumpf ging zurück. Ich konnte tiefer atmen, als sei mir eine Leiche von der Brust genommen worden.

Magee und ich wurden enge Freunde. Seine Wunden hatten aufgehört zu nässen, und der faulige Geruch war fast verschwunden. Er pflegte mehr über sein gutes Leben in Cincinnati zu erzählen, und ich las ihm aus den Zeitungen über Pershings Vormarsch nach Osten vor oder aus den gelegentlichen Briefen, die seine Freundin Glennis ihm schrieb. Ich schrieb nach seinem Diktat auch getreulich Lügen über seinen Zustand in seinen Antwortbriefen an sie. »Die Ärzte rechnen damit, daß ich in ein paar Monaten wieder so gut wie neu bin. Sorge dafür, daß sie mir meinen Job beim Enquirer freihalten, denn Du und ich werden meine Rückkehr ganz groß feiern.« Ich las ihm aus der Bibel vor. Ich dachte, das Leiden eines guten Menschen würde seine Qual lindern, aber das Buch Hiob war nicht das, was er hören wollte. Ihm war ein aktiver Held lieber, und so las ich ihm von Samson vor. »Laß mich mit den Philistern sterben«, bat Samson den Herrn, und das war die Stelle, die Magee am besten gefiel. Wenn die Schwester mit seinen Mahlzeiten kam, nahm ich sein Tablett, stellte es auf seinen Nachttisch und fütterte ihn.

Gelegentlich diskutierten wir über spirituelle Themen. Er war ein abgefallener Katholik, ein Anhänger des Sozialisten Eugene Debs, und ich war bestenfalls Agnostiker, und so waren unseren Diskussionen keine formellen Grenzen gesetzt. Wir sprachen über den Tod, über das Leben und über die Reinkarnation, wie die Theosophen sie predigen. Er wollte im nächsten Leben als Second Baseman bei den Cincinnati Reds zurückkommen. Ich wollte als Hund wiedergeboren werden. Zusammen bemühten wir uns, einen Sinn in dem zu finden, was uns zugestoßen war. Er war eine gute Seele mit einem zerstörten Körper, und ich war eine zerstörte Seele mit relativ gesundem Körper. Über diese Ironie wunderten wir uns beide sehr. Und im Laufe unserer gemeinsamen Zeit und durch unsere Diskussionen gelangte ich zu einem eigenartigen Verständnis meines Lebens.

Es gab in der Nacht Augenblicke, in denen ich bezweifelte, daß ich noch am Leben war, und ich konnte meine körperliche Existenz nur beweisen, indem ich ihn rief und er mir antwortete. Magee war mein Spiegel, ohne ihn konnte ich meiner eigenen Existenz nicht sicher sein. Und mein Spiegel fing an, mir eine schockierende Wahrheit zu zeigen. Er beklagte sich oft über Krämpfe in seinen Händen, obwohl *er gar keine Hände mehr hatte. Er sprach von Dingen, die er sah, obwohl er keine Augen hatte. Ich konnte ebenfalls meinen Arm so deutlich wie eh und je spüren, obwohl ich wußte, daß die Chirurgen ihn mir abgeschnitten hatten. Lauter Illusionen. Ich begann mich zu fragen, ob das Bett, auf dem ich lag, auch so eine Illusion war, das Krankenhaus, in dem ich behandelt wurde, der Krieg, in dem ich verstümmelt worden war, diese verfluchte Gewißheit meiner eigenen, gequälten Einzigartigkeit – waren das lauter Illusionen?*

*In der Nacht, wenn es am finstersten war, wenn ich spürte, daß mein Geist ganz leer war, und ich nur noch meinen rasselnden Atem hörte, konnte ich spüren, daß etwas unter mir wuchs und anschwoll, etwas unglaublich Riesiges, etwas, das so groß war wie die ganze Schöpfung. Es ist unmöglich zu erklären, was das war, mein Kind, aber ich wußte, es war mehr als alles, und Magee und ich, wir waren beide ein Teil davon. Wir waren wie zwei benachbarte Blätter an einer großen Platane, getrennt und einzigartig nur, solange wir nichts von dem riesigen, schuppigen Stamm wußten, aus dem unser Ast und tausend ähnliche sprossen. Wie zwei Blätter am selben Baum waren Magee und ich untrennbar verbunden, und darin fand ich großen Trost. Seine Güte war ein Teil von mir. Meine Verderbtheit wurde geteilt und dadurch verringert. Manchmal konnte ich nachts spüren, wie die Verbundenheit wuchs, als gehe meine Existenz durch den Kontakt mit Magee in alle anderen Seelen, in alle anderen Dinge im Himmel und auf Erden über. In solchen Nächten fühlte ich mich vom ganzen Universum losgesprochen. Es geschah durch diese Verbundenheit, daß ich zu einem Verständnis meines Lebens gelangte, das Dir vielleicht seltsam vorkommt. Genau wie die Platane Blätter hervorbringt, bringt das Universum Menschen hervor. Unsere Individualität ist nur eine Illusion, und wir alle bleiben immer Teil des großen Baums der Schöpfung, so wie dieser ein Teil von uns bleibt. Das, mein Kind, sind die Wahrheiten, die ich neben Magee im General Hospital Nummer 24 in Étaples lernte und die ich jetzt an Dich weitergebe.*

Die Ärzte kamen zweimal in der Woche. Sie schauten auf die Tabellen, die an unseren Betten befestigt waren, und diskutierten unsere Fälle, als existierten wir nicht. Einer war alt und groß, der andere alt und klein. Sie zankten sich auf französisch. Nach vielen Wochen sagten sie mir, meine Lungen wären ausreichend vernarbt und meine Infektion abgeklungen, und es wäre an der Zeit, mich nach Hause zu schicken. Den Husten, sagten sie, würde ich immer haben, aber er würde mir nicht schaden. Sie versicherten mir, es würde mir gutgehen. Sie sagten Magee, sie könnten nichts mehr für ihn tun, und auch er wäre bald zu Hause. Unsere Abreise wurde auf den nächsten Monat festgesetzt.

Kaum waren sie weg, fing Magee an. »He, Shaw, machst du es jetzt? Bitte, Kamerad, tu es doch jetzt. Ich kann nicht zulassen, daß Glennis mich so sieht. Du bist der einzige, den ich habe. Hab Mitleid mit mir, Shaw, bitte, und töte mich.«

Ich sagte ihm, er könne sich seinen Atem sparen, und jetzt, da ich ihn kennen- und liebengelernt hätte, könnte ich ihm niemals etwas antun, aber er hörte nicht auf. Seine Bettelei war heftig und erbarmungswürdig. Eines Nachmittags, als er schlief, schrieb ich selbst einen Brief an Glennis. Ich beschrieb ihr Magees Güte und Tapferkeit und die Weisheit seines Herzens. Ich schilderte auch genau seinen physischen Zustand, seine Blindheit, sein zerstörtes Gesicht, den Verlust seiner Gliedmaßen, seine totale körperliche Hilflosigkeit. Geld wäre kein Problem, versicherte ich ihr, da ich über große Summen verfügen könne, um Magee ein komfortables Leben zu sichern, aber er würde jemanden brauchen, der ganz für ihn da sei. Ich gab den Brief der Schwester, damit sie ihn abschickte, solange Magee noch schlief.

Die Tage bis zu unserer Abreise vergingen. Wegen der Hitze ließen wir den ganzen Tag die Fenster offen. Von draußen kamen die Geräusche einer Welt, die geschäftig ihren eigenen Angelegenheiten nachging und von unseren Verletzungen keine Kenntnis nahm. Ich las Magee noch einmal die Geschichte von Samson vor. Aus den Zeitungen las ich ihm vor, daß Deutschlands Zusammenbruch unmittelbar bevorstehe. Glennis' Briefe, die sich mit meinem an sie überschnitten, wurden fröhlicher, als die Kriegsnachrichten sich besserten. Sein alter Job warte auf ihn, las ich ihm vor. Christy Mathewson hätte seinen Posten als Manager der Reds aufgegeben, um sich in Frankreich der Army anzuschließen. Sie könne es gar nicht erwarten, wieder seine Arme um sich zu spüren.

»Sie ist ein süßes Mädchen«, sagte Magee. »Ein gutes Mädchen. Sie verdient etwas Besseres als das.«

»Es gibt nichts Besseres«, sagte ich.

Fünf Tage vor unserem Transport aus dem Krankenhaus auf das Schiff, das uns nach Hause bringen sollte, kam ihre Antwort auf meinen Brief.

Als einarmiger Krüppel aus dem Krieg zurückgekehrt, unternahm ich lange, einsame Spaziergänge rings um Veritas. Ich brachte meinem Sohn das Schießen bei und schenkte ihm die Flinte meines Vaters. Sie ist ein Monstrum mit einem großen Kaliber, und es wird viele Jahre dauern, bis er richtig damit umgehen kann, aber er umklammerte es wie einen seltenen, kostbaren Gegenstand. Einmal fragte er mich nach dem Krieg, und ich sagte ihm nur, daß es dabei um den Tod geht, nicht um Ruhm. Eines Tages ertappte ich ihn in meinem Zimmer, wo er mein Distinguished Service Cross bewunderte. Ich riß es ihm aus der Hand. Ich bat ihn, mit mir den Hügel hinunter zum Teich zu gehen. »So viel ist die Medaille wert«, sagte ich zu ihm, und dann schleuderte ich sie ins Wasser. Sie sank auf den Grund und verdient es, in alle Ewigkeit dort zu bleiben.

Als ich mich gesund genug fühlte, nahm ich einen Zug nach Pittsburgh und dann einen weiteren nach Cincinnati hinauf. Vom Bahnhof aus fuhr ich mit einem Taxi in den höhergelegenen Westen der Stadt, nach Price Hill. Glennis erwartete mich in einem schmucken Ziegelhaus. Ihre Eltern servierten mir eine Mahlzeit, die aus Schnitzel und Bohnen und mit Essig angemachtem Kartoffelsalat bestand. Ihre Mutter schnitt mir das Schnitzel klein, und sie sprachen von ihrer großen Bewunderung für Magee. Nach dem Essen saß ich mit Glennis allein *im Wohnzimmer. Sie war ein hübsches Mädchen, rothaarig und mit Sommersprossen, zumindest damit hatte Magee recht gehabt. Ich gab ihr seine Bänder und Streifen und die Belobigung seines kommandierenden Offiziers für seine Tapferkeit bei Cantigny. Sie konnte nicht antworten, errötete vor Scham und bekam feuchte Augen. Das letzte, was ich ihr zurückgab, war ihre Antwort auf meinen Brief. »Er starb, bevor sie ankam«, sagte ich zu ihr. »Er hat es nie erfahren.«*

*Da brach sie in Tränen aus, schlang mir die Arme um den Hals und weinte. Ich tätschelte ihr den Rücken und tröstete sie mit falschen Worten. Ich hatte vorgehabt, sie wegen ihres Verrats zur Rede zu stellen, aber irgendein überraschender Anfall von Güte veranlaßte mich, sie statt dessen zu trösten. Während sie mich umarmte, merkte ich, daß Magee selbst der Grund für meinen Sinneswandel war. Wir waren wirklich eins geworden. Er hatte mich an seiner Güte teilhaben lassen und meine Schlechtigkeit verringert. Und während Glennis an meiner Schulter ihren Verlust beweinte, weinte ich über meinen Gewinn. Ohne Magee, mein Kind, hätte ich niemals die Fähigkeit besessen, Deine Mutter zu lieben.*

*Du mußt wissen, daß ich Deine Mutter liebe, tief und wahrhaft und mit ganzem Körper und ganzer Seele. Bei einem meiner Spaziergänge sah ich Deine Mutter zum ersten Mal seit Jahren. Sie stand auf derselben Veranda, wo ich neun Jahre zuvor auf Nachricht von meiner jungen Geliebten gewartet hatte. Sie zeigte mir ein Buch, das ich ihr gegeben hatte, als sie noch klein war. Sie las mir an diesem und danach an allen folgenden Tagen vor. Sie besitzt eine Gabe zu verzeihen, die ich nur bei einem einzigen anderen Menschen gefunden habe, bei Magee. Und durch meine Liebe zu Deiner Mutter fühle ich dieselbe Verbundenheit mit dem Universum, die ich empfand, als ich in dem Bett neben Magee lag. Oft habe ich mir gewünscht, der Tod hätte mich aus diesem Leben genommen, aber ich glaube, ich wurde nur verschont, um Deine Mutter lieben zu können. Das ist das Aufrichtigste, was ich jemals getan habe. Wenn ich glauben sollte, daß ich zu einem Zweck geboren bin, dann würde dieser Zweck darin bestehen, sie voll und ganz und unzweifelhaft zu lieben. Wenn ich das nur unzulänglich vollbracht habe, so liegt es an meiner eigenen Schwäche und nicht an irgendeinem Mangel ihrer Person. Zu sagen, daß ich für sie sterben würde, ist ein schwacher Ausdruck. Ich würde für sie leben, leben, um sie zu lieben und für den Rest meiner Tage mit ihr zusammen zu sein. Du, mein Kind, bist die edle Frucht dieser Liebe.*

*Deine Mutter pflegt jetzt Deine Großmutter. Deine Großmutter hat nicht mehr lange zu leben, und wenn sie keine Pflege mehr braucht, werden wir Veritas verlassen, zusammen, schnell. Wir werden meinen Sohn nehmen und unserer Vergangenheit entkommen. Du wirst weit von diesem verfluchten Ort zur Welt kommen. Die Ärzte haben sich geirrt, meine Lungen wurden nicht so gesund, wie sie versprochen hatten. Ich werde von Tag zu Tag schwächer. Ich spucke bei jedem Husten blutiges Gewebe aus. Ich sterbe. Ich kann die Kraft des Todes auf meinem Gesicht spüren, wie Magee die Kraft meines Kissens auf seinem fühlte. Als ich ihm im General Hospital Nummer 24 in Étaples seinen letzten Wunsch erfüllte, war ich derjenige, der Samsons letzte Worte zitierte: »Herr, HERR, denke an mich und gib mir Kraft, Gott, noch dieses eine Mal.« Ich lebe vielleicht nicht lange genug, um Dir all das zu erklären, deshalb schreibe ich Dir diesen Brief. Ich würde jetzt aus freiem Willen sterben, wenn da nicht Deine Mutter wäre, deren Liebe zu verlassen ich nicht ertragen kann, und wenn da nicht die Freude wäre, die ich von meinem Sohn und von meinen Gedanken an Dich empfange.*

*Erinnere Dich, wie schlecht ich war, damit Du nicht um mich trauern mußt, mein Kind. Erinnere Dich an meine Liebe zu Deiner Mutter, und trage sie immer in Deinem Herzen. Erinnere Dich an den Mann, der mir die Kraft gab, die Liebe Deiner Mutter anzunehmen, denn er und ich werden immer ein Teil von Dir sein, der Mann, dessen Namen Du nach meinem und nach dem Willen Deiner Mutter tragen sollst, Corporal Nathaniel Magee.*

*Mit all unserer Liebe,*
*Christian Shaw*

# TEIL 5
# Orchideen

Die Reichen sind wie reißende Wölfe, die, wenn sie einmal menschliches Fleisch gekostet haben, fortan nur noch Menschen begehren und verschlingen.

Jean-Jacques Rousseau

# 55

## Auf dem Macal River, Cayo, Belize

Wir schiffen uns an einer Furt ein paar Meilen südlich von San Ignacio ein. Wir sitzen in einem hölzernen Kanu, das roh aus einem einzigen Baumstamm gezimmert ist und das Canek von einem Belizer gemietet hat, der am Fluß lebt und das Kanu selbst hergestellt hat. »Hat er es mit Kohlen ausgebrannt wie die amerikanischen Indianer?« fragte ich, als ich es zum erstenmal im Wasser liegen sah, kräftig und dunkel und primitiv. Canek schüttelte den Kopf und sagte nur: »Kettensäge.«

Das Kanu hat dicke Seitenwände und einen flachen Boden. Ich sitze vorn auf einer rohen Holzplanke. Ich trage meinen blauen Anzug, ein weißes Hemd, eine rote Krawatte und schwere schwarze Schuhe. Wenn ich aus dem Dschungel trete und mein Opfer sehe, dann will ich aussehen, als käme ich direkt aus dem Gerichtssaal, so unbequem das in dieser Hitze auch ist, und es ist weiß Gott unbequem, unbequem wie die Hölle. Mein Kragen ist aufgeknöpft, mein Schlips gelockert, mein Hemd bereits schweißnaß. Während wir flußaufwärts fahren, gleiten wir durch schattige Abschnitte, aber bei einer Luftfeuchtigkeit von fünfundachtzig Prozent ist auch der Schatten keine Erleichterung. Zu meinen Füßen liegt meine Aktentasche und auf der Aktentasche mein Jackett. Ein Paddel liegt quer über meinen Beinen, aber ich arbeite nicht mit. Canek Panti steht hinten im Kanu, einen gewebten Cowboyhut auf dem Kopf und eine lange Holzstange in den Händen. Er stößt das Ende der Stange auf den Grund des Flusses und stakt uns gegen die leichte Strömung vorwärts. Er ist eine eindrucksvolle Gestalt, wie er so dasteht, majestätisch wie ein

Gondoliere; seine verzierte Machete hängt in einer Schlinge an seinem Gürtel.

Ab und zu fließt der Fluß schneller, und Canek muß dann aus dem Kanu springen, das Tau am Bug ergreifen und das Boot durch das rasch fließende Wasser ziehen; das Tau schneidet dabei tief in seine Schulter ein. Halbherzig biete ich meine Hilfe an, aber Canek winkt ab und schleppt mich flußaufwärts, bis der Fluß ruhiger wird und er wieder hineinspringen und von neuem die Stange nehmen kann. In solchen Augenblicken, wenn Canek mich flußaufwärts stakt, fühle ich mich in meinem Anzug und mit meinen trockenen Schuhen ganz wie der häßliche Kolonialherr. Sag Bwana zu mir. Wir sind an Frauen vorbeigekommen, die am Ufer auf Steinen Wäsche waschen, und an badenden Kindern. Ein Junge, der ohne Sattel auf einem großen schwarzen Pferd ritt, hat ungefähr eine Meile zurück vor uns den Fluß durchquert, aber jetzt sind wir mit dem Wasser allein.

Der Dschungel erhebt sich auf den Seiten wie Mauern aus dichtem Grün, durchsetzt von roten Blüten mit gelben Spitzen und sternförmigen, weißen Blumen, und die Welt hinter diesen Mauern ist voller Leben. Man hört Tiere umherhuschen und Vögel krächzen. Die Bäume über unseren Köpfen tragen in den Kronen behaarte Schlingpflanzen; Canek sagt mir, daß das wilde Orchideen sind. Kleine gelbe Fische springen aus dem tropischen Gewässer, und flachköpfige Eisvögel, dunkelblau mit leuchtend weißem Kragen, flitzen über die Wasseroberfläche. Etwas Längliches und Schweres gleitet vor uns in den Fluß. Moskitos umsummen uns, aber auch andere Insekten, dicker, bucklig und schwarz. Eines davon sticht mich in den Nacken, bis Blut kommt. Der Stich schwillt sofort an.

In meiner Aktentasche, in Plastik gehüllt, um es vor eventuell auf der Reise eindringendem Wasser zu schützen, liegt das Original des Briefes an sein Kind, den Christian Shaw vor einem Dreivierteljahrhundert geschrieben hat. Während ich durch diesen uralten Maya-Dschungel fahre, muß ich unwillkürlich darüber nachdenken, ob das seltsame Offenbarungsgefühl, das ich oben auf El Castillo in den Ruinen von Xunantunich hatte, irgendwie dem ähnlich war, was Christian Shaw am Bett des grauenhaft verstümmelten Corporals Magee hatte. Beth, die neuerdings solche Dinge studiert, sagte, in Shaws Brief sehe sie die Anfänge einer spirituellen Ideologie, die an den Wedanta erinnere, eines der klassischen Systeme der indischen Philosophie, das lehrt, die Vielfalt der Gegenstände im Universum sei bloße Illusion, und spirituelle Befreiung erlange man, indem man sich dieser Illusion entledige und zu der Erkenntnis gelange, daß das Selbst nichts ist als eine andere Manifestation des Ganzen. Beth sagte mir, die Ideen im Wedanta seien nicht weit von dem entfernt, was Jacqueline Shaw in der Kirche des Neuen Lebens von Oleanna lernte. Ich kann Wedanta nicht von Walhalla und Valium unterscheiden, aber ich glaube, es ist mehr als reiner Zufall, daß Christian Shaw und seine Enkelin beide selbstmordgefährdet waren, bevor sie in ihrer erwachenden Spiritualität etwas fanden, das sie rettete. Beide waren im Materialismus, im Reichtum und in den Verbrechen der Reddmans gefangen und sehnten sich nach einem reicheren und tieferen Verständnis als dem, das sie als Mitglieder dieses verdammten Clans umgab. Man hat, ob man will oder nicht, den Eindruck, daß sie am Rand irgendeiner Lösung standen, und Beth folgt weiterhin einem ähnlichen Weg, um ihre Antwort zu finden, obwohl mir immer noch nicht klar ist, worauf sich diese Antwort bezieht.

Das Aufschlußreichste an dem Brief aber war nicht die Veränderung, die Christian Shaw in diesem Krankenhaus in Frankreich durchmachte, und es war auch nicht sein Geständnis, daß er vom Tod von Charity Shaw durch die Hand ihrer Schwester Faith wußte und diesen akzeptierte, obwohl dieses Geständnis viele Fragen nach dem Schicksal der Reddmans beantwortete. Nein, der interessanteste Aspekt des Briefes war ein Name, der Name von Shaws Mitpatienten in jenem französischen Krankenhaus, der Name, den das uneheliche Kind von Christian Shaw und Emma

Poole erhalten sollte, der Name, der deutlich auf den Mann hinwies, der viel später das Massaker an den Reddmans begangen hatte. Es ist dieser Mann, den ich jage, gegen den mein Versäumnisurteil ausgefertigt ist und der der einzige Begünstigte des Wergeld-Fonds ist, aus dem ich mein Vermögen zu beziehen gedenke. Morris hat für mich herausgefunden, was Wergeld bedeutet. Wir hatten gedacht, es handele sich um einen Familiennamen, aber es war etwas ganz anderes, das man in jedem Wörterbuch finden kann. In Feudalzeiten wurde, wenn ein Mann getötet wurde, eine Wiedergutmachungszahlung geleistet, um eine Blutfehde zu vermeiden, die nur zu weiteren Morden geführt hätte. Diese Zahlung bezeichnete man als Wergeld. Faith Reddman Shaws Versuch, für die Verbrechen ihres Vaters zu bezahlen und den Blutdurst des einzigen Enkels von Elisha Poole zu befriedigen, war offenbar fehlgeschlagen.

Der Fluß ist jetzt friedlich und wunderschön. Wir kommen an einem Baum vorbei, an dem Trauben von leuchtend roten und schwarzen Beeren hängen wie Halsketten aus Korallen. Zwei weiße Reiher gleiten vorbei; ein schwarzer Geier sitzt über uns, bucklig und hungrig. Etwas wie ein unbeholfener Pfeil, gelb und blau, saust durch die Lücke in dem Blätterhimmel über uns, und mir wird klar, daß ich gerade einen Tukan erblickt habe. Die Bäume hier sind überwuchert von schmarotzenden Orchideen, dick wie Moos, mit herabhängenden roten Blüten, und als ich zu ihnen aufblicke, fällt etwas geräuschvoll in den stillen Fluß. Verblüfft drehe ich mich um.

»Was war das?« frage ich.

»Ein Leguan«, sagt Canek Panti.

Über mir bemerke ich eine Gruppe dicker Eidechsen auf einem überhängenden Ast. Sie spielen, jagen einander, und plötzlich fällt eine in den Fluß. Während ich so im Kanu sitze, die Leguane beobachte und der mörderischen Echse, die ich jage, immer näher komme, werden mir die Parallelen in dem tödlichen Kampf zwischen den Reddmans und den Pooles um das Reddman-Vermögen und dem Krieg zwischen Raffaello und Calvi um die Kontrolle über die Mafia von Philadelphia und deren Ströme illegalen Geldes klar. Wieviel sie alle dem Mammon geopfert haben, ist erstaunlich. Im Augenblick herrscht Frieden im Syndikat, da die tödliche Schlacht um die Kontrolle auf Pier vier des Naval Shipyard ausgetragen und gewonnen worden ist. Überraschend war, daß es in South Philly kaum Gerede gab, obwohl so viele Soldaten nun vermißt werden. Sicher, man sprach von einem Krieg, und der zuständige Redakteur des *Inquirer* stellte in einem Artikel einige Fragen, doch alles beruhigte sich ziemlich schnell wieder, und das Leben ging weiter, als wären die Toten nie geboren. Ich bin jetzt draußen, wie ich mir gewünscht hatte, und dafür bin ich verdammt dankbar.

Es gab im Tosca's ein letztes Treffen mit Earl Dante, bei dem die Bedingungen meines Ausscheidens geklärt wurden. Akten wurden übergeben und Geheimhaltung geschworen. Wir sahen einander mißtrauisch an. Er vertraute nicht darauf, daß ich ihn nicht verraten würde, wenn ich eine Chance hatte, damit etwas zu verdienen, und ich vertraute nicht darauf, daß er mich nicht aus reinem Vergnügen töten würde, wenn er einmal zur absoluten Macht aufgestiegen war.

»Noch eines«, sagte ich, nachdem meine Verpflichtungen nach dem Ausscheiden geklärt worden waren. »Ich habe Peckworth versprochen, daß Sie sein Schutzgeld verringern würden.«

»Warum haben Sie diesem Perversen ein solches Versprechen gegeben?« fragte Dante.

»Es war die einzige Möglichkeit, das herauszufinden, was ich herausfinden mußte.«

»Das, was Sie herausgefunden haben, wußten wir bereits.«

»Aber das wußte ich nicht. Warum haben Sie ihn überhaupt dazu gebracht, seine Geschichte abzuändern?«

»Das war unser Problem, nicht das irgendeines schlagzeilengeilen Staatsanwalts. Wir wußten schon, wie wir das allein lösen konnten.«

»Ich habe ihm versprochen, daß Sie sein Schutzgeld verringern würden.«

Er starrte mich einen langen Moment an. Dann senkte er den Blick und schüttelte den Kopf. »Halten Sie sich aus unseren Geschäften raus«, sagte er, und dann willigte er ein.

Mein letzter Job für die Mafia war das Erscheinen als Peter Cressis Rechtsbeistand bei seinem Prozeß wegen des versuchten Kaufs all der Waffen; mit diesem Verbrechen hatte die Geschichte für mich ja überhaupt erst angefangen.

»Wo ist Ihr Mandant, Mr. Carl?« fragte der Richter.

»Ich weiß es nicht, Euer Ehren«, antwortete ich, und wie es sich vor Gericht gehört, war meine Antwort die reine Wahrheit, denn ich wußte nicht, ob er sich in einer Baugrube in New Jersey oder Chester County oder in einem Müllschiff befand, das langsam südwärts tuckerte und nach einem Platz zum Abladen suchte. Ich wußte nicht, wo er war, aber ich wußte, ganz gleich, wie viele Haftbefehle gegen ihn ausgestellt werden würden, man würde ihn nicht finden. So endete mein letzter Fall als Mafiaanwalt. Unter Verteidigern gilt es als Sieg, wenn unser Mandant nicht verurteilt wird, und so beendete ich diesen Fall wohl als Sieger.

Wir nähern uns einer Flußbiegung. Ein riesiger schwarzer Vogel mit einem Ring weißer Federn um den roten Kopf flattert über uns und setzt sich auf einen über dem Wasser hängenden Ast. Der Ast neigt sich unter seinem beträchtlichen Gewicht. Canek sagt mir, daß es sich um einen Königsgeier handelt, und mir gefällt der Gedanke nicht, daß er uns folgt. Ich schreie, aber er bleibt auf seinem Ast sitzen, uninteressiert an allem, was ich zu bieten habe, solange ich nicht tot bin. Wir sind jetzt nahe dran, ich kann es spüren. Jedesmal, wenn der Fluß eine Biegung macht, halte ich unruhig nach dem Haufen Felsen und dem hohen Kapokbaum Ausschau, die mir verkünden werden, daß wir angekommen sind. Ich denke, ich werde beides sofort erkennen, ich habe es mir vorgestellt, seit ich Rudi bei Eva's über einem Belikin davon reden hörte, aber selbst wenn ich es verpasse, ich weiß, mein vertrauenswürdiger Führer Canek Panti wird es für mich finden. Er steht noch immer hinter mir, entschlossen, stark und fähig. Die verzierte Machete hängt kühn in der Schlaufe an seinem Gürtel.

»Sagen Sie mir eines, Canek«, sage ich, als ich spüre, daß wir dem Ziel immer näher kommen. »Als ich in Belize City auf der Straße überfallen wurde, war das echt, oder hatten Sie es bloß für mich inszeniert?«

Er schweigt einen langen Moment. Seine Stange im Wasser platscht unheilverkündend, während er uns voranstakt.

»Es war echt«, sagte er schließlich. »Belize City kann für Ausländer gefährlich sein, aber wenn diese beiden nicht des Weges gekommen wären, hätte ich am nächsten Tag etwas in der Art inszeniert.«

»Na, dann nochmals vielen Dank, daß Sie mich gerettet haben«, sage ich.

»Das war nicht der Rede wert«, sagt Canek Panti.

Ich weiß nicht genau, wann ich über Canek Bescheid wußte. Ich verdächtigte ihn, als er zu perfekt war, um ehrlich zu sein, genau der Mann, den ich bei meiner Suche in Belize zu treffen gehofft hatte. Der Gedanke wurde stärker, als er draußen blieb, während ich die Zweigstelle der Belize Bank in San Ignacio aufsuchte, als fürchtete er, die Bankangestellten könnten ihn als den Mann erkennen, der die Abhebungen von dem Konto vornahm, für das ich mich so interessierte. Dann erbot er sich, anderswo hinzugehen, während ich auf dem Markt von San Ignacio Erkundigungen einzog. Und als Rudi, der Maya, von dem Mann gesprochen hatte, der die Vorräte in das entlegene Dschungelcamp brachte und kein Ausländer war, und von seiner kunstvoll verzierten Machete, da war ich sicher. Eigentlich macht es mir nichts aus, es ist beruhigend, daß ich auf der richtigen Spur bin, daß ich mich nicht verirren werde und daß, ganz gleich, was geschieht, Canek an meiner Seite ist.

»Er ist ein Mörder«, sage ich.

»Was er in einem anderen Land getan hat, geht mich nichts an.«

»Wissen Sie, was er mit mir vorhat?«

»Nein, Victor.«

»Sie werden doch nicht zulassen, daß er mich umbringt, Canek, oder?«

»Nicht, wenn ich es verhindern kann«, sagt er.

In diesem Augenblick nehmen wir eine Flußbiegung, und ich sehe es, deutlich wie einen Wegweiser, den Haufen großer Felsbrocken und den riesigen Kapokbaum, dessen dichtes Wurzelwerk bis ins Wasser reicht. Am Ufer gibt es eine Stelle, die aussieht, als werde sie häufig betreten, und Canek hält genau darauf zu. Er steigt ins Wasser und sichert das Kanu mit dem Seil um einen jungen Baum, und dann trete ich mit meinen schweren schwarzen Schuhen auf festen Boden. Trotz der Hitze nehme ich mein Jackett aus dem Kanu und ziehe es an. Ich schließe den obersten Knopf meines Hemdes. Der Kragen scheuert an der Stelle, wo der Insektenstich angeschwollen ist, aber ich ziehe trotzdem meine Krawatte enger. Ich will so offiziell und harmlos aussehen wie ein Buchhalter. Ist es bloßes Wunschdenken, daß ich mir einbilde, ein Mann in einem Anzug sei schwerer zu töten? Ich nehme die Aktentasche aus dem Kanu, nicke Canek zu und folge ihm dann, als er uns einen Weg vom Fluß hinauf in den Dschungel freischlägt.

Zweige streifen meine Beine und mein Gesicht, als ich hinter Canek Panti marschiere. Vögel zwitschern, Insekten umkreisen mein Gesicht. Unter unseren Füßen gibt es einen Pfad, aber die dicken grünen Blätter des Regenwaldes haben sich schon wieder darauf ausgebreitet, und wir müssen sie beiseite schieben, wie man die Schwingtüren eines Wildwest-Saloons öffnet. Immer tiefer dringen wir in den Dschungel ein. Canek hackt Ranken ab, und ich beschirme mein Gesicht mit der Hand. Irgend etwas beißt brutal in meine Wange. Ich sehe einen kleinen Frosch spreizbeinig wegspringen, Kopf und Torso rot verschmiert. Dann höre ich, lauter als die normalen Geräusche des Dschungels, einen Motor summen, einen Generator, und dann noch ein anderes Geräusch, rhythmisch und vertraut, erschreckend und gefährlich.

Plötzlich befinden wir uns auf einer Lichtung. Es gibt einen langen Streifen kurz geschnittenes Gras, und oben auf einem leicht ansteigenden Hang steht eine Hütte, alt, aus Holz, dem Poole-Haus nicht unähnlich, nur ist die Veranda dieses Hauses mit Moskitonetzen geschützt. Ein merkwürdiger Anblick im Dschungel, dieser gemähte Rasen wie in einer amerikanischen Vorstadt, dieses Haus, grau und verwittert, umgeben von perfekt gepflegten Sträuchern mit leuchtenden Blüten in allen Farben.

Und da ist er, er trägt einen Overall, einen Strohhut und gelbe Handschuhe mit langen Stulpen. Er steht in einer Wolke winziger gelber Schmetterlinge, und in der Hand hält er eine Gartenschere, die rhythmisch klappert, furchterregend und silbrig. Er beschneidet einen hohen dornigen Busch.

Er hört mit der Arbeit auf und wendet sich von dem Busch ab, und das Auge in dem wütenden roten Kreis sieht mich zwinkernd, aber ohne Zorn an. Auf seinem Gesicht erscheint etwas wie ein aufrichtiges Lächeln.

»Victor«, sagt Nat, der Enkel von Elisha Poole und der Mörder der Reddmans, »willkommen in Belize. Ich habe Sie erwartet.«

## 56

### Irgendwo im Dschungel, Cayo, Belize

»Es sind die Pilzsporen in der Luft, die das bewirken«, sagt Nat, als wir langsam nebeneinander durch einen kunstvollen Blumengarten zur Rückseite des Hauses gehen. Es gibt Blumen in Töpfen, Blumen, die zwischen Felshaufen wachsen, Blumen, die von strategisch aufgestellten verrottenden Baumstümpfen hängen. »Dieser spezielle Pilz nährt die keimenden Samen. Er ist überall in diesem Dschungel, in jedem Atemzug. Er ist das Lebensblut der Orchidee. Natürlich müssen meine Lieblinge wie alle anderen Pflanzen sorgfältig beschnitten werden, aber das Beschneiden hat mir noch nie Probleme bereitet.«

Nat führt seine Sammlung exotischer Orchideen vor. Einige hat er auf dem Reddman-Grundstück gezogen, sagt er, im Gartenzimmer, wo nur die winterharten Hybriden gediehen. Aber hier, in seinem tropischen, mit Pilzen durchsetzten Garten, kann er alles anpflanzen. Seine Orchideen seien jetzt das eigentliche Licht seines Lebens, sagt er, seine Kinder. »Meine Sammlung ist unbezahlbar«, sagt er. Die Ironie dieser Feststellung liegt auf der Hand, aber ich gebe dazu keinen Kommentar ab. Während der Besichtigungstour schwitze ich in meinen Anzug. Canek, noch immer mit Cowboyhut und Machete, schlendert in zehn Fuß Abstand hinter uns her.

»Venusschuh«, sagt Nat und zeigt auf eine zarte Blüte mit drei hängenden rosa Blütenblättern um etwas, das wie eine weiße Lippe aussieht.

»Sehr schön«, sage ich.

»*Masdevallia*«, sagt er und zeigt auf eine leuchtend rote Blüte mit drei spitzen Blütenblättern.

»Wunderschön.«

»*Rossioglossum*«, sagt er und streicht mit den Fingern leicht über tigerartig gestreifte Blütenblätter, die eine hellgelbe Mitte umgeben, »und *Cattleya*«, fügt er hinzu und streichelt sanft eine Blume mit gefleckten rosa Blütenblättern um ein purpurnes Herz, »und *Dendrobium nobile*«, sagt er und beugt sich nieder, um an der obszön dunklen Mitte einer perfekten violetten Blüte zu riechen.

»Sie sind alle erstaunlich«, sage ich gepreßt.

»Ja, das sind sie. Hier ist eine der schönsten. *Disa uniflora*, der Stolz des Tafelberges in Südafrika.« Er liebkost eine riesige scharlachrote Blüte mit einem blaßgelben Organ in der Mitte, das mehr als vage an einen Penis erinnert, komplett mit hängenden Hoden.

Ich murmele etwas, um meine Bewunderung auszudrücken, aber in Wirklichkeit entsetzt mich diese Sammlung. Ich habe schon früher Orchideen gesehen, natürlich, mir erging es beim Schulabschluß ebenso jämmerlich wie allen anderen; ich hatte zuviel Geld für die Eintrittskarten und für die Limousine und den geliehenen Smoking und natürlich die Ansteckblume für meine Begleiterin ausgegeben, ohne daß die Hoffnung bestand, sie ins Bett zu kriegen. Die Orchidee am Mieder meiner Begleiterin war genauso spröde wie sie und von Nats Blüten so weit entfernt wie ein Hauskätzchen von einem Säbelzahntiger. Die Blüten, die Nat hier zieht, sind animalische Gewächse, die aus wilden, ungezähmten Büschen sprossen. Protzige Blütenblätter, gefleckt und pelzig, die arrogante Posen einnehmen, geschürzte Lippen, Sexualorgane, unverhüllt genug für Larry Flint – der ganze Garten ist die reine Pornographie.

»Säure, Victor. Sie gedeihen durch Säure. Schauen Sie her.« Er zeigt auf eine zarte weißrosa Blüte, die auf einem separaten Beet wächst. »Das ist meine absolute Lieblingsblume. *Rhizanthella gardneri.* Aus Australien importiert. Beachten Sie, Victor, sie hat keine Blätter. Diese Pflanze bleibt unter der Erde, unsichtbar, ernährt sich nur von diesem großartigen Pilz und wartet die Zeit ab, bis die Blüte aus dem Boden bricht, um für die Vermehrung zu sorgen.«

»Ich denke, es ist Zeit, daß wir zum Geschäft kommen«, sage ich.

Nat unterbricht seine Besichtigungstour und dreht sich um, um mich anzustarren, als hätte ich die wichtigste Sache in seiner Welt gestört; dann lächelt er. »Recht haben Sie, Victor. Zeit fürs Geschäft. Ich lasse uns Tee auf die Veranda bringen. Entschuldigen Sie, aber ich sollte mich umziehen.« Abrupt wendet er sich ab und geht durch eine Hintertür ins Haus.

Als ich ihm folgen will, tritt Canek neben mich und faßt mich sanft am Arm. »Ich bringe Sie auf die Veranda«, sagt er und führt mich wieder um das Haus herum zur Vorderseite. Er zieht das Moskitonetz beiseite und schafft so eine Lücke, durch die wir eintreten. Unter einem langsam kreisenden Ventilator steht ein mit Tellern und Keksen gedeckter Tisch mit zwei Stühlen. Canek zieht einen für mich heraus, und dann geht er ins Haus und läßt mich auf der Veranda allein. Der Luftzug des Ventilators ist erfrischend. Am unteren Ende der abfallenden Rasenfläche sehe ich einen langen, gut gefüllten Hühnerkäfig.

Zehn Minuten später kommt Nat auf die Veranda. In seinen weißen Hosen und dem weißen Hemd mit aufgekrempelten Ärmeln sieht er recht flott aus. »Der Tee kommt gleich. Eistee. Solange der Generator läuft, können wir uns Annehmlichkeiten wie Eis und Ventilatoren gönnen.«

»Ich habe einiges für Sie«, sage ich, öffne das Schloß und greife in meine Aktentasche.

»Ich kann es kaum erwarten«, kichert er fast fröhlich.

»Das ist eine beglaubigte Kopie des Versäumnisurteils, das ich wegen des Todes von Jacqueline und Edward Shaw gegen Sie erwirkt habe. Sie werden feststellen, daß es auf einhundert Millionen Dollar lautet.«

»Aha«, sagt er, nimmt es und betrachtet es mit mildem Interesse. »Was sind schon hundert Millionen Dollar unter Freunden.«

»Und dies ist die Ladung zur Zeugenaussage für die Beitreibung des Geldes. Sie sollen nächsten Monat zu dem angegebenen Datum um zehn Uhr vormittags in meinem Büro erscheinen.«

»Werden Sie Doughnuts für mich haben, Victor? Ich liebe Doughnuts.«

»Und dies ist die Ladung und Klageschrift für die Beitreibung, die mein Kollege in Belize City gestern nachmittag für mich erwirkt hat. Wie Sie feststellen werden, versuchen wir in der Klageschrift, in all ihre Besitztümer in Belize zu vollstrecken, einschließlich aller Grundstücke und ihrer Bebauung, wozu auch dieses Gelände und das Haus und Ihr Orchideengarten gehören.

Es hat mich gefreut zu hören, daß Ihre Sammlung unbezahlbar ist.«

»Das bedeutet noch nicht, daß man jeden beliebigen Preis dafür erzielen kann, junger Mann. Nur zu Ihrer Information: Das Land, auf dem wir uns befinden, ist von der Familie Panti gepachtet; das Haus ist den Preis des Holzes wert, aus dem es besteht, und die Orchideen werde ich natürlich mitnehmen, wenn ich über die Grenze gehe, die nur ein paar Kilometer von hier entfernt ist. Ich habe da ein anderes Stück Land mit einem anderen Haus gepachtet.«

»Dann machen wir in Guatemala alles noch einmal von vorn. Ich habe außerdem das FBI über Ihren Aufenthalt informiert, und das Auslieferungsverfahren ist bereits im Gang.«

Er starrt mich einen Moment an, und der Ring um sein Auge wird dunkler. »Sind Sie hinter mir her oder hinter meinem Geld?«

»Hinter Ihrem Geld«, sage ich rasch.

»Freut mich zu hören, daß es nicht persönlich ist.«

»Keineswegs«, sage ich. »Es ist rein geschäftlich.«

Er kichert anerkennend. »Dieser alte Mistkerl, Claudius Reddman, wäre verdammt stolz auf Sie, Victor.«

Canek Panti kommt mit einem Tablett auf die Veranda. Darauf stehen ein Eiskübel, zwei hohe Gläser und ein großer Glaskrug mit Tee. Er stellt die Gläser vor uns hin und füllt sie mit Tee und Eis. Dabei geht er genauso überlegt vor wie beim Autofahren. Ich danke ihm, und er nickt und geht. Ich hebe das Glas und trinke einen großen Schluck. Der Tee schmeckt nach Minze und ist wunderbar. Nat greift nach dem Krug und füllt mein Glas nach.

»An einem heißen Tag gibt es nichts Besseres als ein Glas Tee«, sagt er.

»Ich habe noch etwas.« Ich greife in meine Aktentasche und nehme den Brief von Christian Shaw heraus, der noch in seiner Plastikhülle steckt. Ich reiche ihn Nat. »Der war an Sie gerichtet.«

Er nimmt ihn, sieht ihn einen Augenblick an, reißt dann die Plastikhülle auf, öffnet den Umschlag und liest den Brief, der darin steckt. Er liest ihn langsam, wie zum ersten Mal, und nach vielen Minuten des Schweigens sehe ich Tränen in seinen Augen. Als er mit dem Lesen fertig ist, steckt er den Brief sorgfältig wieder in den Umschlag und wischt sich ohne Verlegenheit die Nässe von der Wange.

»Danke, Victor. Ich bin gerührt. Wirklich gerührt. Ich hatte nicht die Zeit, alles mitzunehmen, als ich wegging. Ich hatte es schrecklich eilig. Ich wußte, daß Sie bald genug alles herausfinden würden, und ich wollte fort sein, bevor die Polizei kam. Ich hatte nicht mal Zeit, zu Edwards Beerdigung zu bleiben, so schön sie auch gewesen sein muß. Natürlich hätte ich mir die Zeit genommen, meine Kiste auszugraben, aber da waren Sie mir schon zuvorgekommen.«

»Die Kontonummern darin waren hilfreich zum Auffinden Ihrer Aktiva.«

»Ich hatte gehofft, daß mein Freund Walter Calvi sie für mich zurückholen würde, aber er scheint verschwunden zu sein.«

»Die Dinge liefen nicht ganz so, wie er sich das gedacht hatte«, sagte ich. »Warum haben Sie die Kiste vergraben?«

»Weil sie dort in der Erde gut aufgehoben war. Sie enthielt meinen kostbarsten Besitz. Eigentlich mein Erbe.«

»Ich habe herausgefunden, wen die Fotos zeigten. Was hatte die Postkarte aus dem Yankee-Stadion zu bedeuten?«

»Das war ein kleiner Privatscherz. Am 19. April 1923 kamen zwei große Institutionen zur Welt, das Yankee-Stadion und ich.« Er lacht sein meckerndes Lachen.

»Für beide Institutionen sind wohl harte Zeiten angebrochen«, sage ich. Aus meiner Aktentasche nehme ich Fotokopien der Tagebuchseiten, die wir in der Kiste fanden. »Vielleicht möchten Sie die auch haben.«

Er sieht sie durch und wird wieder nachdenklich. »Ja, danke. Sie sind mehr als rücksichtsvoll, Victor, für jemanden, der mich jagt wie einen Wolf. Mrs. Shaw befahl mir, ihr Tagebuch zu verbrennen, als sie merkte, daß sie bald sterben würde. Ich sollte alles verbrennen, aber ich riß die Seiten heraus, die meinen Vater betrafen. Das und die Briefe sind alles, was ich wirklich von ihm hatte. Und natürlich sein Blut.«

»Ich fand den Brief Ihres Vaters sehr bewegend. Er schien nach all seinen Prüfungen inneren Frieden gefunden zu haben. Ich hätte gedacht, daß dieses Beispiel von Liebe und spiritueller Einsicht Sie dazu bewogen hätte, Ihre Racheträume aufzugeben.«

»Tja, da hätten Sie falsch gedacht. Er war kein Poole, nicht wahr? Und er hat diesen Brief geschrieben, bevor er von einem Reddman ermordet wurde.«

»Kingsley war sein Sohn. Er wußte nicht, was er tat.«

»Nicht Kingsley, dieser wertlose Nichtsnutz. Er feuerte den Schuß ab, ja, aber es war Mrs. Shaw, die meinen Vater tötete. Sie hatte in dieser Nacht meiner Mutter nachspioniert und meine Mutter und meinen Vater zusammen gesehen, und sie konnte einen Schrei nicht unterdrücken. Es war ein so unmenschlicher Schrei, daß mein idiotischer Halbbruder ihn irrtümlich für den des Pumas hielt, der frei in der Gegend herumlief. Er nahm das Gewehr meines Vaters, und als Mrs. Shaw meinen Vater den Hügel heraufkommen sah, sagte sie ihrem Sohn, er solle schießen, und er tat es; zum ersten und letzten Mal in seinem elenden Leben hat Kingsley wirklich getroffen, worauf er gezielt hat.«

Ich hatte mich gefragt, was das für ein wilder Schrei gewesen war, den Kingsley in der Nacht gehört hatte, in der er seinen Vater tötete, und nun wußte ich es. Es war Faith Reddman Shaws gequälter Aufschrei, als sie ihren Mann die schwangere Poole-Tochter umarmen sah und begriff, daß er ihr heimlicher Liebhaber und der Vater ihres Kindes war. Wie verzweifelt mußte sie gewesen sein, daß sie diese Tatsache nicht einmal in ihrem Tagebuch erwähnt hatte, wie erbärmlich war es, daß sie noch nicht einmal in ihrer höchst privaten Welt die Wahrheit ihres Lebens zugeben konnte! Ich frage mich, ob sie die Selbsttäuschung von ihrem

Vater gelernt hatte, genau wie sie gelernt hatte, mit allen erdenklichen Mitteln ihre eigenen Ziele zu verfolgen.

»Der Brief Ihres Vaters hat also Ihren Haß nicht gemildert?« frage ich.

»Nicht im geringsten. Mit diesem ganzen spirituellen Quatsch habe ich nichts am Hut. Und seine Loblieder auf die Liebe haben mich keineswegs umgestimmt. Ich habe meine wahre Liebe gefunden, und trotzdem verblaßte sie neben der Ekstase, meine Familie zu rächen. Aber wissen Sie, wen diese Briefe wirklich beeinflußt haben? Mrs. Shaw.«

»Faith Shaw?«

»Genau die. Sie veränderten ihr Leben, hat sie gesagt. Sie hat Jahre gebraucht, um nach dem Tod ihres Mannes den Mut zu finden, sein Zimmer zu betreten. Jahre. Aber als sie es schließlich tat, fand sie die Briefe in seinem Schreibtisch. Die Liebesbriefe meiner Mutter und den Brief meines Vaters an mich. Sie haben sie tief beeindruckt. Sie brachen ihr das Herz. Ich konnte mir nicht vorstellen, daß bloße Worte einen solchen Einfluß auf die Seele haben. Sie hat gesagt, sie hätte die Leere all ihrer früheren Sehnsüchte und Verbrechen erkannt und von da an versucht, ihr Leben der Buße zu widmen. Ich nehme an, nach allem, was sie und ihr Vater vorher verbrochen hatten, war sie reif dafür.

Die beiden waren einander wert, sie waren vom gleichen Schlag. Wissen Sie, sie hat nicht bloß die eine Schwester umgebracht, sondern die andere auch. Sie hat sie vergiftet, um sicherzustellen, daß ihr Sohn der einzige Erbe des Reddman-Vermögens sein würde. Sie nannte ihn Kingsley, was an sich schon ein Witz war, und vor seiner Geburt sorgte sie dafür, daß alle eventuellen Konkurrenten um das Erbe aus dem Weg waren. Sie gab das Gift in die Brühe, die sie ihrer sterbenden Schwester jeden Morgen kochte. Sie hatte die Lektionen ihres Vaters gut gelernt, und so hatte sie allerhand zu büßen, als die Zeit dafür gekommen war. Und sie widmete sich dem Büßen genauso hingebungsvoll, wie sie sich ihrem Mann und dem Erbe ihres Sohnes gewidmet hatte.

Versöhnung, Buße, Erlösung: Das strebte sie an. Was für ein Pech, daß der einzige Weg zu dem, was sie so verzweifelt wollte, über mich führte.«

»Ich hatte mich schon gefragt, wie Sie auf das Anwesen gekommen waren.«

»Ja, es war Mrs. Shaw, die mich heim nach Veritas holte. Meine Mutter hatte eine schwere Geburt, von der sie sich nie mehr erholte. Sie versuchte, mich großzuziehen, aber sie hatte kein Geld und keine Kraft, und so gab sie mich zur Adoption frei. Sie wußte nicht, wo ich war, als Mrs. Shaw kurz nach dem Auffinden der Briefe nach mir suchte. Ihre Detektive brauchten neun Jahre, um mich zu finden. Meine Adoptiveltern waren gute Menschen. Ich war so glücklich bei ihnen, wie man nur sein kann, aber es ging ihnen finanziell nicht mehr sehr gut, und sie konnten es sich nicht leisten, Mrs. Shaws verlockende Angebote auszuschlagen. Also wurde ich nach Veritas gebracht, um ihr Hausmeister, ihr Gärtner, ihr Diener zu werden. So vergalt sie mir, daß sie mir mein Geburtsrecht genommen und meinen Vater getötet hatte; sie machte mich zu ihrem Gärtner. Sie meinte, sie täte damit etwas Gutes, und ich hätte das auch gedacht, nur machte sie einen einzigen Fehler. Sie holte auch meine Mutter zurück und brachte sie in dieser Wohnung am Rittenhouse Square unter, so daß ich sie besuchen und die Wahrheit über das erfahren konnte, was mir und meiner Familie angetan worden war.«

»Ich dachte, Ihre Mutter wäre über den Haß hinaus gewesen.«

»Vorher vielleicht ja, aber nicht mehr, nachdem sie meinen Vater umgebracht hatten. Als wir wieder zusammen waren, Gott segne sie, da war nichts mehr von der Frau übrig, die Christian Shaw geliebt hatte, da gab es nur noch den Schmerz in ihrem zerstörten Körper und die Bitterkeit. Sie war eine boshafte kleine Person, und ich liebte sie dafür. Sie war diejenige, die mir genau sagte, wie ich das Zimmer meines Halbbruders einrichten sollte. Er wollte nichts mit seiner Mutter zu tun haben, und so blieb es mir überlassen, sein Freund und Gefährte zu sein. Ich war derjenige, der dieses wunderbare Gemälde von seiner Mutter aufhängte. Er hatte nicht die Kraft, nein zu sagen, und so hat sie an jedem Tag seines Lebens auf ihn heruntergestarrt. Kein Wunder, daß er aus dem Fenster gesprungen ist. Aber das war nicht alles, was meine Mutter wollte, die Spielchen mit Kingsley waren reiner Zeitvertreib. Sie hat mir wieder und wieder erzählt, wie den Pooles ihr Vermögen gestohlen wurde, sie hat mir alle Geschichten wiederholt, die ihre Mutter ihr erzählt hatte. Darüber, wie Claudius Reddman die Bücher frisiert hat, um sich sein Vermögen zusammenzustehlen. Darüber, wie er seinen Freund Elisha Poole zum Trinker machte, damit er seinen Betrug nicht bemerkte.«

»Ich wußte nicht, daß er es auf diese Art gemacht hat.«

»Mein Urgroßvater, der um das Auge herum ein ähnliches Mal hatte wie ich, war ein schlimmer Alkoholiker, und Claudius nahm an, es gehöre nicht viel dazu, Elisha von seiner abstinenten Haltung abzubringen. Hier ein Drink unter Freunden. Da ein Drink zur Feier des Tages. Spät am Abend, wenn alle Angestellten gegangen waren, eine gemeinsame Flasche. Es dauerte nicht lange, bis mein Großvater soviel trank, daß er nicht mehr sehen konnte, was ihm, seiner Familie, seinem Erbe geraubt wurde. ›Hol es zurück, Nat‹, hat meine Mutter immer gesagt, als sie bettlägerig war, daran erinnere ich mich sehr gut; sie sagte es mit haßerfüllten Augen. ›Hol dir jeden Cent zurück.‹«

Als er die Worte seiner Mutter wiederholte, klang ein heiseres Echo mit, als sei sie noch da, die gebrochene alte Frau, die in der Luxuswohnung am Rittenhouse Square Zuflucht gefunden hatte und ihrem Sohn Rache befahl.

»Ich glaube, jeder junge Mensch braucht Inspiration in seinem Leben«, fährt Nat fort. »Meine war meine Mutter. Ich bilde mir ein, daß ich ihre Wünsche erstaunlich gut erfüllt habe, aber es war nicht so schwer, wie es scheinen mag, weil Mrs. Shaw alles, was sie getan hatte, so verzweifelt wiedergutmachen wollte. Schritt für Schritt habe ich alles zurückgeholt.

Ich war gerade aus dem Krieg im Pazifik zurückgekommen, als

Mrs. Shaw mir den Brief meines Vaters gab und mir sagte, was sie für mich tun wollte. Geld, sagte sie, sie würde mir soviel Geld geben, wie ich wollte. Eine halbe Million Dollar, sagte sie. Ich nahm sie und ging. Eine halbe Million war damals viel Geld, und ich hatte sie in fünf Jahren verbraucht. Das war ein Leben, Junge, Junge. Mädchen in Hollywood, Mädchen in Paris. Ich mietete eine Villa in der Toskana und gab tolle Partys. Wie aus einem Film von Fellini. Als ich pleite war, kam ich zurück und verlangte mehr. Noch eine halbe Million – die verputzte ich in noch kürzerer Zeit als die erste. Als ich zurückkam, 1952, war ich wieder blank, und eine halbe Million reichte mir nicht mehr. Ich wollte alles. ›Hol es zurück, Nat.‹ Das werde ich, Mama, das werde ich. Das war der Moment, in dem ich Mrs. Shaw überredet habe, den Wergeld-Fonds einzurichten.

Es fing ziemlich bescheiden an. Zuerst eine Million, aber ich kam immer wieder zurück und verlangte mehr, und sie gab mir mehr. Mehr Geld, mehr vom Reddman-Vermögen. Ich war ständig in Versuchung, wegzugehen und von dem zu leben, was sich in dem Fonds befand, aber ich hatte immer meine Mutter im Hinterkopf, die mich anflehte, mich nicht mit einem Teil zufriedenzugeben, wo ich doch alles haben konnte. Also blieb ich bei Mrs. Shaw, pflegte ihren Garten, begleitete sie auf ihren Spaziergängen, sagte ihr, ich bräuchte als Entschädigung immer mehr und mehr und mehr. Und mit der Schwäche der Bußfertigen gab sie ständig nach. Aber es reichte nicht.

Es gab ein Dienstmädchen, das im Haus arbeitete, ein reizendes Ding, unschuldig, wirklich, bis ich mit ihr fertig war. Sie wurde weggeschickt, als ihre Schwangerschaft unverkennbar war, aber ich befahl Mrs. Shaw, das Kind ins Haus zu nehmen und als meinen Erben großzuziehen. Franklin. Er sollte nicht erfahren, daß ich sein Vater war, aber wir arbeiteten zusammen im Garten. Er wußte zwar nicht, daß er ein Poole war, aber ich wußte es, und ich wußte, daß er den ganzen Wergeld-Fonds erben würde und so reich werden würde, wie wir gewesen wären, wenn man uns nicht unser Vermögen gestohlen hätte. Aber das war nicht genug.

Er war trotzdem bloß ein Bastard, zwar reich, aber kein Reddman. Also sagte ich Mrs. Shaw, ich bräuchte nur noch eines, und das sei das Heikelste von allem. Sie sagte nein, und ich beharrte darauf; sie sagte wieder nein, und ich forderte weiter, und am Ende gab sie nach. Sie arrangierte das für mich wie ein Zuhälter. Es war eigentlich nicht so schwer zu arrangieren. Den größten Teil der Arbeit hat D. H. Lawrence getan.

In Sommernächten schlichen wir beide uns in das Poole-Haus. Ich legte ihr Blumengirlanden um und ließ die Blütenblätter von Rosen auf ihre spitzen Brüste regnen. Heute ist sie ein bemitleidenswertes Wrack, Selma Shaw, aber damals war sie anders, ernsthaft und schön. Ich liebte diese Nächte und unsere brutalen Ringkämpfe, laut genug, daß Kingsley von seinem Fenster aus alles hören konnte. Das allein war ein Geschenk, aber da war noch mehr. Ich liebte sie. Wirklich. Stellen Sie sich das vor, man will Rache und findet Liebe. Als sie schwanger wurde, sprach sie davon, mit mir durchzubrennen, aber dann wäre unser Kind ein Bastard gewesen und kein Erbe. Ich liebte sie, Victor, aber welche Macht hat die Liebe neben dem, was das Blut gebietet? Also ließ ich sie fallen, und statt mit mir wegzulaufen, blieb sie in Veritas und brachte Kingsleys viertes Kind zur Welt, ein Wunderkind, wenn man seine Operation bedenkt, und die Pooles hatten endlich einen Weg direkt in die Reddman-Linie gefunden.«

»Caroline«, flüstere ich.

»Und es war noch immer nicht genug. ›Hol es zurück, Nat. Hol jeden Cent zurück.‹ Ich hätte an der Stelle aufgehört, aber meine Mutter war beharrlich, von ihrem Bett aus drängte sie mich, schmiedete mit mir alle Pläne, sagte mir, wie ich es machen sollte, so daß ich sogar nach ihrem Tod keine Zweifel hatte. Es war einfach eine Sache des Beschneidens, wie bei irgendeiner Pflanze. Man schneidet einige der Triebe ab, und die restlichen bekommen mehr von dem kostbaren Lebenssaft. Ich mußte warten, bis

Mrs. Shaw starb, damit sie den Fonds nicht auflöste, den sie noch immer kontrollierte, und sie erwies sich als zählebig, aber nachdem sie erst fort war, konnte ich frei handeln. Was für ein Glücksfall, daß Walter Calvi hinter Edward her war, als ich gerade jemanden wie ihn suchte. Jacqueline und dann Edward. Ich hatte auch für Robert bezahlt, aber Calvi verschwand, bevor er seinen Auftrag ausführen konnte. Ich bin nicht allzu enttäuscht, denn sexuell ist Robert ein solcher Außenseiter, daß er zweifellos ohne Erben sterben und alles meiner Tochter hinterlassen wird. Ich hatte gehofft, daß wir das Vermögen in einer Familie, einem einzigen Erben zusammenfassen könnten, das wäre der endgültige Triumph der Pooles gewesen, aber irgendwie kam Mrs. Shaw den beiden Liebesleuten auf die Schliche und machte der Affäre ein Ende. Ich denke, sogar für sie gab es Grenzen.«

Er zwinkert mir zu, zwinkert mich an mit der Selbstzufriedenheit eines cleveren Jungen, der soeben jemandem einen cleveren Streich gespielt hat. »Trotzdem denke ich, daß wir uns ganz wacker geschlagen haben, wir Pooles, finden Sie nicht?«

Von allen Geschichten, die ich während meiner Beziehungen zu den Reddmans und den Pooles gehört habe, ist seine die erbärmlichste. Er möchte, daß ich ihn anlächele, daß ich nicke und seinen Erfolg anerkenne, aber ich sehe nichts weiter vor mir als ein furchtbar gescheitertes Leben, und ich will ihm nicht geben, was er sich wünscht.

»Und jetzt ist es vorbei?« frage ich.

»Vollkommen.«

»Und Sie sind mit sich zufrieden?«

»Ganz und gar. Noch Tee?«

»Ich habe die Absicht, mein Urteil zu vollstrecken, Nat.«

»Nun, dann werde ich Sie enttäuschen, weil ich keine hundert Millionen Dollar mehr habe.«

»Die Aufzeichnungen beweisen, daß Faith Shaw mehr als diese Summe in den Wergeld-Fonds geleitet hat.«

»Ja, das ist richtig. Wie ich schon sagte, sie versuchte, Wiedergutmachung zu leisten, die arme Irre, aber das Geld gehört mir nicht mehr. Unmittelbar nach ihrem Tod und vor den beiden Morden, an denen Sie mir die Schuld geben, habe ich bis auf ein paar läppische Millionen alles in einen Fonds für meinen Sohn überführt. Er wußte nichts von meinen Plänen, und von meiner Schuld hat er mit Sicherheit erst erfahren, als ich geflohen war. Der Junge ahnt nicht mal, daß der Wergeld-Fonds nach meinem Tod ihm gehört. Sie sehen also, Victor, ich könnte Ihnen das Geld nicht auszahlen, selbst wenn ich es wollte, was nicht der Fall ist.«

Ich starre ihn einen Moment an und frage mich, ob ich ihm glauben soll oder nicht, aber auf einmal tue ich es. Wir hatten Geld aufgespürt, das stimmt schon, aber nicht alles, was eigentlich hätte vorhanden sein müssen. Bei dem Betrag, der von den Cayman Islands zu einer Bank in Luxemburg und einer Schweizer Bank und dann über Libyen und Beirut zurück auf die Cayman Islands floß, handelte es sich nur um ungefähr zehn Millionen Dollar. Irgendwie hatte ich gehofft, bei diesem Zusammentreffen dem Rest auf die Spur zu kommen, und das ist mir gelungen. Er ist weg. Er gehört Harrington. Er ist meinem Zugriff entzogen. Verzweiflung überkommt mich.

»Sie verfügen immer noch über zehn Millionen«, sage ich, denn ich klammere mich an jeden Strohhalm. »Das wissen wir.«

»Ja, das stimmt ungefähr. Vielleicht ist es auch weniger. Genug, um mich durch meine alten Tage zu bringen. Es gefällt mir hier, Victor. Ich mag Canek und das Land und diesen Dschungel und diesen Fluß und meine Orchideen. Es gefällt mir hier sehr gut. Es ist mein Zuhause geworden, aber wenn Sie mich zwingen weiterzuziehen, dann werde ich das tun. Guatemala oder Paraguay oder die Seychellen, wenn es sein muß. Kennen Sie die Seychellen?«

»Vor der Küste Afrikas?«

»Genau. Sie bieten jedem, der bereit ist, der Regierung zehn Millionen Dollar zu zahlen, die Staatsangehörigkeit an, und man kann dann nicht ausgeliefert werden. Soviel ich weiß, gibt es auf den Seychellen einige sehr bemerkenswerte Orchideen, Epiphyten aus Madagaskar wie die afrikanische Leopardenorchidee und die spektakuläre *Angraecum sesquipedale*. Wenn ich muß, zahle ich denen das Geld und lebe mit meinen Orchideen friedlich unter ihrem Schutz. Aber dann würde natürlich für Sie nichts übrigbleiben.«

»Was schlagen Sie vor?«

»Moment. Das ist der Grund, warum ich Sie herkommen ließ. Das wollte ich Ihnen sagen. Hören Sie mit Ihren Bemühungen auf, meinem Geld nachzuspüren. Stoppen Sie Ihren Anwalt in Belize City und sagen Sie ihm, er soll seine Klage nicht weiter verfolgen. Tun Sie, was Sie können, damit das FBI seine Ermittlungen einstellt. Sagen Sie keinem, daß Sie mich hier gesehen haben, und hören Sie auf, mich zu jagen, als ob ich ein gewöhnlicher Verbrecher wäre. Mir gefällt es hier. Ich mag den Dschungel. Gehen Sie weg und lassen Sie mich in Frieden hier leben, und wenn ich sterbe, werde ich dafür sorgen, daß alles, was von meinem Geld übrig ist, für die Vollstreckung Ihres Urteils zur Verfügung steht. Die Zinsen, die die Schweizer zahlen, sind ziemlich gering, aber ich gebe hier sehr wenig aus, und die Summe wird mit der Zeit wachsen. Gehen Sie weg und lassen Sie mich in Ruhe, dann werden Sie eines Tages etwas Geld von mir bekommen.«

»Und Sie würden mit allem davonkommen.«

»Ich bin bereits mit allem davongekommen.«

»Das ist ein fauler Kompromiß.«

»Es ist der einzige Kompromiß, den ich Ihnen anbieten kann, der einzige Weg, auf dem Sie jemals überhaupt einen Cent sehen werden.«

Ich starre ihn an und denke lange nach und nehme dann einen großen Schluck Tee.

»Wissen Sie, was das Böse ist, Nat?« frage ich.

Er sieht mich einen Augenblick an, und ein Lächeln erscheint auf seinen Zügen. »Mißerfolg?« schlägt er vor.

Ich mache ein lautes Geräusch wie eine Türklingel. »Nein, tut mir leid. Falsche Antwort.«

# 57

## Auf dem Macal River, Cayo, Belize

Canek fährt mich über den Fluß zurück nach San Ignacio. Von da aus werde ich eines der allgegenwärtigen Taxis zum Flughafen nehmen. Ich will verdammt noch mal raus aus Belize. Meine Hand schmerzt von einem Insektenstich, sie schwillt erschreckend schnell an, und ich vermute, daß die Larve des Rinderwurms unter meiner Haut krabbelt. Ich frage mich, ob ich sie beim Zoll deklarieren muß, wenn ich lande. Ich kratze mich, es brennt, und ich kratze noch ein bißchen mehr. Vielleicht haben sie im Hotel etwas Leim und Klebestreifen. Ich kratze mich und denke an Caroline.

Ich hatte geahnt, daß Nat Carolines Vater ist, bevor er es zugab; eine Bemerkung, die Calvi vor dem Kampf auf Pier vier machte, brachte mich drauf, aber ich habe Caroline nichts von Kingsleys Vasektomie oder meinem Verdacht gesagt, und ich werde ihr auch nichts davon erzählen, daß Nat zugegeben hat, ihr Vater zu sein. Ich glaube, es kommt mir nicht zu, ihr zu sagen, daß ihr wirklicher Vater ein übler Hurensohn ist.

Wir haben beendet, was immer wir miteinander hatten, Caroline und ich. Die Liebe, die zwischen Emma und Christian zum Ausdruck kam, hat ein zu klares Licht darauf geworden, was zwischen uns nicht bestand, als daß wir noch etwas anderes sein könnten als Freunde. Sie hat Wort gehalten, und nachdem sie durch den Brief erfahren hatte, warum ihr Großvater seine Medaille weggeworfen hatte, hat sie die Honorarvereinbarung unterschrieben. Sie hat in dem Brief noch etwas gefunden, die eine gute Sache, nach der sie gesucht hatte, die Verwandlung ihres Großvaters von einem Feigling in einen Mann. Sie trägt seine Medaille jetzt wieder, und sie arbeitet zusammen mit ihrer Therapeutin daran, ihre Lebensgeschichte neu zu definieren, aufbauend auf der Verwandlung und späten Liebe von Christian Shaw und auch auf dem Verständnis der Verbrechen, die ihre Familie so verbogen haben. Diese Übung zur Korrektur ihres Selbstbildes hat ihr eine attraktive Ruhe geschenkt. Sie raucht weniger, trinkt weniger, hat einiges von der Hardware aus ihrem Körper entfernen lassen. Sie unterbricht mich nicht mehr, wenn ich rede. Sie hat sogar Sam, den Kater, adoptiert. Jetzt, da sie die Wahrheit über ihre Familie erfahren hat, scheint ihre Katzenphobie nachzulassen. Sie ist nicht zu einer dieser eigenartigen Katzenfreundinnen geworden, sie erlaubt Sam nicht, in ihrem Bett zu schlafen, und redet auch nicht unablässig darüber, wie niedlich er ist, aber sie haben eine gewisse Verständigungsbasis erreicht, und er scheint mit seinem neuen Zuhause in ihrem Loft in der Market Street ganz zufrieden. Ich nehme an, daß er wie sein früheres Herrchen findet, alles sei besser als Florida. Ich glaube, Caroline verzehrt sich noch immer nach Harrington, ohne zu wissen, daß er ihr Bruder ist, und ohne zu verstehen, warum er nicht mehr mit ihr zusammen sein kann. Ich vermute, er wird es ihr eines Tages sagen.

Caroline und Beth haben sich schnell angefreundet. Ich fürchte, sie reden beim Kaffee über mich, wenn ich nicht dabei bin, obwohl sie es abstreiten. Beth hat die Kirche des Neuen Lebens vor einer Weile verlassen, am Ende doch abgeschreckt von dem Geiz, in den Oleanna ihre Wahrheiten hüllt, und versucht es jetzt mit Buddhismus. Caroline ist mit ihr zu ihren letzten Zen-Exerzitien gefahren, zu einem Ashram in New Jersey. Ich behaupte, daß es ein Widerspruch in sich ist, in New Jersey Erleuchtung zu suchen, aber die beiden glauben, sie seien da auf etwas gestoßen. Beide Frauen wirkten nach dem Wochenende auf subtile Weise verändert, friedvoller.

»Worüber habt ihr geredet?« fragte ich.

»Wir haben nicht geredet.«

»Was habt ihr getan?«

»Wir haben nichts getan.«

»Worüber habt ihr nachgedacht?«

»Wir haben uns den Luxus des Denkens versagt.«

»Ich bin nicht beeindruckt«, sagte ich, »ich habe das ganze Wochenende Golf im Fernsehen gesehen und genau dasselbe gemacht.«

Der hoffnungsvollste Aspekt an Carolines Fortschritten ist, daß sie frei ist von der Bitterkeit, die die Pooles plagte. Geschichte ist etwas sehr Gefährliches. Als Jude habe ich gelernt, niemals zu vergessen, aber manches Geschichtliche, glaube ich, läßt man am besten hinter sich. Geschichte ist eine Warnung an uns, und nur, indem wir uns erinnern, wo wir waren und wie tief wir gefallen sind, können wir wissen, wohin wir streben sollen; aber wir verlieren alles, wenn uns nur die Geschichte antreibt, so wie Nat und seine Mutter und deren Mutter und ihr Mann davon angetrieben wurden. Wenn wir mehr sein wollen als Tauben, die Körner aufpicken, dann müssen wir das Bitterste aus unserer Geschichte transzendieren und selbst etwas Neues entwerfen. Erinnerung ohne Vergebung ist ein Fluch, und dafür gibt es keinen besseren Beweis als die Reddmans und die Pooles, die durch Generationen wie zwei Hunde um einen Knochen um ein Vermögen gestritten haben. Caroline lernt gerade, daß Vergebung notwendig ist, genau wie Christian Shaw und überraschenderweise auch seine Ehefrau Faith das gelernt haben.

Mir fällt es schwer, die junge Faith Reddman Shaw, dreifache Mörderin, mit der Frau unter einen Hut zu bringen, die alles an Nat übergeben hat in der vergeblichen Hoffnung, sich und ihren Vater von der Vergangenheit freizukaufen. Es ist gleichzeitig rührend und traurig, wenn man daran denkt, wie sie einer bösartigen Forderung Nats nach der anderen nachkam und hoffte, so endlich ihre Schuld und die Schuld ihres Vaters zu bezahlen. Daß sie ein Ungeheuer war, daß ihre Versuche nicht lauter waren, daß der Gegenstand ihrer Versuche böse war, all das macht ihr Bemühen nicht weniger edel. Es war eine Geschichte der niedrigsten Art, aber ich glaube, das Interessanteste wird für immer verborgen bleiben, nämlich, wie Faith von der Verbrecherin zur

Büßerin wurde. Diese Geschichte ist in die menschliche Seele geschrieben, unentzifferbar, aber deswegen nicht weniger real. Dieser Teil der Reddman-Geschichte ist die eigentliche Erlösung, ein heroisches Epos, denn sie hatte einen weiten Anstieg zu bewältigen. Ich vermute, daß ihre Wandlung einem ähnlichen Weg folgte wie die ihres Mannes, und ich glaube, daß Caroline nun im Begriff ist, die gleiche Reise anzutreten. Ich wünsche ihr viel Glück und habe die verdammte Hoffnung, daß sie finden wird, was immer sie sucht.

Was mich betrifft, ich habe mit diesem spirituellen Quatsch nichts am Hut, wie Nat es so taktvoll ausdrückte. Ich denke, er ist bloß eine Salbe, um die schmerzlichen Wahrheiten zu bedecken, mit denen wir geschlagen sind, eine Art fleischfarbene Pickelcreme. Sicher ist es tröstlich, sich selbst als Teil des großen mystischen Alls zu betrachten, dazu bestimmt, immer wieder neu geboren zu werden, genauso tröstlich, wie in einer Wanne mit warmem Wasser zu baden, aber für mich ist das eine falsche Zuflucht. Vielleicht haben meine Erfahrungen am Rand des Todes einen Existentialisten aus mir gemacht, aber ich kann heute nichts anderes mehr denken, als daß ich ohne Grund geboren wurde, ohne Grund lebe und ohne Grund sterben werde. Meine Aufgabe im Hier und Jetzt besteht darin, mit diesen häßlichen Wahrheiten umzugehen, ohne in Depressionen zu verfallen oder mich für den Rest meines Lebens vor Verzweiflung zitternd unter der Bettdecke zu verkriechen. Eines weiß ich sicher: Wenn ich schon über meinen Platz im Universum nachsinnen soll, darf das von mir aus ohne weiteres an einem Strand in Aruba mit einem kühlen Drink in der Hand geschehen.

Ich habe Nats Angebot angenommen. Ich habe versprochen, ihn in Ruhe zu lassen und keinem zu erzählen, wo ich ihn gefunden habe, und alle Bemühungen, an sein Geld zu kommen, aufzuschieben bis nach seinem Tod. Wenn er mit zehn Millionen stirbt, bekommen wir ein Drittel, wovon die Hälfte an meine Partnerin geht und ein Drittel ans Finanzamt, so daß mir ungefähr eine Million bleibt. Irgendwann in der Zukunft, in ferner Zukunft, denn trotz seines Alters kam er mir gesund vor, werde ich also eine Million Dollar bekommen. Falls Nat mir die Wahrheit gesagt hat. Ich hatte mir zwar mehr erhofft, aber ich kann damit leben. Besser ich bekomme es als irgendeine korrupte Regierung auf den Seychellen. Mir gefällt der Gedanke nicht, ihn in Ruhe zu lassen, weil das so aussieht, als käme er mit allem davon, aber ich bin niemandes Werkzeug, um Vergeltung zu üben. »Mein ist die Rache«, spricht der Herr, und Er kann sie haben. Ich bin bloß ein Anwalt und versuche, den besten Deal zu machen, den ich kriegen kann. Außerdem denke ich mir, wenn ich Nat mit seinen bestialischen Blumen in diesem von Moskitos wimmelnden Dschungel sitzenlasse, wo er die Hitze der Trockenzeit und die Insektenschwärme der Regenzeit ertragen muß, dann kommt das einer Hölle, in die ich ihn schicken könnte, schon so nahe wie möglich. Wenn ich das also tun kann und am Ende doch eine Million Dollar bekomme, dann will ich es tun.

Bin ich noch immer davon besessen, ein großes Vermögen zu erwerben, nach allem, was ich bei den Reddmans und den Pooles gesehen habe? Ja, zum Teufel. Obszöner Reichtum ist die große amerikanische Obsession, und ich bin schließlich Patriot. Nur denke ich jetzt, wie ich dieses Vermögen mache und wie ich es ausgebe, ist genauso wichtig wie das Geld selbst. Irgendwann, wenn das Glück mir hold ist, werde ich mit einem eigenen Kind gesegnet sein. Die Tragödie der Reddmans hat mich gelehrt, daß alles, was wir jemals tun, auf unsere Kinder übergeht wie ein Erbe. Ich kann mit meinen Verbrechen leben, denke ich, aber mit meinen Verbrechen mein Kind zu verfluchen ist verbrecherisch, und Verbrechen in dem Wissen zu begehen, daß ich sie später verheimlichen muß, ist wirklich feige. Ich jage dem Geld also noch immer hinterher wie jeder andere, sicher, aber von jetzt an tue ich das, als ob ein Kind über jeden meiner Schritte urteilte.

# MINETTE WALTERS

»Minette Walters ist Meisterklasse!«

*Daily Telegraph*

»Diese Autorin erzeugt Spannung auf höchstem Niveau, sie ist die Senkrechtstarterin ihrer Zunft.«

*Brigitte*

44554

42462

42135

43973

GOLDMANN